Das Buch:
Lord Medb, Häuptling des mächtigen Klans der Wylflinge, hegt dunkle Pläne: Er will uneingeschränkter Herrscher über die zwölf nomadischen Stämme werden, die in Eintracht in der weiten Ebene der dunklen Pferde leben. Als die Corin sich gegen Lord Medb auflehnen, löscht dieser den gesamten Klan in einem brutalen Massaker aus. Allein Gabria, die halbwüchsige Tochter des Häuptlings, überlebt unbemerkt und schwört Blutrache. Da sie als Frau im Rahmen der strengen Klangesetze kein Recht auf Vergeltung hat, opfert sie ihr langes blondes Haar den Toten und nimmt die Identität ihres Zwillingsbruders Gabran an. Auf dem Weg zu den Khulinin, dem Klan ihrer ermordeten Mutter, rettet Gabria ein seltenes schwarzes Hunnuli-Pferd, das sich ihr anschließt. Der Überlieferung nach handelt es sich bei den schwarzen Pferden um Begleiter der Zauberer, und jeder, der ein Hunnuli reitet, genießt besonderes Ansehen. Dennoch stößt Gabria – oder Gabran - bei den Khulinin auf großes Misstrauen. In dieser einsamen Zeit hält allein der Gedanke an Rache sie aufrecht; unbeirrt lässt sie sich zum Krieger ausbilden, um den Mörder der Corin beim jährlichen Klantreffen herauszufordern. Als Lord Medb ein uraltes schwarzmagisches Lehrbuch in seinen Besitz bringt, droht den Klanen die vollständige Unterjochung – die allein Gabria abzuwenden vermag, denn die junge Frau birgt ein weiteres Geheimnis...

»Die letzte Zauberin« ist der Beginn der großen Saga um Gabria und ihre Gefährten, die in »Die Tochter der Zauberin« und »Valorian« ihre Fortsetzung findet.

Die Autorin:
Mary H. Herbert wurde 1957 in Ohio geboren. Bereits während ihrer Schulzeit schrieb sie erste phantastische Kurzgeschichten und setzte ihre schriftstellerische Tätigkeit auch während des Studiums in Montana und Oxford fort. In den USA avancierte sie zur Bestsellerautorin. Heute lebt Mary H. Herbert mit ihrem Ehemann und ihren zwei Kindern in Georgia.

MARY H. HERBERT
Die letzte Zauberin

Roman

**WILHELM HEYNE VERLAG
MÜNCHEN**

Titel der amerikanischen Originalausgaben
DARK HORSE
LIGHTNING'S DAUGHTER
Deutsche Übersetzung von Michael Siefener

Verlagsgruppe Random House
FSC-DEU-0100
Das FSC-zertifizierte Papier *München Super* für
Taschenbücher aus dem Heyne Verlag
liefert Mochenwangen Papier.

2. Auflage

Redaktion: Angela Kuepper

Taschenbuchausgabe 09/2005
Copyright © 1990 und 1991 by Mary H. Herbert
Copyright © 2005 der deutschsprachigen Ausgabe by
Wilhelm Heyne Verlag, München,
in der Verlagsgruppe Random House GmbH
Umschlaggestaltung: Nele Schütz Design, München
Druck und Bindung: GGP Media GmbH, Pößneck
Printed in Germany 2005
ISBN-10: 3 453 53066 7
ISBN-13: 978 3 453 53066 9

www.heyne.de

Erstes Buch

Eins

Gabria hielt an und stützte sich müde auf ihren Wanderstab. Sie würde nicht mehr lange so weiterlaufen können. Ihr Fußknöchel schmerzte noch von einem schlimmen Sturz, und der ungewohnte Rucksack hatte die Haut ihrer Schultern bis auf das rohe Fleisch durchgescheuert. Der kalte Wind von den eisigen Bergpässen schnitt durch ihren wollenen Umhang und fuhr ihr bis in die Knochen. Sie hatte nichts mehr gegessen, seit sie vor zwei Tagen aus ihrem Zuhause im Corin-Treld geflohen war.

Das Mädchen setzte sich auf einen Felsblock und legte den Rucksack auf dem Boden ab. In ihrem Gepäck befanden sich ein wenig Dörrfleisch und altbackenes Brot, doch Gabria wusste nicht, wie lange sie noch unterwegs sein würde, und zu Anfand des Frühlings war Nahrung in der Steppe rar. Es war besser, die Rationen so lange aufzubewahren, bis man sie wirklich dringend brauchte. Im Augenblick hatte sie sowieso keinen Hunger. Ihr Körper war taub vor Kummer und Verzweiflung.

Gabria untersuchte müde ihre Stiefel. Die Sohlen waren von den scharfkantigen Schieferplatten, über die sie sich vorangekämpft hatte, ganz durchgelaufen. Zerschlissene Stiefel waren das Zeichen für einen Verbannten. Plötzlich blieb ihr die Luft weg, und beinahe hätte sie ihrer Angst nachgegeben, die wie ein verhungernder Geier an ihr zerrte. Nein!, schrie sie stumm. Ich weine nicht. Noch nicht.

Gabria schlug sich immer wieder mit der Faust auf das Knie, während sie mit der anderen Hand krampfhaft das Kurzschwert an ihrem Gürtel umklammerte. Sie zitterte heftig, während sie ihrer Verzweiflung wieder Herr zu werden versuchte. Ihr blieb keine Zeit für Kummer, außerdem durfte sie ihre Kräfte nicht auf Selbstmitleid verschwenden. Ihre Familie und ihr Klan waren im Winterlager der Corin ermordet worden. Nur sie allein konnte das Wergeld einfordern, die Wiedergutmachung für das Blut ihrer Familie, welches das Gras ihrer Heimat befleckt hatte. Erst wenn sie Rache genommen hatte, durfte sie weinen.

Gabria verbannte jegliche Empfindung aus ihren Gedanken; es blieb nichts außer einer wütenden Entschlossenheit, die sie zum Überleben dringend brauchte. Nur so war sie stark und hatte in ihrer zehrenden Einsamkeit und Angst ein Ziel. Sie war nun eine Ausgestoßene und deshalb tot für ihr Volk, bis ein anderer Klan ihr Obdach und Schutz gewährte. Sie war eine Wanderin, eine Unberührbare. Irgendwie musste sie einen Klan finden, der sie aufnahm. Irgendwie würde sie Vergeltung üben.

Langsam ließ das Zittern nach. Die Gefühle, die sie zu verschlingen gedroht hatten, verbannte sie in ein tiefes Verlies. Gabria erinnerte sich daran, dass ihr Vater einmal gesagt hatte, starke Gefühle seien eine Macht, die man gleich einer Waffe im Zaum halten und einsetzen müsse. Sie stand auf und lächelte grimmig wie ein knurrender Wolf. Im Norden, aus dem sie gekommen war, lastete eine Wolkenbank über dem Horizont. Noch immer schien ein Rauchschleier über ihrem Zuhause zu hängen.

»Ich werde meine Trauer um dich in Rache verwandeln, Vater«, sagte Gabria laut. »Unser Feind wird sterben.«

Aus Gewohnheit wollte sie sich eine strohblonde Strähne aus dem Gesicht streichen, doch ihre Finger berührten nur lieblos geschnittenes Stoppelhaar. Das Mädchen seufzte und erinnerte sich an den Schmerz, den es empfunden hatte, als es sich die Haare abgeschnitten und sie zusammen mit den Körpern ihrer vier Brüder verbrannt hatte, unter denen sich auch ihr Zwillingsbruder Gabran befunden hatte. Die Brüder waren so stolz auf Gabrias langes, dickes Haar gewesen. Sie hatte es ihnen als Trauergabe geopfert und dafür die Identität ihres Zwillingsbruders angenommen. Nun bedeckten seine Kleider ihren Körper und seine Waffen lagen in ihrer Hand. Sie war nicht länger ein Mädchen, sondern um des Überlebens willen zu einem jungen Mann geworden: zu Gabran.

Es war Gesetz aller Klane, dass keine Frau allein das Wergeld einfordern durfte; sie musste von einem männlichen Mitglied ihrer Familie vertreten werden. Daher stand es schlecht um Gabria, denn die Klane gewährten einer verbannten Frau für gewöhnlich nur dann Unterschlupf, wenn sie sehr hübsch war oder besondere Talente besaß. Gabria wusste, dass man sie kaum um ihrer selbst willen aufnehmen würde. Sie war jedoch schlank und stark und zusammen mit vier ungestümen Jungen aufgewachsen, die oft vergessen hatten, dass sie nur ein Mädchen war. Mit etwas Glück und größter Wachsamkeit mochte sie vielleicht als Junge durchgehen. Diese Täuschung würde ihr entweder den Tod bringen oder aber die Möglichkeit, zu überleben und Rache zu üben.

Gabria achtete nicht weiter auf den stechenden Schmerz in ihrem Fußknöchel, sondern schulterte wieder ihren Rucksack und hinkte südwärts durch die gebirgige Landschaft. Sie befand sich im Hornwacht, dem niedrigen, kargen Vorgebirge, das wie eine zerknitterte Robe am Fuße des Dunkelhorngebirges lag. Sie hoffte, irgendwo in den geschützten Tälern im Süden die Khulinin zu finden, den Klan ihrer Mutter, der von Lord Savaric angeführt wurde; ihre Verwandtschaft mit den Khulinin würde möglicherweise das Brandmal der Verbannung tilgen. Gabria betete darum, denn sie wusste, dass sie trotz ihres starken Verlangens nach Rache nicht mehr weit kommen würde. Die Khulinin waren noch viele Tagesreisen entfernt, und entweder der verstauchte Knöchel oder der Mangel an Nahrung würde ihr zum Verhängnis werden, lange bevor sie einen anderen Klan gefunden hätte.

Gabria eilte weiter; sie zwang ihre Beine zur Bewegung. Es dämmerte schon, und sie wollte einen Unterschlupf finden, bevor die Nacht sich herabsenkte.

Hinter dem Säuseln des Windes hörte sie das Heulen von Wölfen. Die hungrigen und beharrlichen Rufe drangen wie eine wilde Musik durch die Dämmerung. Gabria zitterte und fasste ihren Stab fester, als das raue Jagdgeheul erneut ertönte. Sie erkannte, dass die Wölfe nicht hinter ihr her waren: Sie befanden sich im Gegenwind und tiefer in den Bergen. Trotzdem waren sie viel zu nahe. Gabria war allein und so gut wie wehrlos und hatte nicht die geringste Lust, auf die bösartige Meute zu stoßen. Sie blieb stehen und lauschte.

Das Heulen hielt mehrere Minuten lang an. Die Tiere bewegten sich parallel zu Gabria nach Süden. Dann wurden die Rufe lauter; die Beute der Wölfe schien die offene Ebene erreichen zu wollen. Gabria spannte die Muskeln und suchte die Berge nach dem herannahenden Rudel ab. Doch plötzlich verstummte das Heulen, und die Wölfe brachen in Freudengejaul aus. Das Mädchen seufzte vor Erleichterung. Die Wölfe hatten ihre Beute gefasst und würden eine Weile nicht mehr jagen.

Sie wollte gerade weiter gehen, als sie einen anderen Laut hörte, der ihr das Herz gefrieren ließ. Es war das aufgebrachte Wiehern eines kämpfenden Pferdes. »O Allmutter«, keuchte sie. »Nein!«

Bevor sie einen klaren Gedanken fassen konnte, humpelte sie bereits auf die Geräusche zu, obwohl diese immer schwächer wurden. Wütendes und enttäuschtes Geheul brach aus. Gabria lief schneller; sie zwang ihre wunden Beine über die zerklüfteten, mit Büschen bewachsenen Hänge. Der Schmerz stach ihr in den Knöchel, und der schwere Rucksack schlug ihr gegen den Rücken. Sie wusste, dass es völlig verrückt war, mit einer Mördermeute um ihre auserwählte Beute zu kämpfen, doch diese Beute war anders. Pferde waren für Gabria und ihr Volk etwas Besonderes. Auf ihnen beruhte das Leben der Klane; sie waren die Auserwählten der Göttin Amara und die Kinder der Ebene. Kein Mitglied eines Klans ließ je ein Pferd im Stich, wie groß die Gefahr auch sein mochte.

Das Heulen wurde jetzt lauter, und die Schreie des Pferdes nahmen den Ausdruck von Raserei und Verzweiflung an. Gabria kämpfte sich vorwärts, bis sie keuchte und ihre Beine vor Schmerz bleischwer waren. Einen Augenblick lang befürchtete sie, das verwundete Pferd nicht mehr rechtzeitig zu erreichen. Die Schreie wurden lauter, doch die Entfernung war viel größer, als Gabria erwartet hatte. Sie warf den Rucksack ab, zog ihren Umhang aus und wickelte ihn sich um den Arm, während sie weiter lief.

Plötzlich erstarben die Laute. Gabria zögerte. Sie hielt an, lauschte und versuchte erneut, den Ort des Angriffs auszumachen. Der Wind pfiff um sie herum und trug den Geruch nach altem Winter mit sich, während die Berge in der hereinbrechenden Nacht undeutlicher wurden. Hinter dem Grasland stieg der Vollmond auf.

»O Mutter«, keuchte Gabria. »Wo sind sie?«

Wie zur Antwort drang ein weiteres wütendes Schreien aus der wachsenden Düsternis, und gleichzeitig erhob sich wieder das Heulen. Diesmal waren die Laute recht nahe; sie kamen möglicherweise aus dem nächsten Tal.

Gabria keuchte ein stilles Dankgebet und rannte los. Sie hastete auf einen Hügel, stürzte hinunter ins Tal und erklomm mühsam den nächsten Hang. Auf dem Gipfel blieb sie stehen und spähte hinunter. Das Land zu ihren Füßen lief in einer tiefen Rinne zwischen drei Hügeln aus, von denen sich einige trockene Bachläufe herabschlängelten und in einer schüsselartigen Senke zusammentrafen. Beim letzten Tauwetter hatte sich geschmolzener Schnee in der Mitte gesammelt und einen Teich aus Schlamm und stehendem, von Eis umrandetem Wasser gebildet.

In der Mitte dieses Teichs, der nun zu einem schmutzigen Schlammloch aufgewühlt war, stand ein großes, sehr wütendes und überaus lebendiges Pferd. Gabria riss erstaunt die Augen auf, als sie das Tier erkannte. Es war ein Hunnuli. Die Hunnuli, die größte aller Pferderassen, waren die sagenumwobenen Rösser der alten Zauberherrscher. Obwohl ihre Herren infolge von Hass und Neid vernichtet worden waren, wurden diese Pferde über alles verehrt. Es gab nur noch wenige von ihnen und sie waren wild. Wenn sie sich überhaupt dazu herabließen, geritten zu werden, gestatteten sie dies nur den Männern der Klane. Es hieß, das erste Hunnuli sei vom Sturm und der ersten Stute der Welt gezeugt worden; zum Beweis dessen sei ein unauslöschlicher Blitzstreif auf den Schultern ihrer Abkömmlinge zurückgeblieben.

Gabria hatte nie zuvor eines dieser großartigen Tiere gesehen, doch es gab keinen Zweifel daran, dass es sich hier um ein Hunnuli handelte. Selbst im Zwielicht erkannte Gabria den gezackten Streifen auf dem schwarzen Schulterfell. Sie wollte einfach nicht glauben, dass eines dieser Pferde von acht oder neun Wölfen in die Enge getrieben worden war.

Lautlos huschte sie hinter eine Zwergkiefer. Von hier aus konnte sie alles beobachten, ohne selbst gesehen zu werden. Die Wölfe schlichen noch um den Rand des Schlammlochs und hielten sich von den gefährlichen Zähnen des Pferdes fern. Es war offensichtlich erschöpft und seine zitternden Flanken dampften.

Plötzlich machte das Hunnuli einen Sprung nach vorn und schnaubte vor Wut, als es versuchte, nach einem umherpirschenden Wolf auszutreten. Nun wusste das Mädchen, warum das Pferd nicht weglief. Es war in dem klebrigen Schlamm gefangen. Seine Hinterbeine steckten bis zu den Lenden in dem zufrierenden Tümpel, und die Vorderhufe suchten verzweifelt Halt am rutschigen Rand des Wasserlochs. Das Tier konnte im Kampf gegen die Wölfe nur die Zähne einsetzen, weil es ansonsten noch tiefer im Schlamm versinken würde.

Das Pferd zog sich vorsichtig zurück und wieherte. Nun unternahmen zwei der Wölfe einen Scheinangriff auf den Kopf des Pferdes, um seine Aufmerksamkeit auf sich zu lenken, während ein dritter Angreifer es von hinten ansprang und ihm die ungeschützten Sehnen an den Hinterbeinen aufreißen wollte.

Gabria schrie auf. Das Pferd warf den Kopf herum und schleuderte den springenden Wolf in den Tümpel. Wie eine Schlange schwang das Hunnuli zurück und schnappte bösartig nach den beiden anderen Bestien. Einer der Wölfe jaulte vor Schmerz auf und fiel auf den Rücken. Sein Bein bestand nur noch aus blutigen Splittern. Der zweite Angreifer war erfolgreicher. Er packte das Pferd am Hals und hinterließ eine klaffende Bisswunde in gefährlicher Nähe der Schlagader. Die anderen Wölfe bellten und knurrten.

Gabria bekam einen trockenen Mund. Ihr zitterten die Beine. Sie wünschte, sie hätte ihren Bogen und einige Pfeile dabei, mit denen sie die Wölfe abschießen könnte, doch der Bogen lag inmitten der Asche ihres Zeltes, und sie hatte kein Zutrauen zu ihren Schwertkünsten. So blieb ihr nur der Wanderstab. Sie packte ihn fester und schluckte schwer. Wenn sie noch länger zögerte, wäre alles verloren. Das Pferd hatte bald keine Kraft mehr, und die Wölfe wurden immer kecker.

Mit wildem Geheul rannte das Mädchen den Abhang hinunter. Ihr verletzter Knöchel schmerzte; mehrfach taumelte sie. Die Wölfe wirbelten überrascht herum und stellten sich der neuen Bedrohung, und das Pferd wieherte herausfordernd. Bevor die Jäger erkannten, in welcher Gefahr sie schwebten, war Gabria über ihnen. Sie wirbelte ihren Stab wie eine Sense. Die Wölfe sprangen und schnappten nach ihr, doch Gabria trieb sie mit der Kraft der Verzweiflung zurück. Ein Wolf ging mit gebrochenem Rückgrat zu Boden. Ein anderer lag winselnd mit zerschmettertem Brustkorb da. Ein dritter sprang zur Seite. Das Pferd packte ihn mit den Zähnen und schleuderte ihn hoch in die Luft. Gabria benutzte ihren Umhang als Armschoner und ihren Wanderstab wie ein zweischneidiges Schwert, um die Wölfe von dem Tümpel wegzutreiben. Als sie den Fuß der Berge erreicht hatten, ergriffen sie die Flucht.

Gabria schaute ihnen nach, wie sie hinter dem Hügelkamm verschwanden; dann drehte sie sich um und starrte mit einiger Überraschung auf die Kadaver, die in dem trockenen Bachbett lagen. Plötzlich schien etwas in ihr zu zerbrechen. Sie stützte sich matt auf ihren Stab und fühlte sich vollkommen erschöpft. Ihr ganzer Körper schmerzte. Eine Weile stand sie so da und schnappte nach Luft. Sie schwitzte und zitterte vor Benommenheit.

Das Mädchen schaute das wilde Pferd mit trübem Blick an und fragte sich, was sie als Nächstes tun sollte. Das große Tier bewegte sich nicht und starrte sie still an. Mit Erleichterung stellte Gabria fest, dass es die Ohren nicht eng an den Kopf gelegt, sondern aufgestellt hatte. Das Pferd schien zu begreifen, dass dieser Mensch kein Feind war.

Der Abend war in die Nacht hinübergedämmert, und der Vollmond stieg über der Ebene auf; sein Silberlicht floss in den Bachlauf und glimmerte auf dem stehenden Wasser. Gabria humpelte zum Rand des Schlammlochs, wo sie sich erschöpft hinsetzte und das Pferd beobachtete. Obwohl das Tier über und über mit Schlamm bespritzt war, erkannte Gabria deutlich, dass es sich um ein gewaltiges Geschöpf handelte. Seine Schulterhöhe betrug vielleicht achtzehn Fuß. Gabria wand sich innerlich bei der Frage, wie sie dieses mächtige Tier aus seiner Falle befreien sollte. Doch sie durfte das Hunnuli keinesfalls allein hier zurücklassen. Die Wölfe könnten wiederkommen, und das Pferd war nicht in der Lage, sich selbst zu befreien. Aber wie sollte sie ihm helfen? Sie hatte kein Werkzeug, kein Seil und nur noch geringe Kräfte. Natürlich besaß das Hunnuli aufgrund seiner gewaltigen Größe eine unglaubliche Stärke, doch wenn es zu angestrengt gegen den zähen Schlamm ankämpfte, würde es sich zu Tode erschöpfen.

Das Mädchen schüttelte den Kopf. Wenigstens schien das Pferd nicht noch tiefer zu sinken. Gabria hoffte, dass der Boden unter dem Schlamm gefroren war und das Pferd während der Nacht zu tragen vermochte. Sie selbst konnte vorerst nichts tun. Sie war schrecklich müde und zu keinem klaren Gedanken mehr fähig.

Nach einer Weile fühlte Gabria sich etwas besser. Sie stand auf und ging langsam um den Tümpel herum. Dabei starrte sie das Pferd an und legte die Stirn in Falten. Irgendetwas, das sie im Licht des Mondes nicht deutlich erkennen konnte, war seltsam an diesem Pferd. Sein glänzendes schwarzes Fell war dreckverschmiert, Blut quoll aus der Halswunde und bildete ein klebriges Rinnsal am Widerrist. Aber das Blut war nicht das Seltsame. Da war noch etwas anderes ... etwas Ungewöhnliches für ein anscheinend gesundes Pferd. Dann erkannte sie es.

O nein!, dachte Gabria. Das also ist der Grund, warum das Hunnuli so leicht in die Falle gelaufen ist! Es ist eine Stute. Eine trächtige Stute.

Gabria blieb nun keine Wahl mehr. Ihr wurde klar, dass sie das Hunnuli entweder befreien oder bei diesem Versuch sterben würde. Sie warf einen Blick zum Kopf des Pferdes und bemerkte, dass die Stute sie aufmerksam anstarrte. Ihre Blicke trafen sich. Gabria taumelte zurück. Solche Augen hatte sie noch bei keinem Geschöpf gesehen. Sie waren wie Bälle aus erleuchteter Nacht; sie glänzten im Sternenlicht und zeugten von unglaublichem Verstand. Sie blickten Gabria mit einer Mischung aus Überraschung, Misstrauen und einer beinah menschlich anmutenden Spur von Ungeduld an.

»Wie bist du bloß in eine solche Lage geraten?«, keuchte Gabria leise. Ehrfurcht mischte sich in ihre Stimme.

Die Stute schnaubte widerwillig.

»Es tut mir Leid; das war eine ungerechte Frage. Ich muss Feuerholz suchen. Ich komme zurück.«

Sie war es gewohnt, mit einem Pferd wie mit einem menschlichen Wesen zu reden, doch diesmal hatte Gabria den seltsamen Eindruck, dass die Stute sie verstand.

Gabria legte sich den Umhang über die Schultern, denn die Luft war bitterkalt geworden, und holte ihr Gepäck. Auf dem Rückweg fand sie einen abgestorbenen Baum und brach von ihm genug Holz für die Nacht ab. Schließlich zerrte sie die toten Wölfe aus dem trockenen Bachlauf und ließ sie in Windrichtung hinter dem Lagerplatz liegen.

Sie entzündete ein kleines Feuer im Schutz einer Klippenwand, wo das Pferd sie sehen konnte, und legte den größten Teil des

Brennholzes für Notfälle beiseite. Gabria hatte nur altbackenes Brot und Dörrfleisch, doch sie aß es dankbar. Zum ersten Mal, seit sie aus dem zerstörten Corin-Treld geflohen war, verspürte sie Hunger.

Eine Weile saß sie schweigend da und starrte das Pferd an. Es türmte sich in der Dunkelheit als tief dunkler Umriss am Rande des Feuerscheins auf. Manchmal regte es sich; dann spiegelten sich die Flammen in seinen Augen wider. Gabria erschauerte. Die Schwärze kroch heimtückisch bis in ihre Gedanken. Feuerzungen leckten durch ihr Gedächtnis, und die Phantome der Erinnerung wuchsen aus den Schatten hervor. Die Flammen loderten auf und nieder und waren mit Blut getränkt. Überall war Blut. Ihre Hände, ihre Kleider und sogar ihr scharlachfarbener Umhang waren blutbespritzt und stanken nach Tod.

Das Mädchen starrte auf seine Hände und auf die Flecken, die es nicht abwaschen konnte. Gabrias Hände würden nie mehr sauber sein. Sie rieb wild die Handflächen gegen die Hosenbeine und jammerte wie ein verwundetes Tier. Tränen brannten in ihrem Kopf, doch die Augen blieben trocken, während sie mit glasigem Blick auf den Boden schaute. Ihre Schultern erzitterten unter stillen Schluchzern.

»Es tut mir Leid, Vater!«, rief sie. Über ihr folgte der Mond seinem unsichtbaren Pfad, und ein feuchter, kalter Wind wehte in den Bergen. Hinter dem Bachlauf ertönten die Laute zankender Wölfe, die an den Kadavern ihrer Toten zerrten.

Es verging eine lange Zeit, bis schließlich das Feuer erstarb und die Phantome in Gabrias Gedanken verblassten. Mit den Bewegungen einer alten Frau schürte sie das Feuer, dann wickelte sie sich in ihren Umhang und schlief unter dem Druck der völligen Erschöpfung ein.

Ein Pferd wieherte durchdringend und fordernd durch das Donnern der Huftritte auf dem gefrorenen Boden. Halb erahnte Umrisse berittener Männer beugten sich herab und setzten die Filzzelte in Brand. Schwerter blitzten in den lodernden Flammen auf, als die Angreifer die Leute niedermetzelten, und Schrei um Schrei hallte im Dunst wieder, bis sie sich zu einem einzigen qualvollen Jammern vereinigten.

Gabria schreckte aus dem Schlaf hoch. Ihr Herz raste, als der Schrei auf ihren Lippen erstarb. Sie schlang den Umhang enger um sich und zitterte infolge des Traums, der noch immer ihre Gedanken umwölkte. Wieder wieherte ein wütendes Pferd. Der unerwartete Laut vertrieb den Albtraum und machte das Mädchen vollends wach. Dieses Wiehern war kein Traum. Sie setzte sich ruckartig auf und blinzelte das Hunnuli an. Die Stute schaute mit offensichtlicher Ungeduld zu ihr herüber. Gabria erkannte, dass die Sonne bereits über der Ebene stand, auch wenn ihre wärmenden Strahlen den ausgetrockneten Bachlauf bislang nicht erreicht hatten. Die Kälte der Nacht klebte noch an den Schatten, und Frostblumen blühten überall, sogar auf der schlammverkrusteten Mähne der gefangenen Stute.

Gabria seufzte. Sie war dankbar, dass die Nacht vorüber war und die Wölfe keinen neuen Angriff unternommen hatten. Unendlich vorsichtig stand sie auf; sie befürchtete, jeden Augenblick in Stücke zu springen. Ihre Muskeln fühlten sich an, als wären sie versteinert.

»Es tut mir Leid«, sagte sie zu dem Pferd. »Ich wollte nicht so lange schlafen. Aber jetzt fühle ich mich besser.« Sie streckte und drehte die Glieder. »Vielleicht kann ich dir nun helfen.«

Die Stute wieherte, als ob sie sagen wollte: »Das hoffe ich doch sehr.« Ein dünnes Lächeln flog über die Lippen des Mädchens und erleuchtete für einen Augenblick ihre blassen grünen Augen, dann war es wieder verschwunden und die Schmerzen, die nunmehr seit drei Tagen ihr Gesicht verzerrten, kehrten zurück.

Gabria saß bei dem neu entfachten Feuer und leerte ihren Rucksack auf dem Boden aus. Sie besaß wenig, was ihr helfen konnte, ein riesiges Pferd aus einer Schlammfalle zu ziehen: nur einen Beutel mit Nahrung, einige Salbtöpfchen, einen Dolch aus feinem Stahl, welcher der ganze Stolz ihres Vaters gewesen war, ein Ersatzhemd sowie etwas Krimskrams, den sie aus dem niedergebrannten Zelt ihrer Familie gerettet hatte. Das alles hätte sie nun mit Freuden für ein festes, langes Seil und einen Spaten hergegeben.

Sie saß eine Weile da und hatte nicht die geringste Ahnung, was sie als Nächstes tun sollte. Dann umrundete sie den Tümpel und überdachte alle denkbaren Möglichkeiten, während die Stute sie aufmerksam im Auge behielt. Im Tageslicht bemerkte Gabria, dass die Stute nicht die feinknochige Anmut der harachanischen Pferde besaß, an die Gabria gewöhnt war. Der Kopf des Hunnuli war klein im Vergleich zu seinem gewaltigen Hals, dessen prächtige Wölbung in einen breiten Rücken auslief. Der Brustkorb war mächtig und muskulös und die Schultern ein Bild von Kraft. Granit lag in den Knochen, Stahl in den Muskeln und Feuer im Blut.

»Nun«, sagte Gabria schließlich und stemmte die Hände in die Hüften. »Ich kann im Augenblick nur an eines denken: an etwas zu essen.«

Sie breitete den Inhalt des Rucksacks auf ihrem Mantel aus, rollte ihn zusammen und legte ihn beiseite. Dann ging sie mit ihrem Messer und dem leeren Rucksack auf die Suche nach Gras. Auf dem Hügelkamm legte sie eine Pause ein und beobachtete, wie die Sonne in dem wolkenlosen Himmel immer höher stieg. Trotz der frühen Jahreszeit würde es ein schöner Tag werden. Der Wind hatte sich gelegt und ein frischer Duft von jungem Wachstum stieg von dem sich langsam erwärmenden Land auf. Einige Flecken hartnäckigen Schnees klammerten sich noch an geschützte Berghänge, doch der meiste Winterschnee war bereits geschmolzen.

Vor ihr fiel das Vorgebirge in das Hornwachttal ab. Es war ein saftiges, breites Flusstal und der bevorzugte Überwinterungsort des Geldring-Klans, ihrer Rivalen. Hinter dem Fluss stieg das Land bis zu den Himachalbergen an. Die kleine, zerklüftete Bergkette stand wie nachträglich eingefügt inmitten des Graslandes. Von ihrem Fuß aus erstreckte sich die gewaltige Steppe von Ramtharin meilenweit bis zu den Meeren der Ostkönige. Dies war das Land der zwölf Klane von Valorian und das Gebiet der harachanischen Pferde, der flinken, kleineren Verwandten der Hunnuli. In der Steppe war es im Sommer heiß, im Winter kalt, während des größten Teils des Jahres trocken und immer gefährlich für alle, die diesem Landstrich keine Achtung entgegenbrachten. Die Steppe bot ihren Bewohnern wenig außer Wind und der großen Einsamkeit ihrer sanften Hügel, doch das Gras war üppig und die blinkende Himmelskuppel bedeutete den Klanen mehr als alle Paläste des Ostens.

Hinter Gabria erstreckten sich die Dunkelhornberge nach Süden und schließlich nach Westen. Irgendwo jenseits dieser Biegung lagen das Tal des Goldrine und das Winterlager des Khulinin-Klans. Sie schaute nach Süden und hoffte etwas zu sehen, das ihr Mut gab, doch alle ihr bekannten Orientierungspunkte waren in purpurfarbenem Dunst verschwunden. Sie biss sich auf die Lippen, als sie an die vielen Meilen dachte, die noch vor ihr lagen; doch jetzt wartete eine andere Aufgabe auf sie.

Gabria hatte den Rucksack rasch mit trockenem Gras für die Stute und mit halb gefrorenen Winterbeeren für sich selbst gefüllt. Die Ausbeute war mager für ein Pferd von solcher Größe, doch die Sommersonne des letzten Jahres hatte das alte Steppengras gut getrocknet, und es war recht gehaltvoll. Das Hunnuli würde eine Weile davon leben können.

Das Pferd wartete gespannt auf die Rückkehr des Mädchens und begrüßte Gabria mit einem hallenden Wiehern.

»Das ist vorerst alles«, sagte Gabria zu dem Tier. »Später hole ich mehr davon.« Vorsichtig legte sie das Gras in Reichweite der Stute. Sie schnappte nach der angebotenen Nahrung und warf den Kopf hin und her, während sie gierig schluckte.

Inzwischen überlegte Gabria, was sie als Nächstes tun sollte. Sie prüfte jede Möglichkeit, die ihr in den Sinn kam, auch wenn sie zunächst lächerlich erschien, doch es gab nur einen einzigen Erfolg versprechenden Weg. Der Gedanke daran überwältigte sie beinahe. Sie musste die Stute aus dem Schlammloch ziehen.

Glücklicherweise war das Wasser während der Nacht aus dem Tümpel abgeflossen und hatte den tiefen, dicken Schlick zurückgelassen. Die gleichen Eigenschaften, die diesen Schlick so tückisch machten, halfen ihr jetzt vielleicht bei ihrem Vorhaben. Die zähe Masse blieb überall kleben. Falls aber das Hunnuli ausschlug oder Gabria abzuwehren versuchte, wäre es unmöglich, nahe genug an das Tier heranzukommen.

Gabria zuckte die Achseln und hob ihren leeren Rucksack auf. Sie konnte nur hoffen, dass die Stute ihre Bemühungen verstand. Sie lief eines der ausgewaschenen Flussbetten entlang, die in der Senke endeten, und hatte bald gefunden, was sie suchte. In den Querrillen hatten sich eine Unmenge von Kieselsteinen und zerbrochenen Schiefertafeln abgelagert. Rasch füllte Gabria ihren Rucksack und kehrte zu dem Tümpel zurück. Nach einigen weiteren Ausflügen hatte sie einen großen Steinhaufen neben dem Schlammloch aufgeschichtet.

Als Nächstes sammelte sie abgebrochene Zweige, kleine umgefallene Baumstämme, Äste, totes Gebüsch und alles andere auf, was sie brauchen konnte. In einem nahen Kiefernwäldchen schnitt sie große Zweige mit weichen Nadeln ab und zog sie zu dem ständig größer werdenden Geröllhaufen. Endlich war sie fertig.

Keuchend sagte sie zu der Stute: »Ich weiß, dass ich mir deine Freundschaft noch nicht verdient habe, aber du musst mir nun vertrauen. Ich will dich aus dem Loch holen und kann meine Zeit nicht damit vertrödeln, deinen Zähnen aus dem Weg zu gehen.«

Das Hunnuli nickte und schnaubte. Gabria sah das als gutes Zeichen an, ging auf die Vorderbeine der Stute zu und beobachtete dabei die Ohren, die sich in ihre Richtung drehten. Die Stute hielt still und richtete die Ohren auf.

Gabria kniete vor dem Pferd nieder. Mit einem langen, flachen Stein kratzte sie dem Tier den Schlamm von den Beinen. Am Rand des Tümpels war der Matsch nicht sehr tief, sodass Gabria an einigen Stellen bald auf gefrorene Erde traf.

»Ich lege hier eine Rampe für dich an«, erklärte sie dem Pferd. »Dann kannst du stehen, ohne auszurutschen.« Das Hunnuli rührte sich nicht; anscheinend wartete es ab.

Am späten Vormittag war Gabria schweißgebadet und Schlamm bedeckte sie wie eine zweite Kleidungsschicht. Sie stand auf, wischte sich die Hände am Hemd ab und betrachtete ihr Werk. Sie empfand Stolz. Die Vorderbeine der Stute waren vom zähen Schlamm befreit und die Vorderhufe ruhten nun auf einer Rampe aus Geäst, das in den Matsch gedrückt und an beiden Seiten mit Steinen und totem Gebüsch beschwert war. Bauch und Hinterläufe des Pferdes steckten noch im Schlamm, doch Gabria verspürte Erleichterung und ein wenig Hoffnung.

Das Mädchen aß schnell etwas und machte sich wieder an die Arbeit. Zuerst errichtete Gabria eine schmale Plattform im Schlamm neben dem Pferd, sodass sie einen sicheren Stand hatte. Mit der Steinschaufel und den bloßen Händen grub und kratzte sie den Matsch zu beiden Seiten des Hunnuli fort und stützte die entstandene Lücke mit Steinen und Schiefer ab. Es war eine qualvolle Arbeit. Gabrias Rücken fühlte sich bald wie ein Band aus Schmerzen an, und ihre Hände waren wund und mit Blasen übersät. Die Stute beobachtete sie unablässig und verharrte mit Ausnahme einer gelegentlichen Kopfbewegung in Reglosigkeit. Nur der durch den Schlamm peitschende Schwanz verriet ihre unterdrückte Ungeduld.

Als Gabria das Graben einstellte, glommen bereits die ersten Sterne am dämmernden Himmel. Sie schaute die gefangene Stute enttäuscht an und sagte: »Tut mir Leid, aber es dauert wohl noch einen Tag, bis ich dich befreit habe.« Sie seufzte und taumelte auf die Beine. »Ich komme mit dem Graben viel langsamer voran, als ich dachte.«

Sie hatte den ganzen Nachmittag gebraucht, bis sie ein bedrückend kleines Stück Schlamm um das gewaltige Pferd herum abgetragen hatte. Bei dieser Geschwindigkeit würde sie mehrere Tage brauchen, bis die Stute vollständig befreit war. Müde und enttäuscht sammelte Gabria erneut Gras für das Pferd und rieb ihm die Vorderbeine, damit sie nicht anschwollen. Das Mädchen wurde mit einem sanften Wiehern belohnt.

Verwundert sah Gabria das Hunnuli an. Die Stute erwiderte den Blick gelassen; ihre Augen leuchteten wie schwarze Perlen. Einer plötzlichen Regung folgend, beugte sich Gabria vor und vergrub das Gesicht in der dicken Mähne des Hunnuli. Sie hatte nicht geglaubt, nach der Vernichtung ihres Heims und ihrer Familie jemals wieder etwas fühlen zu können. Sie hatte angenommen, all ihre Empfindungen seien beim Anblick der verstümmelten Leichname ihrer Brüder verdorrt. Nur der Wunsch nach Rache hatte sie aufrechterhalten und ihr Herz erfüllt. Doch dieses gefangene Pferd erweckte ein Gefühl der Zuneigung in ihr, und die zerschmetterten Überreste ihres alten Selbst verlangten verzweifelt nach Trost. Vielleicht nimmt mich dieses große Pferd als Freundin an, dachte sie in quälender Sehnsucht. Wenn ja, dann war diese Freundschaft ein ganzes Leben härtester Arbeit wert.

Doch nach einer Weile stand sie auf, rieb sich das Gesicht und tadelte sich wegen ihrer Hirngespinste. Hunnuli erkannten nur Krieger und alte Zauberer an, nicht jedoch verbannte Mädchen. Die bloße Vorstellung war lächerlich. Sie säuberte sich so gut wie möglich und entfachte wieder das Feuer, aß etwas Brot und war eingeschlafen, bevor die Flammen zu Asche erstarben.

Der nächste Morgen dämmerte trüb herauf und brachte einen kurzen, aber heftigen Schneeschauer mit. Die Berge waren hinter einem Schleier aus grauen und silbernen Wolken verborgen und der Wind pfiff durch die Täler. Gabria wachte mit einem Stöhnen auf. Ihr war kalt und ihr Körper schmerzte so sehr, dass sie sich kaum bewegen konnte. Schultern und Rücken schienen eine einzige Wunde zu sein, und die Arme fühlten sich von den Anstrengungen des vergangenen Tages wie versteinert an. Eine eingehendere Untersuchung ergab, dass der Fußknöchel noch immer geschwollen war. Gabria ächzte gereizt und zog die Stiefel an. Wenn es so weitergeht, haben die Wölfe zwei Mahlzeiten, dachte sie, als sie den Schnee von ihrem Umhang abschüttelte. Sie verband ihren Knöchel, damit er besseren Halt hatte, und hoffte, der Rest ihres geschundenen Körpers würde sich von allein erholen.

Das Hunnuli beobachtete sie, während sie aß, und zeigte nicht mehr dieselbe Ungeduld wie noch am Tag zuvor. Der Schnee hatte das schwarze Fell des Pferdes gesprenkelt, sodass es aussah wie ein Sternhaufen am Mitternachtshimmel. Gabria wagte nicht, den Schnee abzubürsten. Sie schaute das Tier besorgt an und fragte sich, ob etwas nicht in Ordnung war. Das wilde Pferd schien ungewöhnlich zahm zu sein.

Das Mädchen wurde noch unruhiger, als das Hunnuli eine Hand voll frischen Grases verschmähte. Seine Augen waren verdreht und matt; es war, als ob sich ihr Glanz nach innen gekehrt hätte.

»Bitte sag mir, dass das nicht stimmt«, meinte Gabria, als ihr die Lage klar wurde. Die Stute bewegte sich ruhelos im Schlamm und rieb sich mit der Nase am Bauch. Unter all dem Schlamm war nicht viel zu erkennen, aber einige Anzeichen waren untrüglich. Wenn Gabria Recht hatte, würde die Stute bald fohlen. Der Schrecken des Angriffs und die zwei Tage im Schlammloch hatten vermutlich eine Frühgeburt ausgelöst. Gabria starrte auf die ausgebauchten Flanken des Pferdes und fragte sich, wie weit es schon sein mochte.

Verzweifelt machte sich Gabria an die Arbeit. Nun musste sie an einem Tag all das ausgraben, was sie eigentlich an zwei Tagen hatte schaffen wollen. Etwas Schlamm war in der Nacht zurückgerutscht, doch grundsätzlich hatten die Wände gehalten. Gabria grub weiter entlang des Bauches und hinunter bis zu den Lenden. Sie sah, dass das Fohlen sich gesenkt hatte, und hoffte, es würde eine leichte Geburt sein. Die Stute war durch ihre Gefangenschaft geschwächt und steif und nicht in der Lage, eine schwierige Geburt durchzustehen.

Der Morgen verging langsam. Immer wieder wechselten sich Schneefall und warmer Sonnenschein ab. Gabria legte einige Pausen ein, um mehr Schiefer und Astwerk zu holen, und arbeitete dann so schnell weiter, wie es ihr geschundener Körper erlaubte. Einmal musste sie aufhören und erst einmal die blutigen Blasen und Fleischwunden an den Händen verbinden.

Am späten Nachmittag näherte sich Gabria dem Ende ihrer Kräfte. Allein ihr unumstößlicher Wunsch, die Stute und ihr ungeborenes Fohlen zu befreien, gaben ihr die Stärke weiterzugraben. Ihre Bewegungen wurden mechanisch: den Schlamm herausschaufeln, ihn zur Seite werfen, Steine in das entstandene Loch legen. Die Schmerzen in Rücken und Armen vereinigten sich zu einer einzigen Pein und verblassten, als Gabria an die Grenzen ihrer Ausdauer gelangte. Nach einer Weile wurde es leicht, den schmelzenden Schnee, der durch ihre Kleider sickerte, nicht mehr zu beachten. Sie richtete ihr ganzes Denken auf den Kampf gegen ihre wachsende Mattigkeit.

Die Stute wurde unruhig. Ein schwaches Zittern kräuselte ihre Flanken und verärgert warf sie den Kopf herum. Um das Pferd zu beruhigen und sich selbst in Bewegung zu halten, redete Gabria los.

»Es tut mir Leid, Schöne, dass es so lange dauert. Ich verspreche dir, dich vor der Niederkunft zu befreien. Auf so etwas war ich nicht vorbereitet.« Sie lachte verbittert und warf eine Hand voll Schlamm hinter sich.

»Weißt du, wie viel übrig bleibt, wenn ein Lager niedergebrannt wird? Sehr, sehr wenig. Etwas verkohltes Seil, ein wenig geschwärztes Metall und lauter Aschehaufen. Und viele Leichname – erstochen und aufgeschlitzt oder mit Pfeilen durchbohrt oder von Pferdehufen zerschmettert oder verbrannt. Jedenfalls tot. Allesamt tot. Sogar die Kinder. Die Pferde und Nutztiere sind fort. Nichts ist mehr da. Nur Tod, Leere und Gestank.«

Das Hunnuli beruhigte sich und beobachtete Gabria mit einem unheimlichen Ausdruck des Verstehens und Mitgefühls, doch das Mädchen stand über ihre Arbeit gebeugt und sah die Augen des Pferdes nicht.

»Das ist bisher noch nie passiert. Oh, wir kämpfen häufig. Nichts liebt ein Klanmann mehr als einen guten Kampf. Aber nicht solch einen Kampf. So etwas nicht. Das war ein Massaker!« Sie rieb sich heftig die Augen.

»Ich habe meine Brüder zusammen gefunden«, fuhr Gabria tonlos fort.« Sie hatten Rücken an Rücken gekämpft, und das Blut ihrer Feinde ist reichlich geflossen. Ich habe es gesehen. Die Mörder haben ihre eigenen Toten mitgenommen, doch sie haben eine Menge Blut hinterlassen. Aber meine Brüder sind ihnen wohl zu gefährlich gewesen. Am Ende haben diese Feiglinge sie mit Lanzen durchbohrt, anstatt mit ihnen wie Männer zu kämpfen. Vater ist vor seiner Halle gestorben; seine Herdwache – seine auserwählten Krieger – haben ihn bis zum letzten Mann verteidigt. Es ist niemand mehr übrig.«

Gabria schwieg eine Weile, und die Geister ihres toten Klans suchten sie in der Erinnerung heim. Selbst ihre körperlichen Schmerzen vermochten nicht die quälende Einsamkeit zu überdecken, die ihre Seele in Angst versetzte.

»Ich bin die Einzige«, sagte sie grimmig. »Ich war nicht da, als sie mich brauchten. Ich bin weggelaufen wie eine verzogene Göre, weil mein Vater sagte, ich solle verheiratet werden. Als ich zurückkam und mich für meine hitzigen Worte entschuldigen wollte, war er tot. Ich habe meine gerechte Strafe erhalten.« Sie hielt einen Augenblick inne; dann fuhr sie fort.

»Nun muss ich mir das Recht erkämpfen, Mitglied eines anderen Klans zu werden. Ich bin weder Mann noch Frau. Ich bin eine Verbannte!« Gabria warf eine Hand voll Steine in den Schlamm. »Das ist die Ironie des Schicksals, Hunnuli. Es war eine Bande Verbannter und Abtrünniger, die meinen Klan aus dem Hinterhalt überfallen hat. Verbannte, die Lord Medb, dieser faulige Misthaufen, losgeschickt hat.

Aber dafür wird er Wergeld bezahlen, Hunnuli. Er glaubt, es ist niemand mehr übrig, der von diesem Massaker weiß. Aber ich weiß es, und ich weiß auch, dass Lord Medb sterben wird. Ich, Gabria vom Klan Corin, werde mir mein Wergeld in seinem Blut auszahlen lassen. Er hat keine Ahnung, dass ich noch lebe, aber bald wird er es erfahren. Möge sein Herz bei dem Gedanken erzittern, dass sein Verrat unter den Klanen und in der ganzen Welt bekannt wird.«

Ohne Vorwarnung wurde Gabria schwindlig, und sie fiel gegen die Stute. Das Mädchen lag keuchend über dem warmen Rücken des Pferdes, während ihr ganzer Körper vor Wut und Erschöpfung zitterte. »Ich muss weitermachen.« Ihre Stimme klang rau.

Das Hunnuli blieb ruhig und erlaubte es, dass sich das Mädchen ausruhte, bis sich seine Muskeln langsam entspannten und das starke Zittern nachließ. Schließlich richtete sich Gabria wieder auf. Außer der harten Linie um den Mund, die ihre mühsam wiedergewonnene Beherrschung andeutete, war ihr Gesicht ausdruckslos.

Es wurde dunkel und wieder setzte leichter Schneefall ein. Trotz ihrer Erschöpfung bemerkte Gabria, dass die Stute unruhiger wurde. Gabrias Sorgen wuchsen, denn wenn die Stute jetzt fohlte, würde sie sich noch nicht aus dem Schlamm ziehen können. Es war Zeit, das Hunnuli endlich zu befreien.

Gabrias Beine schmerzten von der gebeugten Haltung. Sie bahnte sich einen Weg von der Holzplattform zum Rand des Schlammlochs. Die Stute wieherte gereizt. Sie rollte besorgt mit den Augen.

»Ja, ich glaube, ich bin fertig«, sagte Gabria. »Aber ich wünschte wirklich, ich hätte ein Seil.« Sie warf rasch noch einige Kiesel auf die Rampe, sodass die Stute einen besseren Halt hatte.

In einem unregelmäßigen Kreis um das Pferd war bereits viel Schlamm entfernt worden, doch die schwere Stute steckte noch immer mit den Hinterbeinen im zähen Matsch, und auch unter ihrem Bauch lag noch eine ganze Menge davon. Das Mädchen hoffte, das Pferd werde sich nun aus eigener Kraft und mit Hilfe der Rampe befreien können. Gabria selbst vermochte nichts mehr zu tun.

»Jetzt liegt es an dir«, sagte sie zu dem Pferd.

Das Hunnuli verstand. Es beruhigte sich und schloss die Augen. Seine Muskeln traten hervor, als es seine ganze Kraft zu einem gewaltigen Aufbäumen zusammennahm. Der Hals beugte sich und zitterte unter der Anstrengung. Die Nüstern flatterten, als der Atem aus ihnen wie aus einem Vulkanschlot dampfte. Dann stürzte die Stute ohne Vorwarnung nach vorn und kämpfte mit ihrer ganzen Kraft gegen den zähen Schlamm an. Die Muskeln ballten sich zu schwarzen Tauen entlang des Halses und Rumpfes. Die Sehnen dehnten sich so weit, dass Gabria befürchtete, sie könnten reißen. Die Stute setzte ihre großen Hufe auf die Rampe, stemmte sich aus dem Schlamm und kämpfte um jeden Zoll Freiheit.

Gabria sank auf die Knie; sie war gefesselt von den Anstrengungen des Pferdes. Sie fühlte sich hilflos, da sie nur zuschauen konnte, doch sie wäre bloß im Weg, wenn sie zu helfen versuchte. Neben den gewaltigen Kräften des schwarzen Pferdes war kein Platz für ihre eigenen schwächlichen Bemühungen.

Allmählich ließ der Schlamm seine Beute los. Die Vorderbeine der Stute sprangen einen Schritt vorwärts und trieben die Holzstämme tiefer in die Erde. Das Tier zog die Hinterbeine Zoll für Zoll in Richtung Ufer. Sein Bauch kam aus dem Schlamm heraus; Klumpen hingen an der Unterseite und dem gedehnten Euter. Mit einer letzten Kraftanstrengung warf sich die Stute nach vorn. Das eine Hinterbein kam frei und berührte die Rampe, dann war das andere an der Reihe. Mit einem triumphierenden, durch das Tal hallenden Wiehern erhob sich die Stute aus dem Schlammloch. Gabria stand auf und weinte vor Erleichterung. Sie hatten es geschafft! Sie warf ihren Baggerstein so weit fort wie möglich und schrie vor Freude, als sie hörte, wie er auf den Boden schlug.

Unvermittelt verstummte sie. Das Hunnuli stand vor ihr; seine schwarze Gestalt überragte Gabria weit, und es bog stolz den Hals. Bevor Gabria begriff, was los war, bäumte sich das Pferd auf. Trotz ihres steifen Körpers und ihrer schmerzenden Beine warf die Stute den Kopf zurück und stellte sich auf die Hinterläufe. Auf diese Weise bezeugten die Hunnuli seit je ihre Ehre und Hochachtung. Dann sprang die Stute zur Seite und galoppierte aus dem Tal. Ihre Huftritte verklangen in der Dunkelheit.

Gabria schwirrte der Kopf. Ein Hunnuli hatte ihr Ehre erwiesen – einem Mädchen, einer Verbannten! Niemand durfte von sich behaupten, er beherrsche ein Hunnuli; was sie gaben, gaben sie nur freiwillig. Gabria konnte nicht glauben, dass ein solches Tier wirklich Hochachtung vor ihr bezeugt hatte.

Sie starrte wie betäubt auf den Schlamm, der langsam wieder in das Loch zurücksackte. Ihr Blick verschwamm und die Berge um sie herum schwankten.

Ihre Muskeln schienen zu gefrieren, und bevor sie etwas unternehmen konnte, brach Gabria auf dem Boden zusammen. Leere strömte in ihren Kopf.

Zwei

Hilf mir!, rief eine Stimme in ihren Träumen. *Hilf mir, Gabria.*
Sie wandte sich von der eindringlichen Stimme ab und wünschte, sie würde verstummen. Die Stimme war seltsam, beinahe nichtmenschlich, und irgendwie wusste sie, dass es eine weibliche Stimme war, aber das war Gabria gleichgültig. Sie wollte nur allein gelassen werden. Sie wollte nicht wissen, wer da sprach; ihr war so kalt. Etwas Warmes strich ihr sanft über die Wangen. Sie drückte es schwach beiseite und fragte sich leise, warum ihr Arm so schwerfällig war. Nicht dass es wichtig war; es kostete sie zu große Anstrengungen, den Grund dafür herauszufinden. Schlafen war angenehmer.

Das Ding drückte stärker gegen sie.

»Lass mich in Ruhe«, murmelte sie.

Plötzlich schlug etwas Schweres neben ihr auf die Erde. Das Mädchen zuckte zusammen und öffnete langsam die Augen. Der Mond war schon lange untergegangen und der Himmel bewölkt. Es herrschte beinahe vollkommene Finsternis. Gabria konnte nicht weiter sehen als ein paar Fuß über ihre ausgestreckte Hand hinaus. Erschöpft und frierend rollte sie zur Seite und versuchte sich aufzurichten. Da sah sie einen gewaltigen schwarzen Schatten über ihr. Angst durchzuckte sie. Sie schrie auf, warf die Arme hoch und wich vor der schrecklichen Erscheinung zurück.

Hilf mir, ertönte wieder die bettelnde Stimme in ihrem Kopf. Gabria duckte sich und starrte wild umher. Sie hatte kein anderes Geräusch als das ihres klopfenden Herzens gehört. Woher war die Stimme gekommen? Die schwarze Gestalt hatte sich nicht bewegt und starrte sie immer noch mit Augen an, in denen ein blasses, unheimliches Licht glomm. Sie wieherte sanft, aber eindringlich.

Gabria stieß einen lauten Seufzer der Erleichterung aus. »Hunnuli?«, fragte sie.

Sie erhob sich unter heftigem Zittern und starrte das Pferd überrascht an. Irgendetwas stimmte ganz und gar nicht. Gabrias Angst um sich selbst löste sich auf. Sie tastete sich zur Flanke des Pferdes vor und stellte entsetzt fest, dass das Tier schrecklich bebte und trotz des kalten Windes schwitzte.

Gabria ertastete sich den Weg zu ihrem kleinen Lager und schürte das Feuer zu einer lodernden Flamme. Die Feuerzungen erleuchteten das Hunnuli, und im unsteten Licht sah Gabria ihre schlimmsten Befürchtungen bestätigt. Bei der Stute hatten die Wehen bereits vor einiger Zeit eingesetzt, wie der geneigte, sonst so stolze Kopf und das Zittern bewiesen, welches ihr schlammbespritztes Fell durchzuckte. Das Tier war schweißnass und hatte die Ohren ängstlich zurückgelegt.

Gabria streichelte den Hals des Pferdes ganz behutsam, um es nicht aufzuschrecken, und ging vorsichtig an ihm vorbei zum Hinterteil. Sie hatte noch nie allein bei der Geburt eines Fohlens geholfen, doch sie hatte sich zusammen mit ihrem Vater um trächtige Stuten gekümmert und wusste, worauf es ankam. Das Pferd stand unbeweglich da und keuchte heiser, als Gabria es untersuchte.

»Armes Hunnuli«, sagte sie. »Wie schwer du es hast. Dein Fohlen ist so groß. Vielleicht hat es sich sogar in dir gedreht.« Sie betete inständig, dass es keine Steißgeburt sein würde. Die Fruchtblase der Stute war schon vor einiger Zeit geplatzt und ihr Geburtskanal war unangenehm trocken. Falls das Fohlen sich gedreht hatte, wäre Gabria nicht stark genug, es entgegen die natürlichen Wehen seiner Mutter zurückzudrücken, dann umzudrehen und herauszuholen. Sie konnte nur hoffen, dass ein anderer Grund eine leichte Geburt verhinderte. Sie wusste nicht einmal, ob das Fohlen noch lebte, aber wenn sie dieses oder die Stute retten wollte, musste sie schnell handeln.

Rasch kratzte Gabria etwas Schnee in ihren kleinen Wasserbeutel und stellte ihn neben das Feuer. Sie durchwühlte ihre wenigen Habseligkeiten und kramte einen Salbentopf und ihr zweites Hemd hervor. Hastig riss sie das Hemd in Streifen und band diese mit winzigen Knoten zu einem weichen Seil mit einer Schlinge am einen Ende zusammen. Sobald der Schnee in dem Ledersack geschmolzen war, wusch sie sich mit dem Wasser die Hände und den Arm. Dann nahm sie einen großen Klecks Salbe und rieb sich damit Hand und Unterarm ein.

Das Mädchen nahm das Seil, bemühte sich, es sauber zu halten, und stellte sich neben die Stute. Was sie nun tun musste, war sowohl für das Tier als auch für sie selbst unangenehm; sie hoffte, das Tier sei zu erschöpft, um sich zu wehren. Mit äußerster Vorsicht steckte sie die Hand mit der Schlinge in den Geburtskanal des Pferdes. Die Stute warf den Kopf herum, leistete aber keinen Widerstand.

Gabria hatte bald die Vorderläufe des Fohlens gefunden. Sie wand die Schlinge um die kleinen Hufe und zog sie fest; dann drückte sie den Arm an den Knien des Fohlens vorbei und kämpfte gegen die Wehen der Stute an, die ihre Hand mit unglaublicher Kraft quetschten. Als sie den Kopf des Fohlens ertastet hatte, seufzte sie vor Erleichterung auf, denn es handelte sich nicht um eine Steißgeburt. Der Kopf war bloß gedreht und stieß gegen den Beckenknochen.

Gabrias Erleichterung wurde plötzlich von einem Gefühl des Entsetzens überlagert. Ihr sank das Herz, als sie mit den Fingern an der Wange des Fohlens entlangfuhr. Der Körper war steif und ohne die zuckenden, warmen Bewegungen eines lebendigen Fohlens. Verzweifelt richtete sie den kleinen Kopf gerade und zog ihren Arm fort. Die Stute hatte dies offenbar gespürt und legte sich nun hin, während Gabria das Seil packte. Bei jeder Wehe zog das Mädchen fest an und sprach dabei sanft mit der Stute, um sie zu beruhigen und ihre eigene Angst zu verbergen.

Schließlich war das Fohlen geboren. Es lag auf der kalten Erde, eingeschlossen in den Mutterkuchen und mit tot glänzenden Augen. Gabria entfernte den Sack und die Nachgeburt und säuberte die Nüstern des Fohlens, obwohl sie wusste, dass ihre Anstrengungen zwecklos waren. Das kleine Pferdchen war während der langen Niederkunft erstickt.

Das Mädchen setzte sich jäh auf den Boden und starrte das tote Fohlen an. Das war nicht gerecht, schrie ihr Herz. Warum kam sie immer zu spät? Das Kleine war ein Hengst mit vollkommenen Körpermaßen und mit einem weißen Streifen auf der schwarzen Schulter. Gabrias Augen füllte sich mit Tränen. Wenn sie nicht schon wieder versagt hätte, würde das Füllen jetzt sein neues Leben entdecken.

Die Stute lag reglos und halb tot vor Erschöpfung da. Sie machte keine Bewegung auf ihr Neugeborenes zu, als ob sie wüsste, dass es ihrer Hilfe bereits nicht mehr bedurfte. Das Pferd schloss die Augen und atmete ruhiger. Gabria saß mit den Armen auf den Knien da und hielt den Kopf vor Kummer gesenkt.

Das Feuer erlosch allmählich; sein Schein wurde durch den Glanz der aufsteigenden Sonne ersetzt. Die Düsternis der Nacht verschwand. Ein Vogel flötete in einem nahen Stechginsterbusch. Die Wolken zogen sich von den Bergen zurück und hinterließen Gipfel in strahlendem Schneegewand. Die Luft in der Steppe war klar und frisch.

Es war die Sonne, die Gabria schließlich weckte. Wärme kroch in die kalten Glieder des Mädchens und lag auf seinem Halsrücken, bis Gabria endlich den Kopf hob. Sie sog die Luft einer vorbeieilenden Brise tief ein und streckte die Steifheit aus ihren schmerzenden Muskeln.

Die Sonne fühlte sich köstlich an. Es tat so gut, einfach in der Wärme zu sitzen. Doch die Wärme im Rücken erinnerte Gabria an eine mögliche Gefahr. Der Schnee auf den Bergen würde unter dieser Hitze bald schmelzen und das Wasser alle Bachläufe ausfüllen. Das letzte Tauwetter, welches das Schlammloch geschaffen hatte, war nur bis zum Vorgebirge gekommen. Wenn das Schmelzwasser aus den Bergen die ausgewaschenen Täler herabstürzte, bestand die Gefahr, dass Gabria und die Stute ertranken. Es würde etwas dauern, bis sich das Wasser gesammelt hatte, doch Gabria wollte keine Zeit verlieren. Sie war schon zu lange hier. Ihre Nahrungsvorräte und ihre Kraft nahmen rasch ab.

Gabria hob einen Kieselstein auf und schleuderte ihn fort. Sollte sie wirklich weggehen? Sie war so müde. Zu Fuß würde sie etwa fünfzehn Tage brauchen, um den Khulinin-Treld zu erreichen, vorausgesetzt, sie war in guter körperlicher Verfassung. Sie schüttelte den Kopf. Es war unmöglich. So weit war sie in ihrem Leben noch nie gelaufen. Ihre Füße waren bereits mit Blasen übersät und die Sohlen ihrer Stiefel auf der zweitägigen Reise vom Corin-Treld nach hier durchgelaufen. Der immer noch geschwollene und geschwächte Knöchel würde bei einem solchen Gewaltmarsch niemals heilen. Ihre Muskeln waren schon bis zum Zerreißen gespannt, ihre Hände arg zerschunden und ihr Magen leer. Für ein kuscheliges Bett und ein warmes Frühstück würde sie fast alles geben.

Gabria seufzte und stand auf. Es war unwichtig, wie viele Schwierigkeiten sie hatte. Tief in ihrem Innern wusste sie, dass sie niemals aufgeben würde. Sie war die letzte Corin und würde Lord Medb nicht den Gefallen tun, in einem schlammigen Wasserloch zu sterben.

Gabria sah das tote Fohlen an und überlegte, was sie als Nächstes tun sollte. Der kleine Hengst musste begraben werden, entschied sie. Sie konnte den Gedanken nicht ertragen, dass dieser schutzlose Körper von Wölfen und Greifvögeln zerfetzt wurde. Die Stute schien zu schlafen. Gabria hob das Fohlen auf und brachte es zum Hügelkamm. Selbst für ein Neugeborenes war es erstaunlich leicht, doch sein Körper war starr und der Hügel schlüpfrig vom auftauenden Schlamm. Als Gabria endlich die höchste Stelle erreicht hatte, humpelte sie stark.

Traurig legte sie ihre Last am Fuß eines Felsvorsprungs ab und errichtete einen Steinhaufen über dem Leichnam. Bei der Arbeit sang sie das Totenlied, das sie auch gesungen hatte, während die Flammen ihre Brüder verschlungen hatten. Als sie fertig war, setzte sie sich und gab der Trostlosigkeit in ihrem Herzen nach.

»O Mutter!«, rief sie. »Schenkerin allen Lebens, ich will nicht mehr. Was ist bloß aus mir geworden? Jemand, der alles begräbt, was ihm etwas bedeutet.«

Trauere nicht um meinen Sohn, sagte eine Stimme.

Gabria schreckte aus ihrem Elend hoch und sprang auf. Es war dieselbe Stimme, die sie auch im Traum gehört hatte – eine Stimme, die sie nicht wirklich hören konnte. Sie schlang die Arme um sich und hatte Angst, etwas zu sagen. Die Worte waren in ihrem Kopf erklungen, und sie kannte außer den alten Zauberern kein sterbliches Wesen mit der Fähigkeit zur Gedankenübertragung.

Die Stimme ertönte noch einmal. *Mein Sohn ist tot, aber vielleicht kehrt er nach der nächsten Paarung zu mir zurück.*

»Wer bist du?«, wollte Gabria wissen. Dieses Eindringen in ihren Geist machte ihr Angst.

Mein wahrer Name ist unaussprechlich für deine Zunge. Du kannst mich Nara nennen.

Blitzartig begriff Gabria, wer da zu ihr sprach. Verblüfft schloss sie die Augen und drehte sich um. Als sie sie wieder öffnete, sah sie das Hunnuli in einer Entfernung von wenigen Fuß vor sich stehen.

»Du bist das!«, keuchte sie.

Natürlich. Die Stute war mit Schlamm und getrocknetem Blut besprizt, Mähne und Schweif waren verfilzt, doch ihr Stolz lebte wieder auf. Die Augen glühten vor tiefer Weisheit, welche Gabria überwältigte. *Wir sprechen nicht oft zu Menschen. Nur zu einigen Auserwählten.*

Gabria suchte Halt an dem Felsvorsprung. Ihre Knie fühlten sich an wie schmelzendes Wachs. »Warum?«

Es ist zu schwierig. Der menschliche Verstand ist zu verwirrend für uns. Bei einigen ist es jedoch der Mühe wert.

Gabria zeigte mit matten Bewegungen auf sich selbst. »Warum gerade ich?«

Ich schulde dir ein Leben. Die Stimme wurde sanfter. *Und du brauchst meine Hilfe.*

»Kannst du meine Gedanken lesen?«

Nein. Ich kann dir bloß meine Gedanken übermitteln.

»Wenn du in mich blicken könntest, wüsstest du, dass ich deiner Hilfe und sogar deines Angebotes unwürdig bin. Ich befinde mich in der Verbannung.«

Die Stute senkte den Kopf und sah das Mädchen mit ihren tiefen, schwarzen Augen von der Seite an. *Ich weiß, wer du bist und was geschehen ist. Ich verstehe vieles an dir, was du noch nicht sehen kannst.* Die Stute schnaubte. *Ich bin Nara. Ich bin ein Hunnuli, eine Tochter des Sturmvaters. Ich erwähle, wen ich will.*

»Ich bin deiner nicht wert.«

Du bist halsstarrig. Vergiss deine angebliche Unwürdigkeit. Du bist meine Freundin.

Gabria wandte den Blick ab. Ihre grünen Augen füllten sich mit Tränen. »Ich konnte dein Fohlen nicht retten.«

Mein Sohn war schon tot, bevor ich zu dir gekommen bin. In meinem Stolz wollte ich meinen Erstgeborenen allein zur Welt bringen, aber dafür war ich zu schwach.

»Es tut mir Leid«, sagte das Mädchen und spürte deutlich die Unangemessenheit seiner Worte.

Es wird andere geben. Zunächst werde ich mit dir gehen.
Gabria wollte weiterreden. Sie war von der Tatsache überwältigt, dass ein Hunnuli – ein Geschöpf aus den Legenden, mit denen sie aufgewachsen war – ihr seine Freundschaft anbot. Konnte sie dieses Angebot annehmen? Sie war eine Ausgestoßene; kein Klan unterstützte sie, keine Familie verteidigte sie, und sie hatte keine Zukunft. Ihr Leben war wie ein irdener Topf, den jemand achtlos weggeworfen hatte, sodass von der vertrauten Form nichts als Scherben und Bruchstücke sowie die Erinnerung an die früheren Umrisse übrig geblieben war. Was also konnte sie einem Geschöpf wie diesem Hunnuli anbieten? Nur Angst, Unsicherheit, Misstrauen und Tod.

Nein. Wie sehr sie sich auch nach einer solch wunderlichen Freundschaft sehnen mochte, sie durfte Naras Angebot nicht annehmen.

Gabrias Magen fühlte sich bleiern an, und sie erzitterte angesichts einer Kälte, die nicht vom Wind herrührte. »Nara, ich glaube, in mir ist nichts mehr, das deine Freundschaft erwidern kann. Ich bin so leer.«

Wenn das stimmte, wäre ich nicht zurückgekehrt.

»Ich suche nur Rache. Danach …« Ihre Stimme versagte. Gabria dachte nicht über dieses Ziel hinaus. Auch wenn sie es nicht zugeben wollte, hatte sie Angst. Schon viele hatten versucht, Lord Medb zu töten, sowohl in der Schlacht als auch im Duell, doch er war ein geschickter und grausamer Krieger. Ferner hieß es, er werde durch verbotene Magie geschützt. Wenn das stimmte und kriegserfahrene Männer nichts gegen ihn ausrichten konnten, warum sollte dann ausgerechnet sie Erfolg haben? Ihr Stolz und Kummer würden sie niemals von ihrer Pflicht entbinden, doch sie machte sich keine falschen Hoffnungen für die Zukunft.

Nara senkte die Nase, bis sie nur noch um Haaresbreite von Gabrias Gesicht entfernt war. Die Stute sog die Luft ein, so wie es jedes Pferd tut, wenn es sich mit einem anderen Geschöpf vertraut machen will. Gabria roch den warmen, tröstlichen Duft der Stute; es war eine Mischung aus Gras, Sonne und der besonderen Süße, die typisch für jedes Pferd war. Die Vertrautheit dieses Geruchs tröstete ihren wunden Geist. Ihre Bedenken verblassten zur Bedeutungslosigkeit.

Als Nara zu ihr sagte: *Nimm die Tage, wie sie kommen. Ich gehe mit dir*, brachte Gabria kein Wort mehr heraus, sondern nickte bloß.

Benommen humpelte Gabria den Hügel hinunter zu ihrem Lagerplatz. Sie aß rasch etwas und packte ihre Habseligkeiten wieder in den Rucksack. Ihr zerrissenes Hemd war nutzlos geworden; sie warf es weg. Das verbliebene Hemd war so schmutzig wie sie selbst. Wie schön wäre jetzt ein Bad! Es wäre wohl das Letzte in Frieden für lange Zeit.

»Gibt es hier in der Gegend einen Fluss oder einen Teich?«, fragte sie die Stute, die geduldig auf sie wartete.

Ja. Aber noch etwas weiter weg gibt es heiße Quellen.

»Heißes Wasser?«, keuchte Gabria. Sie konnte ihr Glück einfach nicht fassen. »In welcher Richtung?«

Hinter der Hornspitze.

Gabria schaute zu dem Bergkamm hinüber und lächelte erleichtert. Das dort drüben musste der Wolfsohrenpass sein, ein seltsam geformter Berg mit einem Doppelgipfel, der sich südlich vom Schlammloch erhob. Sie nahm Gepäck und Stab auf und warf sich den Umhang über die Schultern.

»Führe mich, Nara«, sagte sie und deutete mit dem Stab auf ihr Ziel.

Die Stute blickte sie mit einer Spur Belustigung in den leuchtenden Augen an. *Glaubst du nicht, du kommst schneller voran, wenn du auf mir reitest?*

Gabria sperrte den Mund auf. »Du würdest erlauben, dass ich auf dir reite?« Ihre Stimme wurde mit jedem Wort schriller.

Du kannst doch reiten, oder etwa nicht?

»Natürlich, aber ...«

Ich habe keine Lust, den ganzen Tag dahinzutrotten und auf dich zu warten. Außerdem – ihre telepathischen Gedanken klangen nun sehnsüchtig – *hätte ich auch gern etwas warmes Wasser.*

Gabria war verblüfft. So etwas hatte sie sich in ihren kühnsten Träumen nicht vorgestellt! »Aber Nara, Frauen dürfen nicht auf einem Hunnuli reiten.«

Die Stute wieherte auf eine Weise, die Gabria überraschte. Es klang wie ein Lachen. *Könnte das nicht ein Märchen sein, das die Männer verbreitet haben, weil sie die Wünsche ihrer Frauen fürchten?*

Gabria lachte und dabei fiel eine gewaltige Sorgenlast von ihr ab. Sie warf ihren Wanderstab fort und kletterte auf einen großen Felsblock. Von ihm aus schwang sie sich auf Naras breiten Rücken. Sie war erstaunt über die Hitze im Körper des Hunnuli; es war die pulsierende, glühende Wärme eines kaum gezügelten Feuers. Sie streckte die Hand aus, um den ebenholzfarbenen, gebogenen Hals des Pferdes zu berühren, und staunte über die gewaltige Kraft und Stärke unter dem glatten Fell. Es war, als wäre der Blitzstrahl auf Naras Schulter in ihrem Körper zur Wirklichkeit geworden.

Nara trottete aus der Senke, und sobald sie sich in den baumlosen Bergen befand, fiel sie in einen leichten, Meilen fressenden Galopp.

Gabria hielt die Mähne gepackt, nicht weil sie Halt brauchte, sondern weil sie eine Beschäftigung für ihre Hände suchte. Sie hatte ohne Schwierigkeiten ihr Gleichgewicht gefunden und brauchte nicht einmal die Beine einzusetzen, denn die Stute bewegte sich mit einer für ein so großes Pferd erstaunlichen Anmut und Geschmeidigkeit. Gabria fühlte sich eins mit den Bewegungen des Pferdes, als ob Naras Hitze sie beide miteinander verschmölze. Sie lehnte sich zurück. Der Wind fuhr ihr durch die Haare, und das Sonnenlicht strömte ihr über das Gesicht. Die Freude an diesem Ritt entspannte sie.

Sie glitten über das Land wie ein einziges Wesen, wie die Schatten der windverwehten Wolken, bis das Schlammloch bei der Hornwacht zu einer bloßen Erinnerung verblasste und die südlichen Gipfel des Dunkelhorns wie Wächter am Weg aufragten. Vielleicht gab es doch noch ein wenig Hoffnung, dachte Gabria bei sich.

In jener Nacht lagerten sie in einem kleinen Tal mit warmen Seen und Mineralquellen. Auf Gabria wirkte dieser Ort mit seinen treibenden Dünsten, den seltsamen Gerüchen und den in merkwürdigen Farben schillernden, blubbernden Teichen unheimlich. Nara jedoch beunruhigte diese absonderliche Landschaft nicht; sie fand ein Wasserloch, das von dem Ausfluss einer sprudelnden Mineralquelle gebildet wurde. Dort badeten sie beide und wuschen sich die Schmerzen der vergangenen Tage vom Leib. Aus lauter Freude über das entspannende Wasser hatte Gabria ihre Abneigung gegen das Tal bald vergessen.

Sie blieben mehrere Tage, während ihre Verletzungen abheilten.

Gabria behandelte Naras Halswunde, die der angreifende Wolf ihr geschlagen hatte, und auch die anderen Schnitte und Kratzer, die sie beide davongetragen hatten, mit Salbe. Nara wiederum schenkte dem Mädchen die üppige, nahrhafte Milch, die für das Fohlen bestimmt gewesen war. Gabria hatte einiges über die Auswirkungen von Hunnuli-Milch auf den Menschen gehört, doch ihr Magen verfügte über eine lautere Stimme als die alten, vagen Legenden, und so trank sie die Milch dankbar. Ihre schnelle Erholung schrieb sie dem belebenden Quellwasser zu.

Als zwei weitere Tage vergangen waren, fühlte Nara das Herannahen eines neuen Frühlingssturms. Gabria packte ihre Ausrüstung und stieg für den letzten Teil der Reise nach Süden wieder auf die Stute. Das Hunnuli und seine Reiterin galoppierten drei Tage durch das Vorgebirge und hielten sich dabei dicht unter den Abhängen des mächtigen Dunkelhorns. Das Land veränderte sich langsam; die Luft wurde wärmer und trockener. Die Bäume zogen sich die Bergflanken hoch und machten Platz für widerstandsfähigere Büsche und Gräser. Die von Wind und Wetter abgeschliffenen Berge verloren ihre scharfen Kanten und erinnerten Gabria schließlich an einen weichen Teppich voller Falten. Die Himachalberge fielen links hinter ihr zurück, und der östliche Horizont glitt hinüber in die endlose Steppe.

Schneller als Gabria erwartet hatte, verliefen die Berge nach Westen. Sie konnte kaum glauben, dass sie in so kurzer Zeit so weit gekommen waren. Besucher vom Khulinin-Treld benötigten zu Pferd für gewöhnlich sieben Tage bis zum Corin-Treld, doch Nara hatte den größten Teil dieser Strecke in drei Tagen geschafft.

Am Abend des dritten Tages gelangten sie zum Marakor, dem Windwächter, dem einsamen, kegelförmigen Gipfel, der den nördlichen Zugang zum Tal des Goldrine-Flusses bewachte.

Hinter dem Marakor erstreckten sich die Berge in westlicher Richtung und schlugen dann einen großen Bogen, bevor sie weiter nach Süden in die Wüste führten. Dort in dem halbmondförmigen Tal, in dem der Goldrine in einer tiefen Schlucht entsprang, hatte der Khulinin-Klan sein Winterlager. Seit Generationen durchstreifte der Khulinin-Klan die Steppe im Sommer und weidete seine Herden auf den fruchtbaren Feldern, doch jeden Winter kehrte er zu seiner Zuflucht im Tal zurück. Im Schutz von Marakor und Krindir, den Zwillingsgipfeln im Süden, lebten und tanzten und feierten sie das Fest der Fohlen, so wie es ihre Väter seit zahllosen Jahren getan hatten.

Von dort aus, wo Gabria und Nara standen – auf einem Bergkamm unterhalb des Marakor –, sahen sie die wenigen festen Gebäude des Lagers und die schwarzen Zelte, die sich wie große Schmetterlinge ausbreiteten. Gabria war verblüfft von der Größe des Treld. Sie hatte nie zuvor alle Khulinin an einem Ort versammelt gesehen, und trotz der vagen Geschichten, die ihre Mutter ihr erzählt hatte, war sie auf die wuchernde Größe des Lagers nicht vorbereitet gewesen. Ihr eigener Klan war klein gewesen und hatte kaum hundert Mitglieder gezählt. Doch in dem Tal unter ihr mussten viele hundert Leute leben!

Sie riss sich von dem beeindruckenden Anblick des Lagers los und schaute über die Weiden, auf denen das Vieh graste. Die Anzahl der Pferde und Nutztiere war ein Zeichen für den Reichtum eines Klans, und an der Größe der Herde, die dort unten entlang des Flusses graste, erkannte Gabria, dass die Khulinin wirklich sehr wohlhabend waren.

Während sie in jener Nacht ihr Lager in einem kleinen Wäldchen aufschlug, versuchte Gabria sich an alle Einzelheiten über Savaric, den Häuptling der Khulinin, zu erinnern. Sie wusste kaum etwas über ihn. Obwohl er das Haupt des Klans ihrer Mutter war, hatte Gabria ihn nur selten bei den sommerlichen Klantreffen gesehen, und sie war jedes Mal zu beschäftigt gewesen, um ihm große Aufmerksamkeit zu zollen. Sie erinnerte sich bloß an einen dunkelhaarigen, bärtigen Mann, der stets einen Falken auf dem Arm getragen hatte.

Sie wusste, dass ihr Vater Savaric gemocht und geachtet hatte. Die beiden Männer waren in ihrer Kindheit enge Freunde gewesen, doch Gabria hatte keine Ahnung, wie weit ihre Freundschaft gegangen war und ob Savaric Gabria bloß der alten Zeiten wegen in den Klan aufnehmen würde.

Sie wünschte, sie könnte mehr über Savaric erfahren, bevor sie sich in sein Herrschaftgebiet wagte. Wie würde er auf den einzigen Überlebenden eines abgeschlachteten Klans reagieren, der ihm das

Grauen und die Nöte seiner neuen, schutzlosen Existenz vor die Füße warf? Würde er Gabria in seinen Werod aufnehmen, falls er ihre Verkleidung nicht durchschaute? Er besaß genügend Nahrung und Reichtum, um viele Krieger zu unterhalten, auch wenn sie so arm und unzulänglich waren wie sie selbst, doch aller Wahrscheinlichkeit nach hatte er bereits so viele Krieger, wie er benötigte. Außerdem würde Savaric vermutlich nicht das Risiko eingehen, einem so gefährlichen Verbannten Unterschlupf in seinem Klan zu gewähren.

Als Gabria ihr Abendessen zu sich nahm, dachte sie: Vielleicht lässt sich Savaric ja doch durch die Tatsache beeinflussen, dass meine Mutter aus dem Khulinin-Klan stammt und mein Vater sein Freund war. Und natürlich war da noch das Hunnuli. Da so wenige Männer ein derart großartiges Pferd ritten, würde Savaric es sich zweimal überlegen, Gabrias Bitte abzulehnen und auf die Ehre zu verzichten, die Nara seinem Volk verschaffen konnte.

Falls er aber ihr wahres Geschlecht herausfände, wäre die Frage der Aufnahme in den Klan bedeutungslos. Die Klangesetze verboten es strengstens, dass eine Frau Kriegerin wurde. Dafür, dass Gabria sich als Junge verkleidet und versucht hatte, in den Werod zu gelangen, würde der Häuptling sie sofort töten lassen.

Sie konnte bloß hoffen, dass er es nicht herausfand, denn es war ihre einzige Möglichkeit, aufgenommen zu werden – und ohne die Hilfe der Khulinin war Rache an Lord Medb undenkbar. Sie musste auf ihr Glück und die Hilfe der Göttin Amara vertrauen, wenn sie morgen in Savarics Lager eintritt. Bis dahin wollte sie ihre Ängste beiseite schieben. Sie wickelte sich in ihren Umhang und versuchte sich auszuruhen, doch es dauerte lange, bis sie endlich eingeschlafen war.

Bei Sonnenaufgang erwachte Gabria durch den widerhallenden, voll tönenden Ruf eines Horns. Die Sterne im Osten verblassten vor dem schwachen Licht, das auf dem schartigen Grat der Berge glomm. Das Horn ertönte abermals; die Töne quollen als dringlicher Ruf an die Sonne durch das Tal. Gabria erhob sich taumelnd und ging zum Hügelkamm.

Tief unter ihr saß am Eingang zum Khulinin-Treld ein Ausreiter der Morgenwache auf einem hellen Pferd und hob zum dritten Mal sein Horn an die Lippen. Die Dunkelheit verdämmerte, und die

Farben des Tages wurden strahlender. Ein rotgoldener Feuersplitter durchbrannte den dunklen Horizont und malte die Erde mit seinem Gleißen an. Das kärgliche Licht der Sterne war endgültig verbannt.

Sie tun gut daran, die Sonne willkommen zu heißen.

Gabria schaute die Stute an, die neben ihr stand. »Ich bin einmal zusammen mit meinem Zwillingsbruder Gabran auf Dämmerungswache gegangen«, sagte sie langsam. »Vater wusste das nicht; ansonsten hätte er mich dafür ausgepeitscht, dass ich die Ausreiter begleitet habe. Aber ich habe so lange gebettelt und gefleht, bis Gabran mich schließlich mitgenommen hat. Wir standen auf dem Hügel oberhalb des Trelds, und er blies mit solchem Eifer und Vergnügen, dass sein Horn zerbarst. Für mich sah er aus wie ein Abbild unseres Helden Valorian. Valorian, der Oberhäuptling, ruft sein Volk zum Krieg.«

Ich kenne Valorian. Er hat den Hunnuli das Reden beigebracht.

Gabria nickte geistesabwesend; ihr Blick verlor sich in Erinnerungen an andere morgendliche Stunden. Unten im Tal kehrte der Ausreiter zu den Herden zurück, und der Treld erwachte und wurde lebendig. Das Mädchen starrte noch immer mit zusammengebissenen Zähnen und grimmigem Gesichtsausdruck auf die Stelle, wo sich der Reiter befunden hatte. Eine Träne lief ihr unbeachtet die Wange herab.

Nara berührte sanft Gabrias Schulter und holte sie aus ihren Tagträumen. Gabria schniefte und lachte dann. Sie wischte sich die Wangen mit dem Hemdsärmel ab und legte die Finger auf die heilende Wunde am Hals der Stute.

»Es ist Zeit, mit dem Spiel anzufangen, Nara. Du hast mich bis hierher gebracht, aber ich erwarte nicht von dir, dass du mich weiter begleitest.«

Nara schnaubte, senkte den Kopf und sah Gabria durch ihre dichten Stirnlocken von der Seite an. *Dieses Spiel hat bereits vor langer Zeit begonnen. Ich will zusehen, wie es weiter geht.*

Das Mädchen lachte und lehnte sich für einen Augenblick dankbar gegen die starke Schulter der Stute.

Sie kehrten zu ihrem Lagerplatz zurück, und Gabria legte letzte Hand an ihre Kleidung. Sie hatte ihre blutigen, verschwitzten und verschlammten Sachen noch nicht gewaschen. Als sie das schwarze Hemd anzog, rümpfte sie die Nase. Es roch schrecklich. Die letzten drei Tage hatten nicht ausgereicht, um sie an den Gestank zu gewöhnen. Sie rieb sich Schmutz ins Gesicht, auf die Hände und ins Haar. Wenn alles gut ging, würde niemand hinter die Schmutzmaske blicken und bemerken, dass sie kein Junge war. Später würde sie sich eine andere Möglichkeit überlegen, wie sie ihr Gesicht verbergen konnte, bis sich die Leute aus dem Klan an sie gewöhnt hatten. Sie wollte schließlich nicht für immer und ewig schmutzig bleiben.

Sie schob ihr kurzes Schwert in den ledernen Hüftgürtel. Der Dolch ihres Vaters mit dem Silbergriff und den eingelegten Granaten steckte in ihrem Stiefel. Dann hob sie den Rucksack auf, warf sich den Umhang über die Schulter und holte tief Luft.

Nara sprang auf die höchste Stelle des Hügelkamms und stieß einen kecken, widerhallenden Willkommensgruß aus. Der Ruf des Hunnuli schallte über die Weiden des Khulinin-Trelds und wurde von den fernen Bergen zurückgeworfen. Jedes Pferd dort unten hob den Kopf, und ein Hengst beantwortete Naras Ruf mit einem lauten Wiehern.

Das Spiel hatte begonnen.

Drei

Als die morgendlichen Hörner gerade die Dämmerungswache zurückriefen, ritt der Fremde in den Treld ein. Er wurde von zwei Ausreitern flankiert, die vorsichtig einen respektvollen Abstand zu der Hunnuli-Stute hielten, neben welcher ihre eigenen harachanischen Hengste wie Zwerge wirkten. Die Leute erstarrten vor Entsetzen, als der Fremde an ihnen vorbeiritt, und blickten ihm in tiefer Bestürzung nach. Die Neuigkeit hatte sich rasch von Zelt zu Zelt ausgebreitet. Männer und Frauen flüsterten sich Mutmaßungen zu, sammelten sich hinter den drei Reitern und folgten ihnen über die Hauptstraße durch das Lager.

Der Fremde schien ein Junge von dreizehn oder vierzehn Jahren zu sein. Er hatte eine geschmeidige Figur und ein von einer Dreckmaske verborgenes Gesicht. Sein hellgoldenes Haar war kürzer als bei jedem anderen Jungen seines Alters und genauso dreckig wie sein Gesicht. Er saß gelassen auf dem Hunnuli, doch seine Züge verrieten seine Anspannung; starr blickte er geradeaus und beachtete die Menge hinter ihm nicht. Über seiner Schulter hing ein scharlachfarbener Umhang wie ein Wappen aus Feuer und Tod.

Der Umhang war nicht ungewöhnlich. Jeder Klansmann in der Steppe besaß einen, doch nur der kleine Corin-Klan trugen einen blutroten. Den letzten Boten zufolge war der Klan jedoch vor erst zwölf Tagen völlig ausgelöscht worden – durch Zauberei, sagten einige.

Wer also war dieser seltsame Junge, der den Umhang eines vernichteten Klans trug? Und der auf einem Hunnuli ritt! Nicht einmal in den Geschichten der Barden kam ein Junge vor, der ein wildes Hunnuli gezähmt hatte, besonders nicht ein so großartiges wie diese Stute. Sie glänzte wie schwarzer Lack über Silber und ging mit dem festen, angespannten Schritt eines Kriegspferdes. Sie trug kein

Zaumzeug und würde auch keines dulden. Die Zuschauer wunderten sich, wie ein Junge, der noch nicht einmal ein Krieger war, die Freundschaft eines solchen Tieres hatte erringen können. Allein diese Geschichte wäre wahrlich hörenswert.

Als die drei Reiter den kreisförmigen Sammelplatz vor der Werod-Halle erreichten, war dort bereits der größte Teil des Klans zusammengeströmt und wartete. Der Junge und seine Eskorte stiegen ab. Kein Wort wurde gesprochen; die Stille lastete schwer auf dem Platz. Dann erschienen fünf Männer mit gezogenen Schwertern und in goldenen, wellenförmig von den Schultern herabhängenden Umhängen in der Türwölbung der Halle und deuteten auf den Jungen. Sie nahmen sein Schwert und sein Gepäck an sich und befahlen ihm schroff, er möge dem Häuptling seine Aufwartung machen. Die Ausreiter folgten ihm.

Das Hunnuli trat einen Schritt zur Seite und schnaubte die Klansleute drohend an. Sie verstanden und ließen es allein. Sofort fanden sie sich zu lärmenden Gruppen zusammen und warteten auf das Ergebnis der Unterredung.

Im Gegensatz zu vielen anderen Winterlagern war der Khulinin-Treld bereits vor Jahrhunderten errichtet worden. Generationen von Khulinin waren immer wieder in den natürlichen Schutz des Tals zurückgekehrt, bis es für den Klan zu einem Sinnbild der Heimat geworden war. Für das halb nomadische Volk war das Tal ein Ort der Beständigkeit und Unveränderlichkeit – eine Siedlung, zu der sie Jahr für Jahr zurückkehren konnten. Aufgrund ihres Stolzes über die uralten Traditionen des Trelds hatten die Khulinin für die Zusammenkünfte des Klans eine dauerhafte Halle errichtet, welche noch stehen würde, wenn längst der Klang der letzten Huftritte aus dem Tal verschwunden war.

Die Halle grub sich in die Flanke eines hoch aufragenden Hügels in der Nähe des Goldrine-Wasserfalls. Rechts und links neben dem massigen, überwölbten Eingang standen Wächter und überblickten die Weiden und das Lager, das sich wie ein regloser Erdrutsch über den Talboden ergoss. Die goldenen Fahnen der Khulinin flatterten über der Tür.

Der Hauptraum der Halle erstreckte sich tief in den Hügel hinein. Hölzerne Säulen, deren Material aus den Bergen stammte, verliefen in zwei Reihen durch das lange Zimmer. Fackeln brannten in Halterungen an jeder Säule und goldene Lampen hingen von den gewölbten Dachbalken. Ein Feuer brannte in einer Steingrube in der Mitte der Halle. Die tanzenden Flammen versuchten vergebens, dem Rauch durch die Abzugsschächte zu folgen. Bocktische – eine Seltenheit in einem Lager – reihten sich an einer Wand auf und warteten auf Feste und Feiern. Neben ihnen standen mehrere Zapffässer mit Wein und Met. Gobelins und in Schlachten erbeutete Waffen hingen an den gekalkten Wänden.

Der Häuptling saß am hinteren Ende der Halle auf einem erhöhten Sitz aus dunklem Stein. Er sah den Fremden, der vor ihn gebracht wurde, nachdenklich an; halb geschlossene Lider verbargen seine dunklen Augen. Hinter ihm standen in einem Halbkreis die Krieger der Herdwache, seine persönlichen Gefolgsleute.

Die Männer rührten sich besorgt, als der Junge auf sie zuging. Savaric spürte ihre verärgerte Anspannung. Ihre Unruhe war kein Wunder, denn die Gerüchte über Zauberei und die Berichte über das grauenhafte Massaker im Corin-Treld hatten jedermann aufgeschreckt. So etwas war zuvor noch keinem Klan zugestoßen. Der Nachhall der schrecklichen Tat würde vielleicht nie enden, und die Götter allein wussten, welche nachträglichen Schrecken dieser Junge bringen mochte.

Savaric verbarg um des Jungen willen seine eigenen Sorgen, doch die anderen Männer zeigten offen ihren Argwohn. Sogar Savarics Sohn Athlone, der zur Rechten des Häuptlings stand, beobachtete den Jungen mit unverhohlenem Misstrauen.

Der Junge kniete vier Schritte vor dem Kriegslord nieder und streckte die rechte Hand zum Gruß aus. »Seid gegrüßt, Lord Savaric. Ich überbringe Grüße von meinem toten Vater.« Seine Stimme war leise und klang gepresst.

Savaric runzelte leicht die Stirn und beugte sich vor. »Wer ist dein Vater, Junge? Wer grüßt mich aus dem Grabe?«

»Dathlar, mein Lord, der Häuptling des Geisterklans der Corin.«

»Wir haben von der Tragödie gehört, die dem Klan widerfahren ist. Aber wer bist du und wieso hast du überlebt, wenn du wirklich Dathlars Sohn bist?«

Gabria verspürte einen schmerzhaften Stich. Sie hatte die Frage nach dem Grund ihres Überlebens erwartet, aber sie konnte immer noch nicht ohne Schuldgefühle darauf antworten. Sie neigte den Kopf, um ihr glühendes Gesicht zu verbergen.

»Bist du krank?«, fragte Savaric scharf.

»Nein, mein Lord«, erwiderte Gabria und hielt den Blick auf den Boden gerichtet. »Meine Augen sind nicht an die Dunkelheit in dieser Halle gewöhnt.« Zumindest das entsprach der Wahrheit. Nach der hellen Morgensonne war es schwierig für Gabria, im Zwielicht der Halle etwas deutlich zu erkennen. »Meine größte Scham besteht darin, dass ich noch lebe. Ich bin Gabran, der jüngste Sohn Dathlars. Ich war in den Bergen auf Adlerjagd, als ich mich im Nebel verirrte.«

»Im Nebel?«, mischte sich Athlone hämisch ein. Erstauntes und ungläubiges Gemurmel der umstehenden Krieger verstärkte seine Zweifel.

Gabria starrte Athlone an und sah ihn nun zum ersten Mal in aller Deutlichkeit. Er unterschied sich von den Männern neben ihm, denn er war größer, von schwererer Gestalt und hatte hellere Haut. Sein braunes Haar war kurz geschnitten, und ein dichter Schnauzbart glättete die harte Linie seines Mundes. In seinem Gebaren lagen natürliche Macht und unzweifelhafte Begabung. Da er den Gürtel eines Wertain, also eines Befehlshabers trug, konnte er Gabria gefährlicher werden als Savaric. Savaric war zwar der Häuptling, aber als Wertain war Athlone der Kommandant des Werod. Falls Gabria aufgenommen wurde, stand sie unter seinem direkten Befehl. Dieser Gedanke zermürbte sie, denn Athlone schien sich nicht durch angenehme Umgangsformen und Geduld auszuzeichnen, sondern durch Macht und Entschlossenheit. Er konnte ein ernst zu nehmender Gegner sein.

Doch die Art, auf welche Athlone Gabria ansah, verwirrte sie. Die braunen Augen des Mannes hatten sich vor Misstrauen verengt und waren so kalt wie gefrorene Erde. Er hielt die Hand in den Gürtel gehakt; sie war nur um Haaresbreite vom Griff seines Kurzschwertes getrennt.

»Ja, Nebel!« Sie spie Athlone das Wort entgegen und forderte ihn heraus, die Wahrheit ihrer Behauptung erneut in Zweifel zu ziehen. »Ihr wisst, dass es am Nachmittag eines kühlen Frühlingstages keinen Nebel gibt. Er ist trotzdem aufgezogen! Deshalb haben die Ausreiter die Herde hereingeholt; deswegen sind die Frauen und Kinder in den Zelten geblieben.« Nur ich nicht, dachte sie verbittert. Sie hatte sich auf dem Heimweg im Nebel verirrt und würde seinen feuchten Geruch niemals vergessen.

»Dieser Nebel war kalt und dicht und der Angriff kam aus allen Richtungen; es gab keine Vorwarnung. Sie haben alle abgeschlachtet und danach die Wälder durchkämmt, um sicherzugehen, dass niemand entkommen war. Als sie fertig waren, haben sie die Pferde fortgetrieben, das Vieh zerstreut und die Zelte niedergebrannt.« Gabria wandte sich wieder Savaric zu und hielt vor Wut den Kopf schräg. »Es war gut geplant, mein Lord. Es war ein vorsätzliches Massaker von Männern, die nicht plündern und stehlen wollten. Ich weiß, wer dafür verantwortlich ist, und ich werde das Wergeld für diese Tat einfordern.«

»Ich verstehe.« Savaric lehnte sich auf seinem Stuhl zurück und schlug mit den Fingern einen langsamen Takt auf dem Knie. Der Häuptling war so anziehend, wie Gabria ihn in Erinnerung behalten hatte. Er war mittelgroß, hatte einen sauber geschnittenen, dunklen Bart und Augen, die so schwarz und gefährlich glänzten wie die eines Habichts. Sein Gesicht war von der Sonne und schneidendem Wind verwittert und trug die Male zahlreicher Schlachten. An der rechten Hand fehlte der kleine Finger.

Nun saß er da, beobachtete Gabria und wartete auf ein Anzeichen von Schwäche oder einen falschen Zungenschlag. Er erkannte die Familienähnlichkeit in dem Jungen, doch seltsamerweise erinnerte Gabran ihn mehr an Samara, seine Mutter, als an Savarics Freund Dathlar. Savaric war geneigt, die Geschichte des Jungen zu glauben, so absonderlich sie auch sein mochte. Der Instinkt des Häuptlings sagte ihm, dass der Junge kein Verräter war, und sein Instinkt war unfehlbar. Dennoch musste er erst seine Krieger beschwichtigen, bevor er daran denken konnte, den Jungen in den Klan aufzunehmen.

»Du trägst den roten Mantel deines Klans, Gabran, und deine Geschichte passt zu den wenigen Nachrichten, die wir über den Angriff erhalten haben. Aber ich habe keinen eindeutigen Beweis dafür, dass du wirklich der bist, für den du dich ausgibst.«

Gabria versagte sich eine wütende Entgegnung. Es war zu erwarten gewesen, dass man ihrem Bericht nicht sofort Glauben schenkte. Seit letztem Herbst waren die Kriegsgerüchte beständig gewachsen, und nach der Auslöschung eines ganzen Klans würde jeder Häuptling in der Ebene sehr vorsichtig sein.

Sie zog ihren Umhang aus und legte ihn vor sich auf den Boden. Seine leuchtende Farbe zog alle Blicke auf sich und fesselte die Umstehenden wie ein Zauberspruch. »Mein Vater war Dathlar vom Corin-Klan. Er heiratete vor fünfundzwanzig Jahren Samara, eine Khulinin. Sie hatten vier Söhne und eine Tochter.« Sie sprach langsam, als ob sie etwas auswendig Gelerntes aufsagte.

»Meine Mutter war wunderschön und so hell, wie Ihr dunkel seid. Sie konnte Lyra und Flöte spielen und trug eine goldene Brosche aus Butterblumen. Vor zehn Jahren ist sie gestorben. Mein Vater war Euer Freund. Er hat mir oft von Euch erzählt. Zum Zeichen der Freundschaft übergabt Ihr ihm das hier.« Sie zog den silbernen Dolch aus dem Stiefel und warf ihn auf den Umhang. Wie ein stummer Bote lag er auf dem scharlachroten Stoff, und seine roten Edelsteine glitzerten im Feuerschein wie Blutstropfen.

Savaric stand auf und bückte sich nach dem Dolch. »Meine Wache wird langsam nachlässig«, sagte er ruhig. Er betrachtete die schimmernde Klinge und drehte sie in der Hand. »Wenn du wirklich Dathlars Sohn bist und er heimtückisch ermordet wurde, muss auch ich Wergeld für meinen Blutsbruder erheben.«

Gabria war verblüfft. Blutsbruder! Das hatte sie nicht erwartet. Wenn Savaric ihr und den verstümmelten Nachrichten über das Massaker glaubte, musste er aufgrund seines Freundschaftseides die Schuld für Dathlars Familie eintreiben – oder für das, was von ihr übrig geblieben war. Blutsbrüderschaft war genauso verbindend wie Blutsverwandtschaft und zog dieselben Verpflichtungen nach sich. Die Tatsache, dass es sich bei Gabria um eine Verbannte handelte, war für Savaric nun bedeutungslos. Sie musste ihn nur davon überzeugen, dass sie die Wahrheit sprach und wusste, wer für die Tat verantwortlich war. Wenn er ihr Glauben schenkte, würde er alles in seiner Macht Stehende tun, um ihr zu helfen.

»Lord Savaric«, sagte sie. »Bei dem Hunnuli, das mich trägt, und bei den Göttern, die uns erhalten, schwöre ich, dass ich ein Kind Dathlars bin und weiß, wer meinen Klan ermordet hat.« Sie redete mit kräftiger Stimme, und ihr Blick begegnete Savarics schwarzen Augen.

Savaric setzte sich wieder. Er hielt noch immer den Dolch in der Hand und betrachtete ihn so eingehend, als befänden sich an ihm noch Spuren des Mannes, der ihn einst getragen hatte. »Von allem ist das Hunnuli dein bester Fürsprecher. Dieses Tier allein bürgt für deine Wesensart.«

Athlone trat an die Seite seines Vaters. »Ob Hunnuli oder nicht, es gab Zauberei im Corin-Treld. Wir dürfen den Worten dieses Jungen nicht so einfach glauben.« Er beugte sich vor und packte den Umhang. »Jeder mit ein wenig Erfindungsgabe könnte sich einen scharlachfarbenen Umhang besorgen und eine interessante Geschichte erfinden.«

Gabria riss ihm den Umhang aus den Händen und drückte ihn fest an ihre Brust. Wut loderte in ihren Augen. »Ja, Zauberei hat den Nebel im Corin-Treld geschaffen – Zauberei aus der Hand von Lord Medb. Ich war das nicht!«

Nun war der Name Lord Medbs zum ersten Mal gefallen, und er verfehlte seine Wirkung auf die umstehenden Krieger nicht. Sie sprachen leise und besorgt miteinander. Niemanden schien diese Anklage zu überraschen. Auch Athlone war keinesfalls erstaunt und versuchte nicht, seinen Verdacht gegen Lord Medb zu verbergen.

»Vielleicht war es so. Aber du könntest ein Diener Medbs sein, der uns ausspionieren soll. Ohne fremde Hilfe hättest du niemals das Massaker überleben und eine Hunnuli-Stute zähmen können«, entgegnete Athlone höhnisch.

»Niemals«, gab Gabria zurück. »Was Ihr nicht für möglich haltet, kann schließlich nicht sein.«

»Ich weiß, dass es für einen einfachen Jungen unmöglich ist, die Achtung eines Hunnuli zu erwerben. Ich selbst reite einen Hunnuli-Hengst; seine Zähmung war nicht gerade eine Aufgabe für ein Kind.«

»Warum es für Euch so schwierig war, ist mir klar«, bemerkte Gabria mit beißendem Spott. »Die Hunnuli sind gute Menschenkenner.«

Einige Wachleute lachten. Savaric kreuzte die Arme über der Brust und verfolgte aufmerksam das Wortgefecht. Der Junge hatte genug Stolz und Mut, sich gegen einen Wertain zu wehren. Das hatte er sicherlich von seinem Vater gelernt.

Athlone zuckte die Achseln. »Dann hast du es auf die einfache Art erreicht, nämlich durch Zauberei und Gewalt. Du wusstest, dass ein Hunnuli dir dabei helfen würde, dich in unseren Klan einzuschleichen. Warum sollten wir nicht glauben, dass du ein Hochstapler bist?«

»Warum glaubst du das?«, unterbrach Savaric ihn im Plauderton.

»Hochstapler!« Gabria schnitt ihm mit einem Aufschrei das Wort ab. Sie zuckte vor ihrer eigenen schrillen Stimme zurück und senkte sie rasch wieder. Hoffentlich hatte niemand den weiblichen Tonfall bemerkt. Ihr war klar, dass Athlone sie absichtlich reizte, doch sie hatte nun genug von ihm und seinen überheblichen Anklagen. Er wusste nicht, wie nahe er der Wahrheit gekommen war. »Ihr seid ein gesichtsloser, Dreck fressender Dungschaufler …«

Auf diese Weise fuhr sie eine Weile fort und beschrieb Athlones Gewohnheiten und Wesenszüge mit allen blumigen Ausdrücken, die sie ihren Brüdern abgelauscht hatte, bis die Männer um sie herum an ihrem schlecht verhohlenen Gelächter beinahe erstickten. Athlones Gesicht wurde rot und sein Mund verhärtete sich zu einem Streifen Granit. Savaric schnitt Gabria harsch das Wort ab, bevor sein Sohn noch vor Wut platzte. Dann sagte er in die plötzliche Stille hinein zu Athlone: »Nun, ich möchte gern wissen, warum du glaubst, dass dieser Junge ein Hochstapler ist.«

Athlone stand steif neben dem Thronsitz. Irgendetwas stimmte nicht mit diesem Knaben. Er roch es geradezu. Aber er wusste nicht, was es war. Die Geschichte des Jungen klang unglaublich, aber sie war möglich. Athlone wusste nur allzu gut, dass man ein Hunnuli nicht durch Hinterlist oder Gewalt bezwingen konnte. Doch eine hartnäckige, böse Ahnung verwirrte ihn. Der Junge sagte nicht die ganze Wahrheit.

Er starrte Gabria eindringlich an und konnte seinen Verdacht nicht erklären. »Medb hätte gern einen Spitzel in unserem Lager – warum nicht einen Jungen, der angeblich mit Dathlar verwandt ist?« Er zog die Lippen kraus. »Vielleicht ist der Kleine auch nur ein erbärmlicher Ausgestoßener, der mit einem gestohlenen Umhang versucht, aufgenommen zu werden.«

»Ich bin in der Tat ein Ausgestoßener«, rief Gabria. »Medb hat mich zu einem solchen gemacht.« Bittere Traurigkeit überspülte ihr Herz und dämpfte ihre Wut. »Ich bin hergekommen, weil ich um einen Platz bei den Khulinin und um Hilfe gegen Lord Medb bitten will, denn er ist zu mächtig für einen Einzelnen wie mich. Weder Magie noch Hinterlist haben mich zu euch geführt. Es waren ausschließlich die Blutsbande. Das Hunnuli habe ich nur durch schmerzhafte, harte Arbeit für mich gewonnen.« Sie hielt die Hände mit den Innenflächen nach oben ausgestreckt, und die Männer sahen zum ersten Mal die Schnittwunden.

Die Kälte verschwand aus Athlones Augen, und seine Wut wich vor dem Schmerz in Gabrias Gesicht zurück. Er warf einen flüchtigen Blick auf seinen Vater und nickte kurz.

Savaric erhob sich, und die Herdwache trat an seine Seite. »Ich nehme dich mit Freuden in diesen Klan auf und werde alles in meiner Macht Stehende tun, damit die Blutschuld beglichen wird. In meinen Augen bist du Dathlars Sohn, und in meinem Herzen weiß ich, dass du ehrlich und sehr mutig bist. Es ist jedoch der Klan, der dir Unterhalt leisten muss. Deshalb will ich, dass er spricht. Komm.«

Er schritt zum Eingang, gefolgt von Athlone, Gabria und den anderen. Als Nara sah, dass das Mädchen von Wächtern umgeben war, drängte sie sich entschlossen zwischen sie und Gabria. Die Männer zogen sich respektvoll ein Stück zurück. Gabria streckte die Hand aus und vergrub die Finger in der glänzenden Mähne des Pferdes.

Geht es dir gut?, fragte Nara.

Gabria nickte und drehte sich nach den neugierigen Klanleuten um. Sie schwiegen, als Savaric ihnen Gabrias Geschichte erzählte und die Gründe nannte, warum sie die Khulinin aufgesucht hatte. Das Volk hörte aufmerksam zu. Die Männer standen in warmen Wolljacken, Sackhosen und Stiefeln ganz vorn in der Menge. Die Frauen trugen lange Röcke und helle, farbige Blusen und hielten sich wie ein leuchtender Hintergrund im Rücken der Männer. Trotz der Angst, die das Lager durchdrang, waren viele Gesichter ausdruckslos.

Als Savaric seine Rede beendet hatte, lösten sich einige Männer aus der Menge und unterhielten sich ein paar Minuten lang miteinander. Gabria erkannte sie als die Ältesten des Klans, Savarics Ratgeber. Einer trug das Abzeichen des Herdenmeisters. Er war der Haupthüter und ein anderer war Valorians Priester. Sonst sagte niemand ein Wort. Offenbar ruhte die Entscheidung auf den Schultern der Ältesten.

Der Herdenmeister ging schließlich auf Savaric zu und sagte widerstrebend: »Lord, wir möchten unseren Klan nicht durch das Böse und den Makel der Magie gefährden, die dieser Junge mit sich bringt, doch in seiner Geschichte gibt es vieles, das seine sofortige Zurückweisung verbietet. Er reitet auf einem Hunnuli; wenn wir die Stute fortschicken, könnte uns dies das Missfallen der Götter einbringen. Falls Ihr einverstanden seid, wäre es unserer Ansicht nach gerecht, ihm eine Probezeit einzuräumen. Wenn er Euch gut dient und den Gesetzen des Klans folgt, soll er aufgenommen werden. Wenn nicht, wird er endgültig ausgestoßen.«

Savaric nickte zufrieden. »Gabran, du kannst bei unserem Klan bleiben. Du und das Hunnuli seid willkommen – erst einmal.« Er lächelte sie an, während die Klanleute sich langsam zerstreuten. »Athlone wird dein Mentor sein«, sagte Savaric, ungerührt von Gabrias entsetztem Gesichtsausdruck. »Wenn du dich gewaschen und etwas gegessen hast, möchte ich unser Gespräch über Medb und die Zähmung deines Hunnuli weiterführen.«

Gabria lehnte sich gegen Nara und sagte leise: »Ja, Lord.«

Das benommene junge Mädchen war zu erschöpft, um auf Naras Bemerkung zu reagieren: *Den ersten Kampf hast du gewonnen.*

Vier

»Warum bist du dir so sicher, dass Lord Medb das Massaker angeordnet hat?«, fragte Lord Savaric, während er sich auf seinem fellbespannten Sitz zurücklehnte. »Du hast uns noch keinen ausreichenden Beweis für deine Anschuldigung gegeben.«

Gabria sank entmutigt in sich zusammen. »Ich habe Euch alles erzählt, was ich weiß.«

»Das ist nicht genug. Du bringst eine ernste Anklage gegen einen Klanhäuptling vor. Woher willst du wissen, was im Lager geschehen ist? Warum soll eine Bande von Ausgestoßenen den Klan umgebracht haben? Du sagst doch, du seiest nicht dabei gewesen.«

»Nein, während der Tat war ich nicht anwesend, aber ich weiß es! Ich kann die Zeichen einer Schlacht lesen und weiß, wie es zu dem Massaker gekommen ist!«, rief sie.

Gabria saß vor dem Thron und sah Savaric, Athlone und die Klanältesten an, die in einem Halbkreis vor ihr saßen. Sie befragten Gabria schon seit Stunden. Die junge Frau hatte ihnen wiederholt alles über jenen schrecklichen Tag im Corin-Treld und die folgende Zeit mitgeteilt. Sie waren noch immer nicht zufrieden.

Hinter ihr hatten sich die Männer aus dem Werod versammelt und lauschten ihrer Geschichte. Sie hatten sich in Gruppen um die Feuergrube zusammengefunden. Gabria saß sehr selbstbewusst vor dieser Menschenmenge. Es schien ihr so, als könnte jederzeit jemand ihre Verkleidung durchschauen. Die Anwesenden waren so ruhig und wachsam. Wenn Gabria den Kopf ein wenig zur Seite drehte, sah sie die Männer. Ihre dunklen, kantigen Gesichter betrachteten sie mit einer Mischung aus Überraschung, Unglauben und Nachdenklichkeit. Ein Weinkrug wurde zwischen ihnen herumgereicht, doch nur wenige Krieger tranken daraus.

Das Mädchen wünschte, diese Befragung wäre endlich vorbei.

Der Abend war schon weit fortgeschritten. Während des Tages hatte sie Gelegenheit gehabt, zu essen, sich auszuruhen und den Dreck abzuwaschen. Doch jetzt wurde sie wieder müde. Gabria hatte sich geweigert, ihren Umhang abzugeben, und hielt ihn nun als Bündel auf den Knien.

»Versteht Ihr denn nicht?«, fragte sie traurig. »Lord Medb benötigte die Mitwirkung meines Vaters. Unser Klan war klein, aber wir waren die Ersten, deren Gunst er zu erlangen versuchte. Die übrigen Häuptlinge im Norden achteten meinen Vater. Mit seiner Unterstützung hätte Medb großen Einfluss im Nordwesten gewonnen.«

Savaric nickte. Er verfolgte Medbs Pläne schon seit einiger Zeit, doch auch er war entsetzt darüber, wie weit dieser Häuptling zu gehen bereit war. »Und dein Vater hat diesen Freundschaftsantrag abgelehnt?«

»Äußerst deutlich.« Sie lachte verbittert auf, als sie sich an die genauen Worte ihres Vaters erinnerte. »Medb machte ihm nur ein einziges Angebot. Als es abgelehnt wurde, hat er Zuflucht zu Zwang und Drohung genommen und schließlich ein Ultimatum gestellt.«

Athlone saß auf einem Lederstuhl neben seinem Vater. Er streichelte müßig die Ohren eines großen Jagdhundes, während er Gabria und die Reaktionen der Männer beobachtete. »Was war das für ein Ultimatum?«, wollte er wissen.

Gabria sprach langsam und betonte jedes einzelne Wort. »Lord Medb hat keinen Zweifel daran gelassen, dass er Oberherr aller Klane werden will. Um das zu erreichen, bot er Vater die Herrschaft über die nördlichen Länder an. Falls Vater ablehnen würde, sollte unser Klan sterben.«

Die Männer brachen in lautes Wutgeheul aus. Den ganzen Winter hindurch waren geflüsterte Gerüchte über Medbs Streben nach der Macht über alle Klane von einem Lager zum anderen getragen worden, aber die Vorstellung von einem einzigen Herrscher erschien den Klanleuten so weit hergeholt, dass nur wenige diesen Geschichten Glauben geschenkt hatten.

»Nein!« Die Stimme des Herdenmeisters schnitt durch den Lärm. »Das kann ich nicht glauben. Kein Häuptling besitzt eine solche Kühnheit. Wie kann er Macht anbieten, die zu verleihen ihm nicht gegeben ist?«

»Er besitzt diese Macht noch nicht«, warf Gabria ein. »Aber er hat seine Drohung gegen meinen Vater wahr gemacht.«

Der Meister wandte sich an Savaric, der Gabria nachdenklich ansah. »Lord, wie könnt Ihr einer solchen Geschichte zuhören? Lord Medbs Klan befindet sich viele Tagesritte vom Corin-Gebiet entfernt. Es wäre doch sinnlos, in solcher Entfernung nach Unterstützung zu suchen.«

»Aber auch du gestehst ein, dass er sucht«, entgegnete Savaric.

Der Mann trat unruhig von einem Bein auf das andere. »Wir alle haben die Gerüchte über Medbs wachsende Begehrlichkeiten gehört. Aber diese Geschichte ist widersinnig.«

Savaric stand auf und ging vor dem Thron hin und her. »Wirklich?« Er richtete seine Frage an alle Männer. »Denkt darüber nach. Medb braucht Verbündete, wenn er die lebenswichtigen Regionen des Graslandes beherrschen will. Die Corin wären eine ausgezeichnete Wahl gewesen. Wenn Dathlar auf das Angebot eingegangen wäre, hätte Medb ein wertvolles Werkzeug im Norden gehabt – einen Hammer, den er und sein Klan aus dem Süden dazu hätte benutzen können, um uns in der Mitte Liegenden zu zerschmettern.« Savaric deutete auf Gabria. »Aber als die Corin ablehnten, hat Medb sie als Warnung für die anderen Klane vernichtet. Er beweist damit, dass es ihm todernst ist.«

Die Stimmen der Krieger beruhigten sich, und selbst der Herdenmeister sah nachdenklich drein, als er die volle Bedeutung von Savarics Worten erfasste. Der Häuptling stand neben seinem steinernen Sitz und hatte sich in eigenen Gedanken verloren.

Gabria schloss die Augen und senkte den Kopf. Endlich schien der Lord zu verstehen; wenn er es wirklich tat, wurde alles andere bedeutungslos. Sie war zu erschöpft, um sich über die übrigen Anwesenden Gedanken zu machen. Sie wollte nur noch schlafen. Das Mädchen spürte, wie sein Körper in sich zusammensackte und der Kopf immer schwerer wurde. Es hörte, dass Athlone aufstand und etwas zu seinem Vater sagte.

Dann warf jemand einen Becher auf den Boden. Das Metall schepperte dumpf, als es auf die fest gestampfte Erde schlug. Das Geräusch erregte Gabrias Aufmerksamkeit wie das ferne Aufeinandertreffen von Schwertklingen. Ihr Blick fiel auf das Feuer in der

Mitte der Herdstelle. Alles war still; sie spürte die Augen der Männer, aber sie konnte sie nicht sehen. Sie sah nur die Flammen. Das Mädchen atmete schneller und sein Herz raste.

Im Hintergrund ihrer Gedanken hörte Gabria ein schwaches Donnern wie von Hufen, das sich mit dem Knistern und Fauchen des Feuers vermischte. Sie versuchte sich zu bewegen, als das Geräusch lauter wurde; sie wollte ihm und dem Schrecken entkommen, der mit ihm verbunden war, doch das Donnern hüllte sie ein und trieb sie in das Licht des Feuers. Die Flammen stoben hell auf und verbrannten ihr Selbstbewusstsein. Die Männer, die Halle, ja sogar die Feuerzungen verblassten, während ihr Bewusstsein durch die unheimliche Dunkelheit fiel und eine absterbende Verbindung zu Gabran, ihrem Zwillingsbruder, berührte. Sie waren zusammen geboren worden und hatten immer eine besondere Beziehung zueinander gehabt. Jetzt floss seine Gegenwart aus dem Chaos zu ihr wie die Berührung einer toten Hand und führte sie zurück auf die Pfade des Corin-Trelds.

Ihr Blick wurde klarer und sie erkannte das vertraute Lager; es kauerte unter einem Schleier aus dichter werdendem Nebel. »Nebel«, murmelte sie. »Nebel zieht auf. Woher kommt er?« Ihre Stimme veränderte sich und nahm eine fremde Klangfarbe an.

Athlone stieß gegen Savarics Arm und nickte in die Richtung des Mädchens. Der Häuptling runzelte plötzlich die Stirn, trat einen Schritt vor und bedeutete seinen Männern, sich ruhig zu verhalten.

Gabria schwankte; sie hatte die Augen auf das Feuer geheftet. »Die Herden sind hereingeholt. Jeder ist hier, außer ... wartet. Was ist das für ein Lärm? Taleon, hol Vater. Ich muss Gabria finden. Pferde kommen heran. Es klingt wie ein großer Trupp.« Die Worte kamen immer schneller aus ihr heraus und ihr Gesicht wurde so bleich wie das einer Leiche. Die Männer beobachteten sie gefesselt.

»O meine Götter, sie greifen uns an!«, rief sie, sprang auf und warf die Arme umher. »Sie brennen die Zelte nieder. Wir müssen zu Vater laufen. Wo ist Gabria? Wer sind diese Männer?«

Plötzlich wurde ihre Stimme schwer vor Kummer und Wut. »Nein! Vater liegt am Boden. Wir müssen Widerstand leisten und kämpfen. Die Frauen und Kinder laufen fort, aber es ist zu spät. Wir sind von Reitern umzingelt. Überall ist Feuer. Wir können in diesem Rauch und Nebel nichts mehr sehen. O Götter! Ich kenne diesen Mann mit der Narbe. Das sind Ausgestoßene! Medb hat sie gesandt. Er hat geschworen, uns umzubringen, und er hat Wort gehalten. Diese Feiglinge haben Lanzen dabei. O Gabria, hoffentlich bist du in Sicherheit ...«

Die Worte erhoben sich zu einem Schrei des Schmerzes und erstarben im Schweigen der Leere und Verzweiflung. Gabrias Verbindung zu ihrem Bruder riss ab, und die Vision verwehte. Das Mädchen zitterte heftig und brach auf dem Boden zusammen. Ein Seufzen flackerte wie ein unterdrücktes Atmen durch die Reihen der Zuhörer.

Savaric starrte lange ins Feuer. Schließlich sagte er: »Bringt ihn zum Heiler. Für heute haben wir genug gehört.«

Ohne ein weiteres Wort wickelten Athlone und ein anderer Mann Gabria in den scharlachfarbenen Umhang und trugen sie aus der Halle.

Der Heiler, ein großer, drahtiger Mann in einer hellrosa Robe, berührte mit kalter Hand Gabrias Stirn und warf Savaric einen raschen Blick zu. »Vergebt mir, Lord, aber Ihr habt ihn überfordert. Der Junge ist völlig erschöpft.«

»Ich weiß, Piers, aber ich musste herausfinden, was er uns zu sagen hat.«

»Hätte das nicht warten können?«

»Vielleicht.« Savaric deutete auf die ausgestreckte Gestalt, die noch in den roten Umhang eingewickelt war und auf einer Pritsche schlief. »Der Junge hatte es tief in sich verborgen. Er ist stark. Ich habe erst zu spät erkannt, wie abgespannt er ist.«

Der Heiler verzog den Mund zu einem Lächeln. »Ein Verhör von einer oder zwei Stunden durch die Klanältesten würde sogar einen Löwen ermüden. Ihr erwähntet eine Vision ...«

»Hmmm.« Savaric goss Wein in zwei Hornbecher und nahm einen Schluck aus einem der Gefäße, bevor er antwortete. »Er schien das Massaker in seinem Treld erneut zu durchleben, aber durch die Augen von jemand anderem. Ist es möglich, dass er seine Geschichte erfunden hat? Oder hatte er wirklich eine Vision der Ereignisse im Lager?«

Piers setzte sich auf einen niedrigen Schemel und hob seinen Weinbecher. Savaric lehnte sich gegen den Mittelpfosten des Zeltes. »Ein furchtbarer Schock und Erschöpfung können seltsame Dinge bewirken«, sagte Piers nachdenklich. »Vielleicht hat er sich eingebildet, dass das, was er geträumt hat, tatsächlich geschehen ist, oder ...« Der Heiler zuckte die Achseln; die dünnen Schultern hoben sich unter seiner losen Robe »Ich weiß es nicht. Medb ist ein grausamer Mann und besitzt seltsame Kräfte. Vielleicht wurde dem Jungen diese Geschichte eingegeben, damit sie uns verwirrt, oder er hatte wirklich eine Vision. So etwas ist auch früher schon passiert.«

Savaric schenkte ihm ein schwaches Lächeln. »Du bist keine große Hilfe.« Er sah den Heiler neugierig an. »Warum glaubst du, dass Medb etwas damit zu tun hat?«

»Worte reiten schnell, Lord. Außerdem hat nur Medb die Mittel und den Wunsch, einen ganzen Klan zu vernichten«, erwiderte Piers.

»Glaubst du etwa nicht, dass es eine Bande von Abtrünnigen oder Plünderern war?«, fragte Savaric.

»Das bezweifle ich. Solche Truppen vergewaltigen und plündern, doch dieser Angriff hatte die vollkommene Vernichtung zum Ziel. Nein, ich glaube, der Junge hat Recht. Das bedeutet, dass Medb immer dreister wird.«

Savaric nickte und legte das Gesicht in Sorgenfalten. »Und immer stärker. Wir haben über Medbs Machtstreben zu lange hinweggesehen. Wenn wir ihn nicht bald in Ketten legen, wird er zu stark für uns.«

Piers' Mund verhärtete sich. »Ihr wisst, dass Ihr von Krieg redet. Von einem Krieg, der die Klane vernichten könnte.«

»Medb wird uns alle vernichten, wenn er sich zum Oberherr aufschwingt. Ich will nicht als Sklave leben, sondern lieber als freier Häuptling sterben.«

Piers trank seinen Becher leer und schenkte sich mehr von dem leichten, duftenden Wein ein, den er so liebte. Er nahm einen großen Schluck und sagte dann: »Es heißt, Medb hat die Schwarzen Künste wieder belebt.«

Savaric warf einen raschen Blick auf die schlafende Gestalt unter dem Mantel und schaute dann wieder zu Piers. »Man sagt vieles über ihn, doch dieses Gerücht kann ich kaum glauben. Der Klan würde nicht erlauben, dass sein Führer Magie ausübt. Es würde jeden einzelnen Wylfling entehren.«

»Nicht, wenn sie schon alle unter seiner Gewalt stehen. Magie kann man nicht nur zur Verdichtung von Nebel gebrauchen.«

»Das hast du also auch schon gehört.« Savaric kicherte. »Entgeht dir überhaupt irgendetwas?«

Der Heiler starrte einige Zeit lang auf das kleine Feuer in seinem Herd, bevor er antwortete. »Habt Ihr etwas von Cantrell oder Pazric gehört?«

»Nein. Aber ich mache mir keine Sorgen wegen Cantrell. Der Barde sammelt schon seit langer Zeit Informationen für mich. Er kann auf sich selbst aufpassen, auch in Medbs Lager. Pazric allerdings sollte inzwischen aus dem Süden zurückgekehrt sein. Die Verhandlungen mit den turischen Stämmen können doch nicht so lange dauern.«

Piers nickte. Die Männer schwiegen eine Weile; jeder hing seinen eigenen Gedanken nach. Es war eine kameradschaftliche, aus langer Freundschaft und gegenseitiger Achtung geborene Stille.

Schließlich sagte Piers: »Dieser Junge ist mir ein Rätsel. Vielleicht ist er der Schlüssel zu Medbs Schicksal.«

Savaric schüttelte den Kopf und streckte sich. »Das ist sehr unwahrscheinlich. Selbst ein ausgewachsener Mann kann Medb nicht töten.« Er schlenderte zum Zelteingang. »Kümmere dich gut um ihn, Piers, wenn du nicht willst, dass ein wütendes Hunnuli dir das Zelt eintritt.«

»Hat dieser Knabe wirklich ein Hunnuli gerettet?«
»Offensichtlich.«

Piers erhob seinen Weinbecher zu einem spöttischen Salut. »Dann sollte er wie ein Held behandelt werden.«

Savaric erwiderte den Salut und verließ das Zelt.

Gabria schlief die ganze Nacht und den größten Teil des nächsten Tages. Reglos lag sie unter ihrem Umhang; sie war zu schwach, um sich im Schlaf zu bewegen. Piers beobachtete sie besorgt und schaute mehrmals nach, ob sie noch atmete. Vor dem Zelt des Heilers wartete Nara geduldig. Savaric kam einmal herein, um nach dem

Jungen zu sehen, doch Gabria gab keinen Laut von sich und lag wie tot da.

Am späten Nachmittag träufelte Piers Gabria einen Schluck milden Tee zwischen die schlaffen Lippen. Ohne Vorwarnung zuckte sie plötzlich zusammen und schlug nach ihm aus. Ihr Gesicht war hassverzerrt und ihr Atem rasselte in der Kehle. »Nein!«, schrie sie heiser. »Ihr kriegt mich nicht!«

»Ganz ruhig, Junge, ganz ruhig.« Der Heiler drückte Gabria nieder und besänftigte sie, während ihr Traum verblasste. Mit seinem Ende kam das langsame Erwachen. Gabrias Körper entspannte sich, ihr Atem ging ruhiger und sie öffnete zögernd die Augen. Schließlich sah sie das sorgenvolle Gesicht des Heilers vor sich.

»Ich kenne dich nicht«, flüsterte sie.

Piers nahm auf dem hinteren Ende der Pritsche Platz und erlaubte sich ein Lächeln, das für ihn ungewöhnlich war. Der Junge befand sich offenbar auf dem Weg der Besserung, denn in seiner Stimme lagen weder Furcht noch Zögern.

»Ich bin Piers Arganosta, der Heiler der Khulinin.«

»Das ist ein seltsamer Name für einen Klanmann«, meinte Gabria. Ihre Stimme war fester geworden und die Farbe kehrte in ihr Gesicht zurück.

Piers war erleichtert, als er sah, dass der Junge weder schüchtern noch wehleidig war. Savaric hatte Recht: Der Knabe war sehr stark. »Ich bin kein Klanmann«, erklärte er. »Ich stamme aus der Stadt Pra Desch.«

»Was machst du dann in der Steppe?«, fragte sie neugierig.

»Unter den Barbaren?«, gab er leicht ironisch zurück. »Die Stadt hat meine Gunst verloren.«

Gabria war bei dem Begriff »Barbaren« zunächst wütend geworden, doch sie erkannte rasch, dass Piers sie nicht beleidigen wollte; er hatte bloß eine allzu bekannte Redewendung wiederholt. Sie empfand sein Gesicht als angenehm, wenn auch etwas traurig, und seine blassen Augen erinnerten sie an Glimmererde: rauchig und glanzlos. An ihm war nichts Anmaßendes; das war ungewöhnlich für einen Mann aus Pra Desch, der größten Stadt im Osten. Er schien sogar absichtlich darauf bedacht zu sein, keinerlei Aufmerksamkeit auf sich zu ziehen. Er trug nur helle Farben; nichts zog den

Blick auf ihn. Er war blass, hatte helle Haut und helles, kurz geschnittenes Haar.

Sein Zelt war schmucklos und einfach eingerichtet; es gab nur eine tragbare Medizintruhe, einige Kleinmöbel und einen ungefärbten Teppich. Gobelins aus cremefarbener Wolle hingen an den Zeltwänden und ein Vorhang verbarg die Schlafstelle. Das sanfte Rosa der Robe war die einzige außergewöhnliche Farbe, die Gabria bemerkte.

»Ich bin noch nie in Pra Desch gewesen«, sagte Gabria, als der Mann aufstand und Suppe aus einem kleinen Topf auf seinem Herd in eine Schüssel goss.

»Dann kannst du dich sehr glücklich schätzen.«

Gabria erzürnte diese Bemerkung. Wie konnte er es wagen, so etwas zu sagen? Er wusste nichts über sie. »Ich schätze mich keinesfalls glücklich«, zischte sie. »Ich habe bisher kein Glück gehabt.«

»Aber du lebst, Junge. Genieße das!«, rief Piers aus.

»Ich habe kein Recht zu leben. Mein Platz war bei meinem Klan.«

»Dein Platz ist dort, wo die Götter dich hinzustellen geruhen.« Er reichte ihr die Schüssel, doch Gabria beachtete sie nicht, sondern starrte auf den offenen Zelteingang, durch den die Nachmittagssonne hereinschien.

»Du bist ein Fremder. Was weißt du schon von unseren Göttern und ihrem Ratschluss?«, gab sie zurück.

»Ich weiß zumindest, dass Selbstbeschuldigungen sinnlos sind. Sie bringen uns die Toten nicht zurück. Verschwende also das Geschenk deines Lebens nicht auf Schuldgefühle oder das Jammern über verpasste Gelegenheiten.«

Gabria starrte noch immer nach draußen. »Kann ich jetzt aufstehen? Es ist bestimmt schon spät.«

Piers seufzte. Offenbar wurden seine guten Ratschläge missachtet. »Wenn du willst … Das Hunnuli wartet auf dich, und ich bin sicher, dass du in der Halle etwas zu essen findest.«

»Vielen Dank, Piers«, sagte sie kühl.

»Gern geschehen, Gabran.«

Das Mädchen zuckte bei diesem Namen zusammen und fragte sich, ob sie sich je an den Schmerz gewöhnen würde, der mit ihm verbunden war. Sie richtete sich steif auf. Sofort wünschte sie sich, sie hätte das nicht getan. Ihre Muskeln zitterten, in ihrem Kopf drehte sich alles, und Benommenheit schüttelte sie wie starkes Fieber. Sie machte ein paar taumelnde Schritte, bis es in ihren Ohren rauschte und der Magen sich umzudrehen drohte. Piers reichte ihr wortlos einen Schemel. Sie sank dankbar darauf nieder und stützte den Kopf in die Hände, bis die Übelkeit sie überwältigte.

»Was ist los mit mir?«, ächzte Gabria.

»Erwartest du etwa, dass du für deine Taten nicht bezahlen musst? Du hast deinen Körper zu sehr geschunden. Und du hast kaum etwas gegessen. Gib deinem Körper etwas Zeit, sich zu erholen.« Er reichte ihr die Suppe. »Trink das.«

Sie nahm die Schüssel und nippte an der Fleischbrühe. »Vielen Dank, Piers«, sagte sie erneut, doch diesmal klang es ehrlicher.

Piers lief zum Zelteingang und rief einen vorüberkommenden Krieger herbei. »Sag Lord Savaric, der Junge ist jetzt wach.« Der Mann rannte fort, und schon nach wenigen Minuten betrat Savaric das Zelt. Er war mit Staub und Schweiß überzogen, und ein großer Falke kauerte auf seiner ausgepolsterten Schulter. Den goldenen Umhang trug er zurückgeschlagen.

»Es war eine gute Jagd heute, Piers«, sagte der Häuptling, während er den Blick auf Gabria richtete.

Sie saß auf dem Schemel und starrte in die Ferne. Sie hatte sich in tiefen Gedanken verloren und ihre gefährliche Verkleidung vergessen. Sie stand nicht einmal auf, um dem Häuptling den Treuegruß der Krieger zu entbieten. Erst allmählich bemerkte sie, dass die beiden Männer sie anschauten. Sie sprang auf die Beine und schüttete sich dabei die heiße Suppe über die Beine.

»Verzeiht mir, mein Lord«, stammelte sie.

Savaric bedachte ihre Entschuldigung mit einer wegwerfenden Handbewegung. »Deine Achtlosigkeit ist hier ohne Bedeutung. Sei aber vor den übrigen Kriegern nicht so vergesslich.«

Gabria nickte und setzte sich. Vor Verlegenheit wurde sie rot im Gesicht. Piers gab ihr einen Lappen, mit dem sie die verschüttete Suppe abwischte, und füllte ihre Schüssel erneut.

»Euer jüngster Krieger wird bald seine Pflichten aufnehmen können«, sagte der Heiler zu Savaric. »Einen oder zwei Tage lang wird er noch etwas schwach sein, doch er wird schnell stärker werden.«

»Gut. Der Junge wird seine ganze Stärke brauchen.«

»Ich habe gehört, dass Athlone Gabrans Mentor ist«, sagte der Heiler.

Savaric kicherte. »Natürlich. Athlone wünscht die Ausbildung des Jungen persönlich zu übernehmen.«

»Soll er doch in den Sumpf hüpfen«, murmelte Gabria.

Der Häuptling drehte sich mit versteinertem Gesicht zu ihr um. »Was hast du da gesagt, Junge?«

Gabria zuckte zusammen. So offen hatte sie nicht reden wollen. Sie durfte nicht vergessen, dass sie nicht mehr bei ihrer eigenen Familie war. Sie errötete noch stärker, senkte den Blick und schwieg.

»Halte deine Zunge im Zaum, Gabran«, befahl Savaric und verbarg ein Lächeln, als Piers ihm zuzwinkerte. »Morgen beginnen deine Pflichten, falls du dann schon wieder reiten kannst.«

»Ja, Lord«, murmelte Gabria, als Savaric hinausging. Sie sank auf ihrem Schemel zusammen und packte die Schüssel fester, um ihre zitternden Hände zu beruhigen.

Ich bin ein Idiot!, dachte sie. Zuerst vergesse ich, den Häuptling zu grüßen, und dann verspotte ich den Wertain in Anwesenheit seines Vaters. Solche dummen Fehler könnten unerwünschte Aufmerksamkeit auf mich lenken und meine Verkleidung gefährden. Ich muss so vieles beachten, wenn ich mich wie ein Junge verhalten und keinen unnötigen Fehler machen will. Ich muss vorsichtiger sein! Gabria warf einen seitlichen Blick auf Piers, streckte die Beine auf männliche Art aus und stützte sich mit den Ellbogen auf den Knien ab, während sie ihre Suppe austrank.

»Dein Hunnuli wartet auf dich. Vielleicht möchtest du hinausgehen und es beruhigen«, schlug Piers vor, als Gabria ihm die Schüssel zurückgab.

Das Mädchen nickte, erhob sich und wartete darauf, dass die Benommenheit von vorhin es wieder überkam. Die Suppe hatte es jedoch gestärkt, und es war nun in der Lage, sich ohne Zittern zu bewegen. Nara stand vor dem Zelteingang und wieherte vor Freude, als Gabria herauskam.

Ich hatte befürchtet, du wärest krank.

»Nein, nur entkräftet«, sagte Gabria. Sie fuhr mit den Fingern durch Naras ebenholzfarbene Mähne. »Hast du etwas gegessen?«

Nein, ich habe auf dich gewartet.
»Komm, wir gehen hinunter zum Fluss. Ich muss nachdenken.«

Sie gingen Seite an Seite durch das Lager und beachteten weder die Köpfe, die sich nach ihnen umdrehten, noch die Finger, die auf sie zeigten. Niemand grüßte sie oder bot ihnen Gastfreundschaft an und niemand kam ihnen nahe. Gabria war erleichtert, als sie und Nara die Zelte hinter sich gelassen und das Flussufer erreicht hatten. Es war schwer gewesen, ihre Schwäche zu verbergen und wie ein Corin an den glotzenden Klanleuten vorbeizugehen. Als Nara endlich einen abgesonderten Platz am Wasser gefunden hatte, zitterten Gabrias Beine und ihr war wieder schwindlig.

Gabria setzte sich dankbar in das hohe, saftige Gras am baumlosen Ufer, während das Hunnuli weidete. Sie lehnte sich zurück. Der Wind strich ihr über das Gesicht und Grasbüschel kitzelten sie im Nacken, während sie der säuselnden Musik des Wassers lauschte.

Wir werden beobachtet.

Naras Gedanken waren ein raues Erwachen für Gabria. Die Stute graste mit scheinbarer Gleichgültigkeit weiter, doch sie hatte sich in Richtung eines baumlosen Hügels gedreht, auf dem ein einsames Pferd stand. Es hatte ihnen den Kopf zugewandt.

Gabria schaute das ferne Pferd an und wandte sich dann verärgert ab. »Das überrascht mich nicht. Wo ist der Reiter?«

Es gibt keinen. Das ist ein Hunnuli-Hengst.

»Athlone, der Wertain.« Gabria warf einen Kiesel ins Wasser und beobachtete, wie sich die Wellenkreise langsam in der Strömung auflösten. »Er hat sein Hunnuli hergeschickt, damit er sicher sein kann, dass wir nicht versuchen, uns mit Medb in Verbindung zu setzen, oder sonst etwas Verdächtiges tun«, sagte sie mit beißendem Spott.

Der Mann ist vorsichtig und hat allen Grund dazu, betonte die Stute mit mildem Tadel. *Man kann ihm vertrauen.*

»Vertrauen!«, rief Gabria. »Er würde mich töten, wenn er mein Geheimnis entdeckte. Ein einziger Fehler, nur ein kleines Verrutschen meiner Maske reicht aus, und er wird mich fein säuberlich durchbohren wie einen Schakal.« Sie zog ihren Umhang enger um sich und fügte hinzu: »Bei unserem Volk dürfen Frauen keine Krieger werden. Aber ich muss versuchen, einer zu sein. Wenn ich versage, kann ich nur auf eines vertrauen: auf den Tod durch Athlones Hand.«

Es ist zu schade, dass du es so siehst. Er wäre ein mächtiger Verbündeter.

»Du bist der einzige Verbündete, den ich brauche. Du, mein Schwert und der gute Wille der Götter.«

Sie blieben lange am Fluss. Nara fraß sich am üppigen Gras satt, und Gabria beobachtete, wie die Wiesenstärlinge über dem weidenden Vieh auf und nieder stiegen. Beide beachteten den hinüberschauenden Hengst nicht weiter.

Gabria bemerkte jedoch, dass sie ihre Ruhe verloren hatte. Sie konnte sich nicht mehr entspannen und die Gedanken schweifen lassen, solange der Hunnuli-Hengst jede ihrer Bewegungen beobachtete. Sie war solches Misstrauen und solche Ablehnung nicht gewöhnt. In ihren ganzen siebzehn Jahren hatte sie sich noch nie so allein gefühlt, denn Gabran, ihre Familie und ihr Klan waren immer bei ihr gewesen. Nichts hatte sie auf die endlose Verwirrung und Leere vorbereitet, die seit dem Tag des Massakers jeden ihrer Schritte verfolgten. Sie war keine Khulinin und würde nie eine sein, doch sie wünschte sich, jemand würde sie mit offenen Armen aufnehmen. Sie wollte Wärme und Trost verspüren, willkommen sein und nicht wie ein diebischer Bettler in den Schatten gedrückt werden.

Als Gabria und die Stute am Abend in den Treld zurückkehrten, wurde es bereits kalt. Nara führte das Mädchen zum Zelt des Heilers. Piers war verschwunden, doch sie fand eine warm gehaltene Schüssel mit Suppe neben dem Feuer, und ihr Gepäck lag auf der Schlafpritsche. All ihre Sachen waren gesäubert und geflickt worden und zusätzlich lag ein neues Hemd aus weichem Leinen dabei. Gabria trank schläfrig die Brühe, rollte sich in ihren Umhang und fiel erneut in reglosen Schlaf.

Als der Hörnerklang in der Morgendämmerung verhallte, holte Athlone Gabria ab. Von seinem gewaltigen Pferd aus rief er nach ihr, denn ihre Lehrzeit sollte heute beginnen. Sie hatte kaum Zeit, ein warmes Korinthenbrötchen von Piers' Tisch zu nehmen, sich den Umhang überzuwerfen und aus dem Zelt zu stürzen, als der Wertain in Richtung Wiese davongaloppierte. Benommen kletterte Gabria auf Naras Rücken und folgte ihm mit lebendiger Wut im Bauch.

»Na los, Junge, dein Dienst fängt bei Sonnenaufgang an«, sagte Athlone, als Gabria endlich zu ihm aufgeschlossen hatte. »Versuch bloß nicht, dich zu drücken.«

Er führte sie zu einem Übungsplatz, auf dem verschiedene Ziele und behelfsmäßige Figuren standen. »Bevor ich mit deiner Ausbildung anfangen kann, muss ich wissen, was du alles beherrschst«, bemerkte er, während er von seinem Pferd stieg. Sein Tonfall deutete an, dass er nicht viel erwartete. Dann wurden seine Augen zu Stein und er sagte: »Wo sind dein Schwert und Bogen?«

Gabria spürte, wie ihr der Magen in die Kniekehlen sank. Der Tag hatte kaum begonnen, und sie hatte aus Nachlässigkeit schon den ersten Fehler gemacht. Kein Krieger verließ das Zelt ohne seine Waffen; sie jedoch hatte nicht einmal ihren Dolch mitgebracht. »Es tut mir Leid, Wertain«, keuchte sie. »Ich besitze keinen Bogen, und ich ... ich habe mein Schwert ... im Zelt gelassen.«

Athlone ging langsam um die Pferde herum, bis er dicht vor Gabrias Füßen stand. Die Stille knisterte vor Spannung. »Du hast ... was?«, knurrte er mit vernichtendem Spott. »Wenn solche Nachlässigkeit bei deinem Klan üblich war, ist es kein Wunder, dass er ausgelöscht wurde.«

Gabria versteifte sich, als ob er sie geschlagen hätte. Ihr Gesicht wurde aschfahl, und ihre Hand flog an den leeren Gürtel.

Vorsicht, warnte Nara sie und stahl sich davon. *Bleib ruhig.*

»Komm mit deinem Schwert zurück«, befahl Athlone. »Falls du weißt, wie so etwas aussieht.«

Bevor Gabria eine Erwiderung darauf geben konnte, schwenkte Nara herum und galoppierte zurück zum Treld. Sobald sie außer Hörweite waren, krallte Gabria die Hände in die schwarze Mähne des Hunnuli. »Dieser Hund!«, brüllte sie. »Dieses unerträgliche Schwein! Er hat gerade einen ganzen Klan beleidigt, und ich kann nichts dagegen tun.«

Sie kamen zu Piers' Zelt. Gabria stürmte hinein und holte ihr Kurzschwert, das sie Gabran aus der toten Hand genommen hatte.

»Du hast gesagt, ich soll ihm vertrauen!«, tobte sie, während sie sich wieder auf die Stute schwang. »Ich würde eher einer Viper vertrauen.«

Nara ließ sich nicht zu einer Antwort herab. Sie trug das vor Wut kochende Mädchen zurück zum Übungsplatz, auf dem Athlone ungeduldig wartete. Gabria verbrachte die nächsten Stunden damit, ihr Elend und ihre Wut fest im Zaum zu halten. Athlone setzte ihr beim Schwertfechten und im Faustkampf zu. Sie begannen zu Pferd; Athlones Hengst Boreas half Nara bei den verwickelten Manövern. Dann kämpften sie am Boden weiter. Athlone forderte Gabria bis zur Grenze ihrer Stärke und Geschicklichkeit.

Gabria dankte ihren Brüdern tausendfach dafür, dass sie ihr die Grundzüge des bewaffneten Kampfes gezeigt hatten. Sie war kein Gegner für den Wertain, doch während sie sich mit Athlone durch alle Übungen kämpfte, konnte sie ihre geborgte Identität von jedem Verdacht reinigen. Keine Frau kannte die Kampfkniffe, die Gabria anwendete.

Athlone nahm sie sich sowohl körperlich als auch geistig hart vor. Er beobachtete jede Bewegung Gabrias und wartete nur darauf, dass sie aus Ärger oder Nachlässigkeit einen falschen Schritt machte. Er verhöhnte sie absichtlich, brüllte ihr Befehle zu und ließ ihr keine Ruhe. Als er schließlich aufhörte, sank sie keuchend und schweißdurchnässt auf die Knie. Er stand nur da und sah sie an. Die kleine Warnglocke in seinem Kopf schrillte wie verrückt, doch er konnte sein Misstrauen noch immer nicht begründen. Der Junge wusste, wie man ein Schwert hielt, und kannte die meisten Grundschritte, doch einige wichtige Einzelheiten über den Schwertkampf, die er eigentlich hätte wissen sollen, waren ihm nicht geläufig. Außerdem lag in seinen Angriffen eine Zögerlichkeit, die nicht zur normalen Waffenerfahrung eines Jungen passte.

Athlone steckte sein Schwert in die Scheide und pfiff nach Boreas. Worin das Geheimnis des Jungen auch bestehen mochte, er hatte in den letzten Stunden große Zielstrebigkeit bewiesen. Das sprach zu seinen Gunsten.

»Übe weiter an den drei letzten Paraden, die ich dir gezeigt habe«, befahl der Wertain. »Denk daran, immer das Gleichgewicht zu bewahren; ansonsten findest du dich schnell im Staub wieder. Bald nehme ich dich zum Sattler mit.« Er schwang sich auf den Rücken seines Hengstes.

Gabria starrte ihn an; sie war zu müde, um sich zu bewegen. Ohne nachzudenken sagte sie: »Wozu? Ich brauche keinen Sattel.«

»Nein«, pflichtete Athlone ihr mit beißendem Spott bei. »Nara wird dafür sorgen, dass du nicht herunterfällst. Aber du brauchst das Zaumzeug, das sich für einen Krieger ziemt.«

Gabria biss sich auf die Lippen, als der Hengst davongaloppierte. Sie hatte es wieder getan. Sie war wie ein Kind in die Falle gelaufen. Es war viel schwieriger, sich richtig zu verhalten, als sie vermutet hatte. Vor Tagen, als sie sich ihren Plan zurechtgelegt hatte, war sie der Ansicht gewesen, ohne große Schwierigkeiten ihren Platz in Savarics Klan einnehmen zu können und mit nur geringen Anstrengungen die Rolle eines Jungen glaubhaft zu spielen, bis die Zeit gekommen war, Lord Medb herauszufordern. Wenn sie Bogen und Schwert führen konnte, konnte sie auch so lange wie nötig vorgeben, ein Junge zu sein.

Aber Gabria hatte sich nicht die zahllosen Unterschiede zwischen Mann und Frau klar gemacht, die es nicht nur in körperlicher und geistiger, sondern auch in sozialer Hinsicht gab. Ein Junge hätte niemals den Wertain auf den Sattler angesprochen, denn ein Junge hätte gewusst, was gemeint war. Eine Frau hingegen stellte ihre eigene Lederwaren her; sie brauchte keinen Spezialisten für die Sättel, Zaumzeuge und Lederausrüstungen der Krieger – für all diese Dinge hatte eine Frau nur wenig Verwendung.

Der Platz einer Klanfrau war im Zelt. Sie wurde von den Männern ihrer Familie oder der Familie ihres Gatten beschützt, und als Gegenleistung verlangte man von ihr Gehorsam. Trotz ihres eingeschränkten Lebens waren die Klanfrauen intelligent, tüchtig und oftmals wild, doch sie glaubten an die Sitten und Gebräuche ihres Klans und folgten ihnen aus Gewohnheit. Keine Frau wurde im Werod, im Rat oder in anderen wichtigen Organisationen des Klans geduldet. Nur die Priesterin der Amara und die Frau und Töchter des Häuptlings besaßen Rang und Ehre.

Als Tochter von Dathlar hatte Gabria in ihrem Klan hohes Ansehen genossen, und als einziges Mädchen in einer Familie mit fünf Männern war sie mit Liebe, Respekt und einem gewissen Maß an Gleichheit erzogen worden. Ihre Familie hatte ihr mehr Freiheiten und Verantwortung geschenkt, als die meisten Klanfrauen besaßen, und sie war glücklich und zufrieden gewesen. Vor dem Massaker hätte Gabria nicht einmal im Traum daran gedacht, sich als Junge auszugeben und einem Werod beizutreten oder gar einen Häuptling um Wergeld herauszufordern.

Nun aber hatte sich ihr Leben grundlegend geändert, und sie hatte einige drastische Entscheidungen treffen müssen. Sie hatte dieses Täuschungsmanöver gewählt, weil sie geglaubt hatte, ein ausreichendes Verständnis der männlichen Rolle und genug Selbstvertrauen zu besitzen, um es erfolgreich durchzustehen. Nun war sie sich nicht mehr so sicher. Sie musste ständig auf so viele Einzelheiten achten, und es war eine Menge zu bedenken, worin sie keine Erfahrung hatte. Das alles verwirrte sie so sehr!

Gabria war noch tief in Gedanken versunken, als Nara neben sie trat und mit der samtigen Nase dem Mädchen über die Wange strich. *Willst du den ganzen Tag im Dreck hocken?*

Gabria schüttelte den Kopf, lächelte und stand auf. Das Schwert lag locker in ihrer Hand. Sie wusste, dass es nun zu spät war, ihren Plan zu ändern. Sie konnte sich zwar einige der Gefahren vorstellen, die ihrer Verkleidung drohten, doch es würde noch andere, unvorhersehbare Schwierigkeiten geben. Sie musste alles auf sich zukommen lassen und ihrem Glück vertrauen. Gabria rieb liebevoll Naras Hals, und zusammen machten sie sich auf die Suche nach einem Mittagessen.

Am Nachmittag nahm Athlone Gabria mit zum Sattler. Das Mädchen brauchte eine vollständige Ausrüstung, die aus einem Schild, einem Gürtel, Stiefeln, einem Lederwams, einem Helm und einem Pfeilköcher bestand. Der alte Handwerker versprach, die Sachen in wenigen Tagen fertig zu haben, und er gab Gabria einen gebrauchten, mit einer neuen Sehne bespannten Bogen, für den er keine Verwendung mehr hatte.

Gabria hatte überdies in einem Abfallhaufen, den der Sattler am nächsten Tag entsorgen wollte, einen alten, breitkrempigen Hut gefunden. Der Sattler schenkte ihn ihr mit einem Lächeln und zog einen Lederriemen ein, mit dem sie den Hut am Kopf festbinden konnte. Das Mädchen zog die Krempe tief in die Stirn und versuchte lässig auszusehen, während es sich gegen einen Pfeiler lehnte und auf Athlone wartete.

Athlone sprach noch mit dem Sattler, als ein Junge eintraf und ihm eine Nachricht von Savaric überbrachte. Der Wertain beendete schnell das Gespräch und eilte mit Gabria zur Klanhalle, ohne auf dem Weg ein Wort mit ihr zu wechseln.

Savaric wartete im Hauptraum der Halle auf sie. Er stand neben einer großen Sitzstange, fütterte seinen Falken mit Leckereien und redete mit zweien seiner Krieger. Die beiden Männer salutierten, als Athlone und Gabria sich näherten, und verließen dann eilig die Halle.

»Ich bin froh, dass ihr sofort kommen konntet«, sagte der Häuptling zu Gabria und Athlone, während er zum Thron hinüberging. »Ich habe gerade vernommen, dass ein Bote eingetroffen ist. Ihr sollt hier bleiben und zuhören.«

Gabria setzte sich auf die steinerne Einfassung der Feuergrube und versuchte unauffällig auszusehen. Sie fragte sich, ob die Neuigkeiten, die der Bote brachte, sie in irgendeiner Weise betrafen. Sie hatte im Corin-Treld keinen Versuch gemacht, ihre Spuren zu verwischen. Vielleicht hatte jemand bemerkt, dass es einen Überlebenden gab, und verbreitete nun diese Nachricht. Inzwischen war so viel Zeit vergangen, dass auch der entfernteste Klan die Neuigkeiten erfahren haben konnte.

»Gabran«, sagte Savaric und riss sie aus ihren Gedanken. »Zieh deinen Umhang aus und versteck ihn.«

»Ja, Lord.« Sie nahm den roten Mantel ab, faltete ihn zu einem Kissen zusammen und setzte sich darauf. Sie hätte selbst daran denken sollen. Ihre Anonymität würde verloren gehen, wenn ein anderer Klan von ihrer Anwesenheit bei den Khulinin erfuhr, und ohne Schutz bis zur Herausforderung Medbs wäre ihr Leben keinen Sklavenlohn mehr wert.

Während sie wartete, beobachtete sie den Häuptling und den Wertain, die ruhig miteinander sprachen. Sie wunderte sich über das harmonische Verhältnis zwischen den beiden Männern. Beide waren starke, sehr unterschiedliche Persönlichkeiten, doch ihre gegenseitige Achtung und Zuneigung war unübersehbar. Viele Häuptlinge hätten einen klugen, willensstarken Sohn wie Athlone gefürchtet, weil sich irgendwann die Frage der Führerschaft zwischen ihnen erhob, doch so weit Gabria wusste, hatte sich eben diese Frage zwischen den beiden nie gestellt. Sie arbeiteten zusammen, um den großen und mächtigen Klan zu führen.

Unter anderen Umständen hätte Gabria Athlone vielleicht gemocht, so wie sie den Häuptling mochte. Nara hatte Recht: Der Wertain wäre ein mächtiger Verbündeter, aber Gabria und Athlone waren von Anfang an aneinander geraten, und ihre Beziehung entwickelte sich vom Schlechten zum Schlechteren. Der Sohn des Häuptlings trampelte andauernd auf ihrem bereits zerschmetterten Selbstbewusstsein herum. Seine Anmaßung, seine ätzende Verachtung und sein bohrendes Misstrauen machten es ihr unmöglich, ihm unvoreingenommen zu begegnen. Er hing über ihrem Denken wie eine große Sturmwolke, machte sie blind gegenüber anderen Gefahren und überwältigte sie mit seiner möglicherweise tödlichen Wachsamkeit. In Athlones Nähe war Gabria immer auf der Hut und voller Angst. Es war kein Wunder, dass sie sich wie ein ungeschickter Narr verhielt, wenn er bei ihr war.

Sie starrte noch immer die beiden Männer an, als der Bote, der den grünen Mantel des Geldring-Klans trug, in Savarics Halle geführt wurde. Sobald Gabria den Umhang des Boten sah, wich sie noch tiefer in den Schatten einer Säule zurück und hoffte, der Mann würde sie übersehen. Die Corin lagen regelmäßig mit den Geldring im Streit, und es hatte bereits viele Scharmützel zwischen den beiden Klanen gegeben. Es wäre möglich, dass der Bote sie erkannte, falls er sie oder Gabran schon einmal gesehen hatte.

Aber der Mann schenkte ihr nur einen oberflächlichen Blick, als er an ihr vorüberging, denn er war ganz von den Neuigkeiten in Anspruch genommen, die er überbringen sollte. Er verneigte sich vor Savaric und entbot die Grüße seines Häuptlings. »Lord Branth bittet mich, Euch zu sagen ...«

Savaric richtete sich überrascht auf. »Branth! Wann ist er Häuptling geworden?«

»Kurz vor dem Massaker im Corin-Treld. Lord Justar starb sehr plötzlich an einem Herzleiden«, sagte der Bote.

»Hat ein Dolch dieses ›Herzleiden‹ verursacht?«, fragte Savaric trocken.

Der Bote sah beunruhigt drein, als wäre auch ihm dieser Gedanke schon gekommen. »Ich weiß es nicht, Lord Savaric. Als er starb, waren nur seine Frau und Branth bei ihm, und sein Leichnam wurde durch die Hand seiner Frau für den Scheiterhaufen vorbereitet.«

Athlone und Savaric tauschten nachdenkliche Blicke. Gabria war erleichtert, dass sie nicht versucht hatte, Unterschlupf bei den Geldring zu suchen. Lord Justar hatte ihren Vater geachtet, doch Branth hasste die Corin leidenschaftlich. Wenn sie zu ihm gegangen wäre, hätte er sie an Medb ausgeliefert. Es war wohl bekannt, dass er den Häuptling der Wylfling unterstützte.

Savaric zuckte leicht die Achseln. »Nun gut. Fahre fort.«

»Wir hatten den Corin-Treld zwei Tage nach dem Morden erreicht und einige Zeit damit verbracht, die Zeichen der Schlacht zu deuten. Wir haben entdeckt, dass es einen Überlebenden geben könnte, aber es ist uns nicht bekannt, um wen es sich handelt oder wohin er gegangen ist.«

»Woher wisst ihr das alles?«

»Neben den Ruinen gab es einen behelfsmäßige Scheiterhaufen, auf dem fünf Leichname verbrannt worden sind. Dem Schild und Helm nach zu urteilen, war einer davon Dathlar. Kein Feind, der einen ganzen Klan auf diese Weise abschlachtet, würde dem Häuptling eine solche Ehre erweisen. Außerdem fanden wir Fußspuren, die aus dem Treld hinausführten. Sie führten nach Süden, doch wir haben sie in einem Sturm verloren. Lord Branth meint, wir sollten das Vorgebirge durchkämmen und jeden Klan zur Suche nach dem Überlebenden auffordern.«

»Völlig richtig«, stimmte ihm Savaric mit genau abgemessener Begeisterung zu. »Dieser Überlebende könnte der letzte Corin sein.«

Athlone warf einen schnellen Blick auf Gabria, die reglos und wie aus Stein gemeißelt dasaß.

»Auch unsere übrigen Erkenntnisse sind nicht ganz eindeutig.« Der Bote hielt inne, als wäre er sich nicht sicher, ob er fortfahren solle. »Aber es scheint, dass eine große Bande von Ausgestoßenen den Treld angegriffen hat.«

Die Reaktion, die der Bote erwartet hatte, kam nicht. Savaric hob nur eine Augenbraue und sagte: »In der Tat.«

»Ihr glaubt mir vielleicht nicht«, entgegnete der Bote steif, »aber Lord Branth ist davon überzeugt. Die Hufabdrücke stammten von unbeschlagenen Pferden, und wir fanden einige zerbrochene Pfeile mit farblosen Federn. Die Angreifer haben ihre Toten entweder mitgenommen oder verbrannt.«

Savaric trommelte mit den Fingern auf dem Knie und wirkte nachdenklich. »Branth ist ein Gefolgsmann Lord Medbs, nicht wahr?«, fragte er beiläufig.

Der Geldring zuckte unter dieser unerwarteten Frage zusammen und tastete nach seinem Schwert. »Das weiß ich nicht, Lord.«

Savaric hob die Hand, um den Mann zu beruhigen. »Verzeih mir. Das war keine anständige Frage. Ich wollte nur wissen, ob es außer meiner Unwissenheit noch andere Gründe gibt, mich vor der Niedertracht der Ausgestoßenen zu warnen.«

»Ich berichte nur das, was man mir aufgetragen hat.« Der Geldring machte eine Pause, bevor er weitersprach: »Seid Ihr denn nicht überrascht, dass die Ausgestoßenen sich zusammenrotten und Waffen tragen? Das könnte noch weitere Morde und Plünderungen für uns bedeuten.«

»Haben sie den Treld ausgeplündert?«, wollte Athlone wissen.

Der junge Mann machte ein überraschtes Gesicht, als ihm die Wahrheit bewusst wurde. »Nein. Nein, das haben sie nicht getan. Sie haben alles niedergebrannt und die Tiere vertrieben.«

»Also gab es außer der Gier einiger Räuber noch andere Beweggründe für den Angriff.« Savaric wirkte plötzlich müde. »Wenn das deine ganzen Neuigkeiten sind, ruh dich bitte erst einmal bei uns aus und überbringe dann Lord Branth meine Grüße.«

Der Bote verneigte sich wieder und ging. Stille legte sich über die Halle. Die Wachen standen unter dem Türbogen im Sonnenlicht, das von Westen hereinströmte.

Savaric stand langsam auf. Er wirkte, als ränge sein Geist noch mit der Bedeutung der Nachrichten, die ihm der Geldring überbracht hatte. »Gabran«, sagte er schließlich.

Gabria schaute zu Savaric auf. Einen Augenblick lang schien er sehr alt zu sein; es kam ihr so vor, als wären die auflodernden Flammen von Betrug und Unheil, die in den Klanen brannten, zu viel für ihn geworden. Dann verschwand dieser Ausdruck von seinem Gesicht; Müdigkeit und Unterwerfung waren wie fortgewischt und seine Augen funkelten wieder.

Unbewusst versteifte sich Gabria. »Ja, Lord?«

»Es scheint, dass deine Geschichte stimmt. Du warst allerdings leichtsinnig. Medb wird bald wissen, dass seine Bande nicht gründlich genug gewütet hat.«

»Ich hatte sowieso vermutet, dass er es irgendwie herausfinden würde, Lord.«

Der Häuptling lächelte freudlos. »Wahrlich. Aber wir müssen vorsichtiger sein. Von nun an wirst du den Mantel der Khulinin tragen. Ich möchte niemanden erschrecken.«

Gabria nickte. Sie wollte ihren Umhang behalten. Er war das einzige Bindeglied zu ihrer Vergangenheit und der Freude, die sie einst empfunden hatte. Doch sie verstand, dass es gefährlich war, ihn zu tragen; überdies stellte er eine Beleidigung für die Khulinin dar, die sie vorläufig aufgenommen hatten. Sie würde gehorchen. Dieses Mal.

»Außerdem«, fuhr Savaric fort, »hast du die Wahl, entweder bei den anderen unverheirateten Männern in dieser Halle oder in Athlones Zelt zu schlafen. Er hat zwar keine Frau, aber bei ihm wäre es für dich trotzdem bequemer als in der Halle.«

Gabria zog die letzte Möglichkeit nicht einmal in Betracht. »Ich möchte in der Halle schlafen.«

Savaric kicherte. Es war Athlones Pflicht, für seinen Lehrling zu sorgen, doch wenn der Junge lieber mit sich allein war, sollte es so sein. Der Häuptling streckte die Beine und erhob sich von dem Thronsessel. »Diesmal wirst du die Abendausreiter begleiten.«

»Ja, Lord.«

»Und sei vorsichtig, Junge. Du bist wirklich der letzte Corin.«

Fünf

Kochgerüche vom Abendessen zogen anheimelnd durch den Treld, als Athlone Gabria zum Anführer der Ausreiter brachte und sie seiner Obhut überließ. Er war ein anziehender Krieger von etwa dreißig Jahren, der sein schwarzes Haar zu einem verschlungenen Knoten zusammengebunden hatte und am rechten Arm mehrere goldene Armbänder trug.

Er schenkte Gabria ein freundliches Lächeln. »Ich heiße Jorlan. Es freut mich, dass wir das Hunnuli bei uns haben. Ich hoffe, es hat nichts gegen so niedere Dienste wie Wache schieben.«

Nara wieherte, was so ähnlich wie ein Lachen klang, und rieb die Nase an Gabrias Rücken.

Nun, da Athlone gegangen war, entspannte sich Gabria ein wenig und genoss die unerwartete Freundlichkeit des Anführers. Sie machte es dem Mädchen leichter, die feindseligen Blicke der anderen Ausreiter und ihre wirren Gesten zur Abwehr alles Bösen zu ertragen.

»Das macht ihr überhaupt nichts aus. Außerdem muss sie sich all das Gras verdienen, das sie hier frisst«, sagte Gabria.

Jorlan lachte. Er schickte seine Männer an die Arbeit, stieg dann auf seinen Braunen und deutete auf die Weiden und das grasende Vieh des Klans. »Heute Abend bleibst du bei den trächtigen Stuten. Sie werden bald fohlen.«

Gabria war überrascht. Kein Wunder, dass die Ausreiter so feindselig gewesen waren. Die Wache bei den trächtigen Stuten war am begehrtesten und wurde üblicherweise nur den bevorzugten Kriegern eines Werod übertragen. Gabria hingegen war der jüngste Kriegerlehrling und hätte eigentlich zum äußersten Rand des Tales gesandt werden sollen, damit sie dort Wache stand.

Aus der Sicht des Anführers war es jedoch äußerst sinnvoll, die Hunnuli-Stute und ihren Reiter zu den kostbaren trächtigen Stuten zu schicken. Nara war ihre bestmögliche Beschützerin, denn sie vereinigte in sich die Schnelligkeit, Stärke und den Verstand mehrerer Männer und ihrer Reittiere. Dieser Dienst wurde nicht als Belohnung vergeben, sondern aus Gründen der Zweckmäßigkeit.

»Ich nehme dich jetzt mit auf die Weide zum Meara«, fügte Jorlan hinzu.

Sie folgten dem ausgetretenen Pfad hügelabwärts zu den ausgedehnten Weideflächen, die das Tal ausfüllten. Im Norden, wo der Grat des Marakor die Weiden vor den Winterwinden schützte, waren die harachanischen Pferde in verschiedene Herden unterteilt; jede wurde von einem Hengst oder einer Stute edlen Geblüts angeführt. Die größte Herde war die der Arbeitspferde, die zweitgrößte die der Jährlinge und jungen Pferde in der Ausbildung und die dritte die der trächtigen Stuten.

Über alle herrschte der Meara, der größte und mächtigste Hengst. Jeder Klan hatte einen Meara, der nach Geblüt und Fähigkeiten ausgewählt wurde, und diese Hengste waren der ganze Stolz des Klane. Kein Mann außer dem Häuptling wagte es, Hand an ein solches Tier zu legen, und die Tötung eines Meara zog die schrecklichste Todesstrafe nach sich. Im Sommer kämpfte der Meara gegen ausgewählte Hengste um seinen Rang. Wenn er siegreich war, wurde er mit einem weiteren Jahr belohnt. Wenn er verlor, wurde er dankbar der Götti Amara zurückgegeben, denn nun führte der neue Meara die Herden an.

Der Meara der Khulinin hieß Vayer. Er stand auf einem kleinen Hügel neben dem Fluss, und auf ihm saß ein bewaffneter Wächter. Selbst aus großer Entfernung hätte Gabria das Pferd als Meara erkannt. Nie zuvor hatte sie einen harachanischen Hengst gesehen, der diesem Tier an Gestalt, Schönheit oder Stärke gleichgekommen wäre. Es war ein dunkler Fuchs mit einer goldenen Mähne, die ihm vom hohen, gebogenen Hals fiel, und in seinem Fell glühte Feuer. Auch wenn die harachanischen Pferde nicht die Größe oder Vernunft eines Hunnuli besaßen, hatte die jahrelange Erfahrung diesen Hengst doch weise gemacht, und er trug seine Würde wie seinen Schwanz, nämlich so kühn wie ein Königsbanner in einer Schlacht.

Als Jorlan und Gabria den Hügel erreicht hatten, wieherte Vayer einen Gruß. Während Jorlan auf ihn einredete, schaute Gabria sich das Tier genauer an und sah, dass seine Schnauze altersgrau war; Narben aus vielen Schlachten beeinträchtigten die Schönheit seines roten Fells. Doch seine Muskeln waren noch fest und in den goldenen Augen leuchtete königlicher Mut.

Vayer beschnüffelte Nara feierlich und schnaubte. Sie wieherte gebieterisch. Der Hengst war offenbar zufrieden; er schnaubte noch einmal und trabte dann fort. Die Ausreiter sahen ihm nach.

Jorlan und der Reiter sprachen noch ein wenig miteinander, während Gabria einen Blick auf die Jungherde nebenan warf. Es war eine starke und gesunde Gruppe, die gut über den Winter gekommen war. Die Tiere hatten ihr langes Fell noch nicht abgeworfen und wirkten dick und zottelig. Es würde einige Wochen dauern, bis sich ihre schlanke Schönheit zeigte.

Die Fohlen erinnerten Gabria an die Pferde der Corin. Sie fragte sich, was wohl aus den trächtigen Stuten, den Jährlingen und den Hengsten geworden war. Hatten die Ausgestoßenen die meisten von ihnen gestohlen oder waren die Pferde in die freie Steppe gewandert und von wilden Herden aufgenommen worden? Einige hatten möglicherweise den Weg zu fremden Klanen gefunden. Eines der Pferde, das sie gern zurückgehabt hätte, war Balor, der Meara der Corin. Er war der ganze Stolz ihres Vaters gewesen.

»Dieses Jahr haben wir eine gute Jährlingsherde«, erklärte Jorlan Gabria.

Gabria nickte geistesabwesend; sie dachte noch immer an den verlorenen Hengst. »Möge Amara euch mit einem reichen Wurf segnen«, sagte sie.

Beide Krieger starrten sie wütend und erstaunt an. Kein Mann nannte je Amara und den Wurf im selben Atemzug, weil das angeblich Unglück brachte. Amara war eine Göttin der Frauen.

»Dein Schicksal ist böse«, fuhr Jorlan sie an. »Sorge bloß nicht dafür, dass es auch uns befällt.«

Gabria zuckte unter diesem Tadel zusammen. Sie hatte ihn verdient, denn ihre Worte waren unbedacht gewesen.

Ich sollte den Mund halten, dachte Gabria, doch sie verfiel allzu leicht in alte Gewohnheiten. Um alles noch schlimmer zu machen, hatte sie vergessen, woran Jorlan sie soeben wieder erinnert hatte: Sie trug noch das Schandmal von Verbannung und Tod. Die meisten Leute weigerten sich, tiefer zu blicken, und wenn ein Unglück wie zum Beispiel ein schlechter Wurf geschah, würden sie einen Weg finden, Gabria dafür verantwortlich zu machen. Sie gab einen guten Sündenbock ab – besonders wenn der Klan herausfand, dass sie kein Junge war.

Jorlan sagte nichts mehr zu Gabria, und nachdem er sich von dem Ausreiter verabschiedet hatte, führte er sie zu der Herde der trächtigen Stuten.

Die Stuten weideten in einem kleinen Tal am Rand der Berge, wo ein Bach zwischen den Felsen entsprang und in den Goldrine mündete. Pappeln, Weiden und Birken überschatteten das Bachufer, und Gräser, Kräuter und Büsche wuchsen üppig auf dem Talboden.

Der Frühling war noch nicht weit fortgeschritten, doch das Viehfutter war bereits grün und saftig und die Bäume platzten beinahe vor Knospen. Es lag eine köstliche, beinahe greifbare Vorahnung im Tal, als ob das steigende Leben in Bäumen, Gräsern und Bächen sich mit dem Sonnenlicht verbunden hätte, um die Stuten und ihre ungeborenen Fohlen zu segnen. Beinahe fünfzig Pferde grasten zufrieden unter den Bäumen, während Halle, die Leitstute, über sie alle wachte.

Nara wieherte einen Gruß, als Jorlan sie in das Tal führte. Halle erwiderte den Ruf, und jede Stute in der Nähe antwortete mit einem schmetternden Willkommenslaut. Die Stuten trotteten herbei und begrüßten das Hunnuli. Ihre Bäuche waren gebläht, und sie bewegten sich schwerfällig, doch sie schwangen anmutig die Köpfe, als sie das Hunnuli und seinen Reiter rochen.

Ein weiterer Reiter grüßte Jorlan vom Bach aus und kam durch das aufspritzende Wasser auf sie zu. »Ihr Götter, welch eine Schönheit«, rief er. Sein Reittier sprang die Böschung hoch. »Ich habe gehört, dass ein Hunnuli im Treld ist, aber ich habe es nicht glauben wollen.« Er beachtete Gabria nicht weiter, sondern starrte nur auf das große, schwarze Pferd. Er war ein hoch gewachsener, trügerisch träger Mann mit trüben Augen und unbewusst gekräuselten Lippen.

Gabria fasste sofort eine tiefe Abneigung gegen ihn.

»Cor«, rief Jorlan über die Köpfe der Stuten hinweg. »Das hier ist Gabran. Er und das Hunnuli reiten heute Abend mit dir aus.«

Die Freude des jungen Kriegers verschwand, und Wut ließ seine Miene düster erscheinen. »Nein, Jorlan. Dieser Junge ist ein Ausgestoßener. Er darf nicht bei den Stuten sein, denn das Böse in ihm wird die Fohlen töten.«

Gabria krallte beide Hände in die Schenkel und starrte unglücklich zu Boden.

»Wie du richtig bemerkt hast, reitet dieser Junge ein Hunnuli. Du weißt sehr wohl, dass eine solche Stute nichts Böses in ihrer Nähe duldet«, entgegnete Jorlan. In seiner Stimme lagen Ärger und Spott. Gabria fragte sich, ob auch er Zweifel an ihrer Eignung hegte.

Cor schüttelte heftig den Kopf. »Ich reite nicht mit ihm. Gib mir das Hunnuli. Ich kann mit ihm umgehen. Aber der Verbannte muss gehen.«

»Cor, ich verstehe deine Bedenken, aber der Junge und das Hunnuli bleiben.«

Cor trieb sein Pferd näher an Jorlans Reittier heran und rief: »Sollte dieser Junge etwa nur bei den Stuten Wache reiten dürfen, weil er ein Hunnuli hat? Warum kann er sich diesen Dienst nicht ehrlich verdienen wie alle anderen auch?«

Jorlans Geduld war erschöpft. »Noch so ein Gefühlsausbruch von dir«, sagte er verärgert, »und du wirst auf deinem Posten abgelöst. Dein Ungehorsam und deine Überheblichkeit sind unerträglich. Ich habe dich schon einmal gewarnt.«

Cors Gesicht wurde bleich, und die Muskeln um die Augen strafften sich. »Der Ausgestoßene wird die Stuten vergiften. Das ist nicht richtig!«

»Er ist kein Ausgestoßener, sondern ein Mitglied unseres Klans.«

Der Ausreiter krallte die Finger um die Scheide seines Schwertes. Er wollte noch etwas sagen, doch ein Blick in Jorlans Gesicht hielt ihn davon ab.

»Kehre zu deinen Pflichten zurück«, knurrte Jorlan. Sein Tonfall ließ keinen Platz für Einwände.

In den schlammigen Tiefen von Cors Augen wirbelte es wie unter dem schnellen Schlag eines Hechtschwanzes. Cor warf Gabria einen wütenden Blick zu, lenkte sein Pferd fort und ritt mürrisch das Tal hinab.

»Jorlan ...«, begann Gabria.

»Gabran, du wirst noch lernen, dass ich solche Anmaßung und Anzweiflung meiner Befehle nicht hinnehme.«

»Du glaubst doch nicht, dass ich den Stuten Unglück bringe, oder?«

»Was ich glaube, ist nicht von Bedeutung. Lord Savaric hat mir seine Befehle gegeben.« Jorlan warf einen Blick auf Gabrias Gesicht, und sein Tonfall wurde sanfter. »Mach dir keine Sorgen wegen Cor. Er hat schon mehrere Warnungen empfangen, weil er so rachsüchtig und reizbar ist. Beim nächsten Mal verliert er seine Stellung als Ausreiter. Er macht sich vermutlich mehr Sorgen um sich selbst als um die Stuten.«

Gabria sah ihn dankbar an. Es war beruhigend zu wissen, dass Cors Haltung nicht allein ihre Schuld war.

Jorlan stieß einen scharfen Pfiff aus, und zwei große Hunde brachen durch das Unterholz. Er warf ihnen ein paar Fleischbrocken aus einem kleinen Beutel an seinem Gürtel vor.

»Das Hunnuli kann die Herde besser bewachen als unsere Männer. Bleib aber trotzdem in der Nähe der Hunde. Die Jäger haben in den Bergen die Spur eines Löwen gefunden.« Jorlan ritt fort, kam jedoch bald wieder zurück. »An dem Baum da hinten neben dem Bach hängt ein Horn – falls du Hilfe brauchst. Deine Ablösung wird etwa um Mitternacht hier sein.« Jorlan verließ sie und lenkte sein Pferd auf den Treld zu.

Gabria war froh, eine Weile mit Nara und den Stuten allein zu sein. In der anspruchslosen Gesellschaft der Tiere konnte sie sich entspannen und den Frieden des verstrichenen Tages genießen. Es war ein schöner, klarer und milder Abend; das Zwielicht ging sanft in die Nacht über. Der Wind war kühl, und die Sterne glitzerten über ihr wie prächtige Gischt. Die Nacht war voller vertrauter Geräusche: das Säuseln des Baches, das Rauschen der Bäume und die Laute zufriedener Pferde. Gabria summte eine Melodie, während sie auf Nara den Bach entlangritt, dabei die umgebenden Berge im Blick behielt und auf kranke Stuten oder umherschleichende Raubtiere achtete. Die Hunde trotteten still neben ihr her.

Während ihrer Wacht sah sie Cor nur wenige Male. Er blieb allein in der Nähe des oberen Talabschnitts.

Als Gabrias Dienst sich dem Ende zuneigte, stieg der abnehmende Mond auf. Sie und Nara standen zusammen mit Halle, der Stute, unter den Bäumen am Taleingang. Die Nacht war ruhig; die Hunde lagen ausgestreckt auf dem Boden und hechelten.

Plötzlich straffte Nara sich. Sie streckte den Kopf vor und blähte die Nüstern. *Gabria, wir bekommen Schwierigkeiten.*

Eine Brise wehte von den Hügeln herab und beunruhigte die Stuten. Halle stampfte nervös auf und wieherte warnend. Die Hunde sprangen auf die Beine. Gabria streckte die Hand nach dem Horn aus, das in ihrer Nähe hing.

Plötzlich zerriss ein Kreischen, welches das Blut in den Adern gefrieren ließ, die Nacht. Die Stuten gerieten in Panik. Wie ein losbrechender Sturm schoss Nara den Bach hoch, dicht gefolgt von den Hunden. Gabria klammerte sich verzweifelt an das Hunnuli und drückte das Horn gegen ihre Brust. Vor ihr ertönte wiederum ein Kreischen und dann ein wildes Wiehern. Entsetzte Stuten galoppierten das Tal hinunter und flohen vor irgendeinem Grauen. Nara musste seitlich ausbrechen, um nicht mit ihnen zusammenzustoßen.

Das kleine Tal verengte sich und die Bäume wuchsen hier in großer Zahl neben dem Bachlauf, sodass das Fortkommen für Nara schwierig wurde. Die Hunde drangen vorwärts. Sie huschten über eine Kiesböschung, schossen um eine Kurve und sprangen über einen umgefallenen Baum auf eine Lichtung. Cor war bereits dort. Er stand mit gezogenem Schwert da und beobachtete einen Höhlenlöwen, der sich über den Körper einer toten Stute gekauert hatte. Schwaches Mondlicht glimmerte auf den Fängen des Löwen und der weiße Blesse des toten Pferdes.

Dieses Bild schien für einen Augenblick zu frieren, als Nara und die Hunde auf die Lichtung sprengten; dann aber zerbrach alles in ein Chaos aus Lärm und Bewegung. Die Hunde sprangen die knurrende Großkatze von beiden Seiten an, und Nara trieb die Vorderhufe in den Kopf des Löwen. Das Raubtier fiel von dem toten Pferd herunter und zwischen die zuschnappenden Hunde. Gabria hob das Horn und blies einen schallenden Ton nach dem anderen.

Während dieses Aufruhrs hatte Gabria Cor ganz vergessen. Er stahl sich in den Schatten der Bäume und beobachtete den Kampf, ohne die geringste Hilfestellung zu leisten. Ein berechnendes

Lächeln straffte seinen Mund. Wortlos verschmolz er mit der Dunkelheit.

Bald hatte der Löwe genug. Er kämpfte sich unter den Hunden hervor und stürzte sich heulend vor Wut und Schmerz ins Unterholz. Die Hunde wollten ihm gerade nachsetzen, als ein Pfeifen sie zurückrief. Berittene Männer mit Speeren und Fackeln strömten hinter Jorlan auf die Lichtung. Als sie die tote Stute und den Jungen auf seinem Hunnuli sahen, wurden ihre Blicke wütend. Einige der Männer beugten sich über den Kadaver und untersuchten die Löwenspuren, dann verschwanden sie im Unterholz und nahmen die Fährte auf.

Jorlan sah Gabria an. »Berichte, Ausreiter.«

So gut wie möglich erklärte Gabria, was vorgefallen war. Erst jetzt bemerkte sie, dass Cor verschwunden war. Ihr sank das Herz. Es war schlimm genug, dass diese schreckliche Mordtat während ihrer ersten Nacht als Ausreiter geschehen war, doch ohne die Bestätigung ihrer Geschichte durch Cor würden die Klanmänner alle Schuld auf sie häufen, ob sie es verdiente oder nicht. Der Löwe war in der Nähe von Cors Standort über die streunende Stute hergefallen, und selbst Nara hatte seine Anwesenheit nicht rechtzeitig bemerkt. Aber das waren nur Ausreden. Die Khulinin würden ihr den Verlust der wertvollen Stute niemals verzeihen.

Gabria sah die Gesichter der Männer im flackernden Licht der Fackeln; es war klar, was sie gerade dachten. Nur Jorlan schien verwirrt zu sein. Er war abgestiegen, schritt sorgfältig die Lichtung ab und untersuchte den Boden.

Nara wieherte, als Cor zwischen den Bäumen hervortrat. Er führte sein humpelndes Pferd an der Leine. Seine Kleider waren zerrissen und verschmutzt. Er versuchte, überrascht und entsetzt auszusehen, als er Jorlan grüßte.

»Das war dein Wachtposten, Cor. Wo bist du gewesen?«, wollte der Anführer wissen.

»Mein Pferd hat vorhin einen plötzlichen Sprung gemacht und ist nördlich von hier in einen Graben gestürzt. Es hat sich das Vorderbein verletzt, wie man deutlich sehen kann. Es war ganz schön schwer, uns beide dort wieder herauszuholen.« Cor klang unglücklich, doch er vermochte die Selbstgefälligkeit nicht ganz aus seiner Stimme zu verbannen.

Nara schnaubte verächtlich.

Jorlan verschränkte die Arme vor der Brust und bedachte den Mann mit einem grimmigen Blick. »Während du passenderweise abwesend warst, hat die Bestie eine von Vayers Töchtern gerissen.«

Cor schüttelte die Faust in Gabrias Richtung. »Schuld daran ist der Ausgestoßene! Sein Fluch hat dieses Unglück über uns gebracht. Ich habe dich ja gewarnt.«

Die übrigen Männer sahen ihren Anführer unsicher an. Sie alle wussten nicht, wie sie mit dem seltsamen Jungen und seinem verzwickten Schicksal umgehen sollten. Es war leicht, die Schuld für diese Tragödie dem Corin zu geben, aber die Männer kannten Cor sehr genau und spürten, dass an seiner Geschichte etwas nicht stimmte.

Jorlan weigerte sich, Cors vorgetäuschten Ärger zur Kenntnis zu nehmen. »Der Junge hat gesagt, du seiest vor ihm hier gewesen, und zwar zu Fuß, und du hättest ihm nicht geholfen.«

»Er lügt!«, schrie Cor.

»Das glaube ich nicht«, sagte Jorlan. »Ich habe deine Spuren entdeckt.«

Cor warf einen seitlichen Blick auf Gabria und begriff, dass er einen ernsten Fehler gemacht hatte. Er leckte sich die Lippen. »Der Ausgestoßene hätte nicht die Stuten bewachen dürfen. Das ist alles seine Schuld.« Unsicher hielt er inne, denn er spürte, dass er gerade seine Glaubwürdigkeit verlor. Die übrigen Krieger tuschelten miteinander, und Jorlan starrte die tote Stute an. Gabria beobachtete Cor vom Rücken des Hunnuli aus, als ob sie darauf wartete, dass er sich verriet. Cors Wut und Verlegenheit überwältigten plötzlich seinen gesunden Menschenverstand, und er warf sein Schwert nach dem Hunnuli. Es verfehlte das Tier und landete vor dessen Hufen.

»Na gut, ich war hier!«, rief er wütend. »Mein Pferd hatte mich abgeworfen. Der Grund dafür war dieser Diener eines Zauberers. Er hat den Löwen angelockt und wollte auch mich töten. Er darf nicht in unserem Klan bleiben! Er wird uns genauso zum Verhängnis werden wie den Corin.«

Jorlan trat hervor, schlug Cor nieder und stellte sich über ihn. »Du bist eine Schande für uns. Du bist aller Pflichten als Ausreiter entbunden. Der Häuptling wird einen Bericht über dein Vergehen erhalten, damit er dir weitere Strafen auferlegen kann.« Jorlans Stimme war kalt vor Abscheu.

Auf der Suche nach Unterstützung durch die anderen Krieger schweiften Cors Blicke wild über die dunkle Lichtung. Als er in ihren Gesichtern nichts als Verachtung las, schnellte er hoch und rannte in den Wald. Keiner hielt ihn auf.

Gabria verbrachte die letzte Stunde ihres Dienstes wie in einem Nebel. Sie war von dem Angriff des Löwen und dem Hass, den sie in Cors Augen gesehen hatte, arg mitgenommen. Es gelang ihr nur mit Mühe, das Zittern in ihren Händen zu unterdrücken, als sie den Männern half, die tote Stute auf der Lichtung zu begraben. Später würden die Frauen herbeikommen, den Grabhügel segnen und den Geist der toten Stute zu Amara schicken, doch Gabria machte eine ausreichend lange Pause, um schon jetzt ein stilles Friedensgebet zu flüstern. Die vertrauten, tröstenden Worte in ihrem Kopf linderten ihren eigenen Schmerz ein wenig, und als zu Mitternacht ihre Ablösung kam, wünschte Gabria den verbliebenen Männern eine gute Nacht und verließ mit festem Schritt das Tal.

Der Ritt über die Felder zum Treld war der letzte ruhige Augenblick, den sie in dieser Nacht haben sollte. Die Nachricht von dem Angriff hatte sich rasch im Lager verbreitet, und der Klan war in Aufruhr. Eine Jagdgesellschaft wurde gebildet. Männer versammelten sich in Gruppen vor den Zelten und sprachen über die Bedeutung der Neuigkeiten, während die Frauen um die Stute und ihr ungeborenes Fohlen weinten. Cor war in die Halle gestürmt, hatte einen ganzen Weinkrug geleert, mit lauter Stimme Gabria und Jorlan verflucht und seine eigene Unschuld betont. Inzwischen waren Jorlan und die meisten seiner Ausreiter zurückgekehrt und hatten Savaric Bericht erstattet.

Gabria und Nara hielten am Rand des Trelds an und beobachteten das Treiben einige Minuten lang. Gabria stieg ab. Das Hunnuli senkte den Kopf und rieb die Nase sanft an der Brust des Mädchens. Gabria kraulte Naras Ohren. Das Mädchen wünschte, es könnte sich etwas von der gewaltigen Stärke der Stute ausleihen und damit ihre eigenen versiegenden Kräfte auffüllen. Sie war völlig erschöpft, aber sie musste zusammen mit den unverheirateten Männern in der Halle schlafen. Sie bezweifelte, dass sie viel Ruhe finden würde.

Ich gehe auf die Weide. Wenn du mich brauchst, komme ich zu dir.
Das Mädchen nickte und gab dem Pferd einen letzten freundschaftlichen Klaps. Als Nara forttrottete, zog Gabria ihren neuen goldenen Mantel enger um sich und betrat müde das Lager. Das Licht der Fackeln und Lagerfeuer umtanzte sie. Die schwarzen Zelte hockten wie lärmende, zusammengekauerte Geschöpfe mit dem Rücken zu ihr. Die Klanleute bereiteten geschäftig die Löwenjagd vor, und zu Gabrias großer Erleichterung beachtete sie niemand. Sie ging vorüber, ein trauriger Schatten inmitten des Aufruhrs, unbemerkt von allen außer einem.

Athlone stand im dunklen Eingang seines Zeltes und sah zu, wie Gabria den Pfad heraufkam. Sein hübsches Gesicht war in Finsternis gehüllt; Gabria sah ihn nicht, als sie an ihm vorüberging. Er wartete, bis sie die Wachen bei der Halle hinter sich gelassen hatte; dann suchte er im Zelt nach seinem Speer.

Noch immer beunruhigte ihn etwas an dem Jungen. Das bohrende Misstrauen wollte sich nicht legen. Warum nicht? Der Corin zeigte trotz seines Kummers Geist und Mut, und seine Entschlossenheit schien unerschütterlich. Jorlan hatte Vorteilhaftes über den Jungen und sein Verhalten bei dem Löwenangriff berichtet. Weder diese Eigenschaften noch seine unübersehbare Zuneigung zu dem Hunnuli waren übliche Merkmale für einen flüchtigen Ausgestoßenen oder den Spion eines machthungrigen Häuptlings.

Die Stute stellte ein weiteres Rätsel dar. Das Hunnuli hatte ihn angenommen; Pferde dieser Rasse waren unfehlbar, wenn es um die Beurteilung eines Charakters ging. Sogar Boreas mochte den Corin, auch wenn das große Pferd die Stute und ihren Reiter irgendwie lustig fand. Wenn der Junge bösartig oder ein Verräter wäre, würde sich kein Hunnuli in seine Riechweite begeben.

Erst vor kurzem hatte Athlone gehört, dass Lord Medb ein Hunnuli für sich zu gewinnen versucht hatte, indem er es eingefangen und in eine abgeschlossene Schlucht gesperrt hatte. So wie Athlone die Geschichte verstanden hatte, hätte das Pferd Medb beinahe getötet, bevor es sich über eine Klippe stürzte. Es hatte vorgezogen zu sterben, anstatt dem Lord des Wylfling-Klans zu dienen. Athlone wusste nicht, was an den Gerüchten über Medbs Verletzungen stimmte, aber über den Tod des Hunnuli war er sehr traurig und keineswegs erstaunt.

Trotzdem konnte sich Athlone nicht mit Gabrans Gegenwart abfinden. Irgendetwas stimmte nicht mit dem Jungen. Zu vieles an seiner Sprache und seinen Bewegungen passte nicht zusammen. Wer war er wirklich?

Einen winzigen Augenblick lang dachte Athlone an die Gestaltwandler, die Zauberer aus den alten Legenden, die gelernt hatten, ihre Gestalt zu verändern, um der Strafe für ihre Magie zu entgehen. Er erzitterte. Aber das war lange her. Die häretische Magie war tot, und ihre Anhänger waren mit ihr gestorben. Nein, der Junge war kein Magier, sondern nur ein Klanmann mit einem Geheimnis, das sich jedoch für alle als gefährlich herausstellen konnte.

Athlone fand seinen Speer und verließ das Zelt, um an der Löwenjagd teilzunehmen. Er konnte nur hoffen, dass er das Geheimnis des Jungen herausfand, bevor es sich für ein Klanmitglied als tödlich erwies.

Die großen Türen der Halle standen noch offen, als Gabria von den Weiden zurückkehrte. Sie betrat zögerlich die Halle und blinzelte in das unerwartete Licht. Ein niedriges Feuer brannte in der Grube, und einige Lampen glommen noch unter den Deckenbalken. Als Gabria sich an das Licht gewöhnt hatte, sah sie ihren Rucksack und den neuen Bogen neben der nächsten Säule liegen. Sie hob den Blick und bemerkte, dass vor der rechten Wand bereits mehrere Männer auf Laken und Fellen unter den farbenfrohen Gobelins mit der Darstellung von Valorians Abenteuern schliefen. Die Vorratsräume waren verschlossen, und der schwere Vorhang war vor den Eingang zu Savarics Privatgemächern gezogen. Vier weitere Männer saßen an der entgegengesetzten Seite des Feuers um einen Bocktisch. Zwei von ihnen spielten Schach, einer schaute zu, und der vierte war über einem Weinkrug zusammengesackt.

Jedem Klanmann stand ein eigenes Zelt zu, sobald er die Mannesreife erreicht hatte. Die großen, schwarzen Fellzelte wurde von der Familie des Mannes errichtet und ihm zum Eintritt in sein Kriegerleben geschenkt. Die Zelte waren jedoch schwierig zu pflegen. Üblicherweise waren es die Frauen, welche die Feuer schürten, die Löcher flickten und die Zelte sauber und heimelig hielten. Deshalb zogen es die meisten Junggesellen vor, in der Halle zu schlafen. Hier war es warm und halbwegs bequem, und man musste nicht bei jedem Aufbruch die Zelte abschlagen. Hier konnte man essen und sich bis tief in die Nacht hinein unterhalten, ohne den Treld zu stören.

Trotz der Freiheit und Bequemlichkeit, die die Halle bot, blieben die meisten Männer nicht lange hier. Heirat und ein Zelt waren trotz der vielfältigen Widrigkeiten dem Junggesellendasein vorzuziehen. Ein Mann brauchte eine Frau, einen eigenen Herd und den Schutz der Fellwände. Die Klane überlebten durch Gemeinschaftssinn und Zusammenarbeit, doch sie erhielten ihr unverwechselbares Gepräge, weil jeder Mann seine eigene Persönlichkeit und die Stärke schätzte, die ihm sein Heim verlieh, auch wenn es Sommer für Sommer auf einem Karren verstaut wurde.

Gabria fühlte sich keinesfalls zu Hause in der seltsamen Säulenhalle. Es machte sie nervös, mit diesen Männern in so enge Berührung zu kommen. Zumindest einer der Männer, die sie sah, war unter seinem Laken nackt. Bei ihrer eigenen Familie hatte sie das nicht gestört, denn sie war es gewohnt, nackte oder halb angezogene Männer zu sehen. Aber hier hatte sie keine Brüder zu ihrer Verteidigung, keine Häuptlingsgemächer zu ihrer Sicherheit und keinen Schutz als Tochter des Klanvorstehers. Sie hatte nichts als eine Verkleidung, die überdies sehr fadenscheinig war.

Still glitt sie an der rechten Wand entlang zur dunkelsten Ecke und hielt sich möglichst weit entfernt von den Schlafenden. Gabria hoffte inständig, dass niemand sie bemerkte. Falls sie sich heimlich in das Laken wickeln konnte, das Piers ihr gegeben hatte, würde vielleicht niemand ihre Gegenwart bemerken.

»Wir haben ein neues Mitglied in unseren ruhmvollen Reihen«, rief eine heisere Stimme. »Seht ihn euch an, Männer. Es ist ein Junge, der kaum die Mutterbrust verlassen hat, doch schon hat er seinen Klan verloren und unsere Stuten getötet.«

Gabria krümmte sich unter diesen Worten. Langsam drehte sie sich um und sah den Redner an. Es war Cor. Er saß am Tisch und schwenkte einen Weinbecher in ihre Richtung. Die drei anderen Männer hatten ihn bisher nicht beachtet, doch jetzt schauten sie ihn freudig an und hofften, dass etwas geschah. Gabria wandte ihnen den Rücken zu und versuchte, Cors Gekicher zu überhören. Cor schwankte leicht, doch seine Stimme war fest und seine Sprache deutlich.

»Er sitzt auf seinem großen schwarzen Pferd und spuckt auf uns, und den Lords jammert er mit seiner angeblichen Unschuld die Ohren voll.« Cor taumelte auf das Mädchen zu. Die anderen beobachteten ihn neugierig. Gabria lauschte ängstlich.

»Aber ich kenne dich. Ich weiß, was du für ein Geheimnis unter deinem kecken Gesicht verbirgst.«

Gabria erstarrte und riss die Augen auf.

»Du bist ein Feigling!«, zischte er. Er stand so nahe bei Gabria, dass sein Atem ihren Nacken kitzelte. »Ein rückgratloser Haufen Schafsdung, der von seinem Klan geflohen ist, anstatt bei ihm zu bleiben und zu kämpfen. Oder hast du die Angreifer gar zu eurem Lager geführt? Du bist so tapfer, wenn du auf diesem schwarzen Pferd sitzt, aber wie tapfer bist du, wenn du auf zwei schwächlichen Beinen auf dem Boden stehst, du Wurm?« Cor packte Gabria an der Schulter und drehte sie um.

Das Mädchen wich gegen die Wand zurück. Aus Angst vor der trunkenen Wut, die Cors Gesichtszüge verzerrte, wagte es nicht einmal fortzulaufen. Die anderen Krieger feuerten die beiden an und reizten Cor mit Spott und Wetten gegen ihn. Niemand half Gabria. Von den erwachenden Männern kamen verärgerte Rufe. Schreie, Hohngelächter und Beleidigungen prallten in einer zermürbenden Kakophonie aufeinander. Gabria warf den Kopf zurück.

»Hör auf!«, rief sie. »Lass mich in Ruhe.«

»Lass mich in Ruhe!«, äffte Cor sie nach. »Der arme kleine Wurm ist ja gar nicht so tapfer. Er braucht seine Mama. Aber die ist tot und verrottet zusammen mit den anderen Corin.« Er schwankte vor Gabria hin und her und strömte Weindunst aus. Seine Muskeln schienen sich unter dem Hemd aufzubauschen.

Ohne Vorwarnung schlug Cor sie. Gabria starrte ihn sprachlos an. »Du hast den Löwen angelockt. Es ist deine Schuld, dass die Stute tot ist und ich meine Stellung verloren habe. Keiner wollte mir zuhören. Aber du wirst es. Du wirst mir zuhören, bis du zerquetscht unter meine Stiefeln liegst.« Er kicherte in sich hinein. Da Gabria sich nicht rührte, schlug er noch einmal hart zu. Sie versuchte, dem Schlag auszuweichen, aber sie war zu langsam. In ihr drehte sich alles. Blut spritzte aus ihrer aufgeplatzten Lippe und besudelte ihr Hemd. Die anderen Männer schauten noch immer zu; sie halfen nicht, hielten Gabria aber auch nicht fest. Cor kam wieder auf sie zu.

»Hör auf!«, schrie Gabria und wich stolpernd vor ihm zurück. »Geh weg.«

»Geh weg«, höhnte er. »Erst wenn du vor mir im Staube kriechst und mich um Gnade anwinselst, kleiner Mann.« Er holte erneut aus und schlug ihr ins Gesicht. Gabria fiel gegen die Mauer und brach auf dem Fußboden zusammen. Ihr Kopf schrillte vor Schmerz und Blut schoss ihr aus der Nase.

»Krieche, Wurm!«, rief Cor fröhlich. Er trat ihr in die Seite. Der Krieger stand über ihr wie ein Eroberer, der sich hämisch über seine Beute freut, und winkte den anderen siegreich zu. Dann griff er wieder nach ihr.

Gabria lag reglos da und keuchte vor Überraschung und Angst. Sie sah Cors Hand kommen. Tief in ihr, in den entferntesten, verriegelten Winkeln ihrer Gefühlswelt, verschmolzen die Enttäuschungen und Ängste der letzten Tage zu einer gewaltigen Woge der Kraft. Sie bemerkte nicht, wie plötzlich eine Aura um ihre Hände aufleuchtete, als die glühend heiße Macht ihrer Gefühle in jedem Muskel und jeder Nervenspitze ausbrach und Schmerz und Schwäche beiseite drückte. Die Kraft fing in ihren Augen Feuer. Gabria schrie auf wie eine Katze.

Ohne nachzudenken griff sie hinter sich und packte ihren neuen Bogen. Die Aura um ihre Hände ergoss sich auch über die Waffe. Bevor Cor sich regen konnte, hatte sie ihm den Bogen mit beiden Händen von unten zwischen die Beine gerammt. Das Holz traf ihn in der Leistengegend. Eine Sekunde lang sah er nichts als blassblaue Funken.

Cor heulte vor Schmerz auf und knickte ein. Gabria rollte sich von ihm fort, sprang hoch und hielt den Bogen wie eine Axt vor sich. Doch Cor konnte sich kaum mehr bewegen. Er sackte langsam zu Boden, rollte sich zu einem Ball zusammen und ächzte. Als die Krieger auf ihn zugingen, wich Gabria in die Ecke zurück; sie hielt den Bogen noch immer umfasst und zitterte vor Wut. Ihre grünen Augen glitzerten gefährlich.

»Ein netter Schlag, Junge«, sagte einer der Krieger mit einem Grinsen.

»Cor wird einen oder zwei Tage nicht mehr reiten können«, fügte ein anderer hinzu. »Besonders nicht die Weibsbilder.« Alle lachten schallend.

Gabria starrte sie sprachlos an. Die Krieger schüttelten die Köpfe und ließen sie allein, nachdem sie ihren wimmernden Gefährten aufgehoben und ihn unsanft auf seine Bettstelle geworfen hatten. Dann kehrten die Schläfer zu ihren Träumen zurück, die Schachspieler nahmen ihre Partie wieder auf, und gedämpftes Schweigen breitete sich in der Halle aus, als ob nichts geschehen wäre. Nur Cors leises Jammern passte nicht zu dem Bild friedlicher Ruhe.

Gabria stand reglos in ihrer Ecke. Ihre Wut und die blassblaue Aura, die niemand bemerkt hatte, verebbten und hinterließen in ihr ein Gefühl der Leere und Erschöpfung. Sie wagte nicht, sich zu bewegen, damit sie den zerbrechlichen Frieden nicht störte.

Es war Gabria bekannt, dass Faustkämpfe und Handgemenge in einer Halle an der Tagesordnung waren; oft handelte es sich nur um harmloses Kräftemessen. Doch die Gewalt und der Hass von Cors Angriff hatte nichts mit einer kameradschaftlichen Rauferei zu tun. Er machte sie dafür verantwortlich, dass er in Ungade gefallen war, und wollte sich rächen. Gabria warf einen raschen Blick zu Cor hinüber, als befürchtete sie, er würde sich wieder auf sie stürzen, doch er blieb zusammengerollt liegen wie ein kleines Kind und wimmerte und weinte. Sie wollte nicht daran denken, was Cor mit ihr machen würde, wenn er sich vollständig erholt hatte. Er war kein Mann, der leicht vergab.

Gabria erzitterte und sank auf die Knie. Vielleicht sollte sie doch in Athlones Zelt schlafen. Er würde sie wenigstens nicht schlagen. Nein, wies sie sich selbst zurecht, er wird mich töten, wenn er entdeckt, wer ich in Wirklichkeit bin, und das kann ich in der Abgeschlossenheit eines Zeltes viel schwerer verbergen. Aber ist es hier wirklich sicherer, wo es so viele Augen und Ohren gibt? Ist es hier sicherer, wo Cors Dolch nicht weit von meinem Herzen entfernt ist? O Götter, was soll ich bloß tun? Beide Möglichkeiten könnten den Tod für mich bedeuten.

Gabria zog sich das Laken über die Schulter und war dankbar für die Wärme. Sie kauerte sich in der Ecke zusammen. Ihr Gesicht fühlte sich schrecklich an – geschwollen und blutbespritzt –, aber sie traute sich nicht mehr aus ihrem Schlupfwinkel heraus. Wenigstens diese Nacht war sie hier sicher. Morgen würde sie entscheiden, was zu tun war. Vielleicht würde Cor sie ja in Ruhe lassen – auch wenn sie das bezweifelte –, oder ihre Göttin würde sie beschützen. Amara hatte ihr immer beigestanden. Gabria tröstete sich mit diesen Gedanken, und nach einer Weile, als das Feuer schon erloschen war, schlief sie endlich ein.

Gabria erwachte lange vor dem Morgengrauen. In der dunkelsten Stunde der Nacht hatte sie von einem blauen Feuer im Innersten ihres Geistes geträumt. Sie hatte versucht, es zu ersticken, aber es war ein Teil von ihr und ließ sich nicht unterdrücken. Es wuchs an Stärke, ergoss sich über ihre Hände und nahm die Form eines Blitzes an, der sich einen Pfad durch die Dunkelheit sengte und mit der Macht eines sterbenden Sterns loderte. Unfehlbar traf er die halb erahnte Gestalt eines Mannes und zerschmetterte ihn zu zahllosen brennenden Bruchstücken.

Gabria schreckte entsetzt aus dem Traum hoch. Sie wusste, was das tödliche Flackern gewesen war: Zauberei. Als sie im schwachen Licht der einzigen noch brennenden Lampe ihre Hände anstarrte, zuckte sie leicht zusammen. Fast erwartete sie, das blaue Glimmern noch dort an ihren Fingern zu sehen, wo der Blitz ausgetreten war.

Wie konnte das sein? Wieso hatte sie von Magie geträumt? Sie wusste nichts über die geheimen Mysterien außer den Halbwahrheiten aus den Legenden und dem Klanverbot, Zauberei für weltliche Zwecke zu verwenden. Die Geheimwissenschaften waren schon vor Generationen ausgelöscht worden, und jeder, der sich an ihrer Wiederbelebung versuchte, wurde sofort getötet. Woher also war dieser Traum gekommen? Gabria war nie zuvor auf den Gedanken gekommen, eine solche Kraft anzuwenden, und sie glaubte nicht, dass die Fähigkeit zu zaubern angeboren war.

Von Geburt an hatte man Gabria beigebracht, dass Zauberei ein böser Irrglaube, eine Häresie war. Die Priester behaupteten, Zauberei sei eine abscheuliche Vortäuschung göttlicher Macht sowie eine Beleidigung der Götter und ziehe für jeden, der mit ihr umging, eine schreckliche Strafe nach sich.

Gabria erschauerte bei der Erinnerung an ihren Traum. Es war unmöglich, dass sie selbst jenes blaue Feuer erschaffen hatte. Sie besaß weder die Kenntnisse noch das Verlangen danach. Doch warum hatte sie ausgerechnet jetzt von dieser Kraft geträumt? Sie saß wie erfroren da, grübelte über die verblassenden Traumbilder nach und hatte Angst, wieder einzuschlafen und zu träumen.

Als der schwache Klang des Morgenhorns in die Halle drang, war Gabria noch immer wach. Die Krieger standen lachend, gähnend und brummelnd auf. Sie rollten ihr Bettzeug zusammen, brachten es in einen Abstellraum hinter einem der Wandteppiche und bereiteten sich auf den neuen Tag vor. Eine Dienerin brachte Becher voll dampfendem Wein und Berge von Wurstbrötchen. Gabria regte sich nicht.

Athlone war von der nächtlichen Jagd zurückgekehrt und traf Gabria so an, wie sie den größten Teil der Nacht verbracht hatte: zusammengekauert in der Ecke unter ihrem Laken, den Blick auf einen Punkt in der Ferne gerichtet. Der Wertain rauschte in den Raum und begrüßte die Männer. Er roch nach Morgentau und Pferdeschweiß. Dann sah er Gabria in der Ecke und Wut zerrte an seinen Mundwinkeln.

»Ich habe dich gewarnt, kein Drückeberger zu sein ...« Er verstummte, als sie gegen ihn fiel und er die Prellungen und das getrocknete Blut auf ihrem durchgeprügelten Gesicht sah. Sie drückte sich matt von ihm ab und versuchte, aus eigener Kraft zu stehen, doch ein sengender Schmerz fuhr ihr durch den Fußknöchel. Mit einem Seufzer, den sie einfach nicht unterdrücken konnte, fiel sie auf den Boden. Während des Kampfes mit Cor hatte sie sich den kaum verheilten Knöchel erneut verstaucht.

»Was ist passiert?« Ein Ausdruck von Mitleid stahl sich in Athlones steinernen Blick.

»Ich bin in der letzten Nacht die Treppe heruntergefallen«, antwortete Gabria teilnahmslos. Sie stützte sich an der Wand ab und richtete sich unter Schmerzen auf. Schwankend stand sie auf einem Bein, schaute den Wertain an und wartete bang darauf, dass er ihr widersprach.

Athlones Mitleid verflog. Er wandte sich an die Krieger, die ihn beobachteten, während sie aßen. »Was ist passiert?«, wiederholte er harsch.

Ein Mann zeigte mit dem Finger auf Cor, der noch immer eingerollt auf seinem Bett lag und anscheinend schlief. Athlone hob eine Augenbraue und ging hinüber zu Cor. Er beugte sich über ihn und wollte ihn wachrütteln. Bei der ersten Berührung zuckte Athlone zurück, als hätte ihm etwas die Hand verbrannt.

»Gute Götter«, sagte Athlone verblüfft. »Dieser Mann glüht ja vor Fieber. Tabran, ruf schnell den Heiler.« Dann erinnerte er sich daran, dass Gabria noch immer mit blutverschmiertem Gesicht in der Ecke stand, und sein bohrendes Misstrauen verwandelte sich in lautes Warngeheul. Den Grund dafür kannte er jedoch immer noch nicht.

»Der Rest geht an die Arbeit«, befahl Athlone. »Sofort.«

Die Männer sahen sich unsicher an, nahmen ihre Waffen und marschierten hintereinander durch die Tür. Athlone blieb bei Cor. Das Gesicht des Wertains war finster, und der unbestimmte Verdacht hatte seinen Körper gestrafft.

»Ich frage dich noch einmal«, sagte er, ohne sich umzudrehen. »Was ist hier passiert?«

Gabria bemerkte die Veränderung in seiner Stimme sofort. Ihm war klar, dass etwas Seltsames zwischen ihr und Cor vorgefallen sein musste. »Ich habe ihn mit dem Bogen geschlagen«, stieß sie hervor.

»Warum?«

»Das ist doch wohl offensichtlich, Wertain.« Piers' Stimme drang vom Eingang her. »Sieh ihn dir doch nur einmal an. Der Junge ist geschlagen worden.«

Athlone und Gabria wandten sich zu dem Heiler um, der nun die Halle durchmaß. »Ich habe den Jungen gefragt«, meinte Athlone. Es wurmte ihn, dass der Heiler Gabria sofort verteidigte. »Ich will wissen, was mit Cor passiert ist.«

»Ich weiß, was du meinst.« Piers' blasse Augen glichen den Wolken eines Wintersturms. Er führte Gabria zur Feuerstelle und setzte sie auf die steinerne Einfassung.

Gabria beobachtete die beiden Männer verstohlen. Trotz ihrer Mattigkeit und Schmerzen erkannte sie deutlich die Zeichen einer alten Abneigung zwischen dem Heiler und dem Wertain. Piers' Bewegungen waren schnell und schroff, als könnte er es nicht erwarten, sich aus Athlones beengender Nähe zu entfernen. Athlone hingegen schien in der Gegenwart des Heilers gereizt und ungeduldig zu sein. Gabria fand Athlones offensichtliches Unbehagen bemerkenswert und schmiegte sich noch enger an Piers' starken Arm.

Athlone starrte sie beide an und war verärgert, dass der Junge so schnell einen Verbündeten in dem Heiler gefunden hatte. »Der Junge wird's überleben. Ich habe dich hergerufen, damit du dich um Cor kümmerst.«

»Wenn Gabran überlebt, dann wohl nicht wegen deiner Bemühungen. Ich habe dich gestern gebeten, ihn zu schonen, solange er noch nicht völlig genesen ist, aber du hast ihn absichtlich fertig gemacht.« Piers drückte Gabrias Schulter und ging dann zu dem bewusstlosen Krieger hinüber. Als er Cor berührte, riss der Heiler erstaunt den Mund auf. Er streckte den Körper des Mannes und untersuchte ihn dann sorgfältig.

»Wie seltsam! So etwas habe ich noch nie gesehen«, sagte Piers besorgt. »Was ist noch gleich mit ihm geschehen?«

Athlone deutete auf Gabria. »Er hat ihn mit einem Bogen geschlagen.«

»Ein bloßer Schlag kann das nicht verursacht haben.« Piers untersuchte Cor noch einmal und runzelte leicht die Stirn. »Hmmm. Ich frage mich ... ein paar Männer sollen ihn in mein Zelt bringen.«

Athlone rief die Wache und gab den entsprechenden Befehl. Dann fragte er Piers: »Was hat er denn?«

»Ich bin mir nicht sicher. Er hat unter anderem hohes Fieber. Das ist sehr ungewöhnlich. Gabran, du solltest besser auch mitkommen.«

»Er muss arbeiten«, sagte Athlone matt.

Der Heiler schüttelte den Kopf. »Heute nicht. Nicht in seinem Zustand.«

»Es ist unangebracht, dass du ihn verteidigst. Er kann offenbar selbst auf sich aufpassen«, betonte Athlone und hob den Bogen auf, den Gabria fallen gelassen hatte.

Gabria vermochte es nicht, Athlone anzusehen. Sie starrte auf den Boden, und die Erinnerung an ihren Traum kehrte wie eine verborgene Scham zurück. Schuldgefühle durchzuckten sie und sie erbebte, doch sie konnte nicht glauben, dass der Traum die Wahrheit gezeigt hatte. Sie hatte Cor nicht mit Magie, sondern nur mit einem hölzernen Bogen bekämpft. Sicherlich stimmte etwas anderes nicht mit ihm – etwas, das leicht zu erklären war.

»Der Heiler hat Recht, Athlone«, sagte eine weibliche Stimme, die von der Rückseite der Halle kam.

»Guten Morgen, Mutter.« Athlone lächelte die kleine, hellhaarige Frau an, die neben dem Vorhang zu den Häuptlingsgemächern stand.

»Ich wünsche dir und Piers und auch dir, Gabran, einen guten Morgen. Ich bin Tungoli, die Gattin Lord Savarics.«

Gabria gab die Wünsche zurück. Zum ersten Mal, seit sie zum Khulinin-Treld gekommen war, hatte sie das Gefühl, einem Freund gegenüberzustehen. Tungolis Augen waren so offen und so grün wie der Sommer und sie schenkte Gabria ein warmes Lächeln. Sie war eine anmutige Frau, deren wahres Alter von einer sanften Schönheit verdeckt wurde, die mit den Jahren an Würde gewonnen hatte und sich aus innerer Zufriedenheit speiste. Sie trug das Haar geflochten und hatte einen dunkelgoldenen Schleier darüber gebreitet. Ihre Hände waren schmal, wirkten aber stark und geschickt. Sie ging mit tänzelndem Schritt auf die drei zu, wobei ihr grüner Rock ihr um die Füße wirbelte.

»Der Junge braucht Ruhe«, sagte Tungoli zu Athlone. »Es ist nicht gut, wenn gleich zwei Krieger krank sind.« Um Athlones Einwände beiseite zu wischen, fügte sie besänftigend hinzu: »Aber wenn du darauf bestehst, dass er etwas tun soll, kann er mir helfen.« Sie hakte sich bei Athlone unter und trat mit ihm zur Seite, während sie weiter auf ihn einredete.

Piers seufzte so leise, dass Gabria es kaum hörte, und schüttelte den Kopf. »Tungoli und Savaric sind die Einzigen, denen Athlone sich beugt«, sagte er mit sanfter Stimme zu Gabria. »Behandle ihn mit großer Vorsicht.«

Einige Männer kamen herbei und halfen Piers, Cors Körper auf eine behelfsmäßige Trage zu legen. Der Heiler sagte: »Warte hier, Gabran. Ich schicke sie gleich zu dir zurück.«

Aus den Augenwinkeln heraus sah Gabria, dass Athlone sie beobachtete. Ihr Stolz half ihr auf die Beine. Vor Schmerz saugte sie die Luft durch die fest zusammengepressten Zähne ein. »Nein. Ich komme mit«, keuchte sie.

»Bleib nicht zu lange fort«, befahl Athlone.

Tungoli sah ihren Sohn mit mildem Tadel an. »Athlone, deine

Rücksichtslosigkeit ist abscheulich. Gabran, bleib hier, bis man dich abholt. Komm zu mir, wenn der Heiler fertig mit dir ist.«

»Mutter, du mischst dich wieder einmal ein.«

»Ich weiß. Aber wenn ich es nicht tue, wer dann? Der ganze Treld hat Angst vor dir«, sagte sie mit leicht erhobener Stimme.

Gabria sank wieder auf die Steinumfassung und sah die Frau dankbar an. Tungoli erinnerte Gabria auf eine vage, tröstliche Art an ihre eigene Mutter. Es wäre sicher sehr angenehm, einige Zeit mit dieser Dame zu verbringen und Athlones eiserner Faust zu entkommen.

Piers nickte Gabria zu und folgte der Bahre aus dem Raum. Gabria erwiderte die Geste nicht, denn sie war ganz damit beschäftigt, Tungoli und Athlone zu beobachten. Die kleine Frau wirkte neben dem großen, kräftigen Krieger so schwach, doch Gabria war sicher, dass die Mutter aus den meisten Gefechten mit ihrem Sohn als Siegerin hervorging. Tungoli war auf ihre eigene, sanfte Art genauso halsstarrig wie Athlone.

»Also gut, also gut. Der Junge gehört dir, solange du ihn brauchst. Verdirb ihn mir aber nicht«, rief Athlone.

Tungoli verschränkte die Arme vor der Brust und nickte. »Natürlich.«

Gabria fühlte sich, als wäre ihr eine große Last von den Schultern genommen worden. Sie war für einige Zeit von Athlone befreit und hatte so lange von Cor nichts mehr zu befürchten, wie sie brauchte, um wieder Kräfte zu sammeln. Sie musste noch die Entscheidung treffen, wo sie in Zukunft schlafen sollte, und wollte in Ruhe über ihren Traum nachdenken. Vielleicht konnte Piers ihr dabei helfen. Da er aus Pra Desch stammte, hatte er sicherlich keine so große Angst vor Zauberei wie ein Klanmann. Vielleicht würde ihr der Heiler bestätigen, dass ihr Traum nur auf Einbildung beruhte.

Gabria fühlte sich unsinnigerweise immer noch für Cors plötzliche Krankheit verantwortlich. Zwar war sie bestimmt nicht schuld daran, doch sie konnte weder das Flackern der blauen Kraft vergessen, die mit solch tödlicher Geschwindigkeit aus ihren Fingerspitzen geschossen war, noch die unbeschreibliche Angst davor, dass es eine Verbindung zwischen dem Kampf und ihrem Traum gab.

»Komm, mein Junge.« Athlone trat neben sie. »Ich bringe dich zum Heiler und wieder zurück, bevor meine Mutter mir noch eine Predigt hält.«

Zu Gabrias Überraschung legte er sich ihren Arm über die Schulter und half ihr auf. Gabria war zu verblüfft, um sich gegen seine Hilfe zu wehren. Sprachlos schaute sie Athlone an. Ihre Blicke trafen sich, und zum ersten Mal gerieten seine braunen Augen nicht in Widerstreit mit ihren grünen. Der Wertain schenkte ihr ein flüchtiges Lächeln, und sie gingen zusammen nach draußen.

Sechs

Als Athlone und Gabria die Halle verließen, regnete es; es war ein kaltes, stetiges Nieseln, das innerhalb weniger Minuten die Kleidung durchnässte und alles vor Kälte erstarren ließ. Die tief hängenden Wolken krochen so schwerfällig über die Berge, als wollten sie nicht weiterziehen. Gabria schloss die Augen, weil sie die trübe Dämmerung nicht sehen wollte, und stützte sich müde auf Athlone.

Es überraschte sie, dass er ihr half. Sie hatte erwartet, dass er sie mit der flachen Schwertseite hinaustrieb, doch stattdessen hatte er ihr seinen starken Arm angeboten.

»Der Heiler hatte Recht. Cor hat dich schlimm verprügelt«, sagte Athlone und sah Gabria aus der Entfernung einer Hauptesspanne an.

Das Mädchen wandte rasch das Gesicht ab. Er war ihr so nahe und sah sie so forschend an, dass er möglicherweise Einzelheiten bemerkte, die ihr gar nicht lieb waren – zum Beispiel die Glätte ihrer Wangen. Kein Dreck verbarg mehr ihre Haut und die weichen Gesichtszüge. Die Prellungen waren zwar hilfreich, aber der Wertain wirkte bereits verwirrt.

Gabria stolperte absichtlich und schlug im Fallen gegen Athlones Waden. Er verlor das Gleichgewicht, schlingerte über ein Zeltseil und fiel auf Gabria. Sie gefror vor Furcht. Sein Gewicht drückte sie in den Schlamm, aber das war nichts im Vergleich zu ihrer Angst vor dem, was er entdecken könnte, als er auf ihr lag. Das war nicht ihr Plan gewesen!

»Es tut mir Leid, Wertain«, presste sie unter einem Gewirr aus Mänteln und Schwertern hervor. Athlone stieg von ihr. Gabrias gesamte Prellungen und Wunden stöhnten auf. Sie benötigte ihre ganze Willensstärke, um nicht laut aufzuheulen. Der Krieger reichte ihr die Hand. Erneut überraschte der Wertain sie. Er lachte.

Taumelnd erhob sie sich und schaute wehmütig an sich herab.

Athlone würde sie wohl immer wieder in Erstaunen versetzen. Anstatt sie wegen ihrer Ungeschicklichkeit zu schlagen, lachte er, als hätte sie einen Scherz gemacht. Sie waren beide über und über mit Schlamm bespritzt – zumindest musste sie sich nun keine Sorgen mehr um ihr verräterisches Gesicht machen – und trotzdem war er nicht wütend auf sie. Den Göttern sei Dank, dachte sie, er hat seine Hände nicht auf die falschen Stellen gelegt.

»Bleib so, Junge, und du wirst nicht einmal lange genug leben, um dein Wergeld einzufordern«, sagte Athlone.

Sie lächelte ihn unsicher an und erwiderte: »Ich werde mich rächen, selbst wenn ich zu Medb kriechen muss und ihm nur in die Knie stechen kann.«

»Das hat noch niemand versucht.« Athlone stützte sie wieder, und sein Lächeln verschwand. »Du bist der sturste Welpe, der mir je begegnet ist. Dieser Charakterzug ist unangenehm, aber er kann auch von Vorteil sein.« Er verstummte und sie brachten den Weg zu Piers' Zelt schweigend hinter sich.

Die Augen des Heilers weiteten sich, als sie eintraten – ob aus Erstaunen über Athlones Hilfsbereitschaft oder über das Aussehen der beiden, war Gabria nicht klar, denn er deutete bloß auf einen Wasserschlauch und beugte sich wieder über seinen Patienten.

Gabria verspürte eine unerwartete Zuneigung für den Wertain an ihrer Seite. Zum ersten Mal seit ihrer Ankunft hatte er ihr ein Zeichen von Freundschaft angedeihen lassen. Die Kälte in ihrem Herzen wich eine Spur zurück, als Athlone sie auf einem niedrigen Schemel absetzte, einen Becher mit Wasser füllte und ihn ihr zusammen mit einem Lappen reichte.

Athlone hielt im Zelteingang inne, bevor er ging. Ein Streifen Schlamm durchschnitt sein Gesicht wie eine Falte und färbte den Schnurrbart zur Hälfte. Noch mehr Matsch klebte auf seinem goldenen Mantel und an den Beinen. Die weichen Stiefel waren gesprenkelt. »Wenn du hier fertig bist, gehst du zu Tungoli. Glaube nur nicht, dass sie dich allzu lange verwöhnt. Ich warte auf dich.« Das Gesicht des Wertains gefror erneut zu Eis. Die verschleierten Drohungen waren wieder da.

Gabria sah dem Krieger nach. Dann schloss sich die dunkle Zeltklappe hinter ihm. Es war, als hätte es zwischen ihnen nie einen Augenblick der Kameradschaft gegeben. Das Misstrauen des Wertains legte sich wieder wie eine Falle um sie. Das Mädchen zitterte. Einen Augenblick lang hatte sie die Hoffnung gehegt, er würde sie in Ruhe lassen oder ihr vielleicht sogar helfen, so wie Nara es angedeutet hatte. Doch an seinem verwirrenden Verhalten zerschmetterten all ihre Grübeleien wie an einem Granitfelsen.

»Der Wertain ist ein bemerkenswerter Mann«, sagte Piers.

Gabria riss den Blick vom Eingang los und beobachtete den Heiler, der Cor mit geübten Bewegungen untersuchte. »Weißt du immer, was ich gerade denke?«

»Man braucht nicht Gedanken lesen zu können, um deinen Gesichtsausdruck richtig zu deuten. Du bist von dem Sohn unseres guten Häuptlings überwältigt.« Er schüttelte den Kopf. »Da bist du nicht der Einzige.«

»Ich habe bemerkt, dass du ihm nicht so wohl gesonnen bist«, bemerkte Gabria trocken.

»Athlone ist eine starke Persönlichkeit. Savaric regiert den Klan, aber Athlone ist sein Leittier. Der Werod folgt ihm, wohin er auch gehen mag. Nicht einmal Pazric, der zweite Wertain, hat eine solche Macht über die Reiter.«

Gabria streckte die Beine aus, um den verletzten Knöchel in eine bequemere Lage zu bringen, und kratzte gleichgültig den Schlamm von ihrem Gesicht, während sie über Piers' Worte nachdachte. Cor lag reglos auf der Matte, auf welcher sie schon einmal geschlafen hatte. Sein Gesicht war noch immer schmerzverzerrt. Piers wickelte den Körper des Kriegers in warme Laken.

»Wer ist Pazric?«, fragte Gabria, als das Schweigen zu lange anhielt.

»Der Kommandant unter Athlone«, erklärte Piers.

»Ich erinnere mich nicht an ihn.«

»Er ist im Süden und trifft sich mit einer der Turic-Karawanen.«

»Folgt der Werod Athlone immer ohne Bedenken?«, fragte Gabria. Sie suchte nach einem Weg, das Gespräch auf ihren Traum und Cors Zustand zu lenken. Wie abstoßend die Antwort auch ausfallen mochte, sie musste wissen, ob es eine Verbindung gab. Der Traum war ein allzu seltsamer Zufall gewesen, und nur Piers war aufgeschlossen genug, um ihn Gabria zu erklären.

»Ich sehe, dass du und Athlone euch nicht sonderlich mögt. Es braucht einige Zeit, um ihn kennen zu lernen.« Piers zuckte die Achseln und stand auf. »Vielleicht hilft selbst das nicht. Aber wende dich nie gegen sein Wort, denn dann wird dich der ganze Werod in Stücke reißen.« Der Heiler holte verschiedene Gegenstände aus seiner Medizintruhe und schüttete einige dunkelgraue Körner in einen Mörser. Als er die Körner mahlte, erfüllte ein stechender Geruch das Zelt. Er erinnerte Gabria an Gewürznelken und sie atmete tief ein.

Piers arbeitete mehrere Minuten lang in Schweigen, dann fragte er: »Was ist zwischen dir und Cor vorgefallen? Darf ich annehmen, dass er angefangen hat?«

»Ich weiß es nicht«, murmelte Gabria. Sie fühlte sich wieder schuldig. »Er wollte mit mir kämpfen – wegen dem, was vergangene Nacht auf der Weide passiert war.«

Piers fügte seinem Pulver ein paar getrocknete Blätter hinzu und mahlte weiter. Seine Robe schwang sanft im Einklang mit seinen Bewegungen. »Du bist es nicht gewöhnt zu kämpfen, oder?«

Gabria versteifte sich. »Was meinst du damit?«, fragte sie vorsichtig.

»Das ist doch sonnenklar. Er hat dich blutig geschlagen und selbst nicht einmal einen blauen Fleck davongetragen. Dass du gewonnen hast, war Glück ... oder etwas anderes.« Als Gabria nichts darauf antwortete, legte er den Stößel hin und drehte ihr das Gesicht zu. Seine blauen Augen sahen traurig aus, doch der Gesichtsausdruck war von Misstrauen beherrscht. »Weißt du, was mit diesem Mann los ist?« Seine Worte klangen sanft, hatten aber eine Stahlkante.

Gabria fühlte sich, als würde ihr Verstand zu Staub zerfallen. Kalte Angst krallte sich in ihren Magen, und ihr Atem setzte aus. Piers war offenbar der Ansicht, dass Cors Zustand nicht von einer gewöhnlichen Krankheit herrührte. Angesichts seiner unausgesprochenen Anklage kehrten alle Schrecken aus ihrem Traum zurück. »Nein«, flüsterte sie. Das Wort fiel von ihren Lippen und sprang geradewegs in die Stille hinein. »Was habe ich ihm angetan?«, rief sie aus und stemmte die Fäuste in die Seite.

»Also gibst du zu, dass du diese Verletzung verursacht hast.«

Gabria starrte den Heiler jämmerlich an. »Ich weiß nicht, was ich verursacht habe. Ich habe ihn nur mit dem Bogen geschlagen ...

aber später hatte ich einen Traum über eine blaue Flamme, die aus meinen Händen gesprungen und in einen Mann gefahren ist. Ich weiß nicht, warum ich so etwas geträumt habe. Ich habe Cor nur geschlagen, damit er aufhört, mich zu verprügeln.« Sie hielt plötzlich in ihrem Redeschwall inne, holte tief Luft und fragte: »Was ist denn los mit ihm?«

»Ich bin mir nicht sicher«, meinte Piers ruhig. »Ich habe eine ziemlich genaue Vorstellung, aber ich kann es einfach nicht glauben.«

Gabria krümmte sich, als ob sie Magenschmerzen verspürte. »Wie bitte?«

»Er leidet an einem schweren Schock. Er hat hohes Fieber und einen rasenden Puls. Das sind ungewöhnliche Symptome für einen bloßen Schlag in die Lendengegend.«

»Willst du es mir nicht sagen?«, fragte Gabria ungeduldig.

»Nein.« Piers trat an ihre Seite und beugte sich zu ihr hinunter. Er verbarg seinen Zorn nicht länger. »Du wirst es mir sagen, Gabran. Du sagst, du hast ihn lediglich mit einem hölzernen Bogen getroffen. Dieser Mann wurde jedoch durch eine geheime Macht verwundet, die man Trymianische Kraft nennt. Woher mag sie nur gekommen sein?« Er packte sie an der Schulter und zog sie auf die Beine. Sie schwankte und starrte ihn in stumpfem Schrecken an. »Dieser Mann stirbt vielleicht. Ich will wissen, warum. Hast du deine Macht von Medb erhalten?«

Der Klang dieses Namens rüttelte Gabria auf. Sie machte sich von dem Heiler frei und stützte sich am Mittelpfosten des Zeltes ab. »Von Medb habe ich nichts erhalten als Tod, und genau das wird er auch von mir erhalten«, keuchte Gabria bebend vor Zorn.

Piers sah sie zweifelnd an und verschränkte die Arme vor der Brust. Er wollte gern glauben, dass der Junge keiner von Medbs Spitzeln war, aber der Lord der Wylfling war weit und breit der Einzige, der sich den Gerüchten zufolge in die Zauberei vertieft hatte, und Gabran war nach Piers' Informationen der Einzige, der Cor am vergangenen Tag berührt hatte. »Wie kommt es dann, dass Cor unter der Trymianischen Kraft leidet?«

»Das weiß ich doch nicht! Ich weiß nicht einmal, wovon du redest!« Sie lehnte sich gegen den Pfosten und sah Piers flehentlich an.

»Ich wollte ihn nicht verletzen. Ich wollte nur, dass er mich in Ruhe lässt.«

Piers sah ihr ins Gesicht und war zufrieden. Der Junge sagte zumindest in diesem Fall die Wahrheit. In den vielen Jahren am Hof zu Pra Desch hatte der Heiler gelernt, Wahrheit und Täuschung aus dem Gesichtsausdruck der Menschen herauszulesen. Die grünen Augen Gabrans blickten arglos drein. Piers sah in ihnen nur Bestürzung und die verzweifelte Bitte, dass er ihm Glauben schenken möge.

Als der Heiler in diese Augen blickte, seufzte er. Bisher hätte Piers nicht sagen können, welche Farbe sie hatten; jetzt wusste er, dass sie so grün wie das Meer waren und das gleiche Leuchten und die gleiche Kraft in ihnen lagen. Er schüttelte den Kopf; ihn überraschte die Tiefe von Gabrans Blick. Selbst wenn der Junge keine magischen Fähigkeiten besaß, so hatte er doch sicherlich die innere Stärke, mit Magie umzugehen.

»Na gut, setz dich«, befahl er. Er goss ihr einen Becher warmen Wein ein, in den er eine kleine Dosis Mohnblumenextrakt mischte. »Hier, trink das.«

Gabria starrte ihn an und regte sich nicht. »Was ist das? Eine Wahrheitsdroge?«

»Nein, mein Junge. Setz dich endlich hin. Es lindert nur den Schmerz, damit ich mir deinen Knöchel ansehen kann.«

Gabria nahm den Becher zögernd entgegen und kehrte zu ihrem Schemel zurück. Piers' Haltung ihr gegenüber hatte sich geändert. Das Misstrauen war aus seiner Stimme gewichen und hatte einer gewissen Schicksalsergebenheit Platz gemacht. Sie fragte sich, zu welchem Schluss er gekommen war. Es war schwer, diesen Stadtmenschen zu begreifen, denn er versteckte sich hinter einer undurchdringlichen Fassade: Sein Gesicht war unbeweglich, sein Blick starr, sein Handeln zurückhaltend. Er war nicht so hemmungslos wie die Mitglieder der Steppenklane. Die überschwänglichen, wilden, sorglos mitgeteilten Gefühle der Klanleute waren Piers fremd. Trotzdem hatte der Heiler sein früheres Dasein aufgegeben und ein neues Leben in der Ebene begonnen. Gabria wusste nicht, ob er die Vergangenheit vergessen oder nur einen Neuanfang machen wollte, doch sie wünschte sich, den Grund für seinen Fortgang aus Pra Desch zu kennen. Er würde vieles erklären.

Gabria stellte ihren Trank zunächst auf dem Tisch ab und beobachtete, wie Piers weiter das Pulver mahlte. Keiner von beiden sagte ein Wort. Der Heiler schien es darauf anzulegen, dass sich die Lage erst einmal beruhigte, bevor er den nächsten Anlauf unternahm. Sein Schweigen erleichterte Gabria. Der Verdacht der Zauberei stand im Raum. Gabria wollte indes gar nicht mehr unbedingt wissen, ob sie wirklich die Quelle jener Magie war. Es reichte, wenn sie die Last ihres Kummers und den drängenden Zwang der Rache ertragen musste. Auf eine Furcht erregende Macht, die sie nicht einmal besitzen wollte, konnte sie gut verzichten. Nein, flehte sie stumm und rang die Hände. Es war einfach unmöglich. Zauberei erlernte man; sie war nicht angeboren.

Piers stellte die Schüssel beiseite und öffnete erneut seine Medizintruhe. Die große hölzerne Truhe war das Einzige, was er aus Pra Desch mitgebracht hatte. In ihr befand sich eine Unzahl von Schubladen und Fächern. Gabria sah, dass sie allesamt mit Päckchen, Beuteln, Phiolen, Flaschen, Schachteln, eingewickelten Bündeln und Papierfetzen voll gestopft waren. Alles trug säuberliche Beschriftungen. Der Heiler durchwühlte mehrere Schubladen und zog schließlich einen glatten roten Stein von der Größe eines Adlereis hervor. Er drehte ihn einige Male in der Hand herum, bevor er sagte:

»Als ich vor vierzig Jahren beim Oberarzt des Fons von Pra Desch in der Lehre war, traf ich einmal einen alten Mann auf dem Marktplatz. Er behauptete, er sei der Sohn eines Klanmannes; man habe ihn verbannt, weil er einen Vetter durch Zauberei getötet hatte. Er war vor seiner Festnahme geflohen und nur dadurch dem Tod entgangen.«

Gabria betrachtete den Stein in der Hand des Heilers. »Warum erzählst du mir das?«

»Weil dieser Mann ein Corin war.«

Nun musste sie auf der Hut sein! »Du lügst«, behauptete sie mit mehr Hoffnung als Überzeugung.

Piers schüttelte den Kopf. »Mein Herr und Meister war ein Kenner der Magie und hatte die Geschichte ihrer Anwendung studiert. Er untersuchte den Mann gründlich und bestätigte dessen Behauptung. Der Corin, der keine Ausbildung in Zauberei besaß und ihrer Anwendung niemals beigewohnt hatte, war mit der Gabe geboren worden, diese Kräfte nur durch seinen Willen herbeizurufen.«

Gabria fühlte sich wie betäubt. Nun trat die Wahrheit ans Licht, ob sie es wollte oder nicht. Sie musste stark genug sein, um der schrecklichen Möglichkeit ins Auge zu sehen, dass sie eine Zauberin war. »Was ist die Trymianische Kraft?«, fragte sie. Sie drohte vor Angst in Tränen auszubrechen.

Piers betrachtete die angespannten Züge, die das Gesicht des Jungen verzerrten. In diesem Gesicht lag eine Entschlossenheit, die Stärke und Überlebenswillen andeutete. Er hatte sie bereits zuvor bemerkt, doch nun zeigte sie sich ganz deutlich in dem zusammengebissenen Kiefer, den gespannten Muskeln um den Mund und in der Art, wie der Junge der Wahrheit entgegentrat. Das war gut. Gabran würde jeden sich ihm bietenden Vorteil ausnutzen müssen, wenn er bis zum nächsten Winter überleben wollte. Der Heiler kniete neben Cor nieder und sah den Krieger an. Ein Zittern lief durch Cors Kiefer, dort, wo das Blut dicht unter der Haut rauschte, und die Fieberhitze trieb ihm Schweißperlen auf die Stirn.

»Ein Zauberspruch«, sagte Piers langsam, als ob er sich an einen lange vergessenen Text erinnerte, »ist nichts anderes als die Ordnung der verschiedenen Energieflüsse, die die Magie zu einer zerstörerischen Kraft machen und fast alle Schutzwälle durchdringen. Oft erscheint der Zauber als blaue Flamme. Er ist nur so stark wie die Person, die ihn anwendet, aber wenn er nicht gebändigt wird, kann er in Zeiten starker Gefühlswallung als automatischer Reflex auftreten.«

»Das verstehe ich nicht. Glaubst du, diese Kraft kam von mir?«, fragte Gabria gefasst.

»Es wäre möglich, dass sie von jemand anderem in der Halle ausgegangen ist, aber das halte ich für unwahrscheinlich«, erwiderte er.

»Piers, ich weiß rein gar nichts über Zauberei. Wie könnte ich also jemanden verzaubern?«

Piers sah Gabria direkt an und sagte: »Es gibt nur zwei Möglichkeiten. Wenn Medb dir diese Fähigkeit nicht verliehen hat, müssen es deine Ahnen gewesen sein.«

»Nein, das ist nicht möglich!«, rief Gabria ängstlich.

Piers umfasste den Stein und rieb sich mit der freien Hand über das Kinn. »Ich bin ein sturer alter Mann, Gabran. Ich sehe etwas, das ich nicht verstehe, und ich versuche, eine Erklärung herbeizuzwingen, weil ich Angst habe. Und du bist die einzige Antwort, die sich mir bietet. Wenn du nicht die Trymianische Kraft gebraucht hast – möglicherweise unbeabsichtigt –, dann verstehe ich gar nichts mehr. Ich bin mir aber nicht ganz sicher, ob wirklich Zauberei im Spiel ist. Nur das hier kann es uns sagen.« Er hielt den Stein gegen das Feuerlicht und beobachtete den warmen Glanz der Farbe, die sich wie Blut über seine Hände ausbreitete.

»Mein Meister hat einmal gesagt, dass die Steppenklane vor langer Zeit die größten Zauberer hervorbrachten, weil sie sich am besten in die uranfänglichen Kräfte der Magie einfühlen konnten. Er glaubte von ganzem Herzen, dass die Fähigkeit, sich dieser Kraft zu bedienen, angeboren war.« Er hielt kurz inne und fuhr dann fort: »Unglücklicherweise sind diese Legenden aufgrund von Vorurteilen und großem Alter nur ungenau überliefert. Nach der Zerstörung der Stadt Moy Tura und der Verfolgung der Zauberer wollte niemand mehr wissen, woher diese Fähigkeit kam.«

Plötzlich flackerte der große Stein in Piers' Hand auf. Einen Augenblick lang glaubte Gabria, es sei nur der Widerschein des Feuers in dem trüben Innern der Gemme. Doch das Leuchten wurde heller und vertrieb das Trübe, bis der Stein scharlachfarben strahlte und das Licht von Tag und Feuer überlagerte. Das gesamte Zelt füllte sich mit dem rötlichen Glosen.

»Jetzt wissen wir es. Schließ den Zelteingang«, befahl Piers. Er hielt den Stein behutsam über Cors Gesicht. Gleißende Blitze flackerten kreisförmig aus dem Stein hervor.

Gabria humpelte gehorsam los und band die Verschlüsse mit zitternden Fingern fest. Dann stellte sie sich neben den Heiler und sah ihm mit Angst und Ehrfurcht zu. Die Lichtstrahlen aus dem Stein schienen in den Kopf des Kriegers einzudringen. »Was ist das? Was macht dieser Stein?«, flüsterte sie.

Piers antwortete langsam: »Ich weiß nicht genau, was es ist; ich weiß nur, was es tut.« Ein schwaches Lächeln spielte um seinen Mund. »Ich musste ihn bisher noch nie benutzen.«

»Wird er Cor helfen?«

»Das hoffe ich. Mein alter Meister hat ihn mir gegeben, bevor er starb. Er sagte, es sei ein Heilstein, der nur in Gegenwart von Magie seine Fähigkeiten zeige. Angeblich entfernt dieser Stein alle Spuren von Zauberei aus einer verletzten Person.«

Piers legte den Stein auf Cors Stirn und beobachtete ihn zusammen mit Gabria in großer Stille. Die Lichtstrahlen bündelten sich, wurden nach unten gelenkt und tanzten über Cors Gesicht. Gabria bemerkte verblüfft, dass die Strahlen nicht die Haut erhellten, sondern wie glänzende Nadeln in sie eindrangen. Eigentlich hätte sie über diese entsetzliche Anwendung verbotener Mittel erschrocken sein und fliehen sollen, bevor sie noch tiefer ins Unheil geriet, doch sie blieb und beobachtete das Licht mit uneingestandener Verzauberung.

Der Stein war wunderschön, und wenn er heilen konnte, war er etwas Gutes. Damit widersprach er allem, was man sie über Magie gelehrt hatte. Vielleicht war Zauberei verwickelter und vielgestaltiger, als sie geglaubt hatte, und besaß gute und schlechte Eigenschaften sowie jede vorstellbare Mischung daraus. Ihr Verstand schreckte vor diesem Gedanken zurück. Zauberei sollte durch und durch böse sein – eine dunkle Macht, welche die Menschen zu schrecklichen Grausamkeiten und Verderbtheiten verführte. Es schien ihr kaum möglich, dass Magie auch nützlich sein konnte. Sie schob diese unangenehmen Gedanken beiseite und fragte sich stattdessen, woher der Heiler wohl wusste, wann der Stein seine Arbeit beendet hatte.

Wie zur Antwort auf ihre Frage bildete sich ein blauer Nebel – die Überreste der Trymianischen Kraft in Cors Körper – um den Kopf des Kriegers. Zuerst war es nur ein blasses Glimmen und so undeutlich wie kalter Atem, doch dann wurde es heller und verdichtete sich. Der rote Stein loderte heftig. Das blutige Licht breitete sich über den blauen Nebel und sperrte ihn in einen Käfig aus Strahlen. Allmählich zog sich das rote Licht in das Innere des Steins zurück und nahm den Nebel mit. Die blaue Kraft schien zu kämpfen und durchbrach ihre Fesseln mit kleinen, purpurnen Blitzen. Das rote Licht wurde stärker und saugte schließlich auch die letzten Fäden des blauen Dunstes in den Stein. Ein violetter Blitz trat aus und das Licht verlosch. Der Stein lag matt und trübe auf Cors Stirn. Sein Körper erbebte, entspannte sich und glitt in tiefen Schlaf; der Schmerz auf seinem Gesicht verwandelte sich in Frieden. Piers nahm den Stein auf und wischte sanft den Schweiß von der Haut seines Patienten.

»Was ist passiert?«, keuchte Gabria. Die Ereignisse hatten sie tief erschüttert. Bis zu diesem Augenblick war Magie für sie etwas Unfassbares, Verschwommenes gewesen, über das man höchstens Mutmaßungen anstellen konnte. Doch jetzt war sie greifbare Wirklichkeit. Ihre Macht existierte, sei sie nun gut oder böse.

»Der Stein scheint gute Dienste geleistet zu haben«, entgegnete Piers. Er konnte seine tiefe Erleichterung nicht verbergen. »Cor schläft jetzt friedlich. Auch sein Fieber ist weg.«

Gabria ließ sich schwer auf den Schemel sinken. Sie wollte nicht glauben, was soeben geschehen war. Ihre Kehle war ausgetrocknet, und ohne nachzudenken, trank sie ihren Weinbecher in einem Zug leer. Sofort kroch eine matte Hitze aus ihrem Magen hoch und drang in alle Glieder. Sie wurde sehr schläfrig. Sie hatte den Mohnblumenextrakt vergessen.

Das Mädchen schielte benebelt hinüber zu Piers. »Wird Cor wieder gesund?«, fragte es mit schwerer Zunge.

»Er erholt sich bestimmt. Was er jetzt braucht, ist Schlaf.« Piers wickelte den Stein wieder ein und legte ihn zurück in die Truhe. »Ich hoffe, ich muss ihn nie wieder benutzen.« Er sah Gabria nicht an, sondern schüttete den Inhalt seines Mörsers in eine kleine Schale, gab heißes Wasser hinzu und braute so einen Tee. Er flößte Cor das Gebräu behutsam mit einem Löffel ein. Als der Heiler mit dem Zustand des Kriegers endlich zufrieden war, öffnete er die Zeltklappe wieder und wandte sich an Gabria.

Piers war überrascht, dass sie wieder auf dem Schemel saß und sich gegen den Zeltpfosten lehnte. Sie hatte die Beine ausgestreckt, und ihr Blick war vor Erschöpfung und Mohnwein getrübt. Ohne ein Wort zu sagen, lockerte der Heiler ihr den Schnürsenkel und zog den Stiefel vom Fuß. Er versuchte, das geschwollene Fleisch an dem verletzten Knöchel nicht zu berühren. Das Gelenk war scharlachrot und grün von der ursprünglichen Verletzung. Er drehte es langsam und spürte die Sehnen und verzerrten Muskeln unter der weichen Haut.

Piers sah seinen Patienten an. Der Mohn hatte Gabrias Muskeln gelockert; ihr Gesichtsausdruck war entspannt. In diesem Augenblick kam die Sonne hinter den Wolken hervor. Das helle Licht ergoss sich durch den offenen Zelteingang und beleuchtete ihr Gesicht.

Piers' Hände gefroren mitten in der Bewegung; sein Körper versteifte sich. Ungläubig senkte er den Blick vom Gesicht zu dem schlanken Knöchel in seinen Händen, und die Erkenntnis traf ihn gleich einem Blitzschlag. Gabria starrte ihn wie aus weiter Ferne an und erkannte sein Entsetzen nicht. Die Arznei hatte ihr Bewusstsein getrübt und wiegte sie in den Schlaf. Sie wusste nicht einmal mehr, wo sie war.

Piers trat einen Schritt zurück und fragte sich, warum ausgerechnet er es nicht schon früher bemerkt hatte. Dieser rätselhafte »Junge« mit seinen unheimlichen magischen Fähigkeiten und seinem Hunnuli war ihm nun noch unverständlicher. Tausend Fragen drängten sich Piers auf, und er verstand allmählich zumindest einen Bruchteil von ihnen. Er dachte an seine früheren Gespräche mit dem »Jungen« zurück und an das, was er von anderen Mitgliedern des Klans gehört hatte. Er bewunderte ihre Geschicklichkeit. Es war ein göttliches Wunder, dass dieses Mädchen so lange unentdeckt geblieben war.

Der Heiler überlegte, ob er es Savaric mitteilen sollte, obwohl er wusste, dass die Strafe für die Übertretungen des Mädchens der Tod war. Gabran – oder wie immer sie heißen mochte – hatte den Klangesetzen zufolge eines der schlimmsten Verbrechen begangen, indem sie in Verkleidung dem Werod beigetreten war. Sobald auch ihre Zauberei bekannt würde, gäbe es keine Gnade mehr für sie. Als Bürger von Pra Desch teilte Piers jedoch nicht den Hass der Klanangehörigen auf jegliche Magie. Aber er lebte seit zehn Jahren im Klan, und dessen Gebräuche waren auch zu seinen geworden. Wenn er die Verbrechen dieses Mädchens nicht aufdeckte, machte er sich genauso schuldig wie sie und würde dieselbe Bestrafung erfahren.

Piers ging langsam auf die Zeltöffnung zu. Bestimmt waren einige Krieger in der Nähe, die Savaric herbeiholen konnten. In wenigen Minuten wäre alles vorüber. Mit etwas Glück würde Gabran tot sein, bevor die Wirkung des Mohnweins nachließ. Dann wäre der Corin fort, das Hunnuli würde das Lager verlassen und alle Magie endete. Piers' Pflicht seinem Volk gegenüber wäre erfüllt. Der Heiler tastete nach der Klappe.

»Vater?«, wisperte eine schwache Stimme.

Piers hielt inne und bemerkte überrascht, dass er zitterte.

»Vater, geh nicht. Ich habe solche Angst.« Die Stimme hörte sich an wie die eines verängstigten Kindes. Ein vertrauter Klang von Kummer und Verzweiflung weckte Erinnerungen, die Piers für überwunden gehalten hatte. Unter Schmerzen drehte er sich um und erwartete beinahe, statt der großen, schmutzigen Gestalt auf dem Schemel ein anderes Mädchen mit langen blonden Haaren und blassblauen Augen zu sehen. Gabria hatte die Augen geschlossen, und ihr Kopf war auf die Brust gesunken. Ihr Umhang lag auf dem Boden und die nackten Füße schienen nicht zu ihrer Kleidung zu passen. Sie zitterte.

»Vater, was ist das für Blut?«, winselte sie. Ihre Finger zuckten, als hätte sie etwas Ekelhaftes berührt. »Es ist überall. Vater, bitte lass mich nicht allein!«

Piers hob den Umhang auf und legte ihn ihr um die Schultern. Sie kuschelte sich in ihn und seufzte. »Mir ist so kalt. Wo ist Gabran?«

Der Heiler hörte ihr traurig zu, als sie murmelnd über ihre Familie und deren Ermordung sprach. Die Bilder ihres Sterbens mischten sich mit seinen eigenen Erinnerungen an einen anderen schmerzlichen Tod. Vor langer Zeit war er aus Pra Desch fortgelaufen und hatte seine ganze unbewältigte Trauer und Wut mitgenommen – und seine Schuldgefühle, weil er bei seiner eigenen Tochter versagt hatte. Er sah hinunter auf das Mädchen, die letzte Corin, und fragte sich, ob er durch sie vielleicht eine Möglichkeit erhielt, sein Versagen zu sühnen. Vor zehn Jahren war er schwach gewesen und hatte gegen besseres Wissen den Befehlen seines Lords gehorcht. Als Folge davon war seine Tochter gestorben, und er hatte nichts unternommen, um ihr Schicksal abzuwenden. Doch jetzt bot sich ihm die Gelegenheit, dieses Mädchen zu retten.

Er hob sie auf und legte sie sanft auf seine eigene Matte hinter dem Vorhang. Er verband ihren Knöchel mit kalten Lappen und erhitzte Wasser für einen heißen Umschlag. Piers verstand, warum die Khulinin trotz ihres anfänglichen Zögerns diese Ausgestoßene aufgenommen hatten. In ihrer Geschichte gab es zu viele Widersprüchlichkeiten, als dass sie erfunden sein konnte. Und nun hatte er seine eigenen Beweggründe, ihr zu helfen. Das Mädchen war eine Außenseiterin wie er selbst und hatte überlebt, weil sie klug und mutig war. Sie verdiente keinen Verrat, sondern die Möglichkeit eines

Neuanfangs. Er würde es darauf ankommen lassen, Savarics Zorn auf sich zu ziehen, falls – nein, *wenn* – die Khulinin das Geheimnis des Mädchens entdeckten.

Gabria erwachte am späten Nachmittag. Sie lag in einem warmen Bett und fühlte sich so behaglich und ausgeglichen wie seit vielen Tagen nicht mehr.

Dann hörte sie Töpfe klappern und öffnete die Augen. Ihr überraschter Blick traf auf cremefarbene Vorhänge. Die Erinnerungen an die letzten Tage schlugen über ihr zusammen. Es war tatsächlich alles geschehen: Das Massaker, die Suche nach den Khulinin, Nara, der Tod der Stute und der Kampf mit Cor waren schmerzhafte Wirklichkeit. Sie seufzte.

»Piers?«, rief Gabria.

Die Vorhänge waren zurückgezogen und der Heiler trat neben sie. »Guten Abend, Gabran«, sagte Piers. Sein Gesicht war eine Maske.

Gabrias Augen weiteten sich. »Abend? Wie lange habe ich geschlafen?«

»Nur ein paar Stunden.«

»O nein! Tungoli ...«

»Sie hat mir befohlen, dich so lange wie nötig schlafen zu lassen. Athlone hat eine weitere Gruppe auf Löwenjagd geführt.«

Gabria richtete sich vorsichtig auf und bewegte behutsam ihren Knöchel. Er war fest verbunden, doch die Schwellung war schon beträchtlich zurückgegangen und sie konnte den Fuß ohne Schmerzen bewegen. Piers reichte ihr die Hand. Sie stand auf und hoppelte zum Schemel. Der Heiler setzte ihr Suppe, Brot und Käse vor. Das Mädchen sog den kräftigen Duft der Suppe ein und bemerkte plötzlich, wie hungrig es war.

Als Gabria mit dem Essen fertig war, schob sie die Teller zur Seite und ruhte sich mit vollem Magen aus. Sie sah zu der Trage hinüber. Cor schlief noch still unter den Laken. Jeder Ausdruck des Schmerzes schien aus seinem Gesicht verschwunden zu sein, und es gab keine Anzeichen mehr für die unglaubliche Magie, die in seinen Körper eingedrungen war.

»Wie geht es Cor?«, fragte sie schließlich.

Piers schnitt sich gerade eine Scheibe Brot ab. Er warf einen kurzen Blick hinüber zu dem Krieger. »Ich bin sicher, dass er es überleben wird, aber er wird sich niemals eine Frau nehmen können.« Er empfand Mitleid mit dem jungen Mann. Der Schlag mit dem Bogen und die geheime Macht hatten Cors Manneskraft höchstwahrscheinlich zerstört. Dieser Krieger war zwar ein unbeherrschter Narr, aber er verdiente nicht das Schandmal der Zeugungsunfähigkeit.

Gabria starrte lange den Boden an. In ihrem Kopf schwirrten so viele Überlegungen, Erinnerungen und Empfindungen umher, dass sie keinen klaren Gedanken fassen konnte. Sie wusste nicht, was sie als Nächstes tun sollte.

Nach einiger Zeit kam Piers zum Tisch hinüber und setzte sich auf einen zweiten Schemel. Gabria sah ihn an. »Was willst du Savaric sagen?«, fragte sie und versuchte dabei, ihre Stimme ruhig zu halten.

Die langen Hände des Heilers spielten mit einer Brotkruste. Sein Gesicht sah alt und müde aus. »Ich überlege schon den ganzen Nachmittag, was ich ihm berichten soll.«

Gabria wurde bleich, denn in diesem Augenblick begriff sie, dass ihr Leben in den Händen des Heilers lag. Nach dem Gesetz musste Piers sie vor dem Häuptling des Klans der Zauberei anklagen und ihr Schicksal dem Oberhaupt und seinen Ältesten überlassen. Aber wenn er das tat, würde Piers auch sich selbst in Gefahr bringen, denn er hatte die Magie des Heilsteins benutzt. Es war eine verzwickte Lage, und Gabria konnte nicht einmal erraten, was der Heiler tun würde. »Bist du schon zu einem Ergebnis gekommen?«, fragte sie so ruhig wie möglich.

»Für den Augenblick will ich Savaric nur sagen, dass Cor durch seine Verletzung beim Kampf krank geworden und jetzt auf dem Weg der Besserung ist.« Piers hob eine Augenbraue. »Ob das reicht?«

Ein schwacher Seufzer stahl sich auf Gabrias Lippen. Sie nickte rasch. »Vielen Dank.«

Piers beugte sich vor und hielt sich mit den Händen am Tischrand fest. »Aber da ist noch immer die Tatsache, dass Cor durch eine magische Kraft verletzt wurde.«

Gabria versteifte sich. »Ich weiß«, sagte sie. »Ich stimme dir zu, dass ihn mehr als nur mein Bogen getroffen hat. Aber du hast keinen Beweis dafür, dass ich es war. Ich weiß genauso wenig wie du, woher diese Kraft gekommen ist.«

»Das stimmt, aber ...«

Gabria sprang auf und stieß dabei den Schemel um. Ihre Ängste bemächtigten sich ihrer so heftig, dass sie aufschreien wollte. Sie musste aus dem Zelt fliehen, sich irgendwo verstecken und zur Ruhe kommen. Sie musste nachdenken. »Nein. Genug. Was auch immer passiert ist, es wird nicht wieder vorkommen.«

Piers umrundete den Tisch und packte sie am Arm. »Das kannst du nicht wissen«, rief er. »Falls du diese Begabung hast, wird sie nicht mehr weggehen. Sie wird immer da sein und auf einen Funken warten, der sie erneut in Gang setzt.«

»*Falls*. Du sagst nur *falls*«, brüllte Gabria zurück. »Du weißt es nicht sicher. Selbst wenn ich diese Fähigkeit habe, was kann ich denn dagegen tun?« Sie humpelte zum Eingang und hoffte, entwischt zu sein, bevor der Heiler noch etwas hinzufügen konnte.

»Gabran«, sagte Piers ruhig.

Gabria schnitt ihm das Wort ab. »Ich danke dir aufrichtig für deine Hilfe, Heiler.« Dann lief sie hinaus und war verschwunden.

Der Regen hatte schon vor einiger Zeit aufgehört, und die Wolken brachen in große, flaumige Inseln auseinander. Die Sonne fiel durch jede Spalte und bedeckte die Hügel mit unsteten Flecken aus Licht und Schatten. Eine frische Brise blies Gabria von der Steppe hinter dem Khulinin-Treld entgegen. Sie holte tief Luft. Die belebende Kühle entspannte sie ein wenig und half ihr dabei, ihre Gedanken zu ordnen. Bald wusste sie wenigstens, was sie als Nächstes tun musste. Sie wollte Nara finden.

Das Mädchen strich sich über das geschorene Haar und humpelte den Pfad zwischen den großen Zelten entlang in Richtung der fernen Weiden. Nara war vermutlich dort draußen und graste. Gabria wollte unbedingt der beruhigenden Stärke des Hunnuli nahe sein.

Die meisten Männer hatten den Treld verlassen und waren auf Löwenjagd gegangen, doch viele Frauen waren vor die Zelte getreten und genossen die helle Sonne. Niemand grüßte Gabria, als sie vorüberging, und so lief sie rasch voran und versuchte, dem Gefühl der Einsamkeit und des Selbstmitleids nicht nachzugeben.

Als sie endlich die Zaunpflöcke am Rande des Trelds erreicht hatte, humpelte sie wieder stark. Sie hielt an und ruhte sich aus. Auf der Wiese vor ihr richteten einige Männer junge Pferde ab. Eine andere Kriegergruppe übte Bogenschießen. Gabria schreckte vor der Vorstellung zurück, die Wiese zu überqueren, denn wenn sie durch das ganze Treiben laufen und nirgendwo im Weg sein wollte, brauchte sie Schnelligkeit und Gewandtheit. Im Augenblick besaß sie beides nicht.

Sie beobachtete einen Moment lang die Bogenschützen dabei, wie sie ihre Reittiere im vollen Galopp über die Wiese trieben. Sie stießen wie ein Mann wilde Schreie aus, wendeten ihre Pferde, feuerten einen Schwall von Pfeilen über den Rücken auf ein bestimmtes Ziel und zogen sich mit lautem Freudengeheul zu ihrem Ausgangspunkt zurück. Gabria beobachtete verwundert dieses merkwürdige Manöver. Es war eine schwierige Aufgabe, welche Geschicklichkeit im Umgang mit Pferd und Bogen und ein ausgezeichnetes Gefühl für den richtigen Augenblick erforderte. Die Krieger hatten diese Übung fehlerfrei ausgeführt, und das durchsiebte Ziel kündete von ihrer Schussgenauigkeit.

»Sie werden immer besser«, sagte jemand hinter ihr.

Gabria wandte den Kopf und sah Jorlan, den Nachtkommandanten der Ausreiter. Er stand einige Schritte entfernt neben dem Zelt des Beschlagmeisters und hielt ein forsches weibliches Füllen am Halfter. Der Beschlagmeister, ein stämmiger Mann mit gewaltigen Händen, hatte sich das Vorderbein des Füllens zwischen die Schenkel geklemmt und beschlug den Huf.

»Wo haben sie das gelernt?«, fragte sie.

»Das ist Teil einer neuen Taktik, die Athlone ihnen beibringt. Er hat sie von den turischen Reitern übernommen, die Meister des Überraschungsangriffs sind«, erklärte Jorlan.

Gabria warf einen Blick zurück auf die Bogenschützen, die sich zu einem weiteren Lauf aufstellten. »Warum übt sich ein Klan von solcher Größe in Überfalltaktik?«

Jorlan schürzte die Lippen und streichelte den Hals des Füllens. »Lord Medb wird immer mächtiger. Er zieht andere Klane auf seine

Seite oder verfährt mit ihnen wie mit den Corin. Wir sind nicht unbesiegbar. Ich glaube, es wird Krieg geben, bevor der Sommer vorbei ist.«

Der Beschlagmeister schnaubte; es klang so ähnlich wie bei seinen Pferden. »Lord Medb ist ein Narr. Er kann doch nicht im Ernst darauf hoffen, später einmal die gesamte Steppe und alle Klane zu beherrschen. Er wird rasch ausgebrannt sein.«

»Vielleicht«, meinte Jorlan nachdenklich. »Hoffentlich versengt er uns nicht noch vorher.«

Der Beschlagmeister lachte und erschreckte damit das Füllen. »Bleib stehen, Mädchen«, beruhigte er das Tier. »Du bist ja noch verdrehter als mein Weib.«

»Hast du mein Hunnuli gesehen?«, fragte Gabria. Sie wollte nicht über Medb reden. Der Treld wurde immer gefährlicher für sie; am liebsten würde sie weglaufen.

Jorlan deutete auf den Fluss. »Ich glaube, es ist am Wasser. Du bist letzte Nacht gut geritten. Cor tut mir Leid«, fügte er noch hinzu.

»Mir ebenfalls«, gab Gabria zurück. Es gefiel ihr nicht, an diesen Vorfall erinnert zu werden. Sie wollte erst wieder an die vergangene Nacht denken, wenn sie den Treld hinter sich gelassen hatte. Sie drehte sich um, legte die Finger vor die Lippen und stieß einen durchdringenden Pfiff aus. Einen Augenblick lang fragte sie sich, ob Nara ihn gehört hatte.

Dann ertönte als Antwort auf ihren Ruf ein donnerndes Wiehern. Der Laut hallte wie ein Kriegshorn durch den Khulinin-Treld. Jedermann hielt inne und lauschte dem freudigen und stolzen Wiehern. Auf der Wiese erstarb jede Bewegung. Sowohl die Menschen als auch die Pferde schauten auf, als Nara auf dem Kamm eines fernen Hügels erschien. Sie wieherte noch einmal. Diesmal war es ein Gruß. Gabria spürte die Freude der Stute und lachte vergnügt auf.

Das Mädchen pfiff ein weiteres Mal. Nara sprang mit wehendem Schweif den Hügel hinunter und galoppierte auf den Treld zu. Ihre Mähne wippte wie Gras in einem herannahenden Wirbelwind; ihre Hufe blitzten, als sie die Beine nach vorn warf. Wie ein schwarzer Komet fiel sie in der überfüllten Wiese ein und jagte an Menschen und Pferden vorbei, die vor der Kraft und Erhabenheit des Hunnuli zurückwichen. Die Stute donnerte den Hang hinauf und kam kurz vor Gabria rutschend zum Stillstand. Nara schnaubte zart.

Gabria lachte noch einmal auf und hörte die erregten Rufe der Männer in ihrer Nähe. Sie ergriff die Mähne des Hunnuli und stieg auf. »Los, bitte!« Nara wirbelte herum und rannte los, um den Wind in der Ebene zu erhaschen.

Jorlan sah ihnen nach und grinste. »Für so etwas würde ich meine besten Stuten hergeben.«

Die Stute trug Gabria am Ufer des Goldrine entlang bis zum Taleingang, galoppierte an den beiden Gipfelwächtern vorbei und hinaus in die Steppe.

Hinter Marakor und seinem Zwilling fiel das Vorgebirge zum Steppenland von Ramtharin ab. Das nicht sonderlich fruchtbare Grasland erstreckte sich vom Schatten der Berge bis hin zum verschwommenen Horizont. Diese Ebene war ein endloses Land, das die Menschen allein durch seine gewaltige Ausdehnung und seltsame Atmosphäre einschüchterte; dergleichen gab es in den übrigen von den Klanen bewohnten Ländern nicht. Was die Hochsteppe vor allem ausmachte, waren der endlose Wind, der die Felsen abschliff und das lange Gras beugte, die groben Farben in unzähligen Schattierungen, der durchdringende Duft der widerstandsfähigen Büsche, die in jeder Senke wuchsen, und die bitteren Winterstürme sowie die sommerliche Hitze und Dürre. Die Steppe war ein leeres, auf den ersten Blick wenig einladendes Land, doch es sagte den Klanen und ihren rastlosen Herden zu und wurde von ihnen heiß geliebt.

Nara galoppierte nach Osten und folgte dem Goldrine. Sie spürte, dass Gabria etwas bedrückte, doch sie behielt ihre Gedanken für sich und wartete, bis ihre Reiterin darüber reden wollte.

Als der Marakor hinter ihnen immer kleiner wurde und Gabria nicht mehr die Blicke der Khulinin auf sich ruhen spürte, entspannte sie sich und machte es sich auf Naras breitem Rücken bequem. Das Hunnuli wurde langsamer, und sie trotteten gemächlich neben dem seichten, breiten Flusslauf her. Der Wind, der ihnen entgegenblies, war kühl vom Morgenregen und durchtränkt vom schweren Geruch des nassen Landes. Enten paddelten in den Seitenarmen des Flusses und einige Antilopen beobachteten Ross und Reiter aus sicherer Entfernung.

Gabria stieß einen langen Seufzer aus. »Er hat mich der Zauberei angeklagt, Nara«, sagte sie schließlich.
Wer?
»Der Heiler. Er glaubt, ich habe Cor beim Kampf in der letzten Nacht mit irgendeiner verbotenen Kraft zu Boden gestreckt. Und das Schlimmste daran ist, dass ich nicht weiß, ob Piers Recht hat.«
Warum glaubt der Heiler, dass du Magie eingesetzt hast?
Gabria schüttelte verzweifelt den Kopf. »Cor wurde durch etwas verletzt, das man die Trymianische Kraft nennt. Piers sagt, ich sei die Einzige, die den Krieger angegriffen habe. Er ist der Meinung, dass ich die angeborene Fähigkeit besitze, Magie auszuüben ... aber er hat keinen Beweis dafür.« Sie schwieg eine Weile und fügte dann hinzu: »Letzte Nacht hatte ich einen Traum. Er war schrecklich.«
Über Zauberei?
»Ja. O Nara, seit meiner Geburt hat man mir gesagt, dass Magie etwas Schädliches und Verderbliches ist. Aber ich bin nicht böse. Unmöglich.« Gabria schlang die Arme um den Hals des Hunnuli und hielt sich daran fest. Das Mädchen wollte an sich selbst glauben und an das Gute, das ein Teil von ihr selbst und ihrer geliebten Familie war. Wenn sie wirklich eine magische Begabung haben sollte, blieb ihr nur die Hoffnung, dass ihre Ansichten über Zauberei falsch waren. Niemals würde sie sich damit abfinden können, dass sie ein böser Mensch wäre.

Nara hielt an. Sie drehte den Kopf so weit nach hinten, dass ihre glänzenden schwarzen Augen in Gabrias unglückliches Gesicht sahen. *Was glaubst du, wie sind die Hunnuli zu dem geworden, was sie sind?*

Gabrias Kehle zog sich zusammen. »Sie wurden von den Göttern erschaffen. Amara formte die erste Stute und Surgart paarte sich mit ihr in der Gestalt des Windes.« Sie sprach langsam, als wäre sie sich unsicher.

Dieser Teil stimmt, aber unsere Schöpfungsgeschichte geht weiter. In der Morgendämmerung der Welt waren wir und die harachanischen Pferde eins.

Gabria holte tief Luft. Ihr war, als stünde sie am Rand einer Gletscherspalte. Hinter ihr lag ihr Leben mit seinen unveränderten Überzeugungen und Ansichten. Vor ihr jedoch lauerten neue Gedanken und seltsame Wahrheiten, von denen die seltsamste in der Tatsache bestand, dass es sich bei Magie nicht um eine böse Macht handelte. Sie musste nur noch die Spalte überspringen und dem Hunnuli den Rest der unausgesprochenen Fragen stellen. Das Mädchen erahnte bereits den wesentlichen Kern der Antworten, doch die unbekannten Bereiche, in welche ihr neues Wissen sie führen würde, ängstigten sie mehr als alles andere. Es konnte eine völlige Abkehr von ihrer bisherigen Art zu leben und zu denken bedeuten. Es konnte bedeuten, dass die Klane seit zweihundert Jahren an eine Lüge geglaubt hatten.

Nara regte sich nicht. Mit mitleidigem Blick wartete sie darauf, dass Gabria etwas sagte. Gabria fuhr mit dem Finger behutsam über das weiße Blitzzeichen auf Naras Schulter und versuchte den Mut zu finden, die große Frage in ihrem Kopf in Worte zu kleiden.

Der gezackte Blitz war das Zeichen der Götter auf einem Tier, das sie liebten. Die harachanischen Pferde trugen dieses Blitzzeichen nicht, und doch hatte Nara gesagt, sie und die Hunnuli besäßen denselben Ursprung. Warum also trugen die Hunnuli das Zeichen der Gunst, die Harachaner aber nicht?

»Was ist dann geschehen?«, fragte sie so leise, dass selbst Nara sie kaum verstehen konnte.

Aber das Hunnuli begriff die Tiefe dieser Frage. *In euren Legenden gibt es eine Geschichte über Valorian, in der er Amaras Krone vor den Dämonen von Sorh rettet. Bei seiner Flucht half ihm ein schwarzer Hengst. Das Pferd wurde durch einen Feuerpfeil schwer verletzt, und nachdem Valorian der Göttin die Krone zurückgegeben hatte, pflegte er das Pferd gesund. Aus Dankbarkeit für seine Hilfe gebot die Göttin, dass der Hengst auf immer Valorians Reittier sei und all seine Nachkommen die weiße Narbe als Ehrenmal tragen sollten. Danach lehrte Valorian das Pferd, mit ihm zu reden und ihn zu beschützen. Er machte den Hengst unverwundbar; keine Magie und nichts Böses konnten ihm mehr etwas anhaben. Durch diese Zauberei schenkte der Held dem Hunnuli ein neues Leben.*

Die Spalte war überprungen. Gabria spürte, wie ihr Körper heiß wurde und ihre Hände zitterten. »Valorian war ein Zauberer?«

Es gibt viele Dinge, die eure Priester euch nicht erzählen.

»Nara, ich glaube, ich will zurück in den Treld.«

Das Hunnuli wieherte sanft und kam der Bitte nach. Leichtfüßig lief es zum Lager zurück und ließ Gabria dabei genug Zeit, die Neuigkeiten zu überdenken, die soeben ihren Glauben erschüttert hatten. Es würde Tage dauern, bis das Mädchen sich damit abfand, dass Magie ein Teil ihres Selbst war – Nara hatte dies seit ihrer ersten Begegnung mit Gabria gewusst – und noch viele weitere Tage, bis sie den Umfang ihrer Macht begriffen hatte. Aber irgendwann würde es so weit sein. Gabria musste aus dem Käfig ihrer Vorurteile ausbrechen und ihre magische Befähigung anerkennen, wenn sie wirklich überleben und Lord Medb besiegen wollte.

Am Rande des Trelds saß Gabria ab und stand einen Augenblick reglos da. Sie kämpfte mit den Tränen, die auf ihren Lidern zitterten. Dann strich sie mit den Fingern über das schwarze Haar am Widerrist des Pferdes. »Ich habe Zauberei mein Leben lang gehasst.« Sie verstummte und schluckte schwer. »Du sagst mir, du bist ein Geschöpf der Magie, aber ich kann dich nicht hassen. Du bist mein Freund.« Gabria biss die Zähne zusammen und marschierte den Hügel hinauf zur Halle. Nara beobachtete sie kurze Zeit, dann wieherte sie und kehrte zu den stillen Weiden am Rand des Khulinin-Trelds zurück.

Sieben

In diesem Jahr war der Frühlingsregen sehr stark. Sein Wasser füllte die Flüsse und Bäche und überschwemmte die tiefer gelegenen Täler. Tagelang fiel der Regen ohne Unterbrechung in launischen Güssen, bis die Zelte allmählich verfaulten, die Tiere krank wurden und die Gemüter sich erhitzten. Der Goldrine trat über die Ufer und bedrohte die Herde der trächtigen Stuten im Tal, sodass sie in Unterstände innerhalb des Lagers verbracht werden mussten. Die Felder wurden zu Sümpfen, und die Pfade durch den Treld verwandelten sich in trügerische Rutschbahnen.

Bald war die Halle der einzige trockene Ort im Khulinin-Treld und wimmelte vor Leuten, die einen Unterschlupf suchten. Nachts saßen die Klanmänner um das Feuer, leerten den restlichen Wein und berichteten flüsternd über Medbs verbotene Zauberpraktiken. Sie fragten sich, ob Medb möglicherweise bereits so mächtig geworden war, dass er das Wetter beherrsche. Hoffte er, die Moral der Klane zu untergraben, indem er ihre Herden in Gefahr brachte, ihre Zelte zerstörte und ihre Nahrungsmittel verdarb? Wollte er ihnen seine Macht unter Beweis stellen?

Diese Gerüchte breiteten sich bis zu den fernsten Klanen aus, deren Häuptlinge sich bislang kaum Sorgen über Medbs Machtpläne gemacht hatten. Medbs Name war bald in aller Munde, und der Einfluss seiner wirklichen oder eingebildeten Taten verbreitete sich wie immer dichter werdender Nebel. Die Geschichte über das Massaker im Corin-Treld sprang von Klan zu Klan. Das erste Entsetzen und die erste Empörung über diese Tat wichen bald den Beschönigungen. Die Leute hörten zwar aufmerksam zu, doch niemand wollte der Tatsache ins Auge sehen, dass die Corin abgeschlachtet worden waren. Klankämpfe waren ein normaler Zeitvertreib und wurden zur Unterhaltung, aus Rache oder Gewinnstreben ausgefochten. Aber es war für jeden Klanmann einfach unvorstellbar, dass ein ganzer Klan vorsätzlich ausgelöscht wurde.

Dennoch war das Massaker Wirklichkeit und die Häuptlinge wussten tief in ihrem Innern, dass so etwas jederzeit wieder geschehen konnte. Unglücklicherweise war niemandem völlig klar, warum die Corin ermordet worden waren. Es war allgemein bekannt, dass Dathlar Medb verabscheut hatte. Vielleicht hatte sich der Häuptling der Corin mit dem Lord der Wylfling einfach zu oft angelegt und nun den geballten Zorn von Lord Medb zu spüren bekommen. Mehrere Klanoberhäupter waren der Meinung, es sei aus diesem Grund weise, nicht Lord Medbs Missfallen zu erregen. Im Geheimen empfingen sie bereits die Unterhändler der Wylfling und lauschten den Verprechen von Reichtum und Macht, die sie im Austausch für ein Bündnis mit Medb erhalten würden.

Lord Branth von den Geldring wartete lediglich die Trauerzeit für Lord Justar ab, bevor er die Witwe des toten Häuptlings heiratete und Lord Medb Gefolgschaft schwor. Inzwischen durchstreiften Massen von Ausgestoßenen in gut bewaffneten und berittenen Banden wie Räuberhorden die Steppe. Es kam zu keinen offenen Gewalttaten, aber häufig fand man das Vieh niedergemetzelt oder Pferde fehlten, nachdem eine der Banden durch ein Klangebiet gezogen war. Diese Plünderungen machten die Klanmitglieder wütend und vorsichtig, aber die Banden waren so groß und bewegten sich so schnell, dass die einzelnen Klane nur wenig gegen sie ausrichten konnten. Allein der Rat der Lords, der jeden Sommer beim Treffen der Klane tagte, war befähigt, ein gemeinsames Vorgehen gegen die Ausgestoßenen zu beschließen. Unglücklicherweise würden sich die Lords erst in drei Monaten wieder zusammen setzen.

In seiner gewaltigen Halle am Südrand der Steppe nahm Lord Medb die Nachrichten von seinen Spionen und Boten entgegen und beobachtete mit wachsendem Vergnügen, wie ihm die Früchte seiner Bemühungen allmählich in den Schoß fielen. Jede Nacht zog er sich in eine Geheimkammer zurück und brütete über den brüchigen Seiten eines uralten Buches, das er einem Bettler in Pra Desch abgekauft hatte. Er war immer noch erstaunt, dass das legendäre *Buch des Matrah* ihm in die Finger gefallen war. Matrah, der größte der Klanzauberer, war bei der Zerstörung von Moy Tura ums Leben gekommen. Trotz jahrelanger Suche hatte niemand sein Buch entdeckt. Diese Handschrift enthielt Hinweise auf geheimwissenschaftliche Studien aus drei Jahrhunderten, und etliche Männer hatte es nach dem unbezahlbaren Werk gelüstet. Nach langer Zeit war das Manuskript nun von einem verlotterten Mann entdeckt worden, der die Ruinen der Zaubererstadt durchsucht hatte, und wie durch göttliche Vorsehung war es in Medbs Besitz gelangt. Das Buch hätte so leicht vernichtet werden oder einem anderen Mann in dieHände fallen können. Stattdessen aber war es zu Medb gekommen. Jetzt besaß er die Mittel, seine Verkrüppelung – hervorgerufen durch ein tobendes Hunnuli – zu bezwingen, und die Macht, seine Träume zu verwirklichen. Kein Mann und kein Heer konnten ihm Widerstand leisten, solange ihm die Mächte der Magie zu Gebote standen. Er würde sich ein Reich schaffen.

Zu Medbs großer Belustigung stammte der Regen nicht von ihm, und dennoch war er ein Glied in der Kette der Ereignisse, die unweigerlich zu seinem Sieg führen mussten. Die durch das Wetter hervorgerufenen Zerstörungen und Unruhen untergruben das Selbstvertrauen der Klane, und die andauernden Stürme hielten sie voneinander getrennt, während Medb unablässig an Stärke gewann. Es würde nicht mehr lange dauern, bis er den nächsten Teil seines Plans in die Tat umsetzen könnte.

Gegen Ende des Frühlings hörte der Regen schließlich auf. Die Khulinin machten sich dankbar daran, die verrotteten Zelte auszubessern, das Geröll fortzuräumen, die ersten frischen Nahrungsmittel des Jahres zu sammeln und sich um das Vieh zu kümmern. Viele der zotteligen, langbeinigen Ziegen waren durch die Nässe krank geworden, und zu viele der neugeborenen Zicklein hatten nicht überlebt. Es dauerte Tage, bis die letzte Ziege wieder gesund war und man die Verluste zählen konnte. Den trächtigen Stuten war es etwas besser ergangen. Als das Tal langsam trocken wurde, ließ man sie frei, damit sie das üppig grüne Gras abweideten, das wie ein Teppich aus dem Schlamm spross.

Auch Cor erholte sich und kehrte zu seinen Pflichten zurück, doch es war für jedermann deutlich sichtbar, dass Gabrias Schlag mehr als nur seine Aussichten auf eine Vaterschaft zunichte gemacht hatte. Er war verbittert und verschlossen und nährte in sich einen Hass, der seine Seele auffraß. Als die Berge schließlich trocken genug waren, um die Jagd nach dem Löwen wieder aufzunehmen, zog Cor allein los und kam nach fünf Tagen mit der toten Bestie über dem Sattel zurück. Er zollte weder den Jubelrufen und Glückwünschen noch Savarics Dankgeschenken Beachtung und warf die tote Katze Gabria vor die Füße.

»Dein ergebener Diener«, knurrte er sie an und stolzierte davon.

Gabria brauchte ihm nicht erst in die Augen zu sehen, um zu wissen, dass das nicht seine letzten Worte an sie gewesen waren. Zum Glück hatte Cor seine Habseligkeiten von der Halle zum Zelt seines Vaters gebracht. Vorerst würde er sie also in Ruhe lassen.

Langsam kehrte das Leben wieder in die gewohnten Bahnen zurück. Die Ziegen wurden geschoren und Fellmatten für neue Zelte hergestellt. Die Frauen spannen und webten. Die Männer und Pferde kehrten zu ihren Kampfübungen zurück. Jedermann hatte zu viel zu tun, um sich über Phantome zu sorgen. Medb verblasste zu einem Ärgernis in weiter Ferne, und die Anforderungen des täglichen Lebens überlagerten alle Gedanken an Krieg.

Der einzige Schatten, der auf die Vergnügungen des Frühlings fiel, war Pazrics Verschwinden. Der zweite Wertain war nicht aus der Wüste zurückgekehrt, und Savaric machte sich Sorgen um ihn. Es sah Pazric nicht ähnlich, so lange fortzubleiben und keine Nachricht zu schicken. Doch der Klan hatte noch andere Sorgen. Die Zeit der Pferdeniederkunft war gekommen, und alles musste vorbereitet werden. Mit der Länge der Tage wuchs auch die Aufregung. Viele Leute beteten im Stillen zu den Göttern, das Unglück, das der Corin mit sich gebracht hatte, möge das kommende Ereignis nicht beeinträchtigen.

Eines Nachts spürte Nara Unruhe unter den Stuten. Gabria weckte den Klan auf, und am Morgen war das erste Fohlen geboren. Nass und unbeholfen kämpfte es sich auf die Beine, während die Khulinin in stiller Ehrfurcht und Dankbarkeit zusahen. Allen Anzeichen zufolge würde die Niederkunft der Stuten gut verlaufen: Das Erstgeborene war ein brauner Hengst und so stark wie ein Löwe.

Als ob das Wetter den schrecklichen Regen wieder gutmachen

wollte, waren die folgenden Tage wunderbar warm und trocken. Die trächtigen Stuten fühlten sich offenbar wohl, und keine Nacht verging ohne die Geburt eines oder zweier Fohlen. Die Neugeborenen schlugen auf den sprießenden Wiesen neben ihren Müttern Kapriolen und hatten keine Ahnung davon, in welchem Maße sie den Fortbestand des Klans sicherten.

Gabria empfand in dieser Zeit keine große Freude. Sie war ganz in ihren Gedanken und Sehnsüchten versunken und versuchte, mit ihrem wankenden Glauben an Magie zurechtzukommen. Das Wachsen der Khulinin-Herde bedeutete ihr nicht viel, abgesehen davon, dass die Feindseligkeiten ihr gegenüber nun abnahmen. Sie freute sich für Savaric, denn sie mochte ihn, aber die Angelegenheiten des Klans waren unwichtig für sie.

Athlone war ihr gegenüber immer noch misstrauisch. Er spürte ihre Gleichgültigkeit und wachte streng über sie. Ihre Übungszeiten wurden länger und anstrengender, denn Athlone versuchte, Gabrias Deckung niederzureißen. Gabria mochte ihn überhaupt nicht, und es bedrückte sie, dass sie ihm nicht aus dem Weg gehen konnte.

Gabria musste jedoch zugeben, dass er sie trotz seiner Gereiztheit gut unterrichtete. Der Wertain fand schnell jeden Fehler heraus, doch seine Urteile waren gerecht. Das Mädchen verstand, warum der Werod ihm bedingungslos ergeben war. Athlone war äußerst stolz, mutig und pflichtbewusst und erhielt alles, was er gab, in vollem Umfang zurück.

Als der Frühsommer gekommen war, verspürte Gabria bereits widerwillige Hochachtung für den Wertain. Dank seiner eingehenden Ausbildung hatten sich ihre Muskeln gehärtet und ihr Gleichgewichtsgefühl sowie ihre Körperbeherrschung verbessert. Außerdem war das Schwert jetzt für sie so etwas wie ein verlängerter Arm. Athlone zeigte ihr gegenüber weder Gnade – genau wie es Lord Medb tun würde – noch Freundschaft. Nur selten gab er ihr eine kleine Ermunterung; danach trieb er sie sofort zu neuen Anstrengungen. Ohne seine Hilfe hätte sie niemals eine solche Kriegstüchtigkeit erlangt. Wenn er doch nur sein Misstrauen ablegen würde!

Gabria hatte während der Niederkunft der Stuten nur wenig Gelegenheit, sich zu entspannen, und noch weniger, als das Fest der Rechtgeburt nahte. Die Rechtgeburt war Ausdruck des Dankes an die Mächte der Geisterwelt, die den Klanen und ihren Herden Fruchtbarkeit verliehen. Der alles beherrschende Lebensgeist war die Muttergottheit Amara. Ihr zu Ehren wurde das Fest der Rechtgeburt gefeiert. Sie war die Schenkerin des Lebens, die Macht, die es erhielt, und die Hüterin des Klans und seines Fortbestandes.

Amara war jedoch nur Teil eines größeren Ganzen. Während Amara die gute Seite des Lebens darstellte, war ihre Schwester Krath die böse Seite. Krath herrschte über die ungezügelten Leidenschaften, über Heimlichkeiten, Gewalt und Neid. Sie besaß die Macht zu zerstören – nicht wie ihre Brüder, die beiden Kriegsgötter, sondern auf geheimere, langsamere und unmerkliche Weise. Zusammen bildeten Krath und Amara ein Ganzes, das in den Frauen des Klans verkörpert wurde.

Seltsamerweise galten Frauen als den Männern körperlich unterlegen. Doch weil die Frauen die Fähigkeit hatten, Leben weiterzugeben, waren sie mit größerer spiritueller Macht ausgestattet. Die Männer glaubten, die kleinere, schwächere Gestalt der Frau sei Ausgleich für die innere Stärke, die ihr die Gebärkraft verlieh. Daher war es nur natürlich, dass die Frauen, die wahren Nutznießer der Gnade Amaras, das Dankritual während der Rechtgeburt durchführten.

Vor dem Massaker hatte Gabria das Fest der Rechtgeburt jedes Mal genossen. Die geheimen Riten der Fruchtbarkeitszeremonie und die Gebete für die Herde waren die ersten Worte, die sie gelernt hatte, und die Freudenfeste, welche die ganze Nacht hindurch dauerten, hatten für sie die schönsten Stunden des ganzen Jahres bedeutet. Doch dieses Jahr wagte sie es nicht einmal, die Lieder mitzusummen. Als das letzte Fohlen geboren war und sich der Zug der rot gewandeten Frauen vor der Halle bildete, versteckte sich Gabria in Piers' Zelt. Sie durfte nicht das Risiko eingehen, sich in dieser Nacht durch ein unbedachtes Wort zu verraten.

Während die Frauen schweigend zu den weit vom Treld entfernten Grabhügeln des Klans zogen, um die Rituale in Gegenwart ihrer Ahnen durchzuführen, blieben die Männer zurück und warteten darauf, dass der Vollmond den Zenit erreichte und die Rituale endeten. Ihnen waren die Mysterien der Rechtgeburt unheimlich, doch sie genossen die wilde Ausgelassenheit der Feiern nach der Beendigung der Rituale. Solange die Göttin den Klan segnete, durften die Frauen in dieser Nacht machen, was sie wollten.

Es war ein wunderbarer Abend für die Rechtgeburt. Der Mond hing wie eine Perle an der Brust der Nacht. Als der Wind sich legte, wurden die Trommeln und Flöten lauter, und Fackeln tanzten auf den fernen Grabhügeln umher. Eine erwartungssatte Stille legte sich über das Lager. Sogar die Tiere waren ruhig. Die Pferde beobachteten aufmerksam die flackernden Flammen, und die Hunde blieben dicht bei ihren Herren.

In Piers' Zelt hörte Gabria die Musik über der Stille des Lagers wogen wie Wind über der Erde. Die Melodien zerrten an ihr und reizten sie dazu, sich zu wiegen und die vertrauten Worte mitzusingen. Der Trommelschlag trieb ihre Erinnerung zum Feld der Corin, wo sie vom Fruchtbarkeitswein getrunken und der Göttin zu Ehren getanzt hatte. Das Mädchen schlang die Arme um die Knie, als die Gesänge ertönten. Sie benötigte ihre ganze Willensstärke, um den Körper still zu halten und wie ein unbeteiligter Junge beim Feuer hocken zu bleiben. Piers war zwar fort, aber er konnte jederzeit zurückkommen, und sie wollte sich jetzt noch nicht offenbaren.

Als die Musik ihren Höhepunkt erreichte und die Frauen triumphierend aufschrien, seufzte Gabria tief. Die letzten Worte der rituellen Segnung kamen ihr in den Sinn. Es war vorbei. Jetzt würden die Frauen zurückkehren, die Herden segnen und das erstgeborene Fohlen dankbar zu Amara schicken. Bald würde der ganze Klan feiern.

Gabria hörte schon, wie die Musikanten ihre Instrumente stimmten, und sie vernahm die erregten Gespräche der wartenden Männer. Für einen Augenblick dachte sie daran, sich ihnen anzuschließen, doch sie war so müde, als hätte sie das Ritual persönlich abgehalten. Sie ertrug jetzt keine ausgelassene Fröhlichkeit. Stattdessen rollte sie sich in ein Laken und starrte auf die Flammen in Piers' verlöschendem Feuer. Das Mädchen spürte eher das Herannahen eines Menschen, als dass sie es hörte. Sie war sofort hellwach.

»Du bist herzlich eingeladen, mit uns zu feiern«, sagte Athlone mit sanfter Stimme vom Eingang her.

Gabria blickte zu seiner schattenhaften Gestalt am Rande des Feuerscheins auf. Wie Nara in jener Nacht in der Senke, dachte sie überrascht. Auch seine Augen funkelten in dem flackernden Licht, als er sie ansah. Er wirkte wachsam, aber nicht bedrohlich.

»Ich kann nicht«, erwiderte sie und hoffte, dass er verstehen und gehen würde.

Einen Atemzug lang war der Wertain still, dann sagte er: »Du hast meinem Vater in den letzten Tagen gut gedient. Mach weiter so.« Die Zeltklappe fiel hinunter. Er war fort.

Gabria starrte die schwarze Wand noch lange an.

Bei Anbruch der Morgendämmerung schlief der Klan noch; alle waren mit dem Fest der Rechtgeburt sehr zufrieden gewesen. Gabria erwachte zeitig und schlüpfte aus Piers' Zelt. Der Heiler war sehr spät heimgekommen. Er hatte nach Wein gestunken und war auf seinem Bett zusammengebrochen. Sie bezweifelte, dass er sie gesehen hatte. Das Lager war still zu dieser frühen Stunde. Nirgendwo war ein Zeichen von Athlone zu sehen, wie Gabria erleichtert feststellte. Die Sonne hatte sich kaum über den Horizont erhoben, doch es wurde bereits heiß und die ersten Fliegen summten durch die Luft.

Sie nutzte die Gunst der Stunde und verbrachte einige Zeit allein. Einsamkeit war ein seltenes Geschenk in einem großen Treld, und Gabria wollte sich diese Gelegenheit nicht entgehen lassen. Sie fand Nara, und gemeinsam entwichen sie aus dem Lager und galoppierten in die Berge. Nur Nara hatte bemerkt, dass sie verfolgt wurden.

Hoch über dem Khulinin-Treld entdeckte Nara einen Fluss, der gurgelnd in eine Schlucht stürzte und tief unten in den Goldrine mündete. Die Stute ging flussaufwärts. Sie bahnte sich einen Weg durch dichtes Gebüsch und folgte Pfaden, die nur sie allein sehen konnte. Sie führten an kleinen Sümpfen vorbei und durch Brombeerhecken und struppiges Unterholz. Bald wurde der niedrige Bewuchs von einzelnen Bäumen und kleinen Wäldchen abgelöst, und die Stimme des Wassers im Kieselbett klang lauter. Nara kletterte immer höher und tiefer ins Gebirge hinein, während die Sonne Gabrias Rücken wärmte.

Schließlich musste die Stute vor einer steilen Felswand anhalten, über die sich der Wasserlauf in glitzernden Kaskaden ergoss. Vorspringende, mit dunkelgrünem Moos gepolsterte Steine teilten das herabstürzende Wasser in schmale Ströme, die in Dunst gehüllt waren und von den Sonnenstrahlen vergoldet wurden. Das Wasser sammelte sich in einem tiefen, schäumenden See, bevor es sich weiter auf den Weg hinunter zum Fluss machte. Feuchte, grau-grüne Flechten hafteten an den Kiefern und Wacholdern, die in der Nähe des Wasserfalls wuchsen. Ein dünner Teppich aus Gras, Kräutern und Wildblumen bedeckte den sonnengefleckten Boden. Ein Eichhörnchen schnatterte im Geäst und eine Libelle glitt über das Wasser.

Gabria stieg von der Stute ab und tauchte die Finger in das kühle Wasser. »Ich möchte schwimmen gehen«, sagte sie und schaute glücklich auf den See.

Nara warf einen kurzen Blick zurück zu dem Weg, auf welchem sie hergekommen waren. Ihre Nüstern flatterten unter einem sanften Schnauben. *Sei vorsichtig. Ich bin gleich zurück.*

Gabria erschrak. »Warte. Wo sind ...« Doch Nara war schon fort. Das Mädchen wunderte sich sehr über den schnellen Aufbruch des Hunnuli, aber vielleicht wollte die Stute ja bloß auf der angrenzenden Wiese grasen. Gabria zuckte die Achseln. Für sie war nur mehr das kalte, klare Wasser von Bedeutung, das unter dem glitzernden Nebel auf sie wartete.

Sie riss sich die Kleider vom Leib – die Knabenhose, das Hemd und den Lederhut, die sie zu hassen gelernt hatte – und tauchte nackt in den See ein. Es war köstlich. Sie glitt durch das Wasser wie ein Otter. Die Luftblasen kitzelten auf der Haut und das Wasser floss schmeichelnd über ihren Körper und wusch jede Spannung und Müdigkeit fort. Gabria rieb sich den Staub und Schweiß ab und fuhr sich mit den Fingern durch die Haare; dann entspannte sie sich und badete in dem gesprenkelten Sonnenlicht.

Es tat so gut, alles zu vergessen und ganz sie selbst zu sein, ohne dass Schuld und Doppelzüngigkeit sie belasteten. Hier ruhten nicht andauernd Blicke auf ihr, hier gab es nichts Böses, keine Täuschungen, keine Erinnerungen. Sie war wieder eine Frau. Gabria kicherte, als eine Wasserpflanze ihr über die Schenkel strich; dann streckte sie sich behaglich und schwamm auf den Wasserfall zu.

Plötzlich hörte Gabria über dem Lärm des herabstürzenden Wassers das Wiehern eines Hunnuli. Nara! Dann antwortete ein anderes

Pferd, und ihr Herzschlag setzte aus. Es gab in dieser Gegend nur ein weiteres Hunnuli ...

»O Götter«, murmelte sie und erhob sich aus dem Wasser.

»Hallo, Gabran.«

Angst drehte Gabrias Magen um. Sie fiel zurück in den See und stieß gegen die Felswand neben dem Wasserfall. Athlone stand am Ufer neben ihren Kleidern. Lässig stieß er mit der Fußspitze gegen ihr Schwert und zog seinen eigenen Schwertgürtel aus.

»Wie ist das Wasser?«, fragte er beiläufig.

Sie starrte ihn in stummem Entsetzen an. Er zog sein Hemd aus und schnürte die Stiefel auf. »Ich bin dir gefolgt, weil ich sicher sein wollte, dass du nicht in Schwierigkeiten gerätst. Diese Berge sind manchmal sehr tückisch.« Seine Hose gesellte sich zu dem Kleiderhaufen und er reckte und streckte sich im warmen Sonnenlicht. Sein Körper war schlank, muskulös und von weißen Narben übersät. »Ein Bad ist eine ausgezeichnete Idee. Ich glaube, ich leiste dir Gesellschaft.«

Gabria sah, wie er in den See sprang, und verbarg das Gesicht im Moos. »O Göttin«, betete sie. »Hilf mir.«

Während er ihr entgegenschwamm, schoss das Mädchen auf das jenseitige Ufer zu und hoffte, sie könnte sich verstecken, bevor der Wertain ihren Körper sah. Aber das kristallklare Wasser verriet sie. Es gab nichts, womit sie ihre geschwungenen Hüften oder die Schwellung ihrer Brüste verbergen konnte.

Athlone hielt plötzlich mitten im Schwimmen inne. Er starrte sie an und sein Blick gefror in Erstaunen und verblüffter Erkenntnis.

Gabria schwamm nicht mehr fort. Sie hob den Kopf und sah ihm in die Augen. Das Wasser rann über ihre Brüste. »Und was jetzt, Wertain?«, fragte sie herausfordernd.

Ohne Vorwarnung sprang er sie an. Er packte sie an den Armen, bevor sie eine Bewegung machen konnte. Die aus seinen Augen hervorbrechende Wut nahm sie gefangen. »Bei allen Göttern«, knurrte er. Er drückte sie ins Wasser, packte ihr Haar mit einer Hand und ertastete mit der anderen ihre Brüste, als könnte er seinen Augen nicht trauen. Gabria bekam eine Gänsehaut unter seinem Griff und schloss die Augen. Er schüttelte sie durch und brach ihr dabei fast das Genick.

»Eine Frau«, spuckte er aus. »Bist du Medbs kleine Spionin?« Er drückte sie unter Wasser, bis ihre Lungen brannten; dann zog er sie wieder heraus. Sie schnappte nach Luft wie ein Fisch auf dem Trockenen. »Wer bist du?« Athlone tauchte sie erneut unter, ohne eine Antwort abzuwarten.

Gabria zerrte an seinen Handgelenken, doch sie vermochte seinen Griff nicht zu lockern. In diesem Augenblick hätte sie fast alles für ihr Schwert gegeben. Unerklärlicherweise empfand sie eher Wut als Angst. Unbändiger Groll brandete in ihr auf.

Abermals zog Athlone ihren Kopf aus dem Wasser. »Schandhaftes Schwein!«, schrie er. »Wer hat dich losgeschickt, damit du im Treld meines Vaters deine Lügen verbreitest?«

Gabria brüllte vor Wut auf und trat nach Athlones Bauch. Er wich dem Tritt aus und tauchte sie ein drittes Mal unter. Sie kämpfte wie rasend gegen seinen gnadenlosen Griff an, bis ihre Lunge zu platzen drohte und das Blut hinter den Augen pochte. Trotz ihrer Ausbildung war sie in einem unbewaffneten Kampf kein ernst zu nehmender Gegner für den Wertain. Er war stärker, schwerer und erfahrener als sie. Aber vielleicht konnte sie ihn überraschen.

Plötzlich wurde das Mädchen schlaff und schickte ein paar Luftblasen nach oben. Ihr Kopf schmerzte schrecklich, doch sie konzentrierte sich ganz darauf, jeden einzelnen Muskel zu entspannen und wie tot im Wasser zu treiben. Athlone lockerte seinen Griff. Als sie spürte, wie seine Hand nachgab, zog sie die Beine an, drückte sich fest vom Grund des kleinen Sees ab und rammte den Kopf in Athlones Bauch. Er krümmte sich keuchend und fluchend zusammen. Gabria floh auf das Ufer zu. Sie kletterte über die feuchten, bemoosten Steine. Er setzte ihr nach. Das Mädchen warf einen Blick zurück und sah den Wertain wie einen wild gewordenen Hengst durch das Wasser stampfen; sein Gesicht war wutverzerrt und in den Augen loderte ein dunkles, mörderisches Feuer. Gabria rannte verzweifelt auf ihre Kleider zu. Ihre Finger fanden den Dolch. Sie wirbelte herum und sah, wie Athlone aus dem Wasser stürzte.

»Bleib mir vom Leibe, Wertain!«, schrie sie und drückte sich mit dem Rücken gegen einen Baum.

Athlone hielt einen Augenblick inne; seine Augen waren auf ihr Gesicht gerichtet. »Zeig deine Zähne, Viper. Selbst Medbs Schlangen kann man zertreten.« Er kam näher.

Gabrias Augen brannten in grünem Feuer, doch sie blieb mit dem Rücken gegen den Baum gelehnt.

»Medbs Hure«, höhnte er. »Hast du so das Massaker an den Corin überlebt? Hast du für ihn die Beine breit gemacht – und für seine Ausgestoßenen?«

Brennende Wut betäubte Gabrias Sinne und entzündete die blaue Flamme ihrer geheimen Macht. »Verflucht seist du!«, brauste sie auf, ohne die anwachsende Magie in ihr zu spüren. »Du weißt überhaupt nichts. Du bist genauso schlecht wie Medb und wühlst auf der Suche nach einem Fetzen Selbstachtung in Leichen herum. Du knurrst und schnappst wie ein zahnloser Hund.«

Athlone lachte. »Besser, so wie Medb zu sein, als einer seiner winselnden Verstoßenen. Wirst du vor mir im Dreck kriechen, um wieder einmal dein Leben zu retten?«

Gabria sprang den Krieger wie eine in die Enge getriebene Löwin an. Ihr Angriff erfolgte so schnell, dass er Athlone überraschte. Sie stach auf ihn ein und traf die linke Schulter. Die Klinge fraß sich in die Muskeln und Sehnenbänder. Als der Dolch einsank, strömte die blaue Aura aus Gabrias Hand und rannte den juwelenbesetzten Griff und die silberne Klinge entlang bis in Athlones Körper.

Diesmal war die Kraft noch stärker und hätte den Wertain getötet, wenn die Magie nicht auf heftigen Widerstand gestoßen wäre. Sie vernichtete Athlone nicht, sondern schwächte ihn nur.

Er keuchte und wurde bleich, drückte sie heftig von sich, stand stocksteif da und starrte wie betäubt auf das über seine Brust rinnende Blut. Der Krieger zischte: »Zauberin! Was hast du mit mir gemacht?« Dann verließ ihn seine Kraft und er brach bewusstlos zusammen.

Gabria regte sich lange Zeit nicht; sie zitterte, als die Wut sie verließ. Sie schloss die Augen und versuchte, ihren keuchenden Atem unter Kontrolle zu bringen. Diese Bestie! Er verdient den Tod, dachte sie triumphierend. Wie konnte er es wagen, sie als Medbs Hure zu bezeichnen! Sie beugte sich über ihn und zerrte den Dolch aus seiner Schulter. Das Blut schoss aus der Wunde hervor und ergoss sich über die Seite des Wertains.

Gabria hielt die Waffe gegen seine Kehle, dort, wo das Leben dicht unter der Haut saß. Es wäre so einfach. Nur ein kleiner

Schnitt. Dann würde der Wertain sterben und mit ihm seine Verdächtigungen. Es wäre das erste Mal, dass sie einen Menschen tötete, doch es wäre wundervoll, gerade mit diesem hier zu beginnen. Sie fühlte immer noch, wie er ihren Körper befingerte, und sie hörte seine unsäglichen Beleidigungen. Ihre Wut flammte erneut auf und das Messer grub sich in die Haut. Eine Blutperle schimmerte auf der Dolchspitze.

Töte ihn!, schrie es in ihr. Er ist gefährlich. Wenn er überlebt, wird er dich verraten. Die Klinge glitt tiefer. Weitere scharlachrote Perlen quollen hervor. Rot, dachte Gabria, als sie beobachtete, wie das Blut die gebräunte Haut an Athlones Hals befleckte. So rot wie das Blut auf dem Gras im Corin-Treld.

Angewidert warf Gabria den Dolch fort und kauerte sich ins Gras neben dem Krieger. Sie hasste sich selbst wegen ihrer Schwäche, doch sie konnte Athlone nicht kaltblütig umbringen. Sie hatte genug Blut für ein ganzes Leben gesehen, und als sich ihre Wut abkühlte, erkannte sie, dass sie die Schuld für Athlones Tod nicht auf sich laden durfte. Außerdem verdiente er es nicht, auf diese Weise zu sterben. Seine Wunde war Bezahlung genug für seine Beleidigungen.

Damit war aber noch nicht die gefährliche Frage beantwortet, was Athlone mit ihr machen würde, sobald er wieder zu sich kam. Gabria zweifelte nicht daran, dass er ihre Tarnung aufdecken und sie sofort hinrichten lassen würde. Doch vielleicht wartete er damit, bis er mit ihr gesprochen hatte. Möglicherweise konnte sie den Wertain dazu bringen, ihr zu helfen. Nara hatte ihr gesagt, man könne Athlone vertrauen. Gabria hoffte, dass die Stute Recht hatte. Es war Gabrias einzige Möglichkeit.

Das Mädchen seufzte gereizt. Wenn Athlone überleben sollte, musste es seine Wunde verbinden und ihn rasch zum Heiler bringen. Aber was sollte sie Savaric sagen? Niedergeschlagen zog sie sich an, säuberte die Wunde des Wertains und verband sie mit Streifen aus seinem eigenen Hemd.

Eben als sie damit fertig war, trotteten Nara und Boreas zwischen den Bäumen hervor und auf den kleinen See zu. Gabria wich zurück und beobachtete den gewaltigen Hengst argwöhnisch. Sie fragte sich, ob er wegen der Verletzung seines Herrn wütend auf sie war.

Boreas roch Athlone und schnaubte sanft. *Ich sehe, ihr beiden habt eure Meinungsverschiedenheiten ausgetragen.* Seine Gedanken, die leiser und tiefer als Naras klangen, hallten deutlich in ihrem Kopf wider. Gabria starrte ihn an.

Nara wieherte und war offensichtlich zufrieden. *Darauf haben wir gewartet, Gabria. Du brauchst ihn.*

»Ich brauche ihn ebenso sehr wie ein gebrochenes Bein«, entgegnete sie heftig. »Wo wart ihr beiden?«

Boreas rieb mit der Schnauze über Naras Hals und sie zwickte ihn neckisch. *Wir waren beschäftigt.*

»Warum hast du mich allein gelassen?«, fragte Gabria. »Du hast doch gewusst, dass Athlone mich finden würde.«

Natürlich, antwortete Nara.

Athlone blutet. Wir müssen ihn zum Heiler bringen. Boreas versetzte Gabria einen sanften Stoß.

Das Mädchen starrte die beiden an und fühlte sich verletzt, belästigt und verärgert. Nara hatte sie absichtlich verlassen und gewusst, dass Athlone zum See kam. Warum? Der Stute war doch bekannt, dass der Wertain eine Bedrohung darstellte. Das Hunnuli achtete ihn zwar, aber wie hatte sie Gabria nur der Gefahr aussetzen können, Athlone allein und so gut wie schutzlos gegenüberzustehen? In seiner Wut hätte Athlone Gabria beinahe umgebracht; sie war ihm nur mit Glück entkommen. Doch sowohl Boreas als auch Nara hatten den Ausgang des Kampfes vorhergesehen.

Zögerlich hob Gabria Athlones goldenen Gürtel auf und wog das schwere Metall in ihrer Hand. Irgendetwas musste den Hunnuli verraten haben, dass Athlone sie diesmal nicht töten wollte oder konnte. Sie schloss die Hände um den Gürtel. Vielleicht hatte die Vorahnung der Pferde etwas mit dem Zwischenfall mit Cor zu tun. Gabria hatte versucht, den Kampf sowie ihren Traum und Piers' Anklagen zu vergessen, doch die Erinnerungen an all das flackerten immer wieder in ihr auf.

Ein Gefühl der Übelkeit wuchs in ihrem Magen. Dieser Vorfall mit dem Wertain war ihr schrecklich vertraut. O Götter, dachte sie und sah Athlone an, was habe ich schon wieder getan? Vielleicht wussten die Hunnuli, dass ihr eine geheime Verteidigungswaffe zur Verfügung stand, mit der sie sogar Athlone besiegen konnte.

Diese Vorstellung war mehr, als sie ertragen konnte. Sie schob alle Ängste für den Augenblick beiseite und half Nara wortlos, den Wertain auf Boreas' Rücken zu heben. Gabria breitete den goldenen Umhang über Athlones nackten Körper und warf die Reste seines Hemdes fort.

Langsam ritten sie den Berg hinab. Boreas ging sehr vorsichtig, damit Athlone nicht das Gleichgewicht verlor. Gabria überlegte derweil, was sie Savaric sagen sollte. Sie fragte sich, ob es sinnvoll wäre zu fliehen, bevor Athlone das Bewusstsein wiedererlangte. Sogar langsames Verhungern war besser als der Tod, zu dem Savaric sie wegen ihrer Verkleidung als Krieger und ihres Angriffs auf den Wertain verurteilen würde. Ihr Leben war in dem Augenblick verwirkt, in dem Athlone wieder zu sich kam, und keine Macht auf der ganzen Welt konnte sie dann mehr retten.

Aber wohin sollte sie gehen? Gabria wäre auf Dauer ausgestoßen und vogelfrei. Jeder Klanmann, der ihr begegnete, wäre dann verpflichtet, sie zu töten. Sie hätte keinen Klan, keine Ehre und keine Gelegenheit mehr, Medb zu vernichten. Doch wenn sie blieb, machte sie ihr Leben von den Mutmaßungen zweier Hunnuli abhängig. Irgendwie waren Nara und Boreas zu der Meinung gelangt, Athlone stelle keine Gefahr für sie dar. Ansonsten würden sie es nicht zulassen, dass sie zum Treld zurückkehrte. Nara hatte gesagt, Athlone könnte ihr engster Verbündeter werden. Vielleicht stimmte das.

Möglicherweise gelang es ihr mit der Unterstützung von Boreas und Nara, Athlone auf ihre Seite zu ziehen. Die Fähigkeiten und der Einfluss des Wertains waren in einem Kampf mit Lord Medb von unschätzbarem Wert. Langsam erkannte Gabria, dass es mehr als einer Herausforderung und eines einfachen Zweikampfes bedurfte, um einen Häuptling wie Medb zu töten. Athlones Hilfe würde ihre Aussichten in hohem Maß verbessern. Doch sie befürchtete, dass sie den Wertain nicht davon überzeugen konnte, bevor er sie Savaric übergab. Zusammen mit Athlone würde zweifellos auch seine Wut erwachen.

Gib ihm Zeit, um nachzudenken, sagte Boreas zu ihr und riss sie so aus ihren Gedanken.

Gabria zuckte zusammen. Sie hatte das unangenehme Gefühl,

dass die Hunnuli ihre Gedanken lesen konnten, auch wenn Nara das Gegenteil behauptet hatte. »Wie bitte?«, fragte sie.

Dieser Mann ist nicht immer vorschnell. Lass ihm Zeit, und er wird verstehen.

»Soll ich mein Leben darauf verwetten?«, fragte Gabria erwartungsvoll.

Ja. Der Hengst war unerbittlich.

Gabria rieb mit der Hand über Naras Hals und seufzte. »Ich hoffe, du rennst schnell, wenn Savaric den Befehl zu meiner Hinrichtung gibt.«

Nara schüttelte ihre Mähne. *Das wird nicht nötig sein.*

Ein Ausreiter sah sie, als sie den Berg herabkamen, und er galoppierte sofort zurück zum Treld, um Piers zu suchen. Gabria bemerkte, wie er zwischen den fernen Zelten verschwand, und rüstete sich, Savaric gegenüberzutreten. Sie musste jede ihrer Bewegungen in der Gewalt haben, damit der Häuptling ihre fadenscheinige Geschichte nicht sofort durchschaute. Sie hoffte, er würde sich Athlones Wunde unter dem behelfsmäßigen Verband nicht allzu genau ansehen.

Am Rande des Trelds wartete eine große Menschenmenge auf sie. Sanfte Hände hoben Athlone vom Pferd und trugen ihn in Piers' Zelt. Gabria versuchte nicht einmal, ihre Erleichterung zu verbergen. Doch andere Klanleute beobachteten sie mit offener Feindseligkeit. Die Herdwache kam herbei und umzingelte sie unauffällig. Savaric stellte sich mit über der Brust verschränkten Armen vor sie. Sein Gesicht war ausdruckslos.

»Wie ist das passiert?«, wollte der Häuptling wissen.

Gabria stieg von ihrem Pferd ab und erwiderte seinen Blick. »Athlone war mir heute Morgen gefolgt, als ich im Bach oberhalb des Goldrine schwimmen ging. Während Nara und Boreas grasten, ist er die Felswand beim See hochgeklettert und über einen abgebrochenen Ast gestolpert.«

»Wieso?« Es war keine Frage, sondern eine Anklage.

»Ich weiß es nicht«, erwiderte sie so unschuldig wie möglich. »Vielleicht waren die Felsen glitschig. Ich habe nur gesehen, wie er gefallen ist.«

»Warum ist er dir gefolgt?«

Sie warf Boreas einen Blick zu und streichelte ihm den Hals. Zu viele Einzelheiten mochten nach einer guten Erfindung klingen; deshalb antwortete sie: »Ich vermute, er wollte einfach nur ausreiten.«

Der Häuptling blickte die beiden Hunnuli an, die schützend neben dem Mädchen standen, und betrachtete sie dann eine qualvollen Weile. Sie spürte, wie sich die Blicke der übrigen Krieger ihr in den Rücken bohrten. Alle warteten auf einen Befehl von Savaric. Eine Minute verging. Gabria unterdrückte krampfhaft ihr Verlangen, auf Naras Rücken zu springen.

»Vielen Dank dafür, dass du ihn zurückgebracht hast«, sagte Savaric schließlich.

Die Umstehenden entspannten sich sichtlich. Die Menge der Neugierigen zerstreute sich allmählich, doch Gabria wich nicht von der Stelle. »Ich habe nur meine Pflicht getan.«

Savaric lächelte; es war ein wissendes Hochziehen der dünnen Lippen ohne jegliche Scherzhaftigkeit. »Manchmal zählt die Pflicht nicht.« Er drehte sich auf dem Absatz um und ließ sie allein. Seinen Kriegern bedeutete er, ihm zu folgen.

Als Gabria allein mit den Pferden war, lehnte sie sich gegen Naras Schulter und holte tief Luft. »Er ist ein gefährlicher Mann. Savaric sieht vieles, was die Leute vor ihm zu verbergen versuchen. Selbst Medb täte gut daran, ihm aus dem Weg zu gehen.«

Savaric ist für den Zauberer kein ernst zu nehmender Gegner mehr, sagte Nara zu ihr.

»Wie bitte?« Gabria war entsetzt. »Das ist unmöglich.«

Medb besitzt Kräfte, die nicht einmal er selbst versteht. Aber er lernt schnell.

Gabria rammte den Stiefelabsatz in den Staub und sagte: »Es war dumm von mir zu glauben, dass ich ihn töten kann.«

Boreas richtete ein Ohr auf sie. *Trotzdem gibst du nicht auf.*

»Ich kann nicht. Dem Klangesetz zufolge schuldet er mir Wiedergutmachung.« Sie sah die beiden Pferde an. »Ich gebe aber zu, dass ich Hilfe brauche. Werdet Boreas und du meine Bitte an Athlone unterstützen?«

Nara antwortete: *Selbstverständlich. Aber wir glauben nicht, dass du uns brauchst.*

Die beiden Hunnuli trotteten auf die Weide, und Gabria nahm

den Pfad zur Halle. Das Lager schwirrte vor Rührigkeit, denn die Frauen hatten die gewaltige Aufgabe in Angriff genommen, alle Sachen zu packen, und die Männer trafen Vorbereitungen für den sommerlichen Aufbruch. Alle Anzeichen der Feier waren verschwunden. Das Fest der Rechtgeburt war vorüber und zusammen mit dem Regen und Schnee des Winters Vergangenheit. Jetzt lockte die Ebene den lagermüden Klan, und die Sonne brannte allen heiß auf den Rücken. Bald würden sie zur Klanversammlung beim Tir Samod aufbrechen, dem Zusammenfluss von Isin und Goldrine.

Lord Medb und der Wylfling-Klan würden genauso dort sein wie Lord Branth und seine Geldringe und die anderen Klane, die unter Medbs wachsendem Einfluss allmählich wankelmütig wurden. Gabria vermutete, dass Medb den nächsten Schachzug in der Ratsversammlung machen würde, wenn alle Häuptlinge versammelt wären. Ein entscheidender Angriff konnte der Einheit der Klane nicht wieder gutzumachenden Schaden zufügen und Medbs Anspruch auf die Führerrolle unterstreichen. Doch Gabria hoffte, seine Pläne zu durchkreuzen, indem sie ihn zu einem Zweikampf herausforderte. Nach dem Gesetz des Wergelds war ein Zweikampf auf Leben und Tod ihr gutes Recht. Auch wenn es ihr nicht gelänge, Medb zu töten, konnte sie vielleicht seine Absichten vereiteln, bevor er die Klane in einen Bruderkrieg trieb.

»Gabran!« Piers' Stimme fuhr ihr eiskalt durch Mark und Bein. Sie sah ihn neben seinem Zelt stehen und ihr Herzschlag setzte aus. Er sah finster zu ihr hinüber und hielt den Zeltpfosten wie eine Krücke umklammert. Seine blassen Augen sprachen deutlicher als alle Worte.

Wortlos folgte sie ihm in sein Zelt. Piers sagte ruhig: »Das ist das zweite Mal.«

Er trat zur Seite und sie sah Athlone bewusstlos auf der Pritsche liegen. Seine Wunde war noch nicht behandelt und der blutige Verband lag wie ein dunkler Fleck auf seiner Haut. Sie wollte gerade etwas sagen, als sie den Heilstein auf der Stirn des Wertains bemerkte. Ein verirrter purpurner Glanz flackerte noch in seinem Inneren.

»O Piers«, keuchte sie.

»Athlone ist von der Trymianischen Kraft getroffen worden«, sagte Piers beherrscht. »Und diesmal warst nur du bei ihm.«

»Das kannst du nicht beweisen. Woher willst du wissen, dass ich ihn nicht so gefunden habe?«, meinte Gabria. Es war ein Griff nach dem Strohhalm, und beide wussten es.

»Du hast gesagt, du bist bei ihm gewesen.«

»Nicht die ganze Zeit.«

»Du warst nicht dabei?« Piers nahm den roten Stein von Athlones Stirn und wickelte ihn wieder ein.

Gabria trat nervös von einem Bein auf das andere. »Ich habe ihn nach Hause gebracht.«

Der Heiler legte den Stein zurück in seine Schublade, schloss die Truhe und wandte sich wieder Gabria zu. »Na gut, nehmen wir einmal an, dass es so war. Soll ich etwa Savaric erzählen, die Schulterverletzung seines Sohnes rühre von einer Stichwunde her?«

Gabria starrte den Heiler entsetzt an. Sie hatte vergessen, dass Piers die Ursache von Athlones Verwundung sofort erkennen würde. Wenn der Heiler Savaric die Wahrheit erzählte, glaubte ihr bestimmt niemand, dass sie aus Notwehr gehandelt hatte. Savaric würde sie töten. Und wenn Athlones Wut zusammen mit ihm erwachte, drohte ihr dasselbe Schicksal.

»Sag mir die Wahrheit, Gabran«, forderte Piers. »Ich glaube, du hast das getan, wenn auch vielleicht unbeabsichtigt.«

»Es war ein Missverständnis«, murmelte sie.

»Und was ist mit der Trymianischen Kraft?«

Plötzlich hallten Athlones letzte Worte in ihrem Kopf wider: »Zauberin, was hast du mit mir gemacht?« Er hatte es gespürt! Irgendwie hatte er bemerkt, dass sie ihn mit mehr als nur einem Dolch verletzt hatte. Angst und Verwirrung überwältigten sie, als die Wahrheit über sie hereinbrach.

»Aber ich weiß noch gar nicht, wie man zaubert«, rief sie.

»Du musst der Wahrheit ins Auge blicken«, verlangte Piers von ihr. »Du besitzt diese Kraft, und Athlone wäre fast an ihr gestorben. Beim nächsten Mal bringst du vielleicht wirklich jemanden um.«

»Du bist im Unrecht; ich bin keine Zauberin!«, schleuderte sie ihm entgegen und floh aus dem Zelt. Wie eine Rasende rannte sie durch den Treld und stieß Hunde und Kinder beiseite, doch das Wort verfolgte sie wie ein Fluch. Zauberin. Ein verfluchtes Geschöpf. Es konnte nicht wahr sein. Sie hatte diese geheime Kraft nie zuvor gespürt, und, bei allen Göttern, sie wollte sie nicht haben. Piers musste sich irren, schloss Gabria verzweifelt. Er ist nur ein Fremder und weiß nichts über mich.

Gabria wäre beinahe mit einer alten Frau zusammengestoßen, die einen Arm voll frisch gefärbter Wolle trug. Erst langsam erlangte das Mädchen die Fassung wieder. Es entschuldigte sich rasch, half der Frau mit der schweren Wolle und ging dann müde zur Halle. Zauberin oder nicht; es war egal, ob Piers oder Athlone sie anzeigte. Die Bestrafung für ihre Verbrechen war unausweichlich.

Die kühle Düsternis der Halle tröstete sie. Zum Glück war der lange Raum leer. Gabria goss sich einen Becher Wein ein, setzte sich in eine Ecke neben der Eingangstür und wartete. Es gab keinen Ort, an den sie mehr fliehen konnte.

Acht

In der Dämmerung erstarb der Wind, und Staub legte sich auf die Wiesen. Ein Kochfeuer nach dem anderen wurde entfacht, und die müden Frauen bereiteten das Abendessen zu. Die Männer legten dankbar die Arbeit beiseite und gingen heim. Bald hatten es sich auch alle Ausreiter bei ihrem Herd gemütlich gemacht. In der Halle entzündeten Tungoli und ihre Frauen die Laternen und Fackeln und bedienten dann die Junggesellen mit köchelndem Eintopf.

Gabria saß in steinernem Schweigen in ihrer Ecke, während die rauen, hungrigen Männer einen Heidenlärm machten. Das Mädchen achtete nicht auf ihre Fragen und Essensangebote, sondern starrte unverwandt auf den Eingang und wartete auf den Mann, der ihn durchschreiten und sie anklagen würde. Doch Savaric kam nicht. Sein Platz am Tisch blieb leer. Nach einer Weile hatten die anderen sie vergessen und überließen sie ihrer selbst gewählten Einsamkeit. Das Feuer im Hauptherd brannte herunter. Niemand unternahm etwas dagegen, denn draußen war es warm. Die meisten Krieger traten nach dem Essen vor die Tür und genossen den schönen Abend. Gabria saß noch immer in angespannter Erwartung da und fragte sich, wie Savaric die Wahrheit über Dathlars »Sohn« aufnehmen würde.

Mondlicht flutete bereits durch die offenen Türen, als ein junger Krieger in die Halle schlüpfte. Die meisten Männer waren inzwischen für die Nacht zurückgekehrt. Der Eindringling schielte auf die schlafenden Gestalten, als ob er jemanden suchte. Schließlich huschte er neben Gabria.

»Gabran«, flüsterte er deutlich.

Gabria richtete sich steif auf. Also hatte Savaric einen Boten geschickt. Das Mädchen war überrascht, dass er nicht selbst gekommen war oder die Herdwache gesandt hatte, doch vielleicht war er der Ansicht, sie verdiene diese Ehre nicht.

Der Krieger schwenkte die Arme über ihr. »Na los, steh auf. Der Wertain will dich sehen.«

Sie hielt überrascht inne. Athlone. Nicht Savaric? »Der Wertain?«, wiederholte sie.

»Ja, und zwar sofort. Er ist vor einer Weile erwacht und zurück in sein eigenes Zelt gegangen«, erklärte der Krieger ungeduldig.

Er führte Gabria zu Athlones Zelt und verließ sie beim Eingang. Ihre Knie waren weich, und sie musste einen Augenblick lang stehen bleiben. Die Nachtluft war kühl und erfrischend und die Geräusche aus dem Lager klangen angenehm vertraut. Wenn sie die Augen schloss, fühlte sie sich wie im Corin-Treld. Sogar der Geruch des Holzes und das Bellen der Hunde waren gleich. Dieses Gefühl spendete ihr Trost, so wie die Erinnerungen an ihren Klan ihr Stärke gaben.

Auf diese Stärke baute sie nun, als sie die Zeltklappe zur Seite schob. Sie fragte sich, warum Athlone um ihr Kommen gebeten hatte. Vermutlich wollte er, dass sie dabei war, wenn er seinen Vater über ihre Lügen unterrichtete.

Entschlossen trat sie nach drinnen. Das einzige Licht in dem großen Zelt kam von einer Lampe am Mittelpfosten. Sie sah Athlone am Rande des Lichtkreises auf einem niedrigen Bett liegen. Der Schlafvorhang war zurückgezogen. Der Wertain beobachtete Gabria aus den flackernden Schatten heraus. Zu ihrem großen Erstaunen war er allein, und sein Schwert stand gegen eine Truhe gelehnt, zu weit von ihm entfernt, als dass er es leicht hätte erreichen können. Sie blieb in der Nähe des Zelteingangs und achtete darauf, dass das Licht zwischen ihnen stand. Sie starrte ihn durch die Flammen hindurch an. Niemand sagte ein Wort; sie starrten sich an wie zwei Wölfe auf einem schmalen Pfad.

Athlone setzte sich behutsam auf. Er deutete auf einen Stuhl und goss zwei Becher Wein ein. »Setz dich«, befahl er. Er kostete den Wein und stellte den anderen Becher vor Gabria auf den Boden.

Gabria schlug das Herz bis zum Hals. Sie gehorchte und nahm hastig einen Schluck Wein, um die Trockenheit in ihrem Mund zu vertreiben und sich den Magen zu wärmen. Dann meinte sie: »Du hast es Savaric nicht gesagt.«

Er grunzte. Noch war er sehr schwach, und jede Bewegung kostete ihn große Anstrengungen. »Bisher nicht. Ich will, dass du mir vorher einige Fragen beantwortest.«

»Warum hast du es ihm nicht gesagt?«

Mit einem ironischen Grinsen zeigte er auf die Schnittwunde an seinem Hals. »Erst hast du versucht, mich umzubringen, dann hast du es dir anders überlegt und mich nach Hause gebracht. Warum?«

»Nara hat gesagt, ich kann dir vertrauen.«

»Sie setzt großes Vertrauen in mich.«

»Zu großes.«

Athlone hob die Augenbraue genau wie sein Vater. »Obwohl ich dich zum Tode verurteilen könnte, hast du mich nicht getötet.«

Gabria wandte den Blick ab. Sie schloss die Finger fester um den Weinbecher. »Ich musste die Gelegenheit ergreifen. Ich brauche deine Hilfe.«

»Bemerkenswert. Erst bringst du mich fast um, dann bittest du mich um Hilfe.« Er nahm einen Schluck und dachte nach. »Zieh deinen Hut aus.«

Überrascht setzte Gabria den Lederhut ab und schüttelte den Kopf. Ihre Haare waren etwas länger geworden, seit sie sie im Corin-Treld geschoren hatte, und ringelten sich in ungleichmäßigen Wellen um den Hals.

»Wer bist du?«, murmelte Athlone nachdenklich, als ob er selbst auf die Antwort kommen wollte. Sein Blick war nicht mehr misstrauisch, sondern nur noch verwirrt. Er beugte sich vor und achtete nicht auf die Schmerzen in seiner Schulter.

»Gabrans Zwillingsschwester«, sagte sie zögerlich. »Ich heiße Gabria.«

Er schnaubte. »Gabria? Bedeutet das nicht Butterblume? Was für ein unpassender Name für eine Löwin. Wenigstens bist du ein Kind Dathlars; so viel ist klar. Du bist genauso halsstarrig wie er.« Er hielt inne. »Wie bist du dem Massaker entkommen?«

Gabria biss sich auf die Lippe. Sie schämte sich noch immer wegen des schmachvollen Streitgesprächs mit ihrem Vater, doch sie wollte nicht mehr lügen. »Ich hatte eine Meinungsverschiedenheit mit meinem Vater und bin weggelaufen, weil ich allein sein wollte.«

Athlone füllte seinen Becher ein zweites Mal. »Worum ging es?«

»Um meine Hochzeit«, sagte sie wütend. Sie nahm noch einen

Schluck Wein, um die Röte zu verbergen, die ihr auf den Wangen brannte.

Der Wertain lachte lauthals los und hätte beinahe seinen Wein vergossen. Es war das erste Mal, dass Gabria Athlone lachen sah, und sie war erstaunt über die angenehme Veränderung, die sich an ihm vollzog. Die harten Linien seines Gesichts wurden weicher, und die Augen nahmen den warmen Glanz von dunklem Bernstein an.

»Es tut mir Leid«, entschuldigte sich Athlone schließlich. »Ich kann mir einfach nicht vorstellen, dass es irgendeinem Mann gelingen könnte, dich zu zähmen. Du bist halt wie dein Hunnuli.«

Dieses unverdiente Kompliment beruhigte Gabria und ihre Hoffnung wuchs. Vielleicht würde Athlone ihr Geheimis für sich behalten. Seine Wut, die er im Kampf gezeigt hatte, schien sich gelegt zu haben. Wenn er über sie lachte und sie um Verzeihung bat, mochte das bedeuten, dass er im Augenblick nicht plante, ihr den Kopf abhacken zu lassen.

»Warum bist du zu uns gekommen?«, fragte der Wertain ernster.

»Aus den Gründen, die ich deinem Vater genannt habe«, antwortete Gabria.

»Um Wergeld von Lord Medb zu beanspruchen?« Er schüttelte den Kopf. »Das ist aussichtslos. Der Mann ist ein Häuptling und angeblich ein Zauberer.« Plötzlich schwieg Athlone und starrte Gabria an, als ob etwas ihn aufgerüttelt hätte.

Das Mädchen knallte seinen Becher auf den Boden und sagte ein wenig zu schnell: »Ja, ich verlange Wergeld. Ich bin die einzig übrig gebliebene Corin, und ob Mann oder Frau, ich bin zur Rache berechtigt. Dieser Häuptling« – sie spuckte verächtlich aus – »ist verantwortlich für die Vernichtung eines ganzen Klans!«

»Und als Genugtuung verlangst du Medbs Tod?«, fragte Athlone langsam. Er war verblüfft von der Heftigkeit der Gefühle des Mädchens und wusste nicht recht, wie er ihr unglaubliches Verhalten einschätzen sollte. Sie beeindruckte ihn wie nichts sonst auf der Welt.

»Natürlich.«

»Selbst wenn du für deine Rache Klanrecht brechen musst.«

Gabrias Gesicht verhärtete sich. »Ich tue, was ich tun muss, um Lord Medb tot zu sehen.«

»Er wird dich vernichten.«

»Vielleicht. Aber ich muss es versuchen. Und ich werde alle möglichen Mittel und Menschen benutzen, um mein Ziel zu erreichen, Wertain. Sogar dich.«

Athlone schwieg einige Zeit. Als er in die Lampenflamme schaute, schien sein Blick sanfter zu werden und sein Körper sackte zurück auf die Pritsche. Der letzte Rest von Empörung und Zögerlichkeit war verschwunden. »Ich habe deine Warnung verstanden«, sagte er schließlich. »Trotz meiner anfänglichen Wut habe ich Savaric noch nicht gesagt, dass einer der Krieger in seinem Werod eine Frau ist. Du erstaunst mich. Deine Willensstärke und Hartnäckigkeit haben viel dazu beigetragen, deine Täuschung aufrechtzuerhalten.«

»Wirst du es ihm sagen?«, fragte Gabria.

»Du hast mich in den Bergen nicht dem sicheren Tod überantwortet. Also schulde ich dir etwas. Ich werde es ihm nicht sagen, aber du solltest auch wissen, dass ich dir nicht helfen werde, wenn er durch jemand anderen von deinem Geheimnis erfährt.«

Gabria nickte. Das war gerecht. Langsam verstand sie, warum Nara und Boreas Athlone vertrauten. Er war ein Mann von Ehre, und solange man sich ihm gegenüber nicht ungebührlich verhielt, würde er alles tun, um sein gegebenes Wort zu halten. Sie hoffte bloß, dass er jeglichen Zaubereiverdacht gegen sie fallen gelassen hatte. Gabria hatte das nachdenkliche Leuchten in seinen Augen gesehen, als er die Zauberer erwähnt hatte. Nur die Götter wussten, welche phantastischen Vorstellungen er über Gabrias Verhältnis zur Magie hegte.

»Was nun, wenn ich nicht hingerichtet werde?«, fragte sie.

»Du bist noch immer in der Ausbildung. Wenn du darauf bestehst, gegen Medb zu kämpfen, musst du mehr beherrschen als die einfachen Taktiken auf dem Übungsfeld. Dein Angriff mit dem Dolch war unter aller Kritik.«

Gabria nickte und setzte den Hut wieder auf. Sie erhob sich und salutierte mit grenzenloser Erleichterung. »Vielen Dank, Wertain«, sagte sie aus vollem Herzen.

Er lächelte schwach. »Ich hasse Medb beinahe genau so sehr wie du. Vielleicht können wir beide gemeinsam ihm zumindest Schwierigkeiten machen.« Gabria wollte gerade gehen, als er hinzufügte:

»Mit deinem Wunsch, in der Halle zu schlafen, hast du das Unheil herausgefordert. Ziehe entweder in Piers' Zelt oder in meines.«

Gabria zuckte zusammen, als er den Namen des Heilers nannte. »Piers! Er weiß, dass ich dich verletzt habe.«

Athlone lehnte sich zurück und lachte leise. »Er weiß noch viel mehr. Er hütet dein Geheimnis schon seit einiger Zeit.«

»Wie bitte?«, keuchte sie. »Woher weiß er es?«

»Ein Heiler erfährt viele Dinge. Du solltest ihn fragen, warum er dich nicht bloßgestellt hat.«

Sie wankte zum Zelteingang. »Gute Nacht, Wertain. Nara hatte Recht.«

Als sich die Klappe hinter ihr schloss, seufzte Athlone auf und murmelte: »Genau wie Boreas.«

Piers trocknete gerade einige Kräuter, als Gabria in sein Zelt stapfte und ihre Habseligkeiten auf den Boden warf. Sie stand in der Mitte ihres Gepäckhaufens und verschränkte die Arme vor der Brust, als wollte sie den Heiler davor warnen, etwas gegen ihre Anwesenheit einzuwenden. Das Fellzelt war durchdrungen von erdigen Gerüchen nach Minze, Haselnuss und Wildrose. Haufen frisch geschnittener Pflanzen lagen auf dem hölzernen Tisch.

Piers warf einen Blick über die Schulter, als er das Aufschlagen von Waffen und Säcken auf dem Teppich hörte. »Guten Abend, Gabran. Da drüben steht ein Bett für dich.« Er deutete auf den Schlafbereich und wandte sich wieder seiner Arbeit zu.

Gabria bemerkte, dass ein zweiter cremefarbener Vorhang den Schlafraum bereits unterteilte und eine mit Wolle ausgepolsterte Matratze sowie einige Felle und Laken auf sie warteten. Nach dem hitzigen Wortgefecht am Nachmittag war Gabria nicht sicher gewesen, ob Piers sie als Gast aufnehmen würde, doch er hatte offenbar seine Entscheidung schon getroffen. Sie wollte aber nicht, dass er sich zu seiner Rolle als Gastgeber gezwungen fühlte. Die Situation sollte für ihn genauso annehmbar sein wie für sie.

»Du hast mich erwartet?«, fragte Gabria erstaunt.

Piers hing ein weiteres Kräuterbündel zum Trocknen auf ein Gestell. »Es ist sicherer für dich, die Halle zu verlassen, und ich bin das ältere von zwei Übeln.« Gabria hatte sich noch nicht geregt. Der

Heiler lächelte kurz, als er sie inmitten ihrer Kleider und Waffen stehen sah. »Du bist herzlich willkommen«, fügte er freundlich hinzu. »Ich hatte diesen Nachmittag ein langes Gespräch mit dem Wertain. Wir kamen zu der Ansicht, dass du mein Zelt bevorzugen wirst.« Er verstummte kurz und fügte dann noch hinzu: »Athlone erinnert sich übrigens an kaum etwas außer der Tatsache, dass du ihm einen Dolch in die Schulter gerammt hast.«

Gabria war erleichtert über diese Nachricht. Sie sah den Heiler einige Zeit eingehend an und dachte an ihr früheres Streitgespräch über Magie. Sie war erleichtert, die Halle verlassen zu können, doch mit Athlone zusammenzuleben kam nicht in Frage. Bei dem Heiler zu bleiben, der sie eine Zauberin genannt hatte, erschien ihr fast genauso bedenklich. Piers hatte sie allerdings nicht verraten. Gabrias Neugier trieb sie dazu, sich ihm anzuvertrauen.

»Wie lange weißt du schon von meiner Verkleidung?«, fragte sie.

Piers kicherte und kam zu ihr herüber, um ihr mit ihrem Gepäck zu helfen. »Seit dem Tag, an dem ich dir den Knöchel verbunden habe.«

»Aber warum hast du es Savaric nicht gesagt?«

Sein Lächeln verschwand und wich zähem Leid. »Dazu will ich nur sagen, dass du mich an jemanden erinnert hast.«

»Das ist doch kein Grund, dein Leben für einen Fremden aufs Spiel zu setzen.«

Piers hob den Umhang des Mädchens auf. »Für mich schon.« Er half ihr dabei, ihre Kleider in einer kleinen, mit Messingbeschlägen verzierten Ledertruhe zu verstauen. Ihre Waffen hing sie an die Zeltstangen.

Während sie schweigend arbeiteten, fragte Gabria sich, ob dieser Jemand dafür verantwortlich war, dass Piers Pra Desch verlassen hatte. Noch immer lag tiefe Traurigkeit auf seinem Gesicht, und er schien mit den Gedanken über Jahre weit entfernt zu sein.

»War diese Person mir ähnlich, oder hat sie auch bloß vorgegeben, ein Junge zu sein?«, fragte Gabria leichthin, um den Heiler zurück in die Gegenwart zu holen.

Zuerst antwortete Piers nicht. Er legte die frischen Kräuter in ein feuchtes Tuch, goss sich dann einen Becher Wein ein und starrte lange in das Gefäß. Gabria glaubte schon, er würde ihr keine Antwort geben, als er endlich sagte: »Ich trinke zu viel. Vor ihrem Tod habe ich keinen Wein angerührt.«

»Vor *ihrem* Tod?«, platzte Gabria heraus. Piers' Verbitterung und Schmerz glichen ihren eigenen Gefühlen. Dieses geteilte Leid – was immer es verursacht haben mochte – zerstreute ihre Wut auf ihn.

Er fuhr fort, als hätte er sie nicht gehört: »In gewisser Weise gleichst du ihr: blondes Haar, jung. Sie war schön und so zart wie Seide. Ich habe nichts dagegen unternommen, dass sie den jüngsten Sohn des Fons heiratete.«

»Wer war sie? Was ist mit ihr passiert?«

Piers stand auf. Seine Erinnerungen berührten Bereiche, die er vergessen wollte. »Das ist jetzt nicht mehr von Bedeutung«, sagte er knapp. »Sie ist tot. Aber ich will, dass du weiterlebst. Ruh dich aus.« Er ging zu seiner eigenen Pritsche und zog den Vorhang vor.

Gabria seufzte und setzte sich. Sie hatte ihn nicht bedrängen wollen. Wer immer dieses Mädchen gewesen war, es musste Piers sehr nahe gestanden haben, wenn die Erinnerung solche Gefühle in ihm weckte. Der Einfluss dieser rätselhaften jungen Frau war offenbar immer noch sehr stark, wenn sie der einzige Grund für Piers war, Savaric nichts von Gabrias Verkleidung zu sagen. Vielleicht würde der Heiler den Rest der Geschichte zu einem späteren Zeitpunkt erzählen. Bis dahin nahm Gabria seine Gastfreundschaft an, welche Gründe sie auch immer haben mochte.

Nach einer Weile blies Gabria die Lampen aus und dachte in der Dunkelheit des Zeltes über den vergangenen Tag nach. Mit einem schlecht gezielten Dolchstoß hatte sie zwei Verbündete gefunden; wenn sie Boreas dazuzählte, waren es sogar drei. Nach ihrer Einschätzung war sie keine Ausgestoßene mehr.

Dem Klanrecht gemäß war ein Ausgestoßener eine Person, die ein Verbrechen begangen hatte oder aus einem anderen außergewöhnlichen Grund vollkommen vom Klan getrennt wurde. Bis ein anderer Klan diese Person aufnahm, galt sie als unberührbar, als ausgestoßen. Gabria war für eine begrenzte Zeitspanne von den Khulinin aufgenommen worden, doch ihr war klar, dass sie dies nur ihrer Verkleidung und dem Hunnuli zu verdanken hatte. Deshalb war sie ihrer Ansicht nach bisher immer noch eine Ausgestoßene gewesen.

Doch heute Abend hatten Piers und Athlone sie um ihrer selbst willen anerkannt und das Schandmal der Ablehnung getilgt. Piers war aus eigenem Antrieb zu ihrem Beschützer geworden, und Athlone war ihr Lehrer. Mit der Hilfe dieser beiden Männer konnte Gabria zumindest bis zum nächsten Klantreffen überleben.

Es beunruhigte sie jedoch, dass Piers sie der Zauberei beschuldigt hatte. Gabria konnte sich noch immer nicht mit der Vorstellung anfreunden, dass sie eine angeborene Befähigung zur Zauberei besaß. Cors Verletzung, der Traum, Naras Offenbarungen und nun Athlones Zusammenbruch reichten nicht aus, um Gabrias Voreingenommenheit zu überwinden. Ein Teil von ihr hoffte noch immer, dass die sich häufenden Anzeichen nichts weiter als seltsame Zufälle waren. Bisher hatte sie nur einen einzigen Traum und Piers' Wort als Beweis dafür, dass sie die Quelle der offenbar gewordenen Magie war. Möglicherweise war der Traum nur Einbildung und Piers hatte Unrecht. Gabria hoffte, es würde sich nichts Derartiges mehr ereignen, sodass sie die ganze hässliche Sache wie einen schlechten Traum beiseite schieben konnte.

Sie gähnte und stellte fest, dass es schon sehr spät war. Viel zu lange hatte sie ihren Gedanken nachgehangen. Das Mädchen ging zum Schlafbereich, zog Hose und Stiefel aus und setzte sich auf die bequeme Pritsche. Nach dem andauernden Lärm nachts in der Halle war es angenehm, nur Piers' leises Schnarchen zu hören. Es dauerte nicht lange, bis sie eingeschlafen war.

Aber wie alles Hässliche weigerte sich die Frage der Zauberei, einfach beiseite geschoben zu werden. Tief in der Nacht träumte Gabria von einem blauen Feuer, das in ihr wuchs und wie ein Sturm an Stärke zunahm. Es nährte sich von ihren Gefühlen und bezog seine Kraft aus ihr, bis es in jeder Ader brannte. Dann schoss es in ihre Hände und jagte wie ein Blitzstrahl aus den Fingern. Wieder traf und verbrannte das Feuer die undeutliche Gestalt eines Mannes, doch diesmal trug der Mann einen goldenen Gürtel.

Gabria zuckte aus dem Schlaf hoch und lag zitternd in der Dunkelheit. Es war nur ein weiterer Zufall, beruhigte sie sich. Sie hatte von der blauen Kraft geträumt, weil sie sich am vergangenen Tag mit Piers über sie gestritten hatte. Das war der einzige Grund. Den Rest der Nacht versuchte Gabria sich einzureden, der Traum sei unwichtig und sie brauche Schlaf, doch als in der Morgendämmerung das Horn ertönte, war sie noch immer hellwach.

Am nächsten Morgen hörte Savaric zu seiner Überraschung, dass Gabran die Halle verlassen hatte und in Piers' Zelt gezogen war. Der Heiler hatte so lange allein gelebt, dass der Häuptling kaum glauben konnte, der Mann habe den Jungen freiwillig darum gebeten, das Zelt mit ihm zu teilen. Beide waren jedoch entwurzelte Menschen, und vielleicht hatten gleichartige Bedürfnisse sie zusammengeführt. Falls es so war, gefiel es Savaric. Er mochte sie beide und war der Ansicht, sie verdienten Freundschaft.

Savaric erfuhr eine weitere Überraschung, als er nach dem Morgenmahl am Übungsgelände entlangritt und sah, wie sein Sohn Gabran das Duell mit dem Kurzschwert lehrte. Ein Duell wurde immer dann ausgerufen, wenn es um die Beendigung von Blutsfehden und Streitigkeiten sowie um die Beanspruchung des Wergelds ging. Die Regeln waren streng und wurden genau befolgt, und weil ausschließlich mit dem Schwert gekämpft wurde, war die Duellausbildung nur den besten und geschicktesten Kriegern des Werod vorbehalten. Ohne Rüstung oder Schild als Schutz musste man jeden Vorteil auszunutzen verstehen, wenn man überleben wollte. Knaben von Gabrans Alter konnten nicht darauf hoffen, einen älteren Krieger im Zweikampf zu besiegen; deshalb sah Savaric keinen Grund in Gabrans Ausbildung.

Doch als er den Wertain danach fragte, zuckte Athlone nur die Achseln und antwortete, Gabran wolle Medb herausfordern und es schade nicht, dem Jungen seinen Willen zu lassen. Savaric sah die beiden zweifelnd an, aber er vertraute seinem Sohn. Daher schüttelte er nur den Kopf und ritt mit seinen Männern auf die Jagd.

Währenddessen kehrte Athlone zu Gabria zurück. Er trug den Arm in der Schlinge und sein Gesicht war von Schwäche gezeichnet, doch er hielt das Schwert, als wäre es eine Feder, und beobachtete Gabrias Anstrengungen mit scharfem Blick.

»Eine Sache verwirrt mich noch«, sagte er während einer Pause. »Wo hast du gelernt, mit dem Schwert umzugehen?«

Gabria lächelte. Seitdem Athlone ihr wahres Geschlecht kannte, fühlte sie sich, als hätte eine zehrende Krankheit sie plötzlich verlassen. Er misstraute ihr immer noch, und ihr war klar, dass sein Groll gegen sie vermutlich nie ganz verschwinden würde – zumindest so lange nicht, wie sie eine Hose und ein Schwert trug –, aber er sah in ihr nicht mehr die Spionin. Es fiel ihr leichter, ihre Rolle als Junge weiterzuspielen und sich ganz dem Überlebenskampf zu widmen.

»Meine Brüder haben mich wie einen Jungen behandelt«, antwortete sie leicht belustigt.

Athlone schaute sie aufmerksam von Kopf bis Fuß an. »Wenn du damals so ausgesehen hast wie heute, ist das kein Wunder.«

Unbewusst tastete sie nach dem kurzen Haar unter dem allgegenwärtigen Lederhut. »Wenn ich hübsch gewesen wäre, läge ich jetzt in einem kalten Grab, anstatt mich mit leichter Arbeit warm zu halten«, sagte sie milde.

»Mit leichter Arbeit! Unverschämtes Weibsbild! Ich zeige dir, was leichte Arbeit ist.« Athlone hob sein Schwert und die Klingen schlugen gegeneinander. Er kämpfte hart mit ihr und zeigte ihr Kniffe wie den Hieb aus dem Handgelenk heraus oder die Drehung der Klinge. Das Kurzschwert wurde hauptsächlich in Auseinandersetzungen zu Pferd benutzt und hatte eine breite, flache Klinge, die zum Hacken oder Schlitzen gut geeignet war. Gabria hatte Schwierigkeiten damit, diese Waffe in der geschliffenen Kampfart des Duells einzusetzen. Doch Athlone war ein meisterlicher Schwertkämpfer, und am Ende des Vormittags hatte Gabria die Grundzüge dieser neuen Kampfart allmählich begriffen.

»Bedenke, dass in einem Duell das Schwert deine einzige Verteidigung ist. Es ist zugleich dein Schild und deine Waffe«, sagte Athlone zu ihr.

Er hätte die Ausbildung noch weiter fortgesetzt, wenn um die Mittagszeit die Anstrengungen nicht zu viel für ihn geworden wären. Er war erschöpft. Seine Haut war grau und Blut sprenkelte den Verband an der Schulter. Für den Rest des Tages ging er in sein Zelt zurück und versprach, Gabrias Unterricht am folgenden Morgen fortzusetzen.

Gabria war nun sich selbst überlassen. Sie machte sich auf die Suche nach Tungoli. Sie fand die Frau des Häuptlings in den Vorratskammern der Halle, wo sie die Einteilung der verbliebenen Nahrungsmittel für die Reise zur Klanversammlung überwachte.

Käsestapel und Leinensäcke mit getrockneten Früchten lagen um Tungolis Füße angehäuft, und große irdene Krüge mit Korn wurden von anderen Frauen der leichteren Beförderung wegen in Säcke umgefüllt. Den größten Teil ihrer Nahrung stellten die Khulinin mit Hilfe ihrer Herden, der Jagd und etwas Gartenanbau selbst her. Vieles aber wurde bei der Versammlung mit anderen Klanen getauscht oder von Händlern aus dem Süden und Osten erworben. Besondere Köstlichkeiten wie Feigen, Früchte, Honig oder getrockneter Fisch sowie Grundnahrungsmittel wie Salz und Getreide wurden im Austausch für Pelze, Ziegen, Webteppiche, Stoffe, Felle, Sättel und gelegentlich auch Pferde genommen. Der Tauschhandel war eine der Lieblingsbeschäftigungen der Klanmitglieder.

Als Gabria den Vorratsraum betrat, schenkte Tungoli ihr ein Lächeln und deutete auf die Stapel von Nahrungsmitteln. »Wenn du uns helfen möchtest, kommst du gerade zur rechten Zeit.«

Gabria wurde sogleich damit beauftragt, die gefüllten Getreidesäcke neben dem Haupteingang aufzuschichten, von wo einige starke Jungen sie zu den verschiedenen Familien trugen. Nach den vielen Monaten der Kampfausbildung fiel es Gabria leicht, die Säcke zu heben. Als sie das letzte Mal diese Arbeit gemacht hatte, hatten ihre Brüder ihr dabei helfen müssen.

Im Vorratsraum herrschte ein ständiges Kommen und Gehen. Leute schwatzten miteinander, brüllten Fragen und riefen Antworten. Langsam verschwanden die Vorräte. Tungoli stand mitten in diesem Aufruhr und summte leise, während sie die Beutel und Bündel ordnete. Die Frauen arbeiteten mehrere Stunden bei geselligem Geschwätz, bis der Raum nahezu leer war. Gabria half still und zufrieden, lauschte den Stimmen und genoss die Gesellschaft.

Schließlich blieben nur noch Tungoli und einige letzte Vorräte übrig. Die geschäftige Menge widmete sich anderen Aufgaben und hatte Gabria und Tungoli in dem wieder friedlich gewordenen Vorratsraum zurückgelassen. Es war nur noch ein einziger Krug zu leeren, als Tungoli zu einer anderen Arbeit gerufen wurde. Gabria musste die letzten Säcke ohne fremde Hilfe füllen. Nun war das Mädchen froh, allein in dem kühlen, stillen Vorratsraum zu sein. Der Vorhang vor der Tür war zurückgezogen und ließ die Nachmittagssonne herein, und Gabria hörte, wie Leute in der Haupthalle hin und her gingen. Sie arbeitete ohne Hast und verlor sich in ihren Gedanken. Sie bemerkte nicht einmal, wie alle die Halle verließen und zwei Männer eintraten.

Gabria schüttete gerade die letzten Getreidekörner in einen Ledersack, als sie eine schrecklich vertraute Stimme hörte. Ihre Bewegungen gefroren. Der Krug, den sie gegen die Hüfte gedrückt hielt, glitt ihr aus den Fingern und fiel herunter. Der Aufprall wurde durch den vollen Sack gedämpft, und Gabria gelang es, den Krug zu packen, bevor er von dem Sack abrutschte und auf den Boden schlug. Zitternd stellte sie das Gefäß aufrecht hin, lehnte sich gegen die Wand und versuchte, ruhig zu atmen. Ihre Lunge schien wie ihr Herz ausgesetzt zu haben, als sie diese Stimme hörte: die Stimme mit dem leichten Lispeln, die aus der Kehle von Medbs vertrautestem Abgesandten kam.

Das letzte Mal hatte sie diese verhasste Stimme im Zelt ihres Vaters vernommen, als der Wylfling Medbs Ultimatum überbracht hatte. Und jetzt war er hier und bemühte sich um Lord Savarics Beistand. Offensichtlich hatten weder der Häuptling noch der Gesandte bemerkt, dass sich Gabria im Vorratsraum befand. Sie dankte allen Göttern, dass sie bei der Ankunft des Wylfling außer Sichtweite gewesen war, denn er hatte sie mehrfach im Corin-Treld gesehen und hätte sie möglicherweise wieder erkannt.

Gabria schlich leise zum Ausgang und drückte sich in die Schatten neben der Tür, von wo aus sie die beiden Männer beobachten konnte. Savaric saß auf seinem Thronstuhl und blickten den kleinen Mann im braunen Mantel an. Der Wylfling hatte Gabria den Rücken zugekehrt, doch sie erkannte ihn an seiner Gestalt, und vor ihrem inneren Auge sah sie sein Gesicht. Man vergaß es nicht leicht: Es war ausgehöhlt wie ein vom Wind abgeschliffener Fels, und die sauber rasierte Haut war so unbeweglich und bleich wie Kalkstein. Der Gesandte erinnerte sie an eine Statue.

Sie fragte sich, welche Botschaft er für Savaric hatte. Es war schwer, das Verhalten des Häuptlings zu deuten. Sicherlich überbrachte der Wylfling Savaric nicht dieselben Bestechungsangebote und Drohungen wie Gabrias Vater. Das wäre bei einem so großen Klan ein schwerer Fehler. Vielleicht war der Wylfling schon einmal hier gewesen.

»Die Khulinin sind ein mächtiger Klan«, sagte der Mann gerade. »Und ein großer. Es ist wohl bekannt, dass Eure Zelte über die Grenzen des Tales hinausreichen und Eure Herden größer als Eure Weiden sind, bevor Ihr jeden Sommer fortzieht. Bald werden Euch Eure jungen Männer um eigene Zelte bedrängen, doch es ist nicht genug Platz dafür vorhanden. Ihr braucht mehr Land, vielleicht neue Täler, um ein neues Lager anzulegen, damit die Khulinin nicht auseinander fallen.«

»Ich wusste nicht, dass die Wylflinge unseren eigenen Schwierigkeiten so große Aufmerksamkeit zollen. Ich fühle mich geehrt. Ich vermute, Ihr habt eine Lösung?«, fragte Savaric mit kaum verhohlenem Spott.

»Oh, nicht ich, Lord«, schnurrte der Gesandte, »aber Lord Medb. Er ist der Ansicht, die Länder südlich des Marakor sollten als zweiter oder vielleicht sogar dritter Grundbesitz Euch und Euren Nachkommen überlassen werden. Lord Medb wäre bereit, Euer Gesuch an den Rat um weiteren Grundbesitz zu unterstützen.«

»Das ist höchst edelmütig von ihm, aber ich bezweifle, dass die Stämme der Turic meinen Anspruch auf ihr Heiliges Land billigen werden.«

Der Gesandte wischte diesen Einwand beiseite. »Von diesem Pöbelhaufen habt Ihr nichts zu befürchten. Sie werden gefügig sein, wenn sie die vereinten Schwerter der Wylfling und Khulinin sehen.«

»Die vereinten Schwerter?«, fragte Savaric mit einem Funkeln im Blick.

»Aber natürlich. Auch der Grundbesitz unseres Klans grenzt an das Land der Turic. Sie wären zwischen zwei Feinden eingeschlossen. Mein Lord Medb ist so angetan von dieser Vorstellung, dass er bereit ist, Euren Anspruch auf die südlichen Berge zu unterstützen.«

»Und was ist die Gegenleistung?«

Der Mann zuckte viel sagend die Achseln. »Nur ein kleiner Tribut – vielleicht einmal im Jahr – zur Unterstützung unseres wachsenden Werods. Auch wir schieben die Grenzen unseres Wintergebietes immer weiter hinaus.«

»Ich verstehe.« Savaric hob eine Augenbraue und fragte nachdenklich: »Warum kümmert sich Medb um das Wohlergehen der anderen Klane? Wenn er die Ländereien der Turic haben will, kann er sie sich doch allein nehmen.«

»Es ist kein Geheimnis, dass Lord Medbs Bestrebungen über die Stellung eines Häuptlings hinausgehen. Er braucht starke, treue Verbündete und will sie gut entlohnen. Seine Großzügigkeit kann unermesslich sein.«

» ... und bezieht sich auf Ländereien und Gunstbezeugungen, deren Verleihung nicht in seiner Macht steht«, sagte Savaric mit täuschender Milde.

Das Verhalten des Gesandten wechselte fast unmerklich von Schmeicheleien zu einer selbstbewusster Überlegenheit und der Anmaßung eines Mannes, der sich seiner zukünftigen Stellung sicher ist. »Die Länder werden schon bald ihm gehören. Lord Medbs Hand wird immer stärker, und wenn Ihr die Euch angebotene Freundschaft nicht annehmt ...«

» ... werden wir unsere Tage wie die Corin in rauchenden Ruinen beschließen«, beendete Savaric den Satz für ihn.

Die Augen des Mannes verengten sich. »Möglicherweise.«

»Darf ich mir ein wenig Zeit lassen, um über dieses großzügige Angebot nachzudenken?«

Gabria lächelte in sich hinein und bedauerte, dass ihr Vater nicht denselben Kurs eingeschlagen hatte. Wenn Dathlar sich beherrscht und den Gesandten nicht hinausgeworfen hätte, wäre ihnen vielleicht genug Zeit geblieben, Medbs Zorn zu entgehen.

Der Gesandte war überrascht. Er hatte von den aufmüpfigen Khulinin keine Hilfe erwartet und war davon ausgegangen, dass nicht einmal die vergebliche Hoffnung auf das fruchtbare Grasland im Süden sie unter die Herrschaft Medbs treiben könnte. Vielleicht hatte das Massaker an den Corin die Klane stärker bewegt, als die Wylfling vorhergesehen hatten.

Der Gesandte verbarg sein Erstaunen und lächelte kühl. »Selbstverständlich. Ihr könnt Eure Entscheidung Lord Medb persönlich auf dem Klantreffen mitteilen.« Der Mann hoffte, dies würde dem Häuptling nicht gefallen, denn es war sehr schwer, Medb eine Ablehnung ins Gesicht zu schleudern.

Savaric lehnte sich nur zurück und nickte. »Sehr gut. Das werde ich tun. Gibt es sonst noch etwas?«

»Ja, Lord. Mein Meister hat mich darum gebeten, Euch dies hier als bescheidenes Zeichen seiner Hochachtung zu überreichen.« Der Gesandte zog einen kleinen Beutel aus dem Gürtel hervor und leerte den Inhalt auf seine Handfläche. Gabria reckte den Hals. Sie wollte unbedingt sehen, was der Mann Savaric übergab. Der Häuptling hielt das Geschenk gegen das Licht und Gabria stockte der Atem, als ein heller Farbblitz durch die Halle zuckte. Es handelte sich um einen Edelstein, den man »Gefallener Stern« nannte; es war ein seltener und sehr wertvoller Stein, den die Zauberer früher einmal überaus geschätzt hatten.

»Dieser Stein ist ein makelloser Blauer aus einer von Lord Medbs Minen in den Bergen. Er will, dass Ihr ihn als Anzahlung anseht«, sagte der Mann schmeichlerisch.

Savaric zog die Augenbrauen zusammen. »Das ist in der Tat eine bemerkenswerte Anzahlung.« Er lehnte sich auf seinem Stuhl zurück und nickte in Richtung Tür. »Sag deinem Herrn, dass ich über sein Angebot nachdenke.«

Der Gesandte nahm seine plötzliche Entlassung mit schlecht verhohlener Verärgerung auf. Er verneigte sich und ging. Der Häuptling spielte mit dem Edelstein in seiner Hand und schaute zu Boden.

Gabria fragte sich, was Savaric gerade dachte. Sie kannte den Häuptling gut genug, um zu wissen, dass er Medbs Angebot nicht ernsthaft in Erwägung zog, doch sie verstand nicht, warum er den Stein angenommen hatte. Medbs Geschenke waren immer eine zweischneidige Sache.

Das Mädchen wollte gerade zu seiner Arbeit zurückkehren, als Tungoli von ihren Privatgemächern aus nach Savaric rief. Der Häuptling versteckte den Edelstein in seinem Umhang, der über dem Thronstuhl hing, und ging zu seiner Frau. Er zog den Vorhang hinter sich zu. Die Halle war leer. Gabria wusste, dass sie die Nase nicht in Savarics Angelegenheiten stecken sollte, doch ihre Neugier gewann die Oberhand. Sie wartete eine volle Minute und lauschte auf mögliche Schritte und Stimmen; dann huschte sie hinüber zu dem Thronstuhl und schlug den goldfarbenen Stoff auseinander. Der Stein war in eine Brosche aus feinstem Gold eingesetzt und glitzerte vor dem Hintergrund des dunklen Fells über dem Sitz wie sein Namensvetter, der Stern. Es war ein ungewöhnliches Geschenk für einen Häuptling wie Savaric. Die Aussicht auf Land war doch viel verlockender für den Lord der Khulinin. Warum hatte Medb ihm diese Gabe geschickt? Ihrem Vater hatte er kein Geschenk gemacht. Gabria konnte einfach nicht glauben, dass Medb aus reiner Herzensgüte Savaric einen Gefallenen Stern verehrte.

Gabria nahm den Edelstein in die Hand. Ein seltsames Prickeln fuhr ihr in die Finger. Überrascht ließ sie die Brosche fallen. Sofort hörte das Prickeln auf. Was ist denn das?, dachte sie. Sie berührte den Edelstein noch einmal sanft, und das Gefühl stellte sich sogleich wieder ein. Es war wie das feine Schwingen einer pulsierenden Macht. Unerklärlicherweise wurde Gabria an Piers' Heilstein erinnert. Sie hatte den roten Stein nicht berührt, doch sie ahnte, dass sich beide gleich anfühlten.

Zaghaft nahm Gabria den Edelstein wieder in die Hand und hielt ihn gegen das Licht, das durch den Eingang der Halle fiel. In ihren Fingern prickelte es wieder. Sie blickte in das strahlende, schillernde Innere des Edelsteins und fragte sich, ob diese seltsamen Schwingungen durch Magie hervorgerufen wurden. Das Juwel kam von Medb; es war also möglich, dass er es mit einem Zauberspruch belegt hatte.

Der Gedanke an Medbs Magie ängstigte sie. Sie wollte den Stein gerade zurück in den Pelz stecken, als sich im Innern des Gefallenen Sterns plötzlich ein Bild formte. Sie beobachtete entsetzt, wie es schwankte und dann zu einem Auge zusammenfloss. Nicht zu einem normalen menschlichen Auge, sondern zu einem dunklen Augapfel von stechender Durchdringlichkeit, der mit bösartiger Vernunft in die Ferne starrte. Gabria erschauerte. Die Pupille des Auges war erweitert. Wenn man in ihren Mittelpunkt schaute, war es, als fiele man in ein bodenloses Loch.

»Gabran! Was tust du da?«

Gabria sprang zu Tode erschreckt zurück. Das Bild verschwand. Der Edelstein fiel ihr aus der Hand, prallte von einer Steinstufe ab und rollte vor Savarics Füße. Er bückte sich und wollte das Juwel aufheben.

»Nein!«, rief sie plötzlich. »Rührt es nicht an!«

Savarics Hand schwebte in der Luft. Er starrte sie mit seinen schwarzen Augen drohend an. »Warum nicht, Junge?«

Gabria wusste nicht, was sie sagen sollte. Sie errötete schuldbewusst und wich von dem Thronstuhl zurück. Die Erinnerung an das Auge in dem Stein erschütterte sie noch immer.

Savaric versteifte sich. Der Edelstein glitzerte vor seinen Füßen. »Warum nicht?«, wiederholte er harsch.

»Er stammt von Medb. Er ist gefährlich«, murmelte sie.

»Wieso weißt du, woher er stammt?«, fragte der Häuptling.

Sie sah zum Vorratsraum hinüber und senkte dann den Blick. »Ich habe zufällig mitbekommen, was der Gesandte der Wylfling gesagt hat.«

»Ich verstehe. Und warum glaubst du, dass dieses Geschenk gefährlich ist?«

Gabria schluckte. Ihr Hals war unerträglich trocken. Was sollte sie darauf antworten? Dass sie die in diesen Stein eingebettete Macht gespürt und das Abbild eines Auges in seinem Innern gesehen hatte? Das konnte sie selbst kaum glauben. Aber sie war sicher, dass dieses Juwel eine Gefahr darstellte und Schaden anrichten konnte, wenn Savaric nicht vor ihm gewarnt wurde.

»Ich, äh ... er ist nicht wirklich gefährlich«, erwiderte Gabria stotternd. »Es ist nur so, dass ... Ich habe gehört, dass Medb die Zauberei erlernt. Vielleicht hat er sich an dem Edelstein zu schaffen gemacht. Er fühlt sich seltsam an, wenn man ihn berührt.«

»Ich habe nichts Seltsames an ihm bemerkt.« Savaric verschränkte die Arme vor der Brust und sah das Mädchen an. Sein Gesicht war vor Zorn rot angelaufen. »Aber du hast es dir einfach erlaubt, selbst nachzusehen.«

»Ich bitte um Entschuldigung, Lord. Ich hätte Euer Geschenk nicht anrühren dürfen, aber ...« Sie verstummte, weil sie sich an eine Geschichte ihres Vaters über einen eifersüchtigen Zauberer und einen Seherstein erinnerte. »Mein Vater hat mir einst eine Geschichte erzählt«, sagte sie und sah Savaric an. »Eine Geschichte über einen Zauberer, der eine Frau mit Hilfe eines verzauberten Juwels bespitzelte. Es handelte sich um einen Überwachungszauber, durch den der alte Mann alles sehen und hören konnte, was die Frau tat.«

Savarics Zorn legte sich ein wenig. »Diese Geschichte kenne ich auch«, meinte er nachdenklich. »Warum glaubst du, dass Medb mit dieser Brosche etwas Ähnliches angestellt hat?«

Gabria verschränkte die Hände hinter dem Rücken, um ihr Zittern zu verbergen. »Die Khulinin sind gefährlich. Medb will Euch überwachen, und ein Spion wäre zu offensichtlich. Dieses Geschenk ist einfach zu großzügig.«

Savaric hob den Edelstein auf und drehte ihn in der Hand. Er entspannte sich langsam, und als er schließlich sprach, klang seine Stimme nicht mehr so scharf. »Ich hatte vermutet, dass an diesem Geschenk ein Haken ist, aber ich wäre niemals auf einen Zauber gekommen.« Der Häuptling deutete auf die Tür. »Kennst du diesen Gesandten der Wylfling?«

Gabria seufzte vor Erleichterung, denn anscheinend hatte Savaric ihre Erklärung angenommen. Sie dachte über die Frage des Lords nach und schürzte die Lippen. »Er hat meinem Vater einige Botschaften überbracht. Ist er früher schon einmal hier gewesen?«

Savaric wollte gerade antworten, als ihm etwas einfiel. Mit einer geschickten Bewegung faltete er seinen Umhang zusammen und wickelte das Juwel in dem dicken Stoff ein. »Wenn du Recht hast«, sagte er, während er das Bündel unter den Arm nahm, »sollten wir deine Anwesenheit Medb nicht unbedingt auf die Nase binden.«

Gabria holte tief Luft. Daran hatte sie gar nicht gedacht. »Was werdet Ihr mit dem Stein machen?«, fragte sie.

»Da ich mich entschlossen habe, dir zu vertrauen, möchte ich herausfinden, ob sich dein Verdacht bestätigt. Nur die Götter wissen, woher du ihn hast, doch wenn er richtig ist, können wir den Stein vielleicht zu unserem Vorteil einsetzen. Ich will einen kleinen Versuch machen. Es wird Medb den Tag versüßen, wenn er glaubt, die Khulinin nähmen sein Angebot an.«

»Er wäre sehr erfreut«, sagte Gabria mit schwachem Lächeln.

»Zumindest für eine Weile. Bei der Zusammenkunft jedoch wird es ein bitteres Erwachen geben.« Er verstummte und sah sie eindringlich an. »Hast du ernsthaft vor, Genugtuung zu verlangen und Medb zum Duell herauszufordern?«

»Ja. Nur ein Corin kann die Tilgung der Schuld verlangen.«

»Vielleicht wird es nicht möglich sein.«

Gabria versteifte sich. Sie schaute in Savarics ernste Augen. Der Häuptling würde es nicht verhindern können, dass sie Medb herausforderte. Sie hatte ihren Körper gestählt und ihren Geist auf einen Kampf mit dem Mörder ihres Klans vorbereitet, und kein Mann, weder ein Blutsverwandter noch ein gestrenger Lord, konnte sie davon abbringen. Wenn es sein musste, würde sie den Lord der Wylfling auch gegen Savarics ausdrücklichen Befehl bekämpfen. »Dann sorge ich dafür, dass es möglich wird«, bemerkte sie entschieden.

Savaric trat neben Gabria und legte ihr den Arm um die Schulter. Seine dunklen Augen funkelten, doch hinter den kalten Blicken lag warme Zuneigung. »Ich weiß, dass du Medb unbedingt allein bekämpfen willst, und das achte ich. Aber es gibt Umstände, die dir nicht bekannt sind und die möglicherweise deine Entscheidung beeinflussen. Vergiss nicht, wer dein Häuptling ist, wenn der Rat zusammentrifft.«

Gabria nickte. Sie war erleichtert, dass Savaric ihre Entscheidung und ihren unbedingten Wunsch nach Rache hinnahm. Was sie jedoch beunruhigte, war seine Bemerkung über »unbekannte Umstände«. Es gab nichts, was zwischen Gabria und ihrer Rache an Medb stehen konnte.

Savaric nahm die Hände von ihrer Schulter. Belustigung lockerte die Härte in seinem Gesicht. »Der Gesandte wird noch einen oder zwei Tage hier bleiben; vermutlich will er sich ausruhen, bevor er zum Wylfling-Treld zurückkehrt. Hoffentlich geht es Athlone schon wieder so gut, dass er seinem Vater die Herrschaft über den Klan streitig machen kann. Medb fände es sicher wunderbar, wenn bei den Khulinin eine Spaltung sichtbar würde.«

Gabria lächelte. »Werdet Ihr dabei Eure neue Mantelbrosche tragen, mein Lord?«

Savaric kicherte. »Natürlich. Und du solltest besser außer Sichtweite bleiben.« Er lockerte den gefalteten Umhang ein wenig, sodass er wie zufällig zusammengeknüllt aussah, und verließ entschlossen die Halle.

Sie sah ihm nach. Die Art, wie seine Schritte länger wurden und sein Körper sich spannte, weil er etwas Wichtiges vorhatte, war ihr schmerzlich vertraut. Ihr Bruder Gabran pflegte dieselbe körperliche und geistige Kraft auszustrahlen, die all jenen Unheil verkündete, welche seine Pläne zu vereiteln versuchten. Es war eine berechnende, gezügelte Kraft, mit deren Hilfe er viele Gegner sowohl beim

Schachspiel als auch im Schwertkampf besiegt hatte. Sie hatte diese Kraft schon früher bei Savaric bemerkt.

Gabria wusste, dass Savaric nun all seine Gedanken auf den Edelstein und seinen Plan richtete, die Warnung vor dem Seherzauber zu überprüfen. Wenn alles gut ging, würde Medb auf Savarics List hereinfallen und sich verraten. Gabria war klar, dass an dem Juwel herumgepfuscht worden war, und sie kannte den Zweck des Zaubers. Aber woher? Savaric hatte nichts Außergewöhnliches an dem Edelstein bemerkt. Nur sie allein hatte die Macht des Steines gespürt und das Bild des Auges gesehen. Nach dem Zwischenfall mit Athlone am vergangenen Tag und ihrem zweiten Traum konnte diese neuerliche Begegnung mit Zauberei einfach kein Zufall mehr sein.

Irgendetwas geschah mit ihr – etwas, das ihr gar nicht gefiel. Medb war der Zauberer, nicht sie. Und doch war sie beschuldigt worden, zwei Männer mit einer alten, geheimen Macht angegriffen zu haben. Sie war es, die den Zauber in der Brosche erkannt hatte. Wenn Piers Recht hatte, war sie genau so wie Medb: eine lästerliche Häretikerin.

Hinter dem Mädchen erklangen Schritte und rissen es aus seiner Verwirrung. Sie drehte sich beunruhigt um und stand Tungoli gegenüber, die mit Wolldecken überladen war. »Es tut mir Leid, wenn ich dich erschreckt habe. Jorlan sucht nach dir.«

Gabrias Blick flog zur Tür, hinter der die Abendsonne in der Ebene versank. »Oh! Ich wusste nicht, dass es schon so spät ist.« Sie schoss auf den Eingang zu und war dankbar, ihre Gedanken hinter sich lassen zu können. »Danke sehr, Tungoli«, rief sie und war verschwunden.

Neun

In jener Nacht ritt Gabria Streife; danach verabschiedete sie sich von Nara und schleppte sich zu Piers' Zelt. Sie brauchte dringend etwas Schlaf. Savaric besuchte sie beide kurz und teilte mit, der »Streit« sei wie geplant verlaufen und Athlone habe den ungeduldigen, ungehaltenen Erben gespielt. Der nächste Morgen verlief ereignislos; der Klan packte weiter für den Sommerzug. Savaric spielte den aufmerksamen Gastgeber für Medbs Gesandten, und Gabria blieb in Piers' Zelt. Der Häuptling erwähnte niemandem gegenüber die vorgetäuschte Meinungsverschiedenheit mit seinem Sohn, um sicherzugehen, dass Medb nur durch den Stein davon erfahren konnte – vorausgesetzt, Gabria hatte Recht, was den Zauber anging.

Bei Anbruch der Nacht nahm Gabria wieder ihren Dienst auf. Als sie zurückkehrte, sagte Piers ihr, Athlone bitte sie auf ein Spiel in sein Zelt. Sie machte sich mit einer seltsamen Vorahnung und eisigen Gliedern auf den Weg. Sowohl Athlone als auch Savaric warteten auf sie. An dem stillen Triumph auf ihren Gesichtern erkannte das Mädchen, dass es Recht gehabt hatte.

»Komm herein, Junge«, sagte Savaric. »Du hast mir nicht nur bewiesen, dass Medb die Zauberei wieder belebt, sondern uns auch durch deinen schnellen Verstand großen Kummer erspart.«

Gabria ließ sich schwer auf einen Stuhl sinken und umfasste ihre Knie. Sie befürchtete, dass ihr Verstand mit der ganzen Sache nichts zu tun hatte.

Athlone schob die Schlinge von seinem Arm und lief auf den dicken Teppichen hin und her. Er grinste. »Medb hat jedes Wort unseres Streits mitbekommen und ist darauf angesprungen wie ein Wiesel auf eine Maus.«

»Gut«, sagte Gabria; sie versuchte, begeistert zu klingen. »Hat er es auf eine Entmachtung abgesehen?«

Ihre Frage war an Savaric gerichtet; er antwortete mit einem trockenen Lachen. »Er hat Athlone die ganze Welt als Belohnung für meine Ermordung und den Gehorsam des zweitmächtigsten Klans geboten.« Er verstummte und schaute zu Boden.

Gabria erkannte, dass Savaric sehr angespannt war. Er war in Gedanken verloren und bewegte keinen Muskel. Nur ein Teil seiner selbst antwortete ihr, während der andere, größere Teil mit den Schwierigkeiten rang, die Medb ihm bereitete.

»Die ganze Welt ist selbst für Medb ein großer Brocken. Wird Athlone denn überhaupt in der Lage sein, über einen so großen Landbesitz zu herrschen?«, fragte Gabria mit mildem Spott.

»Medb meint es nicht ernst; dessen bin ich mir sicher«, erwiderte Athlone. »Für Medbs Geschmack befinden wir uns zu nahe am Wylfling-Treld. Vermutlich wird er versuchen, sowohl Vater als auch mich schnellstens aus dem Weg zu räumen. Da Pazric vermisst wird, könnte Medb einen eigenen Mann als Herrscher über die Khulinin einsetzen. Erst dann hat er den Rücken frei.«

Darauf schwiegen alle drei und hingen ihren eigenen Gedanken nach. Savaric saß wie ein meditierender Priester auf seinem Stuhl, während Athlone geräuschlos hin und her lief. Gabria zupfte am leichten Stoff ihrer Hose und stellte sich vor, wie Medb in seinem Zelt saß und sich dazu beglückwünschte, einen Keil zwischen die allmächtigen Khulinin getrieben zu haben.

Gabria schüttelte den Kopf. Diese vorgetäuschte Entzweiung von Vater und Sohn war das einzige Mittel, das ihnen im Augenblick zur Verfügung stand. Es war ein armseliges Mittel, denn es würde nur so lange wirken, bis Medb die Khulinin bedrängte, seine Herrschaft anzuerkennen, oder bis er Savarics Täuschung durchschaute. Gabria hatte das Geheimnis des Edelsteins herausgefunden, und das Juwel mochte ihnen helfen, Zeit zu gewinnen, doch es verriet Savaric und Athlone nicht, wie die anderen Klane Medbs List aufnahmen oder wie stark der Werod der Wylfling war – oder wie mächtig Medbs übersinnliche Fähigkeiten inzwischen geworden waren. Der Stein würde Savaric nicht mehr helfen, sobald die Khulinin ein Ultimatum erhielten und sie mit dem Rücken zur Wand standen.

Sicherlich war es Savaric genauso klar wie Gabria, dass die Klane in einen Krieg getrieben wurden. Wie ein Spielleiter hatte Medb jeden Klan an die Leine gelegt und zerrte sie nun auf einen Kampf zu, der sie auseinander reißen würde. Wenn Medb sein neues Reich errichtete, hörten die Klane, die es schon seit Jahrhunderten gab, auf zu existieren. Statt selbstständigen Gebilden mit ähnlicher Tradition und Abstammung würden sie zu verstreuten Teilen eines Königreichs werden, beherrscht von einem einzelnen Mann und in Ketten gelegt von seinen Gelüsten.

Selbst wenn die Klane Medb besiegen sollten, würden die Menschen eine Menge verlieren. In einem Krieg zwischen Brüdern stirbt die Gleichgültigkeit schnell; Wut lodert auf und die Flammen brauchen sehr lange, bis sie endlich abkühlen. Das Mädchen konnte sich nicht vorstellen, wie die Klane die Feuersbrunst dieses Krieges überleben sollten oder wie ihr neues Leben aussehen mochte, wenn sich der Friede irgendwann wieder über die Steppe senkte. Es seufzte leise und bedauerte die unausweichlichen Veränderungen.

Savaric hörte Gabrias unendlich leisen Stoßseufzer, hob den Kopf und sah sie an. Ihre Blicke begegneten sich; sie verstanden einander. Wie schon Piers vor ihm, so erkannte auch Savaric die Stärke hinter Gabrias Blick. Bis zu diesem Augenblick hatte er das Kind seines Freundes nur als halsstarrigen Jungen angesehen, der wie jeder heißblütige Heranwachsende um Rache für seinen Klan kämpfen wollte, weil er ein überentwickeltes Gerechtigkeitsgefühl besaß. Doch als Savaric nun in diese grünen Augen schaute, begriff er, dass Gabrias Entschlossenheit weit über jünglingshaften Eifer hinausging und zu einer überlegten, gesteuerten Besessenheit geworden war. Er wusste, dass »Gabran« ohne den geringsten Zweifel alles tun würde, um Lord Medb zu Fall zu bringen. Unerklärlicherweise ängstigte ihn diese Vorstellung. Er war sich nicht sicher, was ein Junge gegen einen Häuptling und ausgewiesenen Zauberer auszurichten vermochte, doch ihm kam der überraschende Gedanke, dass »Gabran« vielleicht sogar Erfolg haben würde. Savaric erinnerte sich an Piers' Worte in jener Nacht, als der Junge in das Lager geritten war und die Klanleute gegeneinander aufgehetzt hatte. Der Heiler hatte gesagt, dass dieser Knabe möglicherweise der Schlüssel zu Medbs Untergang sei. Vielleicht hatte er Recht.

»Nun, Vater«, sagte Athlone und schreckte damit sowohl das Mädchen als auch den Häuptling auf. »Endlich wissen wir, dass die

Gerüchte über Medbs Häresien stimmen.« Er warf Gabria einen seltsamen Blick zu und fuhr fort: »Was machen wir jetzt, da wir ihn auf eine falsche Fährte gesetzt haben?«

Savaric riss den Blick von Gabria los und sah seinen Sohn an. »Wir halten ihn so lange wie möglich auf dieser Fährte. Es tut uns nicht weh, wenn er glaubt, dass die Khulinin ihm bald in die Finger fallen.«

»Was hat er dir angeboten, Wertain?«, fragte Gabria. Sie war sehr müde und wollte zu Piers' Zelt zurückkehren, doch vorher musste sie unbedingt erfahren, was die Khulinin Medb wert waren.

»Diese Krähe von einem Spion hat mich gestern Abend besucht.« Athlone hielt inne und sah nachdenklich drein. »Ich möchte gern wissen, wie Medb so schnell mit ihm Kontakt aufgenommen hat. Vielleicht besitzt er ebenfalls einen Seherstein. Er hat mir in Medbs Namen Männer, Gold, Land und die Häuptlingswürde als Gegenleistung für meinen Gehorsam und den Kopf meines Vaters in Aussicht gestellt.«

Savaric kicherte. »Ich hoffe, du bist mit beidem nicht allzu freigebig.«

»Nichts ist diesen Preis wert.«

Gabria hörte diesem kurzen Gespräch mit einem gewissen Neidgefühl zu. Trotz ihrer Unterschiede waren Vater und Sohn einander sehr ergeben und noch enger miteinander verbunden, als es Freunde je sein konnten. Nur ihr Bruder Gabran hatte Gabria derart nahe gestanden, und sein Tod hatte eine Lücke hinterlassen, die sich nie mehr schließen würde. Nara half, einige Wunden in Gabrias Seele zu heilen, doch es gab in ihr etliche verborgene Winkel, die nie jemand entdecken würde und die mit ungeweinten Tränen angefüllt waren. Gabria schloss die Augen und wandte sich ab. Es war noch zu früh zum Weinen.

Savaric bemerkte ihre Bewegung und sagte: »Bald bricht der Tag an, und wir haben noch viel zu tun.«

Sie sagten einander gute Nacht und der Häuptling begleitete Gabria zu Piers' Zelt. Er zögerte, als ob er noch etwas sagen wollte, doch dann überlegte er es sich anders, nickte und ließ sie allein. Gabria sah Savaric nach, bis er zwischen den Zelten verschwunden war. In dieser Nacht fühlte sie sich ihm näher denn je und hatte den Eindruck, dass sich seine Einstellung ihr gegenüber verändert hatte.

In Athlones Zelt hatte er sie angesehen, als hätte er sie bis auf ihre grundlegenden Stärken und Schwächen entkleidet und wäre zufrieden mit dem Vorgefundenen. Sein Verständnis freute sie; sie fühlte sich erleichtert. Sie hatte keine Familie mehr und begriff allmählich, wie viel Savaric und seine eigene Familie ihr inzwischen bedeuteten. Gabria schloss die Zeltklappe hinter sich. Über einem Gebet zu Amara schlief sie ein.

Die schwarzen Zelte des Trelds falteten ihre Flügel wie gewaltige Schmetterlinge und verschwanden. Sie wurden um die Mittelpfosten mit Seilen zusammengebunden und auf große, hell bemalte, von Ochsen oder Pferden gezogene Wagen geladen. Die Besitztümer jeder Familie waren unter den Zelten verstaut und wurden von den Teppichen abgedeckt und geschützt. Nach generationenlanger Übung konnte ein Klan seinen Treld oft in wenigen Tagen abschlagen; bei dem Zuglager dauerte es sogar nur wenige Stunden. Das Zusammenpacken war eine hohe Kunst und die Frauen brüsteten sich mit ihrer Sachkenntnis und Schnelligkeit.

Der Morgen, an dem die Khulinin ihren Treld verließen, dämmerte wolkenlos und warm herauf. Der wenige Tau trocknete rasch im Wind und Dunst wogte überall. Das erste Abschlagen des Winterlagers dauerte immer recht lange; deshalb stand der ganze Klan bereits vor Sonnenaufgang auf, um die letzten Zelte einzuholen, die Halle abzuschließen, die Pferde zu satteln und denjenigen Lebewohl zu sagen, die es vorzogen, hier zu bleiben. Wenn das Horn in der Morgendämmerung erschallte, formierte sich die Karawane bereits auf dem Übungsgelände und jede Familie nahm ihren Platz ein. Die Alten, die Kranken und jene, die sich um den verlassenen Treld kümmerten, schauten traurig zu und halfen dem Klan so gut wie möglich bei seiner Abreise. Die Junggesellen des Werod trieben das Vieh zusammen. Die drei harachanischen Herden wurden zu einer einzigen zusammengebracht, denn bald begann die Paarungszeit; jene Pferde, die weder zum Reiten noch als Arbeitstiere dienten, wurden zum Taleingang getrieben. Die Stuten, Fohlen und Jährlinge trotteten aufgeregt los, und Vayer, der Hengst, stand am Fuß des Marakor, witterte den Wind aus der Steppe und lauschte still dem Signal der Hörner.

Savaric schloss persönlich die großen Türen seiner Halle und holte das goldene Banner ein. Er übergab es Athlone, der es hoch hielt und auf Boreas den Pfad zum Feld heruntergaloppierte, wo die Karawane wartete. Freudenrufe drangen aus allen Kehlen und hallten durch das Tal. Pferde antworteten wiehernd und Hunde bellten aufgeregt. Das Durcheinander von Menschen und Pferden ordnete sich langsam zu einem bestimmten Muster. Vergessene Gegenstände wurden wieder gefunden, letzte Abschiedsgrüße ausgetauscht, umher laufende Kinder aufgegriffen und die Seile an den Karren und Packtieren immer wieder überprüft.

Als schließlich alles fertig war, preschten zwei Ausreiter zum Eingang des Tals. Eine erwartungsvolle Stille legte sich über die Karawane. Dann hielten die Ausreiter gleichzeitig ihre Hörner an die Lippen und bliesen eine großartige Melodie, die wie ein Triumphschrei und Willkommensgruß über der verlassenen Ebene aufstieg. Die Klanleute brüllten ihren Beifall heraus. Savaric, der unter dem großen goldenen Banner herritt, hob das Schwert gen Himmel und Vayer wieherte.

Die Karawane kroch wie eine riesige Schlange vorwärts. Gabria saß auf Naras Rücken und beobachtete mit einer Mischung aus Ehrfurcht und Hochachtung, wie die Khulinin ihr Tal verließen. Es war ein Anblick, an den sie sich ewig erinnern würde.

Seit dem Tag, an dem Valorian den ersten Klanmännern die Freude am Reiten gelehrt hatte, waren die Klane Nomaden gewesen – mit dem Wind der Steppe im Gesicht und dem Staub des Weges auf den Kleidern. Obwohl die Klane schon seit vielen Generationen unbeweglicher und allmählich unbewusst an den Orten sesshaft wurden, die sie sich als Winterquartier gewählt hatten, waren sie im Herzen doch Nomaden geblieben. Überwintern war eine gute Sache in den kalten Monaten, wenn die Eisstürme über das Land hinwegzogen, doch sobald die Frische des Frühlings dem Sommer Platz machte, kehrten die Klane zu ihrer alten Lebensweise zurück und verließen die Trelds.

Für Gabria und ihren Klan waren das Zusammenpacken und die Vorbereitungen für den Fortzug immer einfach gewesen. Bei nur fünfundzwanzig Familien war es den Corin möglich gewesen, häufig und ohne viel Aufhebens umherzuziehen. Sie waren viel nomadischer als die Khulinin gewesen und hatten zuweilen nicht einmal in ihrem Treld überwintert. Die Khulinin hingegen brachen mit ihren zahlreichen Familien, großen Herden und ihrem machtvollen Werod schwerfällig und mit wunderlichem Gelärme auf.

Am Kopf der Karawane ritten die Herdwache und der Häuptling. Ihnen folgte der Hauptteil des Klans in einer Reihe von Wagen, Karren, Packtieren, Leuten zu Pferd oder zu Fuß sowie einer lärmenden Horde von aufgeregten Hunden und Kindern. Darauf folgte das Nutzvieh, und die Nachhut bildete ein weiterer Trupp Krieger. Der Werod verteilte sich an den Flanken der Karawane, und fünf Ausreiter hielten die Pferdeherde etwas abseits, um Unfälle zu vermeiden. Gabria bestaunte die Organisation, die jedermann seinen Platz zuwies und Gefühlsausbrüche verhinderte, doch sie fragte sich, ob die riesige Karawane auf diese Weise an einem Tag sehr weit kam. Bei der Geschwindigkeit, die sie im Augenblick zurücklegte, wäre das Treffen schon lange vorüber, bevor die Khulinin eintrafen.

Zu ihrer Überraschung wurde die Karawane allmählich schneller, bis sie irgendwann mit stetiger, zügiger Geschwindigkeit am Fluss entlang zog. Bald hatte sie die Hänge des Vorgebirges mit dem üppigen grünen Laubwerk der Büsche und Bäume hinter sich gelassen. An ihre Stelle rückten tief wurzelnde Gräser und Kräuter, die bereits zu einem goldenen Grün reiften und sich bis zum Horizont erstreckten. Alte, dicht verfilzte Grasmatten dämpften den Schritt der Reisenden, als sich die Karawane durch das Grasland schlängelte. Neben ihr verwandelte sich der Goldrine von einem schäumenden, springenden Fluss zu einem gelassenen, besinnlichen Strom, der sich träge durch sein Kiesbett wälzte und still in der Sonne badete. Einige Ausreiter setzten sich vor den Klan und hielten Ausschau nach Banditen und Wild. Räuber belästigten selten einen Klan von der Größe der Khulinin, doch dieses Jahr wollte Savaric kein Risiko eingehen.

Medbs Gesandter ritt mit ihnen, da er ihnen höflich erklärt hatte, die Wylfling befänden sich bereits auf dem Weg zum Treffen; er würde sie nicht später erreichen, wenn er mit Savarics Klan reiste. Sowohl Athlone als auch Savaric kannten den wahren Grund für die Anwesenheit des Spions. Sie stritten deshalb häufig miteinander; dabei trug Savaric jedes Mal die Sternenbrosche. Wegen der Gegenwart des Gesandten war Gabria gezwungen, zusammen mit den Ausreitern in der Nachhut der Karawane zu reisen.

Die Tage unter dem offenen Himmel verstrichen schnell, während der Klan ostwärts zum Treffen beim Tir Samod zog, dem heiligen Zusammenfluss von Goldrine und Isin. Das Abschlagen des Lagers wurde wieder zur Gewohnheit, und die Muskeln passten sich dem Gehen und Reiten an. Die schweren Wintermäntel wurden gegen leichtere Umhänge aus Leinen ausgetauscht. Sie besaßen lange Hauben, die entweder über dem Kopf als Schutz gegen Sonne und Wind oder bei einer Schlacht vor dem Gesicht getragen wurden. Selten störten Wolken den endlosen Himmel; es sei denn, es brach ein gelegentliches Nachmittagsgewitter herein.

Die Sommerhitze nahm zu und mit ihr wurden auch die Spannungen innerhalb des Klans umso deutlicher, je näher es auf das Treffen zuging. Savarics Blicke suchte andauernd den Horizont ab, als erwartete er, dass jeden Moment eine gellende Horde über seine Karawane hinwegfegte. Unter den Kriegern brach Streit aus und selbst Medbs Gesandter verlor zuweilen die Fassung und wurde bissig zu den Männern, die er eigentlich umgarnen sollte. Gewöhnlich traf man auf viele Boten, wenn die Klane sich einander näherten, doch dieses Jahr war niemand zu sehen. Es trafen keinerlei Nachrichten ein.

Athlone hatte Gabria von ihren Pflichten entbunden. Sie verbrachte die warmen Abende damit, außer Sichtweite des Klans ihre Schwertkünste zu schärfen. Den meisten Kriegern entging die seltsame Beachtung, die Athlone dem Außenseiter schenkte, doch Cor nährte noch immer seinen Hass auf Gabria. Vor der Abreise war er zu beschäftigt gewesen, um ihr seinen Vorstellungen gemäß zuzusetzen. Doch nun folgte er ihr unablässig und nahm jede Gelegenheit wahr, sie bei Jorlan anzuschwärzen oder vor anderen Klanmitgliedern zu beleidigen und zu demütigen. Er spielte ihr unbedeutende Streiche und blieb ihr auf den Fersen wie ein Schakal, der auf seine Mahlzeit wartet. Wenn Athlone in der Nähe war, wich er ihr aus, doch der Wertain war tagsüber andauernd beschäftigt, und Gabria war zu stolz, um ihm von den Peinigungen des hinterhältigen Mannes zu berichten. Allmählich verabscheute sie Cors Anblick.

Zwar versuchte sie sich mit Cors unangenehmer Gegenwart abzufinden, da sie ihm nicht aus dem Weg gehen konnte, doch seine trüben Augen und sein verzerrtes Grinsen zermürbten sie, und seine Sticheleien ärgerten sie immer mehr. Tagsüber gab es keinen Ort, an den sie vor ihm fliehen konnte. Nachts träumte sie von seinem rohen Lachen. Sie huschte durch das Lager, sah über die Schulter und zuckte jedes Mal zusammen, wenn jemand lachte. Selbst in Athlones Gegenwart war sie unaufmerksam und nervös. Sie hoffte, dass es ihr gelänge, Cor nicht weiter zu beachten, wenn sie den Treffpunkt erreichten. Dann würden alle Wichtigeres im Kopf haben als unwesentliche Rachefeldzüge.

Als der Tag, an dem sie Lord Medb von Angesicht zu Angesicht gegenübertreten würde, immer näher rückte, begriff Gabria langsam die Schwierigkeiten, die sich ihrer Forderung nach Wergeld in den Weg stellten. Eines Nachts saß sie mit Athlone in Piers' Zelt und hörte zu, wie die beiden Männer über die bevorstehende Ratsversammlung sprachen. Der Heiler und der Wertain besaßen in ihrem Wissen um Gabrias Geheimnis eine Gemeinsamkeit und waren versuchsweise zu Freunden geworden. Als Gabria ihren Worten lauschte, wurde ihr klar, dass ihr Anspruch gegen Medb nur ein kleiner Teil der Vorwürfe gegen ihn war. Obwohl sie die einzige Überlebende ihres Klans war und Zeugnis von der Verwicklung Medbs in das Massaker ablegen konnte, würden die übrigen Häuptlinge ihr einen Kampf mit ihm möglicherweise nicht erlauben. Sie hatten zu viele andere Dinge mit ihm zu klären, die wichtiger als Gabrias Rachegelüste waren. Selbst die Vernichtung eines ganzen Klans verblasste im Lichte von Medbs Wiederbelebung der verbotenen Zauberkünste. Sie nahm an, dass selbst Savaric keinen Einfluss auf die Entscheidungen des Rates hatte.

Der Gedanke, dass all ihre Bemühungen vielleicht sinnlos wären, erschien Gabria unerträglich. Sie war ihrem Ziel so nahe, und doch wäre es möglich, dass Medb ihr durch die Finger schlüpfte. In ihrem Kopf tauchte ungebeten das geisterhafte Bild der rauchenden, verkohlten Ruinen des Corin-Trelds auf, und ein leiser Seufzer kam ihr über die Lippen. Die Stimmen der Männer verstummten. Sie schaute auf; ihre Augen glänzten vor unvergossenen Tränen, und sie bemerkte, dass Piers und Athlone ihr seltsame Blicke zuwarfen. Ohne ein Wort schoss sie aus dem Zelt. Gabria rannte blindlings zwischen den Zelten und Wagen umher; die schwarzen Phantome ihrer Erinnerung verfolgten sie.

Plötzlich sprang eine Gestalt aus den Schatten hervor, packte Gabria am Arm und wirbelte sie herum. Als der Mann sie heftig schüttelte, fing sie den Geruch von altem Leder und Wein auf.

»Da ist ja der Liebling des Wertains«, zischte Cors Stimme. »Wo willst du denn so eilig hin, mein hübscher kleiner Junge?«

Gabria wand sich wild in seinem Griff, doch seine Finger schlossen sich wie Schraubstöcke um ihre Ellbogen.

»Nicht so schnell, Corin. Du und ich haben einiges miteinander zu besprechen.« Cor zog Gabria in den Schatten eines Zeltes und hielt sein Gesicht dicht gegen ihres. Sein Atem stank nach Alkohol.

»Ich habe dir nichts zu sagen«, fauchte Gabria ihn an. Ihre Tränen drohten überzulaufen. Sie kämpfte wie wild mit ihm um ihre Freiheit.

Cor grinste böse. »Also bitte! Behandelt man so etwa einen Freund? Ich kenne jemanden, der dich gern sehen möchte.«

Der spöttische Triumph in seiner Stimme fuhr ihr durch Mark und Bein. Sie wehrte sich nicht mehr. »Was meinst du damit?«, flüsterte sie.

»So ist es schon besser. Du wirst diesen Mann mögen. Ich habe gehört, er war ein enger Freund deines Vaters.«

Gabria starrte ihn mit wachsender Beunruhigung an. Es gab nur einen Mann in diesem Lager, der sie sicherlich gern sehen würde, und das war genau der Mann, dem sie unbedingt aus dem Weg gehen wollte. »Nein. Lass mich gehen, Cor. Ich habe noch viel zu tun.«

»Viel zu tun«, höhnte er. »Was denn? Botengänge für deinen gezierten Wertain machen? Es dauert nur eine Minute.«

Plötzlich wurde Gabria wütend. Mit einem Fluch riss sie sich von Cor los und rammte ihm die Faust in den Magen. Dann rannte sie in die Dunkelheit hinein und ließ ihn gebeugt und schmerzgepeinigt zurück.

Sie huschte durch das Lager wie ein fliehendes Tier, eilte dann in die dunkle Steppe hinaus und in den Schutz des Hunnuli. Nara kam, bevor das Mädchen nach ihr pfiff. Zusammen gingen sie am Flussufer entlang, bis der Mond schon hoch am Himmel stand. Doch selbst die Gesellschaft der Stute linderte Gabrias Angst und

Verzweiflung nicht. Stimmen und Erinnerungen suchten sie heim, und Cors raues Lachen hallte in ihr wider. Sie war noch immer bedrückt und wütend, als sie zum Lager zurückging. Doch sie erlaubte sich keine Tränen. Zu ihrer Überraschung wartete Athlone auf sie.

Als sie an seinem Zelt vorüberging, trat er an ihre Seite. »Ich will nicht, dass du einfach so verschwindest«, sagte er.

Gabria schaute ihn gereizt an und war erstaunt, Beunruhigung in seinem Gesicht zu lesen. »Bestimmt hast du dir nicht um mich Sorgen gemacht. Es würde wohl kaum jemandem auffallen, wenn ich nicht mehr da wäre.« Ihre Stimme war voller Bitterkeit.

»Ach, da wäre ich mir an deiner Stelle nicht so sicher«, entgegnete er trocken. »Cor würde ohne dich vor Langeweile vergehen.«

Sie blieb stehen. »Du weißt es?«

»Er ist schließlich einer meiner Männer.« Athlone lehnte sich gegen einen Zeltpfahl und sah das Mädchen im schwachen Mondlicht an. Irgendwo in der Nähe spielte eine Frau auf einer Schoßharfe und sang leise dazu. Ihre Musik erfüllte die Dunkelheit wie ein fernes Wiegenlied. »Warum hast du es mir nicht schon vorher gesagt?«, fragte er sanft.

»Cor ist meine Angelegenheit.«

»Er ist ein selbstsüchtiger, schwacher Maulheld, der einen meiner Krieger belästigt und ihn von seinen Übungen abhält. Das macht es auch zu meiner Angelegenheit«, entgegnete Athlone fest.

Gabria verschränkte die Arme vor der Brust und sagte: »Ich bin nicht einer deiner Krieger.«

»Solange ich dich ausbilde, bist du einer.«

Erstaunlicherweise lachte Gabria. »Ist dir aufgefallen, was das für eine komische Bemerkung war?«

Athlone wollte darauf etwas antworten, doch er überlegte es sich anders und stimmte in ihr Lachen ein. »Ich hätte nie gedacht, dass ich so etwas einmal einem Mädchen sage, aber du wirst immer besser im Schwertkampf.«

Gabria lachte erneut, diesmal aber aus Unmut und Verärgerung. »Das hilft mir nur wenig, Wertain. Vermutlich wird es mir nicht möglich sein, mit Medb zu kämpfen. Die Häuptlinge lassen mich bestimmt nicht in seine Nähe. Die Warteschlange ist zu lang.«

»Vielleicht hast du Recht. Aber sei nicht zu vorschnell. Möglicherweise kommt deine Gelegenheit, wenn du es am wenigsten erwartest. Du solltest deine Übungen fortsetzen.«

»Darf ich an Cor üben?«, fragte Gabria gereizt.

Athlone warf ihr einen seltsamen, nachdenklichen Blick zu. »Vielleicht hast du das schon.«

Sie presste die Hände in die Seite und holte tief Luft. Was wusste er? Sie suchte in seinem Gesicht nach einem Hinweis auf seine Gedanken, doch seine Züge waren unbewegt und die dunklen Augen schimmerten arglos.

Athlone erwiderte ihren Blick. Er war gefesselt vom Spiel der Schatten auf ihrem Gesicht. Bezaubert streckte er die Hand aus und nahm ihren Lederhut ab. Die Schatten verschwanden und ihr Gesicht badete im Mondlicht. Er wünschte, er hätte es nicht getan, denn der Mond stahl die Farben aus ihrem Gesicht und verwandelte Gabria in ein bleiches Gespenst. Nichts deutete auf die tiefen Gefühle und Leidenschaften hin, die sich unter der Oberfläche dieses blassen Fleisches regten. Ihre Haut wirkte in dem silbernen Gleißen so kalt, dass er ihre Wange berühren wollte, um zu sehen, ob sie tatsächlich sanft und nachgiebig war. Seine Hand zuckte; er verbarg sie hinter dem Rücken.

Für ihn war dieses Mädchen unwirklich. Sie besaß mehr Entschlossenheit und Mut als viele seiner Krieger, und ihr Blick brachte ihn aus der Fassung. Sie unterwarf sich nicht demütig dem Gesetz der Frauen und verzagte nicht angesichts der vernichtenden Ereignisse, die ihr Leben verändert hatten. Auch wenn Athlone es nicht laut sagte, war er doch froh über ihre mangelnde Unterwürfigkeit. Ihre Sturheit und ausgeprägte Persönlichkeit machten sie einzigartig.

Kurz versuchte Athlone sich als ihr Liebhaber vorzustellen. Er hatte keine deutliche Erinnerung mehr an ihren Kampf am See, doch es war ihm durchaus nicht entgangen, dass ihr Körper zu wohlgeformt war, um als knabenhaft bezeichnet werden zu können. Trotzdem gelang es ihm einfach nicht, seine Vorstellung von einer erregenden, leidenschaftlichen Frau mit diesem steifen, Schwerter schwingenden, wildäugigen Mädchen in Einklang zu bringen. Er kam zu dem Schluss, dass sie vermutlich nie eine gute Gemahlin abgeben würde – falls sie überhaupt lange genug leben sollte, um sich einem Mann anzubieten.

Beim Gedanken an Gabrias Tod wurde ihm erstaunlicherweise übel. Inzwischen mochte er sie trotz ihres seltsamen Verhaltens und war entsetzt, als er erkannte, welche Folgen ihre Handlungen möglicherweise haben würden. Selbst wenn der Rat ihr eine Herausforderung Medbs verweigerte, würde der Wylfling-Lord für ihren Tod sorgen. Falls sie gegen ihn kämpfen durfte, wäre das Ergebnis dasselbe, denn für Gabria bestand keine Aussicht, Medb in einem gerechten Duell zu besiegen.

Verbittert warf Athlone ihren Hut zu Boden. Wenn das Mädchen sich entschieden hatte, Rache für den Mord an ihrem Klan zu üben, dann sei es so; er achtete ihren Willen. Das bedeutete aber nicht, dass ihm der Preis gefiel, den sie dafür zahlen musste. Er verließ sie ohne ein weiteres Wort und begab sich wieder in sein Zelt.

Gabria sah verärgert ihren zerknitterten Hut an. Irgendetwas hatte Athlone aus der Fassung gebracht. Sie rief sich ihr Gespräch in die Erinnerung zurück und überlegte, ob sie etwas gesagt hatte, das ihn wütend gemacht haben könnte. Sie hob den Hut auf. Vielleicht war es ihre Bemerkung gewesen, an Cor zu üben. Vielleicht hatte Piers Athlone von Cors Verletzung und den heilenden Kräften des roten Steines berichtet. Vielleicht glaubte auch Athlone, sie sei eine Zauberin, und versuchte sich das Gegenteil einzureden. Oder vielleicht hatten ihm ihre Bemerkungen nicht gefallen.

Sie hoffte, dass es nicht noch andere Gründe für sein Verhalten gab. Gabria brauchte den Wertain unbedingt, um ihre Ausbildung fortzusetzen, und außerdem konnte er ihre Forderung dem Rat gegenüber unterstützen. Ob Cor sie wirklich zu dem Gesandten der Wylfling hatte schleppen wollen, wusste sie nicht zu sagen, aber sie wollte kein Risiko eingehen. Sie nahm sich vor, am kommenden Morgen Savaric von Cors Drohung zu berichten, damit der Häuptling den Gesandten mit anderen Dingen ablenkte.

Gabria zerdrückte den Hut zwischen den Fingern und ging langsam zu Piers' Zelt zurück. Zum ersten Mal in ihrem Leben betete sie zu Surgart, der Kriegsgottheit, um Schutz und Stärke für die kommende Herausforderung.

Fünf Tage später erreichten die Khulinin den Zusammenfluss von Goldrine und Isin. Inzwischen war der Goldrine zu einer breiten Wasserstraße geworden. Er wand sich durch ein weites, ebenes Tal und vereinte sich mit dem Isin, der von Norden herabfloss. Eine pfeilförmige Insel, Tir Samod genannt, hatte sich vor langer Zeit an dieser Stelle gebildet. Auf dieser Insel befand sich innerhalb eines Steinkreises der einzige heilige Schrein, der allen vier unsterblichen Gottheiten gemeinsam geweiht war. Es war ein heiliger Ort, erfüllt von der Magie der Geister und den Kräften der Götter, die ihn beschützten. Selbst in Jahren heftigen Regens oder Schneefalls wurde der Schrein nicht überflutet. Nur Priestern und Priesterinnen war es erlaubt, den Fuß in das Innere des Steinkreises zu setzen. Doch am letzten Tag der Zusammenkunft kamen jeder Mann, jede Frau und jedes Kind auf die Insel und brachten in einer Dankzeremonie allen Göttern ein Opfer dar.

Die Klane versammelten sich um die Insel an den Ufern der beiden Flüsse. Diese Zusammenkunft war die einzige Gelegenheit im Jahr, zu der alle Klane sich trafen. In dieser kurzen Zeit wurden die Belange tausender Menschen abgehandelt.

Die Klan besaßen keinen Oberherrscher. Jeder Klan wurde von einem unabhängigen Häuptling angeführt, der es gewohnt war, selbst das Gesetz zu sein. Diese Männer beugten sich nicht gern einer höheren Gewalt außer jener der Tradition und der göttlichen Gesetze. Doch die Klane liebten es, ihre Beziehungen untereinander aufrechtzuerhalten, und so trafen die Häuptlinge einmal im Jahr zu einer Ratsversammlung zusammen. Der Rat hatte die Macht, Gesetze zu ändern, Verbrecher zu bestrafen, Streitigkeiten oder Fehden zwischen den Klanen beizulegen, neuen Grundbesitz zuzuweisen, neue Häuptlinge zu bestätigen und die Traditionen der Väter fortzuführen.

Klanzusammenkünfte dienten auch dazu, alte Bekanntschaften aufzufrischen, Verwandte aus anderen Klanen zu sehen und Neuigkeiten, Geschichten und Lieder auszutauschen, die viele kalte Winternächte erhellen würden. Junge Leute, die in ihrem Klan keinen Partner gefunden hatten, wetteiferten um die Aufmerksamkeit des anderen Geschlechts. Spiele und Wettkämpfe wurden abgehalten, Pferde verglichen und jeden Tag Rennen in dem ebenen Tal veranstaltet.

Kaufleute aus den fünf Königreichen im Osten und von den Wüstenstämmen im Süden trafen frühzeitig ein und schlugen ihre Stände auf, um mit den begeisterten Klanmitgliedern Handel zu treiben. Schon bevor der letzte Klan eingetroffen war, hatte sich ein großer Basar gebildet. Hier konnten die Leute um alles feilschen, was das Herz begehrte: schwere Weine aus Pra Desch, Früchte, Nüsse, Getreide, Salz, Honig, Süßigkeiten, Feigen, Geschmeide, Duftwässerchen, Seide aus dem Süden, gepökelter Fisch, Perlen, Metalle jeder Güte, Medizin, Vieh und seltene Gewürze. Neben den fremden Händlern gab es in jedem Klan eigene Kunsthandwerker, die sich auf bestimmte Produkte spezialisiert hatten und ihre Arbeiten während der Zusammenkunft ausstellten. Die auswärtigen Händler konnten die Klanerzeugnisse in ihrer Heimat gut absetzen und kämpften um alles, was angeboten wurde.

Als die Khulinin am späten Nachmittag beim Tir Samod ankamen, lagerten bereits vier Klane – die Geldring, die Dangari, die Amnok und die Jehanan – an den Flussufern. Der Tradition zufolge hatten die Klane ein ungeschriebenes Recht auf ihre bevorzugten Stammplätze. Diese Grundstücke wurden mit besonderen Merkmalen der Klane gekennzeichnet und als unverletzlich angesehen. Der Platz der Khulinin lag am Westufer des Goldrine, nicht weit entfernt von dem gewaltigen Ratszelt.

Doch dieses Jahr war es anders. Als der Kopf der Khulinin-Karawane den Kamm des Hügels erreichte, der sich über dem Tal erhob, sah Savaric an der Stelle, auf welcher sein eigenes Zelt stehen sollte, die grüne Fahne der Geldring über Lord Branths Zelt wehen. Savaric zügelte harsch sein Pferd und starrte zornig und zugleich erstaunt auf den Klan hinunter, der es wagte, ihn zu beleidigen. Die Herdwache und einige Ausreiter versammelten sich um ihren Anführer; die Wut stand ihnen deutlich ins Gesicht geschrieben. Die Karawane kam zum Stillstand. Niemand hinter Savaric konnte über den Hügelkamm blicken, doch die Nachricht von der beleidigenden Tat der Geldring flog rasch die Wagenreihe entlang, und bald näherten sich auch die Krieger am Ende der Karawane dem Hügelgrat.

Gabria beobachtete, wie Athlone auf Boreas an Savarics Seite galoppierte, und selbst aus der Ferne sah sie deutlich, wie er einen

Wutanfall bekam. Sie bemerkte, dass sein Hunnuli vor Aufregung tänzelte, und fragte sich besorgt, was er nun wohl unternähme. Wenn es nach Athlone ginge, würden die Khulinin sofort über die Geldring herfallen und noch vor Medbs Ankunft einen Krieg beginnen. Vielleicht würde Savaric sich dazu entscheiden, die Karawane zu wenden und aus Gründen der Ehre nicht an der Zusammenkunft teilzunehmen. Lord Branths Verhalten war eine schlimme Beleidigung, doch es brauten sich bei diesem Treffen noch größere Schwierigkeiten zusammen, welche die Gegenwart der Khulinin erforderten.

Gabria zog den Hut tief in die Stirn und trieb Nara den Hang hinauf. Kurz hinter den Kriegern glitt sie von dem Hunnuli und rannte die letzten Meter bis zu der wogenden Reiterschar. Der Häuptling, Athlone, der Gesandte der Wylfling und die Wachen beobachtete allesamt das Lager unter ihnen, wo beim Anblick der Khulinin plötzlich Krieger ausschwärmten. Gabria behielt den Gesandten im Auge und drückte sich zwischen die Pferde. Sie hörte Athlones entrüstete Stimme.

»Wenn diese hinterhältige Schlange glaubt, sie könne das tun ...«

»Offenbar hat sie es schon getan«, unterbrach der Gesandte ihn und versuchte, seine Belustigung zu verbergen.

Athlone zog sein Schwert und rückte neben den Wylfling. »Noch ein Wort, und ich werde dich von deinen Pflichten als Medbs Mund für immer entbinden.«

Der Gesandte wich vor dem Schwert zurück, das sich bereits in der Nähe seiner Kehle befand, und starrte den Wertain verängstigt an. »Mein Meister wird hiervon erfahren.«

Savaric warf einen kurzen Blick auf die Brosche an seinem Umhang. »Das hat er wahrscheinlich schon«, seufzte er.

Der Gesandte fror ein. Seine Augen verengten sich zu Schlitzen und das Gesicht schien zu schrumpfen und sich enger um den Schädel zu schmiegen, während er die Bedeutung von Savarics Bemerkung zu verstehen versuchte. Er war erschüttert, aber er änderte sein Verhalten in der Hoffnung, er habe den Häuptling missverstanden. »Ich bin sicher, dass mein Herr und Meister bereits von dem Beleidigungsversuch Lord Branths erfahren hat. Anscheinend ist es jetzt aber zu spät, um etwas daran zu ändern. Wir können die

Lage nur so hinnehmen, wie sie ist. Der Rat muss sich unbedingt versammeln.«

Athlone rammte sein Schwert zurück in die Scheide. »Ich sorge dafür, dass Branth nicht ungestraft davonkommt. Er wird für seine Tat sterben.«

Savaric schüttelte den Kopf. Sein anfänglicher Zorn hatte sich gewandelt und war zu kalter Wut geworden. »Er wird nicht davonkommen. Aber wir sollten uns vorsichtig verhalten. Er will uns auf die Probe stellen. Wir müssen ihm die Krallen stutzen, ohne dabei unsere Schwerter zu benutzen.«

Gabria lächelte in sich hinein. Sie hatte Savaric falsch eingeschätzt. Ihr war klar, dass sie hinter den Männern und außer Sichtweite bleiben sollte, aber sie war neugierig und wollte das Lager sehen. Unbemerkt stahl sie sich am Pferd eines Wächters vorbei und stellte sich unmittelbar neben Athlone, sodass Boreas' Körper sie vor dem Gesandten verbarg.

Gabria schaute hinunter auf die beiden Flüsse, an denen die Zelte der vier Klane wie dunkle Vögel hockten. Im Norden der Insel, in einer weiten, stillen Schleife des Isin, befand sich das Gebiet, in dem ihr eigener Klan immer gelagert hatte. Dieses Stück Land war weit entfernt von Basar und Ratszelt und abgesondert von den übrigen Lagerstellen, doch die Corin hatten es wegen des Wassers und der Weiden bevorzugt. Nun war es unbesetzt, und Gabria wusste, dass die anderen Klane es mieden, als läge ein Fluch darauf. Wenn die Khulinin es nähmen, würden sie damit dem ausgelöschten Klan eine Ehre erweisen und gleichzeitig Medbs Pläne durcheinander bringen. Sie grinste.

Die Khulinin-Männer hatten sich in tiefen Gedanken über ihre nächsten Schritte verloren. Niemand beachtete Gabria. »Ihr könntet Euer Lager auf dem Land der Corin errichten«, unterbreitete sie Savaric ihren Vorschlag in die angespannte Stille hinein.

Athlone drehte sich wütend und überrascht um. »Geh zurück zur Karawane. Sofort!«

Der Gesandte warf neugierig einen Blick über die Schulter. Athlone trieb Boreas zwischen ihn und Gabria.

»Was hast du gesagt, mein Junge?« Ihr Vorschlag erstaunte Savaric mehr als ihre Gegenwart.

»Warum lagert Ihr nicht auf dem Platz der Corin?«, wiederholte Gabria.

Ein verschlagenes Lächeln kräuselte Savarics Lippen. Er kicherte anerkennend bei dem Gedanken an die Reaktionen der anderen Häuptlinge und sagte wie zu sich selbst: »Dathlar würde sich darüber freuen.«

Der Wertain beugte sich zu Gabria herunter und zischte: »Versteck dich, du Närrin!« Sie hatte sich gerade hinter das Pferd einer Wache geduckt, als der Gesandte vor Boreas und Athlone trat.

»Wer war dieser Junge?«, fragte der Spion misstrauisch.

Savaric antwortete sanft: »Der Sohn meines Bruders. Er vergisst manchmal, wohin er gehört. Athlone, was hältst du von seinem Vorschlag?«

»Es spricht einiges für ihn«, sagte der Wertain. Er war eifrig darum bemüht, das Stirnrunzeln des Gesandten nicht zu beachten.

»Da stimme ich dir zu.« Savaric wandte sich an seine Männer. »Jorlan, wir werden unser Lager am Isin aufschlagen – genau dort, wo die Corin früher gelagert haben.« Der Häuptling achtete nicht auf die erstaunten Blicke der Reiter und fügte hinzu: »Wir werden keine Vergeltungsmaßnahmen gegen die Geldring ergreifen. Wir tun so, als wäre nichts geschehen. Ist das klar?«

Jorlan und die Krieger salutierten. Sie waren entsetzt über diese Entscheidung, aber das Wort ihres Lords war Gesetz. Jorlan, der im Augenblick den Rang des zweiten Wertains einnahm, gab die nötigen Befehle.

Die Karawane setzte sich zögerlich in Bewegung und schlängelte sich den Hang hinunter. Gabria lief zu Nara zurück und setzte sich wieder an das Ende des Zuges. Sie hatte sich leichtfertig in die Gefahr begeben, von dem Gesandten entdeckt zu werden, doch das war es wert gewesen. Sie erlaubte Nara, mit den anderen Pferden zu laufen, und versteckte sich in Piers' Wagen, bis der Klan sich niedergelassen hatte.

Die Ausreiter trieben die Herde auf die Weide, während die Wagen den Hügel herab rumpelten. Willkommensrufe schallten dem Klan entgegen und eine Eskorte ritt auf ihn zu. Doch nur wenige Mitglieder der anderen Klane zeigten die übliche Begeisterung. Sie erwarteten ängstlich die Antwort der Khulinin auf die Beleidigung durch die Geldring. Auch einige Geldring spähten vom Rand ihres Lagers herüber; die übrigen waren nirgendwo zu sehen.

Dann verstummten die wenigen freudigen Klanleute und starrten die Khulinin erstaunt an. Die Wagen verließen den Hauptpfad, durchquerten den Isin und hielten auf der ausgedehnten, grasbewachsenen Stelle an, die bisher jeder furchtsam missachtet hatte. Die anderen Klane hatten alles erwartet, aber nicht das. Als Savaric das Entladen der Wagen und das liebevolle Errichten der Zelte überwachte, lächelte er in sich hinein. Er wünschte, er könnte Medbs Gesichtsausdruck sehen, wenn die Wylfling das Lager der Khulinin auf dem Land der Corin bemerkten.

Zehn

Die Klane der Schadedron und Ferganan trafen am selben Abend unter Willkommensrufen und einem Gewirr von Mutmaßungen ein. Die Klanleute waren von Savarics Ausweichen auf das Gebiet der Corin verblüfft. Damit erinnerten die Khulinin die anderen Klane absichtlich an das Massaker und ehrten gleichzeitig den ausgelöschten Klan. Die Wylfling waren noch nicht angekommen, und die Häuptlinge fragten sich, wie Medb wohl auf Savarics Schmähung reagieren würde. Auch erstaunte sie, dass die Khulinin der Beleidigung durch die Geldring keine Beachtung schenkten.

Normalerweise beschwor eine so ungeheuerliche Kränkung eine Aufforderung zum Kampf oder zumindest einen gewalttätigen Widerspruch herauf. Doch die Khulinin stellten bloß ihre Zelte am Fluss auf, mischten sich unter die anderen Leute und straften die Geldring mit Missachtung. Niemand konnte sagen, ob Savaric sich Branth und damit Medbs Überlegenheit beugte oder ob er es als unter seiner Würde ansah, sich mit Branth abzugeben. Savaric lieferte nicht den geringsten Hinweis auf seine Gefühle.

Ränkespiele und Klatsch verbreiteten sich wie ein Lauffeuer durch die Lager. Gerüchte sprossen überall. Wenn die Häuptlinge nicht mit Rätselraten über die Khulinin beschäftigt waren, beäugten sie einander aufmerksam und versuchten zu erraten, wer von ihnen Medb unterstützte. Branth stolzierte über den Basar wie ein balzendes Moorhuhn in vollem Federschmuck und schien sich seiner zukünftigen Macht sicher zu sein. Spannungen, Sorgen und Getuschel breiteten sich wie Rauch auf den Zeltplätzen aus.

Als die Klanleute bemerkten, dass die Khulinin nun ein zweites Hunnuli besaßen, verdichtete sich der Rauch. Sie versuchten auf jede mögliche Weise herauszufinden, wer der Reiter war, doch niemand fand den rätselhaften Mann, der die eindrucksvolle Stute gezähmt hatte, und die Khulinin waren erstaunlich zugeknöpft, wenn es um das Pferd und seinen Reiter ging. Die schwarze Stute graste zusammen mit Athlones Hengst und kümmerte sich weder um die vielen Schaulustigen noch um die Vermutungen, die sie umschwirrten. Währenddessen blieb ihr Reiter außer Sichtweite; er verbarg sich weiterhin in Piers' Zelt.

Am späten Abend erschienen drei Häuptlinge, um Savaric den üblichen Willkommensgruß zu entbieten. Sie lehnten jedoch seine Gastfreundschaft ab und verließen ihn rasch wieder, denn sie fühlten sich unwohl auf dem Land der Corin. Lord Branth ging Savaric völlig aus dem Weg. Nur Lord Koshyn, der Häuptling des Dangari-Klans, blieb auf einen Becher Wein.

Der junge Anführer hatte das helle Haar nach Art seines Klans kurz geschoren und trug ein tätowiertes Muster aus blauen Tupfern auf der Stirn. Seine Augen waren so indigoblau wie sein Umhang.

Koshyn machte es sich auf den Kissen bequem. Sein Lächeln wirkte ansteckend.

»Ihr wisst eindeutig, wie man Eindruck macht.« Er nahm den Becher entgegen, den Tungoli ihm reichte, und prostete seinem Gefährten wortreich zu.

Savaric erwiderte den Trinkspruch. Er mochte den jüngeren Mann und hoffte, die Dangari würden Medbs Bestechungsgaben nicht annehmen. »Dathlar war mein Freund«, sagte er nur.

»Ja. Ich glaube, Branth war erleichtert, als er erkannte, dass Ihr aus der Wahl seines Lagerplatzes keinen Streitfall macht.«

»Ich bezweifle, dass er diese Wahl allein getroffen hat.«

Koshyn schaute eine Weile durch den offenen Zelteingang und nippte an dem Wein. »Wollt Ihr eine Wette eingehen?«, fragte er. Sein Gesicht legte sich vor Belustigung in Falten.

»Was für eine Wette?«

»Ich wette fünf Stuten, dass Medb bei seiner Abreise den ganzen Rat vollständig in seine Gewalt gebracht hat.«

»Ihr seid ein Zyniker«, entgegnete Savaric.

»Mir wurde eine reiche Belohnung angeboten, falls ich sein Machtstreben unterstütze. Und ich bin nicht der Einzige.«

»Ich weiß, aber was wird stärker sein: Habgier, Angst oder Freiheitsdrang?« Savaric verstummte kurz. »Also gut, ich nehme die

Wette an.« Er bedachte den Dangari mit einem offenen Blick. »Werdet Ihr Euch mit den Wylfling verbünden?«

Koshyn lachte. »Dann würde ich ja die Wette verlieren.« Er leerte seinen Becher und hielt ihn Savaric entgegen. Während der Khulinin das Gefäß wieder füllte, sah Koshyn ihn nachdenklich an. »Ist an dem Gerücht etwas Wahres, dass jemand das Corin-Massaker überlebt hat?«

Savaric hob nur eine Augenbraue und wiederholte: »Dann würde ich ja die Wette verlieren.«

Am nächsten Nachmittag hatten drei andere Klane – die Reidhar, die Murjik und die Bahedin aus dem Norden – ihr Lager am Fluss aufgeschlagen. Die Stimmung kam in Schwung, und jeder versuchte so zu tun, als wäre in diesem Jahr alles wie immer. Doch auf den Lagerplätzen herrschte Anspannung. Obwohl die Klanleute sich lässig gaben, verrieten kleine, kaum wahrnehmbare Einzelheiten die wahren Gefühle der Menschen. Die Hände blieben in der Nähe des Dolches oder Schwertes, die Gesichter mühten sich mit einem Lächeln ab, und die Häuptlinge gerieten schnell in Streit miteinander. Die Frauen, die trotz der Bemühungen der Männer, die Schwierigkeiten nicht offen anzusprechen, die Lage genau kannten, blieben näher bei ihren Zelten. Selbst die Kaufleute waren nervös und packten den größten Teil ihrer Waren nicht einmal aus. Schon zwei Tage waren vergangen, und die Wylfling waren noch immer nicht eingetroffen. Sie waren die Letzten. Jedes Auge suchte verstohlen den südlichen Horizont nach einem Anzeichen für den verspäteten Klan ab.

Offenbar zögerte Medb seine Ankunft heraus, um die anderen schmoren zu lassen. Als die große Karawane der Wylfling am frühen Abend endlich erspäht wurde, rannte oder ritt jedermann hinaus, um Zeuge von Medbs Nahen zu sein. Genau das hatte er gewollt. Die Wylfling waren der größte und reichste Klan; sie beanspruchten bei jeder Zusammenkunft das beste Land für ihr Lager und die üppigsten Weiden für ihre Herden. Als die Karawane in das Tal einrollte, ordnete Medb seine Leute, damit die Klane an seine Macht erinnert wurden.

Medb trug einen langen, braunen Umhang, der seine verkrüppelten Beine und das Seil verbarg, das ihn an den Sattel band, und ritt wie ein König vor seinem Werod her. Die Krieger, über tausendfünfhundert an der Zahl, hielten die Lanzen zum Himmel erhoben, und die Kettenpanzer über ihren Umhängen schimmerten bronzen. Die braunen Helme verdeckten ihre Lederkappen; die langen, mit Quasten geschmückten Enden hatten sie sich über die Schulter gelegt. Hinter ihnen kamen die Wagen. Zahllose Karren, Wagen, Tiere und Menschen bewegten sich in ordentlichem Zug auf die Lager zu. Es folgte ein weiterer Kriegertrupp, und eine gewaltige Herde aus Pferden und Nutzvieh bildete das Ende.

Die Klane begrüßten die Wylfling nicht mit der üblichen Begeisterung. Sie beobachteten aufmerksam, wie jeder Wagen vorüberrollte, und zählten schweigend jeden einzelnen Krieger. Nur innerhalb eines Jahres hatte Medbs Klan aufgehört, Teil eines Ganzen zu sein. Nun war er eine bedrohliche Macht geworden, die sich über alle anderen erhob und Veränderungen ankündigte, die nur wenige willkommen hießen.

Savaric und Athlone standen am Rand des Lagers und nickten höflich, als Medb an ihnen vorüberritt.

»Es war wohl ein höchst erfolgreiches Jahr für Medb«, sagte Koshyn, der sich neben sie gestellt hatte.

Savaric nickte; sein Gesicht war ausdruckslos. »Die Wylfling-Frauen müssen sehr fruchtbar sein. In einem einzigen Winter ist sein Werod um etliche hundert Mitglieder gewachsen.«

»Außerdem muss die Sonne im Süden diesmal stärker brennen. Habt Ihr Euch einige seiner Ausreiter angesehen?«, bemerkte Athlone.

»Selbst Staub und große Entfernung können ihre dunkle Haut nicht verbergen«, sagte Koshyn.

Athlone schützte die Augen mit der Hand vor der sinkenden Sonne und beobachtete, wie die Reiter die Wylfling-Herden zu den Weiden am anderen Ufer des Goldrine trieben. »Turische Söldner. Einen von ihnen habe ich schon einmal gesehen.«

Savaric folgte dem Blick seines Sohnes und betrachtete die weit entfernten Reiter eingehend. »Bemerkenswert.«

»Wie wäre es mit einer Erhöhung des Wetteinsatzes?«, schlug Koshyn vor.

»Sieben Stuten«, stimmte Savaric zu.

Koshyn grinste. »Savaric, ich glaube, Ihr verbergt etwas vor mir.«

Der Anführer der Khulinin versuchte erstaunt zu wirken. »Was sollte ich denn verbergen?«, fragte er.

»Zum Beispiel, wer der Reiter dieser Hunnuli-Stute ist.«

»Ach, der«, sagte Savaric wie beiläufig und kratzte sich am Kopf. »Er ist krank.«

Koshyn glaubte ihm keine Sekunde lang. »Wie traurig. Hoffentlich erholt er sich bald.«

»Bestimmt.«

»Dessen bin ich mir sicher. Wer immer er auch sein mag, er ist nicht der angebliche Überlebende des Corin-Massakers. Niemand aus diesem Klan hat ein Hunnuli besessen. Falls es wirklich einen Überlebenden gegeben hat, ist er wohl im letzten Frühlingssturm umgekommen.«

»Möglicherweise«, sagte Athlone sanft. Es fiel ihm schwer, einen unbeteiligten Gesichtsausdruck aufzusetzen.

Koshyn warf ihm einen raschen Blick zu und zuckte die Achseln. »Also sieben Stuten. Ich bin gespannt, wer gewinnt. Medb wird schnell handeln; wenn Ihr ihm also den Boden unter den Füßen wegziehen wollt, fangt Ihr besser sofort damit an.« Er ging fort.

»Sieben Stuten?«, fragte Athlone.

Savaric klopfte dem Wertain auf die Schulter. »Die Dangari haben die flinksten Pferde aller Klane. Unser Bestand braucht frisches Blut.«

»Und was ist, wenn du verlierst?«

Der Anführer lächelte. Er hob langsam die Mundwinkel und strafte die Trauer in seinen Augen Lügen. »Falls ich verliere, werde ich wohl nicht mehr lange genug leben, um meinen Verlust zu bedauern.«

Athlone beschloss, nichts darauf zu erwidern. Stattdessen meinte er: »Ich habe vor kurzem gehört, Medb sei von einem Hunnuli verletzt worden. Hast du bemerkt, dass er sich am Sattel festgebunden hat?«

»Hmmm. Medbs Verletzungen haben ihn offenbar zum Krüppel gemacht«, bemerkte Savaric. »Dadurch erscheint alles in einem anderen Licht.«

»Ich bin froh darüber.«

Der Anführer wusste, was sein Sohn damit sagen wollte. »Ja. Gabrans Duell wird dadurch unmöglich.«

Sie gingen zurück zu ihrem eigenen Lager, steckten auf dem Weg dorthin die Köpfe zusammen und hielten die Stimmen gesenkt.

»Warum hat Medb nicht versucht, sich selbst zu heilen?«, fragte Athlone. »Ich war der Ansicht, Zauberei kann alles bewirken.«

»Ich bezweifle, dass er schon seine volle Stärke erreicht hat; außerdem will er seine Macht bestimmt noch nicht enthüllen.« Savaric klopfte gegen sein Schwert. »Und das, mein Junge, ist unsere Hoffnung. Die meisten Klanmänner wissen nicht mit Sicherheit, ob Medb die alte Zauberei wieder belebt hat. Das stellt für ihn die einzige Möglichkeit dar, den Rat in seine Gewalt zu bringen. Also müssen wir ihn aufhalten, solange es uns noch möglich ist.«

»Selbst zusammen mit den Söldnern und den Geldring hat er nicht genug Männer, um uns andere zu überwältigen.«

Savaric bohrte einen Finger in die Luft. »Er hat genügend Männer, solange wir anderen getrennt bleiben.«

»Hast du vor, die Klane zu vereinigen?« Athlone verbarg seine Zweifel nicht. »Ist das jemals gelungen?«

»Meines Wissens nicht.«

»Wie willst du sie zusammenführen? Es braucht schon so etwas wie eine vollkommene Katastrophe, um die Häuptlinge gegen Medb zu vereinen.«

»Wie wäre es mit der Wahrheit?«, meinte Savaric milde. »Mit einer unwiderlegbaren Aufdeckung von Medbs Zaubereien. Vor allen Häuptlingen.«

Athlone blieb ruckartig stehen. Er verstand sofort, was sein Vater meinte. »Nein! Das darfst du nicht tun.«

»Nur so können die Häuptlinge die Gefahr erkennen, in der sie schweben.« Auch Savaric hielt an.

»Und wie gut sie es erkennen werden! Sie werden sehen, wie du Medb bis zur Weißglut reizt und in einem Blitz aus verbotenem Feuer stirbst. Und dann werden sie auf ihre Ländereien zurückfliehen, wo Medb sie sich nacheinander und in aller Ruhe vornehmen kann.« Athlone ging weiter und ruderte aufgeregt mit den Händen. »Sei doch vernünftig, Vater. Wenn du Medb dazu zwingst, seine

Zaubereien zu enthüllen, wird er dich töten. Du bist jedoch der Einzige, der die Klane gegen ihn zusammenführen könnte.«

Savaric holte seinen Sohn ein und ergriff ihn am Arm. Die Augen des Anführers brannten. »Ich muss es versuchen. Du hast selbst gesagt, es ist so etwas wie eine vollkommene Katastrophe notwendig.«

Athlone starrte den Häuptling lange an. Er wusste, dass er Savarics Vorhaben nicht verhindern konnte. Sie hatten keinen echten Beweis dafür, dass Medb ein Zauberer war; sie besaßen nichts Greifbares, das sie dem Rat zeigen konnten. Deshalb wollte Savaric dem Rat unter Einsatz seines Lebens einen Beweis verschaffen. Athlone bezweifelte, dass dieser Zug die Klane einigen würde. Sie waren schon zu lange unabhängig, um die Notwendigkeit eines gemeinsamen Vorgehens zu verstehen, selbst wenn es um die Wiederbelebung der Zauberei ging. Ein Klan oder zwei würden sich möglicherweise dem Kampf der Khulinin gegen Medb anschließen.

»Willst du nicht wenigstens erst mit den anderen reden?«, fragte Athlone, obwohl er genau wusste, dass ein Gespräch sinnlos war.

Savarics Blick wurde sanfter. »Natürlich. Ich bin nicht gerade begeistert von der Vorstellung, Medbs Zorn auf mich zu ziehen.«

»Das werden wir sowieso tun«, meinte Athlone, »wenn er herausfindet, dass ich nicht vorhabe, die Khulinin für ihn gefügig zu machen.«

Plötzlich lachte Savaric. »Dann haben wir ja nichts mehr zu verlieren.«

Als sich die elf Klane endlich versammelt hatten, begaben sich die Priester am Abend auf die Insel und holten aus einer geheimen Grotte das riesige Ratszelt hervor. Es wurde auf einer großen Freifläche am Ufer des Goldrine unter einigen nahe am Wasser wachsenden Bäumen aufgeschlagen. Männer aus allen Klanen halfen bei seiner Errichtung. Zehn Pfosten an jeder Seite dehnten die gegerbte Haut weit genug, damit fünfzig Männer unter ihrem Schutz Platz fanden. Dicke Teppiche wurden auf den Boden gelegt und eine Feuergrube ausgehoben. Teile der Wand wurden hochgerollt, damit die Brise von den Flüssen das Innere kühlte. Zur Bequemlichkeit der Männer brachte man Kissen und Stühle herbei.

Früh am nächsten Morgen wurden die Banner der elf Klane vor

dem Ratszelt aufgegangen. Dunkelgold, blau, grün, braun, grau, schwarz, purpurrot, gelb, orange, indigoblau und kastanienbraun entrollten sie sich wie Flammen im Wind. Nur das Scharlachrot des Corin-Klans fehlte. Jedermann versuchte, die Fahnen nicht weiter zu beachten, doch ohne den vertrauten roten Farbtupfer wirkte das Zelt seltsam und Unheil verkündend. Immer wieder ertappten sich die Männer dabei, wie sie an den Pfosten des großen Ratszeltes hochschauten.

Am Mittag riefen die Hörner die Häuptlinge zur Ratsversammlung. Vierundvierzig Männer – elf Häuptlinge mit ihren Söhnen, Wertains, Ältesten und Priestern – versammelten sich in dem kühlen, gut durchgelüfteten Zelt. Frauen reichten Gefäße mit Wein und Bier herum und stellten Schalen mit Früchten in Reichweite; dann zogen sie sich still zurück, denn es war keiner Frau erlaubt, an der Ratsversammlung teilzunehmen. Malech, der Anführer der Schadedron, rief die Männer zur Ordnung und der Hohepriester segnete die Teilnehmer. Die Ratsversammlung begann.

Am ersten Tag berieten die Männer nur über kleinere Schwierigkeiten. Savaric bat um Informationen über Pazrics Verschwinden, erfuhr aber nichts Neues. Lord Branth wurde im Rat willkommen geheißen, und man unterhielt sich über die Schäden, die der Frühlingsregen angerichtet hatte. Alle vermieden es, Medb anzusehen, der zusammen mit sieben seiner Männer in drohendem Schweigen dasaß. Nur wenige außerhalb des Wylfling-Klans wussten um das Ausmaß von Medbs Verletzung und niemand wagte darüber zu reden. Es war offensichtlich, dass Medb noch die volle Gewalt über seinen Klan und seine Kräfte besaß, ob er nun verkrüppelt war oder nicht.

Auch erwähnte niemand die Punkte, die allen so wichtig waren: das Massaker an den Corin, Medbs gesetzwidrige Bestechungsversuche, die Zusammenrottung der Ausgestoßenen und die Gerüchte über Medbs häretische Zaubereien. Die Männer waren noch nicht bereit, derart gefährliche Themen zur Sprache zu bringen. Stattdessen redeten sie über alltägliche Ereignisse, beobachteten einander und warteten darauf, dass jemand den ersten Schritt machte.

Medb sagte nichts. Er saß auf seiner Sänfte im Kreis seiner vertrauenswürdigsten Wachen und sah die Häuptlinge mit verschatteten Augen an wie ein Löwe, der seine Beute ausspäht. Die anderen konnten im Grunde nur noch nach seiner Pfeife tanzen, und das wussten sie. Mochten sie doch ausbrechen und eine Finte gegen ihn führen. Am Ende würden sie zu ihm zurückkriechen. Dann waren seine verkrüppelten Beine nicht mehr von Bedeutung; wenn er die volle Kraft seiner Magie entfesselte, würde jeder Mann zu Boden sinken und ihn anbeten – oder sterben.

Als die Ratsversammlung für diesen Tag zu Ende war, verließen die Männer dankbar das Zelt und begaben sich in ihre eigenen Lager. Nach einer Nacht des Feierns und Tanzens, an dem die Wylfling nicht teilnahmen, setzte sich der Rat am folgenden Morgen wieder zusammen.

Es war genauso wie am vergangenen Tag. Die jährlichen Geschäfte wurden abgeschlossen, einige größere Strafen ausgesprochen und verschiedene Streitigkeiten geschlichtet. Wieder saß Medb auf seinem Platz und sagte wenig. Die Spannung stieg wie der Druck in einem fest verschlossenen Topf, der zu nahe am Feuer steht.

Savaric trug seine Sternenbrosche an beiden Ratstagen, obwohl er nicht mit Medb über ein Bündnis sprach, und beobachtete heimlich die Reaktionen seiner Gefährten. Der Stein zog viele Blicke und Bemerkungen auf sich; einige waren neiderfüllt, andere bewundernd. Es war offensichtlich, woher der Stein stammte, und viele Männer fragten sich, was Savaric getan hatte, um ihn sich zu verdienen.

Doch der Anführer der Khulinin sprach mit kaum jemandem auf der Ratsversammlung. Wie die übrigen Häuptlinge blieb er untätig und beobachtete die Lage. Savaric wartete auf den richtigen Augenblick, wenn die Spannungen ihren Höhepunkt erreicht hatten; erst dann war er am Zug.

Als der zweite Tag vorüber war, nickte Savaric Athlone zu. »Morgen«, meinte der Häuptling. »Sag es dem Jungen.«

»Welchem Jungen?«, fragte Lord Koshyn, als er sich zu den Khulinin gesellte. Er grinste Savaric und Athlone an. »Wird Euer geheimnisvoller Mann endlich in Erscheinung treten?«

Savaric nahm seinen Mantel von dem Kissen, auf welchem er gesessen hatte. »Der Reiter des Hunnuli hat sich von seiner Krankheit erholt«, entgegnete er.

In diesem Augenblick kam Sha Umar, der Anführer des Jehanan-

Klans, herbei und gesellte sich zu den drei Männern. Die Enttäuschung war deutlich von seinem hübschen Gesicht abzulesen. »Savaric«, sagte er verärgert, »der Rat darf über Medbs verbrecherisches Verhalten nicht einfach hinwegsehen. Jemand muss die anderen Häuptlinge aus ihrer Teilnahmslosigkeit reißen.«

Koshyn nickte. »Darüber reden wir gerade. Ich glaube, die Khulinin haben einen Plan in der Tasche.«

Sha Umar wirkte erleichtert. »Ich sage Euch offen heraus, dass ich Angst vor Medb habe, Savaric. Er stellt eine Bedrohung für uns alle dar.«

Der Anführer der Khulinin schaute den Jehanan nachdenklich an. »Zieht Ihr in Erwägung, Euch mit ihm zu verbünden?«

Sha Umar schnaubte verächtlich. »Ich habe Angst, aber ich bin nicht dämlich. Ich sähe meinen Klan lieber tot wie die Corin als unter seiner Herrschaft.« Er schaute rasch hinüber zum Eingang, durch welchen Medb gerade in seiner Sänfte getragen wurde. Die drei anderen folgten seinem Blick.

»Wir müssen uns um ihn kümmern«, sagte Savaric ruhig, »bevor er zu stark wird.«

»Ich bin froh, dass Ihr das sagt. Ihr könnt auf meine Hilfe zählen.« Sha Umar nickte den Männern zu und ging mit seinen Kriegern davon.

»Möchtet Ihr Euren Einsatz überdenken?«, fragte Savaric Koshyn.

Der jüngere Mann schüttelte den Kopf. »Es ist mir sieben Stuten wert, wenn ich nicht Recht habe. Ich bin gespannt auf morgen.« Auch er verließ das Zelt.

Savaric und Athlone gingen mit ihren Wächtern zurück zum Lager der Khulinin. Sie sprachen beide nicht viel, denn ihre Gedanken waren auf den kommenden Morgen gerichtet. Als sie das Lager erreicht hatten, zog sich Savaric in sein Zelt zurück und Athlone ging zu Gabria, um mit ihr zu reden.

Während der ganzen zwei Tage der Ratsversammlung hatte Gabria verstimmt in Piers' Zelt gesessen. Das Warten erschien ihr endlos. Savaric hatte ihr befohlen, außer Sichtweite zu bleiben, und Gabria wusste, dass ihre Pläne vereitelt waren, falls sie vorzeitig erkannt wurde. Doch dies trug wenig zur Linderung ihrer Bedrückung bei. Der schwer erkämpfte, heiß ersehnte Augenblick, in dem sie Medb gegenübertreten und ihm seine Verbrechen ins Gesicht schleudern durfte, stand kurz bevor. Bald würde sie ihn gebrochen und bluten und unter Schmerzen sterben sehen – so wie es ihrer Familie im Treld ergangen war.

Gabria genoss diese Vorstellung. Vielleicht starb sie bei der Ausführung ihres Vorhabens, doch der Tod machte ihr keine Angst mehr. Sie würde siegen und ihr Klan ewig leben in den ruhmreichen Geschichten, die man sich von ihr erzählen würde. Nichts konnte sie aufhalten. Jetzt mochte Gabria noch abwarten und dem Häuptling bei der Verwirklichung seines Planes helfen, doch wenn die Zeit gekommen war, würde sie Medb mit jeder ihr zur Verfügung stehenden Waffe bekämpfen. Nicht einmal der Rat würde ihr Einhalt gebieten können. Das Wergeld würde entrichtet werden.

Gabrias Stimmung schwankte unablässig zwischen grenzenloser Wut, Unruhe, Gereiztheit und Ungeduld hin und her. Sie konnte sich nicht ruhig halten. Ihre Hände waren dauernd in Bewegung, und ihr Körper zuckte unter plötzlichen Geräuschen zusammen. Was alles noch schlimmer machte, war der Umstand, dass sich Cor oft vor dem Zelt herumtrieb. Wenn er nicht aß oder arbeitete, rekelte er sich im Schatten eines Baumes vor dem Zelt des Heilers und erzählte jedem, der ihm zuhörte, grobe Geschichten über Gabria oder verhöhnte sie durch die Fellwände. Gabria hatte keine Ahnung, was Cor tun würde, wenn sie hinausstürmte und ihm gegenübertrat, doch beide wussten sehr genau, dass Savaric ihr das Verlassen des Zeltes verboten hatte. Das nützte Cor nach Kräften aus.

Piers versuchte andauernd, ihn zum Gehen zu zwingen, doch Cor kam immer wieder zurück, setzte sich unter den Baum und verspottete Gabria. Sie gab sich große Mühe, ihn nicht zu beachten, aber seine körperlose Stimme schallte unheimlich durch das stille Zeltinnere, und seine Beleidigungen steigerten ihre Erregung bloß noch. In den kurzen Ruhezeiten, wenn er gegangen war, bemühte sie sich, ihre angespannten Nerven zu beruhigen, doch es gelang ihr kaum. Cors Stimme würde schon bald wieder die Ruhe im Zelt durchbrechen und sie dazu treiben, die Fingernägel in die Wände zu bohren.

Bei Sonnenuntergang des zweiten Tages war Gabria fast von Sinnen vor Anspannung und Verzweiflung. Als Athlone hereinkam, um mit ihr zu reden, schreckte sie hoch. Sie packte ein Messer und hätte beinahe nach ihm gestochen, als sie ihn im Dämmerlicht des Abends endlich erkannte.

»Es tut mir Leid«, sagte sie zitternd. »Ich dachte, es ist Cor.«

Athlone nahm ihr das Messer aus der Hand und legte es auf Piers' Medizintruhe. »Er ist nicht hier. Ich bitte um Entschuldigung. Ich hätte mich schon längst um Cor kümmern sollen.« Er sah ihr zu, wie sie auf den Teppichen hin und her lief. »Vater hat vor, dich morgen zur Ratsversammlung mitzunehmen«, sagte er schließlich.

Gabria schaute auf. Ihre Lippen kräuselten sich zu einem wilden Lächeln. »Ich werde mich bereithalten.«

»Mach dir nicht zu viele Hoffnungen, Gabria«, versuchte Athlone zu erklären. »Es gibt zu vieles, was du nicht weißt.«

Das Mädchen schüttelte den Kopf. »Mach dir um mich keine Sorgen, Wertain. Mir geht es sehr gut.«

Athlone sah sie an. Er wusste, dass das nicht stimmte, doch er konnte nichts mehr für sie tun. Niemand hatte den Mut gehabt, Gabria zu sagen, dass Medb zu stark verkrüppelt für einen Zweikampf war. Niemand wusste, wie sie darauf reagieren oder ob sie die Wahrheit überhaupt annehmen würde. Athlone wollte es ihr gerade erklären, doch dann entschied er, es nicht zu tun. In ihrer augenblicklichen Verfassung würde sie ihm niemals glauben.

Der Krieger wünschte ihr eine gute Nacht und ging nach draußen. Piers traf in der Nähe des Zeltes auf ihn. Der Heiler trug einen vollen Weinschlauch und ein Laken.

Piers hielt den Schlauch hoch und schüttelte ihn. »Ich versichere dir, dass es kein Wasser ist«, meinte er. »Ich werde heute Nacht wohl kaum gut schlafen. Möchtest du mir nicht etwas Gesellschaft leisten?«

Athlone willigte ein und die beiden Männer machten es sich unter dem benachbarten Baum bequem. Gemeinsam bewachten sie das Zelt und seine vor Wut kochende Bewohnerin. Cor hielt sich fern.

In jener Nacht schlief Gabria schlecht. Die Schatten, die sie nach dem Massaker heimgesucht hatten, kehrten mit Macht zurück und umschwebten sie, während sie in den Schlaf hinein und wieder aus ihm heraus trieb. Die Verärgerung über die zwei Tage des Wartens quoll in ihrem Magen, und ihre Kehle war wie zugeschnürt. Morgen ist alles vorbei, sagte sie sich immer wieder. Am Morgen würde sie mit Savaric die Ratsversammlung besuchen und am Abend wäre das Gottesurteil beendet. Ihre Träume überfielen sie, als wollten sie sich über Gabrias Unwissenheit lustig machen, und die Phantome lachten sie mit den Stimmen ihrer Brüder aus.

Dann erhob sich aus der Tiefe der Erinnerungen und Gespenster ein Traum so klar wie die Vision, die sie in jener Nacht im Feuer der Khulinin-Halle gehabt hatte. Der Treld der Corin. Gabria sah sich selbst auf einem Hügel stehen und auf die Überreste des einst so lebendigen Lagers starren. Die Sonne stand hoch und brannte heiß, und dichtes Gras wuchs auf den verlassenen Weiden. Unkraut breitete sich über der Asche aus und überzog die Ruinen mit einer grüne Decke. An einer Seite erhob sich ein großer, mit Speeren eingefasster Hügel. Er war frisch aufgeschüttet und auf ihm wuchs bisher nur wenig Gras. Die Düsternis ihres Kummers wich ein wenig zurück, als sie den Grabhügel sah. Jemand hatte sich um die Toten gekümmert und dem Klan durch dieses Begräbnis seine Ehre erwiesen. Es war etwas, das sie nicht hatte tun können, und sie dankte dem, der die Corin beerdigt hatte, wer immer es auch sein mochte.

Plötzlich verschwand der Traum und Gabria erwachte. Sie lag auf ihrer Pritsche, starrte in die Dunkelheit und fragte sich, ob dieser Traum eine echte Vision oder nur Wunschdenken gewesen war. Doch die Quelle des Traumes war eigentlich nicht wichtig. Das Bild des Grabhügels schenkte ihr Frieden; es blieb während der dunklen Stunden der Nacht bei ihr und lockerte ein wenig die schreckliche Anspannung.

Als endlich das Licht der Morgendämmerung in das Zelt sickerte, hatte Gabria sich beruhigt. Die schattenhaften Phantome waren verschwunden; ihre Unruhe hatte sich gelegt. Die Spannung war aus Körper und Geist abgeflossen. Es war nichts übrig geblieben außer einer einzelnen, hell lodernden Flamme der Entschlossenheit. Nur die Erinnerung an den Grabhügel war geblieben, damit Gabria ihre Pflicht nicht vergaß.

Sie glättete ihre Kleider und zog die Stiefel an. Ihre Waffen, die nun ein Teil von ihr waren, lagen ordentlich nebeneinander und warteten auf ihren Einsatz. Das Schwert hatte sie inzwischen so sehr geschärft, dass seine Klinge tödlich war, und der Dolch ihres Vaters schimmerte vom dauernden Reiben. Sie faltete ihren goldenen Umhang und bemerkte überrascht, wie sie in einer Geste des Bedauerns mit dem Finger über das leichte Leinen strich. Sie hatte sich bei den Khulinin wohl gefühlt. Es wäre hart für sie, wenn sie diesen Klan wieder verlassen müsste.

Sie legte den goldenen Mantel beiseite, holte ihren eigenen scharlachroten Umhang aus der Ledertruhe und schüttelte ihn aus. Die rote Wolle fiel in Wellen zu Boden. Was für eine ehrliche Farbe, dachte sie, klar und rein wie eine Gemme und keineswegs trübe wie Blut. Sie warf sich den Umhang über die Schulter und steckte ihn mit der Brosche fest, die ihre Mutter ihr geschenkt hatte. Sie lächelte in sich hinein. Medb stand eine große Überraschung bevor.

Piers sah ihr beunruhigt beim Anziehen zu. Er wollte etwas sagen, um seine eigene Anspannung zu mildern, doch er fand nicht die richtigen Worte. Der Heiler erkannte den bohrenden Blick, der Gabrias Gesicht veränderte. Ihre Augen glühten in einem makellosen Licht und die dunklen Ringe darunter machten sie nur noch größer. Gabrias Haut war gerötet und ihre Bewegungen knapp, so als ob sie all ihre Stärke in sich halten wollte. Piers wollte sie warnen und ihr sagen, dass sie sich umsonst Hoffnungen auf einen Kampf mit Medb machte, doch die Stimme versagte ihm. Außerdem war das Mädchen zu sehr mit sich selbst beschäftigt. Nur der Anblick Medbs und seiner verkrüppelten Beine konnte sie davon überzeugen, dass eine Herausforderung zum Zweikampf unmöglich war.

Piers hoffte, diese Erkenntnis würde sie nicht zerbrechen. Gabria hatte so vieles überlebt und so lange geplant, den Lord der Wylfling in einem Zweikampf zu vernichten, dass es für sie schwierig sein würde, sich andere Möglichkeiten der Rache vorzustellen.

Als Gabria fertig war, setzte sie sich schweigend zu Piers und wartete. Der Rat sollte am Mittag zusammentreten; somit blieb ihr noch etwas Zeit, bis Savaric sie abholte. Sie konnte nichts essen und versuchte, an nichts zu denken und sich so von allem außer ihrer Entschlossenheit zu befreien. Piers respektierte ihre Schweigsamkeit, saß still neben ihr und half ihr mit seiner eigenen Wortlosigkeit.

Savaric und Athlone waren bereits vor Anbruch der Morgendämmerung aufgestanden. Als der Mond unterging, wurden sie von einem Boten gebeten, ihm zu folgen. Zu ihrer Überraschung trug er eine dünne, lange Peitsche mit einem silbernen Totenkopf am Griff.

Nur wenige Männer besaßen solch seltsame Waffen, und sie waren seit unzähligen Jahren nicht mehr bei den Ratsversammlungen erschienen.

Die beiden Khulinin zügelten ihre Neugier, gürteten sich die Schwerter um und gingen lautlos an den Wachen vorbei und auf die beiden Flüsse und die heilige Insel zu. Das Rauschen des Wassers war das einzige Geräusch in der kühlen Nacht, und eine sanfte Brise zupfte an ihren Kleidern. Der Bote hielt am Ufer und pfiff leise. Drei Gestalten lösten sich aus den Schatten der aufragenden Steine und wateten durch die Stromschnellen. Sie trugen keine Mäntel, sondern nur einfache Hemden, knöchellange Roben und einen Ledergürtel. Außer den Peitschen, die zusammengerollt an ihren Hüften hingen, hatten sie keine Waffen. Hinter ihnen warteten die dunkelgrauen Steine wie Wächter, die alles beobachteten, aber nicht lauschten. Athlone erzitterte unter ihrem Blick.

Einer der Männer kam auf Savaric zu und erhob die Hand zum Friedensgruß. »Gute Jagd, Bruder«, sagte er. Er war genauso groß wie der Khulinin. Mehrere Minuten lang sahen sie sich schweigend an.

Savaric hielt den Kopf schräg. Langsam breitete sich ein Lächeln auf seinem Gesicht aus. »Seth! Du bist höchst willkommen.«

Die anderen Fremden schienen sich zu entspannen. Sie blieben so starr wie Statuen, doch sie steckten die Hände in die Ärmel ihrer Roben und traten einige Schritte zurück, um dem Häuptling und seinem Bruder Platz zu machen.

Seth nickte unmerklich. »Ich bin froh, dass du das sagst. Erstreckt sich deine Gastfreundschaft auf uns alle?«

Der Blick des Häuptlings glitt über die vier Männer und kehrte dann zum Gesicht seines Bruders zurück. »Sind alle von euch hier?«

»Nein. Nur wir vier. Wir brauchen deine Hilfe.«

Savaric hob die Brauen. »Seit wann brauchen die Männer der Peitsche Hilfe?«

»Seit die Klane uns Eidbrecher nennen. Wir möchten an der Ratsversammlung teilnehmen.«

»Wie bitte?«, keuchte Athlone.

Seth hob die Augenbrauen genau wie sein Bruder. »Was ist los, Neffe? Hat der Rat ein Gesetz verabschiedet, das uns den Zutritt zur Versammlung verbietet?«

Savaric legte die Hand auf Athlones Schulter. Er teilte die Überraschung seines Sohnes. Die Männer vom Kult der Göttin Krath mieden die Ratsversammlungen seit Generationen. Savaric fragte sich, warum die Männer der Peitsche ausgerechnet dieses Jahr hergekommen waren. Dann erinnerte er sich daran, dass sie sich in Sichtweite der Wachen und Lager befanden, und schlug seinem Bruder vor: »Vielleicht wäre es besser, wenn wir in meinem Zelt weiterreden.«

Seth stimmte ihm zu. Mit leiser Stimme sagte er etwas zu seinen Begleitern, und sie verschwanden in der Dunkelheit.

Savaric, Athlone und Seth gingen am Rand des Lagers entlang und huschten unbemerkt in das Zelt des Häuptlings. Tungoli hatte auf ihren Gemahl gewartet. Sie nickte höflich und verbarg kaum ihre Überraschung, als Seth eintrat. Rasch holte sie Wein, bevor sie sich hinter den Schlafvorhang zurückzog. Die drei Männer hockten sich vor einer kleinen Lampe nieder und sahen einander nachdenklich an. In dem schwachen Licht bemerkte Athlone die starke Ähnlichkeit zwischen den beiden Brüdern.

Der Eidbrecher war jünger als der Häuptling, doch Jahre härtester Ausbildung, Selbstverleugnung und das Leben in unwirtlichen Ländern hatten ihn vorzeitig altern lassen. Die Haut unter dem dichten Bart war dunkel, die Augen waren völlig ausdruckslos. Es hieß, die Gefolgsleute der Göttin Krath könnten in die Herzen der Menschen blicken und das dort verborgene Böse aufdecken; sie erspähten Geheimnisse und zögen sorgsam im Zaum gehaltenen Hass hervor, der hinter den glatten Oberflächen verborgen lag. Deshalb wagten nur wenige, einem Eidbrecher in die Augen zu sehen, und sie selbst hielten die Lider halb geschlossen, als ob sie das Grauen, das sie schon geschaut hatten, in ihrem Innern verschlossen halten wollten.

Savaric durchbrach als Erster das Schweigen: »Wirst du uns jetzt vielleicht verraten, warum ihr hergekommen seid?«

Seth lehnte sich zurück und zog sich die Robe sorgfältig über die Knie. »Wegen Medb.«

»Ich wusste nicht, dass er sich für den Kult der Krath interessiert«, erwiderte Savaric.

»Er besitzt das *Buch des Matrah*.«

Athlone und Savaric waren erschüttert. Der Wertain wurde

bleich. Er sah seinen Vater an und zeigte zum ersten Mal echte Angst.

»Wir hatten bereits vermutet, dass er die Schwarze Kunst wieder belebt, aber ein so mächtiges Hilfsmittel hätten wir niemals erwartet.« Der Häuptling starrte mit grimmigem Gesicht in die Lampenflamme.

»Er hat uns gebeten, einige Abschnitte für ihn zu übersetzen«, fuhr Seth fort. »Die Bibliothek in der Zitadelle der Krath enthält die einzigen Hilfsmittel für eine solche Aufgabe.«

»Wie lautete deine Antwort?« Athlones Stimme war schneidend.

Eine Spur von Verärgerung legte sich in Seths Blick. Er kniff den Mund zusammen. »Wir haben nein gesagt.«

Savaric schaute hoch. »Das überrascht mich. Ich war der Meinung, Krath billigt Medbs Vorgehensweise.«

»Unsere Pfade mögen andere sein als die jener Menschen, die sich der Pferde und des Eisens bedienen, aber wir nehmen es nicht einfach hin, wenn wir von einem elenden *Häuptling* bedroht werden.«

Savaric schenkte dieser Beleidigung keine Beachtung. Trotz seiner Blutsverwandtschaft mit einem Eidbrecher verstand er nicht, was einen Mann von seinem Klan lösen und zu den dunklen Geheimnissen einer blutrünstigen Göttin treiben konnte. Seths Verhalten überstieg sein Begriffsvermögen; deshalb bereitete es Savaric eine boshafte Freude, seinen Bruder so oft wie möglich aus der Deckung zu locken. »Du bist heute Abend sehr ungebärdig, Seth«, gab er zurück.

Der Gesichtsausdruck des Eidbrechers wurde wieder starr und undurchdringlich. Selbst nach vielen Jahren der Übung gelang es ihm noch immer nicht, sich vor seinem Bruder vollkommen zu beherrschen. »Du musst uns mit zum Rat nehmen. Die Gefühle der Klane waren immer gegen uns gerichtet, und ohne deine Unterstützung wird man uns den Zutritt zur Ratsversammlung nicht gestatten«, sagte er sehr förmlich.

Athlone setzte seinen Weinbecher unsanft ab. »Du hast uns immer noch nicht gesagt, warum wir das tun sollen.«

»Medb hat gedroht, unsere Zitadelle zu zerstören, wenn wir ihm nicht helfen.«

»Ausgerechnet wir sollen dich unterstützen, dieses Mördernest zu verteidigen?«, rief Athlone.

Seth versteifte sich. Die Maske vor seinen Augen verrutschte ein wenig, und einen Moment lang glaubte Athlone, ein rasendes Flackern in den Tiefen dieser schwarzen Augäpfel zu sehen. Der Wertain riss den Blick von ihm los und starrte auf den Boden.

»Es stünde dir gut, taktvoller zu werden, Athlone. Du wühlst Asche auf, die besser in Ruhe gelassen wird.« Seth hielt inne. »Wir sind hergekommen, um den Rat vor Medbs Buch und seinen wachsenden Kräften zu warnen – und um sicherzustellen, dass er uns nicht noch einmal bedroht.«

Savaric nickte. Nur die Männer des Krath-Kultes wussten, was sich in der Bibliothek ihrer Zitadelle befand. Wenn also die Eidbrecher ihre selbst gewählte Verbannung aufgaben, um die Klane zu warnen, war es das Beste, ihnen zuzuhören. »Ihr dürft mitkommen.« Er verstummte kurz und lächelte Athlone an. »Morgen haben wir einige Überraschungen für Medb.«

»Ich hoffe, er hat keine für uns«, murmelte Athlone. »Vater, du darfst deinen Plan nicht ausführen, bevor du die Eidbrecher angehört hast.«

»Wir werden sehen. Wenn wir den richtigen Köder nehmen, geht uns Medb vielleicht in die Falle.«

Seth trank seinen Becher leer und sagte: »Nur Narren glauben an den einfachen Weg.«

Elf

Am Vormittag erschien Nara vor Piers' Zelt, um Gabria abzuholen. Savaric hatte ihr sowohl aus Sicherheitsgründen als auch des starken Auftritts wegen erlaubt, auf dem Hunnuli zu reiten. Dieser Anblick war auf der Ratsversammlung mehr wert als tausend Worte.

Als Gabria zusammen mit dem Heiler hinausging, sah sie, dass Savaric, Athlone, einige Krieger aus der Herdwache sowie die vier Eidbrecher bereits auf sie warteten. Die Gegenwart der Männer der Peitsche überraschte sie, doch sie schaute Seth und seine Gefährten nur flüchtig an. Seth hingegen wechselte einige Blicke mit seinen Männern, und als Nara neben Gabria trat, nickte er seinem Bruder anerkennend zu.

Athlone half dem Mädchen, auf Naras breiten Rücken zu klettern. Er sah in ihr angespanntes Gesicht und erkannte das Feuer, das in ihr brannte. Er drückte ihr Knie. Als sie zu ihm hinunterschaute, waren ihre Augen hell und in weite Ferne gerichtet.

»Halt deine Zunge im Zaum. Setz bloß nicht unser Leben aufs Spiel. Hast du mich verstanden?«, bedrängte Athlone sie.

Sein eindringlicher Tonfall holte sie in die Gegenwart zurück. Sie nickte leicht überrascht.

Das Hunnuli stahl sich in ihre Gedanken. *Er hat Recht, Gabria. Fordere den Mann jetzt noch nicht heraus. Du bist noch nicht bereit dazu.*

Gabria beobachtete, wie Athlone mit seinem Vater sprach. »Ich bin mehr als bereit. Mein Schwert lechzt nach seinem Blut«, zischte sie.

Ich meine nicht den Schwertkampf.

Gabria schreckte hoch. »Was meinst du dann?«

Aber die Stute sagte nichts mehr, denn Savaric gab ihnen ein Zeichen und führte die Gruppe an. Gabria kümmerte sich nicht mehr um die Antwort auf ihre Frage. All ihre Gedanken waren auf das Kommende gerichtet, und sie wollte nicht zulassen, dass Nara sie aus irgendeinem Grund von ihrem Vorhaben abbrachte.

Das Hunnuli neigte schnaubend den Kopf und dehnte den Hals zu einem ebenhölzernen Bogen.

»Bist du so weit, Gabran? Es ist Zeit«, sagte Savaric.

Nara antwortete für ihre Reiterin, indem sie den Kopf zurückwarf und ein herausforderndes Wiehern ausstieß, das laut durch die Lager schallte. Boreas antwortete ihr auf einer fernen Weide, und weitere Pferde wieherten ebenfalls, bis die ganze Weide erzitterte. Die Stute tänzelte voran und die Männer folgten ihr. Gabria setzte sich kerzengerade auf. Sie warf die Schösse ihres Umhangs nach hinten, sodass er säuberlich über der Lende des Hunnuli lag und in roten Wellen bis zu ihren Stiefeln herabhing. Die ihr folgenden Männer bewunderten im Stillen Ross und Reiter. Der ganze Klan versammelte sich, um ihrem Aufbruch zur Ratsversammlung beizuwohnen.

Gabria kannte die Wirkung des roten Umhangs auf Leute, die nicht wussten, dass es noch einen Corin gab, aber sie war keineswegs auf die Wirkung vorbereitet, die ihr Erscheinen auf die launische Stimmung des Rates machte. Naras Wiehern hatte die Lager aufgerüttelt wie ein Tritt in ein Wespennest. Hunderte Leute bevölkerten die Flussufer und starrten hinüber zu den Zelten der Khulinin.

Die Häuptlinge, die im Ratszelt auf Savaric warteten, begaben sich nach draußen, als sich das Gerücht von der Ankunft des Corin unter den Anwesenden verbreitete.

Als das Hunnuli und seine Eskorte den Isin durchwateten, setzte ein Stimmengewirr ein. Eine Mauer aus Klanmännern erhob sich am Ufer und blockierte den Weg zum Ratszelt. Einen Augenblick lang fragte Gabria sich, ob man sie vorbeilassen würde. Verwirrung, Angst und Verwunderung lagen auf allen Gesichtern. Die Menge wogte und schwoll unablässig an. Gabria erkannte viele der Neugierigen, doch sie waren wie Fremde. Ein paar Leute brüllten ihr etwas zu, einige verfluchten sie. Nun wussten alle, dass noch ein Corin übrig war, und wurden an ihr Versäumnis erinnert, den Corin-Klan in ehrendem Angedenken zu halten. Gabria beachtete keinen von ihnen. Sie hob den Blick zu den Bannern, die über dem Ratszelt wehten.

Sie erreichten den Rand der Menge. Für die Dauer eines Atemzuges bewegte sich niemand. Dann wieherte Nara erneut gebieterisch. Sofort richtete sich die Aufmerksamkeit der Menge auf die Stute, und ein Seufzen wehte durch die dicht gedrängt Stehenden. Sie traten beiseite und bildeten einen Korridor. Nara tänzelte vorwärts, und ein Windstoß bauschte Gabrias Umhang auf wie eine Häuptlingsfahne. Alle Augen folgten dem Pferd und seinem Reiter. Nur wenige bemerkten den Häuptling der Khulinin hinter dem Hunnuli oder die Eidbrecher, die neben Savaric gingen. Als Nara bei dem Ratszelt angelangt war, stieg Gabria ab. Die Häuptlinge empfingen sie am Eingang. Nur Medb blieb drinnen.

»Meine Lords.« Als Savaric sich zu ihr gesellt hatte, verbeugte sie sich vor den neun anderen Häuptlingen. »Ihr erinnert Euch vielleicht nicht mehr an mich. Ich bin Gabran vom Klan Corin. Ich bitte um Eure Erlaubnis, an der Ratsversammlung teilnehmen zu dürfen.«

Die neun sahen einander beunruhigt an. Koshyn fing Savarics Blick auf und schenkte dem Häuptling ein ironisches Lächeln.

Malech, der Anführer der Schadedron, sagte voller Zweifel: »Kein uneingeweihter Krieger darf ohne seinen Häuptling hier eintreten.«

»Ich bin Dathlars Sohn und der einzige Corin; also bin ich kraft meines Überlebens Häuptling«, erwiderte Gabria kühl.

Athlone schluckte angesichts ihrer Kühnheit und schaute weg. Die Lords berieten sich für kurze Zeit. Savaric hielt sich zurück, damit die anderen eine unabhängige Entscheidung treffen konnten. Um das Zelt herum beobachteten Männer aus allen Klanen abwartend das Geschehen und hielten ihre eigene Versammlung ab.

Schließlich nickte Malech und deutete auf das Zelt. »Du darfst dich zu uns gesellen, Gabran.«

Noch bevor sich jemand bewegt hatte, trat Savaric vor. »Lords, ich habe einem Hohepriester und drei Mitgliedern des Kultes der Peitsche die Erlaubnis gegeben, der Ratsversammlung als meine Gäste beizuwohnen. Sie haben einige wichtige Angelegenheiten mit uns zu bereden.«

Da erst bemerkten die Häuptlinge die vier Fremden bei den Khulinin. Als die Männer sich vorstellten, brach wiederum Unruhe aus. Einige Anführer erbleichten, und alle Klanmänner schienen vor den verhassten schwarzen Peitschen zurückzuweichen.

»Verräterischer Abschaum«, zischte Caurus, der rothaarige Häuptling der Reidhar. »Verlasst sofort diese Versammlung.«

Die anderen murmelten zustimmend. Die Mitglieder des Kultes hatten ihren Lehenseid den Klanen und Häuptlingen gegenüber gebrochen und verdienten daher die Bezeichnung »Eidbrecher.« Sie waren nicht ausdrücklich von der Ratsversammlung ausgeschlossen, aber sie waren keinesfalls willkommen.

Ein dunkler Mantel aus Angst hing über den Schultern der Eidbrecher, einer Angst, die ihren Ursprung in geflüsterten Gerüchten und Geschichten über abscheuliche Taten nahm. Nur wenige Menschen kannten die Geheimnisse der Krathjünger, weil nur wenige von denen überlebten, welche aus der Zitadelle der Krath flohen. Doch der Ruf der Eidbrecher als meisterhafte Mörder und ihre Abneigung gegen Metall waren allgemein bekannt. Weil sie keine metallischen Gegenstände benutzten, waren ihre Körper sowie ihre Peitschen und ihre mit großer Kunstfertigkeit hergestellten Mordwerkzeuge aus Leder und Stein ihre einzigen Waffen. Es hieß, ein Eidbrecher könne jemandem mit bloßen Händen das Genick brechen oder mit einem einzigen Schlag seiner heimtückischen schwarzen Peitsche den Kopf absäbeln. Ihr religiöses Ziel bestand darin, im Dienste ihrer anspruchsvollen Herrin die vollkommene Tötung auszuführen.

Aber die Klanmänner verachteten nicht die Blutlust des Kultes, sondern die Hinterlist, die seine Mitglieder bei ihren Taten an den Tag legten. Die nächtliche Heimlichkeit, die Garotte um die Kehle, die raffinierten Gifte und die Heimtücke waren für einen Klanmann unverständlich. Niemand wusste, wann die Eidbrecher zuschlugen. Es gab niemals eine Vorwarnung.

Und jetzt wollten sie an der Ratsversammlung teilnehmen.

Lord Branth drängte sich vor und sah auf Seth herunter. »Wie könnt ihr es wagen, hierher zurückzukehren!«

Branths Frechheit schrumpfte unter Seths kaltem Blick zusammen. »Medb hat uns herausgefordert«, sagte er mit einer Stimme, die vor Bosheit troff.

Branth trat einen Schritt zurück, und auch die anderen Anführer wirkten bestürzt. Ihnen war nicht bekannt gewesen, dass Medb etwas mit dem Kult der Peitsche zu tun hatte. Spannung baute sich auf wie vor einem Gewittersturm.

»Ihr habt mein Wort, dass mein Bruder und seine Männer die Versammlung nicht stören werden. Sie stehen unter meinem Schutz«, sagte Savaric beschwichtigend.

Malechs Mund verzog sich zu einem dünnen Strich. »Sie müssen ihre Waffen draußen lassen und dürfen nur über die Angelegenheit reden, wegen der sie hergekommen sind.«

Seth stimmte dem zu, und die vier Männer legten ihre Peitschen vor dem Eingang ab. Sie wussten sehr genau, dass es niemand wagen würde, sie zu berühren. Die Häuptlinge und ihre Männer begaben sich hintereinander in das Ratszelt.

Nara versetzte Gabria einen sanften Stoß. *Vergiss nicht.*

Das Mädchen nickte und lief wie betäubt hinter Savaric her. Drinnen wartete Medb auf sie. Ihre Entschlossenheit loderte noch stärker auf; ihre Finger brannten darauf, den Schwertgriff zu fühlen. Sie versuchte, Savaric nicht ungeduldig durch den Eingang zu schieben, spähte ihm aber über die Schulter, um einen ersten Blick auf den Lord der Wylfling werfen zu können. Gabria hatte den Mann, von dem ihr lediglich der Ruf bekannt war, noch nie gesehen und ihm in ihrer Vorstellung viele Gesichter und Gestalten gegeben.

Als sich die Männer zerstreuten und ihre Plätze aufsuchten, starrte Gabria wild umher und versuchte, einen Blick auf den Mörder zu erhaschen. Er musste doch hier sein! Aber niemand in diesem Zelt entsprach ihrer Vorstellung von einem bösen Zauberer. Die einzigen Wylfling, die sie sah, befanden sich am Kopfende des Zeltes. Überrascht bemerkte sie, dass einer von ihnen in einer Sänfte saß und sich eine braune Decke um die Beine gewickelt hatte. Sie setzte sich mit hämmerndem Herzen neben Athlone. Vielleicht wartete Medb irgendwo auf seinen großen Auftritt. Sie krallte die Hände ineinander und versuchte ihr Zittern zu unterdrücken.

Lord Malech stand auf und hob die Hand, um Ruhe zu schaffen. Sein breites Gesicht glänzte vor Schweiß. »Lord Medb, es befinden sich einige Fremde hier, die uns ersucht haben, an der Ratssitzung teilzunehmen.«

Gabria erstarrte. Ihr Blick glitt über die versammelten Wylfling. Sie wartete gespannt darauf, wer nun antworten würde. Der Mann in der Sänfte scheuchte müßig eine Fliege fort und neigte den Kopf.

»Das habe ich gehört.« Er wandte sich an Gabria. »Im Namen des Rates drücke ich hiermit unsere Freude und Erleichterung über das Überleben eines Sohnes von Dathlar aus. Der Tod deines Vaters war ein Schlag für uns alle.«

Gabria klappte der Kiefer herunter. Sie starrte Medb an, bis ihr schwindlig wurde und ihre Wut im Magen hochkochte. Sie war betrogen worden! All die Tage der Erniedrigung, des Kummers und Schweißes waren umsonst gewesen! Sie wollte angesichts dieser Ungerechtigkeit aufschreien. Der letzte, bittere, blutgetränkte Sieg ging an Medb, denn nun wurde die Ehre ihres Klans einem Krüppel geopfert. Sie sprang auf, ohne zu wissen, was sie tun sollte, doch Athlone riss sie zurück auf ihren Platz und drückte ihren Arm wie ein Schraubstock.

»Beweg dich nicht«, zischte er. »Sag kein Wort.«

Selbst wenn Gabria es gewollt hätte, wäre ihr kein Wort über die Lippen gekommen. Ihr bloßer Atem schien sie zu erwürgen.

Die Häuptlinge sahen sie neugierig an und erwarteten eine Antwort von ihr. Als sie nichts erwiderte, räusperte Malech sich aufgeregt und sagte: »Das Massaker an den Corin ist ein Thema, das wir bisher ausgeklammert haben, wie ich zu unserer Schande gestehen muss. Nun erfahren wir, dass ein Corin überlebt hat. Wir dürfen diesem scheußlichen Verbrechen nicht länger ausweichen. Sagst du uns, was in deinem Treld geschehen ist, Junge?«

Malech wandte den Blick von Medb ab und befahl Gabria, sich zu erheben.

Athlone ließ den Arm des Mädchens los, nachdem er ihn noch einmal warnend gedrückt hatte, und es stand langsam auf. Über die Köpfe der Männer hinweg sah sie Medb an und ihr Hass dampfte auf. Niemand hatte ihr die Wahrheit gesagt. Man hatte sie einfach in die Falle laufen lassen, aus der sie nur ein Rückzug wieder hinausführte. Sie konnte sich nicht mit einem verkrüppelten Mann duellieren; es gab keine Möglichkeit, zu ihrer Rache zu gelangen. Sie konnte die Eidbrecher anheuern, ihn zu töten, falls sie diesen Auftrag übernahmen, oder sie selbst konnte ihn in einer dunklen Nacht angreifen, doch diese beiden Möglichkeiten empfand sie als abstoßend, und sie würden ihr auch nicht zu einer ehrenhaften Rache verhelfen.

Gabria vermochte an nichts anderes mehr zu denken. Wenn sie den Rat davon überzeugte, dass Medb für dieses abscheuliche Verbrechen verantwortlich war, würde man ihn bestrafen. Aber sie bezweifelte, dass die Häuptlinge etwas unternähmen. Schon in den ersten Minuten, die Gabria unter ihnen verbracht hatte, war offenbar geworden, dass sie vor Angst wie gelähmt waren.

Diese Erkenntnis beunruhigte Gabria. Als sie sich umsah und die zusammengekniffenen Münder und steifen Haltungen der Männer bemerkte, keimte ein zartes Gefühl des Stolzes in ihr auf. Diese Männer, die nachts beim Lagerfeuer so großspurig daherredeten, erbebten vor einem einzelnen Häuptling, einem Mann aus ihrem eigenen Stand, während sie, eine Frau, ein großes Hunnuli ritt und das schrecklichste Schicksal überlebt hatte, das ein Klanmitglied einem anderen zufügen konnte. Wenn sie das überlebt hatte, würde sie auch diese schreckliche Enttäuschung überstehen.

Mit leiser und ruhiger Stimme berichtete Gabria dem Rat alles, was sie auch den Khulinin gesagt hatte, sowie ihre Sicht des Massakers. Sie beachtete die wachsende Aufregung der Männer nicht und hielt während ihrer Rede die Augen starr auf Lord Medb gerichtet. Mit festem Blick zählte sie die einzelnen Beweise für seine Schuld auf. Währenddessen saß der Anführer der Wylfling reglos da und erwiderte ihren herausfordernden Blick mit seinen grauen Augen, die verengt waren wie die eines Wolfes. Gabria bemerkte das wütende Funkeln darin und ein Muskelzucken am steifen Hals des Häuptlings.

Trotz seiner zerschmetterten Beine war Medb noch immer ein mächtiger, lebensprühender Mann. Seine Kraft durchpulste jeden Muskel und ließ ihn jünger erscheinen als die vierzig Winter, die er zählte. Er sah völlig anders aus, als Gabria ihn sich vorgestellt hatte, und unter anderen Umständen hätte sie ihn als hübsch bezeichnet. Die Züge in dem breiten Gesicht waren fein geschnitten und wurden von einem kurzen Bart und lockigem braunen Haar umrahmt. Dieses Gesicht wirkte wie dazu geschaffen, offen und freundlich zu sein, doch in Wirklichkeit handelte es sich um eine verzerrte

Maske, unter der sich Boshaftigkeit und skrupellose Hinterlist verbargen.

Als Gabria ihre Rede beendet hatte, geriet der Rat in Aufruhr. Die Männer riefen durcheinander und machten wütende Gesten. Einige sprangen hoch. In dem ohrenbetäubenden Lärm war es schwer, ihre Worte zu verstehen. Lord Malech versuchte, sie zu beruhigen, doch in dem Chaos waren seine Versuche vergebens.

Savaric stand auf. »Ruhe!«, bellte er, und die Aufregung legte sich. »Die Corin sind schon seit vier Monaten tot. Warum zeigt Ihr Eure Wut erst jetzt?«

Nach und nach verstummten die Männer.

»Warum schleppt Ihr diesen Überlebenden erst jetzt an?«, fragte Lord Branth mit ungläubigem Grinsen.

»Um ihn vor einem vorzeitigen Ableben zu schützen. Er ist schließlich der letzte Corin. Da wir jetzt alle Zeugen seiner Existenz sind, müssen wir den Gründen für die Auslöschung seines ganzen Klans Beachtung schenken.«

»Die Aussage, die ich gehört habe, verurteilt die Habgier und den Blutdurst einiger Ausgestoßener, die sich unrechtmäßig zusammengerottet haben, um unsere Klane zu überfallen und zu plündern«, gab Branth zurück.

Branths Bemerkung erntete zustimmende Rufe, und Lord Caurus von den Reidhar schlug mit seinem Becher auf den Boden. »Dieses Schakalpack hat zehn meiner besten Stuten gestohlen und dreißig Schafe abgeschlachtet auf der Weide zurückgelassen.«

Lord Ferron vom Amnok-Klan sagte rasch: »So etwas ist noch nie passiert, so weit die Erinnerung unserer Klane zurückreicht. Wir müssen uns unverzüglich um diese Plünderer kümmern, bevor sie einen weiteren Klan niedermetzeln.«

»Die Corin wurden nicht aus blanker Habgier niedergemetzelt«, erwiderte Savaric.

Branth schnaubte verächtlich. »Warum dann? Weil den Ausgestoßenen die Farbe ihrer Mäntel nicht gefallen hat?«

»Ich habe geglaubt, vor allem Euch dürfte das klar sein, Branth, da Eure Ländereien an die von Dathlar grenzen. Und auch Euch anderen, die Ihr Lord Medbs Versprechungen von Reichtum und Macht gelauscht habt. Es ist genügend Macht für alle da.«

Lord Jol, der Älteste der Häuptlinge, sagte wütend: »Ich habe kein Angebot von Lord Medb erhalten. Worum geht es überhaupt?«

»Um die Errichtung eines Reiches, Jol«, erklärte Koshyn.

Der alte Häuptling stieß ein bellendes Gelächter aus. »Das ist absurd. Niemand kann die Klane beherrschen; dafür siedeln sie zu weit auseinander. Meiner befindet sich schon beinahe in den nördlichen Wäldern.«

Savaric wandte sich an Medb. »Aber es stimmt doch, Medb, oder etwa nicht? Warum habt Ihr nicht mit Jols Murjik verhandelt? Sind sie zu weit entfernt, um für Euch von Nutzen zu sein, oder sind sie als Nächste für das Schwert vorgesehen?«

Jol erbleichte. Die Krieger stritten nun hitzig über die Ausgestoßenen, über Savarics Anklagen und Gabrias Aussage; dann verdächtigten sie sich gegenseitig – aber über Medbs Mitschuld redete niemand. Einige wollten glauben, dass Savaric Recht hatte. Trotz Medbs Angeboten waren sie entsetzt von der Vorstellung, dass die Klane von einem Oberherrscher an die Kette gelegt würden. Tief in ihrem Innern wussten sie, warum die Corin gestorben waren, aber sie wussten nicht, wie sie sich verhalten sollten. Noch nie hatte sich einer der ihren auf diese Weise gegen sie gestellt.

Selbst wenn Medb gestehen sollte, dass er der Bande von Ausgestoßenen die Auslöschung des Klans befohlen hatte, fürchteten sie sich davor, ihn zu bestrafen. Seine Macht war unvorstellbar groß geworden, und zusammen mit seinen Söldnern war er zahlenmäßig jedem einzelnen Klan weit überlegen. Die Häuptlinge hatten überdies Angst davor, die Wahrheit über seine Zaubereien zu erfahren. Falls Medb tatsächlich die alten Zaubersprüche wieder belebt hatte, waren die Klane dem Untergang geweiht. Es würde niemand mehr übrig bleiben, der Medb bekämpfen konnte.

Doch Savaric wollte es nicht zulassen, dass sich die Häuptlinge auf ewig vor der Wahrheit drückten. Er trat in die Mitte des Zeltes und starrte Medb an. »Mein Blutsbruder starb auf Lord Medbs Anweisung. Ich kann ihn nicht zum Zweikampf herausfordern, aber ich verlange, dass der Rat dieses höchst abscheuliche Verbrechen bestraft.«

Zum ersten Mal seit seinem Gruß an Gabria sagte Medb etwas. »Ihr Narren«, zischte er gelassen. Er streckte die Hand mit der Innenfläche nach oben aus und redete los. Seine Stimme war sanft und bezwingend; es war, als spräche er mit einer Gruppe aufbegehrender Kinder.

Gabria sah Medb erstaunt an, als jedes Geräusch plötzlich verstummte und alle Männer ihm zuhörten. Ihre Gesichter waren ausdruckslos und alle Augen schienen sehnsüchtig auf ihn zu blicken. Das Mädchen sah zu Athlone hinüber. Auch er starrte Medb mit gespannter Aufmerksamkeit an. Selbst Medbs eigene Männer reckten die Hälse, um genau mitzubekommen, was er sagte.

»Seid Ihr etwa Mädchen mit weichen Knien, die an jedem Wort aus dem Mund eines einfachen Jungen hängen? Aus Gründen, die sich mir nicht erschließen, werde ich zu Unrecht eines äußerst gemeinen Verbrechens angeklagt, das ich nicht begangen habe. Ich hatte keinen Grund, die Corin zu töten. Sie waren Mitbrüder, Reiter wie ich. Würde ich mir etwa selbst die Finger abschneiden?« Er klang betrübt. »Zu welchem Zweck? Ihre Ländereien liegen weit hinter den entferntesten Hufabdrücken meiner Ausreiter. Das ist doch absurd.« Er lehnte sich in seiner Sänfte zurück und verzog die Lippen zu einem Lächeln. »Trotzdem kann ich nachvollziehen, warum Ihr Euch durch das Märchen dieses Knaben habt täuschen lassen. Ihr seid geblendet von dem roten Mantel und dem Anschein der Ehrlichkeit. Der Junge ist von Savaric gut unterwiesen worden, nicht wahr?«

Die Männer murmelten; ihre Blicke ruhten noch immer starr auf Medb. Seine Worte ergaben einen Sinn. Gabrias und Savarics Behauptungen schmolzen dahin wie Eis in der warmen Sonne. Medbs Stimme war so angenehm; seine Worte klangen so folgerichtig. Er konnte den Corin nichts angetan haben; die Ausgestoßenen mussten aus eigenem Antrieb gehandelt haben. Auch Athlone sah verblüfft drein und fragte sich, ob sein Vater vielleicht doch Unrecht hatte.

Gabria war verwirrt. Natürlich log Medb, doch seine Worte waren vernünftig und klangen so ehrlich, dass sie ihm gern geglaubt hätte. Etwas Seltsames geschah in ihrem Kopf, und sie bemühte sich, den Grund dafür herauszufinden.

»Ich muss mich doch sehr wundern, dass Lord Savaric versucht, mir die Schuld dafür in die Schuhe zu schieben. Ich habe ihm nichts getan.« Medb machte eine Pause, als wäre er in Gedanken verloren, und ließ die Krieger seine verletzte Unschuld spüren. »Doch wenn ich aus dieser ehrwürdigen Ratsversammlung verbannt werde, wer soll sich dann um die Belange meines Klans kümmern? Ich habe keinen Sohn. Ob sich mein rücksichtsvoller Nachbar dann vielleicht uneigennützig anbieten würde, ein Auge auf die Ländereien der Wylfling zu haben, bis ein neuer Anführer gewählt ist?«

Savaric kämpfte darum, etwas zu sagen, doch er brachte kein Wort hervor. Wütend schritt er auf den Wylfling zu. Medb hob die Hand, und sofort hielt der Khulinin an, als wäre er gegen eine Wand gelaufen.

Langsam und genussvoll kam Medb zur Sache. »Ich bin nicht der Einzige, der durch Lord Savarics Habgier bedroht wird. Selbst die Turic könnten seiner Tücke erliegen. Er schmiedet bereits Pläne, die Stämme zu unterwerfen und sich das südliche Vorgebirge des Dunkelhörner anzueignen – Länder, die an meine eigenen grenzen!«

Plötzlich lachte Gabria auf. Dieser in seiner Sänfte kauernde, von seiner ungeheuerlichen Anmaßung aufgedunsene Mann wagte es, einen anderen mit dem Vorwurf der Arglist und Habgier zu besudeln? Und die tapferen Krieger saßen wie verzauberte Frösche da und saugten jedes Wort von Medb gierig auf. Das war mehr, als Gabrias erschütterte Selbstbeherrschung ertragen konnte. Die Auswirkungen von Medbs Zauber verflogen in Gabrias Kopf. Sie schaute sich um und lachte erneut.

Ihr Spott entbehrte jeden Humors und war scharf vor Enttäuschung; er durchschnitt wie eine Sense die Erstarrung der Klanmänner. Sie schreckten überrascht hoch und sahen einander schuldbewusst an. Savarics Körper zuckte, als der Zauber von ihm wich; beinahe wäre er zu Boden gefallen. Seth streckte die Hand aus und ergriff seinen Arm.

Medbs Gesicht wurde unangenehm straff. Er warf einen abschätzenden Blick auf Gabria. Dann winkte er zwei seiner Wächter heran, flüsterte ihnen einen Befehl zu und wandte sich erneut an die Häuptlinge, um den Faden wieder aufzunehmen, den er bereits in ihren Köpfen gesponnen hatte. Diesmal setzte er seine Zauberkünste aus und fachte die Flammen an, die dem Rat hoffentlich auf die Sprünge helfen würden. Seine beiden Wachen schlüpften aus dem Zelt.

»Corin«, redete Medb Gabria an. »Es gibt berechtigte Gründe, uneingeweihten Knaben den Zugang zur Ratsversammlung zu verbieten; dein Gefühlsausbruch ist einer davon. Bitte halte dich zurück.«

»Also erkennt Ihr meine Abstammung und mein Blut an«, erwiderte sie und hielt den Mantel mit der Faust hoch. »Und bald werde ich Euer Blut sehen.« Da sie nicht an den Zauberer herankommen konnte, brannte ihre Rachlust immer stärker. Sie betäubte Gabrias gesunden Menschenverstand und machte sie unvorsichtig.

Malech warf Savaric einen entschuldigenden Blick zu; dabei entging ihm die kaum wahrnehmbare Bewegung von Medbs Händen. Doch Seth bemerkte sie und erkannte, dass gerade ein uralter Zauber gewirkt wurde. Rasch beugte er sich zu Gabria hinüber.

»Nimm das hier«, flüsterte er und drückte ihr eine kleine Kugel in die Hand. »Behalte sie immer bei dir.«

Gabria öffnete die Hand und fand darin eine weiße, fein geschnitzte Steinkugel. In ihrem hohlen Inneren steckten drei weitere Kugeln unterschiedlicher Größe, eine in der anderen. Es dauerte einen Augenblick, bis sie diesen Gegenstand erkannte, und dann hätte sie ihn beinahe fallen gelassen. Der Eidbrecher hatte ihr einen geheimen Schutzzauber gegeben. Als sie den Blick hob, sah auch sie Medbs seltsame Handbewegungen.

Ganz kurz summte die Luft in dem Zelt; einer der Krieger schlug nach einer eingebildeten Fliege und Gabria verspürte einen leichten Druck im Kopf. Dann war er vergangen, und sie seufzte erleichtert auf. Es war unklug von ihr gewesen, den Zorn eines Zauberers auf sich zu ziehen. Ihre Unbesonnenheit wäre ihr beinahe zum Verhängnis geworden. Gabria verbarg den geheimen Schutz unter ihrem Hemd und warf Medb einen hasserfüllten Blick zu.

Medb fing diesen Blick auf und schürzte verärgert die Lippen. Es war ihm nicht verborgen geblieben, dass Seth dem Jungen etwas zugesteckt hatte, und jetzt wusste er, was es war. Es überraschte ihn nicht, dass die Eidbrecher noch einige Hinterlassenschaften der alten Zauberer besaßen. Es erstaunte ihn jedoch, dass der Priester den Schutz einem Fremden gegeben hatte – und dass er bei dem Jungen so gut wirkte.

Hier geschah etwas sehr Merkwürdiges. Bereits die Tatsache, dass der Junge lebte, war seltsam. Die Ausgestoßenen hatten geschworen, Dathlar und all seine Söhne getötet zu haben. Offenbar waren sie nicht sorgfältig genug gewesen.

Malech unterbrach seine Gedankengänge. »Savaric, sorge dafür, dass der Junge still ist; sonst muss er gehen.«

Die Männer dachten immer noch über Medbs Worte nach, und Koshyn fragte wütend: »Habt Ihr einen Beweis für Eure lächerlichen Beschuldigungen gegen Savaric?«

Savaric verschränkte die Arme vor der Brust. »Eure Anmaßung verblüfft mich, Medb.«

»Also fühlt Ihr Euch angesprochen«, entgegnete Medb. »Vielleicht wird Euch das hier überzeugen.«

Plötzlich gab es einen Aufruhr vor dem Zelt. Zwei von Medbs Wachen kamen herein und zerrten einen jungen Krieger in einer zerfetzten, verdreckten Robe der Turic hinter sich her. Athlone stieß einen Ruf der Verblüffung aus und sprang an die Seite seines Vaters, als der Krieger unsanft vor Malech zu Boden gestoßen wurde. Die übrigen Männer reckten sich, weil sie unbedingt sehen wollten, wer der Mann war. Nur Medb beobachtete Savarics Verhalten. Der junge Mann wand sich auf den Teppichen hin und her, als versuchte er, eingebildeten Schlägen auszuweichen, und seine Hände zuckten krampfartig. Dann rollte er jammernd auf den Bauch und starrte wild die Zeltdecke an.

»Pazric«, flüsterte Savaric traurig.

Das Gesicht des Kriegers war mit getrocknetem Blut gesprenkelt, grün und blau geschlagen und hatte einen verstörten Ausdruck angenommen. Die Haut spannte sich fest um die Knochen. Athlone kniete neben ihm nieder und versuchte ihn in eine sitzende Position zu bringen. Pazric wich entsetzt vor der Berührung des Wertains zurück und versuchte fortzukriechen, doch sein geschundener Körper versagte ihm den Dienst und er rollte sich plappernd neben der Feuerstelle zusammen.

Athlone stand auf. »Was habt Ihr mit ihm gemacht?«

»Ich?« Medb sah beleidigt drein. »Meine Männer haben ihn in diesem Zustand gefunden; er schleppte sich durch die Wüste und war dem Tode nahe. Die Turic hatten ihn dort ausgesetzt.«

»Und das ist Euer Beweis?«, fragte Lord Ferron. Das Gesicht des

Amnok war so grau wie sein Umhang. »Dieses Wrack, das Ihr aus der Wüste geholt habt? Gibt es unter den Wylfling keinen Heiler?«

Medb beachtete die letzte Frage nicht. »Erkennt Ihr ihn nicht? Das ist der unersetzbare Pazric, der zweite Wertain der Khulinin. Seht Euch seinen Hals an. So verfahren die Turic mit dem verräterischen Abschaum, den sie eines sauberen Schwerthiebs nicht für wert erachten.«

Einen Augenblick lang hob Pazric den Kopf und alle sahen ihn an. Eine blutige Verfärbung wand sich ihm wie ein Kragen um den Hals. Purpurrotes Fleisch warf sich am Rand der Wunde auf und nässende Vertiefungen bedeckten Pazrics Kehle wie Klauenspuren.

»Ein in Wasser eingeweichter Lederriemen«, erklärte Medb im Plauderton. »Wenn die Sonne ihn trocknet, erwürgt er langsam sein Opfer.«

»Das beweist überhaupt nichts«, sagte Lord Koshyn.

Medb klatschte in die Hände. »Hund, was war dein Auftrag bei den Turic?«

Pazric krümmte sich. Seine Augen quollen aus den Höhlen und rollten vor Entsetzen. Er zwang die Worte durch seinen zerschundenen Hals. »Ihnen einen Pakt anbieten.«

»Was für einen Pakt?«, wollte Medb wissen.

Die übrigen Krieger wurden unruhig; hilflos beobachteten sie Medb, Savaric und Pazric. Die vier Eidbrecher sahen sich wissend an.

»Um Land zu tauschen«, krächzte Pazric. Er barg den Kopf unter den Armen und schrie angesichts der Schmerzen, die seine Antwort ihm bereitete.

»Was für Land?«, bedrängte Medb ihn unbarmherzig.

»Ihr heiliges Land … südliches Vorgebirge … für das Altaibecken.«

»Unmöglich!«, rief Lord Quamar. Sein Klan kannte die Turic gut, denn der Treld der Ferganan lag im Süden am Altaifluss. »Einen solchen Pakt würden sie niemals eingehen.«

»Das Altaibecken ist Wylfling-Land«, erinnerte ihn Medb. Natürlich war ihm klar, dass alle dies wussten. »Dennoch ist Savaric der Ansicht, dieses Land stünde ihm zu seiner freien Verfügung.«

Savaric schenkte Medbs beleidigenden Anklagen und der wachsenden Ablehnung um ihn herum keine Beachtung. Stattdessen untersuchte er Pazrics zusammengekauerten Körper. Der Wertain würde eher sterben als seine Ehre, seinen Lord oder seine Mission zu verraten. Es stimmte, dass er mit den Stämmen der Turic verhandeln sollte, doch dabei ging es nur um einen für beide Seiten annehmbaren Treffpunkt für den Austausch von Vieh. Savaric bezweifelte, dass die Stammesleute Pazric diese grausamen Verletzungen zugefügt hatten. Sie hatten schon einmal mit ihm verhandelt und seine Rechtschaffenheit geachtet. Medb, der sich ebenfalls Pazrics Ehrlichkeit bewusst gewesen sein musste, hatte ihn offenbar auf dem Heimweg abgefangen und seinen Verstand in jene kriecherische Lügenmasse verwandelt, die den Rat überzeugen sollte. Savaric sah in Pazrics Gesicht und fragte sich, wie viel vom Gehirn des zweiten Wertains vernichtet worden war. Die eingesunkenen Augen des Kriegers waren auf eine innere Pein gerichtet, die jedes seiner Worte kontrollierte – eine Pein, die mit an Sicherheit grenzender Wahrscheinlichkeit von Medb herrührte.

Savaric schluckte. Niemand stellte seinen Schlachtenmut in Frage, doch Zauberei war für ihn ein beängstigendes Geheimnis, dem er noch nie gegenübergestanden hatte. Er erschauerte angesichts der Kühnheit seines Plans, Medb zu reizen, und wollte Pazric dazu nicht benutzen, denn es war nur allzu wahrscheinlich, dass jemand sterben würde, wenn Medb gezwungen war, seine Kräfte zu offenbaren. Unangenehmerweise war dies die einzige Möglichkeit, die Häuptlinge so sehr in Schrecken zu versetzen, dass sie sich gegen Medb zusammenschlossen.

»Lord Savaric, habt Ihr diesen Mann mit einem Vertragsangebot zu den Turic geschickt?«, fragte Lord Malech unglücklich. Ihm war nicht verborgen geblieben, dass er unaufhaltsam die Macht über die Versammlung verlor.

Savaric warf seinem Sohn einen weiteren warnenden Blick zu und antwortete: »Gewiss. Es ist kein Geheimnis, dass wir mit den Turic in Verhandlungen stehen.«

»Wir wissen, dass es dabei um Vieh geht. Aber was ist mit Land?«, fragte Ferron.

Savaric schüttelte den Kopf. »Die südlichen Berge eignen sich nicht einmal für Eidechsen, geschweige denn für Pferde.«

»Aber dort gibt es den Altaifluss, und das spärliche Gras an den Ufern müsste eigentlich eine ausgezeichnete Weide für Eure Ziegen abgeben«, warf Branth ein. »Ihr habt auf die Beschuldigung noch nicht geantwortet. Hattet Ihr beabsichtigt, das Altaibecken im Austausch für das Land der Turic zu geben?«

»Und wenn schon! Was geht Euch das an?«, sagte Savaric äußerst zornig. Er trat hinüber zu Medb, strafte die Wylfling-Wachen mit Missachtung und wies überdeutlich auf den sitzenden Mann. »Seht ihn euch an. Er ist ein hilfloser Kerl. Wenn er den nächsten Winter überlebt, geschieht das allein wegen der Gnade der Götter. Er kann sich weder ohne Sänfte bewegen noch ohne fremde Hilfe überleben. Er ist seinem Klan doch nur eine Last. Doch er ist der Häuptling! Er muss sich um das Wohlergehen der Herden kümmern, um die Ausbildung des Werod und um das Überleben seines Klans. Kein gesunder Krieger seines Klans wird Medbs Schwäche lange hinnehmen, und schon bald wird es deshalb Kampf in seinen Reihen geben. Wenn es ihm wirklich um die Belange seines Klans ginge, würde er zurücktreten und den Rat veranlassen, einen neuen Häuptling zu wählen.«

Einige Männer pflichteten Savaric lautstark bei. Branth hingegen schnäuzte sich mit zorniger Unverfrorenheit. Rote Flecken blühten auf Medbs blassen Wangen auf, und seine Hände zuckten im Schoß.

Savaric trieb sein Spiel weiter. Medb hatte seine Verletzung innerhalb des letzten Jahres erlitten, und Savaric vermutete, dass seine seelischen Narben noch nicht verheilt waren. Er kämpfte seine Angst nieder und streute noch mehr Salz in die Wunden. »Tretet zurück, Medb«, höhnte er. »Für Euren Klan seid Ihr doch nur ein beinloser Schmarotzer. Nicht einmal die Ausgestoßenen würden Euch aufnehmen.«

Athlone beobachtete derweil Pazric und trat beunruhigt einen Schritt zurück. Die Augen des jungen Kriegers hatten sich mit Hass gefüllt, und sein Gesicht war in tierischer Wut verzerrt. Er knurrte; es klang blubbernd und abgehackt. Savaric hörte die Warnung und wusste, dass seine List wirkte. Medbs geistige Herrschaft über den Mann ließ nach.

»Gebt es zu, Medb. Gebt Euren Klan auf. Sie wollen Euch nicht.

Ihr seid nicht in der Lage, einen schwachen Klan wie den der Wylfling zu beherrschen, geschweige denn ein ganzes Reich.«

Savarics letztes Wort entzündete die aufgeheizte Stimmung. Die Klanleute brachen in rohes Brüllen, beleidigende Flüche und heftige Ablehnung aus.

Medb saß aufrecht in seiner Sänfte; seine dunklen Augen bohrten sich in den Häuptling der Khulinin. Trotz seiner verkrüppelten Beine schien er das große Zelt vollkommen zu beherrschen, als er die Arme ausbreitete und seine Wachen herbei befahl. Gabria und die Eidbrecher sprangen auf die Beine, um Savaric zu verteidigen, und Athlone griff nach seinem Schwert und stellte sich rasch vor seinen Vater.

Medb lachte zornig. »Ihr armen, jämmerlichen Narren. Ihr schnappt nach meinen Fersen und seht die Wahrheit nicht. Ich bin müde ...«

Weiter kam Medb nicht. Ein wahnsinniges Schreien erhob sich über den allgemeinen Lärm. Pazric stolperte auf die Beine. Er bleckte seine geschwollenen Lippen. Die Robe schlackerte ihm wie verrückt um die zerschundenen Glieder. Mit unglaublicher Geschwindigkeit kletterte er über die Feuergrube und sprang auf Medb zu.

Athlone griff nach ihm. »Pazric, nein!« Doch Pazrics zerfetzte Robe zerfaserte unter dem Griff des Wertains. Der junge Krieger befreite sich und schnappte nach Medbs Gurgel.

Ohne Vorwarnung flackerte plötzlich in dem Zelt ein gleißendes blaues Licht auf; es fuhr in Pazric und schleuderte ihn zu Boden. Gabria schrie in furchtbarem Begreifen auf, denn Medb hatte gerade die Trymianische Kraft benutzt. Alles kam entsetzt zum Stillstand.

Medb beugte sich langsam vor und sprach einen seltsamen Befehl. Ein blasses, kupferfarbenes Kraftfeld bildete sich um ihn.

»Jetzt kennt ihr euer Schicksal«, sagte er. »Die Klane gehören mir. Ansonsten werde ich die geheimen Kräfte entfesseln und jeden Mann, jede Frau und jedes Kind vernichten, das den Namen eines Klans trägt.«

»O Götter«, flüsterte Koshyn.

»Wie?«, fragte Malech mit zitternder Stimme.

Nun sagte Seth zum ersten Mal etwas, obwohl es inzwischen zu spät war, den Rat zu warnen. Es war bereits in dem Augenblick zu spät gewesen, als sie das Ratszelt betreten hatten. »Er besitzt das *Buch des Matrah*.«

Medb richtete seinen dunklen Blick auf die Eidbrecher. »Und trotz eurer lästigen Weigerung, die von mir verlangten Abschnitte zu übersetzen, beherrsche ich mehr Zaubereien, als sich euer schwacher Verstand vorstellen kann. Seht euch vor, Peitschenfreunde, bald werde ich all eure Bücher in meinem Besitz haben und eure Zitadelle in einen Schutthaufen verwandeln.«

Die leuchtende Kuppel um den Zauberer war beinahe vollendet. Medb deutete auf Pazrics Körper. »Nimm deinen Hund, Savaric. Er hat uns beiden gut gedient. Und dann kannst du deine Tage zählen. Bei der nächsten Zusammenkunft werde ich der Oberherrscher der Klane sein. Die Versammlung ist aufgehoben.« Er winkte seine Wachen heran. Vier von ihnen packten die Sänfte. Die Kuppel waberte um Medbs Körper.

Gebieterisch sah Medb jeden einzelnen Mann an, als ob er dessen Schicksal mit einem einzigen Blick besiegeln könnte. Branth schenkte er ein knappes Nicken. Athlone und den Eidbrechern gegenüber zeigte er nichts als Verachtung. Auf Medbs Befehl hin brachten ihn die Träger zum Ausgang. Als er an Gabria vorüberkam, knurrte er: »Du bist der Letzte der Corin, Junge. Hoffe nicht darauf, deine Linie fortzusetzen.«

Die Wylfling verließen das Zelt und der Rat löste sich auf. Lord Ferron ging, bevor ihn jemand zurückhalten konnte. Alle anderen sprangen auf.

»Meint Medb es ernst?«, fragte Malech vorsichtig.

Koshyn raufte sich die Haare. »O Götter. Ihr habt ihn doch gehört und gesehen.«

Seth meinte ohne jede Gefühlsregung: »Er beherrscht die geheimen Kräfte. Was, glaubt Ihr, wird ein solcher Mann mit derartigen Kräften anfangen?«

Athlone kniete neben Pazric und drückte die Finger sanft gegen den Hals des Liegenden. »Er ist tot«, sagte er matt.

Savaric schüttelte den Kopf. »Er war schon tot, als er hereingebracht wurde.«

Gabria zog ihren Umhang aus und legte ihn über den Leichnam.

Sie zitterte stark, und die scharlachrote Wolle bebte, als sie sich über Pazrics zerschmettertes Gesicht legte. Die Erinnerung an die blaue Flamme brannte in Gabrias Kopf. Bisher war die Trymianische Kraft bloß ein Wort auf Piers' Lippen und ein schlimmer, quälender Traum gewesen. Doch jetzt hatte das Mädchen sie gesehen. Sie war Wirklichkeit – eine Kraft, die auf den Befehl eines Mannes getötet hatte.

Gabria hielt inne. Ein winziger Gedanke stahl sich in ihre Verzweiflung. Er war wie ein wildes, beängstigendes Samenkorn, doch er wühlte ihre toten Hoffnungen auf. Vielleicht war Rache doch nicht jenseits ihrer Möglichkeiten.

»Du hattest Recht, Gabran, nicht wahr?«, meinte Lord Jol verbittert. An diesem einen Nachmittag schien er rasend schnell gealtert zu sein. »Medb hat das Massaker an den Corin befohlen.«

Gabria nickte. Die Klanleute waren plötzlich still geworden; es war, als wollten sie ihre Verzweiflung nicht miteinander teilen.

»Ja, das hat er getan!«, betonte Savaric und wandte sich den Häuptlingen zu. »Er wollte uns ein Beispiel seiner Macht geben und unsere Entschlusskraft schwächen. Falls ihm das gelungen ist, sind die Corin entehrt.«

»Was sollen wir denn Eurer Meinung nach tun? Dieses Ungeheuer bekämpfen?«, wollte Lord Caurus wissen. Sein Gesicht war inzwischen so rot wie seine Haare.

»Ja!«, rief Sha Umar. Er war der Anführer der Jehanan und wollte es auch bleiben. Er stellte sich neben Savaric und schüttelte die Faust gegen die anderen Häuptlinge. »Unser Überleben hängt davon ab. Medb hat noch nicht seine volle Stärke erreicht. Jetzt ist der richtige Zeitpunkt für einen Angriff – bevor er seine ganze Streitmacht aufstellen kann.«

Branth lachte. »Angriff? Womit denn? Medb würde Euch vernichten, bevor der erste Bogen gezückt ist. Die Klane werden nur überleben, wenn sie ihm den Lehenseid schwören.«

»Ich werde es niemals zulassen, dass ein verkrüppelter, mörderischer Zauberer über meinen Klan herrscht!« Caurus warf seinen Weinbecher in die Feuergrube.

»Dann müssen wir uns zusammenschließen. Wir müssen unsere Werods im Kampf gegen ihn vereinigen, oder wir sind verloren.«

Savaric spürte den unausgesprochenen Widerstand der Häuptlinge und bekämpfte tapfer das in ihm aufkeimende Gefühl der Verzweiflung.

Branth kräuselte die dünnen Lippen zu einem höhnischen Lächeln. »Und wer soll diesen vereinigten Haufen befehlen? Etwa Ihr, Savaric? Nachdem Ihr Euch Medbs entledigt habt, ergreift Ihr sein Schwert und nehmt seine Stelle ein, nicht wahr?«

Der Anführer der Schadedron trat einen Schritt vor. »Und was ist mit dieser Bande von Ausgestoßenen? Wir können unsere Klane doch nicht unverteidigt zurücklassen«, gab Lord Malech zu bedenken.

Caurus pflichtete ihm bei. »Hier sind wir gegen Medb machtlos. Ich schlage vor, wir verteidigen unsere Ländereien einzeln gegen ihn.«

»Das ist besser, als uns zwischen zwei habgierige Häuptlinge zu begeben«, sagte Lord Babur von den Bahedin mit einem raschen Seitenblick auf Savaric. Babur war krank und hatte auf der Versammlung nur sehr wenig gesagt.

»Ich bin immer noch der Meinung, dass er keinen Erfolg haben wird«, sagte Jol stur. »Die Klane sind zu weit voneinander entfernt.«

»Das alles bringt uns nicht weiter. Die Versammlung ist beendet.« Malech schritt mit erzwungener Ruhe aus dem Zelt, gefolgt von seinem Wertain und seinen Ratgebern.

Die verbliebenen Anführer sahen einander unglücklich an. Branth stolzierte auf den Ausgang zu. »Ich bin in meinem Zelt, falls jemand von Euch mich sprechen will. Jeder weiß, wo es sich befindet.« Auch er und seine Männer gingen.

Koshyn seufzte und zog sich die Kapuze über den Kopf. »Es hat wenig Sinn, hier zu bleiben und mit dem Wind zu streiten, Savaric. Die Klane werden sich niemals zusammenschließen.«

»Aber Medb will doch gerade, dass wir uns in unseren Löchern verkriechen, damit er sich uns nacheinander vornehmen kann«, beharrte Savaric.

»Vielleicht, vielleicht auch nicht. Auf Wiedersehen, Corin. Pass auf dein Hunnuli auf.« Koshyn und seine Krieger schritten hintereinander aus dem Zelt.

Ohne ein weiteres Wort verließen auch die übrigen Männer beschämt und zugleich entsetzt die Versammlung. Sie hatten sich vom Anblick der unverschleierten und häretischen Ausübung von Zauberei innerhalb der Unverletzlichkeit des Ratszeltes noch nicht erholt. Nach zweihundert Jahren tief eingewurzelter, von Abscheu geprägter Voreingenommenheit gegen Zauberei hatten sie zum ersten Mal gesehen, wie der Gegenstand ihres Hasses vor ihren Augen wieder belebt wurde. Zum ersten Mal konnten sie die bittere Torheit ihrer Ahnen mit eigenen Augen beobachten. Ebenso schreckten die Männer vor der Wahrheit über das Corin-Massaker und vor Medbs entsetzlicher Drohung zurück, die Klane als Oberherrscher zu regieren. Die beängstigende Macht der geheimen Kräfte und die Folgerichtigkeit von Savarics Behauptungen gingen in der Angst der Häuptlinge um ihre Klane unter.

Schon bald befanden sich im Zelt nur noch die Eidbrecher und die Khulinin. Savaric starrte angestrengt auf den Ausgang, als ob er versuchte, die anderen auf diese Weise zurückzuholen. Seine Augen waren blank und der schlanke Körper schlaff vor Schreck. Gabria und Athlone hoben Pazrics Körper vorsichtig auf und trugen ihn nach draußen, wo Nara sich bereit erklärte, ihn zurück zum Lager zu bringen. Savaric und die vier Kultanhänger folgten nach draußen in die heiße Nachmittagssonne.

Seth hob seine Peitsche auf und wickelte sie sich sorgfältig um die Hand. »Unsere Reise war umsonst. Es war zu spät, um den Rat zu warnen.«

»Ich danke dir trotzdem für den Versuch«, erwiderte Savaric. »Kann eure Zitadelle Medbs Angriff standhalten?«

»Ja, für eine Weile. Einige der alten Schutzzauber wirken noch, doch unsere Zahl nimmt stetig ab. Am Ende wird es für uns genauso sein wie für euch, und Medb wird freien Zugang zu den Archiven haben.«

»Ihr könntet die Bücher verbrennen.«

Seth schüttelte den Kopf. »Es ist schwierig, Zauberbücher zu vernichten. Wir würden es niemals tun. Vielleicht benötigt sie eines Tages jemand.«

»Dann verteidigt sie gut.« Savaric beobachtete, wie die Leute durch die Lager liefen. Einige Nachrichten über die Ereignisse des Nachmittags hatten sich offenbar bereits verbreitet, denn es waren nirgendwo Frauen zu sehen und die Männer bewegten sich in unruhiger Eile.

Seth sprach kurz mit seinen Gefährten und wandte sich danach an seinen Bruder. »Pass auf den Corin auf. Und auf dich selbst.«

Die Brüder schüttelten die Hände; dann sammelten die Eidbrecher ihre Peitschen ein und verschwanden zwischen den Zelten.

Die Khulinin und das Hunnuli brachten Pazric still ins Lager zurück.

Zwölf

Die Zeit bestätigte Savarics schlimmste Befürchtungen, denn die Versammlung überstand nicht einmal die nächste Nacht. Er redete verzweifelt mit jedem Häuptling außer Branth und versuchte, sie gegen Lord Medb zu sammeln. Unglücklicherweise hatten die Traditionen vieler Generationen und die sture Eigenart jedes Klanmannes zu tiefe Wurzeln. Bei den meisten Häuptlingen stießen Savarics Bitten auf taube Ohren. Die Lords blieben die ganze Nacht hindurch unschlüssig, während bei ihren Klanen die Gefühle hochkochten. Die Wahrheit über das Massaker an den Corin und die Geschichten über Medbs Zaubereien wurden immer wieder erzählt und mit jedem Mal abenteuerlicher ausgeschmückt, bis Tatsachen und Gerüchte unentwirrbar ineinander verschlungen waren. Angst kroch durch die Lager. In der Morgendämmerung holte Lord Jol das purpurne Banner vom Ratszelt und führte den Murjik-Klan in Richtung Norden nach Hause.

Lord Medb beobachtete ihre Abreise mit Vergnügen. Er war wütend auf sich selbst, weil er die Beherrschung verloren und seine Macht so frühzeitig offenbart hatte. Eigentlich hatte er vorgehabt, zuerst die Versammlung unter seine Kontrolle zu bringen und mit der Enthüllung seiner Zauberkraft so lange zu warten, bis die Bücher aus der Zitadelle der Krath in seiner Hand waren. Doch im Grunde war es gleichgültig. Es gab niemanden mehr, der sich seinem Aufstieg zum Oberherrscher in den Weg stellen konnte, und wenn die Klane lieber auf ihre Ländereien zurückkehrten, anstatt ihn gemeinsam zu bekämpfen, sollte es ihm nur recht sein. Es würde zwar länger dauern, sie zu zerschmettern, doch am Ende wäre ihr Zusammenbruch endgültiger. Jeder Klan würde in seinem eigenen Treld in die Knie gezwungen und jeder Häuptling sich einzeln ergeben müssen.

Von den zwölf Klanen konnten nur sieben Medb Schwierigkeiten bereiten. Der Zauberer zählte die Klane im Geiste durch: Er hatte die Macht über die Wylfling nach seinem Unfall vor einem halben Jahr mit den Waffen der Zauberei und Angst wiedergewonnen; die Corin waren ausgelöscht; die Geldring gehörten dank Branths Verrat zu Medb; Quamar hatte ihm am vergangenen Nachmittag die Ferganan übergeben; und Ferron würde bald zusammen mit den Amnok angekrochen kommen. Also blieben nur die Schadedron, Murjik, Reidhar, Dangari, Jehanan, Bahedin und natürlich die Khulinin übrig. Wenn alles glatt lief, würden die Eidbrecher bald ausgelöscht sein und es im nächsten Frühling keine Versammlung der Häuptlinge mehr geben.

Natürlich waren einige der Anführer äußerst stur. Lord Caurus war ein Heißsporn, ein wilder Kämpfer und seinem Klan zutiefst ergeben. Und obwohl Koshyn von den Dangari jung war, durfte man ihn nicht unterschätzen. Nein, was diese Häuptlinge brauchten, war ein Beweis seiner Kräfte, welcher ihren Widerstand brach und sie gefügig machte; ein Beweis, der auch Medbs Stolz schmeichelte und ihm äußerste Befriedigung verschaffte: die Vernichtung der Khulinin. Wenn Savaric tot und die mächtigen Khulinin auf eine besser handhabbare Anzahl zurechtgestutzt wären, würden die übrigen Anführer ihren tödlichen Fehler bald erkennen.

Ein Sieg über die Khulinin ermöglichte es Medb ebenfalls, die Austilgung der Corin zu beenden. Dieser Gabran war ein Ärgernis und stellte eine unvollendete Aufgabe dar. Medb mochte keine unvollendeten Aufgaben. Darüber musste er unbedingt mit dem Anführer der Ausgestoßenen reden, sobald diese zurückkamen. Eine solche Nachlässigkeit war unverzeihlich.

Am nächsten Morgen lasen die Kaufleute die Anzeichen des Krieges in den Gesichtern der Klanleute; sie packten ihre Waren zusammen und reisten übereilt ab. An jenem Nachmittag versammelten die Schadedron ihre Herden, weil auch sie aufbrechen wollten.

Lord Malech ließ die Schultern hängen, als er sein schwarzes Banner einholte, und sah Savaric entschuldigend an. Ohne ein Wort oder eine Abschiedsgeste stieg er auf sein Pferd und führte die Schadedron nach Süden. Lord Ferron wartete bis zum Anbruch der

Dunkelheit; dann huschte er ängstlich in das Lager der Wylfling, kniete vor Medb nieder und leistete den Lehenseid für die Amnok.

Am Beginn des zweiten Tages nach dem Auseinanderfallen der Ratsversammlung hatten sich die verbliebenen Klane voller Angst und Misstrauen in ihre gesicherten Lager zurückgezogen. Die Khulinin blieben getrennt von den übrigen am jenseitigen Ufer des Isin. Nur Athlone und Savaric durchquerten den Fluss, um mit den anderen Männern zu reden. Sie versuchten verzweifelt, Caurus, Sha Umar, Babur und Koshyn zu überreden, sich mit ihnen zu verbünden, denn zusammen mit dem Amnok-Klan waren Medbs Streitkräfte gewaltig. Es gab schon Gerüchte, nach denen Medb weitere Männer einschließlich der Bande Ausgestoßener in sein Lager holte.

Doch Caurus war insgeheim neidisch auf Savarics Reichtum und Ansehen. Er vertraute den Khulinin nicht und war dagegen, dass sie die vereinigten Streitkräfte anführten; er selbst wollte jedoch ebenfalls keine Verantwortung übernehmen. Medbs Zauberkunst entsetzte Caurus mehr, als er zugeben wollte. Schließlich stellte auch er seine Karawane zusammen und der Klan der Reidhar strebte nach der Vertrautheit seiner eigenen Ländereien in der Nähe des Meeres von Tannis.

Koshyn weigerte sich, der einen oder anderen Seite beizutreten. Er war erst vor kurzem Häuptling geworden und konnte sich nicht entscheiden, was das Beste für seinen Klan war. Er hörte zu, beobachtete die Lage und wartete ab.

Auch Lord Babur schwankte zwischen Savarics Bitten und Medbs Drohungen hin und her. Seine Krankheit schritt immer weiter fort, und er wusste, dass er nicht mehr die Kraft hatte, einen langen Krieg durchzustehen. In jener Nacht starb er; manche sagten, durch eigene Hand. Sein junger Sohn Ryne warf den Gesandten Medbs sofort aus dem Zelt und schloss sich den Khulinin an. Sha Umar, ein langjähriger Freund des Anführers der Bahedin, begleitete Ryne und gelobte Savaric die Hilfe der Jehanan.

Trotz der Unterstützung durch zwei Klane waren die Tage für Savaric und Athlone lang und bitter und die Anspannung zehrte bald an dem ganzen Klan. Pazric wurde auf einem Scheiterhaufen zur Halle der Toten geschickt. In der Nacht zündete Savaric eigenhändig die Flammen an, damit alle die Verbrennung sahen. Gabria stritt sich heftig mit Athlone darüber, dass er ihr nichts von den verkrüppelten Beinen Medbs gesagt hatte. Danach setzte sie sich ans Ufer des Isin.

Cor hingegen blühte in der angespannten Atmosphäre des Lagers auf und führte immer gemeinere und schärfere Schmähreden gegen Gabria. Nur Nara hielt ihn noch im Zaum, und Gabria fragte sich, wann er genug Mut gesammelt haben würde, um von Worten zum Schwert überzugehen. Es wäre nicht schwierig, sie im Schutze der Nacht zu töten und dafür einen von Medbs Spionen verantwortlich zu machen. Sie trug ihren Dolch immer bei sich und blieb nach Einbruch der Dunkelheit in Piers' Zelt.

Tagsüber hatte Gabria wenig zu tun; die Zeit schlich unendlich langsam vorüber. Das Mädchen lag stundenlang am grasigen Flussufer in der heißen Sonne und versuchte, seine Gedanken zu ordnen. Der Schock und die Enttäuschung über die verlorene Gelegenheit zu einem Zweikampf mit Medb hatten sich noch nicht gelegt. Gabria dachte mehr und mehr über die Möglichkeiten der Zauberei nach. Noch vor einem halben Jahr wäre sie bei der bloßen Erwähnung der Geheimen Kunst entsetzt gewesen, doch seitdem hatte sie ihren Klan verloren und war mehr Magie ausgesetzt gewesen, als sie sich damals je hätte vorstellen können. Ihre Ansichten über Zauberei hatten sich wesentlich verändert – was bereits an ihrer Bereitschaft abzulesen war, die Anwendung geheimer Künste in Betracht zu ziehen.

Aber noch immer war ihr unklar, ob sie eine magische Begabung hatte oder nicht. Piers hegte darüber seine eigenen Ansichten, und Gabria hatte die wahre Natur der Brosche vielleicht nur durch Glück erkannt. Nichts hatte ihr bisher einen unumstößlichen Beweis geliefert. Falls sie wirklich eine Begabung zur Zauberei hatte, wie konnte sie diese dann einsetzen? Es gab niemanden, der sie zu unterrichten vermochte und sie besaß nicht das Wissen, um das *Buch des Matrah* oder die Handschriften in den Archiven der Zitadelle der Krath zu verstehen. Vielleicht hatte sie wirklich eine angeborene Befähigung, doch wenn sie diese nicht weiter ausbilden konnte, war sie wertlos. Piers war nicht in der Lage, ihr zu helfen – er wusste zu wenig über diese Dinge –, und Nara war in den Regeln der Zauberei nicht unterwiesen; sie konnte Gabria nur vor Magie schützen. Es war dasselbe Problem wie bei einem Schwert in der Hand einer Frau. Gabria lachte über diesen Vergleich: Schließlich konnte sie mit dem Schwert recht gut umgehen.

Gabria dachte noch über diese Zwickmühle nach, während sie und Nara zum Abendessen in das Lager zurückkehrten. Cor war verschwunden und Gabria dankte den Göttern für diese Atempause. Langsam schlenderte sie auf die Zelte zu. An diesem Abend war das Lager ungewöhnlich ruhig und die Leute schienen äußerst wachsam zu sein. Der Rauch der Herdfeuer stieg träge auf und hing reglos in der windstillen Luft. Hunde lagen im Schatten der Zelte und hechelten.

Fern im Osten türmten sich zwei gewaltige Gewitterwolken über den Bergen auf; sie standen wie eine doppelte Brustwehr vor einer Mauer aus stahlgrauen Wolken. Die sinkende Sonne krönte die schneeweißen Köpfe der Gewitterwolken mit goldenen Kronen und Mänteln aus Rosen, Perlen und Lavendel. Tief im Innern der Wolken zuckten unablässig Blitze und warnten vor der Gewalt des aufziehenden Sturmes.

Zusätzliche Ausreiter wurden an jenem Abend aufgestellt und die Herden drückten sich in den Schutz der Berghänge. Einige Männer zerrten die Zeltseile fest und überprüften die Pfosten. Nach dem Abendessen wurden die Feuer gelöscht. Als die Dämmerung dichter wurde, näherte sich die Sturmfront allmählich und die Blitze waren als grelle Strahlen oder helle Streifen sichtbar, die wie die Peitsche eines Eidbrechers knallten.

Gabria saß unruhig auf dem Boden vor Piers' Zelt und beobachtete den herannahenden Sturm. Piers befand sich in einem anderen Abschnitt des Lagers und half einer niederkommenden Frau, Savaric war bei Koshyn, und Athlone hatte sich zu den Ausreitern gesellt. Gabria wünschte sich, sie wäre mit den Männern draußen, anstatt hier im Lager herumzusitzen. Alles war besser als diese gereizte, hoffnungslose Einsamkeit. Der Wind erhob sich in launischen Böen und zupfte an ihren Haaren. Plötzlich erstarb die Brise.

Bald konnte man den Donner hören. Inzwischen war die Nacht hereingebrochen und das Krachen nahm kein Ende mehr. Blitze zuckten unaufhörlich durch den schweren Himmel und wurden von ständigem Rumpeln und Grollen begleitet. Jetzt fuhr der Blitz in eine uralte Pappel am Fluss und spaltete sie bis zur Wurzel. Donner zerfetzte die Nacht und erste Regentropfen klatschten in den Staub. Gabria floh ins Zelt.

Sie saß im Dunkeln und lauschte den Bewegungen des Zeltes im Wind, seinem Kampf gegen die Seile und den Geräuschen des Sturmes hinter den dichten Wänden. Normalerweise liebte sie Stürme und weidete sich an ihrer Wildheit. Aber heute Nacht saß sie zusammengekauert auf einem Schemel und verspürte ein seltsames Gefühl der Furcht.

Die Gewalt des Sturmes machte sie nervös. Sie sprang bei jedem Donnerschlag auf und starrte wild umher, wenn ein Blitz das Innere des Zeltes erleuchtete. Schließlich kroch sie auf ihre Pritsche, zog sich die Decke bis zum Kinn und versuchte zitternd einzuschlafen.

Einige Zeit später zuckte Gabria mit einem Gefühl des Grauens aus dem Schlaf hoch. Während sie reglos dalag und ihren rasselnden Atem zu beruhigen versuchte, spannte sie alle Sinne an, um herauszufinden, was sie so erschreckt hatte: vielleicht ein schwaches Geräusch oder eine Bewegung oder ein Geruch, der nicht hierher gehörte. Sie erkannte, dass sie eine ganze Weile geschlafen hatte, denn der Sturm hatte sich gelegt; der Regen fiel und der Donner klang gedämpft.

Dann sah sie am Rande ihres Blickfeldes, wie sich der halb zurückgezogene Vorhang bewegte, als ob etwas von der anderen Seite gegen ihn drückte. Sie tastete nach ihrem Dolch. Das Herz schlug ihr bis zum Hals. Doch bevor ihre Finger die Waffe erreicht hatten, sprang ein dunkler Umriss hinter dem Vorhang hervor. In diesem Augenblick fuhr draußen ein Blitz nieder. In dem gleißenden und sogleich wieder verlöschenden Licht sah Gabria, wie ein Mann auf sie losstürzte. In seiner erhobenen Hand blitzte eine Stahlklinge auf. Ihr erster Gedanke galt Medb. Er versuchte sein Versprechen mit Hilfe eines gedungenen Mörders zu erfüllen.

»Nein!«, schrie sie voller Wut und versuchte, von der Pritsche zu rollen, doch ihre Decke hinderte sie daran. Das Messer verfehlte sein Ziel und fuhr ihr in die rechte Seite, dicht neben die Rippen. Der Mann grunzte verärgert und zog wie rasend die Waffe zu einem weiteren Stoß zurück. Gabria spürte die Wunde wie ein Feuer und kämpfte mit der Decke und ihren verknäuelten Kleidern. Mit dem

Schmerz stieg ihre Wut. So leicht wurde Medb sie nicht los. Sie befreite sich aus der Decke, warf sie über die dunkle Gestalt und tastete nach ihrem Dolch. Der Mann fluchte, als er sich in der Decke verfing, und warf sie beiseite.

»Ich kriege dich, du kleiner Feigling«, knurrte er und packte sie an der Schulter.

Cor! Es war keiner von Medbs Spionen, sondern Cor. Gabria war so überrascht, dass sie ihren Dolch verfehlte und ihn unbeabsichtigt zur Seite stieß. Der Krieger ließ seine Waffe fallen und wirbelte sie herum. Sie fiel zu Boden und begrub den Dolch unter sich. Gabria hörte auf zu kämpfen und starrte in Cors Gesicht, das in der Dunkelheit nur undeutlich zu erkennen war. Das Weiße in seinen Augen schimmerte und er bleckte hasserfüllt die Zähne.

Er schüttelte sie. »Ich wusste doch, dass du tief in deinem Innern ein Feigling bist. Du kämpfst nicht einmal, um deine wertlose Haut zu retten. Darauf habe ich lange gewartet. Du hast wohl gedacht, du bist sehr gerissen, wenn du mich zum halben Mann machst, der zu nichts mehr zu gebrauchen ist!« Er beugte sich über sie; sein Atem stank nach starkem Wein.

Gabria wand sich und versuchte, den Dolch unter ihr versteckt zu halten. Schuldgefühle und Mitleid für Cor erstarben vollständig in ihr. Sie erwiderte seinen Blick mit gleichem Abscheu. Cor zog Gabria auf die Knie und drückte ihren Kopf zurück, sodass der Hals entblößt wurde.

»Ich habe dich beobachtet und abgewartet. Jetzt ist keiner mehr da, der deinen Hals retten kann.« Er zog ihren Kopf noch weiter über sein gebeugtes Knie, bis ihre Wirbelsäule knirschte und der Hals wie verrückt schmerzte. »Siehst du, mit einer schnellen Bewegung könnte ich dir das Rückgrat brechen und dich hier tot liegen lassen, oder eher halb tot, so wie dieser Wylfling.«

Bevor Gabria etwas tun konnte, zerrte Cor sie hoch und schlug ihr ins Gesicht. Seine Faust traf ihr Auge und sie fiel benommen vor Schmerz und Überraschung auf die Pritsche. Sie schloss die Augen und schluckte krampfhaft. Der Dolch lag unter ihrem Hintern.

Cor versetzte ihr eine Ohrfeige. »Sieh mich an, du schweinegesichtiger Feigling. Ich will dich um Gnade winseln sehen, bevor ich dich fertig mache.«

Gabria stieß den Kopf hoch. Ihre Schmerzen ertranken in einer Welle aus Wut und Abscheu über diesen Wahnsinnigen, der sie nun einmal zu oft geschlagen, verspottet, beleidigt und bedroht hatte. In ihren grünen Augen blitzte ein Feuer auf und ihre Hand schloss sich um den Dolchgriff. »Verkriech dich doch in einem Loch, Eunuche.«

Cor knurrte. Seine dunkle Gestalt schwankte. Er packte Gabrias Hals mit beiden Händen, dachte nicht mehr an sein Messer, sondern wollte sie mit bloßen Händen töten. Seine Finger gruben sich in ihre Kehle und rissen die Haut auf. Gabria schnappte nach Luft und versuchte, den Dolch unter ihrem zuckenden Körper hervorzuziehen.

Cor jaulte in unregelmäßigen Abständen auf, drückte noch fester zu und grinste böse. Gabria riss mit einer Hand an seinen Fingern und versuchte sich aus dem eisernen Griff zu befreien. Ihre andere Hand sah Cor nicht. Voller Verzweiflung und Wut richtete sie die Klinge auf und rammte sie ihm in den Bauch. Diesmal gab es keinen Zweifel an der Gegenwart oder dem Ursprung der blauen Flamme.

Gabria sah, wie sich in der Dunkelheit eine Aura um ihren Arm bildete und an dem Dolch entlang in Cors Körper floss. Er zuckte heftig zusammen und griff nach dem Messer; sein Gesicht war zu einer Maske aus Hass und Unglauben verzerrt. Er rollte mit den Augen und brach über Gabria zusammen. Sie keuchte und wurde ohnmächtig.

Das Erste, was Gabria wahrnahm, war Licht. Eine kleine Kugel aus gelbem Licht drang durch ihre halb geschlossenen Augen, leuchtete die Dunkelheit aus und holte Gabria ins Bewusstsein zurück. Das Zweite, das sie bemerkte, war Schmerz. Dieser Schmerz huschte durch Kopf, Hals und Seite, bis jeder gequälte Muskel wie verrückt pochte. Das Gefühl der Schwere auf der Brust war fort und sie hörte, wie sich jemand in ihrer Nähe bewegte. Gabria straffte sich, weil sie glaubte, es sei Cor, doch dann hob jemand sanft ihren Kopf etwas an und drückte einen Becher gegen ihre Lippen. Sie roch den süßen Duft von Piers' Wein und entspannte sich. Der Wein war wie Balsam für ihren gequetschten Hals und verbreitete ein angenehmes Gefühl im Magen, von wo aus er mit heilender Wärme durch den ganzen Körper strömte.

Langsam schlug Gabria die Augen auf – oder eher ein Auge, denn das andere war so geschwollen, dass sie nicht einmal die Lider öffnen konnte. Der Lichtball verschwamm kurz, wurde dann wieder schärfer und entpuppte sich als kleine Lampe, die am Zeltpfosten hing. Gabria blinzelte und hob den Blick zu Piers' Gesicht. Der Heiler schien seltsam aufgeregt zu sein und Gabria lächelte ihn schwach an. Draußen hatte sich der Wind gelegt und der Regen fiel ruhig und gleichmäßig.

Piers wartete, bis das Mädchen den Wein getrunken hatte, und half ihm dann dabei, sich auf der Pritsche auszustrecken. Schließlich sagte er: »Das böse Schicksal, das über deinen Klan hereingebrochen ist, scheint dich absichtlich auszunehmen.«

»Wo ist Cor?«, murmelte sie.

Piers schaute hinter sich. »Er ist tot.« In seiner Stimme lag keine Verurteilung, sondern nur Trauer und Bedauern darüber, dass Gabria zu dieser Tat gezwungen worden war.

Das Licht und die Anstrengung, das Auge offen zu halten, waren zu viel für Gabria. Sie schloss die Lider, stieß einen tiefen Seufzer aus und fragte sich, was Piers wohl denken mochte. Nachdem Gabria nun schon seit so langer Zeit das Zelt mit dem Heiler teilte, hatte sie ihn schätzen gelernt und hoffte, dass diese Zuneigung auf Gegenseitigkeit beruhte. Sie griff nach seiner Hand. »Ich habe es gesehen, Piers. Diesmal habe ich es gesehen. Es war so blau wie Medbs Blitz, der Pazric getötet hat.«

Piers ergriff ihre Hand und hielt sie fest. Er blickte traurig auf das zerschundene Gesicht des Mädchens herunter. Sie sah so jung aus, viel zu jung, um eine solche Last zu tragen. Der Heiler erhob sich, holte einiges aus der hölzernen Kiste, goss Gabria noch einmal Wein nach und trug seine Heilmittel hinüber zur Pritsche. Piers zog vorsichtig das Hemd weg und untersuchte den langen, ausgefransten Schnitt an ihrer Seite.

Gabria hielt den Becher fest umfasst und hörte Piers bei der Arbeit zu. Es beunruhigte sie, dass er nichts sagte. Vielleicht überwog seine Missbilligung diesmal seine Zustimmung zu ihrer Tat und er hatte sich entschieden, sein Leben nicht länger für ihren Schutz aufs Spiel zu setzen. Gabria würde es Piers nicht verübeln, wenn er sie verriet. Das Verheimlichen von Zauberei war ein ernstes Verbrechen.

Seltsamerweise hatte Gabria keine Angst mehr vor ihrer zauberischen Fähigkeit. Nun, da sie die blaue Kraft mit eigenen Augen gesehen hatte, betrachtete sie diese wie eine unheilbare Krankheit, mit der man sich abfinden musste, wenn man seine geistige Gesundheit behalten wollte. Ein kleiner Teil von ihr erbebte vor Schreck bei der Vorstellung, dass sie eine Zauberin war, aber diesen Teil verbannte sie hinter eine Mauer aus Selbstschutz. Es fiel Gabria schwer zu glauben, dass sie einer derart verfluchten Fähigkeit so gleichgültig gegenüberstand, doch vielleicht hatten die Monate voll verborgener Angst und Abwägung sie stark genug gemacht, um den Tatsachen ins Auge zu sehen.

»Du sagst nicht gerade viel«, meinte Gabria schließlich zu Piers.

Er säuberte ihre Wunde und versuchte, dabei möglichst sanft vorzugehen. »Es ist eine Sache, Zauberei zu vermuten; es ist eine andere Sache, sich dieser Fähigkeit zu stellen.«

Sie seufzte noch einmal und sagte: »Ich weiß nicht, ob ich das will. Ich scheine wie Medb zu sein. Bedeutet das, dass ich durch die Macht der Magie in einen grausamen und verderbten Menschen verwandelt werde? Werde ich zur bösen Königin an Medbs Seite?«

»Magie ist nicht aus sich selbst heraus böse. Sie ist nur so gut oder so böse wie derjenige, der sie anwendet«, erwiderte Piers sanft.

»Das ist nicht gerade das, was uns der Priester meines Vaters erzählt hat. Er kannte zahllose Geschichten über die verderbliche Macht der Magie.«

»Magie kann verderblich wirken. Sie ist eine sehr verführerische Kraft«, meinte Piers bemüht beiläufig. »Meine Tochter wurde gefoltert und getötet, weil sie angeblich den Fon von Pra Desch durch Zauberei ermordet hatte.«

»Was?«, keuchte Gabria.

Piers richtete den Blick in die Ferne. »Meine Tochter hatte gegen meinen Willen den jüngsten Sohn des Fon geheiratet. Der Fon war der Herrscher Pra Deschs, aber seine Familie war ein teuflisches, hinterhältiges Diebespack. Etwa ein Jahr nach der Hochzeit vergiftete die Frau des Fon ihn und brauchte natürlich einen Sündenbock für diese Tat. Dazu bot sich ihre jüngste Schwiegertochter an. Die Witwe fälschte einige Beweise und klagte meine Tochter an, den Fon durch Zauberei getötet zu haben.«

Piers berichtete gefasst über das Schicksal seiner Tochter, doch Gabria entging nicht die unsterbliche Wut in seinem Herzen. »Du hast gesagt, ich erinnere dich an sie. War sie eine Zauberin?«

»Nein«, antwortete er heftig.

»Aber ich bin eine.«

»Anscheinend.« Piers verstummte und verband weiter ihre Seite. Sie schaute ihm besorgt zu.

In diesem Augenblick platzte Athlone ins Zelt. Er schüttelte sich den Regen ab und spritzte den Schlamm von seinen schmutzigen Schuhen. »Was ist los, Piers?«, fragte er. Er zog seinen durchnässten Umhang aus und schien Cors Körper am Rande des Zelts nicht zu bemerken. Dann hob er den Blick. »O Götter! Was ist denn jetzt geschehen?«

Piers warf ihm einen Krummdolch zu. Der Wertain fing ihn auf und drehte ihn in der Hand herum. In den Knauf war ein Wolfskopf eingeschnitten.

»Cor hatte einen kleinen persönlichen Rachefeldzug gestartet«, sagte der Heiler.

»Wie nett. Man bringe den letzten Corin um und schiebe die Schuld dafür den Wylfling in die Schuhe. Ist sie verletzt?«

»Nicht ernsthaft.«

Gabria lächelte den Wertain unter Schmerzen an. »So leicht wird man mich nicht los.«

»Was ist mit Cor?«, fragte Athlone.

Piers nickte in Richtung des Leichnams und Athlone ging auf ihn zu. Er sah sich die Wunde an, trat einen Schritt zurück und betrachtete nachdenklich den toten Mann. »Dein Dolch hat eine ziemliche Schlagkraft«, bemerkte er.

Gabria versteifte sich. Sie fragte sich, ob Athlone einen Verdacht hegte. Er nahm es hin, dass sie mit dem Schwert umgehen konnte und Knabenkleidung trug, doch Zauberei würde er niemals entschuldigen.

»Aber sicher. Genau wie deiner, wenn du gewürgt wirst«, sagte Piers.

»Wenn ich gewürgt würde«, gab Athlone zurück, »wäre meine Gegenwehr ganz bestimmt tödlich. Aber mit diesem lächerlichen Zahnstocher könnte man nicht einmal eine Ziege umbringen.«

Piers wirkte gereizt. »Cors Magen ist durchbohrt, Wertain. Genauso tödlich wie eine durchgeschnittene Kehle, aber man stirbt langsamer daran.«

Athlone erwiderte den Blick des Heilers zweifelnd und wollte gerade etwas entgegnen, als er bemerkte, wie Gabria zusammenzuckte. Erst jetzt erkannte er das wahre Ausmaß ihrer Verletzungen. Er überlegte es sich anders und nickte, bevor er aufstand. Bis zu diesem Augenblick hatte Athlone nicht begriffen, wie nah Gabria dem Tod gewesen war. Diese Erkenntnis erschütterte ihn weitaus stärker, als er es für möglich gehalten hätte. Athlone schaute in eine andere Richtung. »Ich muss Vater berichten, was passiert ist«, murmelte er und eilte aus dem Zelt.

Piers wickelte nun heiße, in Salzwasser eingeweichte Tücher um Gabrias Hals.

»Mein Dolch hat seinen Magen nicht durchstoßen«, flüsterte Gabria.

»Athlone wäre nicht erfreut, wenn er die Wahrheit hören würde.«

»Genauso wenig wie Savaric.«

»Und deshalb wollen wir sie nicht mit der Wahrheit belästigen.« Piers legte den Kopf zurück und holte tief Luft. »Man hat in unserem Zeitalter wenig Verständnis für Zauberei. Obwohl die Klane alles versuchen, um sie zu vergessen, tritt sie immer wieder zum ungünstigsten Zeitpunkt zutage und richtet großen Schaden an. Ich glaube, die Zeit ist gekommen, um das zu ändern.«

Gabrias grüne Augen öffneten sich weit. »Soll ich etwa diejenige sein, die das versucht?«

»Ich gebe dir nur die Möglichkeit, das zu tun, wozu du in besonderem Maße befähigt bist.« Zum ersten Mal entspannte Piers sich und sah Gabria liebevoll an. »Ich glaube nicht, dass du das Zeug zur bösen Königin hast.«

»Vielen Dank«, sagte sie. Ihr war sowohl sein Lob als auch sein Schutz willkommen.

»Danke meiner Tochter. In gewisser Weise bist du meine Rache für die Dummheit ihrer Richter.«

Kurze Zeit später kehrte Athlone mit Savaric zurück, der im Lager der Dangari vergeblich mit Koshyn verhandelt hatte. Savaric blickte grimmig drein. Die Augen, die wie dunkle Kohlen brannten, schienen in weite Ferne zu blicken, während seine Gedanken auf vielen Pfaden gleichzeitig wandelten. Er warf einen Blick auf Cors Leichnam und Gabrias Verletzungen und schüttelte bedauernd den Kopf; offenbar dachte er schon wieder an etwas ganz anderes. Er deutete kurz auf seinen Sohn und ging.

Athlone hielt beim Zelteingang inne. Für einen Augenblick begegnete sein Blick dem von Gabria. Zu seiner Erleichterung waren ihre Augen so klar wie Quellwasser; das unheimliche Leuchten, das er am Morgen auf der Ratsversammlung gesehen hatte, war verschwunden. Doch sie sah so traurig aus! In ihrem Blick lag etwas, das sich dem Wertain ins Herz bohrte. Unglücklich wünschte er ihr eine gute Nacht und schloss die Zeltklappe hinter sich.

Der Morgen nach dem Sturm brachte frischen Wind aus dem Norden. Der Himmel war wolkenlos und rein und die Flüsse führten Hochwasser. Nach den gewaltigen Regenfällen war der Boden schlammig. Doch bald hatte die Sonne das Blattwerk und die Zelte getrocknet und die rötliche Erde verwandelte sich wieder zu Staub. Die Klanleute holten ihre Herden aus dem Schutz der Berge zurück und machten sich daran, die Sturmschäden auszubessern.

Savaric unternahm keinen Versuch mehr, die anderen Lager zu besuchen. Er hielt sich im Hintergrund und beobachtete unauffällig das Geschehen jenseits des Flusses. Er prüfte den Wind, suchte den Horizont ab und teilte niemandem seine Pläne mit. Cor wurde in aller Eile unter einem steinernen Grabhügel bestattet; seine Beerdigung war weder von den Ehren noch der Trauer begleitet, die Pazric zuteil geworden waren.

Savaric erteilte insgeheim den Befehl, dass die Khulinin alles für die Abreise vorbereiten und dies als Ausbesserungs- und Reinigungsarbeiten tarnen sollten. Sie versteckten den größten Teil ihrer Ausrüstung in den geschlossenen Wagen und hielten die Packtiere dicht in ihrer Nähe. Nun konnten sie jeden Augenblick aufbrechen.

Jenseits des Flusses bereiteten Sha Umar und Lord Ryne, der neue Anführer der Bahedin, ihre Klane ebenfalls still auf die Abreise vor. Koshyn hielt seinen Klan noch immer abgesondert von den anderen, während Branth seinen Werod auf Krieg einschwor und Ferron angesichts der Bedingungen seines »Bündnisses« mit Medb verzweifelte.

Währenddessen wartete Medb auf die nahende Verstärkung, blieb über die fliehenden Klane unterrichtet und zählte die Tage, bis Savarics zerschmetterter Leichnam ihm endlich zu Füßen läge. Durch einen Spion im Lager der Khulinin erfuhr er von Cors Tod. Niemand schien zu wissen, wie der Mann gestorben war, doch es war sehr wohl bekannt, dass er den Corin hatte töten wollen. Medb überdachte diese Neuigkeit sorgfältig und behielt sie im Gedächtnis. Der Junge wurde mit jedem Tag bemerkenswerter. Vielleicht sollte Medb noch ein wenig warten, bevor er diese Range tötete. Es könnte fesselnder sein, ihn erst noch eine Weile zu beobachten.

Medb fand, dass sich insgesamt alles gut entwickelte. Der einzige hässliche Zwischenfall, der sein Vergnügen schmälerte, war der Verrat des Barden Cantrell. Der alte Sänger hatte ein Jahr bei den Wylfling gelebt und durch seine Künste dem Klan Ansehen und Ehre verschafft. Viele Häuptlinge hatten versucht, Cantrell zu sich zu locken, doch er schien lieber bei den Wylfling zu bleiben.

Medb kannte Cantrells Fähigkeit, den Menschen ihr Schicksal vorherzusagen; es war eine Gabe, die der Barde wenig schätzte und deren Anwendung er zu vermeiden versuchte. Doch nachdem Lord Ferron kapituliert hatte, war Medb sich unbesiegbar vorgekommen. In der Nacht des Sturmes hatte er nach Cantrell gerufen, damit dieser ihm sein Schicksal weissagte. Der Barde hatte widerstrebend eingewilligt und war für seine düsteren Voraussagen angemessen bestraft und davongejagt worden. Es war bedauerlich, aber niemand durfte Medb ungestraft drohen. Nicht einmal ein Meisterbarde.

Kurz nach Mittag waren die Khulinin noch immer damit beschäftigt, zu packen und ihr Lager zu säubern. Gabria hatte den größten Teil des Morgens verschlafen. Nach einem leichten Mahl ging sie hinaus, um frische Luft zu schnuppern. Trotz Piers' Medizin schmerzte ihre Seite abscheulich und Kopf und Hals fühlten sich sogar noch schlimmer an. Um keine Aufmerksamkeit auf sich zu ziehen, hatte sie ihren Hut in die Stirn gezogen und blieb im Schatten von Piers' Zelt. Sie sah, wie Nara ausgelassen in den Stromschnellen des Isin plantschte. Boreas stand in der Nähe und schaute ihr zu. Einen Augenblick lang dachte Gabria daran, Nara herbeizurufen, doch dann überlegte sie es sich anders. Sie wollte die beiden Hunnuli nicht stören.

Außerdem verlangte es Gabria eigentlich nicht nach Gesellschaft. Während der Morgenstunden hatte sie über die Tragödie der vergangenen Nacht nachgedacht. Sie konnte kaum glauben, dass sie einen Mann mit Hilfe einer geheimen, ihr völlig unbekannten Macht getötet hatte. Doch es war die schreckliche Wahrheit. Sie konnte mit dem Mord an ihrer Familie, mit ihrer Verbannung und der gesetzwidrigen Aufnahme in Savarics Werod leben, denn all das waren äußerliche Umstände. Doch Zauberei war etwas völlig anderes. Es beeinflusste ihr Innerstes, und nichts außer dem Tod würde diese häretische Begabung verändern oder von ihr nehmen. Niedergeschlagen zog sie den Hut tiefer ins Gesicht und fragte sich, was sie nun tun sollte. Medb befand sich völlig außerhalb ihrer Reichweite.

Etwas erregte in dem Augenblick ihre Aufmerksamkeit, als Nara wieherte. Gabria schaute zu den anderen Lagern hinüber und sah, wie sich ein alter Mann zögerlich durch die Furt im Fluss auf das Lager der Khulinin zukämpfte. Neugierig ging sie ans Flussufer. Vielleicht war der Mann betrunken. Er hielt den Kopf gesenkt, als hätte er Schwierigkeiten, seinen Weg zu erkennen, und stützte sich schwer auf einen Stab.

Gabria hielt einige Schritte vor dem Wasser an und rief: »Brauchst du Hilfe?«

Der alte Mann schreckte zusammen und hob den Kopf. Gabria ächzte bestürzt auf. Um das Gesicht des Mannes war ein blutiger Verband gewickelt, der die Augen bedeckte, und zu beiden Seiten der Nase klebte getrocknetes Blut, das auch seinen Bart sprenkelte. Entsetzt kletterte Gabria das Ufer hinunter, lief ins Wasser und packte den alten Mann am Arm. Er stützte sich dankbar auf sie und ließ sich von ihr zu den Zelten führen. Zwei Wachen kamen herbeigelaufen und halfen Gabria. Sie führten den Verwundeten in Piers' Zelt, wo er dankbar auf einen Schemel niedersank.

»Hol schnell den Heiler«, flüsterte Gabria einem der Wachmänner zu. Er nickte. Sein Mund hatte sich vor Zorn verzogen. Sie alle hatten den Barden erkannt und waren betroffen von seiner scheußlichen Verletzung. Der Krieger rannte aus dem Zelt und die andere Wache trat nach draußen, um den Eingang zu sichern.

»Vielen Dank«, murmelte der Barde. »Ich hatte schon geglaubt, ich würde das andere Ufer nie erreichen.«

Gabria sah den Barden traurig an. Er war ein vornehmer Mann und trug eine dunkelblaue, reich verzierte Robe von der Art, wie sie bei den Wylfling beliebt war. Er hatte weder Umhang noch Waffen. Seine Hände waren lang und geschmeidig. Trotz seiner Qualen hielt er sich sehr aufrecht, doch die Haut unter dem getrockneten Blut war grau und er hielt die Knie in dem Versuch umklammert, seine Schmerzen zu verbergen.

»Was führt dich zu uns?«, fragte Gabria und kniete vor ihm nieder.

»Ich war nicht mehr willkommen.« Er deutete auf seinen behelfsmäßigen Verband. »Außerdem setze ich große Hoffnung in euren Heiler.«

»Natürlich. Er ist auf dem Weg hierher.« Gabria sprang auf und wollte nachsehen, ob Piers schon in der Nähe war.

»Warte. Setz dich eine Minute hin. Er wird bald kommen.« Der alte Mann tastete nach Gabrias Arm und zog sie sanft auf den Boden neben sich. »Ich bin Cantrell.«

»Ich weiß«, murmelte sie. Auch wenn der Corin-Klan sich keinen Barden hatte leisten können, hatte Gabria diesem Mann bei vergangenen Klanversammlungen viele Male gelauscht. Seine erhebenden Geschichten und seine überwältigende Musik hatten sie immer wieder bezaubert. »Du warst bei den Wylfling.«

»Bis vor kurzem. Medb hat an einem meiner Rätsel Anstoß genommen«, erwiderte er gelassen.

»Medb hat dir das angetan?«

Er nickte. »Und du bist der Corin, über den so viel geredet wird?«

»Ja. Woher weißt du das?«

»Wegen deiner Aussprache. Die Corin haben das R gerollt, als ob sie diesen Klang besonders gern gehabt hätten.« Erstaunt hielt er den Kopf schief. »Aber du bist eine Frau. Das ist bemerkenswert.«

Gabria fuhr auf und starrte ihn an. »Woher ...?«

»Mach dir keine Sorgen. Ich weiß, dass du dich als Junge ausgibst, aber du kannst die verräterischen Eigentümlichkeiten deiner Stimme nicht vor einem erfahrenen Barden verbergen.« Er lächelte schwach. »Es tut mir Leid. Ich wollte nur ein wenig angeben.«

Gabria rückte steif von dem alten Barden fort. Das Herz schlug ihr bis zum Hals.

Doch Cantrell streckte die Hand nach ihr aus. Er erwischte die

Schulter des Mädchens und fuhr an seinem Arm entlang nach unten, bis er bei der Hand angekommen war. Seine Haut war kalt und feucht, aber sein Griff war fest. »Fürchte nicht um dein Geheimnis«, sagte er freundlich. »Ich habe viel über dich und deinen Auftritt in der Ratsversammlung gehört. Ich wusste nicht, dass du eine Frau bist. Das macht dein Überleben noch erstaunlicher. Ich ...«

Plötzlich versteifte sich der Barde. Er packte Gabrias Hand noch fester und sein zerschundenes Gesicht wurde ausdruckslos. Lange saß er da, rieb ihren Handrücken mit dem Daumen und war in Gedanken verloren. Gabria beobachtete ihn neugierig. Cantrell seufzte. Das Kinn fiel ihm auf die Brust. Sie wartete darauf, dass er etwas sagte. Nach einer Weile ließ er ihre Hand los.

»Ich hatte Recht. Du bist erstaunlich. Suche nach der Sumpffrau, mein Kind. Nur sie kann dir helfen.«

»Wer ist sie?«

Aber Cantrell schüttelte nur den Kopf. In diesem Augenblick betraten Savaric und Piers das Zelt. Verwirrt wich Gabria in den hinteren Teil des Zeltes zurück, damit sie nicht im Weg stand, als Piers den blutgetränkten Verband entfernte. Als das schmutzige Tuch zu Boden fiel und die zerschlitzten, nässenden Überreste von Cantrells Augen offenbarte, sah Gabria fort. Mit sanfter Hand kümmerte sich Piers um die scheußlichen Wunden.

Während Piers' Behandlung saß Cantrell wie eine Statue da; es war, als wäre sein Gesicht aus Holz geschnitzt. Erst als der Heiler einen neuen Verband um den Kopf des Barden gewickelt hatte, sackten Cantrells Schultern nach vorn und ein abgerissener Seufzer entwich seinen Lippen. Die Männer schwiegen, während er einen Becher Wein trank, der mit einer Prise Mohn versetzt war.

Der Barde war der Erste, der etwas sagte. Er tastete nach dem Tisch neben sich und stellte den Becher ab. »Vielen Dank, Piers. Du stehst zu Recht im Ruf, der sanfteste aller Klanheiler zu sein.«

Piers warf einen fragenden Blick auf Savaric und erwiderte dann: »Du bist uns willkommen, Barde. Du hättest uns schon früher aufsuchen sollen.«

Cantrell beugte sich zu dem Häuptling vor. »In Medbs Lager gab es viel Interessantes zu hören. Unglücklicherweise hat er auch mir zugehört, und meine Worte haben ihm nicht gefallen.«

»Wie lauteten sie denn?«, fragte Savaric.
»Ich habe ihm ein Rätsel aufgegeben.«
»Aha.«
Der Barde hielt den Kopf schräg. »Ihr haltet Eure Neugier im Zaum. Das ist gut, weil ich bezweifle, dass Ihr das Rätsel besser verstehen werdet als ich. Meine Rätsel sind wie die meisten Prophezeiungen sehr verwirrend. Wenn sie uns klar wären, würden sie die Zukunft, für die sie geschaffen sind, verneinen. Ich kann nur Rätsel mitteilen, die der Empfänger entweder annimmt oder ablehnt. Medb hat das seine abgelehnt.«

Gabria wandte den Kopf und starrte in das Gesicht des alten Mannes. Seine Worte fesselten sie.

Cantrell sagte mit sanfter Stimme:

»Kein Mann wird dich töten,
kein Krieg dich vernichten,
kein Freund dich betrügen,
doch hüte dein Leben,
wenn ein Schwert die Butterblume trägt.«

»Und dafür hat Medb dich geblendet«, sagte Piers voller Abscheu.
»Er hat an den Folgerungen Anstoß genommen.«
Savaric lächelte wehmütig. »Hat dieses Rätsel eine Bedeutung, die für uns wichtig sein könnte?«
Piers sagte: »Mir gefällt die Zeile nicht, die besagt, dass niemand ihn töten wird.«
»Und kein Krieg wird ihn vernichten«, fügte Savaric hinzu. Er ging zum Zelteingang. »Medb hat sein Schicksal erfahren und wir sind uns des unseren bewusst. Wie dem auch sei, wir müssen kämpfen.«
Cantrell tastete vorsichtig nach seinem Stab. »Lord, es wäre weise, bald aufzubrechen. Lord Medb hat noch mehr Söldner sowie die Bande der Ausgestoßenen herbefohlen. Er plant, als Erstes die Khulinin zu vernichten.«
Der Häuptling und Piers wechselten einen raschen Blick; dann sagte Savaric: »Das hatte ich befürchtet.« Er rief die Wache vor dem Zelt zu sich. »Sag Athlone, Jorlan und den Ältesten, dass ich sie in meinem Zelt sehen will. Und hol Lord Ryne und Sha Umar. So-

fort.« Die Wache rannte davon. »Cantrell, fühlst du dich in der Lage, mir noch eine kleine Weile Gesellschaft zu leisten?«

Der Barde nickte. »Ich bin dankbar für Eure Gastfreundschaft.«

»Wir sind diejenigen, die dankbar sein müssen. Piers, wir werden heute Nacht abreisen.« Savaric ging mit dem Barden, der sich auf den Arm des Häuptlings stützte, nach draußen. Der Heiler setzte sich und starrte mürrisch auf den Berg schmutziger Verbände und die Schüssel mit blutigem Wasser. Gabria trat neben ihn.

»Piers, wer ist die Sumpffrau?«

Der Heiler schreckte aus seinen Gedanken hoch und sagte: »Was? Ach, ich vermute, das ist nur eine Legende. Es heißt, dass sie vor langer Zeit in den Sümpfen des Goldrine gehaust hat.«

»Lebt diese Frau noch?«

»Noch? Ich bezweifle, dass sie je gelebt hat.« Er bedachte sie mit einem seltsamen Blick. »Warum?«

»Cantrell hat auch mir ein Rätsel aufgegeben.« Sie schaute hinüber zu der ledernen Truhe, in der ihr säuberlich zusammengefalteter scharlachroter Umhang lag, und dachte an die goldene Brosche, die ihre Mutter ihr vor vielen Jahren geschenkt hatte: Sie stellte eine goldene Butterblume dar – ihre Namensschwester.

Dreizehn

Tief in der Nacht, als die Luft kühl war und die Sterne am Himmel flammten, sammelten die Khulinin, die Jehanan und die Bahedin ihre Karawanen und brachen in südwestlicher Richtung auf. Sie folgten dem Goldrine in Richtung der Berge. Es war unmöglich, ihre Abreise geheim zu halten, denn die Karawanen waren zu groß und die Tiere in den kalten Stunden vor Einbruch der Morgendämmerung zu unruhig. Trotzdem hoffte Savaric, dass ihr unangekündigter Fortzug eine gewisse Überraschung darstellte. Eine schläfrige Menge sammelte sich am Flussufer und beobachtete den Abmarsch der Klane. Bei Sonnenaufgang waren die Karawanen bereits meilenweit entfernt.

Medb hatte ihre Flucht vorausgesehen und schickte ihnen sofort Fährtensucher nach. Es würde mehrere Tage dauern, bis die Verstärkung eintraf, und wenn er endlich losmarschieren konnte, wäre es zu spät, die fliehenden Klane noch in der Steppe einzuholen. Aber schließlich würden sie doch wieder ins Tal hinabziehen müssen, und dann konnte Medb sie alle vernichten.

Die Klane folgten dem Goldrine drei Tage lang westwärts in Richtung des Khulinin-Trelds. Sie reisten schnell, hielten tagsüber nur selten an und marschierten bis spät in die Nacht hinein. Die Häuptlinge wussten, dass ihre Zeit begrenzt war, und trieben ihre Leute unbarmherzig an. Es hätte eine schwierige Reise sein können, wenn alle drei Häuptlinge den Oberbefehl hätten ausüben wollen, doch wie selbstverständlich hatte Savaric die Befehlsgewalt übernommen. Lord Ryne war unerfahren in seiner neuen Stellung als Häuptling und stützte sich auf Savarics Rat. Sha Umar ordnete sich ebenfalls Savarics Autorität unter – er war klug genug, um zu wissen, dass Savaric in einer so gefährlichen Situation der bessere Anführer war.

So führte Savaric sie beinahe unbewusst auf die Sicherheit des Khulinin-Trelds zu. Doch je mehr Meilen die Karawanen hinter sich brachten, desto nachdenklicher wurde er. Der Khulinin-Treld war der nächstliegende Fluchtort. Medb würde erwarten, dass sie sich dorthin begaben und eine Schlacht auf diesem Gebiet planen. Außerdem stellte der Treld keinen ausreichenden Schutz für eine so große Gruppe dar, der überdies viele Frauen und Kinder angehörten. Man konnte sie innerhalb weniger Tage aushungern, und außerdem gab es im Khulinin-Treld keine günstigen Verteidigungsstellungen. Auch befand er sich nahe bei den Wylfling. Zu nahe, um sicher zu sein.

Doch Savaric blieb keine andere Wahl. Sie wagten es nicht, im offenen Gelände gegen Medb zu kämpfen. Die drei Klane würden schon in der ersten Angriffswelle untergehen. Nirgendwo gab es natürliche Verteidigungsanlagen und kein Klan würde ihnen zu Hilfe eilen. Die Dangari waren Savarics letzte Hoffnung gewesen, doch Koshyn hatte sich bis zur Abreise der Klane nicht entscheiden können. Die Khulinin, die Bahedin und die Jehanan waren allein und durften nicht auf Unterstützung hoffen, nicht auf Gnade, nicht einmal auf einen geeigneten Ort, an dem sie Medbs größerem, besserem Heer entgegentreten konnten. Savaric zermarterte sich das Gehirn auf der Suche nach einer Lösung. Die Verantwortung für die Klane lastete schwer auf ihm. Obwohl Savaric seinen Hengst antrieb, bis dieser in schäumenden Schweiß ausbrach, und auch sich selbst bei der Bemühung erschöpfte, die Karawanen in Gang zu halten, kam er der Antwort doch keinen Schritt näher.

In der vierten Nacht nach dem vorzeitigen Aufbruch stieg der Mond spät über der Steppe auf und weckte die Wölfe. Die Nacht war entsetzlich unangenehm. Die Feuchtigkeit vom letzten Sturm war von der trockenen Luft schnell aufgesogen worden, und die Hitze wurde mit jedem Tag stärker. Selbst die Nächte brachten keine Erleichterung mehr. Es regte sich kaum ein Luftzug, nichts hielt die Moskitos fern, und langsam senkte sich der Staub auf die Wagen. Nachdem die Wachen und Ausreiter postiert waren, fiel das Lager in unruhigen Schlaf. Savaric war das Grübeln leid, rief Ryne und Sha Umar zu sich und ging mit ihnen zu Piers und Cantrell.

Der Barde war im Fieber zusammengebrochen, kurz nachdem er den Klan erreicht hatte, und befand sich während der Reise unter Piers' Obhut. Zu jedermanns Erleichterung erholte er sich allmählich wieder. Savaric hoffte, dass er inzwischen genug bei Kräften war, um Ratschläge geben zu können. Cantrell war die Quelle fast jeder Geschichte und jeden Liedes, die seit Generationen von den Klanen weitergegeben wurden. Irgendwo in dem reichen Schatz der Geschichten und Überlieferungen der Klane hoffte Savaric den Schlüssel zum Überleben zu finden.

Sie trafen Piers und Cantrell bei den Resten eines leichten Mahls im Zelt des Heilers an. Das Zelt war nur behelfsmäßig über einigen Pfählen und einem der Wagen errichtet, sodass es seinen Bewohnern gerade ausreichenden Schutz bot. Die Klappen waren weit geöffnet, um die launische Abendbrise hereinzulassen. Piers hatte kein Herdfeuer entfacht; nur eine kleine Messinglampe glühte im dunklen Zeltinnern. Trotzdem war es hier stickig und heiß. Cantrell lag auf einer Pritsche in der Nähe des Eingangs. Seine Haut war grau vor Erschöpfung, doch er hatte gut gegessen und seine Wunden verheilten langsam.

Piers hieß seine Gäste willkommen und bot ihnen Wein an. Die Häuptlinge nahmen ihn entgegen und setzten sich vor den Barden.

Cantrells Gesicht war unter dem Verband kaum zu erkennen, doch er hob die Mundwinkel zu einem Lächeln, als er die Männer begrüßte. »Der Khulinin-Treld liegt in weiter Ferne heut Nacht, mein Lord«, sagte er zu Savaric.

»Ich bin erschöpft, Barde«, tadelte ihn Savaric. »Wir hatten gehofft, ein Lied von dir zu hören, das uns die noch vor uns liegenden Meilen überstehen hilft, und nicht eine Bemerkung über die weite Entfernung des Trelds.«

»Meiner Stimme mangelt es an Stärke und meinen Händen an einem Instrument. Wäre Euch auch eine Geschichte recht?«

»Ich möchte deiner Weisheit lauschen, Meister«, sagte Savaric ruhig.

Cantrell schwieg einen Augenblick. Er war sich der tödlichen Gefahr, in der sie schwebten, sehr wohl bewusst. Seit Jahren war er zwischen den Klanen hin und her gereist – vom nördlichen Murjik-Treld am Rand des großen Waldes bis zur Wüste und den Türmen der Turic-Stämme. Er hatte den Khulinin-Treld gesehen und kannte dessen Vorteile und Schwächen, und er hatte den Aufbau der gewaltigen Wylfling-Streitkräfte miterlebt. Auch kannte er Medb. Der Zauberer würde die Khulinin zur Strecke bringen, falls der Klan keinen Weg fand, Medb vorher zu vernichten.

Cantrell hatte viele Stunden lang darüber gebrütet, was er Savaric sagen sollte, falls der Häuptling ihn um Rat bat. Rat war ein zweischneidiges Schwert, das der Barde nicht gern schwang, vor allem da seine prophetischen Rätsel die Antwort verschleierten. Doch während der langen, schmerzerfüllten Stunden auf der Reise im Wagen hatte er sich an eine alte Geschichte erinnert, welche die Kriege und Invasionen zahlloser Jahre überlebt hatte. Sie war auf einem Stück Pergament niedergeschrieben worden und ruhte in den Tiefen der gewaltigen Bibliothek der Zitadelle der Krath. Vor langer Zeit war es ihm erlaubt worden, einige der unschätzbar wertvollen Manuskripte dort einzusehen; bei dieser Gelegenheit war er auf die Geschichte gestoßen. Jetzt kam sie ihm in den Sinn, und in ihrem Gehalt entdeckte er einen Hoffnungsschimmer.

»Vor vielen Jahren«, begann Cantrell, »bevor Valorian die Klane über die Berge und zu den gewaltigen Ebenen von Ramtharin führte, lebten andere Völker in diesem Land. Sie waren kleine, dunkelhaarige Söhne des Adlers, kamen aus dem Westen, aus einer Gegend hinter den Dunkelhornbergen, und gliederten die Ebene ihrem großen Reich an. Sie gierten nach Sklaven, Pferden und dem Reichtum des Graslandes und unterwarfen die einfachen Stämme, die hier lebten; aus den Knochen der Gefallenen bauten sie ihre Straßen. Sie errichteten viele Festungen, um ihr weites Land zu schützen, und besetzten sie mit ihren Heeren. Von diesen harten Mauern aus hielten die Eindringlinge ihr erobertes Gebiet in stählernem Griff. Vier der Festungen waren errichtet worden, um die Steppe zu überwachen. Eine stand an der östlichen Flanke der Himachalberge, am Engpass beim Grimmfelsen.«

Sha Umar wirkte beunruhigt. »Meinst du damit die alten Ruinen am Felsvorsprung?«

Cantrell nickte bloß, denn seine Wunden schmerzten noch sehr.

»Ich erinnere mich undeutlich an sie«, sagte Lord Ryne. Der Blick seiner dunkelblauen Augen schweifte vom einen zum anderen. Er fühlte sich in solch erlauchter Gesellschaft noch etwas unbehaglich, doch sein Selbstbewusstsein wuchs allmählich. »Es gab auch eine Festung in der Nähe des Bahedin-Trelds, am Calah-Fluss. Sie wurde allerdings von den Pra Deschern vor Jahren geschleift.«

»Das stimmt«, pflichtete ihm Cantrell bei. »Aber die Festung, von der ich spreche, steht noch. Sie hat viele Angriffe überlebt. Ich glaube, in ihren Toren stecken Schutzzauber, die sie auch vor magischen Anschlägen bewahren.«

Sha Umar nickte und die anderen Männer wirkten neugierig wie auch besorgt.

Cantrell fuhr fort: »Als das westliche Reich langsam zerfiel, wurden die Festungen entlang der Grenze aufgegeben und die Heere nahe der Heimat zusammengezogen. Danach nutzten andere Stämme und ein oder zwei selbst ernannte Könige die Bollwerke. In den vergangenen Jahren war nur die Zeit ihr Feind.« Er hielt einen Augenblick inne und setzte dann zu einem getragenen Lied an:

»Stein und Ziegel, Holz und Mörtel,
Blut zur Feste, Knochen für die Stärke,
Eisen und Stahl und Tränen der Trauer
Bilden die Mauern von Ab-Chakan.

Als Wacht am Savon
Stand prachtvoll sie auf des Berges Höh'.
Trägerin des Adlerbanners,
Wächterin im Land der Dunklen Pferde.

Aus Dunkelheit geschmiedet sieben Türme,
Gefasst in Gold und mächt'gen Zauber.
Der Schwerter Stahl, er hält den Wall,
Und Herzensstärke schützt die Tore.

Ferne Hörner rufen heim die Krieger,
Verlassen liegen Steingemächer.
Auf den Türmen wachen augenlose Schatten,
Und auf den Wällen wandert nur der Wind.«

Cantrell verstummte, damit die Bilder des Liedes durch die Gedanken der Zuhörer ziehen konnten. »Es ist ziemlich altertümlich«, sagte er nach einer Weile. »Es ist das Bruchstück eines Liedes, das ich vor langer Zeit entdeckt habe.«

Savaric starrte nachdenklich in seinen Becher. Im Gegensatz zu den anderen hatte er die Ostflanke der Himachalberge nicht bereist und war mit der Ruine und dem Engpass, die Cantrell erwähnt hatte, nicht vertraut. Er führte seinen Klan nicht gern in Länder, die ihm unbekannt waren. Daher hatte er nur den Barden, um sich ein Bild von der Festung zu machen. »Dieser Ort – Ab-Chakan –, wie sieht er jetzt aus?«

»Nun, die Klane hatten nie Verwendung für eine Festung; deshalb ist sie seit vielen Jahren verlassen. Aber ihre Mauern stehen noch und der Engpass besitzt viele Höhlen, die sich tief in die Berge hineinbohren.« Cantrell hielt inne und wandte das Gesicht den um ihn versammelten Häuptlingen zu. »Für Männer mit ein wenig Erfindungsgabe könnte es die Antwort auf ein Gebet sein.«

Sha Umar lächelte kurz. »Den Werods wird das nicht gefallen. Es geht ihnen gegen den Strich, innerhalb von Mauern zu kämpfen.«

»Es ist ihnen bestimmt nicht unangenehmer als ein sinnloser Tod durch die Hand gedungener Söldner«, meinte Savaric trocken.

Der Häuptling der Jehanan lachte. »Das werde ich ihnen ausrichten.«

»Lord«, wiegelte Cantrell ab, »ich weiß nicht, ob es ein guter Rat ist. Ab-Chakan mag für Eure Zwecke ungeeignet sein, aber der Engpass könnte monatelang von einer bloßen Hand voll Krieger verteidigt werden. Außerdem wird Medb einen solchen Schachzug nicht vorhersehen. Er verschafft Euch vielleicht ein wenig Zeit.«

Savaric schaute durch die offene Zeltklappe in die Ferne. »Wie weit ist es bis zu diesem Ort?«

Cantrell dachte nach. »Er liegt einige Tagesreisen nördlich des Dangari-Trelds ... von hier aus sind es vielleicht sechzig Meilen.«

»Ich hoffe, dass Koshyn sich uns nicht in den Weg stellt«, sagte Lord Ryne. »So wie es aussieht, haben wir kaum genug Männer.«

»Ich bezweifle, dass er das tun wird«, entgegnete Sha Umar. Er verzog sein schmales, scharf geschnittenes Gesicht zu einem Lächeln und deutete mit seinem Weinbecher auf Savaric. »Koshyn achtet

Euch, auch wenn er versucht, auf zwei Pferden gleichzeitig zu reiten. Was mir Sorgen macht, ist diese Bande von Ausgestoßenen.«

»Ja. Sie wurden vor fünf Tagen eingezogen. Wenn sie uns finden, bevor wir den Unterschlupf erreicht haben, wird es ein großes Blutvergießen geben«, bemerkte Cantrell.

»Dann müssen wir rasch vorankommen«, sagte Savaric. In diesem Augenblick hatte er seine Entscheidung getroffen. Er fühlte sich nun hoffnungsfroher als in den letzten Tagen. Wenigstens hatten sie jetzt ein Ziel, das zumindest eine geringe Aussicht auf Erfolg bot. »Sind wir alle einer Meinung?«, fragte er die anderen. Die Männer nickten. »Dann wenden wir uns nach Norden und marschieren zu dieser Festung.« Er verstummte kurz und fügte schließlich hinzu: »Wenn du uns verlassen willst, Cantrell, stelle ich dir einen Führer, Pferde und Vorräte zur Verfügung. Leider kann ich es mir nicht leisten, dir eine ganze Eskorte zu geben.«

Cantrell winkte ab. »Ich wusste, auf was ich mich einlasse, als ich Euch um Hilfe bat. Ich habe das Schicksalsrätsel der Khulinin gelesen, mein Lord. Jetzt will ich die Antwort verstehen.«

Savaric verzog den Mund zu einem schwachen Lächeln. »Ich hoffe, du wirst deine Neugier nicht bereuen.«

Hinter dem Rand des Feuerscheins, wo die Herden in der warmen Dunkelheit dösten, hielten die Ausreiter stille Wacht. Sie ritten um das Vieh herum, summten dabei ein sanftes Lied und hielten bisweilen an, um ein leises Wort mit den Wächtern des Lagers zu wechseln.

Auf einem niedrigen Hügel in der Nähe der Pferdeherde stand Nara, dunkler als die Nacht. Nur ihre großen Augen glänzten im schwachen Licht der Sterne. Manchmal schwang sie den Kopf herum und sog die Luft ein oder schlug mit dem Schweif nach einem Moskito. Mit Ausnahme dieser Bewegungen hielt sie sich ganz still. Auf ihrem Rücken saß Gabria. Sie schob ihren Bogen zur Seite, stützte sich auf Naras Hinterteil und versuchte, sich nicht zu bewegen. Der ereignislose Wachdienst langweilte sie; sie konnte einfach nicht mehr still sitzen.

Immer wieder dachte sie an Cantrells merkwürdiges Verhalten ihr gegenüber – und an seinen Rat, die Sumpffrau aufzusuchen. Gabria hatte versucht, ihn zu einer Erklärung seiner Worte zu drängen, doch die Tage waren so anstrengend gewesen, und abends hatte er sich zu krank und müde gefühlt, um ihr eine Antwort zu geben. Piers konnte ihr nicht helfen, und sie hatte keine Ahnung, wen sie sonst fragen sollte.

Wenn Gabria sich recht erinnerte, lagen die Sümpfe südöstlich des Tir Samod, wo der von den Wassern zahlreicher Zuflüsse angeschwollene Goldrine sich in ein tiefes, teilweise unter Wasser stehendes Land mit von Unkraut halb erstickten Kanälen, Teichen und trügerischen Schlammlöchern ergoss, bevor er in das Meer von Tannis mündete. Sie hatte nie davon gehört, dass eine Frau in den Sümpfen lebte. Falls es eine solche Frau gab, warum war sie dann wichtig? Warum hatte Cantrell ihr gesagt, sie solle diese Frau aufsuchen? Gabria fragte sich, ob der Barde die ihr innewohnende Fähigkeit zur Zauberei spürte. Vielleicht war seine Reaktion deshalb so seltsam gewesen. Vielleicht hatte diese Sumpffrau etwas mit Magie zu tun.

Während der letzten Tage war es Gabria gelungen, unter dem überstürzten Aufbruch und dem schnellen Marsch der Karawane jeden Gedanken an ihre Kraft beiseite zu schieben. Es war leicht, Piers' nachdenkliche Blicke und Cors Abwesenheit nicht weiter zu beachten, und es war nicht schwer gewesen, die Wahrheit vor Nara zu verbergen. Doch hier in der Dunkelheit wurden die Schatten und Ablenkungen vertrieben, und Gabria war gezwungen, einem Teil ihres Selbst ins Gesicht zu blicken, den sie nicht kannte. Das Mädchen, das sie früher einmal gewesen war, das ihrem Vater und ihren lachend durch das Leben laufenden Brüdern freudig das Zelt geführt hatte, war irgendwie zu dieser kurzhaarigen Fremden geworden, die eine unbekannte Kraft besaß und sich über das Klanrecht stellte. Sie hatte ein Hunnuli gezähmt, war in einem Werod mitgeritten und hatte einen Mann mit der Trymianischen Kraft getötet. Gabria erkannte sich nicht mehr wieder, und was sie statt ihrer sah, ängstigte sie.

Es war unwichtig, ob Nara sie beruhigte oder Piers sie beschützte; sie konnte siebzehn Jahre eingewurzelten Misstrauens gegen Zauberei nicht einfach abschütteln. Für sie war Magie eine Macht, die jede Seele verdarb und nichts als Schaden anrichtete. Lord Medb war genau so, wie sie sich einen Zauberer vorstellte: verräterisch, mörderisch und gierend nach noch mehr Macht. Wenn sie eine echte Klanfrau war, musste sie sich Savaric offenbaren und die gerechte Strafe erdulden, bevor sie so wie Medb wurde und das Wohlergehen der Klane bedrohte.

Doch der Überlebensinstinkt, der Gabria aus dem Corin-Treld fortgetrieben hatte, stemmte sich diesem Gedanken entgegen. Sie musste einen Weg zur Beherrschung ihrer Gabe finden, damit sie diese nie wieder versehentlich einsetzte. Vielleicht hatte Cantrell ihr geraten, die Sumpffrau aufzusuchen, weil er wusste, dass sie Gabria beim Umgang mit der unerwünschten Kraft helfen würde. Wenn sie nur wüsste, wie sie diese Frau finden konnte.

Nara regte sich und hob den Kopf. Sie drehte die Ohren nach vorn. *Boreas und sein Reiter kommen,* berichtete sie Gabria.

Das Mädchen richtete sich rasch auf. Sie versteifte die Schultern und sah, wie Boreas' schwarze Gestalt langsam aus der Dunkelheit trat. Lautlos setzte sich der gewaltige Hengst neben sie und wieherte einen leisen Gruß.

Der Wertain beobachtete schweigend die schlummernden Pferde in der Nähe. Gabria sah das schwache Glitzern des polierten Panzers unter der Robe, die ihm bis zu den Knien reichte, doch das Schimmern seines Helms war unter der Kapuze seines Umhangs verborgen. Sein Gesicht lag im Schatten der Kapuze und sie hoffte, dass er das ihre ebenfalls nicht erkennen konnte.

»Nichts regt sich heute Nacht«, sagte Athlone ruhig.

»Nein.« Gabria hatte seit Cors Tod nicht mehr mit ihm geredet und war sich nicht sicher, ob sie es jetzt wollte. Sie hatte furchtbare Angst davor, dass Athlone ihre Taten genauer untersuchen und ihre Kraft entdecken würde.

Die alte Bedrohung, die sie schon vergessen geglaubt hatte, erhob nun wieder ihr hässliches Haupt.

»Mein Vater hat mir gesagt, dass wir nach Norden ziehen.«

»Nach Norden!«, meinte Gabria unwirsch. »Sollen wir uns etwa wie Diebe in den Bergen verstecken?«

Er seufzte und versuchte, ruhig zu bleiben. »Diese Karawane ist zu groß, um sich verstecken zu können. Wir gehen zu einer alten Festung namens Ab-Chakan.«

»Ich vermute, das ist besser, als wie verschreckte Hasen über die Steppe zu hoppeln.«

Athlone drehte den Kopf in ihre Richtung. Sie spürte seinen kalten Blick. »Wenn du einen besseren Vorschlag hast, solltest du ihn Savaric unterbreiten.«

»Ich mische mich nicht in die Beschlussfassung der Weisen ein«, sagte Gabria verärgert. Sie wünschte, er würde fortgehen.

»Feine Worte für eine Frau, die sich Häuptling nennt, eine Ratsversammlung sprengt und einen Zauberer bedroht.«

»Und was hat es gebracht? Du hast es zugelassen, dass ich meine sinnlose Hoffnung auf Rache genährt habe, dich dann zurückgelehnt und mir dabei zugesehen, wie ich mich vor allen Lords zum Narren gemacht habe.«

Athlone schüttelte den Kopf. »Dieses Thema haben wir doch bereits abgeschlossen. Ich wusste vorher nicht, dass er so schwer verletzt ist.«

Sie schwieg lange. Die Hunnuli standen reglos da und hatten die Ohren aufmerksam angelegt; ihre ebenholzfarbenen Augen fingen das Licht des abnehmenden Mondes ein, dessen Sichel über den Bergen aufging. Athlone wartete. Sein Gesicht war noch immer nachtverhüllt, und er zupfte rastlos an den Falten seiner Robe.

Schließlich schlug Gabria sich mit der Faust auf das Knie. »Was soll ich jetzt tun, Athlone? Ich habe monatelang darauf gewartet, Lord Medb herauszufordern. Jetzt habe ich keine Genugtuung erhalten, mit der ich die Stimmen meiner Brüder besänftigen oder die Erinnerung an jenen Tag abwaschen könnte. Medb ist mir entwischt.«

»Es gibt viele Möglichkeiten, Rache zu nehmen. Einige davon sind raffinierter als andere«, sagte er.

Gabria riss den Kopf herum. Ihr Herz hämmerte heftig. Noch immer konnte sie sein Gesicht nicht erkennen.

»Es gibt viele Wege«, wiederholte er mit ruhiger Stimme. »Einige sind besser geeignet als andere, um Rache an einem Mann wie Medb zu nehmen. Ob Zauberer oder nicht, er ist immer noch ein Mann mit ganz eigenen Schwächen. Finde sie heraus. Lerne seine tiefsten Ängste kennen und setze sie gegen ihn ein.«

»Wie?«, fragte sie höhnisch. »Soll ich ihn mitten in der Schlacht anhalten und ihm ein paar Fragen stellen oder ihn nach Einbruch der Nacht in seinem Zelt besuchen?«

»Gebrauche deinen Verstand, Corin. Niemand von uns weiß, wie sich die kommenden Tage entwickeln werden. Wenn du schlau bist, hast du vielleicht Waffen zur Hand, die schärfer sind als jedes Schwert.«

Gabria sah den Wertain eindringlich an. Was wusste er über sie? Hatte er mit Piers geredet oder zog er seine eigenen Schlussfolgerungen? Oder erteilte er ihr bloß einen guten Rat? »In Ordnung, ich will es versuchen. Aber ich bezweifle, dass es viel bringt.«

Athlone rieb mit der Hand über Boreas' Hals. »Das kann man nie wissen. Kriege sind schrecklich unvorhersehbar.« Er hielt inne, dann sagte er: »Ich habe es dir bisher nicht gesagt, aber ich war sehr glücklich, dich nach Cors Angriff lebend zu sehen. Wenn er erfolgreich gewesen wäre, hätte ich ihm eigenhändig die Haut vom Leib gezogen.«

»Ich bin froh, dass du dazu nicht die Gelegenheit hattest«, erwiderte Gabria. Seine Bemerkung überraschte und erfreute sie.

»Wie lange willst du diese Scharade aufrechterhalten?«, fragte er plötzlich. »Du kannst nicht für immer und ewig vorgeben, ein Junge zu sein.«

Gabria zuckte die Achseln. »Darüber habe ich mir noch keine Gedanken gemacht. Wahrscheinlich so lange, bis Savaric es herausfindet oder Medb mich tötet.«

Athlone fuhr unbewusst mit der Hand zum Schwertgriff. »Medb wird dich nicht töten, solange ich es verhindern kann«, murmelte er im Flüsterton.

»Was hast du gesagt?«

»Nichts. Morgen wirst du dich zu den Ausreitern gesellen und nach Ab-Chakan suchen.«

Sie salutierte. »Ja, Wertain.« Er drehte sich um und wollte gerade fortreiten, als sie die Hand nach ihm ausstreckte und ihn zurückhielt. »Athlone, weißt du etwas über die Sumpffrau?«

Athlone versteifte sich. Boreas schnaubte, als sein Reiter sich vorbeugte. »Wer hat dir von ihr erzählt?«

»Cantrell.«

»Na gut. Vergiss sie sofort wieder. Diese Frau ist böse und gefährlich. Du hast mit ihr nichts zu schaffen. Ich verbiete dir, sie je wieder zu erwähnen.« Er gab Boreas die Sporen und sie verschwanden in der Dunkelheit.

»Das war ziemlich seltsam«, sagte Gabria. Seine heftige Reaktion hatte sie erstaunt.

Nara wieherte leise. *Der Mann versteht noch nicht. Er betrachtet die Magie wie du früher.*

»Früher?«

Deine Auffassungen haben sich gewandelt, seit du Cor zum ersten Mal durch Magie zu Boden gestreckt hast.

»Zum ersten Mal«, wiederholte Gabria schwach.

Du hast doch wohl nicht geglaubt, ich wüsste es nicht. Hunnuli fühlen sich bei Magiern sehr wohl. Wir spüren vieles bei unseren Reitern, das die Menschen übersehen.

»Dann weißt du, dass ich ihn getötet habe.«

Selbstverständlich. Und jetzt weißt du die Wahrheit.

»Ich bin eine Zauberin.« Gabria klang angeekelt.

Du bist noch keine Zauberin. Deine Kräfte sind noch nicht richtig ausgebildet, aber du besitzt eine natürliche Begabung. Sie sollte nicht verschwendet werden. Besonders jetzt nicht.

»Was soll ich denn tun?«, wollte sie wissen und versuchte, ihre Stimme gedämpft zu halten. »Lord Medb würde mich niemals ausbilden, und wer sonst kennt die verbotenen Künste?«

Folge dem Rat des Barden, antwortete Nara.

»Die Sumpffrau? Ich weiß nicht einmal, ob es sie wirklich gibt!«, rief Gabria.

Die Frau lebt tatsächlich. In den großen Sümpfen. Sie wird dir helfen, wenn sie spürt, dass dein Verlangen stark genug ist.

Gabria war verblüfft. Sie wusste, dass das Hunnuli die Wahrheit sagte, doch es war einfach zu unglaublich. Sie saß einige Zeit lang gedankenverloren da, bevor sie die Stille durchbrach. Als sie endlich sprach, war ihre Stimme voll der Trauer.

»O Nara, wir leben in seltsamen Tagen. Legenden erwachen zum Leben, ein Klan bekämpft den anderen und unser Leben hängt am seidenen Faden eines Zauberers und seiner Magie. Nun verfüge ich über eine Kraft, die ich zu verachten gelernt habe, und weiß nicht, was ich damit anfangen soll. Ich denke an nichts anderes mehr als an Medb, an Magie und den Ausdruck des Todes auf dem Gesicht meines Vaters.« Die Worte verließen sie, und sie lehnte sich mutlos gegen Naras Hals.

Das Hunnuli wieherte mitfühlend. *Ich verstehe nicht immer die Gefühle der Menschen, doch auch ich kenne Verlust und Einsamkeit. Wenn sie sich einstellen, muss man nach neuen Stärken und neuen Weidegründen suchen.*

Gabria hörten den sanften Worten in ihrem Kopf zu. Sie legte die Arme um Naras Hals. »Wie wäre es mit den Sümpfen?«

Das wäre genau das Richtige. Ich verspüre schon seit einiger Zeit das Verlangen nach einem ausgedehnten Trab.

Zwei Stunden nach Anbruch der Morgendämmerung schickte Athlone seine Reiter als Kunschafter aus. Sie preschten nach Nordosten und verteilten sich, um den schnellsten Weg zu den Himachalbergen und der Festung von Ab-Chakan ausfindig zu machen. Gabria und Nara ritten mit ihnen. Sie galoppierten meilenweit über das grasbewachsene, ebene Ende des Hornwachttals. Langsam stieg das Gelände an, und die Hügel gingen in das vorgelagerte Gebirge über. Vor ihnen wurden die dunklen, rauchigen Kleckse der Bergkette zu einzelnen, klar unterscheidbaren Gipfeln.

Die Himachalberge wiesen nicht die zerklüftete, großartige Form des Dunkelhorngebirges auf. Sie waren nur die Vorhut der mächtigen Bergkette, und ihre Spitzen ragten nicht sehr weit über die Ebene hinaus. Doch trotz der runderen, niedrigeren Gipfel waren ihre Hänge steil, schwer begehbar und von dichtem Unterholz überwuchert.

Am südlichsten Ende der Berge, wo ein breites Tal einem Fluss aus den Wäldern den Weg in den Isin ebnete, hatte der Dangari-Klan seinen Treld errichtet und hielt dort das ganze Jahr über sein Zuchtgestüt. Dieser Klan war der sesshafteste von allen; er hatte seine nomadischen Instinkte gegen die Freuden der Pferdezucht eingetauscht.

Athlones Späher umgingen den Dangari-Treld vorsichtig und hielten sich dann wieder nordwärts. Sie suchten nur nach dem Engpass und der Festung. Es gab noch keine Neuigkeiten über Koshyns Entscheidung, und weit und breit war von der Bande Ausgestoßener nichts zu sehen. Die Eidbrecher hatten Savaric die Nachricht geschickt, dass das angeheuerte Söldnerheer in Medbs Lager eingetroffen war und die gemeinsamen Streitkräfte der vier Klane und der angeworbenen Soldaten nun den Khulinin nachsetzten. Medb hatte auch seine Drohung gegenüber dem Kult wahr gemacht und ein großes Heer zur Belagerung der Zitadelle der Krath ausgesandt.

Die Zeit wurde knapp. Savaric führte die Klane hinter den Spähern her nach Norden. Das Rennen hatte begonnen.

Die drei Klane hatten einen Vorsprung von fünf Tagen vor den Wylfling und brauchten jede Stunde davon, um die Festung noch rechtzeitig zu erreichen. Die Karawanen bewegten sich viel langsamer als ein Heer und mussten noch etliche Meilen zurücklegen. Es würde knapp werden, doch Savaric hoffte, dass die Klane es in einem oder zwei weiteren Tagen bis nach Ab-Chakan schafften. Diese Hoffnung war durchaus berechtigt – falls die Dangari oder die ausgestoßenen Räuber sie nicht aufhielten.

Die nächsten vier Tage waren entsetzlich, doch Savarics Stolz auf sein Volk wuchs beträchtlich. Mit dem Heer des Zauberers im Nacken rückten die Klane auf der Flucht in die Berge enger zusammen. Überflüssiges Gepäck, beschädigte Wagen und kranke oder schwache Tiere wurden zurückgelassen. Während des Tages wurde keine Rast eingelegt und nachts nur so lange angehalten, dass sich die Pferde erholen, das Vieh getränkt und ein kaltes Mahl eingenommen werden konnte. Die Klane zündeten kein Feuer an und die Zelte blieben verpackt; die Leute sackten im Schutz ihrer Wagen zusammen und erwarteten dort die Morgendämmerung. Unterwegs brannte ihnen die Sonne auf den Kopf und der aufgewirbelte Staub erstickte sie beinahe. Bald forderte die mörderische Geschwindigkeit ihren Tribut, besonders bei den Kindern und Fohlen, doch die Karawane zog weiter, denn wenn sie auf offener Strecke angegriffen würde, bedeutete das den sicheren Tod.

Spät am Abend des zweiten Tages der Reise nach Norden kehrten einige Späher, unter denen sich auch Gabria befand, zu Savaric zurück und berichteten ihm, dass die Mauern von Ab-Chakan noch standen und die Höhlen beim Engpass verlassen und frei waren. Man hatte zwei Männer zur Beobachtung der Feste zurückgelassen, und andere warteten am Weg. Im Dangari-Treld war alles ruhig, und auch von den Ausgestoßenen hörte und sah man nichts.

Savaric seufzte vor Erleichterung auf, als er die Berichte der Späher hörte, und schickte einige Fährtensucher aus, die das Herannahen von Medbs Streitmacht beobachten sollten. Insgeheim fragte er sich, wo Koshyn und die Dangari waren.

Am zehnten Tag nach der Abreise von der Versammlung sollte Savaric die Antwort auf diese Frage erhalten.

Vierzehn

Fußlahm und müde wandten sich die drei Klane nach Osten, um dem Dangari-Treld auszuweichen, und liefen dann wieder nach Norden am Isin entlang. Die Himachalberge lagen zur Linken, und die weite, windgepeitschte Ebene von Ramtharin erstreckte sich zur Rechten. Savaric war erleichtert darüber, dass sie in den vier Tagen, seit sie den Goldrine verlassen hatten, beinahe sechzig Meilen zurückgelegt hatten – eine unerhörte Geschwindigkeit für eine so große Karawane. Doch nun waren die Klane erschöpft. Männer, Frauen, Kinder und Tiere hatten die Grenze ihrer Leistungsfähigkeit erreicht. Nur die Hunnuli zeigten keine Anzeichen von Ermüdung, als sich die Karawane die letzten Meilen auf den Engpass zu schleppte.

Der Isin floss am Vorgebirge entlang in Richtung Süden und folgte den natürlichen Gegebenheiten des Landes. Wie eine Grenzlinie trennte er die zerklüfteten Berge im Westen von dem sanfteren Grasland, das sich nach Osten bis zum Meer erstreckte. Nach einigen Überlegungen entschlossen sich die Häuptlinge, am Ostufer des Flusses zu bleiben. Hier gab es zwar kaum Schutz vor Jägern und nur wenige Stellen, an denen sie sich bei einem Angriff verteidigen konnten, aber dafür war das Fortkommen leichter und schneller.

Diese Entscheidung stellte sich bald als weise heraus. Als die Karawane weiter nordwärts zog, ging das Vorgebirge in raue Hügel und Senken sowie scharfe Kämme über, die für die Wagen ein unüberwindliches Hindernis dargestellt hätten. Am Ostufer hingegen waren die Hänge sanfter und die Gebüsche leicht zu umgehen. Die Klane eilten noch schneller voran, weil sie hofften, dass sie bald bei der Festung angelangt und in Sicherheit wären. Das offene Gelände, das sie für gewöhnlich liebten, machte sie seltsam unsicher. Niemand wusste, wann die Banditen oder Medbs Heer über die langsame Karawane herfielen. Jedermann wartete ängstlich ab, hielt die Augen offen und sah andauernd über die Schulter.

Am fünften Tag, kurz nach Mittag, wendete einer der Ausreiter, der die Gegend südlich der Karawane beobachtet hatte, sein Pferd und galoppierte zurück zu den Klanen. Sofort brachten die Werods die Wagen zusammen und zogen einen engen Ring um sie. Schwerter glitzerten in der Sonne und ein tödlicher Schild aus Speeren stach aus der Verteidigungslinie hervor. Die Ausreiter galoppierten herbei und alle berittenen Männer füllten die Lücken zwischen den Kriegern.

Die drei Häuptlinge zogen ihre Schwerter und warteten, bis der Späher zum Stillstand kam. Savarics Gesicht war ernst. Gabria und Athlone verharrten dicht hinter ihm Seite an Seite auf ihren Hunnuli. Die Klane waren ganz still, während sie gespannt auf die Neuigkeiten warteten.

»Lord«, sagte der Khulinin, »die Dangari sind hinter uns. Sie reiten schnell und haben weder Herden noch Wagen dabei.«

Ein aufgeregtes Gemurmel erhob sich unter den lauschenden Klanen. Ihre schlimmsten Ängste schienen sich zu bestätigen.

»Wir sollten zurück zum Fluss und in den Schutz der Bäume ziehen«, schlug Lord Ryne vor.

Savaric schüttelte den Kopf und rammte sein Schwert wieder in die Scheide. »Nein. Dazu haben wir keine Zeit mehr. Wir warten ab.«

Niemand bewegte sich. Alle sahen ängstlich zu, wie eine große Gruppe berittener Männer in Panzerungen an den Hügeln vorbei in ihre Richtung jagte. Die Reiter hielten ihre bemalten Schilde im Arm und in den Händen große Eschenspeere. Über ihnen flatterte ein blaues Banner.

Plötzlich brachen sie zur Seite aus und galoppierten mit Donnerhall auf die wartende Karawane zu. Die drei Klane rückten enger zusammen und die Krieger schlossen die Finger fester um ihre Schwerter. Hörner erschallten klar und scharf, und die Reiter hielten nicht weit vor Savaric an. Die beiden Gruppen sahen sich schweigend an. Dann ritt ein einzelner Mann vor. Er führte sieben Stuten an der Leine. Ein weißer Pferdeschwanz floss von seinem Helm herab. Er hatte seinen blauen Mantel über die Schulter geworfen und grinste vor Erleichterung.

»Es ist schwer, Euch zur Strecke zu bringen, Savaric.«

»Was, in Surgarts Namen, macht Ihr hier, Koshyn?«, rief Sha Umar misstrauisch.

»Ich könnte Euch dasselbe fragen, denn Ihr befindet Euch auf meinem Land«, erwiderte Koshyn. Er strafte die feindlichen Blicke der Klanleute mit Nichtachtung. »Ich bin gekommen, um meine Schulden zu bezahlen: sieben Stuten. Erinnert Ihr Euch daran?«

»Ihr habt Euch eine seltsame Zeit dafür ausgesucht«, sagte Savaric.

»Die Lage erforderte es. Die Ausgestoßenenbande befindet sich nicht weit hinter mir.«

Athlone trieb Boreas nach vorn. Die Augen des Wertains glühten. »Und Ihr habt sie direkt zu uns geführt!«

Koshyns Gesicht verdunkelte sich, als ob eine Wolke aus Wut über ihn hinwegflöge. »Sie haben meinen Treld letzte Nacht angegriffen und fünf unserer besten Hengste sowie etliche Stuten abgeschlachtet, bevor wir sie in die Flucht schlagen konnten. Jetzt lecken sie ihre Wunden, aber sie werden wiederkommen.«

Die umstehenden Klanleute brachen in wütende und überraschte Rufe aus. Die Krieger hielten die Speere weiterhin erhoben, doch sie entspannten sich. Alle hier verstanden den Kummer und Zorn des Dangari über den Verlust seiner geliebten Pferde.

»Warum haben diese Banditen Euren Klan angegriffen?«, fragte Savaric.

»Weil ich mich geweigert habe, gemeinsame Sache mit Medb zu machen. Wir haben die Versammlung nach Euch verlassen. Medb war sehr wütend. Ich glaube, er hat die Ausgestoßenen von Euch abgezogen, damit er Rache an uns üben konnte.«

»Ich verstehe. Vielen Dank für die Warnung und die Stuten. Wir müssen weiterziehen.« Savaric wendete sein Pferd und hob die Hand, um der Karawane das Zeichen zum Weitermarsch zu geben. Auch wenn er die Hilfe der Dangari bitter nötig hatte, würde er jetzt nicht mehr darum bitten – nicht nach den Tagen der wilden Flucht und unerträglichen Angst.

Koshyn ritt vor und hielt ihn auf. Die Augen des jungen Häuptlings leuchteten vor Zorn und die Tätowierungen auf seinem Gesicht verblassten. »Wir gehen mit Euch, Lord Savaric«, sagte er. »Ich habe die gerechte Strafe für meinen armseligen Mut erhalten; jetzt bitte ich Euch um die Erlaubnis, mich zu Euch zu gesellen.«

Savaric hielt inne und sah seine Gefährten an. Sha Umar zuckte die Achseln; Ryne nickte heftig. Savaric starrte eine volle Minute lang in das Gesicht des Dangari und wog nachdenklich die Wut und Ernsthaftigkeit ab, die er in Koshyns blauen Augen sah. Schließlich nickte er. »Eure Hilfe ist höchst willkommen, doch wir müssen rasch weiterziehen, wenn uns die Banditen bereits auf den Fersen sind. Wo ist der Rest Eures Klans?«

»Sie kommen noch. Wir treiben das Vieh auf versteckte Weiden in den Bergen, und die Frauen sammeln die Vorräte ein. Ich wollte Euch so schnell wie möglich einholen und Euren Entschluss hören.«

»Also gut. Wir gehen nach Ab-Chakan am Engpass beim Grimmfelsen. Reitet so schnell wie möglich dorthin.«

Koshyn riss die Augen auf. »Zu diesem Steinhaufen? Wozu?«

Der jüngere Häuptling blickte hinüber zu den müden Klanen und dann wieder zu Savaric. Er konnte noch immer nicht fassen, dass diese Karawane so schnell vorwärts gekommen war. Als seine Späher ihm den Standort der Klane genannt hatten, hatte er es nicht glauben wollen. Er hatte es selbst sehen müssen. Seine Achtung vor Savaric stieg erheblich.

»Wir werden dort sein«, sagte Koshyn. Er übergab Savaric die Leine mit den sieben Stuten, wendete sein Pferd und preschte zurück zu seinen Männern. Unter ohrenbetäubenden Rufen galoppierten sie zurück zu ihrem Treld.

Sha Umar grinste. »Jetzt sind wir nicht mehr hoffnungslos unterlegen, sondern nur noch stark unterlegen.«

Savaric stützte sich auf den Sattelknauf und sagte: »Wenn wir bloß die übrigen Klane so leicht überzeugen könnten.« Er winkte der Karawane zu und Werod und Wagen folgten ihm.

Nara wartete einen Augenblick und sah zu, wie sich der Staub hinter den Davonreitenden wieder legte. *Wir müssen bald aufbrechen. Bevor es zu spät ist.*

»Ja, am besten heute Nacht. Ich hoffe, die Klane leben noch, wenn wir zurückkehren«, sagte Gabria.

Seit sie sich entschieden hatte, nach der Sumpffrau zu suchen, hielt ein seltsamer Widerwille, die Khulinin zu verlassen, Gabria zurück. Sie verschob ihre Abreise immer wieder und wartete auf den günstigsten Augenblick. Gabria erkannte, dass ihr die Zeit davoneilte, doch sobald sie einen Aufbruch in Erwägung zog, summte ihr ein bestimmter Gedanke wie eine Stechmücke durch den Kopf: Es war schon einmal geschehen und konnte sich wiederholen. Es war möglich, dass sie bei ihrer Rückkehr nichts als Blut, Rauch und verwesende Leichen vorfand. Diese Vorstellung erschreckte sie mehr als die Angst vor ihrer Gabe oder vor der ungewissen Begegnung mit einer seltsamen, legendenumwobenen Frau. Wenn sie bei den Khulinin blieb, brauchte sie sich diesem Schmerz nicht mehr auszusetzen und konnte zusammen mit ihnen leben oder sterben.

Nara hatte Verständnis für ihr Zögern. Sie scharrte im Boden und schnaubte. *Hinter den Mauern dieser Festung werden sie eine Weile überleben. Noch brauchen sie dich nicht.*

Gabria zitterte leicht. »Kannst du mir versprechen, dass sie noch leben, wenn wir zurückkommen?«

Ich kann dir nichts versprechen. Du musst einfach auf ihre Fähigkeiten vertrauen.

Sie rieb den Hals der Stute und spürte die steinharten Muskeln unter dem samtigen Haar. »Du bist immer ehrlich, Nara. Du machst mir Mut.«

Die Stute sah Gabria unter ihren langen Stirnlocken von der Seite an. *Aus diesem Grund bin ich bei dir. Pack genug zu essen ein; ich weiß nicht, wie lange wir unterwegs sein werden.*

Der Nachmittag ging langsam in den Abend über. Der Himmel war mit hohen Wolken vergittert und die Sonne verblasste bei ihrem Untergang zu Kupfer. Es dämmerte schon, als die Späher zwischen den verfilzten Gebüschen und unter Unkrautbewuchs im Isin-Tal die Überreste einer uralten Straße entdeckten.

Diese Straße war angelegt worden, lange bevor die Reitervölker über die Ebene zogen, und hatte der Feste Ab-Chakan als Versorgungsweg zu anderen Festungen und Städten gedient, die nach dem Zusammenbruch des Reiches zerfallen waren. Jetzt lugten nur noch zerborstene Pflastersteine durch Gras und Schlamm.

Als die Klane weiter nordwärts zogen, wurde die Straße deutlicher erkennbar. Ihr gerades und ebenes Band zeichnete sich an den Bergflanken klar ab und folgte dem Lauf des Flusses. Obwohl die Straße von wildem Wein und Gras überwuchert war, konnte man sie noch benutzen, wofür die Karawane sehr dankbar war. Selbst im ungewissen Zwielicht war das handwerkliche Geschick der Menschen aus dem Altertum am Zuschnitt und der Lage der Steine deutlich abzulesen.

Einige Stunden nach Einbruch der Nacht hielten die Klane am Fluss an. Savaric ließ die Nachricht verbreiten, dass sie nur noch zehn Meilen von der Festung entfernt waren und sie am nächsten Tag erreichen würden. Jedermann schickte Dankgebete zu den Göttern und bereitete sich auf die Nacht vor. Bald senkte sich das Schweigen völliger Erschöpfung über das Lager. Nur die Ausreiter und Wachen regten sich am Rand der Zelte. Die Nacht war schwarz, denn der Mond würde erst später aufgehen, und es brannten weder Feuer noch Laternen. Ein sanfter Wind strich über das Gras und die Sterne spiegelten sich im Fluss wider wie Edelsteine in schwarzem Glas.

Gabria wartete, bis alles still war; dann packte sie heimlich ihre Ausrüstung zusammen. Sie nahm nur einen Beutel mit Nahrungsmitteln und ihren Dolch mit. Piers würde sich um ihre restlichen Besitztümer kümmern, bis sie zurückkam. Nach kurzem Überlegen fischte sie jedoch die magische Schutzkugel aus ihren Sachen und wickelte sie sorgfältig in ihren Umhang. Sie zog ein dunkelblaues Hemd und eine Hose von gleicher Farbe an, faltete ihren Umhang zusammen und verstaute ihn in dem Beutel. Den Dolch steckte sie in ihren Gürtel.

Piers und Cantrell schliefen neben dem Wagen. Gabria nahm ihren Beutel und einen Wasserschlauch, glitt hinüber zu dem Barden und schüttelte ihn sanft. Er erwachte sofort.

Gabria konnte Cantrells Gesicht nicht erkennen, doch sie spürte, wie sich sein Körper versteifte. »Alles in Ordnung«, flüsterte sie. »Ich bin es nur. Gabria.«

Er lag einen Augenblick reglos da und hörte ihr zu, dann murmelte er verstehend: »Du verlässt uns.«

»Ja. Sag Athlone bitte, er soll sich keine Sorgen machen. Ich komme zurück.«

Er kicherte leise. »Der Wertain wird in den nächsten Tagen sehr viel zu tun haben, aber ich sage es ihm. Bitte sei vorsichtig. Mein Rat ist nicht immer leicht zu befolgen.«

»Das Hunnuli wird sich um meine Sicherheit kümmern. Lebe wohl.« Sie huschte fort.

Piers rollte sich herum. »Also geht sie nun doch.«

»Ja. Ich hoffe nur, es bringt ihr mehr Gutes als Schlechtes.«

»Ihr bleibt keine andere Wahl, Barde.«

Cantrell seufzte. »Ich weiß. Aber die Sumpffrau kann gefährlich werden, und vielleicht will sie keine Schülerin mehr aufnehmen.«

»Es wäre noch gefährlicher, eine unausgebildete Zauberin in unserer Mitte zu haben.«

Der Barde entspannte sich zwischen seinen Laken. »Wir werden sehen«, sagte er traurig.

Piers legte sich auf den Rücken und sah hoch zu den Sternen. »Mögen die Götter dir Schnelligkeit verleihen, Gabria«, murmelte er zu sich selbst.

Nara wartete am Rand des Lagers auf Gabria. So still wie windgetriebene Schatten glitten sie an den Wachen vorbei und verschwanden in der Dunkelheit. Zuerst preschte das Hunnuli den Pfad entlang, auf dem die Klane gekommen waren, dann hielt es sich nach Osten und fiel in einen Galopp. Wie eine über den Nachthimmel eilende Wolke glitt die Stute über das sich meilenweit erstreckende Gras; ihre Hufe schlugen einen endlosen Takt. Sie rannte mühelos und die Luft erzitterte um sie. Gabria saß mit gespreizten Beinen auf dem Rücken des Pferdes, hielt sich an seiner Mähne fest und wunderte sich über die Geschwindigkeit des Hunnuli. Das Mädchen beugte sich vor. Der Wind peitschte ihr Naras schwarze Mähne ins Gesicht.

Nara spürte das Vergnügen ihrer Reiterin und rannte noch schneller. Sie blähte die Nüstern und legte die Ohren an. Die Muskeln gerieten unter dem schwarzen Fell in fließende Bewegung. Vor ihnen öffnete sich die unermessliche Ebene. In weiter Ferne durchstach ein Gewitter den Horizont mit Blitzen. Die Stute warf den Kopf hoch und rannte auf den Sturm zu.

Sie machten einen weiten Bogen nach Westen, um Medbs Heer aus dem Weg zu gehen, und wandten sich dann nach Süden dem Meer von Tannis und die Sümpfe des Goldrine zu. Den Sturm ließen sie hinter sich. Nach einer Weile schläferte Naras schaukelnder Lauf Gabria ein. Sie döste auf dem Rücken der Stute und sah zwischen halb geschlossenen Lidern das Land verschwommen unter ihnen hinwegfließen. Kaum merklich wurde es heller und farbiger. Gabria schreckte hoch und erkannte, dass die Sonne über dem Rand der Welt hing.

Die Hügel wurden etwas flacher und wölbten sich sanft; ihre baumlosen Hänge waren bald von dichtem Gras bedeckt, das ein federndes Kissen unter Naras Hufen bildete.

Der Tag wurde rasch heiß und der Wind legte sich. Hoch droben kreiste ein Falke im strahlend blauen Himmel; er war das einzige Lebewesen, das Gabria den ganzen Tag über sah. Entweder hielten sich die Tiere vor der Sonne verborgen, oder sie waren beim Anblick des rennenden Hunnuli geflüchtet. Am Mittag waberten schimmernde Hitzespiegelungen in der Ferne. Gabria war steif und durstig und bald bemerkte sie, wie auch Nara allmählich ermüdete.

Das Hunnuli fand ein Wasserloch in einer Senke zwischen einigen Hügeln und Ross und Reiterin rasteten im Schatten eines kleinen Hains. Einige Stunden später brachen Gabria und Nara wieder auf und die Stute galoppierte mit dem Wind nach Süden. Als die Abenddämmerung einsetzte, hatten sie den Rand der Goldrine-Sümpfe erreicht.

Erst spät am Morgen erfuhr Athlone von Gabrias Abreise. Als er eine Truppe des Werod vor der Karawane herführte, dämmerte ihm allmählich, dass er seit einigen Stunden weder das Mädchen noch das Hunnuli gesehen hatte. Als er Boreas befragte, erfuhr er, dass Gabria das Lager in der vergangenen Nacht verlassen hatte, doch wohin sie unterwegs war, wollte ihm der Hengst nicht sagen. Kochend vor Wut trieb der Wertain Boreas zurück zur Karawane. Es gab nur zwei Männer, denen das Ziel der Corin möglicherweise bekannt war, und Athlone wollte unbedingt herausfinden, was sie wussten.

Piers, der neben seinem Wagen herlief, sah den Wertain auf sich zukommen und warnte Cantrell leise, der auf der Ladung aus Bündeln saß. Der Heiler streichelte seine Stute und pfiff unbekümmert ein Liedchen.

»Wo ist dieses erbärmliche Aas von Corin?«, wollte Athlone wissen, als Boreas zum Stillstand gekommen war. Die Klanleute in der Nähe sahen neugierig auf. Piers versuchte, unschuldig dreinzublicken.

»Der Junge wird bald zurück sein, Wertain«, antwortete Cantrell.

Athlones Gesicht wurde aschgrau. »Wo ist ... er?«, rief er und hätte beinahe vergessen, vor den neugierigen Zuschauern die männliche Form zu gebrauchen. Boreas tänzelte infolge der Erregung seines Reiters zur Seite.

Der Barde zuckte die Achseln. Sein verbundenes Gesicht zeigte keinerlei Regung; er sprach ruhig und vernünftig. »Er hatte einen dringenden Grund und wird zurückkehren. Dabei sollten wir es belassen.«

»Dabei werde ich es keinesfalls belassen! Dieser Junge steht unter meiner Obhut und ... hör doch endlich mit diesem unerträglichen Pfeifen auf!«, fuhr er Piers an. Der Heiler schenkte ihm einen betrübten Blick, den Athlone übersah. »Gabran hatte keinen vernünftigen Grund, gerade jetzt und noch dazu allein fortzugehen! Das ist doch viel zu gefährlich!« Plötzlich verengten sich seine Augen. »Es sei denn ... es sei denn, er stand die ganze Zeit unter Medbs Einfluss!«

»Lies in deinem Herzen, Athlone«, sagte Cantrell. »Du weißt, dass das nicht stimmt.«

»Aber warum ist er dann fortgegangen? Und warum habt ihr ihn nicht aufgehalten?« Athlone brüllte beide Männer zugleich an.

»Wir haben keinen Anteil an Gabrans Entscheidung«, entgegnete Piers. »Aber wir hätten ihn niemals zurückgehalten.«

Boreas sprach sanft in Athlones Kopf: *Nara ist mit Gabria gegangen, Athlone. Sie werden bald zurückkehren.*

Der Wertain beruhigte sich ein wenig. »Ich bete zu den Göttern, dass der Junge zurückkommt«, sagte er mit Nachdruck. »Wenn Medb oder die Plünderer ihn nicht umbringen, werde ich es tun.« Boreas schwang sich herum und galoppierte davon. Piers und Cantrell blieben erleichtert zurück.

Piers sagte: »Hast du bemerkt, dass der Wertain um die Corin mehr gibt, als er selbst weiß?«

Cantrell nickte. »Bemerkenswert, nicht wahr? Aber wenn sie Medb tötet, um die Khulinin zu retten, wird das Klangesetz sie wegen Zauberei zum Tode verurteilen. Als Wertain des Klans, der sie aufgenommen hat, muss Athlone das Urteil vollstrecken. Das ist tragisch, nicht wahr?«

»Ist das ihr Schicksal?«, fragte Piers traurig.

»Nur wenn sie die Antwort auf Medbs Rätsel findet.«

»Und wenn nicht ...«

Cantrell beendete den Satz für ihn: »Dann braucht sich keiner von uns mehr Sorgen um Schwierigkeiten mit dem Klangesetz zu machen.«

Am Nachmittag kamen hohe Schleierwolken auf und verbargen die Sonne unter milchigem Dunst. Es verbreitete sich die Nachricht, die Festung sei nur noch wenige Meilen entfernt. Wer scharfe Augen hatte, konnte bereits die schwarzen Türme wie winzige Zähne vor den schroffen Hängen sehen. Die Karawane fasste wieder Mut. Die müden Beine wurden zu größerer Schnelligkeit angetrieben; man hoffte, die Feste bei Einbruch der Dämmerung zu erreichen.

Plötzlich regte sich etwas am Ende der Karawane. Die Nachricht bewegte sich wie ein Lauffeuer durch den Zug, als ein Khulinin mit einem zerfetzten, blutigen Verband um die Schulter auf einem völlig verschwitzten Pferd vorbeigaloppierte. Zwei Ausreiter begleiteten ihn. Bestürzte Stimmen erhoben sich, denn die Khulinin erkannten den Reiter als einen der Fährtenleser, die Medbs Streitkräfte beobachten sollten. Die Klanleute sahen, wie er vor den Häuptlingen am Haupt der Karawane anhielt. Viele Köpfe drehten sich nach hinten; man erwartete bereits, das Heer des Zauberers heranstürmen zu sehen. Viele Hände griffen nach den Waffen.

Der Fährtenleser stützte sich erschöpft auf den Sattel und grüßte seinen Häuptling. Sein Gesicht war verschmiert von Staub und Schweiß, und er runzelte die Stirn vor Schmerzen. »Sie sind nahe, Lord«, sagte er und versuchte, seine Stimme ruhig zu halten. »Höchstens noch drei Tage entfernt.«

Die Männer schrieen auf. Savaric gebot ihnen zu schweigen. »Wo?«

»Sie bewegten sich zuerst auf den Khulinin-Treld zu, aber vor einigen Tagen haben sie unsere Spur gefunden.«

»Ich verstehe. Hast du die Bande der Ausgestoßenen gesehen?«

Der Fährtenleser nickte wütend. »Sie haben uns eine Weile gejagt. Ein Pfeil hat Dorlan, den anderen Späher, getötet.«

Savaric fluchte leise. »Wo sind sie jetzt?«

»Sie bedrängen die Dangari. Die blauen Mäntel sind ebenfalls hinter uns her.«

Savarics Lächeln wirkte gequält. »Ich frage mich, wer uns zuerst erreichen wird.«

Die Festung Ab-Chakan, erbaut in der Regierungszeit des achten Herrschers von Tarn, war ein Höhepunkt architektonischer Träume und Fähigkeiten. Der Erbauer hatte einen Platz auf halber Höhe im Himachalgebirge gewählt, wo das Tal des Isin sich in die große Steppe öffnete. Am oberen Ende des Tals bildeten die hoch aufragenden Berge einen tiefen Pass, der geradewegs in das Herz des Gebirges führte, wo sich die Felsvorsprünge uneinnehmbar auftürmten und der Fluss in den lichtlosen Eingeweiden der Berge entsprang.

An der Mündung der engen Schlucht, wo sich der Fluss ins Tal ergoss, mündeten die Abhänge plötzlich in hohen schroffen Felsen. Hier hatte der Architekt des Herrschers Ab-Chakan auf einem kleinen, nach Süden vorkragenden Felsvorsprung erbaut, der den Eingang zum Pass teilweise versperrte.

Der Erbauer hatte eine achteckige Feste mit schwarzen Türmen an jeder Ecke errichtet. Diese Türme waren durch Mauern verbunden, die dreißig Fuß hoch und so breit waren, dass auf ihnen zwei Pferde nebeneinander hergehen konnten. Die Zinnen hatten überhängende Brustwehren und Schießscharten für Bogenschützen. Die großen Steinblöcke, aus denen die Mauern bestanden, waren mit solcher Kunstfertigkeit zusammengefügt, dass man nicht einmal den kleinsten Keil in die Ritzen schieben konnte.

Da den Baumeistern auch der Wert des Engpasses hinter der Feste nicht verborgen geblieben war, hatten sie von einer Ecke Ab-Chakans aus eine Mauer hinüber zum nördlichen Felsvorsprung gezogen, welche den Eingang zur Schlucht abriegelte. Der Isin floss durch einen Kanal unter der Mauer hindurch. Die Strömung war so stark, dass man ihn weder stauen noch durchschwimmen konnte, und da er sich um die Grundmauern der Festung schlängelte, stellte er für Ab-Chakan eine weitere natürliche Verteidigung dar.

Es war schon beinahe dunkel, als die Wagen schließlich die Kreuzung erreichten, wo eine breite, gut gepflasterte Straße hoch zum Haupttor der Feste führte. Die Karawane hielt an, und alle Augen richteten sich auf die dunkle, gewaltige Steinmasse dort oben. Die nackten Mauern und fensterlosen Türme wirkten unheimlich und ragten tief in den Dämmerungshimmel hinein.

Selbst Athlone zögerte, die verborgenen Geheimnisse der Festung zu dieser späten Stunde zur Sprache zu bringen; daher entschieden sich die Klane, die Nacht in der annähernden Sicherheit des Engpasses zu verbringen. Eine weitere Straße führte zu einem zerfallenen Tor in der Mauer über dem Fluss. Die Reisenden machten sich vorsichtig auf den Weg über die Reste der Straße und in die Schlucht hinein. Der Lärm des brausenden Flusses tönte in der Felsschlucht schrecklich laut und die windumtosten Berghänge ragten hoch wie Gefängnistürme. Der Boden des Passes war uneben und steinig. Der dürftige Pfad wurde oft von Steintrümmern versperrt, doch die Klane drangen trotzdem immer tiefer in die Schlucht ein, bis sie ein breites, mit Gras bewachsenes Gebiet entdeckten, das frei von Geröllblöcken war. Dort schlugen sie ihr Lager auf und warteten ängstlich auf den Morgen.

Das Licht sickerte nur langsam in die enge Schlucht, doch die Häuptlinge und ihre Klane waren schon bei der Arbeit, lange bevor die Sonne über die Flussmauer stieg. Man fand Höhlen in der Nähe der Flussmündung und versteckte dort Wagen und Vorräte. Die Herden überließ man Wachleuten, die man entbehren konnte. Die Frauen sammelten Brennholz und Nahrungsmittel, backten ungesäuerte Brote und füllten die Wasserschläuche. Die Waffenmeister errichteten ihre kleinen Schmieden, um Waffen auszubessern und Pfeile und Speerspitzen herzustellen. Die Kinder wurden ausgesandt, um Futter für die Tiere zu schneiden.

Inzwischen schickte Savaric die Männer zur Arbeit an die Flussmauer. Sie stand schon seit Jahrhunderten, doch Zeit und Flut hatten ihren Tribut gefordert. Die Krieger wandten sich von ihren Pferden und Schwertern ab und schleppten Steine und gruben Erde um. Sie verbrachten den Tag damit, das Tor zu verstärken und die Löcher in den Steinen auszufüllen.

Athlone war immer noch verärgert über Gabrias Verschwinden

und stürzte sich mit aller Kraft in die unvertraute Arbeit. Die Krieger beobachteten ihn verwundert, doch seine Stärke und Unermüdlichkeit spornte sie an, und sie arbeiteten klaglos und ausdauernd bis tief in die Nacht. Über ihnen hielt der bedrohliche, gewaltige Umriss von Ab-Chakan Wacht.

Als die Nacht hereinbrach, waren die drei Klane mit ihren Fortschritten zufrieden. Die Frauen und Kinder hatten große Vorräte an Nahrung, Wasser und Brennholz gesammelt. Die Mauer über dem Fluss war ausgebessert und das Tor gegen einen Angriff abgestützt worden. Kaum jemand erwartete, dass die Mauer einer langen Belagerung standhalten würde – besonders dann nicht, wenn die Festung fiel. Doch solange ihre Steine standen und die Verteidiger lebten, würde die Mauer die Herden schützen und als letztes Bollwerk dienen, falls sich die Klane in die Schlucht zurückziehen mussten.

Die Klanleute gingen hundemüde in ihr Lager zurück. Obwohl sie eine große Leistung vollbracht hatten, wussten sie, dass sie den kommenden Tag noch härter an der Festung würden arbeiten müssen. Also behandelten sie ihre Blasen mit Salbe, rieben sich die müden Muskeln ein und beteten um genügend Zeit, damit sie Ab-Chakan verstärken und seine Geheimnisse ergründen konnten. Alle hofften, dass die Dangari noch rechtzeitig eintrafen.

Savaric wusste, dass Koshyn sein Versprechen halten würde, doch irgendwo zwischen dem Dangari-Treld und Ab-Chakan war die Bande der Plünderer, und hinter den Dangari befand sich Medbs Heer. Wenn Koshyns Plan misslang, wurde er aufgerieben. Savaric dachte daran, Boten zu den Dangari zu schicken, um sie zur Eile anzutreiben, entschied sich dann aber dazu, Wachen auf den Felstürmen zu postieren. Es hatte keinen Sinn, Koshyn etwas mitzuteilen, das er bereits wusste.

Trotzdem erwischte sich Savaric immer wieder dabei, wie er nach Süden schaute, wo er die Staubwolke des eintreffenden Klans zu entdecken hoffte. Oder die eines Hunnuli. Athlone hatte ihm von Gabrans Verschwinden berichtet, und obwohl er Angst um den Jungen hatte, war er sicher, dass Gabran einen guten Grund für seine Abreise hatte. Wenn es die Götter erlaubten, würde der Junge sicher bald zurückkehren.

Am nächsten Tag verstärken die Klanleute die Festung. Die drei

Häuptlinge begaben sich zusammen mit Cantrell, Athlone und einigen ausgesuchten Kriegern über die alte Straße zum Haupttor. Die Steinstraße, die im Tal ihren Ausgang nahm, überquerte den Fluss auf einer zerfallenden Brücke und führte den kleinen Hügel hinauf.

Als die Männer den Gipfel des Hügels erreicht hatten, standen sie auf einer breiten, ebenen Rampe, welche durch die Mauer in die Festung hineinführte. Rechts und links befanden sich zwei der acht Türme. Die Mauern gingen am unteren Ende in den Felsen über und fielen bis ins Tal ab. Vor den Männern erhob sich das Haupttor, das halb offen stand.

Zwei Bronzetüren, die inzwischen zu einem schmutzigen Braun verwittert waren, hingen in den Angeln des gewölbten Vordereingangs. Sie erhoben sich fünfzehn Fuß hoch und wurden von einem Türsturz eingefasst, der mit seltsamen Tieren und Buchstaben beschnitzt war. Auf jedem Türflügel funkelte ein bronzener Löwenkopf die Eindringlinge an. Diese Wächter des Tores waren verwittert und schmutzig, doch ihre Augen aus Topas glitzerten immer noch wild in der aufgehenden Sonne.

Hinter dem Tor erspähten die Männer eine weitere Mauer und rote Gebäude, dunkle Türdurchgänge und dichtes Unkraut. Die verlassenen Mauern ragten über ihnen auf, und der Wind klagte in den leeren Türmen. Die Männer blieben am Eingang stehen und sahen angespannt in das Innere. Die gewaltige, widerhallende Festung enthielt nichts als Schatten, doch die leblosen, einengenden Mauern waren für die frei umherziehenden Klanleute beinahe noch erschreckender als sämtliche Heere Medbs. Krieger mit glänzenden Schwertern waren eine greifbare Gefahr. Aber diese seltsamen, alten Ruinen überstiegen ihr Begreifen. Dennoch hing das Überleben der Klane von dieser Festung und der Ausnutzung ihrer Vorteile ab.

Athlone machte kühn einen Schritt voran und zog an einem der Türflügel. Einige der Männer sprangen ihm zu Hilfe. Sie hatten erwartet, dass die Türen äußerst schwergängig waren, doch die Flügel aus massiver Bronze waren so geschickt eingehangen, dass es nur einen Mann brauchte, um sie zu öffnen. Zur großen Überraschung der Krieger schlug die Tür zurück und traf mit einem widerhallenden Laut gegen den Stein. Die Männer zuckten wie nervöse Hunde zusammen, als sich das Geräusch durch die Innenhöfe und Verteidigungsanlagen fortpflanzte. Eine Krähenschar floh unter heiserem Gekrächz aus einem der Türme.

Cantrell stützte sich auf die Schulter seines Führers und lachte leise. »Falls jemand hier sein sollte, haben wir uns jetzt deutlich genug angekündigt.«

Die Männer sahen den Barden scharf an und Ryne sagte: »Wer sollte denn hier sein?« Er klang besorgt.

»Nur die Toten und ihre Erinnerungen«, erwiderte der Barde. »Das hier sind bloß Steine, Lord Ryne, behauen von Männern, die genauso sterblich waren, wie Ihr es seid. Dort drinnen gibt es nichts, vor dem man auf der Hut sein müsste.«

Ryne war davon nicht überzeugt, doch er wollte nicht, dass die anderen seine Angst bemerkten. Er trat durch das Tor. Athlone und die Übrigen folgten ihm. Vor ihnen führte die Straße durch eine weitere, niedrigere Mauer und hinein in die eigentliche Festung. Früher einmal war das Gebiet zwischen den beiden Mauern frei von allem Geröll gehalten worden, da dieser breite Raum sehr wichtig für die Verteidigung der Feste war. Doch all die Jahre hindurch hatten sich vom Wind herbeigewehter Schmutz und Wildwuchs angesammelt, und Unkraut wucherte zwischen vermoderndem Unrat, Geröllhaufen und den verrottenden Überresten hölzerner Baracken, die spätere Bewohner errichtet hatten. Während die Hauptmauer nur ein einziges Tor hatte, besaß die zweite Mauer acht, jeweils an den Türmen, und eines zur Straße hin. Einzelne Bronzetüren mit kleinen Löwenköpfen darauf bewachten diese Tore.

Die Klanleute betraten die Festung und sahen sich erstaunt um. Trotz ihrer militärischen Verwendung glich der Innenbereich einer reichen Stadt. Hinter der inneren Mauer mit den acht Toren befanden sich die Ruinen hölzerner Hütten, Stallungen, Küchen und Dienstbotenquartiere. Doch dahinter erstreckten sich elegante Häuser und Höfe, breite, gepflasterte Wege, grüne Gärten, die jetzt verwildert waren, und Springbrunnen. Alles war mit geschickt gemeißeltem Granit oder örtlichem roten Stein geschmückt. Nur die acht Türme waren aus ebenholzfarbenem Marmor errichtet, der von den alten Eroberern sehr geschätzt worden war und wie schwarzes Eis glitzerte.

Savaric und die Krieger gingen langsam auf dem Hauptweg an den leeren Häusern entlang und auf das Innere der Festung zu. Die Klanleute waren von der schieren Größe des Bauwerks und den Mühen übermannt, die man in seine Errichtung gesteckt hatte. So etwas hatten sie noch nie gesehen.

Im Licht des frühen Morgens lagen die Schatten noch schwer zwischen den Gebäuden und Kälte lauerte zwischen den schweigenden Steinen. Außer den Schritten der Männer war kein Laut zu hören. Athlone lauschte auf Stimmen aus den Hallen oder Schritte in den Seitenstraßen und blickte sich nach Gesichtern in den Schießscharten um. Doch alles, was er sah, waren verriegelte oder eingetretene Türen, verfallende Dächer – viele waren bereits eingebrochen – und verwitterndes Mauerwerk, in dessen Ritzen überall dort, wo sich Erde ablagern konnte, Unkraut und Gras wuchsen. Jahr für Jahr verfiel Ab-Chakan weiter, doch es war erstaunlich, wie viele der Mauern noch immer standen.

Die Krieger traten aus den Schatten der Gebäude und gewahrten vor sich, im Innersten der Festung, die anmutigen Räume und Terrassen des Palastes, der für Ab-Chakans General errichtet worden war. Zu beiden Seiten des Prunkbaus erstreckte sich ein breiter Hof. In seiner Mitte stand ein Springbrunnen mit einer Pferdestatue aus schwarzem Marmor. Sie erhob sich fleckig und porös, aber immer noch elegant über einem trockenen Brunnenbecken. Athlone schritt neben das Pferd und legte die Hand auf den erhobenen Huf.

»Langsam fange ich an, dieses seltsame Volk zu bewundern«, sagte er. »Offensichtlich verstanden sie etwas von Pferden.«

»In jedem Fall verstanden sie es, Bauwerke zu errichten«, fügte Savaric hinzu. Mit sorgenverzerrtem Gesicht sah er sich um. Es war sicherlich die richtige Entscheidung gewesen, die Klane hierher zu führen, doch die Ausmaße der Festung, die sie zu ihrer Verteidigung gewählt hatten, überwältigte ihn. Niemand aus den Klanen besaß Erfahrung in dieser Art der Kriegsführung, während es möglicherweise unter Medbs Söldnern einige Männer gab, die wussten, wie man eine Belagerung plante.

»Es ist Zeit, an die Arbeit zu gehen«, fuhr Savaric fort. »Ryne, Ihr habt gestern an der Flussmauer gute Arbeit geleistet. Wäret Ihr so freundlich, die Werods herzuführen und die Mauern und Türme zu untersuchen? Versichert Euch, dass es nirgendwo Breschen oder schwache Stellen gibt.«

Der junge Bahedin nickte; er war erfreut, eine so wichtige Aufgabe zu erhalten.

»Jorlan«, sagte Savaric zu seinem zweiten Wertain, »ich möchte, dass du zwei Männer nimmst und nach den Brunnen suchst. Falls das Wasser schlecht ist, müssen wir es aus dem Fluss holen.«

Sha Umar schaute den Weg hinab auf die großen Mauern. »Wir brauchen große Nahrungsvorräte. Ich kümmere mich darum.«

Savaric pflichtete ihm bei. »Holt auch einen Teil des Viehs her. Wir lassen die Zuchttiere und die Pferde in der Schlucht.«

Die Männer machten sich an die Arbeit und ließen Cantrell sowie dessen Führer, Athlone und Savaric allein zurück.

»Ich möchte mir diese Halle ansehen«, sagte Savaric, »bevor wir keine Zeit mehr dazu haben.«

Die Männer überquerten den Hof und gingen auf die große Halle zu, welche den vorderen Teil des Palastes bildete. Sieben Rundbögen schmückten ihn. Hinter dem mittleren Bogen befand sich ein verkleinertes Abbild des prächtigen Bronzetores. Athlone drückte es behutsam auf, und es schwang mit einer sanften Bewegung nach innen. Der Khulinin warf einen Blick in die große Halle.

Sie wurde von tiefen Schießscharten erhellt, die knapp unter dem Dachfirst saßen und durch die sich nun das Licht der Morgensonne stahl. Zwei Reihen großer Säulen trugen die gewölbte Decke, die sich noch in gutem Zustand befand. Auf dem Boden glimmerten schwache Spuren von Gold durch die dicke Schicht aus Staub, Trümmern und Vogelkot. Keinerlei Wandbehänge, Trophäen oder hölzerne Gegenstände hatten überdauert, doch an allen Wänden befanden sich bildliche Darstellungen alter Schlachten und lange vergessener Generäle. Die Farben waren mit der Zeit verblasst und die Wände löcherig und verschmutzt, doch die Zeichnungen waren noch deutlich und in vielen Einzelheiten erkennbar.

Savaric und Athlone starrten bezaubert die Wände an, als Cantrell plötzlich den Kopf hob. »Am Vordertor werden Hörner geblasen«, sagte er drängend zu Savaric. »Geht nur. Wir werden den Weg hinaus schon allein finden.«

Die zwei Krieger rannten auf die Tür zu und durchquerten eilig den Innenhof. Als sie die Straße zum Haupttor hinunterhasteten, hörten auch sie die Hörner der Khulinin-Ausreiter aus dem Tal heraufschallen. Weitere Krieger hatten sich um das Tor und auf den Mauern versammelt. Savaric und Athlone stürmten die Steinstufen hoch, bahnten sich einen Weg durch die Menge und kamen am Rande der Brustwehr zum Stillstand.

Etwa eine Meile von der Kreuzung der beiden Straßen entfernt galoppierte eine kleine Reiterschar aus dem Süden heran. Ein blaues Banner wehte über ihren Häuptern. Hinter diesem Trupp folgte eine Wagengruppe mit Höchstgeschwindigkeit. Am hinteren Ende kämpfte eine größere Anzahl Männer zu Pferd gegen eine fremde, nicht deutlich erkennbare Kriegergruppe. Die Angreifer trugen keine Mäntel und waren weniger diszipliniert als die Fliehenden, doch sie bedachten die größere Streitmacht vor ihnen mit einem tödlichen Sperrfeuer aus Pfeilen und machten jeden nieder, der zurückfiel.

Der Dangari-Klan näherte sich rasch der Festung, doch die Angreifer waren ihm hart auf den Fersen. Den zusehenden Männern erschien es so, als ob die Verfolger nicht bemerkten, dass sich weitere Klane in unmittelbarer Nähe befanden.

Savaric und seine Männer lehnten sich über die Brüstung und beobachteten die Jagd.

»Los, Koshyn!«, schrie Athlone. »Reitet schneller!«

Plötzlich verließ eine von Sha Umar angeführte Reiterschar den Schutz des Flusses und galoppierte auf den näher kommenden Klan zu. Die Hörner bliesen einen Willkommensgruß. Die Reiter und Wagen schwenkten um den Fuß der Festung herum und eilten auf die Flussmauer zu. Die Angreifer warfen einen Blick auf die herannahenden Krieger und die auf den Mauern versammelten Klanleute; dann drehten sie ab und preschten zurück in den Schutz der Wälder auf der anderen Seite des Tals. Die erschöpften Klanleute ritten unter dem Klang der wild schmetternden Hörner dankbar durch den Engpass.

Die Dangari waren gekommen.

Fünfzehn

Nara trat vorsichtig auf eine Sandbank und schnaubte, als sie sofort bis zu den Kniegelenken in zitterndem Matsch versank. *Es tut mir Leid, Gabria, aber ich kann nicht weiter gehen.*

Gabria schaute enttäuscht hinüber zum Fluss, doch sie verstand Naras missliche Lage. Die gewaltige Stute hatte schon einmal in einem Schlammloch gesteckt; jetzt war sie ganz mit Matsch überzogen, und dabei befanden sie sich erst am Rand des großen Flussdeltas. Seit Tagesanbruch waren sie dem Goldrine gefolgt, bis seine Ufer zu Schlammbänken und Schilfdickichten wurden. Der Fluss hatte sich in einen Morast aus seichten Kanälen, Treibsand und unsicheren kleinen Inseln verwandelt.

Als Gabria und Nara am Tag zuvor bei dem Fluss angekommen waren, hatten sie in einer Niederung aus Dornendickichten, Brombeersträuchern und Gras gelagert. Doch je tiefer das Hunnuli am Morgen in die Feuchtgebiete eingedrungen war, desto mehr verdrängten Binsen und riesiges Sumpfgras mit silbrigen Quasten das Dickicht. Gabria hatte bereits gesehen, dass sich in einiger Entfernung vor ihr das blasse Grau der Quasten zu einer festen Masse schwankenden Grüns verwandelte. Leider war dieser Anblick, der sicheren Halt versprach, trügerisch, denn das Gras wuchs auf Moorland, durch das weder ein Hunnuli noch ein anderes Pferd schreiten konnte.

Nara zog die Vorderbeine aus dem Schlick und sprang auf eine festere Sandbank. Sie stand schwer atmend und mit gesenktem Kopf da. Der Sumpf hatte ihr wie ein Blutegel die Kraft ausgesaugt.

Gabria glitt widerwillig von der Stute herunter. Sie hatte gehofft, das Hunnuli wäre bei ihr, wenn sie der Sumpffrau gegenübertrat, und auch für die Durchquerung des gefährlichen Schlicks hätte sie sich gern auf Naras Weisheit verlassen. Aber es war offensichtlich, dass Nara nicht weiter gehen konnte.

Das Mädchen seufzte. »Wie finde ich diese Frau?«
Diese Frau wird dich finden.
Gabria riss sich den Hut vom Kopf und steckte ihn in ihren Sack; dann verschränkte sie ungehalten die Arme vor der Brust. »Und wie kann ich sicher sein, dass sie mir wirklich hilft?«
Sie wird dir helfen. Sie ist eine Zauberin. Wie du.
Gabria wandte den Blick ab. Bis zu diesem Augenblick hatte niemand ihr gesagt, dass die Frau eine Zauberin war. Doch sie hatte es schon seit langem geahnt.
Naras Augen glitzerten wie schwarze Kristalle. Sie versetzte dem Mädchen eine sanften Stoß. *Ich warte hier.*
Ohne ein weiteres Wort befestigte Gabria ihren Verpflegungsbeutel am Gürtel. Sie knirschte mit den Zähnen und ging tapfer los. Der Schlamm quoll bis zu ihren Fußknöcheln und Wasser lief ihr in die Stiefel, doch sie sank nicht ein. Sie hörte, wie Nara hinter ihr forttrottete, und für einen Augenblick schwankte ihre Entschlossenheit. Mitten im Laufen zögerte sie plötzlich und überlegte, ob sie dem zurückweichenden Pferd folgen sollte. Dann rutschte sie aus und fiel kopfüber in den Fluss.
Das Wasser war warm und brackig und roch nach verwesender Vegetation, doch es machte ihr den Kopf frei. Spuckend richtete Gabria sich auf und sah wehmütig an sich herab. Sie war von Kopf bis Fuß verschlammt und duftete wie ein ganzer Sumpf. Die Ärmel ihres Hemdes waren schwarz vor Schlick und ihr Beutel völlig durchnässt. Geschieht mir recht, dachte sie gereizt. Ich bin schon zu weit gekommen, um Angst vor dem Kommenden zu haben.
Mit zusammengebissenen Zähnen kämpfte sich Gabria flussabwärts auf das Herz des Sumpfes zu. Die Morgensonne wurde heiß und langsam stieg ein Geruch vermodernder Pflanzen aus dem Strom auf. Mücken und Moskitos plagten sie. Das Wasser breitete sich unbarmherzig über das ganze Land aus, und der Ozean aus Sumpfgras kam näher. Bald fand sie heraus, dass das, was wie ein einziges Fenn ausgesehen hatte, in Wirklichkeit ein Netz aus Teichen, Schlammlöchern und gewundenen, halb zugewachsenen Kanälen war. Mit scharfem Auge und sicherem Tritt konnte man einen verschlungenen Weg über Schlickflecken, winzige Inselchen und Sandbänke finden. Doch während die Stunden verstrichen und

Gabria tiefer in den Sumpf hineinstolperte, kam sie der Verzweiflung immer näher.

Die Reise war sehr ermüdend. Große Schilfdickichte versperrten Gabria oft den Weg und zwangen sie dazu, in dem tiefen, schaumigen, braunen Wasser zu waten oder zu schwimmen. Grasdickichte ragten über ihr auf und schlossen sie in eine grüne, rauschende Welt ein. Oben musste der Wind wehen, denn die Quasten des Sumpfgrases kräuselten sich in sonnengebleichten Wellen, doch die Wasseroberfläche wurde durch nichts als das gelegentliche Wirbeln eines Fisches oder den Sprung eines Froschs aufgestört. Bald schwitzte Gabria heftig und zog deshalb noch mehr Insekten an.

Der Tag schleppte sich dahin, und Gabria drang immer tiefer in die Sümpfe ein. Sie hielt nach allem Ausschau, das ihr helfen konnte, die Frau zu finden: nach einem Pfad, einer Hütte, gar einem Fußabdruck oder einem kleinen Gegenstand, der im Vorübergehen fallen gelassen wurde. Doch die Sümpfe verbargen ihre Geheimnisse gut. Sie bemerkte keine Anzeichen eines anderen menschlichen Wesens, nur Wasser, Schilf und Reiher, die sie mit argwöhnischen Blicken bedachten.

Schließlich gelangte das verschmutzte und erschöpfte Mädchen zu einem lang gestreckten Teich, dessen Wasser tief und dunkel war. Er versperrte ihr den Weg zu beiden Seiten. Gabria schaute eine Weile in das Wasser und fragte sich, ob Athlone lachen würde, wenn er sie so sähe: mehr Schlamm als Verstand. Es war ihr gleichgültig. Sie war zu müde, um einen weiteren Gedanken daran zu verschwenden oder den Teich zu durchschwimmen. Müde und mit gefühllosen Gliedern kroch sie auf ein trockenes Grasbüschel und rollte sich zusammen. Ihre Nahrung war verdorben; also trank sie nur ein wenig Wasser, bettete den Kopf auf den Beutel und versuchte sich auszuruhen.

Die Dunkelheit kam und mit ihr verstärkten sich die Geräusche des Sumpfes zu einem wahren Aufruhr. Überall quakten Frösche. Moskitos sirrten. Tausende Geschöpfe, die wie blecherne Heimchen klangen, zirpten unablässig und trieben Gabria fast in den Wahnsinn. Auch die Heere der beißenden Insekten waren ausgerückt und bedeckten jeden Teil ihrer frei liegenden Haut. Sie schlug nach ihnen und wand sich hin und her, doch nichts verscheuchte die winzigen Plagegeister. Ihr war kalt; sie war durchnässt, fühlte sich elend und sehr einsam.

Wenn sie nicht verrückt werden wollte, musste sie sich bewegen. Doch gerade als sie sich aufsetzte, hörte Gabria ein fernes Geräusch aus dem Teich. Sie erstarrte und hielt den Atem an.

Das Geräusch ertönte abermals; es war ein sanftes Platschen wie von einem im Wasser paddelnden Geschöpf – oder von einer jagenden Schlange. Gabria hatte von den riesigen, Fleisch fressenden Schlangen gehört, die in den Sümpfen lebten. Auch wenn sie selten die Größe erreichten, die nötig war, um einen Menschen zu verschlingen, verspürte Gabria doch nicht gerade den Wunsch, einem dieser Geschöpfe zu begegnen. Still schlich ihre Hand zum Dolch. Der Mond, der inzwischen nur noch ein winziger Span war, lag noch hinter dem Horizont verborgen und die Nacht war vollkommen lichtlos. Gabria spähte angestrengt in die Dunkelheit und lauschte ängstlich.

Plötzlich hüpfte ein kleines, geschmeidiges Tier vor ihr aus dem Wasser. Gabria sprang wie eine aufgeschreckte Katze zurück und zog ihren Dolch. Das Tier gab einen zirpenden Laut von sich und streckte den Kopf vor. Das Mädchen starrte es verwundert an. Es hatte die Gestalt einer kurzen, fetten Schlange mit stumpfer Nase und spitz zulaufendem Schwanzende. Es hatte aber auch vier Füße mit Schwimmhäuten und ein Näschen mit Barthaaren daran. Seine runden Augen glitzerten im Mondlicht. Es zirpte noch einmal fragend, und Gabria steckte den Dolch zurück in den Gürtel. Es war nur ein Otter.

»Hallo«, sagte sie vorsichtig.

Der Otter schnatterte.

Plötzlich kam Gabria sich sehr dumm vor. Es war schon schlimm genug, von einem kleinen, harmlosen Tier zu Tode erschreckt zu werden, doch es war noch schlimmer, mit ihm mitten in der Nacht ein Gespräch anfangen zu wollen. Sie hockte sich zu Boden und schüttelte den Kopf. Der Sumpf machte sie allmählich fertig.

Plötzlich beunruhigte den Otter etwas; er tauchte ins Wasser und verschwand, bevor Gabria blinzeln konnte.

Sie seufzte, lehnte sich zurück und schaute hoch zu den Sternen hinter der Mauer aus Gras. Die Khulinin sahen dieselben Sterne, und Gabria fragte sich, ob der Klan die Himmelsdiamanten jetzt bereits von den Mauern Ab-Chakans aus sah. Gabria war erst seit drei Nächten fort, doch es schienen ihr Jahre zu sein. Der Klan war weit von ihr entfernt und die Zeit drängte.

Ein Plätschern unterbrach Gabrias Gedanken. Zu ihrer Überraschung glitt der Otter zurück auf die Insel. Er hielt Beute im Maul und arbeitete sich zufrieden durch sein Mahl; danach wusch er sich Gesicht und Pfoten und zirpte Gabria erneut zu.

»Ich bin ebenfalls hungrig«, murmelte sie.

Der Otter schlüpfte neben sie, zerrte an ihrer Hose und sprang zum Rand des Grases. Gabria beobachtete ihn mit wachsender Neugier. Er rief fordernd und kam zurück, um erneut an ihr zu ziehen. Zögernd stand sie auf.

Der Otter rannte zum Rand des großen Grasbüschels.

Gabria kam ein Verdacht; sie folgte dem Tier. Der Otter quiekte freudig und lief weiter. Gabrias Vermutung verwandelte sich in Sicherheit. Sie bückte sich und lief hinter dem Tier in das dichte Dickicht hinein. Es war schwierig, das dunkelpelzige Geschöpf nicht aus den Augen zu verlieren, denn es schien mit jedem Schatten und jeder Farbe zu verschmelzen. Gabria kam nur sehr langsam voran, doch der Otter ging gemächlich und hielt sich immer dicht vor ihr, während er unbeirrt seinen Weg über die trügerischen Sumpfpfade nahm.

Vier Stunden lang stolperte Gabria hinter dem Geschöpf her, durch Schilf und über Marschland, um Teiche und Sumpfgrasdickichte herum, bis sie todmüde und krank vom Gestank des stehenden Wassers war.

Immer noch führte der Otter sie. Manchmal quälte sie sich bis zur Hüfte durch das Wasser oder kämpfte sich durch zähen Schlamm, der an ihren Beinen sog. Gelegentlich drehte sich das Tier um und zirpte ihr ermutigend zu, bevor es sich noch tiefer in die Sümpfe stürzte und über Pfade huschte, die nur es allein erkennen konnte.

Nach einer Weile verwandelte sich das Wasser kaum merklich von Schwarz zu dunklem Zinn und dann zu blassem Grau, und die formlosen Massen der Nacht erhielten still ihre eigene Gestalt und Färbung zurück. Gabria starrte mit verschwommenem Blick nach

Osten und sah den roten Kranz der Sonne aufleuchten, als er den Rand des Himmels berührte. Auch der Otter sah es und zirpte Gabria zu.

Das Mädchen hielt an. Keuchend und erschöpft hob es die Hand. »Es tut mir Leid, aber ich muss mich ausruhen. Ich ...«

Bevor sie weiterreden konnte, hatte der Otter den Kopf vorgestreckt, huschte in die Binsen und verschwand.

»Nein, warte!«, schrie Gabria außer sich. Doch der Otter war fort, und sie war zu müde, um ihm zu folgen. Sie sank auf den trockensten Flecken aus Ried und Schlick, den sie finden konnte, und stützte den Kopf in die Hände. Hoffentlich kam der Otter zurück. Gabria war sich nicht sicher, ob das Tier sie tatsächlich zur Sumpffrau führte, doch es verfolgte eindeutig eine bestimmte Absicht und war der einzige Führer, den sie an diesem gefährlichen Ort hatte.

Zum Glück musste sie nicht lange warten. Die Sonne stand kaum über dem Horizont, als der Otter zurückkehrte. Das Tier schwamm einen engen Kanal entlang und zog ein Seil durch das Wasser. Gabria stolperte hinüber zu dem Otter und half ihm. Sie zog an dem Seil, und ein kleines, schlankes Boot trieb aus dem hohen Gras hervor. Das Gefährt war leicht, hatte einen flachen Kiel und die Farbe von verblichenem Ried. Der Otter kletterte in das Boot und schnatterte Gabria etwas zu.

»Meinst du das ernst?«, fragte sie entsetzt. Es war schon schlimm genug, sich durch den Schlamm zu pflügen, doch sie hatte noch nie zuvor in einem Boot gesessen und wollte es auch nicht gerade jetzt zum ersten Mal tun.

Der Otter winselte und tappte auf einen langen Stab, der auf dem Boden des Bootes lag. Gabria sah entsetzt drein, doch sie kletterte behutsam in das Schiffchen und setzte sich. Eine langsame Strömung zog es ins tiefe Wasser. Als das Boot sie nach kurzer Zeit noch immer nicht ins Wasser geworfen hatte, entspannte sich Gabria ein wenig. Sie stand sehr vorsichtig auf, packte den Stab und drückte ihn ins Wasser. Er traf auf den schlammigen Grund des Kanals und das Boot bewegte sich nach vorn. Gabria grinste den Otter an und drückte den Stab noch einmal hinunter.

»Wohin nun, mein Kleiner?«, fragte sie den Otter.

Wie zur Antwort sprang der Otter vom Dollbord und tauchte in den Kanal ein. Sein kleiner brauner Kopf schoss unmittelbar vor dem Boot wieder an die Oberfläche. Das Tier paddelte los. Gabria folgte seinem Kielwasser.

Inzwischen stand die Sonne höher am Himmel und die Sümpfe erglühten grün und golden im Morgenlicht. Der Tag wurde heiß. Gabria war müde und schlaftrunken, doch sie durfte sich einfach noch nicht ausruhen. Ihr Magen hatte sich vor Anspannung zusammengezogen, und ihre Gedanken kehrten zu Athlones Gesichtsausdruck zurück, als sie ihn nach der Sumpffrau gefragt hatte. Sein Verhalten hatte seine tief verwurzelte Angst vor Zauberern und Magie widergespiegelt, und Gabria fragte sich, was er wohl über sie denken würde, wenn er die ganze Wahrheit über ihre Kräfte wüsste. Sie starrte ins Wasser. Sie fragte sich auch, was ihre eigene Familie gesagt hätte, wenn ihr Gabrias häretische Gabe bekannt gewesen wäre. Hätten ihr Vater oder ihre Brüder Verständnis dafür gehabt, dass Gabrias Rachegelüste sie zu einer Zauberin führten, von der sie den Gebrauch der Magie erlernen wollte?

Gabria spürte die Tränen aufsteigen und zwang sie zurück. Gabran hätte zu ihr gehalten. Ihr Bruder hatte sie bedingungslos geliebt, und sie wusste, dass er ihre Entscheidung, die Sumpffrau aufzusuchen, gebilligt hätte. Auch Piers und Cantrell waren auf ihrer Seite. Sie verstand jetzt, dass der Barde sie zu dieser Frau geschickt hatte; sie musste mit ihrer natürlichen Gabe umzugehen lernen, anstatt sie zu unterdrücken. Schließlich entschied Gabria, dass sie die richtige Wahl getroffen hatte. Wie dem auch sei, sie wollte alle Stärken und Schwächen der Zauberei erfahren und so einen Weg finden, um Medb zu vernichten.

Der Otter zirpte.

Gabria schreckte aus ihren Gedanken hoch und schaute nach vorn. Eine Baumreihe versperrte ihr den Weg. Als sie näher zu dem Otter aufschloss, wurden die Stämme zu einer dunklen, dichten Mangrovenwand. Die seltsamen Bäume standen eng zusammen; ihre Pfahlwurzeln drückten sich in das stehende Wasser. Unter den Zweigen war die Luft stickig, und nur sehr wenig Licht drang durch das dichte Blattwerk.

Gabria lenkte ihr Boot vorsichtig zwischen den verfilzten Mangrovenwurzeln hindurch und folgte einem gewundenen Weg, den nur der Otter sehen konnte. Die Bäume wuchsen immer dichter beieinander und die freien Wasserflächen wurden immer seltener. Die Luft war erstickend und stank.

Schließlich kroch der Otter auf etwas Festes und kam zum Stillstand. Gabria schaute erstaunt auf. Sie befanden sich am Fuß eines gewaltigen Wurzelwerks. In der Mitte verbanden sich die Pfahlwurzeln zu etwas, das keiner gewöhnlichen Mangrove glich. Es war gewaltig; die Wurzeln tauchten tief in das Wasser hinab, und die Zweige breiteten sich zu einem riesigen, düsteren Baldachin aus.

Der Otter wies mit einer Pfote auf den Baum und zirpte.

»Dort?«, fragte Gabria ungläubig.

Widerstrebend kletterte das Mädchen aus dem Boot und betrat schwankend das schlüpfrige Wurzelwerk. Bevor sie etwas entgegnen konnte, war der Otter bereits ins Wasser gesprungen und verschwunden. Gabria war allein. Sie sah sich um. Hier gab es keine Insekten, Frösche oder Vögel; der düstere Sumpf um sie herum war vollkommen still. Gabria erzitterte. Sie hätte alles darum gegeben, jetzt trocken und geborgen in Piers' Zelt zu sitzen, anstatt sich nass, verschmutzt und schlangenhaft an einer schleimigen Mangrovenwurzel im Herzen des Reiches einer Zauberin festzuhalten.

Gabria nahm allen Mut zusammen und kletterte über die Wurzeln zum Hauptstamm. Der Baum war unglaublich dick; verglichen mit anderen Bäumen war sein Stamm eine wuchtige Säule in einem Wald aus dünnem Gezweig.

In welchem Teil eines solchen Gewächses mochte die Zauberin leben? Gabria schaute hoch in die Zweige, hinunter in die Wurzeln, sogar in das Wasser, doch nirgendwo gab es ein Anzeichen für menschliches oder sonstiges Leben. Langsam befürchtete das Mädchen, der Otter habe es in die Irre geführt, doch dann bemerkte es einen schmalen Längsriss in der Seite des Baumes. Dieser Riss war kaum breiter als eine gespreizte Hand und zog sich bis über den Kopf. Gabria spähte hinein. Obwohl in dem Baum völlige Dunkelheit herrschte, spürte das Mädchen, dass die Höhlung groß genug für einen Menschen war.

Es gab keine andere Möglichkeit. Gabria quetschte sich durch den Riss und gelangte in ein pechschwarzes Loch. Die Luft war drückend. Es schien totenstill in dem Baum zu sein, doch als sich Gabrias Sinne in der Finsternis schärften, bemerkte sie ein kaum hörbares Kratzen und ein noch leiseres Rascheln, das wie unterdrücktes Gewisper klang. Gabria wartete – auf was, wusste sie nicht recht.

Nach einigen Augenblicken fiel ein einzelner Strahl roten Lichts von hoch oben herunter und beleuchtete die Zauberin. Die alte Frau saß auf einem Stuhl, der wiederum auf einer Plattform stand, welche von einer unsichtbaren Decke herabhing. Sie war eher ein Leichnam als eine Frau: bucklig, verhutzelt und unglaublich bleich. Ihre starren Augen leuchteten rot in dem unheimlichen Licht. Sie hatte ein schönes Gesicht, in dem der Wahnsinn lag, und sah mit einem frohlockenden Hohnlächeln auf Gabria herunter.

»Also bist du doch gekommen«, sagte sie. Ihre Stimme war heiser, sie schien nicht oft zu reden.

»Ich ...«, begann Gabria.

Die Frau schnitt ihr das Wort ab. »Du bist hergekommen, um zu lernen. Ich weiß, wer du bist ... aber ich weiß nicht, ob du bereit bist, den Preis dafür zu bezahlen.«

Gabria starrte sie bezaubert an. Sie empfand sowohl Angst als auch Ehrfurcht vor der fiebrigen Kraft, die in den roten Augen der Frau loderte.

Die Zauberin erwiderte Gabrias Blick, und ihr Gesicht verzerrte sich vor Wut. »Ich weiß, was du denkst!«, rief sie. »Du glaubst, ich bin nur eine alte Hexe, die sich in einem Sumpf versteckt, mit ihren angestaubten Fähigkeiten herumpfuscht und alten Groll hegt. Ich war aber früher einmal eine mächtige Zauberin, eine Gestaltwechslerin. Meine Macht hat die Männer in die Knie gezwungen. Pass auf!«

Sie breitete die Arme aus und sang in einer fremden Sprache ein Lied, das in den Zweigen und Wurzeln des großen Baumes widerhallte. Gabria presste den Rücken gegen das Holz. Allmählich schwankte und verblasste das Innere; die Luft summte wie eine Harfensaite. Die Stimme der Frau erhob sich zu einem Triumphgeheul, als sich in der Kammer ein Bild formte. Für Gabria verwandelte sich der Baum in einen Palast, in dem Gold in den Spiegeln glänzte, Wasser aus tausend Springbrunnen plätscherte und die Wände mit Bannern eines edlen Hauses behängt waren. Vor Gabria stand eine Frau – eine Zauberin, so wie sie sich eine solche immer vorgestellt hatte: schön, aber gefährlich, lieblich und verschlagen, gekleidet in samtene Roben und mit Edelsteinen geschmückt wie eine Königin.

Doch so schnell wie sich dieses Trugbild geformt hatte, verblasste es zu dünnem Dunst und verschwand mit einem Windhauch. Die Frau war wieder zu einer hässlichen Alten geworden und sackte mit einem Seufzer der Erschöpfung auf ihrem Stuhl zusammen. »Meine Kraft ist beinahe verschwunden«, flüsterte sie.

Gabria sah sich verwirrt um und erwartete fast, die schöne, dunkelhaarige Frau noch irgendwo zu sehen. Doch das Trugbild, das entweder die wirkliche Vergangenheit oder den Traum der alten Einsiedlerin dargestellt hatte, war verweht. Das Mädchen lehnte sich langsam zurück und versuchte, keine Gefühlsregung zu zeigen. Offensichtlich war diese Frau eine Zauberin, und obwohl sie die Möglichkeit, ihre Kräfte anzuwenden, verloren hatte, besaß sie immer noch große Kenntnisse.

»Magie erfordert eher Weisheit als Stärke«, sagte Gabria in dem Versuch, die alte Frau zu besänftigen.

Die Zauberin warf ihr einen gereizten Blick zu. »Blödsinn. Was weißt du schon über Zauberei? Ich habe dich seit dem Massaker an den Corin beobachtet. Alles, was ich gesehen habe, waren deine armseligen Versuche, ein paar übereifrige Männer zu entmutigen.«

»Zu entmutigen!«, rief Gabria aus. »Ich habe einen Mann umgebracht.«

»Siehst du? Es wäre besser gewesen, ihn dir bloß vom Leib zu halten. Stattdessen hast du es verpfuscht. Du weißt nichts über Magie.«

Gabria unterdrückte mühsam ihren Ärger und sagte: »Aus diesem Grund bin ich zu dir gekommen.«

»Ich nehme keine Anfänger mehr.«

»Nicht einmal, wenn ich dafür bezahle?«, fragte Gabria nach kurzem Zögern.

Die Frau sah auf sie herunter. »Was möchtest du denn dafür bezahlen?«

»Was immer du verlangst, soweit es meine Mittel nicht übersteigt.«

»Deine Mittel! Die sind recht begrenzt.« Die Zauberin schwenkte die Hand durch das rote Licht, und die Plattform senkte sich langsam auf den Boden der Baumkammer herab. Die spinnenartigen

Finger der alten Frau krochen über Gabrias Handgelenk und zogen sie neben den Stuhl. Gabria zuckte unter der trockenen, staubigen Berührung zusammen, doch sie zog die Hand nicht fort.

»Was erwartest du denn von der Zauberei, Klanfrau? Du weißt doch, dass ihre Ausübung mit dem Tode bestraft wird.«

Gabria spürte, wie ihr Blut unter dem Griff der Frau pulsierte. Ihr war völlig klar, dass sie die Wahrheit nicht vor ihr verheimlichen konnte. »Ich will Rache für den Mord an meinem Vater, meinen Brüdern und meinem Klan nehmen.«

»Ach ja. Ist das der einzige Grund?« Ihr Blick durchbohrte Gabria wie Nadeln und legten jede ihrer Gedankenschichten offen. »Rache ist ein gefährlicher Grund für die Ausübung von Zauberei; sie kann deinen Willen verdrehen und sich wie eine Schlange gegen dich wenden.« Die Frau hob den Kopf, blickte zur Seite und beobachtete das Mädchen. »Aber sie kann auch das Lernen beschleunigen.« Sie hielt inne. »Dieser Medb, den du vernichten willst, ist inzwischen sehr mächtig geworden. Es wird große Geschicklichkeit und einen eisernen Willen brauchen, um ihn zu besiegen.«

»Er hat aber zu großes Selbstvertrauen. Er glaubt, er ist der einzige Zauberer in den Klanen.«

Die Frau nickte zustimmend. Sie hatte Gabria einige Zeit lang beobachtet und war zufrieden mit dem, was sie gesehen hatte. »Im Augenblick ist er das auch. Aber der Mann ist ein Wilder. Wegen Zauberern wie ihm haben sich die Leute damals gegen uns erhoben und die Magie aus der Steppe verbannt. Nun erinnere allein ich mich noch an die goldenen Tage der Weisheit und Pracht, als die Magie eine Zierde war und jeder, der sie ausübte, verehrt wurde.« Ihre Stimme wurde schrill vor Wut. »Aber jetzt ... jetzt verberge ich meine Macht vor den Augen der Menschen im Gestank und Schlick dieses fauligen Sumpfes.«

Das Gesicht der Frau verzerrte sich vor Zorn; ihre Worte waren zu einem Kreischen geworden. Plötzlich lachte sie auf; es war ein rauer, wahnsinniger Laut, der Gabria Angst machte. »Er wird seine gerechte Strafe für das erhalten, was er mir angetan hat. Wir werden diesen selbstzufriedenen Übeltäter in den Dreck treten.«

Gabria richtete sich auf und fragte atemlos: »Wirst du mir helfen?«

»Habe ich das nicht gerade gesagt?«

Das Mädchen nickte; es wusste nicht, ob es zufrieden oder verängstigt sein sollte. »Vielen Dank.«

»Danke mir noch nicht.« Sie ließ Gabrias Hand los und lehnte sich zurück. Noch immer lag Wut auf ihrem uralten Gesicht. Sie sah das Mädchen einen Moment lang an. In ihren Augen lauerte ein Funkeln, das an eine hungrige Ratte erinnerte. O ja, sie würde das Mädchen die Geheimnisse der Magie lehren. Sie würde Gabria genug Wissen mit auf den Weg geben, damit sie diesen Emporkömmling Medb besiegen konnte. Und wenn alles gut ging, würde das Mädchen danach den Preis für diesen Unterricht zahlen. Die Sumpffrau lächelte. Sie verzog die Lippen zu einem bösartigen Grinsen und kicherte in Vorfreude.

Sechzehn

Athlone stand auf der grauen Mauer über dem Fluss und sah, wie die Wachtfeuer der Ausgestoßenen einer feurigen Schlinge gleich auf dem Feld vor der Festung brannten. In der herannahenden Dämmerung konnte er die um die Feuer versammelten Plünderer kaum noch erkennen. Die Ausgestoßenen glaubten, sie hätten wenig zu befürchten. Die in der Falle sitzenden Klane würden weder Zeit noch Männer darauf verschwenden, einen Feind zur Strecke zu bringen, der beim ersten Anzeichen einer Übermacht auseinander stob und floh.

Es war eine schwere Prüfung für Athlones Duldsamkeit, zusehen, wie ihn die Verbannten außer Bogenschussweite verhöhnten und verspotteten, doch er konnte nichts gegen sie unternehmen. Savaric hatte befohlen, dass keine Schüsse auf sie abgefeuert oder Ausfälle gemacht wurden – noch nicht. Die Verbannten sollten glauben, dass die vier Klane in den Tiefen des Engpasses kauerten.

Seit der Ankunft der Dangari an jenem Morgen hatten Savaric und die anderen Häuptlinge Pläne geschmiedet, wie man die vier Klane im Schutz der Nacht aus der Schlucht herausführen konnte. Einer von Jorlans Männern hatte eine Geheimtreppe entdeckt, die aus einem Vorratsraum im hinteren Teil der Feste am Berghang hinab zum Pass hinter der Flussmauer führte.

Die Treppe machte es Savaric und den anderen leicht, hinunter in die Schlucht zu gelangen, doch die Stufen waren zu eng und steil für eine große Gruppe mit Packtieren. Die Klane vermochten die Festung nur durch das Vordertor zu betreten, doch das war während des Tages zu gefährlich, denn die Bande der Ausgestoßenen konnte großen Schaden unter den Frauen, Kindern und Versorgungswagen anrichten. Nachts hingegen wäre es den Klanen eher möglich, halbwegs sicher in die Feste zu schlüpfen. Besonders wenn die Plünderer mit anderen Dingen beschäftigt waren.

Athlone grinste in sich hinein. Er musste nicht mehr lange warten. Der Wertain bemerkte, wie sich jemand ihm näherte. Er drehte sich um und sah, wie sich Koshyn neben ihm gegen die Brüstung lehnte.

In dem ungewisser werdenden Zwielicht war der Gesichtsausdruck des jungen Häuptlings nicht zu deuten und seine Tätowierungen fast unsichtbar geworden. »Dafür, dass sie schon so gut wie tot sind, machen sie noch einen ganz schönen Lärm.«

Athlone stieß einen kehligen Laut aus. Er trat ungeduldig von einem Bein auf das andere. »Sie glauben, wir können nur auf unserer schönen Mauer hocken und ihnen die Zähne zeigen.«

Koshyn warf einen Blick über die Schulter auf das schwächer werdende Licht im Westen. »Wir sollten sie noch eine Weile in ihrer Unwissenheit belassen. Bald ist es dunkel und wir können losreiten.« Er drehte sich um und starrte auf die schwarze, gewaltige Masse von Ab-Chakan. Die Mauern und Türme der alten Festung erhoben sich in dichtem Schweigen; die Steine verbargen Geheimnisse und hallten von Erinnerungen wider, die jenseits aller Vorstellungskraft der Klanleute lagen.

»Ich komme mir vor wie eine Maus, die um einen unheiligen Monolithen herumtrippelt«, sagte Koshyn leise, als befürchtete er, die Steine könnten ihn hören. »Was machen wir hier?«

Athlones scharf geschnittenes Gesicht verzog sich zu einer Grimasse. Auch er spürte das drückende Gewicht der alten Mauern. »Wir versuchen zu überleben.«

»An einem unwirtlichen Ort, der nie für uns bestimmt war. Wir sind Steine unter den Füßen und Mauern vor den Augen nicht gewöhnt. Wir kämpfen mit Muskeln, Knochen und Stahl.« Er zeigte auf die Feste. »Nicht mit altem, zerfallendem Mauerwerk.«

»Würdet Ihr es vorziehen, Euch Medbs rasender Wut unten in der Ebene entgegenzustellen? Das wäre eine ruhmreiche Art zu sterben.«

Der Dangari grinste und schüttelte den Kopf. »Und eine sinnlose dazu. Nein, Athlone, ich bin nicht dumm. Ich habe bloß Angst.«

Athlone richtete den Blick nach Westen und hoffte insgeheim, ein Hunnuli aus der Nacht herangaloppieren zu sehen. Doch nur der Wind brauste über das Gras; nur der gedämpfte Hufklang der

Pferde im Engpass hallte durch den Abend. »Das haben wir alle«, murmelte er.

Plötzlich drückte sich Koshyn von der Brüstung ab und schlug auf das Schwert an seiner Hüfte. »Wir sind zu trübselig, Wertain. Solange wir Waffen in der Hand und einen Feind haben, den es zu bekämpfen gilt, sollten wir uns wie richtige Krieger verhalten.«

Athlone lächelte düster. »Ihr habt Recht, mein Freund. Bevor diese Feste fällt, gehen wir ins Paradies ein. Kommt, wir zeigen den Verbannten die Zähne.«

Sie hakten sich unter und schritten die Steinstufen zum Tor hinab, wo Savaric und eine große Gruppe berittener Krieger auf die Dunkelheit warteten. Hinter den Reitern, in den Tiefen der Schlucht, standen die dicht gedrängten Reihen der vier Klane. Die Männer trugen Rucksäcke und blickten ängstlich und gereizt drein. Die Frauen und Kinder hielten sich in der Mitte der Reihen auf, die Arme voller Bündel und den Blick niedergeschlagen, um die Furcht zu verbergen. Beladene Packtiere, Ochsen und Vieh, das zum Verzehr gedacht war, warteten geduldig. Keine Fackel flackerte, kein Feuer brannte. Es war fast vollkommen dunkel in der Schlucht. Athlone spürte die Angst jedes Einzelnen in seiner Nähe.

Ein Zittern lief an den Nerven des Wertains herab, es war wie die Berührung durch einen Geist. Er hatte Ab-Chakan bei Tageslicht gesehen, und selbst da hatten ihn die leeren Zimmer und das uralte Schweigen beunruhigt. Er wusste, was sein Volk nun empfand, während es darauf wartete, die Festung in tiefster Nacht zu betreten.

Eine weitere Kriegergruppe, die aus allen vier Klanen zusammengestellt worden war, hatte sich an der Mauer aufgereiht und beobachtete Savaric. Es waren die Freiwilligen, die zur Bewachung der Flussmauern und der Herden zurückblieben, die tief in die Schlucht hineingetrieben worden waren. Athlone runzelte die Stirn. Es waren so erbärmlich wenige Männer, welche die alte zerfallende Mauer sicherten. Doch es blieb ihnen keine andere Wahl; die übrigen kampffähigen Männer – beinahe dreitausend – wurden zum Schutz der Festung gebraucht.

Das Licht des Sonnenuntergangs war verdämmert und die Nacht senkte sich auf die Klane herab. Das Brausen des Flusses in der stillen, menschenvollen Schlucht schien unnatürlich laut zu sein. Trotz der Brise vom gurgelnden Wasser her war die Luft stickig und schwer vor feuchter Kälte.

Athlone zog den Mantel enger um die Schultern, während er und Koshyn die berittenen Krieger begrüßten. Boreas gesellte sich zu dem Wertain. Das schwarze Pferd war in der Dunkelheit beinahe unsichtbar. Nur seine Augen, die wie Monde hinter einer dünnen Wolke glühten, und seine weiße, blitzartige Zeichnung waren zu erkennen. Er schnaubte eifrig und drückte die Nase gegen Athlones Brust. Der Wertain stieg auf.

Savaric trat neben das Hunnuli und schaute zu seinem Sohn auf. Der Häuptling hatte die Kapuze bis über die Nase gezogen und verbarg so sein kantiges Gesicht, doch Athlones Blick durchdrang die Finsternis und traf sich mit dem seines Vaters in wortlosem, traurigem Verstehen. Für die Dauer eines Atemzuges verschmolzen ihre Gedanken und Bedenken miteinander und schenkten dem anderen die Stärke, die er für die kommenden Tage benötigte. Savaric nickte kurz. Er drückte das Knie seines Sohnes, ging zurück zu seiner Herdwache und gab den Kriegern mit leiser Stimme letzte Anweisungen.

»Reite vorsichtig, Athlone«, sagte Jorlan, der sich neben das Hunnuli gestellt hatte.

Athlone begrüßte ihn. »Bis bald in der Festung.«

»Hmmm«, machte der zweite Wertain. »Ich kann es kaum erwarten, mich in diesem steinernen Ungeheuer zu verkriechen.«

»Denk an die Freude, die Lord Medb haben wird, wenn er die ganzen Ausmaße der Nuss erkennt, die wir ihm zu knacken geben.«

Jorlans Gesicht verzerrte sich zu einem boshaften Grinsen. »Das ist eine Vorstellung nach meinem Geschmack.«

»Athlone!«, rief Savaric. »Es ist Zeit.«

Der Befehl des Häuptlings wurde an die Klanleute weitergegeben, und sofort stieg die Anspannung in der Schlucht. Die Reihen der Männer drängten in einem Gewühl aus Rüstungen, Schwertern und Gepäck nach vorn; die Frauen rückten enger zusammen. Am Ende der Reihen warteten Sha Umar und die Nachhut ungeduldig auf den Abmarsch.

Jorlan salutierte vor Athlone, als sich die Reiter der Flussmauer näherten. Koshyn gesellte sich zu Athlone, und das Tor wurde aufgestoßen.

»Denkt daran«, flüsterte Savaric vernehmbar. »Wir brauchen Zeit!«

Auf lautlosen Hufen trat Boreas aus der Schlucht heraus; die anderen Reiter folgten ihm. Alle ritten auf schwarzen oder dunkelbraunen Pferden. Athlone bezweifelte, dass die Plünderer sie sehen würden, bevor sie sich im Lichtkreis der Feuer befanden. Er trieb Boreas voran, bis sie den Fuß des Hügelkamms hinter Ab-Chakan erreicht hatten, wo der Fluss einen Bogen nach Süden machte. Der Hauptteil der Klane wartete atemlos und steif vor Anspannung in der Schlucht; vor ihnen lag der lange Weg zu der kalten, dunklen Ruine. Doch Athlone und die Männer in seiner Begleitung konnten reiten, wie es Klanleuten anstand: mit Hörnerschall, mit dem Schwert in der Hand und auf einen Feind zu, dem sie im offenen Kampf gegenübertraten.

Athlone vermochte nicht länger zu warten. In ihm tobten Aufregung und Wut, die durch tagelange Flucht und Enttäuschung angefacht worden waren. Er zog sein Schwert. Koshyn erahnte seine Gefühle und rief dem Hornträger zu: »Jetzt sollen sie das Jagdlied hören!«

Das Horn durchschlug die stille Nacht wie Donnerhall. Es schallte von den Hügeln wider und verkündete von gesichteter Beute und der Freude des bevorstehenden Erlegens. Bevor der letzte Ton verklungen war, bäumte sich Boreas auf und wieherte eine Herausforderung, die sich mit dem Hörnerschall vermischte und ein Lied von tödlicher Gefahr bildete. Die anderen Männer zogen mit einem Schrei gleichzeitig ihre Waffen und spornten ihre eifrigen Reittiere zu einem Galopp in Richtung der Feuer an.

Die Ausgestoßenen wurden überrascht. Als die Reiter sie überfielen, schüttelten die Verbannten mühsam ihr starres Erstaunen ab und rannten verzweifelt auf ihre Pferde zu. Das Hunnuli warf sich in die größte Gruppe. Zwei Männer fielen unter Athlones Schwert und einer unter Boreas' Hufen. Der Rest zerstreute sich in alle Richtungen; die Klanleute folgten ihm auf den Fersen.

Einige der Verbannten wurden von den Reitern eingeholt und sofort getötet. Die übrigen flohen in den Schutz der zerklüfteten Berge, wo sie ihre Verfolger leicht abschütteln konnten. So kam es, dass die Räuber die Reihen schwer beladener Menschen und Tiere, welche die Straße nach Ab-Chakan hochzogen, nicht bemerkten, und sie hörten auch nicht den heftigen Schlag, mit dem die dicken Tore zufielen.

In der Morgendämmerung blies der Hornträger wieder in sein Instrument, um die Sonne willkommen zu heißen und die Reiter zu sammeln. Erschöpft und besänftigt ritten die Krieger zurück; sie waren zufrieden mit ihrer Arbeit. Sie hatten nur einige unbedeutende Wunden davongetragen, doch neun der Ausgestoßenen waren tot. Die Truppe ritt zum Festungstor und die Männer, die sie dort begrüßten und ihnen die schweißnassen Pferde abnahmen, waren über die Rückkehr der Reiter sehr erleichtert. Die großen Bronzetore schlossen sich hinter ihnen mit einem endgültig klingenden Schlag.

Es dauerte nicht lange, bis die Verbannten zu ihren ausgebrannten Feuern zurückkehrten und die Festung weiter bewachten.

Sobald es hell wurde und sich die Frauen im Palast und den angrenzenden Gebäuden niedergelassen hatten, wurden auf den Türmen Wachen postiert, welche die Ebene nach Anzeichen von Medbs Heer absuchen sollten, und die Häuptlinge machten sich zusammen mit ihren Männern daran, jeden Winkel der Feste zu untersuchen. Sie verbrachten den ganzen Morgen damit, überall herumzustöbern, zu graben und Behältnisse zu öffnen, die seit vielen Generationen verschlossen gewesen waren. Als sie zur Beratung in die Palasthalle zurückkehrten, war sogar Koshyn von den handwerklichen Fähigkeiten des lange untergegangenen Volkes beeindruckt. Selbst der zögerlichste Klanmann erkannte nun die Vorteile der Festungsanlage.

Die Türme und äußeren Mauern befanden sich noch in sehr gutem Zustand. Die inneren Mauern zerfielen allmählich, aber man konnte sie noch verteidigen, und viele der Steingebäude waren standfest genug, um den Klanleuten und dem Vieh Schutz zu gewähren. Die tief in den Fels getriebenen Zisternen waren voll, denn das Wasser wurde andauernd durch Regenfälle aufgefrischt.

Sobald die Häuptlinge die Verteidigung der Feste geplant hatten, machten sich alle an die Arbeit, um das alte Bollwerk auf das vorzubereiten, was es seit Jahrhunderten nicht mehr gesehen hatte: auf Krieg. Die Wände wurden ausgebessert; Abfall und Schutt zwischen ihnen wurde fortgeräumt und das Tor mit Balken und Ketten gesichert. Die Wertains fassten genau wie die Kinder ganz allmählich Zutrauen zu ihrer neuen Zuflucht. Es würde mehr erfordern als nur Medb und einige Klane, um sie aus diesem ummauerten Berg zu vertreiben.

Die Klanleute arbeiteten noch immer in fieberhafter Eile, als wilder Hörnerschall von einem der Türme erklang. Die Leute sahen überrascht zur sinkenden Sonne hoch. Es war doch noch viel zu früh für das Lied des Sonnenuntergangs. Dann verstanden sie und die Häuptlinge rannten aus allen Teilen der Festung auf die Außenmauer zu. Die Männer, die in der Nähe der Hauptmauer gearbeitet hatten, drängten auf die Brüstung.

Dort unten im Tal galoppierten die Ausgestoßenen umher, und die Vorhut von Medbs Heer ritt auf der alten Straße heran.

Wie geplant bliesen die Hörner von allen Türmen, und fünf Banner – ein goldenes, ein rotes, ein kastanienbraunes, ein orangefarbenes und ein indigoblaues – wurden über dem Haupttor entrollt.

Savaric krallte die Hände in den Stein. »Medb ist hier«, rief er den Leuten im Außenhof unter ihm zu. »Ihr alle kennt eure Pflichten.«

Still zerstreuten sich die Krieger, um die Waffen zu holen und ihre Plätze auf den Brüstungen einzunehmen. Athlone lief die Steintreppe hoch und gesellte sich zu den Häuptlingen. Ohne ein Wort zu sagen, deutete Lord Ryne hinunter ins Tal.

Wieder einmal hatte Medb seinen Auftritt so eingerichtet, dass er den größtmöglichen Eindruck machte. Die Sonne stand bereits hinter den Berggipfeln, als das Heer am Engpass bei dem Grimmfelsen eintraf, und das Tal versank im Zwielicht. Ein scharfer Wind drückte das Gras nieder und wirbelte um die Grundmauern von Ab-Chakan.

Hinter dem Wind und im Schutz der herannahenden Nacht überquerte die Vorhut des Zauberers die Brücke und hielt am Fuß des Berges unmittelbar unter der Festung an. Die Reiter warteten in Unheil verkündendem Schweigen.

Hinter ihnen marschierte der Haupttross des Heeres unter dem Takt der Trommeln heran. Es war ein endloser Zug; die Dämmerung verbarg seine wahren Ausmaße. Immer mehr Kämpfer drängten heran, bis das Tal voll war und sich das Heer über die Bergflanken verteilte. Keine Fackeln, Lampen, Stimmen, kein Pferdegewieher durchbrach die Einförmigkeit der erschreckenden schwarzen Flut. Nur das Trommeln und die gnadenlosen Fußtritte waren zu hören.

Die Klanleute schauten auf den herannahenden Feind mit Entsetzen und Unglauben herab. So etwas hatten sie sich nicht träumen lassen. Die Streitmacht, die da erbarmungslos auf den Pass zumarschierte, bestand nicht länger aus Wylfling, Geldring, Amnok oder aus Fremden, die man mit Gold geködert hatte. Sie war zu einer namenlosen, hirnlosen Masse geworden, die vom Willen eines einzelnen, abgrundtief bösen Mannes gesteuert wurde.

Der Wind legte sich und alle Bewegungen im Tal erstarben. Das von der Nacht umhüllte Heer sammelte sich und wartete auf das Zeichen seines Meisters. Doch der Zauberer hielt seine Leute zurück. Er ließ die Truppen warten und gestattete ihnen nur, ihr Ziel zu sehen; den Klanleuten hingegen zeigte er ihr Schicksal. Oben in der Festung waren Savaric und die Klane erschüttert. Noch immer gab Medb nicht das Zeichen zum Angriff. Die Anspannung stieg, bis sie beinahe unerträglich wurde.

Dann löste sich ein einzelner Reiter aus der Vorhut und ritt zum Tor der Festung. Er trug einen braunen Umhang, und ein Helm verbarg sein Gesicht, doch nichts vermochte den abfälligen, verächtlichen Ton in seiner Stimme zu verbergen.

»Khulinin, Dangari, Bahedin und Jehanan. Abschaum der Klane.« Er schnaubte unverschämt. »Mein Meister hat entschieden, euch diesmal noch Gnade widerfahren zu lassen. Ihr habt die Unbesiegbarkeit seiner geheimen Kräfte gesehen, und jetzt seht ihr die Macht seines Heeres. Schaut es euch an. Überlegt es euch gut. Ihr werdet nicht lange überleben, wenn ihr euch Lord Medb entgegenstellt. Doch euch bleibt noch eine Wahl: Ergebt euch, und er wird Milde walten lassen.«

Savaric verschlug es die Sprache. Wütend packte er mit beiden Händen den Rand der Brüstung und hielt sich an ihr fest. »Branth, wie ich sehe, habt Ihr Euren Umhang verloren.« Seine Stimme troff vor Hohn.

Der Geldring machte eine weit ausholende Armbewegung und wies auf das Heer hinter ihm. »Braun ist eine so starke Farbe; sie steckt voller Möglichkeiten.«

»Genau wie Dung. Doch würde ich meinen Klan nicht dagegen

eintauschen. Wie fühlen sich denn die Geldring dabei, ihr Grün im Stich zu lassen?«

Branths Worte waren wutgesättigt: »Mein Klan gehorcht mir.«

»*Euer* Klan!« Savaric zwang sich zu einem rauen Lachen. »Das ist er nicht mehr, Branth. Euer Klan gehört jetzt Medb und gehorcht nur noch ihm. Die Geldring sind untergegangen. Schert Euch fort, Verräter!«

Branth lächelte höhnisch. Im Tal hinter ihm regte sich das Heer voller Ungeduld. »Tapfer gesprochen, Häuptling. Auch Ihr werdet bald erkennen, wie weise es ist, Braun zu tragen. Doch lasst Euch mit der Entscheidung nicht zu viel Zeit. Das Heer wittert schon Blut.« Mit einem schrillen Schrei trieb Branth sein Pferd die Straße hinab.

Medb saß in seinem geschlossenen Wagen und nickte zufrieden. Er zwang sein unruhiges Heer ein Stück zurück von der Feste. Die Vorahnung des nahenden Untergangs würde die Angst, die er in der Festung geschürt hatte, noch verstärken. Wenn er endlich das Zeichen zum Angriff gab, würde kein Klanmann lange überleben.

Ihr Schicksal war genauso sicher besiegelt, wie Medbs Sieg feststand. Die Khulinin und die anderen Klane würden aufhören zu existieren; ihre Häuptlinge würden vernichtet werden. Selbst wenn sich Savaric und seine Verbündeten ergaben, hatte Meb keineswegs vor, Milde walten zu lassen.

Der erste Angriff erfolgte vor Anbruch der Morgendämmerung in den Stunden der Kälte, wenn die Reaktionsfähigkeit am geringsten ist und die Muskeln kalt sind. Es war nur eine Probe, um die Stärke der Verteidiger zu prüfen, und die Klanleute schlugen den Angriff ohne Schwierigkeiten zurück. Trotz allem empfanden es die Männer als Erleichterung, endlich kämpfen zu können. Nach den endlosen nächtlichen Stunden des Wartens war die schreiende Söldnerhorde, welche die Straße zur Mauer hinaufpreschte, ein wahrer Segen. Die Häuptlinge wussten, dass es nur ein Probeangriff war, und besserten danach rasch die Verteidigungsanlagen aus, um den nächsten Ansturm abwehren zu können.

Diesmal mussten sie lange warten. Nachdem sich die Söldner hinter den Fluss zurückgezogen hatten, herrschte einige Stunden

Ruhe in dem Heerlager. Savaric stellte Wachen auf und erlaubte dem Rest der Verteidiger, sich auszuruhen, doch nur wenige Krieger verließen die Balustrade. Sie wollten sehen, was Medb als Nächstes vorhatte.

Gegen Mittag nahm die Geschäftigkeit in dem großen Lager plötzlich zu. Man konnte beobachten, dass etliche Wagen sich auf die Hügel zu bewegten und mit gefällten Baumstämmen zurückkehrten. Hunderte Männer drängten sich zusammen und schienen an einigen großen Gegenständen zu arbeiten, welche die Klanleute nicht deutlich erkennen konnten. Lärmendes Sägen und Hämmern ertönte bis lange nach Einbruch der Dunkelheit.

In der Festung hielten Savaric und die Klanleute eine weitere unerträglich lange Nacht Wache.

In der Morgendämmerung des folgenden Tages wurde klar, woran Medbs Heer gearbeitet hatte. Drei große Gegenstände wurden aus dem Lager gerollt, über die alte Brücke geschoben und am Fuß des Hügels aufgestellt – außer Reichweite der Bogenschützen, aber in größtmöglicher Nähe zu Ab-Chakan. Die Klanleute hatten sich auf den Festungsmauern aufgestellt, und die Männer in der ersten Reihe sahen neugierig zu, wie die seltsamen hölzernen Geräte vorbereitet wurden.

»Was ist das?«, fragte Lord Ryne und sprach damit jedermanns Verwunderung aus.

Savaric rief einem seiner Männer zu: »Hol Cantrell her.«

Der Barde wurde rasch an die Mauer gebracht und vorsichtig auf die Balustrade geführt, wo sich die Häuptlinge versammelt hatten.

»Ich habe gehört, dass Medb fleißig war«, sagte Cantrell nach der Begrüßung.

»Da sind drei hölzerne Dinge unmittelbar unterhalb der Feste«, antwortete Savaric. »Es sind schwere, fahrbare Plattformen mit langen Stäben darauf. Anscheinend sind diese Stäbe am einen Ende der Plattform befestigt; am anderen Ende hängen an ihnen so etwas wie Kessel.«

»Seht Euch das an«, fügte Sha Umar hinzu. »Die Männer legen einen Felsblock auf das eine Ende und ziehen es nach unten.«

Cantrells Gesicht verdüsterte sich. »Katapulte.«

Wie zur Antwort auf seine Bemerkung schnellte der Pfahl los. Ein großer Felsblock flog heran und traf die Wand unterhalb der Balustrade. Die Verteidiger duckten sich unwillkürlich.

»Gute Götter!«, rief Savaric aus. Die Männer spähten über die Mauerbrüstung, als gerade ein zweiter Felsblock auf die Festung zugeschleudert wurde. Das Geschoss schlug mit donnerndem Lärm gegen das bronzene Tor. Erleichtert stellten die Klanmänner fest, dass weder Mauer noch Tor beschädigt worden waren, doch während der Morgen vorrückte, konnten die Männer an den Katapulten die Entfernung immer besser abschätzen. Schwere Steine regneten innerhalb der Mauern auf die Festung nieder. Einige Klanleute wurden getötet, als ein großer Block sie traf, und auch die alte Brustwehr erlitt beträchtlichen Schaden. Die übrigen Männer rannten heillos durcheinander, als immer mehr Steine zwischen ihnen einschlugen.

Kurz vor Mittag warf Athlone einen Blick über die Mauer und sah, wie sich das Heer jenseits des Flusses formierte. »Sie kommen!«, rief er. Ein Hornbläser auf dem Turm neben dem Tor schmetterte das Signal, welches die Verteidiger hinter den Mauern warnte.

Unten im Tal stürmten die Männer voran und schlugen behelfsmäßige Brücken über den Isin. Nun schleuderte das Heer des Zauberers seine volle Wut gegen Ab-Chakan. Unter dem Schutz einer wahren Sintflut von Pfeilen und anderen Geschossen preschten die ersten Linien mit Seilen und Leitern die Straße und Bergflanke hoch bis zu den Vordermauern. Währenddessen ertönten unablässig die Kriegstrommeln, und Wutgebrüll hallte durch die Festung.

In den ersten schrecklichen Minuten war Athlone zu beschäftigt, um die strategischen Vorteile seiner Lage schätzen zu können, doch als seine Männer die Angreifer zurückschlugen, begriff er allmählich, dass die Feste leicht zu verteidigen war. Die schnelle Strömung des Flusses verhinderte es, dass eine größere Gruppe Angreifer ihn zugleich überquerte, und die Steilhänge bremsten das Fortkommen jedes Feindes und setzten ihn gleichzeitig einem tödlichen Sperrfeuer von der Brustwehr aus. Die Klanleute frohlockten, als die erste Angriffswelle zurückfiel, und ein Hoffnungsschimmer kehrte in ihre Herzen zurück.

Die zweite Welle brach wütender als die erste über sie herein und erreichte beinahe die Brüstung, bevor sie zurückgeworfen wurden.

Angriff nach Angriff wurde gegen die Mauern geführt und Elle für Elle abgewehrt, bis der Boden mit Toten und Verwundeten übersät war und die Überlebenden vor Erschöpfung zitterten.

Es spielt keine Rolle, wie leicht die Festung zu verteidigen ist, dachte Athlone verbittert, als er seinen leeren Köcher wegwarf. Medb hat mehr Männer als wir und die Zeit arbeitet für ihn. Letztendlich würde die Feste fallen, weil nicht mehr genügend Männer zu ihrer Verteidigung bereitstanden.

Wie als höhnische Erwiderung auf Athlones Gedanken bellten die feindlichen Hörner wieder und eine neue Angriffswelle brandete auf die Mauern zu. Diesmal erreichten die Feinde die Brüstung. Die Klanleute zogen Schwert und Dolch und kämpften Mann gegen Mann, als die Angreifer über die Mauern einfielen. Blut sprenkelte die alten Steine und Rufe und Wutschreie gellten zwischen den Türmen. Immer wieder sammelte Savaric seine Männer und drängte die wildäugigen Angreifer von der Brüstung fort, nur um danach noch mehr von ihnen mit noch weniger eigenen Männern gegenüberzustehen. Verzweifelt führte er seine Krieger auf den hinteren Mauern nach vorn und betete, die Flussmauer und ihre Verteidiger mochten für die rückwärtige Verteidigung Ab-Chakans ausreichen.

Die Klanleute verloren jedes Zeitgefühl. Die Schlacht tobte den ganzen Nachmittag hindurch in einem scheinbar endlosen Kreislauf aus Angriff und Abwehr. Sha Umar ging mit einem Pfeil in der Schulter zu Boden. Jorlan wurde getötet, als er Savaric verteidigte. Die Katapulte warfen unablässig Geschosse über die Mauer und gegen das Tor; sie beschädigten die Festung und zermürbten die Verteidiger. Während der ganzen Zeit dröhnten die Trommeln unablässig durch das Tal.

Dann zog sich der Feind ohne Vorwarnung zurück. Die Truppen sammelten sich in ihrem Lager und eine unheimliche Stille senkte sich über das Tal. Der Hornträger auf dem Turm neben dem Tor blies den Sonnenuntergangsruf.

Die Klanleute schauten sich überrascht um, als die Dunkelheit über sie hereinbrach. Für heute hatten sie gewonnen. Doch als die Häuptlinge die Toten und Verwundeten zählten, fragten sie sich, ob sie morgen noch einmal so viel Glück haben würden.

Drüben im Tal, in Medbs Zelt, brannte die Wut des Zauberers

heiß. Seine Kräfte hatten sich seit der Abreise vom Tir Samod verdoppelt und es war ihm gelungen, seine verkrüppelten Beine zu heilen. Es gab jedoch keine Zaubersprüche, mit denen er seine Tatkraft nähren konnte, und es hatte ihn nahe an einen Zusammenbruch geführt, die Raserei seines Heeres während der langen Schlacht aufrechtzuerhalten. Er hatte schwere Verluste erlitten. Schließlich musste Medb zugeben, dass er Savaric unterschätzt hatte. Die vier Klane hatten sich in einer Steinhöhle verkrochen, aus der sie nur etwas Unerwartetes hervorlocken konnte. Die Angriffe mussten eingestellt werden, bis er neue Pläne geschmiedet hatte.

Der Zauberer erlaubte seinem Heer, das Lager aufzusuchen, und zog sich zurück, um auszuruhen und nachzudenken. Ab-Chakan würde fallen – und wenn er das Bollwerk mit bloßen Händen einreißen musste.

Kurz nach Mitternacht bestieg Athlone Boreas und gesellte sich zu einem kleinen Reitertrupp aus Freiwilligen, die beim Vordertor warteten. Einige der Männer trugen Fackeln und Ölsäcke.

Savaric hatte auf Athlone gewartet und stellte sich neben das große Hunnuli. Das Gesicht des Häuptlings war von Sorgen gezeichnet. »Mir gefällt das nicht, Athlone«, sagte er eindringlich. »Vergiss doch diese Katapulte. Sie werden zu gut bewacht.«

Die Blicke des Wertains und seines Vaters trafen sich. Athlone nickte. »Ich weiß. Aber diese Geräte richten zu großen Schaden an. Außerdem täte es den Klanen gut, sie brennen zu sehen.«

»Aber wenn du außerhalb der Mauern geschnappt wirst, können wir dir wahrscheinlich nicht helfen.«

»Es ist doch kein weiter Weg, Vater«, entgegnete Athlone. »Wir verbrennen die Katapulte und kommen so schnell wie möglich zurück.«

Savaric seufzte. Er hasste es, dass sich sein Sohn in eine so große Gefahr begab, doch auch er wollte diese Katapulte vernichtet wissen. Schließlich nickte er widerwillig.

Der Wertain salutierte vor ihm. Dann berührte ohne Vorwarnung und erkennbaren Grund ein kalter Todeshauch Athlones Geist, und gleichzeitig schien sich ein Schatten über das Gesicht seines Vaters zu legen. Beunruhigt richtete sich Athlone im Sattel auf und rieb mit der Hand über die Wange. Das Gefühl des Unbehagens war so schnell wieder vergangen, wie es gekommen war, und hinterließ eine dumpfe, schmerzende Leere und einen frisch eingepflanzten Keim der Angst. Er schüttelte kurz den Kopf und fragte sich, was mit ihm los war.

Savaric schien nichts von alldem bemerkt zu haben. Er sagte seinem Sohn Lebewohl und machte den Weg frei. Die Bronzetore wurden geöffnet.

Die erste dunkle Ahnung von Unheil kam beim Flackern der Flammen am Tor; dann donnerte ein Gewitter aus Pferdehufen die Straße hinunter und brauste mit Sturmesstärke über die Wachen an den Katapulten hinweg. Geführt von einem Reiter auf einem flammenäugigen Hunnuli, stürmten die Männer mitten in die Linien des verblüfften Feindes. Die Waffen der Reiter färbten sich blutrot und ihre Augen glänzten vor Schlachtenfreude.

Während Athlone und seine Reiter den Feind zurückdrängten, preschten die Männer mit den Fackeln auf die Katapulte zu. Sie übergossen die Geräte mit Öl und warfen ihre brennenden Fackeln auf die hölzernen Plattformen. Die Katapulte loderten auf und die Reiter begaben sich auf den Rückzug.

Doch Lord Branth hatte einen möglichen Angriff auf die Belagerungswaffen vorausgesehen und mit seinen Männern im Lager auf der Lauer gelegen. Beim ersten Anzeichen des Angriffs machte er einen Ausfall über die Brücke und hatte Athlones Reiter erreicht, bevor sie fliehen konnten.

Die Klanleute auf den Mauern der Festung beobachteten entsetzt, wie Athlone und seine Männer umzingelt wurden und ein erbitterter Kampf einsetzte. Savaric rief wie rasend nach weiteren Kriegern, die hinausreiten und die Männer retten sollten, doch er wusste, dass es dafür bereits zu spät war.

Unerbittlich drangen die Wylfling und Geldring auf die Reiter ein und zogen einen immer enger werdenden Kreis um Athlone und seine Männer. Diese kämpften mit äußerster Wildheit; sie wollten nur noch überleben.

Dann flog plötzlich ein Speer über die Köpfe der Krieger hinweg und bohrte sich in Boreas' Brust. Das große Hunnuli brüllte vor Schmerz und Wut. Es bäumte sich auf und peitschte mit den Hufen durch die Luft. Es versuchte, über die Kämpfer zu setzen und seinen Reiter in Sicherheit zu bringen, doch der Speer saß zu tief. Das Herz des Hengstes zerbarst, und sein ebenholzfarbener Körper schlug zu Boden.

Athlone spürte den Todesschmerz seines Freundes in jedem Muskel. Vor Entsetzen drehte sich alles in seinem Kopf. Er hielt sich blindlings fest, als Boreas sich aufbäumte und lossprang, doch als das Hunnuli zu Boden ging, war er zu erschüttert, um rechtzeitig abzuspringen. Der schwere Körper des Pferdes brach unter ihm zusammen. Athlone sah noch, wie der Erdboden auf ihn zuraste; dann dämpfte Bewusstlosigkeit seinen brennenden Kummer.

Die Angreifer stießen ein Siegesgeheul aus. Sie drängten vor und töteten rasch den letzten Khulinin, der vergeblich versucht hatte, Athlone zu beschützen. Lord Branth bahnte sich einen Weg durch die Menge bis zum Leichnam des Hunnuli. Er griff fröhlich nach Athlones Helm, riss ihn ab und hob das Schwert, um dem Wertain den Kopf abzuschlagen.

»Halt!« Unter diesem Befehl gefroren die Bewegungen des Häuptlings. Wütend schaute er auf und sah Lord Medb bei der Brücke stehen; sein Gesicht wurde von den brennenden Katapulten erleuchtet. Ein zweiter Speer lag in seiner Hand. Branth erbebte.

»Ich will ihn lebend«, sagte Medb. »Ich kann den Sohn des mächtigen Savaric gut gebrauchen.«

Von der Festungsmauer aus sah Savaric zu, wie sein Sohn und das große Hunnuli zu Boden gingen. Er sah, wie der Feind über ihre Körper herfiel, und er sah Lord Medb aufrecht und standfest neben der Flussbrücke stehen. Der Häuptling schloss die Augen. Langsam sackte sein Körper gegen die Steinmauer; er überließ sich ganz Kummer und Verzweiflung.

Siebzehn

Gabria hatte jedes Zeitgefühl verloren. Die Stunden mit der Sumpffrau schienen einer ewigen Quelle zu entspringen und weit über ihr Erinnerungsvermögen hinauszufließen. Das Mädchen und die Zauberin waren in eine mächtige, runde Kammer unterhalb des Baumes hinabgestiegen. Sie saßen an einem kleinen Holztisch; die Frau wachte wie eine eifersüchtige Priesterin über ihren Worten und Gesten, und das Mädchen beobachtete sie mit bleichem Gesicht und verzaubertem, leuchtendem Blick. Während die unzähligen Stunden verstrichen und die krächzende Stimme ihr unablässig ins Ohr murmelte, begriff Gabria allmählich die Tiefen ihrer Kraft.

»Im Mittelpunkt der Zauberei steht der Wille«, sagte die Frau immer wieder. »Du hast keine Zeit, die Vielfalt und die schwierigen Sprüche oder Gesten zu erlernen, die den richtigen Gebrauch der Magie ermöglichen, also pass auf. Du willst versuchen, dem Gewebe unserer Welt deinen Willen aufzudrücken. Magie ist eine natürliche Kraft, die in allem wohnt: in jedem Geschöpf und Stein sowie in jeder Pflanze. Wenn du diese Kraft auch nur mit dem geringsten Zauberspruch veränderst, musst du stark genug sein, die Auswirkungen zu beherrschen.«

Gabria sah in die gnadenlosen schwarzen Augen der Zauberin und erzitterte.

Der dunkle Blick der Zauberin heftete sich auf sie. »Ja! Du sollst Angst haben. Zauberei ist kein Spiel für Dummköpfe oder Stümper. Es ist eine todernste Kunst. Als Zauberin musst du deine Macht weise gebrauchen, oder sie wird dich vernichten. Die Götter sind mit dieser Gabe keineswegs freizügig, und sie sehen es nicht gern, wenn man sorglos damit umgeht.«

»Kann denn jedermann Magie ausüben?«, fragte Gabria.

»Natürlich nicht«, antwortete die Frau gereizt. »Mit dieser Gabe wird man geboren. Das war der Grund für den Sturz der Zauberer vor so langer Zeit. Einige von ihnen hatten ihre Kräfte missbraucht, und diejenigen ohne diese Gabe wurden neidisch und wütend.« Die Frau hustete und rutschte auf ihrem Stuhl herum. »Doch diese Zeit ist vorbei. Was dich angeht, so ist deine Fähigkeit zur Zauberei ... gut ausgeprägt. Dein Überlebenswille ist Teil deiner Stärke. Und diese Willensstärke ist ein wesentliches Merkmal für einen Zauberer.«

Gabria nickte. »Ich verstehe.«

Die Zauberin verzog das Gesicht zu einer Maske aus lauter Runzeln. »Gar nichts verstehst du! Du hast keine Vorstellung davon, wie es ist, eine Zauberin zu sein. Du bist ein Kind. Kennst du dich denn selbst? Du musst jeden Winkel deiner Seele kennen, denn sonst bemerkst du nicht, wie die Zauberei allmählich die Stärke aus dir zieht.«

Die Frau seufzte und lehnte sich auf ihrem Stuhl zurück. »Nicht dass das von Bedeutung wäre. Du wirst keine Zeit haben, dies zu begreifen, wenn du schon bald diesen verwurmten Wylfling besiegen willst.«

»Was soll ich denn tun?«, rief Gabria enttäuscht. »Wie, in Amaras Namen, soll ich diese Kraft beherrschen, wenn ich nichts über meine Fähigkeiten erfahren kann?« Gabria bemerkte, dass sie zitterte. Sie rang die Hände und starrte auf den Tisch.

Die Frau gackerte überheblich. »Für diese Aufgabe brauchst du keine übermenschlichen Kenntnisse oder Fähigkeiten, sondern nur das Verlangen und deine Wachsamkeit. Die wesentlichen Zutaten zu jedem Zauberspruch, wie einfach, verschlungen oder bizarr er auch sein mag, sind der Wille und die Stärke des Zauberers. Zumindest davon hast du mehr als genug. Ich warne dich nur davor, deine Grenzen zu überschreiten – besonders in einem magischen Zweikampf.« Sie hielt inne und ihre Augen füllten sich mit einem seltsamen, gierigen Licht. »Ich will, dass du es schaffst.«

Der seltsame Blick der alten Zauberin verwirrte Gabria, doch bevor sie darüber nachdenken konnte, redete die Frau weiter.

»Du musst wissen, wovon du ein Teil geworden bist, also hör mir zu.« Sie wies mit dem Finger auf Gabria. »Was du sonst noch für einen Zauberspruch benötigst, ist Vorstellungskraft. Nicht alle Sprüche sind eindeutig festgelegt. Es ist oft besser, deine eigenen zu erschaffen. Und damit werden wir jetzt beginnen.«

Die alte Frau stand auf, holte einen Kerzenstumpf und stellte ihn vor Gabria. »Du bist auf Zaubersprüche angewiesen, um dein Vorhaben auszudrücken. Die Worte machen dir den Zweck deines Handelns klar und helfen dir dabei, deine Macht auf die Magie zu richten. Wenn du bisher die Trymianische Kraft benutzt hast, war sie eine unbewusste Reaktion auf deinen Wunsch zu überleben; daher war sie sehr schwach und zügellos. Wenn du einen Zauberspruch gesagt hättest, wäre es dir möglich gewesen, die Stärke dieser Kraft zu verändern und sie nach deinem Willen einzusetzen.«

»Aber wie kann ich diese Zaubersprüche erlernen?«, fragte Gabria.

»Die Zauberer haben jahrelang mit solchen Sprüchen Versuche angestellt. So fanden sie viele Formeln heraus, die sie in sehr klare und wirksame Worte kleideten. Aber du musst sie nicht unbedingt gebrauchen. Zauberei kannst du ausdrücken, wie du willst.« Die Frau zischte plötzlich ein fremdartiges Wort und die Kerze vor Gabria entzündete sich. Das Mädchen zuckte zurück und riss überrascht die Augen auf.

Die Zauberin löschte die Flamme. »Versuch es selbst. Richte deine Gedanken ganz auf dein Ziel und sprich einen Befehl.«

Gabria starrte die Kerze an. Sie versuchte sich eine Flamme vorzustellen und sagte dann: »Brenne, Kerze.«

Eine winzige Flamme stieg auf und verlosch.

»Stärker!«, befahl die Zauberin. »Richte deinen Willen auf diese Kerze.«

Das Mädchen versuchte es erneut. Es schloss die Augen und sagte fordernd: »Brenne, Kerze.« Nun flackerte der Docht einmal und dann brannte an ihm eine sanfte, gelbe Flamme. Gabria öffnete die Augen und lächelte.

»Gut«, bemerkte die Zauberin. »Allmählich verstehst du es. Du musst genau wissen, was du vorhast, denn sonst schlägt deine Zauberei fehl. Aus diesem Grund verwenden wir Zaubersprüche.« Sie zischte ein weiteres fremdes Wort und die Flamme erstarb. »Auf diese Weise«, fuhr die Frau fort, »ist es möglich, durch Magie fast alles zu erlangen, was du willst. Aber es ist entscheidend, genau zu wissen, was du erreichen möchtest, bevor du beginnst.«

Gabria nickte; sie war begeistert von den Lehren der alten Frau. »Was kann man denn nicht mit Magie erlangen?«

»Du kannst nicht etwas aus Nichts erschaffen. Du musst etwas benutzen, das schon da ist. Sieh her.« Mit einem kurzen Wort verwandelte die Zauberin die Kerze in einen Apfel. »Du kannst Gestalt und Aussehen verändern, aber du kannst nichts erschaffen.«

»Aber was ist mit der Trymianischen Kraft?«

»Die Trymianische Kraft wird wie ein Schutzschild oder jede andere sichtbare Kraft aus der Magie in dir gebildet. Aus diesem Grund ist es wichtig, deine Grenzen zu kennen; du darfst dich nicht so sehr schwächen, dass du deine Zaubersprüche nicht mehr beherrschst. Denk daran, wenn du dich mit Medb auf einen Zweikampf einlässt.«

Die alte Zauberin stellte weitere kleine Gegenstände auf den Tisch und befahl Gabria, einige grundlegende Zaubersprüche anzuwenden: Sie sollte Form und Aussehen der Dinge ändern und sie sogar im Zimmer herumbewegen.

Als Gabrias Selbstvertrauen wuchs, entwickelte sich ihre Geschicklichkeit in Sprüngen und Schüben. Sie lernte, wie man Absichten in Worte kleidete, welche die Magie in Gang setzten, und wie man einen Zauberspruch unschädlich machte, bevor er in die falsche Richtung lief.

Die Zauberin war von Gabrias schnellen Fortschritten überrascht und lehrte sie Sprüche für Heilungen und Gestaltwandlungen sowie das Ritual für magische Zweikämpfe. Sie brachte dem Mädchen ferner die besten Sprüche zur Beherrschung der Trymianischen Kraft bei und unterrichtete sie in der höchst wichtigen Kunst, sich mit einem Schutzschild gegen diese blaue Kraft zu verteidigen.

Schließlich nickte die alte Frau zufrieden und verzog das runzelige Gesicht zu einem Lächeln. »Du hast alles gelernt, was ich dir beibringen kann. Jetzt musst du dich selbst lehren. Beherzige das, was ich dir gesagt habe, und lerne deine Grenzen und Stärken kennen. Denk an die Gefahren, wenn dir die Herrschaft über die Magie entgleitet.« Sie ging zu einer alten, abgenutzten Truhe an der Wand, zog einen kleinen Seidenbeutel heraus und gab ihn Gabria. »Geh zurück zu den Klanen. Wenn du so weit bist, öffne diesen Beutel. In ihm befindet sich der letzte Gegenstand, den du brauchst, um eine vollkommene Zauberin zu werden. Er wird dir helfen, deine Kräfte zu verstärken, und dich als wahre Magierin kennzeichnen.«

Die alte Zauberin sank auf ihren Stuhl und schwieg. Gabria lehnte sich zurück und fühlte sich wie betäubt. Sie schaute sich verblüfft um, denn die Zeitspanne, die sie zusammen mit der Zauberin verbracht hatte, erschien ihr so unwirklich. Sie fragte sich, wie lange sie in dieser Kammer gewesen war.

Gabria versuchte aufzustehen, doch sofort fiel die Erschöpfung über sie her. Sie sackte zusammen und hielt sich am Stuhl fest, damit sie nicht umfiel. Sie machte einen unsicheren Schritt auf die Treppe zu, die hoch zum Eingang führte. Was war heute für ein Tag? Wie lange war sie schon hier?

»Ich muss gehen«, murmelte sie.

Die Zauberin hob die Hand und ein Zauberbann umfing das Mädchen, bevor es hinfiel. Die alte Frau legte Gabria sanft auf den Boden. Das Mädchen war bereits eingeschlafen. Einen Augenblick lang sah die Zauberin sie mit Freude im Herzen an. Sie hatte noch nie eine so starke Gabe gesehen. Dieses Mädchen besaß Kraft, Willensstärke und Begabung, und wenn sie vernünftig blieb, konnte sie Medb in der Tat besiegen. Die alte Frau rieb sich die Hände und kicherte vergnügt. Sobald Medb tot war, würde Gabria in den Sumpf zurückkehren und den Preis zahlen – einen Preis, über den Gabria jetzt noch nichts wissen musste. Die Zauberin legte die Hände über das Mädchen und murmelte einen Bann; es war einer der wenigen verschlungenen, an die sie sich noch erinnerte.

Sie war verblüfft, als der Spruch keine Wirkung zeigte. Sie wusste, dass ihre Kräfte schwach waren, aber die natürlichen Abwehrmöglichkeiten des Mädchens waren keinesfalls derart stark. Es musste einen anderen Grund geben. Die Frau durchsuchte rasch Gabrias Kleider, bis sie den kleinen Steinzauber gefunden hatte. Sie riss die Augen auf, als sie ihn erkannte, denn sie hatte geglaubt, alle Steinzauber seien vernichtet worden. Sie zuckte mit den Achseln, steckte ihn ein und sagte den Zauberspruch erneut auf. Diesmal gab es keine Schwierigkeiten. Sie kicherte in sich hinein und begab sich zur Ruhe. Es hatte ihre letzten Kräfte gekostet, das Mädchen mit dem Bann zu belegen, doch es würde ihr die Bezahlung sichern, selbst wenn Gabria dafür aus dem Grabe kriechen musste.

Gabria erwachte und richtete sich verwirrt auf. Sie lag auf einer Pritsche in der Kammer unter dem Mangrovenbaum und die Zauberin war nirgends zu sehen. Tageslicht schimmerte durch die Luke, die hoch zum Stamm führte.

»O Götter«, flüsterte sie. »Was für ein Tag ist heute?« Sie sprang in irrer Hast auf und kramte ihre Habseligkeiten zusammen. Mantel, Wasserschlauch und Proviantbeutel lagen neben ihr; die beiden letzten waren gefüllt worden.

Etwas kratzte draußen am Holz und der Otter spähte durch die Luke herein. Er zirpte, als er sah, dass Gabria schon wach war.

Gabria warf sich den Umhang über die Schultern. »Ich muss gehen«, murmelte sie zu sich selbst. »Ich bin schon zu lange hier.« Sie kletterte die Stufen hinauf, kroch durch die Luke in das Innere des Baumstamms und sah durch den Spalt nach draußen. Sie erinnerte sich daran, dass die Sonne geschienen hatte, als sie bei der Mangrove angekommen war, doch nun fiel dichter Regen, und die Wolken hingen tief und schwer über den Bäumen.

Gabria ergriff ihren Beutel und folgte dem Otter durch das verfilzte Wurzelwerk hinunter zu dem kleinen, auf dem Wasser tanzenden Boot. Der Wind wirbelte ihr um den Kopf und zerrte an ihrem Umhang, doch sie beachtete ihn so wenig wie den Regen. Sie hatte nur einen Gedanken: Wie lange war sie fort gewesen?

Die Rückreise durch den Sumpf war lang und ermüdend. Gabria stakte das Boot in stiller Verzweiflung, während der Otter sie durch das Labyrinth der Kanäle und Schilfdickichte führte. Unbeirrbar fand das Tier den Hauptarm des Stromes und folgte ihm unter Mühen flussaufwärts. Der Regen fiel unablässig, die Wolken zogen träge landeinwärts und der Wind drückte gegen die Strömung.

Glücklicherweise hatte der Otter diesmal auf der Suche nach festem Boden einen kürzeren Weg durch den Sumpf genommen. Gabria hatte sich dem Moor von Norden her genähert, wo sich das Flussdelta weiter landeinwärts erstreckt. Der Otter kürzte viele Meilen des Weges ab, indem er einem der Hauptkanäle nach Westen folgte.

Einige Stunden nach Sonnenuntergang hörte es erstmals auf zu regnen und Gabria erkannte, wo Binsen und Sumpfgras endeten. Der Fluss hatte sich in einer großen Schleife nach Norden geschwungen und drehte erst viel später wieder nach Westen ab. Nicht weit von Gabria entfernt endete das Sumpfland plötzlich in einer steilen Böschung aus kahlen Hügeln, welche die letzte Erhebung vor der großen Ebene bildeten.

Gabria stakte das Boot am Rand des Rieds an Land. Die Kanäle waren zu seichten Teichen und stehenden, schlammigen Gewässern geworden, die man mit dem Boot nur schwer durchqueren konnte. Das Mädchen zog das Schiffchen auf die Uferböschung und betrat dankbar den festen Boden.

Der Otter glitt ihr vor die Füße und richtete sich mit glitzernden Augen auf. Er stieß einen kleinen Laut aus und winkte mit der Pfote. Dann schlug er mit dem Schwanz, tauchte ins Wasser und war verschwunden.

»Warte!« Gabria stürzte ihm nach, doch der Otter war nirgendwo mehr zu sehen. Kurz vor dem Wasser hielt das Mädchen an und blickte traurig zum Sumpf hinüber. Sie hatte gehofft, ihr Führer würde sie zurück zu Nara geleiten.

Wasser tropfte in Gabrias Augen, während sie den Sumpf nach Orientierungspunkten absuchte. Der Regen hatte zwar aufgehört, aber die undurchdringlichen, tintenfarbenen Wolken waren wie ein festes, herabsinkendes Dach. Ihr war kalt; sie war durchnässt und fühlte sich elend. Gabria wusste ungefähr, wo sie sich befand, denn die Hügel, die sich vor ihr auftürmten, begrenzten das Delta im Süden. Also musste sie nach Norden gehen. Nara wartete auf sie am nördlichen Rand des Sumpfes, und zwischen ihnen lag der verschlammte Goldrine.

Gabria machte sich auf den Weg. Das Vorankommen war sehr schwierig. Da sie nur wenige Schritte weit sehen konnte, fand sie nicht den besten Pfad durch das dichte Gebüsch und das morastige Gelände. Mehrmals stolperte Gabria über verborgene Wurzeln oder fiel in eine Senke mit stinkendem Schlick und schleimigem Wasser. Sie kämpfte sich stundenlang weiter, bis ihre Muskeln steif wurden und die widerlichen Gerüche ihre Nase betäubten.

Schließlich hielt Gabria an. Es war noch sehr dunkel. Sie sah sich traurig um und musste zugeben, dass sie sich völlig verlaufen hatte. Sie hatte keine Ahnung, in welche Richtung sie sich wenden sollte, und verlor kostbare Zeit. Sie brauchte Nara.

Das Hunnuli hatte ihr einmal gesagt, sie solle pfeifen, wenn sie Hilfe brauchte. Gabria wusste, dass die Stute sie unmöglich hören konnte, doch wenn sie ihre neuen Kräfte einsetzte, vermochte sie das Pferd vielleicht doch zu erreichen. Es war bestenfalls eine schwache Möglichkeit. Gabria wollte es wenigstens versuchen. Sie hatte nichts zu verlieren, wenn sie in die Dunkelheit hineinpfiff. Sie verbannte alles außer Nara aus ihren Gedanken, holte tief Luft und pfiff, wobei sie ihren Willen mit aller ihr zur Verfügung stehenden Macht auf die Stute ausrichtete.

Einen langen Moment war die Nacht still, dann hörte die erstaunte Gabria ein Wiehern, das aus großer Entfernung zu kommen schien. Sie pfiff ein zweites Mal und hoffte verzweifelt, dass sie sich nicht verhört hatte. Das Wiehern erklang wieder; diesmal war es viel näher.

»Nara!«, rief sie. Das Hunnuli kam herbei. Gabria wandte sich in die Richtung, aus der sie das Geräusch von Huftritten hörte, und das gewaltige schwarze Pferd brach aus der Dunkelheit hervor. Die Stute kam vor dem Mädchen zum Stillstand und bäumte sich mit zurück geworfenem Kopf und fliegender Mähne auf.

»Nara«, keuchte Gabria.

Die Stute stellte sich auf alle viere und stieß die Luft mit einem Schnauben aus. *Du hast deine Kunst gut erlernt.*

Dem Mädchen schwirrte der Kopf vor Freude, Verwirrung und Verwunderung. »Wie hast du es geschafft, so schnell herzukommen?«, platzte es aus ihr heraus.

Die Zauberin hat mir die Nachricht geschickt, nach Süden zu gehen, aber dein Ruf hat mich hergeführt.

»Wie lange war ich fort?«

Seit unserer Trennung ist die Sonne viermal untergegangen.

Gabria zählte im Geiste die Tage. Das war doch nicht möglich! Wenn es stimmte, was Nara sagte, dann hatte Gabria nur zwei Tage bei der Sumpffrau verbracht. Sie waren ihr wie Jahre erschienen. Gabria lehnte sich dankbar gegen Naras warme Schulter und fuhr mit der Hand über den blassweißen Blitz.

»Komm, wir gehen nach Hause«, sagte Gabria.

Nara trottete mit dem Mädchen auf dem Rücken westwärts durch die Randbereiche des Sumpfes und auf die Hügel zu, wo der Boden für Pferdehufe einen besseren Halt bot. Als sie die trockenen Hänge erreicht hatte, rannte die Stute so schnell wie der Wind.

Hinter ihnen stand der östliche Himmel in roten Flammen, als die aufgehende Sonne die Wolken zerbrach.

Gabria und Nara erreichten Ab-Chakan vor Sonnenuntergang. Sie ritten an der Flanke des Vorgebirges entlang und hielten sich im Schutz der Bäume. Nara bahnte sich still einen Weg durch das Unterholz bis zum Rand des breiten Tals. In der dichter werdenden Dunkelheit sahen sie die Feuer und Fackeln von Medbs Heer. Gabrias Mut sank. Sie hatte den Werod der Wylfling im vollen Ausmaß gesehen, doch selbst alle Geschichten über die vergrößerten Streitkräfte hatten sie nicht auf diese gewaltigen Mengen von Zelten, Wagen und Ausstattung vorbereiten können. Sie würde es niemals schaffen, sich unbemerkt durch dieses Lager bis zur Festung zu stehlen. Medbs Heer hatte sich in einem mindestens eine halbe Meile breiten Halbkreis niedergelassen. Nicht einmal ein Hunnuli konnte diese Reihen allein durchqueren.

Gabria senkte den Kopf. Sie war nicht mal auf den Gedanken gekommen, die Khulinin möglicherweise zu spät zu erreichen, doch jetzt hatte es den Anschein, als ob genau das der Fall wäre.

Plötzlich erschallte ein Horn von den Mauern der Festung. Klar und fest breiteten sich die Töne über das Tal aus. Gabria sah stolz zu der Festung hinüber und spürte, wie sich ihre Willenskraft erneuerte. Auch hinter diesen fremdartigen Steinmauern hielten die vier Klane noch immer an der Tradition der Sonnenrufe fest. Sie bemerkte wütend, dass das Heer des Zauberers sich nicht die Mühe einer Erwiderung machte. Sie hatten sich so vollständig unterworfen, dass sie sogar die Traditionen der Klane aufgegeben hatten.

Gabria beugte sich gerade vor, um etwas zu Nara zu sagen, als die Stute plötzlich die Ohren aufstellte und die Nase schnuppernd in den Wind hielt.

»Was ist los?«, flüsterte Gabria. Sie fuhr mit der Hand an ihren Dolch. Ohne ihre übrigen Waffen fühlte sie sich unsicher und wünschte sich, sie hätte wenigstens das Schwert mitgenommen.

Es sind Männer hinter uns. Die Peitschenträger. Sie suchen nach uns.

Gabria zog den Dolch und barg ihn in einer Falte ihres Umhangs. Wenn die Eidbrecher sie suchten, würden sie sie finden. Und wenn sie Gabria fanden, würde keine Waffe – vielleicht mit Ausnahme von Nara – sie retten, falls die Männer von Krath sie tot sehen wollten. Doch das kalte, harte Messer in ihrer Hand beruhigte Gabria, als sie still auf die Ankunft der Männer wartete.

Gabria fragte sich, warum die Eidbrecher Nara nachspürten. Ihrem Wissen nach wurde der Kult von Medbs Streitkräften belagert, und keiner der Männer von Krath würde in dieser Lage seinen Posten verlassen. Sie erschauerte. Wenn die Zitadelle der Krath gefallen war, befanden sich alle okkulten Bücher, Manuskripte, Zaubersprüche und Artefakte in Medbs Hand. Dann wäre es für ihn nur noch eine Sache von wenigen Tagen, die Klane in die Knie zu zwingen.

In diesem Augenblick ritt eine verhüllte Gestalt auf einem dunklen Pferd zwischen den Bäumen hindurch. Die Gestalt hob die Hand zum Friedensgruß, während zehn weitere Reiter hinter ihr erschienen. Der Mann schlug seine Kapuze zurück und enthüllte ein mageres, grausames Gesicht. Er nickte und sagte: »Heil, Corin; sei gegrüßt.«

Gabria sog heftig die Luft ein. Es war Seth, Savarics Bruder. Sie starrte auf die tiefe, blutige Wunde auf seiner Stirn und die erschöpften, blutbefleckten Männer hinter ihm.

Seth nickte mit kaum verhohlener Wut. »Ja, nur wir sind übrig geblieben. Gestern ist die Zitadelle gefallen. Jetzt reiten wir zur Feste. Möchtest du uns begleiten?«

Gabria konnte nur nicken. Seth bedeutete seinen Männern abzusteigen. »Wir ziehen um Mitternacht los«, sagte der Eidbrecher schroff. Ohne ein weiteres Wort zog er sich zu seinen Männern zurück. Sie setzten sich und warteten.

Eine Stunde nach Mitternacht machten sich Gabria und die Eidbrecher auf den Weg. Hunderte Lagerfeuer brannten in einem Halbrund, das sie durchqueren mussten. Wächter und Spähtrupps schoben zwischen den Zelten Wache. Irgendwo schlug unablässig eine Trommel, als ob sie den Herzschlag des feindlichen Lagers darstellte. Medb hatte sich nicht die Mühe gemacht, die Flanken zu schützen, denn er erwartete keinen Angriff von hinten.

Gabria und die Männer führten ihre Pferde am Zügel, schlüpften unbemerkt an den Wachen vorbei und drangen bis zum Rand des Lagers vor. Sie sammelten sich hinter einigen Wagen in der Nähe der alten Straße und harrten auf einen günstigen Augenblick.

Sie mussten nur einige Minuten warten; dann nickte Seth seinen Männern zu. Als sie auf die Pferde stiegen, warf Gabria einen raschen Blick auf die Straße und bemerkte, dass sie frei war. Gabria kletterte auf Naras Rücken und verbannte alle Gedanken außer denen an die Straße, die zu ihrem Klan und in die Sicherheit führte.

Gabrias Augen funkelten. Sie lehnte sich gegen Naras Mähne, und das Hunnuli rannte los. Die Stute hatte die Ohren angelegt und hielt den Kopf weit vorgestreckt. Ihre Hufe klapperten über das Steinpflaster. Hinter ihr galoppierten Seth und die Kultanhänger eng nebeneinander; sie hatten ihre Peitschen ausgerollt und auf ihren Gesichtern zeigte sich der Zorn ihrer Göttin.

Plötzlich erschallten überall um sie herum Hörner. Männer riefen durcheinander und rannten auf die Straße zu. Der steinerne Weg lag noch verlassen da, doch von den Zelten her liefen Soldaten herbei, um den Reitern den Weg abzuschneiden. Nara schnaubte herausfordernd, als eine Welle aus dunkelhäutigen Turic-Kriegern gegen sie anbrandete. Gabria antwortete mit dem Kriegsschrei der Corin und klammerte sich an das Hunnuli, als es auf die Feinde lospreschte.

Das Pferd biss um sich und trat mit den Hufen aus, die eine tödlichere Waffe als jedes Schwert waren. Es warf sich mit rasender Geschwindigkeit auf die Angreifer, die entsetzt vor ihm zurückwichen. Die Eidbrecher folgten dicht hinter der Stute; ihre Peitschen knallten und brachten den Tod. Pfeile regneten auf sie nieder und einer von Seths Männern fiel. Trotzdem hasteten sie weiter hinter dem rasenden Hunnuli her.

Bevor Gabria es recht bemerkt hatte, waren sie aus dem Hauptlager entkommen und erreichten das offene Feld und die Frontlinie. Verwirrte und aufgebrachte Gesichter drehten sich nach den Reitern um und die Hörner schmetterten erneut. Nara stürmte an den Verteidigungsanlagen vorbei und auf die alte Steinbrücke zu. Vor der Stute lagen der dunkle, mit Schlachtenabfall übersäte und blutgetränkte Hügelkamm und die Straße zum Festungstor.

Gabria betete inständig darum, dass jemand das Tor öffnete. Sie hörte schon das Hufgetrappel ihrer Verfolger. In der Festung war alles rätselhaft ruhig. Nara wieherte gebieterisch, während sie über die Brücke und die Straße hoch lief, doch das Tor blieb immer noch geschlossen. Gabria warf einen Blick zurück. Sie schloss sie die Augen und knirschte mit den Zähnen, als sie die Verfolger sah. Öffnet die Tore, schrie es in ihrem Kopf.

Ein Kriegshorn erscholl vom Turm. Als die Reiter die uralte Mauer beinahe erreicht hatten, wurde das Tor aufgerissen und Nara sowie die Pferde der Eidbrecher galoppierten hindurch. Wütende Rufe ertönten hinter ihnen, als das Tor wieder zugeworfen und verriegelt wurde. Allmählich verstummten die Rufe und Huftritte und eine gespannte Stille senkte sich über die Menschen in der Festung. Gabria lag keuchend auf Naras Hals. Die Eidbrecher stiegen müde ab.

Eine Gestalt löste sich aus den schwarzen Schatten neben der Mauer, bahnte sich einen Weg an den Männern vorbei und trat neben Nara. Das Hunnuli wieherte einen Gruß und Gabria schaute hinunter in Savarics Gesicht. Dessen harte Linien und die Mattigkeit, welche die Bewegungen des Häuptlings dämpfte, versetzten Gabria in Erstaunen. Sie glitt von der Stute herunter und grüßte.

»Lord, ich bitte Euch um Vergebung, das Lager ohne Eure Erlaubnis verlassen zu haben. Ich hatte gute Gründe und zu wenig Zeit für Erklärungen.«

Etliche Krieger starrten Gabria an; Koshyn verschränkte die Arme vor der Brust. Savaric blieb ruhig und schaute sie von Kopf bis Fuß an. Er bemerkte ihre schmutzige Kleidung, ihre Magerkeit und den Umstand, dass sie kein Schwert mehr hatte. Schließlich erwiderte er ihren Gruß. »Ich freue mich, dass du wieder da bist«, sagte er, doch er zog die Augenbrauen missbilligend hoch. »Wenn du das nächste Mal gehst, sag mir vorher Bescheid.«

»Ja, Lord.« Sie stellte erleichtert fest, dass er nicht wütend auf sie war, doch sie musste noch Athlone gegenübertreten. Gabria wusste, dass *er* ihr einiges zu sagen hatte. Sie schaute umher und fragte sich, wo er war.

Sie und die Männer standen am Vordertor, im Hof zwischen den beiden Mauern. Einige Fackeln flackerten auf den Brustwehren und warfen ein schwaches Licht auf die erschöpften Gesichter der Verteidiger sowie auf die beschädigten Mauern der alten Feste. Wo immer Gabria auch hinsah, bemerkte sie die Anzeichen eines schwer errungenen Sieges. Zerbrochene Waffen bedeckten den Boden, und herabgefallene Steine lagen zwischen den Mauern verstreut. Blutflecken klebten an den Brustwehren. Plötzlich erzitterte Gabria. Wo war Athlone?

Seth und seine Männer stellten sich neben Savaric, und die Brüder begrüßten einander.

»Bedeutet eure Gegenwart hier, dass die Zitadelle gefallen ist?«, fragte Savaric.

»Ja.«

»Was ist mit eurer Bibliothek geschehen?«

Seth schüttelte den Kopf. »Wir hatten genug Zeit, um die wichtigsten Bücher so zu verstecken, dass Medb sie niemals finden wird. Aber ...« Seth hielt inne und deutete auf seine Männer. »Nur wir sind übrig geblieben.«

Savaric sah sich um. »Auch hier haben nicht viele überlebt. Bei Medbs nächstem Großangriff werden wir die Festung nicht mehr halten können. Ich fürchte, ihr habt euch einen schlechten Zufluchtsort ausgesucht.«

Seth warf einen raschen Blick auf Gabria. »Nicht unbedingt.« Er sah wieder seinen Bruder an und bemerkte zum ersten Mal die Linien verzehrender Trauer im Gesicht des Häuptlings. Seth beugte sich vor und fragte: »Wo ist Athlone?«

Gabria versteifte sich.

Einen Augenblick lang starrte Savaric mit starrem Gesicht hinaus in die Nacht. »Athlone ist tot«, antwortete er schließlich. »Er ist in der letzten Nacht mit einigen Männern hinausgeritten, um die Katapulte in Brand zu setzen. Ich habe ihn nicht aufgehalten. Medbs Männer haben sie überwältigt.«

Gabria wich zurück, als hätte sie ein Schlag getroffen. Sie zitterte und das Herz schlug ihr bis zum Hals. Ohne ein Wort zu sagen, drehte sie sich um und rannte in das Innere der Festung.

Achtzehn

In der erhitzten Dunkelheit des Häuptlingszeltes regte sich Lord Medb auf seinem Sofa. Er schlug langsam die Augen auf wie ein Raubvogel, der durch das Herannahen eines Opfers in seiner Ruhe gestört wird. Ein kaltes Lächeln kräuselte sein Gesicht. Die gesamte Beute versammelt sich in derselben Falle, dachte er befriedigt. Das machte alles viel einfacher. Medb war nicht überrascht, dass einige Ratten aus der Zitadelle der Krath entkommen waren; dieses Labyrinth war so voller Schlupflöcher, dass es selbst für ihn schwierig gewesen wäre, alle aufzuspüren.

Was den Lord der Wylfling jedoch wirklich erstaunte, war die Rückkehr des Corin und seines Hunnuli. Er hatte geglaubt, der Junge sei schon längst geflüchtet und verstecke sich in irgendeinem Loch. Doch stattdessen hatte der Corin Medbs Linien durchbrochen und war in die Sicherheit Ab-Chakans geflüchtet. Medb kicherte in sich hinein. Er wusste, wie diese Belagerung enden würde. Zwar hatte es ihn überrascht, dass Savaric in der Festung Zuflucht gesucht hatte, doch sie würde diesem Narren nichts nützen. Der Untergang der Klane war unausweichlich. Medb hatte seinen Söldnern befohlen, Ab-Chakan einzunehmen, doch die Ruine stand immer noch. Jetzt war er selbst an der Reihe. Er würde die Klane noch etwas schmoren lassen und dann ein schnelleres und wirkungsvolleres Verfahren anwenden, um sie zu vernichten.

Eine neue, entzückende Gelegenheit war Medb in den Schoß gefallen, und er überdachte vergnügt seine Möglichkeiten. Er kicherte und sah seinen bewusstlosen Gefangenen an, der mit Händen und Füßen an den Zeltpfosten gebunden war. Medb hatte einen einfachen Tauschhandel im Sinn, demzufolge die Klane zusammen mit ihrem geliebten Athlone in Frieden davonziehen konnten. Sie würden erst zu spät bemerken, dass es sich bei dem Wertain nicht mehr um den unabhängigen und ergebenen Anführer handelte, der er früher einmal gewesen war. Doch dann war Athlone bereits Häuptling und der Klan der Khulinin fest in der Hand der Wylfling. Falls sich die Klane weigern sollten, blieb Medb immer noch das Vergnügen, ihnen das Schauspiel von Athlones außerordentlich ekelhaftem Sterben aufzuzwingen. Er lehnte sich auf seinem Sofa zurück und lachte.

Der Morgen nahte auf den Schwingen eines erwachenden Windes. Die Kühle der Nacht verflog, und die Sonnenhitze sickerte in die Erde ein. Klanleute und Eidbrecher standen hinter den Mauern und sahen zu, wie die Sonne das Lager des Zauberers beleuchtete. Von den Leichnamen Athlones, des Hunnulis und der anderen Männer war nichts zu sehen. Überall in der Festung ergriffen die Krieger ihre Waffen und warteten im Glast und Staub des Morgens. Sie wussten, dass Medb seinen Angriff nicht mehr lange hinauszögern würde.

In der großen Halle des Generalspalastes kümmerte sich Piers um die Verwundeten. Er hatte von Gabrias Rückkehr gehört, sie aber noch nicht gesehen, und machte sich allmählich Sorgen um sie. Als es kurz vor Mittag noch immer keine Anzeichen von ihr gab, erbot sich Tungoli, nach der Corin zu suchen.

Sie fand Nara im Schutz einer zerfallenden Mauer in der Nähe des Hauptstraße. Gabria hatte sich im Schatten der Stute zusammengerollt und schlief. Tungoli schüttelte sie sanft.

»Gabran«, sagte sie sanft. »Der Morgen ist schon fast vorüber. Piers wartet ungeduldig auf dich.«

Gabria streckte ihre steifen Muskeln und blickte in die Kummerfalten, die sich in Tungolis Gesicht eingegraben hatten. Gabrias eigene Trauer schnürte ihr die Kehle zu und das Herz schmerzte ihr. Sie stand auf und ging zusammen mit Tungoli zum Palast zurück.

»Ich bin froh, dass du wieder bei uns bist«, sagte Tungoli, nachdem sie einige Schritte gegangen waren. »Athlone hat dich sehr gern gehabt. Er war schrecklich aufgeregt, als du fort warst.«

Das Mädchen spürte, wie ihr die Tränen hinter den Augen brannten, und hielt sie angestrengt zurück. Sie durfte noch nicht weinen. »Es tut mir Leid«, sagte sie, weil sie nichts anderes zu sagen wusste.

Ein leises Lächeln legte sich über Tungolis Gesicht. »Vielleicht bin ich eine dumme, von Wunschdenken erfüllte Mutter, aber ich glaube nicht, dass er tot ist.«

Gabria starrte die Frau des Häuptlings erstaunt an.

»Es ist nur eine Ahnung«, fuhr Tungoli fort. »Aber ich spüre, dass er lebt. Noch.« Ihr Mund zitterte, und Tränen glitzerten in den Augenwinkeln. »Ich würde fast alles darum geben, ihn in Sicherheit zu wissen.«

Ein kleines Samenkorn der Hoffnung spross in Gabria. »Wenn Ihr Recht habt, Tungoli, will ich alles tun, um ihn zu retten.«

Tungoli drückte ihren Arm. »Das glaube ich dir, Gabran. Vielen Dank.« Sie gingen schweigend auf den Palast zu.

Piers freute sich, als Gabria die große Halle betrat. Er wartete neben dem Krieger, den er gerade behandelte, und beobachtete froh, wie das große, sonnengebräunte Mädchen durch die Menge auf ihn zuschritt. Sie bewegte sich mit zarter Anmut und einer Selbstsicherheit, welche die meisten Frauen zu verbergen versuchten.

Piers umarmte sie in ehrlicher Freude. »Willkommen, Gabran. Deine Reise war erfolgreich.« Seine Worte waren eine Feststellung, denn er erkannte die Wahrheit in ihren Augen.

Gabria nickte. Sie war gerührt von der unausgesprochenen Besorgnis in Piers' Verhalten. »Das war es wert.«

Der Heiler begriff vieles von dem, was sie verschwieg. »Es ist oft nicht leicht, eine Wahl zu treffen«, sagte er sanft. »Aber glaubst du nicht, dass deine Wahl vorherbestimmt war?«

»Ich glaube, ich hatte nie eine Wahl. Ich reite auf dem einzigen Weg, der mir offen steht.« Sie lächelte schwach. »Manchmal habe ich allerdings den Eindruck, dass ich für diese Aufgabe ungeeignet bin. Warum zeigen die Götter so deutlich einen bestimmten Weg und bereiten denjenigen, der ihm folgen muss, so schlecht auf die Reise vor?«

»Das ist genau der Widerspruch, der in unseren besten Geschichten steckt«, sagte Cantrell hinter ihr.

Gabria drehte sich um und begrüßte den blinden Barden. »Ich bezweifle, dass jemand später einmal Geschichten über meine Taten erzählen wird. Alles, was ich getan habe, war ungesetzlich.«

»Darüber entscheidet oft erst das Ende der Geschichte«, entgegnete er.

Seth kam durch die Palasttür herein und sah Gabria. »Corin, ich muss mit dir reden. Bist du hier fertig?«

Piers sah den Kultanhänger mit offenkundigem Missfallen an. »Geh nur, Gabran. Wir reden später weiter.«

Seth schritt hinaus und erwartete, dass Gabria ihm folgte. Ihr Blick begegnete dem von Piers, und sie erkannte seine Zuneigung und Unterstützung. Beruhigt lief sie hinter Seth her.

Das Erste, was Gabria auffiel, als sie und Seth das letzte Gebäude hinter sich gelassen hatten und in Sichtweite der inneren Mauer kamen, war die Stille. Sie gingen langsamer und Gabria sah sich um in der wachsenden Gewissheit, dass etwas nicht stimmte. Es befand sich niemand bei der inneren Mauer, also schritten sie durch das erste Tor in den nächsten Innenhof.

Oben auf den Zinnen lehnten sich Savaric, Koshyn, Ryne und eine Schar Krieger gegen die Brustwehr und starrten hinunter auf das offene Gelände. Niemand bewegte sich. Hinter der Festungsmauer war alles ruhig. Aus dem Tal drang nicht das leiseste Geräusch herauf.

Gabria folgte Seth über den niedergetrampelten Unrat und die herabgestürzten Steine zur Treppe. Sie gesellten sich zu den Häuptlingen auf der Brustwehr und blickten über die Mauer auf das Gelände unter ihnen. Das ganze Heer des Zauberers befand sich dort in Kampfstellung; die Männer standen in engen, halbmondförmigen Reihen vor der Talmündung. Es herrschte vollkommene Stille.

Lord Koshyn regte sich plötzlich und streckte den Arm vor. »Seht.«

Ein großer Wagen, der einige Männer trug und von vier Pferden gezogen wurde, rollte aus den Schlachtreihen hervor und auf die Festung zu. Die Verteidiger beobachteten mit wachsendem Misstrauen, wie er die Brücke überquerte und neben den Überresten der Katapulte anhielt. Er wendete schwerfällig und die Männer an Bord hievten etwas Großes, Schwarzes herunter. Als der Wagen sich wieder entfernte, stießen die Klankrieger ein Wutgeheul aus. Es war Boreas; der Speer steckte noch in seiner Brust.

Medb gab den Klanen nicht viel Zeit, um sich von diesem Schock zu erholen. Plötzlich schmetterten Hörner aus allen Ecken des Geländes, und vier Reiter mit blendend weißen Fahnen trabten aus dem Lager. Sie hielten bei dem toten Hunnuli an. Die Hörner sangen weiterhin ihr Lied, bis es in der Feste hallte und schallte. Ein zweiter Wagen rollte langsam die Straße hinunter. Hinter ihm folgte ein Zug aus Wylfling-Kriegern; in ihrer Mitte ritt der Zauberer auf einem großen Schimmel.

Gabria starrte den Magier verwundert an, denn ihr war noch nicht bekannt gewesen, dass seine verkrüppelten Beine inzwischen geheilt waren.

Medb hatte seinen braunen Umhang gegen eine lange, weiße Robe eingetauscht – die Farbe des Todes und der Zauberer. Er hob die Hand und der Zug hielt an. Medb machte eine zweite Bewegung. Drei Wylfling-Soldaten zerrten einen stolpernden Mann aus dem Wagen und schleiften ihn auf Boreas' Kadaver zu. Dann traten sie einen Schritt zurück und Athlone sank auf die Knie. Nun schwiegen die Hörner.

Die Klanleute erkannten den Wertain, und ein Zornesschrei erhob sich in der Festung.

Lord Medb lachte und trieb sein Reittier vorwärts. Ein Wylfling-Krieger ergriff Athlones Kopf, zog ihn zurück, entblößte so die Kehle und hielt einen Dolch gegen die Halsschlagader. Die Klane verstummten und warteten.

»Khulinin! Dangari! Bahedin! Jehanan! Hört mich an!«, rief Medb. »Ich beglückwünsche euch zu eurem bisherigen Erfolg. Ihr habt euch recht bewunderungswürdig verteidigt. Doch euer Glück hält nicht ewig an. Wenn eure Feste fällt, werde ich bedauernswerterweise kaum in der Lage sein, meine Männer zu mäßigen. Sie werden immer ungeduldiger und wütender. Die meisten von euch werden nicht überleben. Aber ich habe keine Lust, vier Klane zu verlieren; deswegen möchte ich euch einen Vorschlag machen. Gibt es unter euch jemanden, der mir zuhören will?«

Nach einer wütenden Pause kletterten Savaric, Koshyn und Ryne Seite an Seite auf die Zinnen der Brustwehr. Der Dolch an Athlones Kehle ließ ihnen kaum eine andere Wahl.

Lord Medb reckte sich vor wie eine Schlange, die ihre Beute beäugt. »Die Bedingungen sind einfach. Im Gegenzug für Athlone will ich das Hunnuli, den Corin-Jungen und die vier Häuptlinge. Wenn ich diese Geiseln schnell erhalte, ziehe ich mein Heer zurück und erlaube euren Klanen, in Frieden von hier fortzugehen.«

Die Häuptlinge wechselten einen raschen Blick. »Und was ist, wenn wir uns weigern?«, rief Koshyn.

Medb spie ein unverständliches Wort aus. Der Wylfling trat einen Schritt von Athlone zurück. Nach einem weiteren Wort zerrte eine unsichtbare Kraft Athlone auf die Beine und hob ihn in die Luft, in der er mit ausgebreiteten Armen und Beinen hing. Aus dem Boden loderten blasse, rote und goldene Flammen auf und leckten um seinen Körper. Athlone wand sich in Schmerzen, doch Medbs Magie hielt ihn unbarmherzig fest.

»Athlone wird vor euren Augen sehr langsam sterben. Und dann folgen eure Klane«, antwortete der Zauberer.

Einen Herzschlag lang schwankte Savaric. Er würde alles geben, um seinen Sohn vor dem Tod zu bewahren. Er würde sich freudig an Medb ausliefern, wenn er damit Athlone retten konnte. Doch er war sich nur einer einzigen Sache wirklich sicher: Auf Lord Medbs Wort durfte man nicht vertrauen. Er war genauso sehr ein Verräter, wie er ein Häretiker war. Ohne die geringsten Gewissensbisse würde der Zauberer seine Geiseln töten, die Klane abschlachten und Athlone auf jeden Fall ermorden. Mit einer Stimme, die seinen herzzerreißenden Kummer nicht verriet, rief Savaric: »Deine Bedingungen sind unannehmbar. Wir können nicht auf sie eingehen.«

Lord Medb warf den Kopf zurück und lachte. »Ergib dich nicht so schnell in dein Schicksal, Savaric. Gönne dir etwas Zeit zum Nachdenken. Du hast eine Stunde. Danach übergibst du entweder die Festung, oder ihr alle seid tot.«

Ohne Vorwarnung hob Medb die Hand und deutete auf die großen Bronzetore der Festung. Blaues Feuer sprang aus seinen Fingern. Es traf in einem gleißenden Blitz auf die Tore, brannte sich an den Rändern der Türen entlang und versengte die steinernen Einfassungen. Der uralte Zauberschutz im Eingang hielt einige Augenblicke lang, dann zerbarst er unter der gewaltigen Kraft und die Tore schlugen zu Boden.

Die Klanleute starrten entsetzt nach unten, als sich der Staub langsam um die zerstörten Tore herum senkte.

»Eine Stunde«, rief Medb. »Dann stirbt Athlone.« Er nahm die

Flammen von dem Wertain und sah zu, wie die Wylfling einen Pfosten aufstellten und Athlone an den Handgelenken aufhingen. Dann wendete Medb sein Pferd und ritt zurück zu seinem Heer.

Gabria beobachtete Athlone. Von ihrem Standort auf der Brustwehr aus konnte sie nicht sein Gesicht, sondern nur seinen schlaffen Körper an dem Pfahl sehen. Sie spürte, wie sich jemand neben ihr bewegte, und drehte sich um. Es war Savaric, der auf seinen Sohn starrte. Er hatte die Hände in den Rand der Steinmauer gekrallt, als wollte er die Brüstung eigenhändig einreißen.

»Werdet Ihr etwas unternehmen, um ihn zu retten?«, fragte Gabria, obwohl sie die Antwort darauf schon kannte.

Der Häuptling schüttelte den Kopf; er sah sie nicht einmal an. »Wir können nichts tun. Medb wird ihn niemals freilassen, und ich werde die Klane nicht opfern.«

Das Mädchen nickte verständnisvoll. Schweigend verließ sie die Brustwehr und ging die Straße in Richtung Palast entlang. Nara wartete auf Gabria in dem großen Innenhof und gesellte sich zu der Corin, als diese sich auf die Einfassung des Springbrunnens setzte.

Lange Zeit beachtete Gabria niemanden, sondern sah nur die geduldig neben ihr wartende Stute an. Diese ruhmreichen Hunnuli sind so schlau wie Menschen, haben hellseherische Kräfte, sind unempfindlich gegen Zauberei, stärker und schneller als jedes andere Geschöpf und jenen wenigen Menschen, die sich ihrer Freundschaft rühmen dürfen, treu ergeben, dachte Gabria. Sie sind Schöpfungen der Magie.

Alles in Gabrias Leben hatte sie gelehrt, Magie in jeder Form abzulehnen, doch die Klane lehnten die Hunnuli nicht ab. Langsam erkannte Gabria, dass Magie noch immer einen wichtigen Platz im Klanleben hatte. Diese Magie verbarg sich hinter verschiedenen Namen, doch ihre Macht war allgegenwärtig. Sie steckte in den Ritualen der Priester und Priesterinnen; sie wurde von den Eidbrechern gehütet; sie wurde von den Barden besungen; sie verkörperte sich in den Hunnuli. Die Gabe der Zauberei wurde immer noch von Generation zu Generation weitergegeben.

Doch die Klane waren in ihrer Unwissenheit und Furcht blind gegenüber der Macht in ihrer Mitte. Selbst nach zweihundert Jahren erlaubten ihre Vorurteile es ihnen nicht, die Wahrheit zu sehen. Magie war keine böse, verderbliche Macht. Sie war lediglich eine existierende Kraft – eine Kraft, die genauso schön oder schrecklich war, wie es ihrem Anwender beliebte. Zum ersten Mal in ihrem Leben erkannte Gabria, wie dumm ihr Volk gewesen war, der Magie auszuweichen.

In diesem Augenblick drehte Nara den Kopf und stellte die Ohren auf. Gabria folgte dem Blick der Stute und sah Cantrell vorsichtig die Stufen vor dem Palast hinuntersteigen. Er trug ein Bündel unter dem Arm.

Nara wieherte und der Barde rief: »Gabria, bist du hier?« Gabria ging zu ihm herüber und ergriff seinen Arm.

»Komm«, sagte er. »Begleite mich ein wenig.« Sie durchquerten langsam den Hof und waren bald außer Hörweite. Das Hunnuli hielt sich dicht hinter ihnen.

Schließlich fragte Gabria: »Werden die Klane die Magie denn niemals als das erkennen, was sie ist?«

»Nicht solange Medb lebt«, erwiderte Cantrell.

Sie seufzte. »Dann müssen sie begreifen, dass Magie auch ihre guten Seiten hat.«

Der Barde drückte Gabrias Arm. »Ich habe Medbs Ultimatum gehört. Uns bleibt nicht mehr viel Zeit.«

Sie kehrten zur Vorderseite des Palastes zurück. Gabria blieb stehen. Sie wusste, was sie tun musste, um Athlone zu befreien und die Klane zu retten. Seit sie den Corin-Treld verlassen hatte, stand die Auseinandersetzung mit Medb am Ende ihres Weges. Doch diese Vorstellung ängstigte sie. Sie war kein gleichwertiger Gegner für Medb und wusste, was geschehen würde, wenn sie versagte. Unglücklicherweise gab es keine andere Möglichkeit.

Cantrell streckte das Bündel vor, das er die ganze Zeit über getragen hatte. »Ich dachte, du kannst das hier vielleicht gebrauchen.«

Sie öffnete es und fand darin ihren scharlachroten Umhang mit der Butterblumenbrosche und ein langes, blassgrünes Hemd.

»Dieses Hemd kam von allen, die mir untergekommen sind, der Farbe Weiß am nächsten«, scherzte der Barde und lächelte schwach. Er umarmte sie kurz. »Mögen die Götter mit dir sein, Gabria.« Er drehte sich um und ließ sie allein.

Gabria vergrub die Hände in Naras Mähne; sie gingen zurück

zum Haupttor. Hinter einer eingestürzten Mauer zog Gabria ihre Kleider aus. Sie warf den Umhang der Khulinin, das schmutzige Hemd und den Fetzen, der ihre Brüste einzwängte, fort. Bei dem goldenen Mantel hatte sie kurz gezögert. Die Corin behielt nur den ledernen Hut, die Schuhe und die Hose an. Sie steckte den Dolch ihres Vaters in den Stiefelschaft, zog sich dann das grüne Hemd über den Kopf und gürtete es mit ihrer Schärpe. Sie überlegte, ob sie die Farbe des Hemdes durch ihre Macht in ein reines Weiß verwandeln sollte, doch sie entschied sich dagegen. Es wurde Zeit, dass die Zauberer eine neue Farbe erhielten. Gabria legte sich den roten Umhang über die Schulter und seufzte vor Erleichterung. Nie wieder musste sie den Jungen spielen. Bald würden die Klane sie um ihrer selbst willen achten.

Gabria holte tief Luft und öffnete den Sack, welchen ihr die Zauberin mitgegeben hatte. Ein langer, nadeldünner Diamantsplitter fiel ihr glitzernd in die Hand. Gabria starrte ihn verwirrt an. Die Zauberin hatte ihr gesagt, dieser Gegenstand sei das Zeichen der echten Magier, doch sie hatte nicht gesagt, was Gabria damit tun sollte.

»Du brauchst Unterstützung zur Ausführung des Rituals«, sagte jemand hinter ihr.

Gabria setzte das Herz aus. Nara schnaubte, aber es klang eher zustimmend als warnend.

Seth kam um die Mauer herum und gesellte sich zu ihr. »Es ist zu schwierig, den Splitter allein einzusetzen.«

»Woher weißt du das?«, keuchte sie.

»Die Männer meines Kultes haben das Wissen der Zauberer seit vielen Jahren in der Hoffnung gehütet, jemand könnte es irgendwann einmal anwenden.«

»Aber wie hast du mich gefunden?«

Er hob die Augenbrauen. »Ich bin dir gefolgt.«

Gabria sah ihn lange und eingehend an, bevor sie ihm den Diamanten aushändigte. Seth nahm ihre Arme und streckte sie mit den Handflächen nach oben aus. Sein wettergegerbtes Gesicht war teilnahmslos. Er sprach die Worte eines uralten Rituals, als ob er sie jeden Tag spräche – ohne Zögern oder Abscheu. Die Worte hingen noch in der Luft, als er den Diamantsplitter gegen die Sonne hielt, um Hitze und Licht darin einzufangen. Der Span glitzerte in seiner Hand. Dann durchbohrte Seth Gabrias Handgelenk mit der Geschicklichkeit eines Heilers und schob ihr den Splitter unter die Haut.

Die Schmerzen stachen in Gabrias Arm, und sie spürte die brennende Hitze des Diamanten unter der Haut. Sogleich pulsierte der Span im Gleichklang mit ihrem Herzen. Ein Kribbeln breitete sich in ihrer Hand aus und ergriff jeden Teil ihres Körpers. Es war ein warmes und belebendes Gefühl. Gabria schaute in Naras weise Augen und lächelte.

Seth drehte ihr Handgelenk herum, damit er den Splitter unter der Haut pulsieren sehen konnte. »Gebrauche ihn weise, Corin. Du bist die Letzte und die Erste und es wäre das Beste, wenn du überlebst.«

»Vielen Dank, Seth.«

Er grunzte: »Geh.«

Das Mädchen stieg auf ihr Hunnuli, und das Pferd trottete auf das Haupttor zu. Die Bedenkzeit von einer Stunde war vorüber. Medb war zurückgekehrt.

Der Lord der Wylfling ritt überheblich auf die Festung zu. Sein Heer war bereit zum Angriff; sein Gesicht leuchtete siegessicher. »Wie lautet eure Antwort, Klanleute?«, rief er den Verteidigern zu.

Lord Savaric, Koshyn und Ryne lehnten sich über die Brüstung. »Wir verhandeln nicht mit dir«, schrie Savaric ihm entgegen.

»Aber ich!«, ertönte eine seltsame Stimme unter ihm. Huftritte klapperten über die steinerne Straße, und das Hunnuli galoppierte vorwärts. Die Stute erreichte den Eingang und setzte mit einem gewaltigen Sprung über die am Boden liegenden Tore. Gabrias scharlachfarbener Umhang flatterte wie Flügel. Das Pferd landete sanft und machte noch ein paar schnelle Schritte, bevor es anhielt.

Savaric schrie: »Gabran! Komm zurück!«

Gabria beachtete ihn nicht und sah Medb ruhig an. Hut und Umhang verdeckten noch ihre Weiblichkeit und den pulsierenden Splitter in ihrem Handgelenk. »Ich möchte Euch ein Angebot machen, Lord Medb«, sagte sie kühl.

»Ich verhandle nicht mit Knaben«, höhnte Medb. Er spie ein Zauberwort aus und magisches Feuer hüllte Athlone ein. Der Wertain zuckte vor Schmerzen zusammen.

»Gabran!«, rief Savaric.

Gabria blieb ruhig. Mit wohl erwogener Langsamkeit hob sie die Hand. Das rubinrote Licht des Diamantsplitters glimmerte auf ihrer sonnengebräunten Haut. Die Flammen um Athlone erstickten; die Seile, die seine Handgelenke banden, teilten sich und sein Körper sank zu Boden. Der Wertain erzitterte und öffnete die Augen. Ein Wylfling-Krieger sprang mit gezogenem Schwert auf den Gestürzten zu. Die blaue Flamme der Trymianischen Kraft blitzte aus Gabrias Hand, traf den Krieger an der Brust und machte aus ihm einen leblosen, rauchenden Haufen.

Die Stille auf dem Feld war vollkommen.

»O meine Götter«, keuchte Koshyn.

Medb sah Gabria nachdenklich an. Das also war die Antwort auf die vielen verwirrenden Fragen. Er verzog die dünnen Lippen zu einem verzerrten Lächeln. »Wie lautet dein Angebot, Junge?«

»Ihr könnt mich und mein Hunnuli im Austausch für Athlones Leben haben. Aber Ihr müsst mit mir kämpfen, um Euren Preis zu erringen.«

Er zuckte mit den Achseln. »Ein Zweikampf? Das ist unmöglich. Ein Junge kann nicht mit einem Häuptling kämpfen.«

»Ich bin der Häuptling der Corin, was ich Euch zu verdanken habe. Aber ich will bei diesem Zweikampf kein Schwert führen.«

»Ein magisches Duell? Gegen dich?« Medb lachte. »Wenn das dein Wille ist, werde ich ihn dir gern erfüllen.« Der Zauberer wusste, dass seine Kräfte schwach waren. Er hatte sich noch nicht vollständig von der Schlacht vor zwei Tagen erholt und einen großen Teil seiner Energie darauf verwendet, die Festungstore zu zerschmettern. Trotzdem war er sich sicher, dass es nur geringer Anstrengungen bedürfte, diesen Emporkömmling zu vernichten. Mit einem Lächeln befahl Medb seinen Kriegern den Rückzug. Er stieg auf dem ebenen Gelände neben den geborstenen Toren ab.

»Du bist ein Narr, Junge. Hat der Barde dir etwa nicht das Rätsel meines Schicksals mitgeteilt?«, fragte der Wylfling.

Gabria sah auf Medb herunter. Wenn er aufrecht stand, war er ein kräftiger, schöner Mann. »Es ist kein Rätsel mehr.«

»Oh?« Er bedachte sie mit einem kalten Blick.

»*Ich* bin die Antwort auf dein Rätsel, Medb, denn ich bin kein

Junge, und im nördlichen Dialekt bedeutet mein Name Butterblume.« Gabria nahm vor den verblüfften Zuschauern den Lederhut ab und schüttelte den Kopf, bis die losen Locken sich aufbauschten und ihr Gesicht golden einrahmten. Dann zog sie den Mantel aus und legte ihn über Naras schwarze Lenden. Der Wind drückte ihr das grüne Hemd gegen die Brüste und die schlanke Taille. Die Sonne glitzerte so hart und hell in ihren Augen wie ein Schwert.

»Gabran ist schon seit langem tot. Ich bin seine Schwester Gabria, Tochter von Lord Dathlar.«

Zum ersten Mal, seit seine Hände das *Buch des Matrah* berührt hatten, verspürte Medb tiefe Angst. Dieses Mädchen war mit Zauberwissen und dem Zeichen der Magier, das in ihrem Handgelenk brannte, aus dem Nichts gekommen. Woher hatte sie ihre Kenntnisse? Und dann dieser Splitter! Ihm war es nicht gelungen, einen aufzutreiben; dieses Mädchen hingegen hatte nicht nur einen gefunden, sondern ihn auch noch richtig eingesetzt. Sein Herzschlag geriet ins Stolpern, und die Nackenhaare richteten sich auf.

Dann beruhigte er sich wieder. Sie stellte eine Schwierigkeit dar, die er nicht vorhergesehen hatte, doch er war nicht so weit gekommen, um nun von einem Mädchen und einem Rätsel besiegt zu werden. Vielleicht war sie wirklich diese »Butterblume«, aber sie trug kein Schwert. Mit einem stummen Fluch schwor Medb, dass er dieses Rätsel nun endgültig lösen würde.

Das Mädchen stieg von dem Hunnuli ab. Die Stute zog sich zurück und ließ sie allein. Gabria schob jeden Zweifel, der sie ablenken konnte, beiseite, schloss die Augen und richtete alle Gedanken auf den alten Spruch, den die Sumpffrau ihr beigebracht hatte. Sie hob die rechte Hand und deutete auf einen Punkt hinter Medb. »Ich, Gabria, Tochter Dathlars, fordere Euch heraus, Lord Medb, und setze aufgrund meiner Herausforderung den ersten Schutz.«

Medb sagte mit schnurrender Stimme: »Ich, Lord Medb, nehme die Herausforderung an und setze damit den zweiten Schutz.«

Gabria öffnete die Augen. Der Spruch war gelungen. Vier scharlachrote Lichtsäulen standen in genau gleicher Entfernung voneinander und bildeten ein Rechteck, das Gabria und Medb in eine Grundfläche von etwa zwanzig Fuß im Quadrat einschlossen. Blasser Dunst glomm zwischen den Säulen und wölbte sich über den

Gegnern. Die beiden waren nun von einem schützenden Kraftfeld umgeben, das sie von den Zuschauern abschirmte. Gabria sah, wie jenseits der Mauer die Klanleute entsetzt und verzaubert das Geschehen beobachteten.

»Es war unklug, mich herauszufordern«, höhnte der Zauberer. »Die Frage lautet nicht: Wer ist der Stärkere, sondern: Mit welchen Mitteln werde ich es dir zeigen!«

Medb hob die Hand und schoss einen Ball aus Trymianischer Kraft ab. Es war nur eine Probe, und die Corin bestand sie ohne Schwierigkeiten. Der blaue Ball zerbarst am Schutzschild. Der Zauberer feuerte immer schneller weitere Kugeln auf sie ab. Sie duckte sich und wirbelte um die tödlichen Feuer herum, als ob sie mit ihnen tanzte. Das Mädchen versuchte nicht, es ihm heimzuzahlen; es wich nur seinen Anschlägen aus und wartete auf seine nächsten Schritte.

Schließlich wurde Medb es müde, mit ihr zu spielen. Er musste vorsichtig sein, denn seine Kräfte ließen nach, und er hatte keine Ahnung, wie stark das Mädchen wirklich war. Er beobachtete die Corin einen Augenblick lang, dann sprach er einen Befehl.

Plötzlich spürte Gabria einen Luftzug an den Füßen. Der seltsame kleine Wind entwickelte sich rasch zu einem Wirbelsturm von gewaltiger Stärke und hüllte Gabria wie ein kreischender, tobender Mahlstrom ein. Dreck und Sand flogen in dem dunklen Wind umher, rissen ihr an den Haaren, an der Haut und den Kleidern. Sie versuchte verzweifelt, dem Mahlstrom zu entkommen, doch der Wirbelwind schleuderte und stieß sie herum, presste ihr die Luft aus dem Körper und zerrte an allen Muskeln und Knochen.

Dann erstarb der Wind genauso plötzlich, wie er sich erhoben hatte. Gabria fiel zu Boden. Sie keuchte und weinte vor Schmerzen. Ihr Hemd war zerfetzt und die Haut durchgescheuert und blutig.

»Siehst du, wie leicht es ist?«, sagte Medb. »Ich will dir noch etwas anderes zeigen. Du hast die Tragödien deines Lebens bisher gut überstanden, aber kennst du eigentlich die Schrecken, die in deinem Kopf lauern?«

Bevor Gabria etwas zu ihrer Verteidigung unternehmen konnte, gefror sie unter einer lähmenden Kälte. Sie warf die Hände vor das Gesicht. Bilder bevölkerten ihren Kopf: ihr zu Boden stürzender Bruder, dessen Kopf von einer Streitaxt zerschmettert worden war; ihr von einem Dutzend Schwertern zerhackter Vater; die von Wölfen bei lebendigem Leibe zerrissene Nara; Athlone, der mit zerfetzten Sehnen an einem blutigen Pfahl hing. Auf einem dunkelgrauen Fleck Erde stolperten die verwesenden Leichname des Corin-Klans aus ihren Gräbern und zeigten anklagend auf Gabria. Sie taumelte in eine Wüste brennenden Durstes und unerträglicher Einsamkeit. Ein Schrei blieb ihr im Hals stecken. Verzweifelt versuchte sie aufzustehen, schlug jedoch sofort wieder hin, weil ihre Beine sie nicht trugen.

Hinter dem Schild kämpfte sich Athlone auf die Beine. Er lehnte sich gegen den Pfahl und hielt den Blick auf das Mädchen gerichtet. »Kämpfe gegen ihn, Gabria!« rief er.

»Begreifst du es jetzt?«, kicherte Medb. »Du hättest an deinem Platz beim Herdfeuer bleiben und den Krieg denen überlassen sollen, die etwas davon verstehen.«

Gabria versuchte, den Aufruhr in ihrem Kopf zu unterdrücken und wieder die Macht über ihre Gedanken zu erlangen. Sie erkannte, dass die quälenden Visionen nichts als ihre wohl bekannten Ängste waren, denen sie schon gegenübergetreten war. Allmählich befreite sie sich von den Bildern und brach schließlich Medbs Bann. Sie stand schwankend auf.

Nun wusste sie, dass sie Meb nicht allein mit ihren magischen Kenntnissen besiegen konnte. Er hatte seine Gabe zu lange studiert und geübt. Gabria fehlte das notwendige Geschick, um ihn ohne Umschweife zu vernichten. Ihr blieb nur eine einzige schwache Hoffnung. Vielleicht gelang es ihr, ihn in einem Augenblick der Unachtsamkeit zu überrumpeln. Wenn sie lange genug durchstand, um einen Überraschungsangriff gegen ihn zu führen, reichten ihre ungeschulten Kräfte vielleicht aus. Rasch bellte sie einen Spruch, der unter den Füßen des Zauberers explodierte und ihn zu Boden warf.

Medb sprang wütend wieder auf. »Jetzt reicht es!«, schrie er. Der Wylfling entschied sich, einen Todesspruch zu verwenden, den er bereits hinlänglich erprobt hatte. Er breitete die Arme aus, sprach die harten Worte und bewegte langsam die Hände gegeneinander.

Einen Augenblick lang stand Gabria wachsam da. Sie spürte einen Druck gegen alle Seiten. Es war kein Schmerz, keine Qual, sondern nur ein schwaches Unbehagen, als ob sie in einen schweren

Pelz gewickelt wäre. Sie versuchte sich zusammenzureißen und das Gefühl zu bekämpfen, doch der Druck nahm stetig zu. In ihrem Kopf pochte es und die Brust schmerzte unerträglich. Gabria konnte kaum mehr atmen. In dem Versuch, diesem Druck zu entkommen, biss sie die Zähne zusammen und wendete all ihre Kraft auf, um einen schützenden Panzer um ihren Körper zu bilden. Die magische Umklammerung wurde indes noch enger. Gabria kämpfte darum, ihre Schutzhülle aufrechtzuerhalten, doch Medbs Griff wurde ruckweise stärker. Der Schutzschild brach und der Druck prallte gegen sie. Die Schmerzen wurden schlimmer und Gabrias Knochen knirschten bereits. Sie jammerte auf und zerrte an ihrem Kopf.

Medb drückte die Hände enger zusammen und kämpfte darum, den Widerstand des Mädchens zu brechen. Er spürte, wie ihn seine Kraft allmählich verließ, doch bei dem Versuch, die Letzte der Corin zu töten, schenkte er seiner wachsenden Schwäche keine Beachtung.

Unbemerkt taumelte Athlone auf den magischen Schild zu. Er wusste, dass er eigentlich entsetzt über Gabrias Taten sein sollte, doch das magische Duell zog ihn seltsam an, und sein einziger klarer Gedanke war, seiner Freundin zu helfen. Er konnte es nicht ertragen, sie sterben zu sehen.

Gabria schrie auf, als Lord Medb den Druck verstärkte. Die Schmerzen waren beinahe überwältigend, und ihr Bewusstsein schwand. Verzweifelt raffte das Mädchen den letzten Rest Mut und Stärke zusammen und leistete noch einmal erbitterten Widerstand. Sie hielt sich zäh an dem Vorsatz fest, sich niemals zu ergeben. Ihr Bewusstsein trübte sich und sie schrie ihren Trotz hinaus.

Lord Medbs verzweifelte Versuche vermochten den Widerstand des Mädchens indes nicht vollkommen zu zerquetschen. Sie bezog ihre Stärke aus Wut, Rechtschaffenheit und einem Willen, der nach Medbs Einschätzung stärker war als sein eigener. Überraschung und der Keim eines Zweifels beschlichen ihn. Er spürte, wie seine Kraft rasch abnahm.

Plötzlich schrie Athlone wütend: »Medb, nein!« Der Wertain stand vor dem magischen Schild; sein Gesicht war dunkel vor Wut und Hilflosigkeit. Er steckte die Faust durch den Schild, und zu Medbs Erstaunen und Entsetzen brach der zauberische Schutz in sich zusammen. Der Schild löste sich auf und warf Athlone zu Boden.

Gabria spürte, wie Medbs Kraft nachließ, und in diesem Augenblick erinnerte sie sich an die letzte Zeile aus Cantrells Rätsel. Unter Aufbietung aller Kräfte befreite sie sich aus dem magischen Griff des Zauberers. Die Schwärze verschwand und die Schmerzen wurden erträglicher. Ihr Blick wurde wieder erstaunlich klar. Noch hatte sie genügend Kraft. Bevor Medb begriff, was sie tat, hatte Gabria den Dolch ihres Vaters aus dem Stiefel gezogen und ihn in ein silbernes Schwert verwandelt. Der Splitter in ihrem Handgelenk flackerte rot wie Blut, als sie das Schwert auf den Zauberer zuschleuderte. Es stieg in einem glitzernden Bogen auf, durchmaß den Platz zwischen den Kämpfern und senkte sich in Medbs Brust.

Ein gewaltiger Schrei erschütterte die Festung. Medb zuckte mit schmerzverzerrtem Gesicht zusammen, und sein grausamer Mund formte einen letzten Fluch. Dann fiel er auf den Rücken. Das silberne Schwert hatte ihn gepfählt.

Gabria zitterte unbändig. Sie stürzte zu Boden. Die Welt versank. Doch während das Mädchen allmählich das Bewusstsein verlor, hatte sie die Vision eines hohlen Baumes und einer alten Frau, die dort auf sie wartete. Bevor die Schmerzen Gabria endgültig überwältigten, griff sie in die Luft und versuchte den seltsamen Ruf zu beantworten, der sie in den Sumpf lockte.

Neunzehn

Als der Zauberer endlich gefallen war, zögerte Lord Savaric keine Sekunde. Mit einem wilden Schrei rief er seine Krieger zusammen und rannte durch das Tor auf Medbs Heer zu, das in entsetzter Stille auf dem Schlachtfeld stand. Die Khulinin folgten ihrem Anführer auf dem Fuß. Lord Koshyn, Lord Ryne und die Klanmänner erhoben die Stimme zum Kriegsgeschrei, das die Türme erschütterte, und die vier Klane eilten auf den Feind zu.

Der Amnok-Klan gab sofort auf. Er hatte an Medbs Verrat keinen Anteil haben wollen, sondern war lediglich durch Lord Ferron, seinen eingeschüchterten Anführer, in die Gewalt des Zauberers gezwungen worden. Ohne Medbs magische Macht hielt die Amnok nichts mehr; sie flüchteten. Auch die Geldring zögerten zu kämpfen. Trotz Branths Getobe flohen sie zusammen mit ihrem Wertain ins Lager. Die Ferganan warfen einfach die Waffen weg und weigerten sich zu kämpfen. Nur die Söldner, die gut bezahlt worden und schlachtenhungrig waren, sowie die Ausgestoßenen und die Wylfling zogen die Schwerter und stellten sich den herbeistürmenden Klanen entgegen.

Die vier Klane brüllten freudig. Der Zauberer war tot, die feindliche Streitmacht halbiert und Athlone gerettet. Jetzt rannten sie auf etwas zu, das sie verstanden. Als sie über das offene Gelände jagten, schlugen sie mit den Waffen auf ihre Schilde und schrieen ihre Herausforderung über die Ebene. Die rennenden Füße wirbelten Staubwolken auf, und durch die trübe Luft fiel das Sonnenlicht glitzernd auf Helme und Schwerter. Beide Seiten trafen mit einem ohrenbetäubenden Lärm aufeinander.

Die Festung war in Aufruhr geraten. Seth beobachtete von der Mauer aus die Schlacht mehrere Minuten lang, bevor er hinunterstieg. Seine eisigen, in die Ferne blickenden Augen zeigten keinerlei

Regung, als er Athlones Puls fühlte und den Bewusstlosen in eine bequemere Lage brachte. Dann wandte er sich Gabria zu. Sie lag zusammengekauert auf der Erde; ihr bleiches Gesicht und das goldene Haar waren schmutzig vor Staub und Schweiß. Das Hunnuli stand über ihr.

»Sag ihr, dass wir noch einige der wertvollsten alten Zauberbücher bewachen. Vielleicht benötigt sie sie eines Tages.«

Wie er erwartet hatte, gab das Hunnuli keine Antwort, doch es nickte. Gabria erwachte schließlich vom Schlachtenlärm. Seth hielt ihr einen Wasserschlauch an die Lippen. Sie trank durstig und kämpfte sich auf die Beine. Er beobachtete sie teilnahmslos.

Das Mädchen sah sich nach Medbs Leichnam um; dann warf sie einen Blick auf den wütenden Kampf, der auf den Feldern tobte, und auf Athlone, der nicht weit von ihr entfernt lag. Ihre Augen wurden sanfter, als sie den Wertain betrachtete. Schließlich schaute sie Seth an.

Er nickte ihr anerkennend zu. »In langer Zeit unbeachtet gebliebenen Geschichten heißt es, dass die Zauberei eines Tages in den Händen einer Frau liegen werde.«

Gabria sagte nichts darauf. Sie war vollkommen erschöpft und müde, aber sie konnte sich nicht entspannen. Das seltsame Bild von der Sumpffrau, die sie zu sich befahl, lauerte noch immer in ihren Gedanken. Sie kletterte auf Naras Rücken und zog den Umhang an.

Seth hielt den Blick starr auf sie gerichtet. »Du verlässt uns?«

»Ich muss«, sagte sie knapp.

Nara folgte Gabrias Befehl; die Stute drehte sich um und galoppierte auf der alten Straße nach Süden. Als Gabria an dem Schlachtfeld vorbeikam, warf sie keinen Blick auf den tobenden Kampf; auch sah sie nicht zurück zur Festung. Der Lärm der Schlacht nahm ab und bald waren das Pferd und das Mädchen allein.

»Bitte bring mich zurück zu den Sümpfen, Nara«, sagte Gabria. Ihre Stimme klang undeutlich und leer.

Naras Gedanken waren sorgenvoll. *Was hast du noch mit dieser Frau zu schaffen?*

»Keine Angst, ich muss sie nur noch einmal sehen.«

Nara stellte Gabria keine weiteren Fragen, doch eine böse Vorahnung durchfuhr sie. Ihre Reiterin war so geistesabwesend; die mangelnde Gesprächigkeit war nicht einfach mit Müdigkeit oder Erschöpfung zu erklären. Es war etwas anderes, ein unnatürliches Gefühl von Dringlichkeit, das alles andere beiseite schob. Die Stute fiel in einen Galopp. Sie konnte nichts anderes tun, als Gabrias Bitte nachzukommen, bis sie die Sümpfe erreicht hatten und sie den wahren Zweck dieser Reise erfuhr.

Die vier Klane fuhren wie eine Sturmbrandung über die verbliebenen Streitkräfte des Zauberers hinweg, bis der Boden mit Leichen übersät und die Erde blutgetränkt war. Die Wylfling und ihre Söldner kämpften tapfer, doch am Ende des Tages waren sie besiegt. Die meisten der Ausgestoßenen waren getötet worden; nur wenige hatten es geschafft, in die Berge zu entkommen. Die Geldring, Ferganan und Amnok hatten sich bereits ergeben; sie zogen eine Bestrafung durch den Rat der Auslöschung durch die aufgebrachten Khulinin vor und stellten sich abseits, als Savaric Medbs Banner abriss.

Im Tal wurde noch gekämpft, als Athlone das Bewusstsein wiedererlangte. Einen Augenblick lang glaubte er, er habe zu viel getrunken, denn ihm war übel und sein Kopf war ein Durcheinander aus schlechten Träumen und unvertrauten Schmerzen. Dann schlug er die Augen auf und sah, dass er neben einigen anderen verwundeten Männern neben den Toren der Festung lag. Piers kümmerte sich gerade um einen Krieger in Athlones Nähe. Jetzt kamen die Erinnerungen zurück und mit ihnen aller Kummer und Zorn.

Das Stöhnen des Wertains rief Piers an seine Seite. Der Heiler half ihm, sich aufzurichten, und drückte ihm einen Becher in die Hand. Athlone starrte benommen den Hügel hinunter auf Boreas' Kadaver, während er die Flüssigkeit trank. Was immer Piers ihm gegeben hatte, es brannte mit kräftigender, feuriger Wärme im Magen, und nach einigen Minuten konnte er aufrecht stehen. Als er Medbs Leichnam sah, fiel ihm die Kinnlade herunter.

»Warum hat sie das getan?«, brummte er.

Piers sagte ruhig: »Gabria blieb keine andere Wahl, Wertain. Sie musste die Waffen gebrauchen, die sie zur Hand hatte.«

»Die Waffen, die sie zur Hand hatte«, wiederholte Athlone ironisch. Er erinnerte sich daran, dass er ähnliche Worte Gabria gegenüber gebraucht hatte. »Wo ist sie?«, fragte er nach einer Weile.

Piers' Gesicht verdunkelte sich vor Besorgnis. »Sie und Nara sind nach Süden gegangen. Ich glaube, sie kehrt zur Sumpffrau zurück.«

»Zur Sumpffrau!«, rief Athlone. Er warf den Becher zu Boden und rannte auf das nächstbeste Pferd zu.

Piers rief verärgert: »Athlone! Damit holst du niemals ein Hunnuli ein!«

Der Wertain achtete nicht auf ihn, ergriff die Zügel des der Schlacht entkommenen Pferdes und schwang sich in den Sattel. Roh wendete er das Tier und spornte es zu einem Galopp an.

Einen Tag später fiel Athlones Pferd und stand nicht mehr auf. Kein Harachane konnte ein Hunnuli einholen oder auch nur mit ihm mithalten, doch Athlone, dessen Herz krank vor Furcht und Verwirrung war, hatte das Pferd unbarmherzig angetrieben, bis es zusammengebrochen war. Jetzt musste er seinen Weg zu Fuß fortsetzen und war weiter denn je von Gabria entfernt. Während der Stunden, in denen er wie ein Wahnsinniger geritten war, hatte er an nichts anderes gedacht als daran, Naras Spur zu folgen und Gabria zu finden. Doch als er nun unter der heißen Sonne mühsam nach Südosten stapfte, hatte er viel Zeit zum Nachdenken. Seine Gefühle verwirrten sich unheilbar.

Athlone konnte kaum glauben, dass Gabria den Zauberer mithilfe von Magie getötet hatte. Vermutlich hatte sie die Zauberei von der Sumpffrau erlernt, doch warum hatte sich das Mädchen entschieden, Magie als Waffe gegen Medb einzusetzen? Gabria hatte doch noch nie Magie gebraucht – oder? Während seines Marsches erinnerte sich Athlone an einige Dinge, die ihm seltsam erschienen waren: an Gabrias Kampf mit Cor und dessen seltsame Krankheit; an Cors späteren Tod durch ihre Hand und an Athlones Kampf mit ihr bei dem Teich, als sie ihn durch eine einfache Schulterwunde zu Boden gestreckt hatte. Schwach entsann er sich, sie eine Zauberin genannt zu haben, doch woher hätte er wissen sollen, dass sie wirklich eine war? Sie war überhaupt nicht so, wie er sich eine Zauberin vorgestellt hatte – nicht wie Medb. Gabria ritt ein Hunnuli und hatte die Klane gerettet. Sie hatte ihn gerettet. Was war daran böse?

Athlone ächzte und ging schneller. Er musste sie finden, bevor sich ihre Spur in den Sümpfen verlor. Plötzlich hörte er zu seiner großen Erleichterung ein Hunnuli einen durchdringenden Gruß wiehern. Nara galoppierte einen sanften Hügel hinunter und lief auf den Wertain zu. Sie war schweißgebadet und bis zu den Knien mit getrocknetem Schlamm bedeckt. Und sie war allein.

Komm. Gabria hat die Sumpffrau getroffen. Sie hat mich fortgeschickt.

Athlone war beinahe überwältigt von den Qualen der Stute. Gabria hätte Nara niemals zurückgelassen, wenn sie sich ihrer Rückkehr sicher gewesen wäre. Er sprang ohne Zögern auf den Rücken des Pferdes und hielt sich fest, als Nara den Weg zurück preschte, den sie gekommen war.

Es war bereits früher Morgen, als das Hunnuli die westlichen Ausläufer der Sümpfe erreichte. Nara bahnte sich so weit wie möglich einen Weg flussabwärts, doch schließlich musste sie anhalten. Athlone rutschte von ihr herunter.

»Wie soll ich sie bloß hier draußen finden?«, wollte er wissen und ließ den Blick über den Sumpf schweifen. Er war erschöpft, hungrig, hatte Fieber und fühlte sich krank.

Nara wieherte. *Die Sumpffrau ist in einem Boot gekommen, um sich mit Gabria zu treffen. Hinter der Biegung dort sind sie flussabwärts gezogen. Gabria ist in der Nähe. Ich spüre sie.*

Athlone warf die Hände hoch und stürzte sich in den Schlick. Er hielt jedoch noch einmal an und fragte, ohne sich dabei umzudrehen: »Nara, wenn Gabria eine Zauberin ist, warum bleibst du dann bei ihr?«

Nara schnaubte. *Die Hunnuli wurden gezüchtet, um die Zauberer zu schützen. Das Einzige, was wir nicht dulden, ist das Böse.*

Athlone nickte und stapfte weiter. Die wahre Bedeutung von Naras Worten erschloss sich dem Häuptlingssohn erst sehr viel später.

Zur gleichen Zeit, als Nara auf der Suche nach Hilfe umherrannte, führte die Sumpffrau Gabria nicht weit von der Stelle entfernt, wo das Mädchen ihr Hunnuli verlassen hatte, auf eine kleine, überwucherte Insel. Die Frau hatte eigentlich im Baum auf das Mädchen warten wollen, doch nachdem sie erfahren hatte, dass Gabria kam, war ihre Ungeduld einfach zu stark geworden. Die Zauberin hatte alles Wichtige in ihr Boot geladen und das Mädchen am Rande des Sumpfes getroffen.

Die alte Frau schnalzte mit der Zunge, als sie Gabria auf eine Matte in einem behelfsmäßigen Unterstand legte und ihren roten Umhang löste. Das Mädchen war in einer schrecklichen Verfassung, aber es lebte noch und war gekommen – nur das zählte. Es würde einige Zeit dauern, dem Mädchen die Kraft zurückzugeben und sich um die gefährlicheren ihrer Verletzungen zu kümmern, aber ohne dies würden sie beide die Übertragung nicht durchstehen. Doch nachdem die Zauberin zweihundert Jahre gewartet hatte, machte ein weiterer Tag nicht mehr viel aus. Die Sumpffrau geriet in hämische Freude.

Bei Einbruch der Nacht war Gabria in einen tiefen Schlaf gefallen. Sie war gefüttert und mit Mohn betäubt worden. Während sie schlief, saß die Zauberin über ihr staubiges Manuskript gebeugt und lernte die beste Beschwörungsformel auswendig. Die Übertragung musste fehlerlos sein und bedurfte großer Stärke und Geschicklichkeit, doch das Ergebnis war alle Mühen wert.

Die alte Frau gluckste vor Freude. Sie würde wieder jung sein! Sie konnte in einen Spiegel sehen und darin statt einer hässlichen Schale eine schöne Frau mit sanften Gesichtszügen erblicken. Und was das Beste war: Sie konnte in die Welt zurückkehren. Wenigstens dies hatte Medb, dieser alte Narr, erreicht: Er hatte die jahrhundertealte Selbstzufriedenheit der Klane aufgebrochen und die Tür zur Zauberei wieder geöffnet.

Es war schade, dass das Mädchen dafür sterben musste, denn eigentlich war sie eine ausgezeichnete Verbündete. Sie besaß einen unglaublich starken Willen und eine natürliche Begabung. Doch leider musste der Preis gezahlt werden und die Übertragung der Jugend ließ nur wenig Leben in der Spenderin zurück. Die Frau lachte in sich hinein und legte das Manuskript beiseite. Sie musste nicht mehr lange warten.

Der Morgen strömte bereits in den Unterschlupf, als Gabria erwachte. Sie erhob sich langsam und kämpfte sich durch einen Mohnnebel. Als sie schließlich die Augen öffnete, fragte sie sich, wo sie war; dann wünschte sie sich nur noch, zum Frieden des Schlafes zurückkehren zu können. Ihr Körper schmerzte unsäglich, doch noch schmerzhafter war der qualvolle Verlust in ihrem Herzen. Was im Corin-Treld begonnen hatte, war nun vollendet worden und hatte aus ihrem Leben einen Aschehaufen gemacht. Medb war tot, Athlone außerhalb ihrer Reichweite, Boreas ebenfalls tot und Nara fort. Und nun war sie wegen des Zweikampfes mit Medb zum Tode oder zu lebenslanger Verbannung und Einsamkeit verdammt. Sie gehörte nirgendwo hin außer zum grasbedeckten Grabhügel beim Corin-Treld. Ihr Klan hatte nun Frieden; vielleicht würde er sie willkommen heißen.

Als die Zauberin hereinkam, starrte Gabria sie teilnahmslos an. »Ach, du bist es.«

Die Frau setzte ein Grinsen auf und täuschte Mitgefühl vor. »Na los, mein Kind. Es ist Zeit, deine Schulden zu bezahlen.«

»Was für Schulden?«, murmelte Gabria. Sie versuchte aufzustehen, doch die alte Frau drückte sie auf die Matte zurück.

»Dank meiner Hilfe hast du einen mächtigen und gefährlichen Zauberer vernichtet. Doch jetzt ist kaum mehr Leben in dir. Du opferst nicht viel, wenn du mir deine Jugend gibst. Es ist ein gerechter Handel für uns beide.« Die Zauberin hielt eine kleine, brennende Öllampe hoch.

Gabria warf einen Blick auf die Lampe und fragte sich, wovon die alte Hexe redete. Bevor sie begriff, was geschah, wurde ihr Blick vom Licht der Flamme gebannt und die Zauberin belegte sie mit einer schwachen Betäubung.

Die alte Frau setzte sich neben Gabria auf die Matte. Sie stellte die Öllampe zwischen sich und das Mädchen, ergriff seine Hand und begann mit dem Zauberspruch. Um Gabria bildete sich Magie. Die Sumpffrau war ganz von ihrer Aufgabe in Anspruch genommen.

Plötzlich unterbrach eine Bewegung am Rand der kleinen Insel den magischen Gesang der Frau. Sie schaute besorgt auf. Ein großer und wütender Krieger brach in den Unterschlupf ein. Er war gerötet vom Fieber und zitterte vor Zorn.

Die Frau kreischte: »Geh weg! Deine Magie kann mir nichts anhaben!« Sie sprang auf die Beine, zog Gabrias Steinzauber aus der Tasche und drückte ihn dem Mann ins Gesicht.

Athlone schlug ihr den Zauberstein aus der Hand. Er warf einen raschen Blick auf Gabria und stürzte sich auf die Zauberin. »Was hast du mit ihr gemacht?«, bellte er sie an und schüttelte sie wie einen Sack.

»Sie muss bezahlen«, greinte die alte Frau. Sie zerrte an seinen Fäusten, aber es war, als kratze man über Stahl.

Athlone warf die alte Frau zu Boden und beugte sich über sie. »Was muss sie bezahlen?«

Sie ergriff einen schmalen Dolch. »Den Preis für meine Hilfe«, schrie sie. »Ihre Jugend gehört jetzt mir!« Sie stach nach oben und zielte auf Athlones Magen. Eine mattblaue Aura umhüllte die Klinge.

Der Wertain sah das Messer zu spät kommen und versuchte sich zur Seite zu drehen. Das Messer traf auf seinen Gürtel, glitt seitlich ab und grub sich zwischen die Rippen auf der linken Seite. Die schwache Trymianische Kraft der Alten reichte nicht aus. Athlone schrie vor Schmerz und Wut auf, und die Frau kreischte in echter Angst. Sie versuchte noch einmal zuzustechen, doch Athlone prügelte mit der Faust auf sie ein und schmetterte sie zu Boden. Er hörte ein widerliches Knacken, als die Frau mit dem Kopf gegen einen großen Stein schlug. Sie zuckte noch einmal und lag dann ganz still.

Athlone stand einige Atemzüge lang stocksteif da und starrte den Körper der alten Hexe an, als ob er nicht glauben könnte, dass sie tot war. Dann wischte er sich den Schweiß von der Stirn, und ein grimmiges Lächeln breitete sich auf seinem Gesicht aus.

Gabria schrie auf. Athlone wirbelte herum und starrte das Mädchen entsetzt an. Der halb vollendete Zauberspruch der Sumpffrau war zerrissen und die magischen Kräfte, die sie herbeigerufen und nicht benutzt hatte, verschmolzen plötzlich zu blassroten Wolken, die Gabria immer rascher umwirbelten. Die Öllampe lief aus; Flammen züngelten um die Corin und setzten ihren Umhang in Brand. Gabrias Schrei erhob sich über den stärker werdenden Lärm der unbenutzten Kraft.

Athlone hatte schreckliche Angst, Gabria zu verlieren. Ohne nachzudenken, sprang er durch die entfesselten Kräfte auf Gabria zu und riss ihr den Umhang ab. Die magische Aura umgab nun auch ihn.

Als die unbeherrschbare Macht um ihn herum tobte, war der Wertain über das natürliche, geradezu vertraute Gefühl erstaunt, welches die Magie bei ihm hinterließ. In einem grellen Gedankenblitz erkannte er, dass Magie und Zauberei weder eine Verderbtheit noch eine bösartige Bedrohung war, sondern nur eine natürliche, der Welt innewohnende Kraft – eine Kraft, die sich ausschließlich denjenigen erschloss, die mit einer Gabe dazu geboren wurden. In diesem Augenblick begriff er, dass auch er diese Gabe besaß.

Diese Erkenntnis erschütterte ihn bis ins Innerste. Er verstand, wie sich Gabria gefühlt haben musste, als sie von ihrer Kraft erfahren hatte. Es war eine bittere Lektion, erkennen zu müssen, dass er von etwas so Lebenswichtigem eine völlig falsche Vorstellung gehegt hatte.

Noch während er diese neue Erfahrung annahm, bemerkte Athlone, dass Gabria nichts tat, um dem magischen Mahlstrom zu entrinnen. Auf seiner Haut kribbelte es, und das zu einem unsäglichen Crescendo anschwellende Kreischen der Energie schmerzte ihn in den Ohren.

»Gabria!«, schrie er und zog sie an sich heran.

Das Mädchen klammerte sich an den Krieger. Es hatte die Augen geschlossen und sein Körper war schlaff.

Athlone hielt sie noch fester. O Götter, hat sie aufgegeben?, fragte er sich. »Was willst du wirklich?«, brüllte er sie an.

Gabria blieb so lange still, dass Athlone schon glaubte, er habe sie verloren, doch dann regte sie sich. Ihre Antwort ging beinahe in dem Rauschen des Wirbelsturmes unter, doch trotzdem hörte er sie.

»Ich will ich selbst sein.« Sie schlang die Arme um Athlone und richtete ihre ganze Willenskraft auf den Mittelpunkt des magischen Strudels. Dann spürte sie zu ihrer größten Freude, wie Athlone Gedankenfühler nach ihr ausstreckte und ihr seine Stärke anbot. Gemeinsam bannten sie den wilden Wirbel der zerbrochenen Magie und zerschlugen die zerstörerische Kraft, bis sie sich zu einem Nebel in der Morgenbrise auflöste. Das wütende rote Licht verblasste und das Feuer erstarb.

Gabria biss die Zähne zusammen, um die nagende Übelkeit zu vertreiben, die der zurückweichende Bann bei ihr hinterließ. Langsam gewann der Tag seine alte Vertrautheit zurück. Es war vorbei. Dann sah sie die brennenden Überreste ihres scharlachfarbenen Umhangs, und die seit fünf Monaten zurückgehaltenen Tränen brachen sich Bahn. Sie lehnte sich gegen Athlone und schluchzte.

Fünf Tage lang lagerten Gabria und Athlone in einer Höhle am Fluss; sie verbrachten die Tage an den Ufern und die Nächte in der Wärme ihrer Umarmungen. Es war für beide eine Zeit der Heilung, und unter Naras aufmerksamem Blick schliefen sie viel und redeten wenig. Keiner von ihnen wollte über Zauberei oder die Zukunft sprechen, bis die Zeit reif dafür war. Für den Augenblick waren sie damit zufrieden, so lange wie möglich zusammenzubleiben.

Am Nachmittag des sechsten Tages wieherte Nara einen Gruß an einen Reiter, der auf einem der fernen Hügel erschien. Athlone und Gabria wechselten einen zögerlichen Blick, gingen widerstrebend in ihr Lager zurück und erwarteten den Eindringling.

Der junge Klanmann, der einen Khulinin-Mantel trug, zügelte sein schweißnasses Pferd und sprang auf den Boden. Er beachtete Gabria kaum, doch Athlone grüßte er voll unverhohlener Erleichterung und Freude. »Mein Lord, wir haben tagelang nach Euch gesucht.«

Athlone gefror, als er diese Anrede hörte. Mit bebenden Nasenflügeln trat er einen Schritt vor. »Warum nennst du mich so, Rethe?«, wollte er wissen.

Rethe verneigte den Kopf. »Aus diesem Grund mussten wir Euch unbedingt finden. Lord Savaric ist tot.«

»Wie ist er gestorben?«, fragte Athlone harsch.

»Er wurde hinterrücks erstochen ... kurz nach dem Kampf um das Lager. Wir glauben, dass Lord Branth dafür verantwortlich ist.«

»Wo ist Branth jetzt?«

Der Krieger sah unglücklich drein. »Wir wissen es nicht. Auch das Buch dieses verdammten Zauberers fehlt. Lord Koshyn und der Wertain der Geldring sind der Ansicht, dass Branth es an sich genommen hat, nachdem er Lord Savaric ermordet hatte.«

Athlone spürte, wie Trauer in ihm aufstieg. »Vielen Dank für diese Botschaft. Bitte lass uns jetzt allein.«

Rethe nickte, regte sich aber nicht. »Mein Lord, Lord Koshyn hat um ein sofortiges Zusammentreffen des Rates ersucht. Er bittet Euch, Gabria mitzubringen.«

»Warum?« fragte Gabria.

Der Bote blickte unruhig an ihr vorbei.

»Beantworte ihre Frage«, sagte Athlone scharf.

Athlones Tonfall schreckte Rethe auf; er sah Gabria nun an. Sie lächelte kurz, und er entspannte sich wieder ein wenig. Er und die anderen Khulinin begriffen weder das Geheimnis ihres wahren Geschlechtes noch ihre magischen Fähigkeiten. Sie hatte fünf Monate in enger Gemeinschaft mit ihnen verbracht, und niemand hatte auch nur einen Verdacht gehabt. Der Klan verdankte ihr sein Leben, und jeder wusste das. Unglücklicherweise konnte diese Tat ihre Verbrechen nicht auslöschen. Rethe hatte keine Ahnung, wie sich die Klane verhalten würden, wenn Gabria zusammen mit Athlone zurückkehrte, doch er bezweifelte, dass es vielen Leuten gefiele.

»Ich weiß es nicht«, antwortete Rethe. »Man hat mir nur befohlen, diese Botschaft zu übermitteln.«

Athlone und Gabria sahen sich lange an; Verständnis lag in ihrem Blick. Schließlich nickte Gabria.

»Wir werden kommen«, sagte Athlone.

Rethe beugte sich dieser Entlassung, salutierte und ritt davon. Athlone sah ihm nach, während Gabria langsam das Lager abschlug und ihre wenigen Habseligkeiten zusammenpackte.

Athlone stand lange mit ausdruckslosem Gesicht und gebeugtem Rücken da. Gabria kannte den Schmerz, den er nun erlitt, und auch sie trauerte um Savaric. Nara hatte sich hingelegt und die langen Beine unter sich geschlagen. Gabria kuschelte sich an die warme, Schutz bietende Flanke der Stute.

Gabria schlief bereits, als Athlone in der Abenddämmerung zurückkehrte. Er strich ihr mit dem Finger sanft über das Kinn. Sein Herz machte einen Satz, als sie die Augen öffnete. Ihr Blick war voll einladender Liebe.

Die Stimme des Wertains war rau vor Kummer, doch seine Hände waren warm und zitterten nicht, als er ihr seinen goldfarbenen Umhang um die Schultern legte. »Ich besitze kein Pferd, das es wert wäre, dir als Verlobungsgeschenk zu dienen, aber ich hoffe, dass du das hier als Ersatz annehmen wirst.«

Gabria richtete sich langsam auf, rieb sanft den goldenen Stoff zwischen den Fingern und dachte an ihre Familie und ihren Klan. Schließlich erwiderte sie: »Die Corin sind tot. Es ist an der Zeit, dass sie in Frieden ruhen.« Sie sah zu ihm auf und schenkte ihm ein strahlendes Lächeln. »Ich nehme deine Gabe an.«

Athlone war erfreut. Das Lächeln, das sie ihm schenkte, wog die Ungewissheiten und Schwierigkeiten der kommenden Tage auf. Der Krieger hatte keine Ahnung, ob der Rat ihm erlauben würde, das Mädchen zu heiraten, doch da er nun Häuptling der Khulinin war, mussten die anderen Lords ihn mit Vorsicht behandeln.

»Macht es dir nichts aus, mit einer berüchtigten Häretikerin zusammen zu sein?«, fragte Gabria. Dies war das erste Mal, dass einer von beiden über diese Tatsache sprach. Obwohl sie sich gut an das Entsetzen erinnerte, das Athlone empfunden hatte, als er seine eigene Gabe erkannt hatte, war sie sich nicht sicher, wie er damit umgehen würde.

Athlone lächelte schwach. »Boreas hat es nichts ausgemacht.«

Nara schnaubte und gab dem neuen Häuptling einen liebevollen Stups.

»Wusstest du, dass Nara Boreas' Fohlen trägt?«, fragte Gabria, als sich Athlone neben sie gesetzt hatte.

Athlones Lächeln wurde so weit wie der Himmel.

Zwanzig

Zwei Tage später hielt Nara kurz vor Mittag auf dem Gipfel eines hohen Hügels an, von dem aus man das Tal des Isin überblicken konnte. Athlone und Gabria sahen hinunter auf das Heerlager vor dem Engpass. Teile des großen Lagers waren in der Schlacht zerstört worden, doch andere Bereiche wimmelten vor Leuten, und drei neue Lager waren aus dem Boden geschossen und zeigten die Banner der Murjik, Schadedron und Reidhar. Während Gabria und Athlone hinunterschauten, galoppierte ein Ausreiter zwischen den Zelten hindurch und auf die Festung zu und die Klanleute strömten am Rand der Lager zusammen.

»Anscheinend werden wir erwartet«, bemerkte Athlone trocken.

Gabria nickte. Athlone drehte sie sanft um und sah ihr in die Augen. »Bist du sicher, dass du das wirklich willst?«

Sie lehnte sich gegen ihn. »Es gibt keinen anderen Ort, wohin ich gehen will. Ich gehöre zu den Klanen.«

»Selbst wenn der Rat dich zum Tode verurteilt?«

Gabria lächelte unsicher. »Dann ändere ich vielleicht meine Meinung.«

Nara trottete den Abhang hinunter und auf das Tal zu. Als sie am Rande des Lagers ankam, hatte sich bereits eine große Menschenmenge versammelt. Die Klanleute waren seltsam still, denn sie wussten nicht, wie sie sich gegenüber der häretischen Zauberin, welche die Klane gerettet hatte, verhalten sollten. Niemand verfluchte oder schmähte Gabria, aber niemand hieß sie willkommen.

Das Hunnuli hielt an; die Menge versperrte ihm den Weg. Koshyn, Ryne und Jol von den Murjik bahnten sich einen Weg durch die Zuschauer und traten vor Nara.

»Seid gegrüßt, Lord Athlone«, sagte Lord Koshyn. »Ich bin froh, Euch in Sicherheit zu wissen. Sei auch du gegrüßt, Gabria.«

Athlone stieg ab und reichte Gabria die Hand. Sie rutschte von der Stute und trat aufrecht und mit stolzem Blick den Häuptlingen gegenüber.

Athlone wollte den Gruß gerade erwidern, als Tungoli an den Klanleuten und den Häuptlingen vorbei auf ihn zulief. Sie umarmte ihren Sohn heftig, lachte und weinte abwechselnd, wandte sich dann Gabria zu und drückte das Mädchen ohne Zögern und mit der gleichen Freude und Erleichterung.

»Du hast alles getan, was du tun konntest, um meinen Sohn zu retten«, flüsterte sie Gabria leise ins Ohr. »Und jetzt werde ich tun, was ich kann, um dich zu retten.«

Gabria schlang dankbar die Arme um sie.

»Athlone«, sagte Koshyn, »die Botschaft Eures Kommens hat uns rechtzeitig erreicht. Wenn Ihr bereit seid, können wir den Rat im Palast zusammenrufen.«

»Meine Lords!« Tungolis Stimme ertönte klar und fest. »Ich bitte um einen Gefallen. Gabrias Schicksal geht die Gesamtheit der Klane an. Ich ersuche Euch darum, die Versammlung im Freien abzuhalten, damit alle Klanleute daran teilnehmen können.«

Koshyn sah zuerst Ryne und Jol und dann Athlone an. Sie alle nickten. »So sei es«, sagte der Dangari. »Wir treffen uns im Hof.« Ein zustimmendes Murmeln lief durch die Menge der Zuschauer.

Mit einer Hand an Naras Hals und der anderen auf Athlones Arm ging Gabria die Steinstraße hoch zur Festung. Die Menge teilte sich und folgte dicht hinter Gabria, als sie zusammen mit dem Hunnuli und den Häuptlingen durch die Festung schritt und ihren Platz in dem weiten Hof vor dem Generalspalast einnahm.

Die übrigen Häuptlinge waren bereits dort eingetroffen und warteten auf den Stufen des Palastes. Lord Sha Umar lehnte zitternd gegen eine Säule; er trug den Arm in der Schlinge, denn er war von einem Pfeil verwundet worden. Lord Caurus von den Reidhar und Malech von den Schadedron standen Seite an Seite und sahen besorgt drein, doch von Ferron und Quamar, Medbs alten Verbündeten, war nichts zu sehen.

Koshyn erklärte den anderen Lords kurz den Ortswechsel der Ratsversammlung, und auch sie stimmten zu. Stühle für die Häuptlinge wurden herbeigeschafft, und sie ließen sich bequem auf dem oberen Absatz der Treppe unter dem eingewölbten Säulengang nieder.

Athlone umarmte Gabria kurz, bevor er sich zu den anderen Lords gesellte. Das Mädchen blieb am Fuß der Treppe stehen und hatte die Finger in der Mähne des Hunnuli vergraben. Tungoli wich nicht von ihrer Seite. Die übrigen Klanleute strömten in den Hof, bis er völlig überfüllt war.

Lord Koshyn erhob sich. Als der gesündeste Häuptling der vier siegreichen Klane hatte er in den letzten acht Tagen großes Ansehen erlangt. Er übernahm nun den Vorsitz im Rat. »Lord Athlone, wir heißen Euch willkommen. Wir sind vom Tod Eures Vaters tief ergriffen.«

Athlone nickte dankend, denn er konnte in diesem Augenblick nicht sprechen. Er hatte sich bisher weder an die Anrede »Lord« noch an den schmerzlichen Kummer gewöhnt, der ihn immer dann befiel, wenn er an seinen Vater dachte.

Koshyn fuhr fort: »Ich will Euch nun berichten, was nach Eurem Fortgang geschehen ist.« Er deutete auf die fünf anderen Häuptlinge. »Nur wir sind vom ursprünglichen Rat übrig geblieben. Wie Ihr wisst, ist Branth geflohen. Lord Ferron hat kurz nach der Schlacht Selbstmord begangen und Lord Quamar von den Ferganan ist bereits zurückgetreten. Die Söldner und Verbannten aus dem Heer des Zauberers sind entweder tot oder in alle Winde verstreut. Die Wylfling erwarten ihre Bestrafung durch die Ratsversammlung.

Was die drei Klane angeht, die sich mit Medb verbündet hatten, so haben sie dies durch Anstiftung ihrer Häuptlinge getan; in der letzten Schlacht haben sie nicht gekämpft. Nur die Werods hatten sich auf die Seite des Heeres geschlagen; ihre Familien warten noch beim Tir Samod auf die Entscheidung über ihr Schicksal. Wenn Ihr einverstanden seid, Athlone, möchten wir vorerst von einer Bestrafung absehen. Wir glauben, das ist der einzige Weg, um die Klane wieder zu vereinigen.«

Athlone stand von seinem Stuhl auf. »Ich stimme der Entscheidung des Rates zu. Es hat genug Hass und Blutvergießen gegeben.«

Koshyn nickte kurz und sah dann herab auf die junge Frau, die reglos neben ihrem Hunnuli stand. Er war bestürzt über die Vertrautheit, die er zwischen Athlone und Gabria bemerkt hatte. Er hatte keine Ahnung, wie der Rat entscheiden würde, doch er wollte nicht, dass man Athlone zwang, jemanden zu töten, den er offenbar liebte.

»Jetzt müssen wir uns der schwierigsten all unserer Entscheidungen stellen. Gabria, du hast unsere Klane und unser Leben, so wie wir es führen möchten, gerettet. Dafür schulden wir dir endlose Dankbarkeit. Doch dabei hast du eine häretische Kraft angewendet, die bei Todesstrafe verboten ist.«

»Du hast uns in eine sehr verzwickte Lage gebracht«, ergriff Sha Umar das Wort. »Wenn wir unserem Gesetz folgen und dich zum Tode verurteilen, bringen wir Schande über die Klane, weil wir unsere Dankesschuld nicht einlösen, doch wenn wir unser Gesetz brechen und dir das Leben schenken, setzen wir damit ein Zeichen für jeden Zauberer, der seine Kunst öffentlich ausüben will.«

»Vielleicht ist es an der Zeit, das endlich zu erlauben«, rief eine Stimme aus dem Palast. Die Menge murmelte unruhig, denn jedermann hatte die voll tönende Stimme Cantrells erkannt.

Gestützt auf Piers, durchschritt der blinde Barde die Palasttüren. Cantrells Schritt war sicher und fest. Er trat neben Koshyn. »Wir versuchen seit zweihundert Jahren, die Magie zu verleugnen, doch seht nur, wohin uns unsere Ängste geführt haben. Die Klane wären beinahe von einem Mann vernichtet worden, der die Kunst der Zauberei missbraucht hat. Wenn unser Volk aus seinen Fehlern gelernt und die Magie festen Regeln unterworfen hätte, anstatt sich von ihr abzuwenden, wäre dieser Krieg gegen Medb nicht entstanden.«

»Aber Magie ist eine Verirrung!«, rief ein Priester in der Menge. Er wurde von zustimmenden Rufen unterstützt.

»Das wollten unsere Vorfahren uns glauben machen. Deswegen haben sie uns ihre Lügen mit jeder Geschichte, mit jedem Gebet und Gesetz eingeflößt. Ich aber sage euch« – Cantrell richtete sich zu voller Größe auf und breitete die Arme aus, um jeden einzelnen Anwesenden einzuschließen –, »dass Magie genauso natürlich ist wie die Luft, die wir atmen. Sie ist nur so gefährlich wie die Person, die sie anwendet. Wenn Medb kein Zauberer gewesen wäre, hätte er einfach andere Waffen zu unserer Eroberung eingesetzt.« Der Barde deutete auf Nara. »Seht euch das Hunnuli an. Wir alle glauben an das Gute in diesen Pferden. Sie sind Geschenke von Valorian an uns. Ein

Hunnuli hätte beinahe Medb umgebracht, aber ein anderes steht hier neben Gabria. Wenn Magie so verderblich wäre, wie man uns gelehrt hat, würde dann ein Hunnuil bei diesem Mädchen bleiben?«

Die große Menge beredete sich untereinander. Dergleichen hatten die Völker noch nie gesehen oder gehört.

Lord Jol stand auf. Der alte Häuptling war erschüttert von Cantrells Worten, doch er hasste Veränderungen und klammerte sich stur an die Sicherheit der Gesetze. »Dieses Mädchen hat Klanrecht gebrochen!«, rief er. »Sie hat sich als Krieger verkleidet, ist einem Werod beigetreten, hat an einer Ratsversammlung teilgenommen und sich selbst als Häuptling ausgegeben. Allein für diese Verbrechen verdient sie den Tod.«

Athlone sprang auf die Beine; sein Gesicht hatte sich vor Zorn verdüstert. »Diese Verbrechen wurden begangen, als Gabria sich in meinem Klan befand. Als ihr Häuptling bin ich für ihre gerechte Bestrafung verantwortlich. Der Rat hat sich lediglich um die Anwendung von Zauberei zu kümmern.«

Koshyn nickte zustimmend und hielt die Hände hoch, um die beiden Männer zu beruhigen. »Heute müssen wir nur über Gabrias Zauberei befinden. Wir sollten daran denken«, sagte er mit einem ironischen Grinsen, »dass wir die letzte Corin umbringen, wenn wir sie zum Tode verurteilen. Das würde eine weitere große Schande für unsere Klane bedeuten.«

Die Lords schwiegen eine Weile. Einige von ihnen sahen Gabria an, andere blickten überall hin, nur nicht auf das Mädchen. Die Zuschauer stritten lauthals miteinander. Gabria blieb ruhig. Ihr war, als hätte sie einen Knoten im Magen. Sie hatte Angst vor dieser Zusammenkunft gehabt, doch seit dem Augenblick, wo sie die Magie der Sumpffrau abgeschüttelt hatte, war ihr klar gewesen, dass sie dem Rat gegenübertreten musste.

Cantrell holte tief Luft und trat mit Piers an den oberen Rand der Treppe. »Meine Lords«, sagte der Barde. Seine Stimme schallte über den Hof. »Wenn Ihr dieses Mädchen tötet, weil sie Magie angewendet hat, müsst Ihr mich ebenfalls zum Tode verurteilen, denn auch ich habe die Gabe der Zauberei.«

Der Lärm vor dem Palast erstarb sofort. Alle Leute starrten den verehrungswürdigen Barden entsetzt an.

Angesichts der plötzlichen Stille hielt Cantrell den Kopf schief. »Ich versuche meine Gabe nicht zu verwenden, doch sie tritt unbeabsichtigt in meinen Rätseln zutage.«

Piers sah die erstaunten Gesichter um ihn herum an und sagte: »Meine Lords, Ihr werdet auch mich töten müssen. Ich habe gleichermaßen Magie eingesetzt. Ich besitze nicht die Gabe, sie selbst anzuwenden, aber ich habe einen Heilstein, der aufgrund eines magischen Spruches wirkt und schon mehrere Leute aus meinem Klan gesund gemacht hat.«

Athlone schüttelte den Kopf. Er hätte wissen müssen, dass Piers irgendwie mit Gabria und der Zauberei in Verbindung stand. Er warf einen raschen Blick auf die anderen Lords. Lord Jols Mund stand offen, und Malech von den Reidhar wirkte beunruhigt. Auf Koshyns Gesicht lag ein schwaches Lächeln. Sha Umar wirkte gebannt.

Langsam stand Athlone auf; seine Bewegungen zogen die Aufmerksamkeit aller auf sich. Er deutete auf Piers und Cantrell. »Auch ich scheine die Gabe der Magie zu haben. Ich weiß es erst seit wenigen Tagen, doch in dieser Zeit habe ich eine Menge gelernt.« Er ging eine Stufe hinunter und streckte die Hand nach Gabria aus. Sie stieg stolz die Treppe hoch und stellte sich neben ihn.

»Ich glaube, es ist Zeit, die Gesetze zu ändern«, fuhr Athlone fort. »Nicht nur um Gabria zu retten, sondern um unseretwillen. Selbst wenn wir sie umbringen und dadurch unsere Hände in Unschuld waschen, wird sich eine andere Person mit der Gabe der Zauberei erheben und uns womöglich vernichten. Zu unserem eigenen Heil müssen wir die Magie wieder erlernen und sie strengen Regeln unterwerfen. Ich bitte Euch, meine Lords, ändert die Gesetze. Ich will nicht sterben, aber ich werde Gabrias Schicksal mit ihr teilen.«

Die sechs übrigen Häuptlinge sahen von Piers und Cantrell zu Athlone und Gabria. Bevor sie Zeit zum Nachdenken hatten, versammelte Koshyn die Lords um sich und redete hitzig auf sie ein. Lord Jol schüttelte andauernd den Kopf und Lord Caurus blickte zweifelnd drein, aber schließlich schien man zu einer Übereinkunft gekommen zu sein.

Lord Koshyn trat einen Schritt vor. Er sagte zu Gabria: »Ich vermute, es ist zu viel verlangt, dass du nie wieder Zauberei einsetzt.«

Gabria klammerte sich an Athlone. Das Herz schlug ihr bis zum Hals. »Mein Lord, das kann ich nicht versprechen«, erwiderte sie und versuchte dabei, ihre Stimme ruhig zu halten. »Es könnte eine Zeit kommen, in der ich meine Kraft brauche. Lord Branth ist noch immer verschollen und das *Buch des Matrah* mit ihm. Aber ich will versprechen, Magie niemals zum Schaden der Klane auszuüben. Das schwöre ich bei der Ehre der Corin.«

Der Anführer der Dangari warf einen Blick zurück auf die übrigen Lords. Sie nickten bloß.

»Dann höre unsere Entscheidung. Der Rat befreit dich, Gabria, aus Dankbarkeit für die mutige Rettung unserer Klane von der Todesstrafe. Doch das Gesetz, das die Zauberei verbietet, muss weiterhin Bestand haben, bis der Rat einen Entschluss über diese Frage gefasst hat. Lord Athlone, Ihr seid persönlich verantwortlich für Eure Handlungen sowie für die von Gabria, Piers und Cantrell. Wenn sie die Gesetze brechen, nach denen wir nun Recht gesprochen haben, werden sie und Ihr die Todesstrafe erleiden. Ist das ein annehmbarer Spruch?«

Die Zuschauer brachen in einen Tumult aus, der zu gleichen Teilen aus Erleichterung und Zorn gespeist wurde. Ihnen blieb keine Wahl; sie mussten die Entscheidung der Häuptlinge anerkennen, aber viele Klanleute – besonders jene, die sich nicht an der Schlacht gegen Medb beteiligt hatten – waren nicht sehr erfreut.

Doch das war Gabria in diesem Augenblick gleichgültig. Athlone hob sie in einer freudigen Umarmung hoch, und Tungoli rannte auf die beiden zu, um sie fest und herzlich zu drücken.

»Wir nehmen Eure Entscheidung an«, rief Athlone den versammelten Häuptlingen zu. Zu Koshyn sagte er leise: »Danke, mein Freund.«

Koshyn zwinkerte mit seinen blauen Augen. »Lasst es nicht dazu kommen, dass ich diesen Beschluss bereue.« Er drehte sich nach Gabria um und sah zu, wie sie auf Piers und Cantrell zulief und die beiden umarmte. »Ich verstehe jetzt, dass die Gesetze geändert werden müssen, doch dazu wird viel Zeit und Überredungskraft nötig sein.«

»Dank Euch haben wir die Zeit dazu.«

»Wie wollt Ihr Gabria wegen ihrer Vergehen gegen die Khulinin bestrafen?«, fragte Koshyn neugierig.

Athlone grinste. »Indem ich sie heirate.«

Koshyn brach in Gelächter aus. Er ergriff Athlones Arm, und die beiden Männer gesellten sich zu den anderen Lords.

Das Abendlicht floss noch sanft über den Himmel, als Athlone und Gabria allein am Isin entlanggingen. Sie folgten dem grasbewachsenen Ufer am Lager vorbei zu einem kleinen Hügel, von dem aus man die Feste und das Tal überblicken konnte.

Nach der Schlacht mit Medbs Heer gab es viele Tote zu beklagen. Die Leichname der Ausgestoßenen und Söldner waren verbrannt und ohne Zeremonie beerdigt worden. Medbs Körper hatte man eingeäschert und in den Fluss geworfen. Die Toten der Klane wurden in einem riesigen Grabhügel in der Nähe der Festung beigesetzt. Savaric jedoch war mit allen Ehren zur Halle der Toten geschickt worden. Sein Leichnam ruhte nun ebenfalls in dem großen Grabhügel, der mit einem Ring aus Speeren bekrönt war.

Athlone und Gabria standen neben dem Hügel, während das stille Zwielicht verblasste. Über ihnen schrie ein Habicht in der kühlen Abendbrise.

»Glaubst du, dass er schrecklich enttäuscht von mir war?«, fragte Gabria und schaute hoch zu den Speeren, deren Umrisse sich gegen den Himmel abhoben.

»Das bezweifle ich. Vielleicht war er überrascht. Doch auf deinen Mut war er sicherlich stolz«, entgegnete Athlone.

Sie lehnte den Kopf gegen seine Schulter. »Glaubst du, er hätte mich zum Tode verurteilt, weil ich seinem Werod beigetreten bin?«

Athlone kicherte. »Vater hätte eine Heirat wohl als ausreichende Bestrafung angesehen.«

»Aber was ...«

Er hob ihr Kinn. »Genug der Fragen.« Dann zog er sie an sich heran und küsste sie.

Hoch über ihnen schrie der Habicht noch einmal und glitt in die Dunkelheit.

Zweites Buch

Prolog

Lord Branth glitt in den schattigen Eingang eines Vorratszeltes, als gerade einige feindliche Krieger vorbeischossen. Er schnappte nach Luft und genoss einen Augenblick lang die warme Dunkelheit seines Unterschlupfes.

Alles war so schnell geschehen. Er konnte kaum glauben, dass er sich inmitten dieses gewaltigen Lagers verstecken musste – eines Lagers, das bis vor kurzem noch der Mittelpunkt einer siegreichen Streitkraft aus Klankriegern und Söldnern gewesen war, die unter dem eisernen Befehl Lord Medbs gestanden hatte. Jetzt war das Lager nichts weiter als ein Ort des überstürzten Rückzugs.

Branth hielt den Kopf geneigt und lauschte auf die Geräusche außerhalb des Zeltes. Er vernahm das Gerassel und Geschrei der Schlacht aus dem breiten Tal hinter dem Lager und schloss die Finger enger um seinen Dolch.

Diese Narren!, dachte er. Der Klan der Wylfling kämpfte noch. War ihnen denn nicht klar geworden, dass sie in dem Augenblick verloren hatten, als die Zauberin Lord Medb vernichtet hatte? War ihnen dieser verblüffende magische Zweikampf entgangen?

Nun schwärmten die feindlichen Streitkräfte, angeführt von dem Khulinin-Häuptling Savaric, über das Tal und das Lager aus, um das feindliche Heer zu vernichten.

Branth wich in das Zelt zurück, als weitere Krieger vorbeiliefen. Ihre grauen Mäntel wies sie als Amnok aus. Die Amnok waren Medbs Verbündete gewesen, bis sie die Raserei der Khulinin und ihrer Krieger gespürt hatten. Branth verzog die Lippen. Feiglinge, allesamt! Auch sein eigener Klan hatte ihn betrogen, die Waffen niedergelegt und ihn seinem einsamen Schicksal überlassen.

Er hatte allerdings nicht untätig auf dieses Schicksal gewartet. Branth war Medbs Stellvertreter gewesen und würde zweifellos sofort hingerichtet werden, falls Savarics Männer ihn schnappen sollten. Er war ein selbstbezogener und sachlich denkender Mensch, der nichts davon hielt, Kraft und Blut auf eine verlorene Sache zu verschwenden.

Als ihm sein Klan im Tal den Gehorsam verweigert hatte, hatte Branth so viel zusammengerafft, wie er nur konnte. Er hatte bereits eine Satteltasche mit seiner eigenen Ausrüstung gepackt und zwei Säcke voll Gold aus dem Zelt eines anderen Häuptlings gestohlen.

Es gab nur noch einen weiteren Gegenstand, den Branth haben wollte, bevor er das Lager verließ – einen Gegenstand, der ihm eine gedeihliche Zukunft sicherte. Er wollte Lord Medbs *Buch des Matrah* besitzen. Dieses Werk war eine uralte Zusammenfassung von zweihundert Jahren geheimer Forschungen. Das Wissen, das diese Seiten vermittelten, war unbezahlbar. Lord Medb hatte das Buch unter strenger Bewachung gehalten, doch Branth wusste, wo es sich befand, und er wollte es an sich bringen, bevor jemand anderes es entdeckte.

Branth fühlte, dass er eine angeborene Gabe für Magie besaß, und mit diesem Buch konnte er die verbotenen Zauberkünste erlernen. Dann würde er Rache an den Klanen und an dieser Zauberin Gabria für die schmachvolle Niederlage üben, die er heute erfahren hatte. Dazu musste er bloß das Buch in seinen Besitz bringen und fliehen, bevor ihn jemand bemerkte.

Die Flucht war nicht leicht. Er warf vorsichtig einen Blick durch die Zeltklappe nach draußen. Im Augenblick war die Luft rein. Er rannte los und folgte einer Zickzacklinie zwischen den schwarzen Zelten auf die größte Wohnstatt des Lagers zu.

Weitere feindliche Krieger und einige von Medbs Söldnergruppen rannten vorbei; sie liefen zu den im Osten des Lagers angebundenen Pferden. Branth ging ihnen allen aus dem Weg und hielt sich unablässig in Bewegung, bis er den Zeltkreis um Lord Medbs große Wohnstatt erreichte.

Unvermittelt hielt er inne und schlüpfte hinter eine offene Zeltklappe. Fünf Krieger standen vor Medbs Zelt und sahen zu, wie jemand das braune Banner des Häuptlings einholte. Branth fluchte aufgebracht in kaum beherrschtem Flüsterton. Die Krieger trugen den goldenen Umhang der Khulinin.

Einer der Männer drehte sich zur Seite, und Branth erkannte die Adlernase und das hübsche Profil von Lord Savaric, dem Mann, der Lord Medbs ungesetzlichem Streben nach der Oberherrschaft über die Ebene von Ramtharin entgegengetreten war.

Branths Flüche erstarben ihm auf den Lippen, während er den Häuptling und das Zelt beobachtete, in dem das Buch versteckt lag. Savaric fühlte sich offensichtlich als sicherer Sieger, denn sein Schwert steckte in der Scheide und nur fünf Männer aus seiner Herdwache – seine persönlichen Leibwächter – waren bei ihm. Sonst schien sich niemand in der Nähe zu befinden. Branth wich zurück in den Schatten und fragte sich, was er tun sollte. Ihm blieb nicht mehr viel Zeit.

Plötzlich schallte ein gewaltiges Siegesgeheul durch das Tal. Branth schaute hinüber zu den Bergen, wo die Ruinen der alten Feste Ab-Chakan auf den Felsen thronten und sowohl das Tal des Isin als auch Medbs Heerlager überblickten. Den Talgrund, in dem die Schlacht ausgefochten wurde, konnte er nicht sehen, doch er erkannte die Überreste der vier Klane, die Schutz in der Ruine gesucht hatten und nun auf den Mauern standen und jubelten. Er warf einen Blick zurück zu den sechs Khulinin und bemerkte, dass auch sie dieses Schauspiel beobachteten. Ein einziger Mann, ein geachteter Krieger namens Bregan, stand unmittelbar neben Lord Savaric.

In diesem Augenblick fesselte ein Tumult die Aufmerksamkeit der Krieger. Einige Söldner ritten ungestüm an den Zelten vorbei und auf Lord Savaric zu. Es war unklar, ob sie angreifen oder sich ergeben wollten, denn sie hatten die Schwerter gezogen, hielten die Klingen aber hinter dem Rücken. Die Herdwache ging kein Risiko ein. Die Männer zogen ihre Waffen und rannten los, um die Söldner abzufangen. Sie ließen Savaric für kurze Zeit allein.

Branth zögerte keine Sekunde. So leichtfüßig wie eine Katze auf der Jagd rannte er über das offene Gelände zwischen den Zelten und schlüpfte hinter Savaric.

Der Häuptling der Khulinin spürte die Gegenwart des Feindes zu spät. Als Savaric sich umdrehen wollte, rammte Branth ihm den Dolch durch den Rücken bis ins Herz.

Der Häuptling grunzte heiser und überrascht auf und sackte zu Boden. Branth sprang über den Leichnam, rannte in das Zelt und holte das Buch aus seinem Versteck. Er war längst wieder draußen und auf der Flucht, bevor die Krieger bemerkten, was geschehen war.

Als er Bregans entsetzten Aufschrei hörte, wurde seine Freude an diesem Mord noch größer. Nach wenigen Augenblicken hatte Branth ein gesatteltes Pferd gefunden und galoppierte ostwärts aus dem Tal heraus. Während des Ritts nahm ein verschwommener Plan in seinem Geist Gestalt an. Er würde die Ebene für eine Weile verlassen, bis sich die Gemüter der Klane abgekühlt hatten und die Schlacht zur bloßen Erinnerung geworden war. Vielleicht würde er nach Pra Desch im Königreich Calah gehen. Dort konnte er sich in sein Buch vertiefen und vielleicht seine Dienste jenen reichen Pra Deschern anbieten, die bereit waren, über die Gesetze gegen Zauberei hinwegzusehen.

Beizeiten würde er in die Ebene von Ramtharin zurückkehren und die Klane daran erinnern, dass ihre Schwierigkeiten mit dem Tod von Lord Medb noch kein Ende gefunden hatten.

Eins

Gabria stand reglos in der überfüllten Halle des Khulinin-Trelds und beobachtete die Gesichter der Klanleute, die sich vor ihr versammelt hatten. Viele, die sie kannte, und einige, die sie liebte, waren zur Gerichtsverhandlung erschienen. Piers Arganosta, der Heiler der Khulinin; Cantrell, der große Barde, und Tungoli, die Witwe Lord Savarics und Mutter des neuen Häuptlings, saßen mit sorgenvollen Gesichtern in den ersten Reihen. Traurigerweise zeigten zu viele andere Gesichter in der Menge keinerlei Sorge. Auf ihnen zeichneten sich Verwirrung, Feindschaft und Trauer ab.

Zu ihrer Linken sah Gabria acht Männer und Frauen auf Bänken vor der gekalkten Wand der Halle sitzen. Ihre Gesichter waren ausdruckslos; sie versuchten, der Verhandlung unvoreingenommen zu folgen. Thalar, Priester des Gottes Surgart, stand vor den Khulinin und ermunterte den Häuptling und das Volk, die verderblichen Häresien der Magie abzulehnen und die böse Zauberin zu verbannen.

»Zauberei ist ein Gräuel!«, rief er. Der Priester war ein kleiner, gedrungener Mann, dessen gewaltige Stimme die Unzulänglichkeit seines Körpermaßes ausglich.

Thalar zeterte nun schon seit einiger Zeit und Gabria spürte Lord Athlones wachsende Wut und Enttäuschung. Unglücklicherweise saß der Häuptling hinter ihr auf seinem Thronstuhl, und aufgrund der Gesetze des *Getyne* war es ihr verboten, ihn anzusehen. Sie musste ihren Anklägern ins Gesicht schauen, damit der Häuptling unvoreingenommen richten konnte.

Gabria seufzte und trat von einem Fuß auf den anderen, um ihren steifen Rücken zu entlasten. Die Türen der großen Lehmhalle waren geschlossen, und die Hitze, die von der Menschenmenge und dem Feuer im Mittelkamin ausging, wurde immer unerträglicher. Der Harzduft aus den zahlreichen Fackeln überlagerte die Gerüche von Leder, Holzrauch und Schweiß, die für gewöhnlich die Versammlungshalle durchdrangen. Gabria sehnte sich nach einem Becher Wasser, doch während des *Getyne* durfte sie nicht sprechen. Daher versuchte sie, ihren Durst nicht weiter zu beachten und ihre ganze Aufmerksamkeit auf die Gesichter vor ihr zu richten.

Dieses Gerichtsverfahren war ihr nur allzu gut bekannt. Als vor einem halben Jahr zu Frühlingsbeginn ihr Klan von Gefolgsleuten Lord Medbs abgeschlachtet worden war, hatte sie sich zum Khulinin-Treld begeben und vor dem Häuptling um Aufnahme in den Klan gebeten. Anstatt ihre Weiblichkeit zu enthüllen und eine Zurückweisung zu riskieren, hatte sie sich als Junge verkleidet. In ihrer Begleitung war eines der legendären und seltenen Hunnuli-Pferde gewesen. Gabria hatte es aus den Fängen umherstreunender Wölfe gerettet. Auf Lord Savarics Empfehlung war sie widerwillig in den Khulinin-Klan aufgenommen worden.

Und jetzt, Monate später, mussten die Khulinin erneut eine Wahl treffen, doch diesmal wussten sie um Gabrias wahres Geschlecht und ihre zauberische Macht. Unter gewöhnlichen Umständen sah das Klanrecht die Todesstrafe für eine Frau vor, die schuldig befunden wurde, ihr Geschlecht verborgen zu haben, um einem Werod beitreten zu können. Der Werod war die Kampfeinheit des Klans. Die Strafe für die Ausübung von Zauberei war ebenfalls der Tod. Doch in Gabrias Fall lagen die Dinge völlig anders. Sie war die einzige Person in den elf Klanen gewesen, die Lord Medbs Zaubereien hatte entgegentreten können, und sie hatte alle vor der Vernichtung und Sklaverei gerettet. Zum Dank dafür hatte der Rat der Häuptlinge sie nicht zu der Strafe verurteilt, die einer Zauberin eigentlich zustand, doch sie war verpflichtet worden, bis zur Änderung der entsprechenden Gesetze nie wieder Magie einzusetzen. Von der Bestrafung durch ihren neuen Klan wegen ihrer anderen Vergehen war sie jedoch nicht entbunden worden.

Lord Athlone, der neue Häuptling der Khulinin, hatte dem Klan seine Gefühle für Gabria offenbart und bereits den Brautpreis an die Priesterin der Göttin Amara entrichtet. Die Khulinin wussten, dass sie weder ihren Häuptling verärgern noch die Ehre des Klans verletzen durften und daher für Gabria die Todesstrafe nicht in Frage kam. Doch durfte Gabria wegen der alten Gesetze nicht ungestraft davonkommen. Sie musste ein Urteil erhalten, das die Wut und Verstimmung der Klanleute dämpfte. Viele von ihnen waren von Thalar aufgewiegelt worden und wollten Gabria verstoßen. Andere wünschten, ihr solle die Zunge abgeschnitten werden, sodass sie keine Zauberworte mehr aussprechen konnte. Eine Minderheit hingegen war der Meinung, sie verdiene eine mildere Strafe. Dieser Meinungsstreit hatte unter den Khulinin bereits während der gesamten Heimreise gewütet und dauerte noch an, als sie den Treld für den Winter vorbereiteten.

Die Klanleute gerieten über diese Angelegenheit immer stärker in Zwist, sodass Lord Athlone schließlich einschritt, um dem Aufruhr ein Ende zu setzen. Seine Rechte als Häuptling wurden durch das Klangesetz eingeschränkt. Zwar hätte er Gabria einfach von einem Gerichtsverfahren entbinden können, doch er war der Sohn eines Häuptlings und hatte mehrere Jahre lang das Amt eines Wertains bekleidet, des Anführers der Krieger. Es wusste, wann er den Forderungen seines Volkes nachgeben musste. Widerstrebend hatte er vor einigen Tagen dem Abhalten eines *Getyne* zugestimmt. Dabei handelte es sich um ein Klangerichtsverfahren, in dem ein *Tyne* oder Geschworenengericht von acht Personen über Schuld und Bestrafung des Angeklagten befand.

Zu Priester Thalars Verärgerung hatte Tungoli darauf bestanden, dass sich der Tyne aus vier Männern und vier Frauen zusammensetzte. Frauen wurden gewöhnlich nicht in einen *Tyne* berufen, doch Tungoli war der Ansicht, es sei nur gerecht, wenn auch Frauen über Gabria zu Gericht saßen, weil ihre Vergehen so viele weibliche Besonderheiten aufwiesen. Lord Athlone hatte dem zugestimmt. Und so hatten sich vier Männer – zwei Älteste, ein Krieger und ein Weber – und vier Frauen – die Priesterin Amaras, zwei verheiratete Frauen und eine Großmutter – an einem kalten Herbstnachmittag zusammengefunden, um über Gabrias Schicksal zu entscheiden.

Die Zauberin verlagerte erneut ihr Gewicht und schob sich einen Strang strohblonden Haars aus dem Gesicht. Die Hitze wurde immer unangenehmer. Schweißperlen sammelten sich auf Gabrias Stirn und ihr langer Rock hing an ihr herab wie ein schweres Betttuch. Sie wünschte, die Leute würden sich beeilen und diese Sache rasch beenden.

Das galt besonders für Thalar. Die Stimme des Priesters schallte noch immer durch die Halle. Mit einem leichten Stirnrunzeln versuchte Gabria, ihre Aufmerksamkeit auf seine Worte zu lenken.

»Ich verdamme den Rat der Häuptlinge nicht dafür, dass er diese Frau vor der verdienten Hinrichtung gerettet hat«, rief er mit selbstgerechter Stimme. »Die Lords waren von Freude und Erleichterung überwältigt, weil sie den bösen Absichten Lord Medbs entronnen waren. Aber sie haben nicht begriffen, dass sie mit ihrer Entscheidung bloß ein Übel gegen ein anderes eingetauscht haben. Diese Zauberin« – er deutete mit dem Finger auf Gabria – »lebt noch! Die Pflicht, diese Häretikerin auszulöschen, ist nun uns zugefallen. Wir haben die von den Göttern gegebene Gelegenheit erhalten, den Klanen der Ebene von Ramtharin zu zeigen, wie wir mit Zauberern umgehen. Wir dulden sie nicht!« Thalars Stimme erhob sich zu einem donnernden Brüllen. »Khulinin, wir müssen dieses Unkraut der Zauberei ausrotten, bevor es weiter wuchert. Sprecht die Todesstrafe aus. Bringt die Zauberin um!«

Der Priester hatte diese Worte kaum ausgesprochen, als Piers, der Heiler, aufsprang und um das Rederecht bat.

»Nein, ich bin noch nicht fertig«, schrie Thalar. Er hatte die Aufmerksamkeit der Menge erlangt und wollte nun seinen Standpunkt durchsetzen.

Lord Athlone jedoch hatte genug von Thalars großspuriger Rede. »Wir haben dir lange genug zugehört, Priester. Nun solltest du den anderen Platz machen. Piers, du darfst sprechen.«

Der Heiler schenkte Thalars wütendem Blick keine Beachtung, sondern wandte sich dem *Tyne* zu. Seine bleiche Haut und das helle, ergrauende Haar wirkten in dem schwachen Licht der Halle beinahe farblos, doch seine Worte waren keineswegs matt. Der alte Heiler liebte Gabria wie eine Tochter und hätte alles getan, um sie zu retten. »Khulinin, ich weiß, dass ich kein Blutsmitglied dieses oder eines anderen Klans bin. Eure Lebensart und eure Gesetze sind mir fremd. Doch in den elf Jahren, in denen ich bei euch bin, habe ich euch niemals anders als ehrenhaft, mutig und treu gesehen. Die junge Frau, die vor euch steht, besitzt diese Eigenschaften ebenfalls in vollem Umfang.

Als Medbs Männer ihren Klan abschlachteten, hat Gabria sich

nicht aus Furcht vor dem Tod verkrochen. Sie hat den einzigen ihr offen stehenden Weg beschritten, um Gerechtigkeit für den Mord an ihrem Volk zu fordern. Als sie erkannte, dass sie die Gabe der Zauberei besitzt, hat sie ihre Kraft nicht versteckt, sondern sie zu unser aller Rettung eingesetzt. Gabrias Vorgehensweise war den Beschränkungen eures Gesetzes nach falsch, aber es war ihre einzige Möglichkeit und sie hat sie entschlossen und ehrenhaft eingesetzt. Der Rat der Häuptlinge hat sie wegen ihrer Zauberei nicht zum Tode verurteilt. Dürfen wir ihre Weisheit und ihren Sinn für Gerechtigkeit missachten und Gabria töten, weil sie einen Feind bezwungen hat, der sogar noch mächtiger war als die Krieger dieses Klans? Dafür verdient sie nicht den Tod, sondern unsere Hochachtung.«

Der Heiler sah jedes Mitglied des *Tyne* kurz und eindringlich an, als wollte er seine Worte in ihre Gedanken einpressen; dann lächelte er Gabria zu und setzte sich wieder.

Die Zuschauer regten sich und murmelten leise miteinander.

Als Nächste erhob sich Tungoli und bat um das Recht der Rede. Als Witwe Lord Savarics und Mutter Athlones genoss Tungoli bei den Frauen der Khulinin höchstes Ansehen. Als sie dem *Tyne* zunickte und zu reden begann, schenkte ihr jedermann Gehör. »Ich möchte für mich selbst und für einige Zeugen sprechen, die sich heute nicht in dieser Halle befinden«, sagte sie. Sie redete nicht laut, doch ihre feste Stimme war im ganzen Raum gut zu hören. »Für mich selbst will ich nur sagen, dass ich von ganzem Herzen mit den Ansichten derjenigen übereinstimme, die ich hier vertrete.

Der Erste ist Lord Savaric. Ich habe meinen Gemahl gut genug gekannt, um mir völlig sicher zu sein, dass er unter diesen Umständen Gabrias Tod niemals befohlen hätte. Er achtete sie wegen ihres Mutes, ihrer Klugheit und ihrer Entschlossenheit. Wenn er heute hier wäre, würde er ihre Taten, ihre Beweggründe und auch ihre Charaktereigenschaften zum Gegenstand der Verhandlung machen. Er würde wollen, dass ihr dasselbe tut.

Die anderen Zeugen, die ich hier vertreten möchte, sind die Corin. Gabrias Klan hat sein Schicksal nicht verdient. Er war nur ein Stein in Medbs Spiel, den er geopfert hat, als die Corin sich nicht gegen ihre Gefährten stellen wollten. Gabria hat dieses Schicksal nicht hingenommen. Sie hat darum gekämpft, die Erinnerung an ihren Klan zu bewahren und Gerechtigkeit für den Mord an ihrer Familie zu erlangen. Die Corin hätten nichts anderes von ihr erwartet; wir sollten es ihnen gleichtun.«

»Vielleicht sollten wir noch einen weiteren Zeugen bemühen«, meinte ein Mann in der Menge. Es war der Herdenmeister der Khulinin. Er sah Tungoli an. Sie nickte und gab das Recht der Rede weiter. »Ich meine Nara, die Hunnuli-Stute. Wir Klanleute haben schon immer die alte Hunnuli-Rasse verehrt und geliebt. Wir glauben, dass die Hunnuli das Böse in keiner Weise dulden. Aber wenn das stimmt, warum liebt Nara dann Gabria und bleibt bei dieser überführten Zauberin? Weiß das Pferd etwas über die Natur der Magie, was wir nicht wissen? Ich glaube, die reine Tatsache, dass ein Hunnuli-Pferd Gabria vertraut und gehorcht, sagt mehr über das Herz dieses Mädchens aus als all unsere Mutmaßungen.« Der Herdenmeister setzte sich rasch wieder.

Schließlich erhob sich Cantrell, der Barde, und richtete die blinden Augen auf Gabria. Seine volle, tiefe Stimme schallte durch die Halle und erlangte die Aufmerksamkeit aller. »Der Herdenmeister hat eine bemerkenswerte Widersinnigkeit angesprochen. Seit Jahren haben Lieder, Geschichten und Gesetze uns gesagt, Zauberei sei ein Irrglaube und damit häretisch. Wir haben an ihre vollkommene Bösartigkeit und an die Verzweiflung und den Kummer geglaubt, den sie hervorrufen kann. Damit hatten wir Recht: Zauberei ist böse.« Viele Zuschauer stöhnten auf und starrten den Barden entsetzt an. Er lächelte und fuhr mit den Fingern sacht über die Saiten einer Harfe neben ihm. Eine sanfte Melodie stieg in die Luft und reizte die Vorstellungskraft der Leute.

»Aber wir haben vergessen, dass Magie auch so schön wie ein Hunnuli-Pferd sein kann, so gut wie ein Heilstein, so verschlungen wie ein altes Rätsel und so stark wie wahre Liebe. Magie ist nur das, was die Leute daraus machen. Sie ist seit der Geburt der Welt ein Teil der Steppe, und vor der Vernichtung der Magier hieß es, die Möglichkeit zu zaubern sei ein Geschenk der Götter. Es ist Zeit, dass wir uns erneut auf unser Erbe besinnen. Ich bitte euch, Gabria aufzunehmen. Sie besitzt eine großartige Gabe, die nicht vernichtet, sondern geschützt werden sollte.« Er wandte sich an die Geschworenen und streckte ihnen die Harfe entgegen. »Seid gerecht in eurer

Entscheidung, Khulinin. Vielleicht brauchen wir Gabria eines Tages wieder.«

Die Klanleute starrten den alten Barden an, während er sich setzte. Seine Worte hallten noch in ihren Gedanken wider. Als niemand sonst mehr etwas sagen wollte, hockten sich die Mitglieder des *Tyne* zusammen und erörterten die Lage. Gabria stand allein vor dem Thronstuhl des Häuptlings und wartete ab. Eine schwere Stille senkte sich über die Zuschauer.

Schweiß tropfte in Rinnsalen von Gabrias Stirn, doch sie bewahrte Ruhe, hielt den Kopf aufrecht und zeigte keinerlei Regung. Wie würden sie entscheiden?, fragte sie sich. Sie wollte nichts anderes als Frieden, Ruhe und Zeit, um wieder ein normales Leben zu führen. Im letzten Jahr hatte sie mehr erlitten als die meisten Leute während eines ganzen Lebens. Gabria wünschte sich sehnlichst, dieses Gerichtsverfahren zu überstehen und alle bösen Erinnerungen hinter sich zu lassen.

Sie warf einen Blick auf den Splitter des Gefallenen Sterns, der unter der Haut ihres Handgelenks schimmerte. Es war zu dumm, dass sie ihre Zauberkraft nicht so einfach ablegen konnte wie ihre Erinnerungen. Die Gabe der Magie war ein wesentlicher Teil von ihr und so natürlich wie das Atmen. Es war keine Kraft, die sie sich gewünscht hatte, doch sie hatte gelernt, ihre Gabe zum Überleben einzusetzen. Nun wusste sie, dass sie die Zauberei niemals vergessen oder verleugnen konnte – genauso wenig wie jeder andere im Klan.

Schließlich hörte Gabria, wie Athlone aufstand. Seine Schwertklinge schlug gegen den Steinsitz; dieses Geräusch schallte durch die stille Halle. Die Mitglieder des *Tyne* verließen ihre Bänke und stellten sich auf.

Athlone hatte die Arme vor der Brust verschränkt und blickte in die Gesichter seiner Leute. Eine goldene Kette – das Abzeichen seines Rangs – glitzerte auf der Brust seines ledernen Hemdes und Goldbänder schlangen sich um die Arme. Er hatte sich vor kurzem das Haar schneiden lassen. Gabria fand, dass die kurzen, dunkelbraunen Locken und der dichte Schnurrbart die klaren Gesichtszüge vorteilhaft hervorhoben. »Wie lautet eure Entscheidung?«, fragte der Häuptling knapp.

Einer der Ältesten, ein hagerer, silberhaariger Mann, sagte: »Wir haben die Anklagen gegen Gabria gehört. Wir alle kennen die Wahrheit über ihre Taten und ihren Mut. Weil sie uns vor dem Tode gerettet und uns die Freiheit bewahrt hat, lautet unsere Entscheidung, dass sie weder zum Tode noch zur Verbannung verurteilt wird. Sie hat sich einen Platz unter den Khulinin verdient.«

Thalar sprang auf; sein Gesicht war rot vor Wut. »Niemals!«, schrie er.

Athlone hob die Hand, um den Zornesausbruch des Priesters zu ersticken. »Fahre fort.«

Der Älteste sagte: »Jedoch sind wir der Ansicht, dass die Klangesetze nicht einfach übergangen werden dürfen. Aus diesem Grund ordnen wir an, dass Gabria für eine Zeitspanne, die der Dauer ihrer Verkleidung entspricht – also nach unserer Berechnung sechs Monate – für tot erklärt wird. Während dieser Zeit darf niemand mit ihr reden oder sich ihr in irgendeiner anderen Weise nähern. Gabria muss sich in den Tempel der Amara hinter dem Treld zurückziehen. Dort wird sie der Göttin als Büßerin dienen. Am Ende der sechs Monate darf sie in den Klan zurückkehren und wird als festes Mitglied aufgenommen.«

Überrascht krallte Gabria die Hände ineinander, um ihr Zittern zu unterdrücken. Das Urteil war hart, denn sie würde während des ganzen Winters allein und schutzlos sein. Die meisten Frauen würden unter so schwierigen Umständen sterben. Doch Gabria wusste genau wie Athlone, dass sie dieses Urteil durchaus überleben konnte. Im Gegensatz zu anderen Klanfrauen vermochte sie schließlich mit Bogen und Schwert umzugehen. Vielleicht würde sie manchmal Hunger leiden, aber sie würde nicht verhungern.

Thalar trat mit wildem Gesichtsausdruck vor. Sein hasserfüllter Blick brannte sich in Gabria ein. »Das ist unerhört! Diese Frau ist ungeweiht! Ein Geschöpf des Bösen. Wenn man ihr erlaubt, den Tempel der Muttergottheit zu betreten, wird ein Fluch auf unseren ganzen Klan fallen!«

Piers sprang auf und verwahrte sich entschieden gegen diese Behauptung. Der Heiler, der Herdenmeister und verschiedene andere versammelten sich um Thalar und stritten mit ihm. Weitere Männer gesellten sich zu ihnen und bald war die Halle von Gebrüll erfüllt.

Der Lärm brach wie eine Lawine über Gabria herein. Sie biss die Zähne zusammen und betrachtete schweigend den Tumult.

»Ruhe!«, bellte Athlone. »Genug!« Er kreuzte die Arme, als das Gebrüll verebbte, und alle Augen wandten sich ihm zu. »Priester Thalar bringt einen stichhaltigen Einwand vor. Vielleicht könnten die Mitglieder des *Tyne* ihre Entscheidung erläutern und damit den Klan beruhigen.«

Diesmal trat die Priesterin Amaras aus der Gruppe vor. Ihre lange, grüne Robe stand in scharfem Gegensatz zu den gedeckteren Farben der Männer. Die Priesterin war eine ältere Frau; sie zählte schon mehr als fünfundvierzig Sommer und kam Tungoli an Ruhm und Ehrwürdigkeit gleich. Sie trug das lange Haar zu einem Zopf geflochten. Ihre verwirrenden grünen Augen schienen Thalar zu durchbohren. »Ich war es, die dem *Tyne* den Vorschlag gemacht hat, die Zauberin zu Amaras Tempel zu schicken.«

»Du!«, rief Thalar überrascht aus.

Auch Gabria war erstaunt und beobachtete die Frau, die im Licht der Lampen und Fackeln auf den Priester zuging.

»Ich glaube, ich kenne die Göttin besser als du, Thalar. Ein Mann, der dem Gott des Krieges und des Todes folgt, versteht nicht einmal ansatzweise die Mächte des Lebens und der Geburt. Ich glaube, Gabria hat Amaras Gunst gewonnen. Ihr Überleben und der Sieg über ihr widriges Schicksal deuten an, dass die Göttin über ihre Tochter wacht. Wenn das der Fall ist, sind Cantrells Gründe für die wohl wollende Haltung der Magie gegenüber viel mehr als nur das kunstvolle Wortgeklingel eines listenreichen Barden.« Sie hielt inne; Cantrell kicherte.

Dann fuhr sie fort: »Ich habe vorgeschlagen, Gabria zum Tempel zu schicken, weil ich den wahren Willen der Göttin herausfinden will. Wenn die Zauberin mit Amaras Gnade gesegnet ist, soll sie leben und gedeihen und zu uns zurückkehren. Wenn sie es nicht ist, wird die Muttergottheit sie auf eine Weise bestrafen, die sich kein Sterblicher vorstellen kann.«

Lange starrten die Khulinin Gabria an. Niemand bewegte sich oder sagte ein Wort. Schließlich hob Lord Athlone die Hand. »So sei es. Gabrias Strafe beginnt heute Nacht bei Mondaufgang. Sie soll in sechs Monaten zum Klan zurückkehren, bei Aufgang des Vollmondes.« Er machte auf dem Absatz kehrt und begab sich in die

Häuptlingsgemächer an der Rückseite der Halle. Der Wandbehang aus Fell schloss sich hinter ihm und zeigte das Ende des *Getyne* an.

Thalar schnaubte verächtlich und stapfte zum Ausgang. Als die Wachen die Tore für ihn öffneten, wirbelte ein kalter Windstoß in die Halle. Die kühle Luft schien die Menge aus ihrem Staunen zu reißen. Die Leute rissen den Blick von Gabria los und verließen allein oder zu zweit die Halle, bis nur noch die Zauberin und Cantrell übrig blieben.

Die junge Frau holte tief Luft, trat von dem Feuer zurück und sank auf den Thronstufen nieder. »Wir sind erst seit zehn Tagen zurück im Treld, und schon wollen sie mich wieder loswerden«, sagte sie verbittert.

Der alte Barde antwortete nicht sofort darauf. Stattdessen stimmte er sanft die Saiten seiner Harfe. Cantrell hatte das Augenlicht im vergangenen Sommer verloren, als Lord Medb ihn in einem Wutanfall während eines unseligen Klantreffens geblendet hatte. Der Barde war aus dem Lager des Zauberers geflohen und hatte Unterschlupf bei den Khulinin gefunden. Seit dieser Zeit hatte Cantrell seine alte Harfe nur selten aus der Hand gelegt. Er hatte sein Augenlicht auf immer verloren, aber die Musik seiner Harfe und seine Lieder füllten sein Leben völlig aus.

Jetzt spielte er auf seinem Instrument. Die Töne flossen in die neue Ballade ein, die er gerade über Gabria schuf. Die Klane liebten seine Heldengeschichten, und es würde nicht schaden, wenn sie auf diese Weise an Gabrias Mut erinnert wurden. Eine Weile spielte er ihr die neue Melodie nur vor, denn er wusste, dass die Musik mehr ausdrückte als seine Stimme. Er beendete das Lied mit einem heftigen Tusch und lauschte den Noten nach, die in der Stille vergingen.

Cantrell stand auf und legte seine Harfe vorsichtig auf den Stuhl. »Es freut mich, dass du nicht weit weg sein wirst. Wir werden auf deine Heimkehr warten.«

»Heimkehr …«, wiederholte Gabria traurig. »Ich bin eine Zauberin. Das einzige Heim, das ich hatte, liegt in Trümmern. Ich bezweifle, dass ich je ein anderes finden werde.« Sie erhob sich und schaute kläglich hinüber zu der Tür, durch die Athlone verschwunden war. Sie hatte nicht einmal die Gelegenheit gehabt, sich von ihm zu verabschieden.

Cantrell tastete nach ihrem Arm. Er zog sie an sich und hielt sie fest. »Du wirst es überleben, mein Kind. Das und noch viel mehr. Sei bereit.«

Gabria lächelte sein blindes Gesicht an. »Ist das eine deiner Weissagungen, Barde?«

»Nein. Es ist etwas, das ich fühle – etwas wie das Herannahen der Nacht. Bald geht der Mond auf. Du solltest jetzt besser aufbrechen.«

Gabria hob ihren goldenen Mantel von den Stufen auf, warf ihn sich um die Schultern und ging zu der großen Flügeltür. Hinter ihr nahm der Barde wieder seinen Platz ein und fuhr mit den Fingern über die Harfe. Die sanfte Musik folgte ihr bis zur Tür. Als sie die Halle gerade verlassen wollte, rief ihr eine bekannte Stimme etwas zu. Gabria drehte sich um und sah, wie Athlone mit einem Bündel in der Hand auf sie zueilte. Die Empfindungen der letzten Stunden stiegen wieder in ihr hoch und sie rannte ihm entgegen, bevor Wut und Angst ihre brüchige Selbstbeherrschung in Fetzen rissen. Sie schlang die Arme um ihn und presste das Gesicht gegen seinem Hals.

Der Häuptling drückte sie heftig. »Ich konnte dich nicht einfach so gehen lassen.«

Als er sie in den Armen hielt, sah sie zu ihm auf und sagte verzweifelt: »Sechs Monate sind eine lange Zeit.« Sie senkte wieder den Blick. »Ich bin noch nie so lange allein gewesen.«

»Mir gefällt es genauso wenig«, erwiderte Athlone, »aber wenn wir jemals Frieden haben wollen, muss dem Gesetz Genüge getan werden.« Er sah in ihre tiefen, grünen Augen. »Außerdem wirst du nicht völlig allein sein. Nara wird dich begleiten, und auch wenn ich dich nicht besuchen darf, werde ich doch über dich wachen und dich beschützen, so gut es mir möglich ist.«

Plötzlich erhellte ein Lachen sein Gesicht und er fügte hinzu: »Außerdem muss sich die Göttin um dich kümmern. Ich habe schließlich schon den Brautpreis bezahlt. Willst du mich heiraten, wenn du zurückkommst?«

Sie blickte zu Boden. »In den nächsten sechs Monaten könntest du es dir anders überlegen.«

Athlone hielt ihr Kinn hoch und drehte ihren Kopf, bis ihre Blicke sich begegneten. »Eher würde ich meinen Klan verlassen. Ich warte auf dich. Nimm bis dahin das hier.« Er warf ihr das Bündel in die Hände und küsste sie dann innig. »Und nimm meine Liebe.« Er umarmte sie ein letztes Mal und lief dann zurück zu seinen Gemächern.

Die Zauberin sah ihm mit schwerem Herzen nach. Schließlich trat sie durch den Eingang und sah durch das dichter werdende Zwielicht auf das Winterlager der Khulinin. Die Halle des Häuptlings war am Hang eines großen, baumlosen Hügels errichtet, der ein breites Tal im Vorgebirge der Dunkelhornberge überblickte. Im Norden sprudelte der Goldrine aus einer tiefen Schlucht hervor und ergoss sich in das fruchtbare Tal. In dieser natürlichen Zuflucht verbrachten die Khulinin jeden Winter, kümmerten sich um ihre Herden und verloren allmählich ihr nomadisches Verhalten.

Von dem Vorsprung aus, auf dem sie stand, sah Gabria das gesamte Lager aus schwarzen Fellzelten, Viehpferchen und vereinzelten festen Behausungen, welche die Flussufer sprenkelten. Jenseits des Goldrine grasten große Pferde- und Viehherden auf den saftigen Weiden des Vorgebirges. Die Khulinin waren ein großer, reicher Klan, und Gabria hatte gehofft, bei ihnen ein Zuhause zu finden. Jetzt war sie sich dessen nicht mehr so sicher. Zweihundert Jahre Hass und Misstrauen gegenüber der Zauberei hatten sich zu tief in die Vorstellungswelt der Leute eingegraben und konnten nicht in wenigen Monaten überwunden werden. Gabria bezweifelte, dass die Klane Magie jemals wirklich gutheißen würden – zumindest würde sie es nicht mehr erleben.

Selbst Lord Athlone konnte ihr nicht helfen. Er hatte bei Gabrias Gerichtsverhandlung vor den versammelten Häuptlingen zugegeben, dass auch er die Gabe zu zaubern besaß, doch damit hatte er nur das Urteil über Gabrias Verbrechen beeinflussen wollen. Vor seinem Volk hatte er nie zauberische Dinge getan; seine Untertanen schienen bereit, seine Fähigkeit zu übersehen, solange er sie nicht offen zeigte. Doch Gabria war nicht nur die einzige Überlebende eines ermordeten Klans; sie hatte auch noch die Verwegenheit besessen, das Kriegshandwerk zu erlernen und die verbotene Magie öffentlich auszuüben. Sie war einfach zu verschieden von den anderen, als dass man sie ohne Umschweife in den Klan hätte aufnehmen können.

Es gab nur ein einziges Geschöpf, das Gabria so annahm, wie sie war: Nara.

Die Frau hob die Finger an die Lippen und pfiff durchdringend. Die Wachen zu beiden Seiten der Tür beachteten sie nicht, aber die großartige Stute, die zur Antwort auf das Pfeifen wieherte und die Hauptstraße durch den Treld heraufgaloppiert kam, konnten sie einfach nicht übersehen.

Die Stute war ein Hunnuli, eine seltene, wilde Rasse, die einstmals die Rösser der Zauberer gestellt hatte. Wie jedes Hunnuli war auch Nara größer und klüger als die anderen Pferde und unempfindlich gegen Magie.

Gabrias trauriges Gesicht verzog sich langsam zu einem Lächeln, als das schwere, schwarze Pferd auf die Halle zugaloppierte und rutschend zum Stillstand kam. Die junge Frau wusste, dass alle Klanleute in der Nähe die wundervolle Stute beobachteten, und ihr Herz füllte sich mit Dankbarkeit und Freude, als sich das Hunnuli vor seiner Reiterin zum Zeichen unverbrüchlicher Freundschaft und Ehrerbietung aufbäumte.

Gabria schwang sich auf Naras breiten Rücken.

Gehen wir fort?, bildete sich Naras Frage in Gabrias Kopf. Die telepathischen Gedanken des Hunnulis waren sanft und voller Liebe.

»Ich muss in den Tempel Amaras gehen. Die Khulinin wollen mich für ein paar Monate los sein«, erwiderte Gabria gereizt.

Die Stute senkte den Kopf. *Das ist besser als der Tod.*

Gabria verzog die Lippen zu einem ironischen Lächeln. »Ja, ich vermute, du hast Recht.« Sie verstummte und befestigte Athlones Bündel an ihrem Gürtel; dann sagte sie: »Ich muss bei Mondaufgang losreiten, aber zuerst will ich noch bei Piers' Zelt anhalten. Sie haben nicht gesagt, ich müsse mit leeren Händen aufbrechen.«

Dann sollten wir uns beeilen. Der Mond hat bereits die Berggipfel erreicht.

Nara trottete den Pfad zu der Stelle am Rande des Trelds entlang, wo Piers seine Behausung errichtet hatte. Das Zelt des Heilers war während der letzten sechs Monate auch Gabrias Zuhause gewesen. Piers hatte herausgefunden, dass sie eine Frau war, kurz nachdem sie sich den Khulinin angeschlossen hatte, doch er hatte dieses Geheimnis für sich behalten, obwohl es auch ihn in Gefahr gebracht hatte. Er hatte ihr Unterschlupf, Sicherheit und Freundschaft gewährt, als sie dieser Dinge am dringendsten bedurft hatte.

Gabria stieg ab und betrat Piers' Zelt. Die große, dunkle Unterkunft war still und verlassen; nur eine kleine Lampe brannte auf dem Tisch. Das Mädchen sah sich erleichtert um. Piers war nicht da. Der Heiler wäre gesetzlich dazu verpflichtet, sie zu meiden, wenn sie sich ihm näherte, und sie wusste, dass keiner von beiden das ertragen würde.

Sie fand ihr altes Gepäck, das sie aus den Ruinen ihres Zuhauses im Corin-Treld gerettet hatte, und sammelte ihre wenigen Habseligkeiten ein: ein paar Hemden, ein ledernes Wams, Stiefel, ein Laken, eine kleine Holzschachtel mit ihrem kostbaren Feuerzeug und die Scheide des Dolches, der früher einmal ihrem Vater gehört hatte. Die Waffe selbst hatte sie verloren. Sie lieh sich einen Becher, einen Topf und einige Kochgerätschaften von Piers' Herd aus. Schließlich holte sie Bogen und Schwert.

Als Lord Medb bei Ab-Chakan gefallen war, hatte Gabria geglaubt, sie brauchte keine Hose, kein Schwert und keine Kriegserfahrung mehr. Nun erkannte sie, dass sie all dies erneut benötigte, um die Verbannung durchzustehen. Sie zog ihren Rock aus und streifte eine schwere Winterhose über, die wärmer und praktischer als jeder Rock war. Dann gürtete sie zögernd ihr Kurzschwert um. Sie würde während des langen, kalten Winters allein sein, und obwohl sie sich während dieser Zeit in der Nähe eines Trelds befand, bestand die Gefahr, von Wölfen, Bären, Höhlenlöwen und anderen Tieren angegriffen zu werden, die bekanntermaßen im Tal und den Bergen umherstreifen. Daher fühlte sie sich mit einer Waffe in der Hand sicherer.

Gabria wollte das Zelt gerade verlassen, als sie einen vollen Ledersack bemerkte, der neben den Kohlen des Herdfeuers lag. Ein roter Stofffetzen war an diesem Sack befestigt – rot für den Corin-Klan. Sie spähte in den Sack und lächelte. Piers hatte einen Weg gefunden, um ihr Lebewohl zu sagen. Der Sack war mit Nahrungsmitteln gefüllt: mit Dörrfleisch, Bohnen, Schwarzbrot, Trockenfrüchten und einer Flasche von Piers' Lieblingswein. Das alles würde für viele Tage reichen. Dankbar hob sie den Sack auf und schnürte ihre Habseligkeiten zu zwei Bündeln.

Nara wartete geduldig vor dem Zelt. Als Gabria erschien und die beiden Bündel über den Widerrist der Stute legte, wieherte Nara leise. *Der Priester beobachtet dich.*

Verstohlen lugte Gabria an Naras Brustkorb vorbei und sah Thalar im Schatten eines benachbarten Zeltes stehen. Er beobachtete die beiden mit offensichtlichem Zorn und Abscheu.

»Er missachtet Lord Athlones Befehl«, stellte sie verärgert fest.

Er ist nicht der Einzige, der uns beobachtet.

Die Zauberin schwang sich auf den Rücken des Pferdes und zog den goldenen Umhang fester um sich. »Dann sollten wir den Khulinin vorführen, wie das Hunnuli und seine Reiterin das Lager verlassen.«

Nara trottete zurück zum Hauptweg. Sie hielt einen Augenblick an und sog die kühle Abendbrise ein, dann hob sie den Kopf und stieß ein herausforderndes Wiehern aus, welches durch das ganze Lager hallte. Der unerwartete Laut lockte viele Leute aus den Zelten. Die Hengste auf den fernen Weiden antworteten mit ihrem eigenen schallenden Ruf, und die Hunde im Treld bellten aufgeregt.

Nara wieherte noch einmal stolz, stellte sich auf die Hinterbeine und streckte die machtvollen Vorderhufe gegen die blassen Sterne aus. Gabrias eigene Freude verband sich mit der des Hunnuli. Sie zog ihr Schwert und beantwortete Naras Ruf mit dem Kriegsschrei der Corin.

Die Stute machte einen Sprung nach vorn. Ihre Augen leuchteten grünlich-golden, als sie durch den Treld galoppierte. Die Hufe donnerten über den harten Untergrund der Straße.

Gabria klammerte sich an der Stute fest und hielt das Schwert hoch über den Kopf erhoben. »Lebt wohl, Khulinin!«, rief sie den dunklen Zelten und den vielen Leuten zu, die ihr nachstarrten.

Am Eingang der Halle hoch oben an der Flanke des Hügels lächelte Lord Athlone, während er die Abreise der beiden beobachtete. Er hätte wissen müssen, dass Gabria sich nicht heimlich aus dem Treld fortstehlen würde. Er reckte die Faust in stillem Gruß und hielt sie erhoben, bis das Pferd in der immer dichter werdenden Düsternis verschwunden war.

Es war bereits tiefe Nacht, als Nara und Gabria an den Grabhügeln der Khulinin vorbeiritten und kurze Zeit später den kleinen Steintempel Amaras in einem Wäldchen auf einem Hügelkamm fanden. Da der Tempel nur wenige Male im Jahr benutzt wurde, war er winzig und sehr schlicht. Gegenüber der einzigen Tür stand ein rechteckiger Steinaltar, über dem sich ein großes, rundes Fenster nach Osten in Richtung des aufgehenden Mondes öffnete.

Gabria ließ Nara zum Grasen draußen, trug ihre Bündel in den Tempel und entzündete ein kleines Feuer in einer dem Fenster gegenüberliegenden Ecke. Sie aß ein Stück Dörrfleisch und wickelte sich dann in Laken und Mantel. Lange starrte sie das Feuer an und versuchte nicht zu zittern. Ein kalter Luftzug wehte durch das Fenster und blies in die tanzenden Flammen.

Obwohl Gabria besorgt war, verspürte sie doch keinerlei Angst vor Amaras Reaktion auf ihre Gegenwart im Tempel. Trotz Thalars Warnungen hatte sie sich von der Muttergottheit immer beschützt und angenommen gefühlt. Daran hatte sich auch jetzt nichts geändert, doch dieser Tempel war so still und seltsam! Sie hörte Nara zwischen den Bäumen grasen und dankte Amara von ganzem Herzen für die schwarze Stute. Gabria war an laute, geschäftige Lager und die unausgesetzte Gegenwart von Menschen gewöhnt. Die stille Einsamkeit ängstigte sie. Sie konnte sich kaum vorstellen, lange Zeit allein zu sein, und ohne das Hunnuli als Gesellschaft würde sie die sechsmonatige Verbannung sicherlich nicht durchstehen.

Es waren auch sechs lange Monate ohne Athlone. Gabria kuschelte sich tiefer in ihr Laken und dachte an den Lord der Khulinin. Als sie sich zum ersten Mal begegnet waren, hatte Gabria Athlone gehasst. Damals war er Wertain gewesen, Befehlshaber der Khulinin-Krieger und Vertrauter seines Vaters. Auch er hatte ein Hunnuli gezähmt, einen Hengst namens Boreas, der später durch Lord Medbs Hand gestorben war. Gabria hatte schnell erkannt, dass Athlone ein machtvoller, gebieterischer und zuweilen ungestümer Mann war, der seinem Klan treu ergeben war. Er hatte Gabrias Verkleidung sofort misstraut, und als er ihre wahre Persönlichkeit aufgedeckt hatte, hätte er sie beinahe umgebracht. Nur mit Hilfe der Magie und Unterstützung von Nara und Boreas hatte Gabria seinen Angriff abwehren und ihn schließlich überreden können, ihr zu helfen. Was als gegenseitige misstrauische Feindschaft begonnen hatte, war zu Achtung und Liebe geworden.

Unglücklicherweise hatte ihre Liebe bisher nicht die Gelegenheit gehabt, voll zu erblühen. Die tiefen Gefühle, die sie füreinander hegten, waren für sie beide neu und ungewohnt. Gabria befürchtete, die sechsmonatige Trennung könne sich als zu steiniger Boden für die zarten Wurzeln ihrer neuen Liebe erweisen.

Der Gedanke an Athlone erinnerte sie an das Bündel, das er ihr gegeben hatte. Sie hatte es noch nicht geöffnet. Rasch zog sie es hervor und knüpfte die Lederriemen auf. Verschiedene kleine Gegenstände fielen heraus; jeder Einzelne war hastig in große Wollstücke eingewickelt worden.

Die junge Frau sah mit Freude, dass die Stofffetzen groß genug waren, um daraus Fausthandschuhe zu machen oder sie zu einer Decke zusammenzunähen. Zum Glück steckten einige Knochennadeln in einem der Päckchen. Gabria packte alles aus und entdeckte eine kleine, steinerne Öllampe, deren Dochtöffnung mit einem Wachspfropfen verschlossen war, sodass das Öl nicht auslief; ferner ein Paar mit Kaninchenfell gefütterte Handschuhe, ein Beil und eine warme Kappe.

Als Letztes fand sie ein längliches, schmales Päckchen, das mit einem goldenen Armband verschnürt war. Das Band war klein und fest und besaß ein phantasievolles Pferdemuster. Sie streifte es über; es lag wie für sie gemacht über ihrem Handgelenk. Armbänder waren ein beliebtes Geschenk unter Verlobten, und Gabria nahm an, dass dies Athlones Art war, sie seiner Liebe zu versichern. Dieser Gedanke gefiel ihr sehr.

Schließlich wickelte sie das schmale Päckchen aus. Die goldene Wolle fiel zu Boden und ein Dolch glitt heraus. Gabria seufzte auf. Die Klinge war aus Stahl geschmiedet, einem seltenen, wertvollen Werkstoff, der nur in der Stadt Schmiedspalt im Königreich Portane verarbeitet wurde. Der Griff war so geformt, dass er gut in der Hand lag, und bestand aus ziseliertem Silber, in das kleine Rubine und Topase eingesetzt waren. Rot für die Farbe der Umhänge des Corin-Klans und Gold für die Khulinin.

Tränen schossen Gabria in die Augen, als sie den Dolch in der Hand drehte. Diese Waffe war ein unbezahlbares Geschenk, das von Herzen kam. Frauen trugen normalerweise solche Waffen nicht, doch ihr hatte schon früher einmal ein Dolch gehört. Sie hatte ihn in den rauchenden Trümmern ihres Zuhauses gefunden; er war ein Geschenk Lord Savarics an ihren Vater gewesen – die einzige greifbare Erinnerung an ihn. Unglücklicherweise hatte sie an jenem Nachmittag des magischen Duells mit Lord Medb den Dolch ihres Vaters in ein Schwert verwandelt, mit dem sie den Mörder ihres Klans getötet hatte. Die Waffe war zusammen mit Lord Medbs Leichnam vernichtet worden.

Nun erkannte sie, dass Athlone wusste, wie viel ihr der alte Dolch bedeutet hatte. Das Armband war seine Liebesgabe an sie, doch die juwelenbesetzte Waffe drückte seine Hoffnung aus, dass sie sich ein neues Leben aufbaute.

Gabria wischte sich die Tränen mit einem Wollfetzen aus den Augen und legte die Geschenke vorsichtig beiseite. Sie holte die leere Scheide hervor, steckte den Dolch hinein und befestigte ihn an ihrem Gürtel. Die Waffe fühlte sich gut an. Gabria kuschelte sich wieder in ihr Laken und sah zu, wie das Feuer langsam erlosch.

Während die Kohlen langsam verglühten, schwor Gabria sich, dass sie diese Verbannung durchstand. Im Frühling würde sie in den Khulinin-Treld zurückkehren und alles in ihrer Macht Stehende tun, um eine gute Beziehung zu dem Klan *und* seinem Häuptling aufzubauen. Das schuldete sie sich selbst.

Zwei

Erst als Gabria Zeit zum Entspannen fand, erkannte sie, wie sehr die Ereignisse des vergangenen Sommers sie körperlich und geistig erschöpft hatten. Schon nach wenigen Tagen im Tempel erkältete sie sich und bekam Fieber und einen quälenden Husten. Tagelang blieb sie im Innern des kleinen Tempels, lag zusammengekauert auf ihrem harten Bett und verlor sich auf den verschlungenen Pfaden ihrer Gedanken. Sie war kaum stark genug, um zu essen und Wasser oder Feuerholz zu holen. Nara wachte über sie und wartete besorgt darauf, dass die Krankheit abklang.

In einer kalten Nacht, als Gabria sich fiebernd und benommen auf ihrem Lager hin und her warf, glaubte sie plötzlich Nara auf den Tempel zugaloppieren zu hören. Als sie leise Huftritte bemerkte und spürte, dass jemand in ihrer Nähe war, versuchte sie, den Schlaf abzuschütteln. Da legte sich ihr eine kühle Hand beruhigend auf die Stirn und eine bekannte Stimme sprach leise zu ihr. Ein Becher mit einem warmen Kräutertrank wurde ihr an die Lippen gehalten. Sie trank, ohne die Augen zu öffnen, und fiel dann in einen friedlichen Schlaf.

Piers blieb während der Nacht bei ihr und entschlüpfte erst bei Anbruch der Morgendämmerung. Er ließ einen Holzstoß, einen gefüllten Wasserkrug und einen köchelnden Topf mit Suppe zurück. Nach dieser Nacht kehrte er nicht wieder; er brauchte es nicht. Sein Kräutertrank linderte Gabrias Beschwerden, und die kurze, tröstliche Gegenwart des Heilers stärkte ihren Überlebenswillen. Gabria wusste nicht, wie er von ihrer Krankheit erfahren hatte. Sie dankte ihrer Göttin dafür, dass der Heiler es in seiner Sorge um Gabria gewagt hatte, sie aufzusuchen.

Die Nahrung, die Piers Gabria eingepackt hatte, stärkte sie während der Tage ihrer Krankheit. Doch als diese langsam wich und

Gabrias Kräfte zurückkehrten, erkannte sie, dass ihre Vorräte rasch schwanden. Sie benötigte mehr als nur ein paar Bohnen, um weiterzuleben. An eincm kalten, regnerischen Nachmittag zwang sie sich dazu, ihren Bogen zu nehmen, auf Nara zu steigen und in den Bergen auf die Jagd zu gehen. Zu ihrer Freude konnte sie immer noch geschickt mit Pfeil und Bogen umgehen. Sie erlegte einen kleinen Hirsch, mit dessen Fleisch sie an jenem Abend ein Fest veranstaltete.

Körperliche Bewegung und Fleisch waren genau das, was sie gebraucht hatte. Gabria fühlte sich so stark wie schon seit vielen Tagen nicht mehr. Nun ging sie jeden Nachmittag hinaus, um zu reiten, zu jagen, zu fischen oder andere Nahrungsmittel in den Bergen zu suchen. Ihre Gesundheit und gute Laune kehrten vollständig zurück. Sie bemerkte mit großer Freude, dass die tiefe Trauer um ihre Familie im gleichen Maße abnahm, wie sie stärker wurde, und Bitterkeit und Wut, die während ihres Kampfes um Rache in ihr gebrannt hatten, mit sich nahmen. Zurück blieben wachsende Zufriedenheit und ein Gefühl der Befreiung.

Als die letzten Herbsttage vergingen, genoss Gabria allmählich die Einsamkeit des kleinen Tempels, den Frieden ihrer Gedanken und die ruhige Gesellschaft der Stute. An diesem Ort fühlte sie sich Amara nahe, und jeden Tag kniete sie im Licht der aufgehenden Sonne vor dem kleinen Altar nieder und dankte der Muttergottheit dafür, dass diese sie am Leben erhielt.

Auch Nara schien sich im Frieden des Tempels wohlzufühlen. Das Fohlen in ihr, das sie von Athlones Hunnuli-Hengst Boreas empfangen hatte, wuchs stetig und füllte Naras Bauch aus, während sie zufrieden das trockene Wintergras des Gebirges fraß.

Obwohl niemand Gabria besuchen kam, sah sie oft in weiter Ferne Athlone, der sie beobachtete und bewachte. Sein Schutz bedeutete Gabria sehr viel und sie winkte ihm zu, wann immer sie ihn erkannte.

Das Einzige, was Gabria allmählich quälte, war die Langeweile. Sie verbrachte jeden Tag viele Stunden damit, Nahrung zu suchen und den Tempel in eine bequeme Behausung zu verwandeln. Doch es gab Zeiten, in denen sie nichts zu tun hatte. Dann kroch die Einsamkeit heran, und Gabria sehnte sich nach den Ablenkungen eines geschäftigen Trelds. Sie suchte nach etwas, das sie während dieser einsamen, trüben Stunden in Beschäftigung hielt.

Während einer regnerischen, kalten Nacht fand sie die Antwort. Ein Herbststurm war plötzlich hereingebrochen, als Gabria nach Feuerholz gesucht hatte. Als sie endlich den Tempel erreicht hatte, war sie völlig durchnässt und bis auf die Knochen durchgefroren. Sie lud das feuchte Reisig in einer Ecke ab und legte ein wenig Anmachholz in den kleinen Herd, den sie errichtet hatte. Zu ihrer Verärgerung bemerkte sie, dass sie am Morgen die Kohlen nicht aufgehäuft hatte und das Feuer erloschen war. Gabria versuchte, das Anmachholz mit ihrem Feuerzeug zu entzünden, doch ihre Hände zitterten so sehr vor Kälte, dass sie keinen einzigen Funken zustande brachte. Ihre Enttäuschung stieg mit jedem weiteren Fehlversuch.

Plötzlich blitzte ein Gedanke in ihr auf. Sie war doch schließlich eine Zauberin. Sie konnte das Feuer mit einem Zauberspruch anzünden. Alles, was sie dazu benötigte, war ein einziges Wort.

Gabria zögerte nur einen winzigen Augenblick. Sie hatte der Ratsversammlung versprochen, keine Zauberei mehr anzuwenden, und unter gewöhnlichen Umständen hätte sie ihr Versprechen gehalten. Doch jetzt war sie aus dem Klan ausgestoßen worden und in den Augen ihres Volkes tot. Was sie während dieser Zeit der Verbannung tat, ging nur sie allein etwas an.

Sie sprach das magische Wort und eine warme, fröhliche Flamme loderte zwischen dem Anmachholz auf. Gabria grinste wie ein ungehorsames Kind. In diesem Augenblick fasste sie die Entscheidung, die Zeit der Muße mit Zauberei zu verbringen. Sie hatte lediglich die grundlegenden Fertigkeiten und Regeln der Magie von ihrer Lehrerin, der Sumpffrau, erfahren, und bisher wenig Gelegenheit gefunden, ihre Kräfte anzuwenden.

Gabria begann ihre Übungen mit der Vervollkommnung eines einzelnen Zauberspruchs. Nach einiger Überlegung wählte sie dazu einen Verwandlungsspruch. Magie konnte nicht dazu benutzt werden, etwas aus dem Nichts zu erschaffen, aber sie konnte die äußere Gestalt umwandeln oder das Aussehen ändern. Gabria hatte die ungelenke Fassung eines Verwandlungsspruchs dazu benutzt, den Dolch ihres Vaters während des Kampfes gegen Medb in ein

Schwert zu verwandeln. Diese Erfahrung hatte sie gelehrt, wie mächtig ein solcher Zauber sein konnte.

Als sie zu Abend gegessen hatte, fand Gabria einen Kiefernzapfen und übte an ihm den Verwandlungszauber. Ihre Lehrerin hatte betont, dass ein Zauberspruch dem Magier vollkommen klar sein musste, wenn er kein Unheil heraufbeschwören wollte. Zuerst war Gabria etwas unbeholfen. Es gelang ihr kaum, die Gedanken ausschließlich auf ihr Vorhaben zu richten, und das Bild dessen, was sie zu erschaffen versuchte, wollte sich nicht recht formen. Vielleicht war sie bloß nicht entschlossen genug. Der Kiefernzapfen entfernte sich immer wieder von dem Bild, das sie für ihn gewählt hatte. Manchmal veränderte er sich überhaupt nicht.

Die ganze Nacht über und die folgenden Tage hindurch übte sie den Spruch, bis es ihr möglich war, dem Kiefernzapfen jede Gestalt, Größe oder Farbe zu verleihen, die ihr gefiel. Während dieser Übungen erwachte in ihrer Seele eine tiefe Hochachtung vor der unbeschränkten Macht der Magie und eine große Neugier auf ihre Möglichkeiten. Erfreut tat sie den nächsten Schritt. Sie veränderte nicht nur die Gestalt, sondern den Kern eines Gegenstandes. Wieder einmal wählte sie dazu den Kiefernzapfen und verwandelte ihn in ihre Lieblingsfrucht: eine Pflaume.

Wenige Tage vor Jahresende bemerkte Gabria die Geschenke.

Das Jahr und die ersten drei Monate von Gabrias Verbannung endeten in der Nacht der Wintersonnenwende. Nach dem Klankalender begann das neue Jahr immer an dem Tag, an welchem die Sonne ihre Rückreise in den Norden aufnahm. Es war Brauch, während der letzten Tage des alten Jahres den Priestern und Priesterinnen der Klane als Dank für besondere Segnungen Geschenke zu bringen. Frauen gaben ihre Geschenke an Amara üblicherweise aus Dankbarkeit für ein gesundes Kind, eine Schwangerschaft, einen liebenden Ehemann oder eine gedeihende Herde. Diese Geschenke waren klein; es handelte sich um Nahrungsmittel oder Handarbeiten, die jedoch von Herzen kamen. Die Priesterin verwendete sie zu ihrem Lebensunterhalt.

Eines Abends kam Gabria von der Überprüfung ihrer Fallen zurück und fand eine Schale mit Eiern sowie einen wunderschönen

Ledergürtel auf der Tempelschwelle vor. Neugierig hob sie beides auf und schaute umher. Die Lichtung und der Tempel lagen verlassen da. Sie trug die Gaben in den steinernen Raum und legte sie auf den Altar. Sicherlich hatte jemand diese Geschenke der Göttin dargebracht und war wegen Gabria zu ängstlich gewesen, das Heiligtum zu betreten. Das ist seltsam, dachte Gabria, während sie ein Kaninchen häutete, denn für gewöhnlich wurden solche Geschenke nicht vor den Tempel gelegt, sondern der Priesterin persönlich überreicht.

Zu Gabrias großer Überraschung wurden am nächsten Tag weitere Geschenke auf die Schwelle gelegt, während sie fort war: ein Honigtopf, ein Paar wollener Hausschuhe und ein Laib Brot. Gabria starrte hungrig auf den Honig. Sie hatte seit Monaten nichts Süßes mehr gegessen; trotzdem legte sie die Sachen auf den Altar zu den anderen Gaben und machte sich über ihre Kaninchensuppe her.

Beim Anblick der Geschenke kam Gabria eine Idee. Sie schuldete ihrer Göttin große Dankbarkeit dafür, dass sie ihr das Leben gerettet und während der letzten Monate Unterschlupf gewährt hatte. Sie hatte kaum etwas, das sie Amara opfern konnte, doch als ihr Blick auf den Stapel Pelze und Häute auf ihrem Bett fiel, formte sich in ihr ein Gedanke.

Die nächste Nacht war die Nacht des Endes, die letzte Nacht eines sehr ereignisreichen Jahres. Tagsüber herrschte dichtes Schneetreiben, und Gabria verbrachte die Zeit mit der Arbeit an ihrer Gabe für Amara. Sie schnitt weiche Lederstücke zurecht und nähte sie in der Form eines Pferdes zusammen. Sie arbeitete bis spät in die Nacht, machte eine Mähne und einen Schwanz, stopfte den kleinen Körper aus und malte ihn mit Ruß aus ihrem Feuer schwarz an.

Als sie fertig war, stellte sie das Pferd auf den Altar und kniete nieder, um ihrem Dank im Gebet Ausdruck zu verleihen. Es war ein sehr langes Jahr gewesen, und sie hoffte, das nächste würde nicht so schwierig werden. Als sie ihre Hoffnungen Amara mitteilte, fuhr ein kalter Windstoß durch das Fenster und brachte Gabrias Feuer zum Flackern. Sie erzitterte. Eilig schürte sie das Feuer und kroch zwischen ihre warmen Laken. Morgen früh würde die Priesterin in den Tempel kommen und das Gebetsritual für das nächste Jahr durchführen. Gabria wollte sie nicht in eine unangenehme Lage bringen und plante deshalb, schon vor Tagesanbruch fortzugehen. Der um den Tempel pfeifende Wind schläferte sie ein.

Gabria hatte erst wenige Stunden geschlafen, als Naras Gedanken sie wachrüttelten. *Gabria, die Priesterin kommt.*

Die Zauberin sprang aus dem Bett und tastete nach Stiefeln und Mantel. Von draußen hörte sie das Wiehern, mit dem Nara die Priesterin der Khulinin und ihre Messdienerinnen begrüßte. Durch das Fenster sah Gabria, wie ein blassgoldenes Licht die Berge im Osten ränderte und auf dem Schnee glimmerte, der sich gleich einem Tuch über die Erde gelegt hatte. Sie presste die Füße in die Stiefel und schob ihre Habseligkeiten in die Ecke. Sie wollte gerade herausstürmen, als die Priesterin und zwei junge Frauen den Tempel betraten.

Die Frauen rissen die Augen auf, als sie Gabria sahen. Der Blick der Priesterin war ausschließlich auf den Altar und das Fenster in Richtung der aufgehenden Sonne gerichtet.

Gabria wusste, dass sie nun hinausschlüpfen sollte, denn die meisten Priesterinnen erlaubten keinem Uneingeweihten und erst recht nicht einer Verbannten, an der Zeremonie teilzunehmen. Dennoch zögerte sie; die Anmut und Schönheit der Priesterin am Altar wirkte anziehend auf sie.

In diesem Augenblick sagte die Priesterin, ohne sich umzudrehen: »Bleib.«

Die Messdienerinnen wirkten entsetzt, als sie erkannten, mit wem die Priesterin sprach, doch sie hatte bereits die Gebete angestimmt, und die beiden wagten es nicht, sie zu unterbrechen.

Gabria freute sich. Sie drückte sich in ihre Ecke und kniete nieder, als auch die Messdienerinnen auf die Knie sanken.

So sanft wie das Licht, mit dem der Morgen begann, sang die Priesterin ihre Gebete zu Mutter Amara, der Göttin der Liebe, des Lebens und der Geburt. Als das Licht stärker wurde und die Sterne verblassten, wurden ihre Gesänge klarer und freudiger. Die grüne Robe der Priesterin erglühte im Morgenschein und umwehte sanft ihren Körper, während sie sang. Das lange, graue Haar hing ihr wie bei einer Jungfrau bis zur Hüfte herunter.

Der feurige Rand der Sonne erhob sich über die Ebene und reines Licht ergoss sich in den Steintempel. Die Stimme der Priesterin erhob sich zu einem Willkommensgesang, und die Stimmen der Messdienerinnen fielen triumphierend ein.

Obwohl Gabria die Worte der Gebete nicht kannte, begriff sie deren Bedeutung, die sie ins Innerste ihrer eigenen Gefühle leitete. Als das Sonnenlicht ihr das Gesicht wärmte, erhob sie die Hände, summte die Melodie der Anrufung und schickte der Göttin, die sie am Leben erhielt, ihren Dank.

Als sich die Sonne vom fernen Horizont löste, endeten die Gebete schließlich in einem Hoffnungsgesang. Erst dann senkte die Priesterin die Arme. Im Sonnenglast drehte sie sich um und sah die drei Frauen an. Ihr weises Gesicht glühte noch vor Freude. Sie nickte der Zauberin, die in einer lichtdurchfluteten Ecke kniete, kurz zu.

»Vielen Dank für eure Hilfe, Schwestern«, sagte sie zu den Messdienerinnen und fügte dann hinzu: »Gabria, Amara lässt ihr Licht über dich leuchten.«

Die Dienerinnen keuchten, und die eine sagte: »Herrin, erinnert Euch an das Gesetz.«

Die Priesterin erhob die Hände zum Licht der Sonne. »Hier in Amaras Tempel bin ich das Gesetz. Bitte geht nach draußen und wartet dort«, sagte sie zu ihnen. »Ich komme gleich zu euch.«

Die beiden Frauen gingen hinaus, wobei sie den Blick fest auf den Boden gerichtet hielten.

Gabria stand langsam auf. »Vielen Dank dafür, dass Ihr mir erlaubt habt, hier zu bleiben.«

»Ich freue mich, dass du geblieben bist. Das bestätigt mich in dem Glauben, dass du in der Gunst der Göttin stehst.« Die Priesterin verstummte und sah Gabria von Kopf bis Fuß an. »Du siehst gut aus.«

»Ich fühle mich sehr gut«, sagte Gabria eifrig, »obwohl ich eine Zeit lang krank war. Es war schlimm. Ich hatte nicht die Kraft, das Bett zu verlassen. Ich glaube, dass Piers einmal hergekommen ist, doch meine Erinnerung daran ist ziemlich verschwommen.« Sie hielt inne und richtete den Blick auf das runde Fenster, durch das sich das Licht in den Raum ergoss. »Es ist seltsam. Mir scheint, dass ich von mehr als nur vom Fieber genesen bin. Ich fühle mich, als wäre eine große Last von mir genommen.«

Die Priesterin nickte. »Deine Erlebnisse im letzten Sommer hätten sogar einen kampferprobten Krieger erschöpft. Mir war klar, dass du bei deinem Fortgang aus dem Treld am Ende warst. Dein Stimme war voll Bitterkeit und Ablehnung. Davon höre ich jetzt nichts mehr.«

»Ich bin davon befreit worden. Es ist schon merkwürdig; diese Zeit im Tempel sollte eine Bestrafung sein. In Wirklichkeit ist sie aber die beste Medizin gewesen, die ich bekommen konnte.«

»Lord Athlone wird froh sein, das zu hören«, sagte die Frau. Ihre Augen glänzten vor Freude. »Er macht sich ständig Sorgen deinetwegen und vermisst dich sehr.«

Gabria lächelte. »Ich ihn auch.« Sie errötete leicht und fügte hinzu: »Es tut mir Leid. Ich wollte nicht so viel reden. Aber es ist so schön, einen anderen Menschen zu sehen.«

»Du brauchst dich nicht zu entschuldigen. Ich höre dir gern zu.«

»Könntet Ihr mir zum Schluss sagen, wie es dem Klan geht?«

Die Priesterin bemerkte die Spur von Einsamkeit in Gabrias Stimme. »Dem Klan geht es gut. Das milde Wetter ist ein Segen. Die Herden sind gesund und jedermann ist beschäftigt.« Sie ging hinüber zum Fenster und betrachtete den Schnee.

»Lord Athlone habe ich in der letzten Zeit nicht oft gesehen«, fuhr die Priesterin fort. »Er arbeitet zusammen mit Lord Koshyn von den Dangari und Lord Sha Umar von den Jehanan an der Einheit der Klane.« Ihr weises Gesicht nahm einen besorgten Ausdruck an. »Als Lord Medb versuchte, die zwölf Klane zu unterwerfen, hat er mehr Schaden angerichtet, als er sich vorstellen konnte. Unseren Völkern ist es nicht bestimmt, von einem einzelnen Oberherrscher regiert zu werden. Wir unterscheiden uns zu sehr voneinander. Jetzt sind diejenigen, die sich mit Medb verbündet hatten, ängstlich und abwehrend, und die, welche gegen ihn gekämpft haben, voller Wut, und diejenigen, welche die Flucht ergriffen haben, schämen sich dafür. Lord Athlone befürchtet, dass all das die Klane noch weiter entzweit. Er hat mit jedem Häuptling in der Ebene geredet und versucht, die allgemeine Wut zu dämpfen. Damit ist er zur Zeit sehr beschäftigt.«

»Ich hoffe, er kann einige dieser Schwierigkeiten beseitigen, bevor sich die Klane im Sommer wieder am Tir Samod treffen«, sagte Gabria.

»Das hoffe ich ebenfalls. Einen weiteren Krieg können wir nicht gebrauchen.« Die Priesterin verstummte, als ihr ein weiterer Gedanke kam. »Ich habe noch eine Neuigkeit erfahren. Es ist nur ein Gerücht, aber Branth könnte sich in Pra Desch aufhalten.«

»Branth!« Gabria spuckte diesen Namen aus. »Dieser Mörder. Ich hatte gehofft, er sei tot.«

»Anscheinend ist er das nicht.«

»Hat Athlone etwas über Branths Aufenthaltsort gesagt?«

Die Priesterin antwortete: »Nicht dass ich wüsste. Vermutlich wartet er auf verlässlichere Informationen.«

Gabria schüttelte geistesabwesend den Kopf und starrte auf den Boden, während sie über die Neuigkeiten nachdachte.

Einige Augenblicke später ging die Priesterin zum Altar und betrachtete die darauf liegenden Geschenke. Ein wissendes Lächeln umspielte ihren Mund. Sie hob das kleine schwarze Pferd hoch. »Von dir?«

Gabria sah auf. »Nara ist trächtig.«

»Tatsächlich? Dann nehme ich das hier an mich und schließe die Stute in meine Gebete ein.«

Die Zauberin ging hinüber zum Altar. »Möchtet Ihr die anderen Geschenke nicht an Euch nehmen?«

»Sie sind für dich.«

»Für mich?«, fragte Gabria erstaunt.

»Unter den Frauen wächst der Glaube, dass du die Gesegnete Amaras bist. In der letzten Zeit hat es fünf Niederkünfte gegeben, und alle sind glücklich verlaufen. Einige Frauen schreiben das deiner Gegenwart im Tempel zu. Sie haben dir diese Geschenke gebracht.«

Gabria war verblüfft. »Aber Ihr seid die Priesterin Amaras. Diese Geschenke sollten für Euch sein.«

Das Lächeln der Frau wurde breiter und sie schüttelte den Kopf. »Ich brauche sie nicht.« Sie hielt inne und ihr Blick bohrte sich in Gabria. »Aber der Klan braucht dich, ob er das weiß oder nicht. Halte dich im Licht von Amaras Gnade und du wirst allen Hass und alles Misstrauen der Ungläubigen überstehen.« Sie stellte sich direkt vor Gabria. Das Mädchen versteifte sich und wartete auf den Rest der Warnung.

»Tritt aus dem Licht«, fuhr die Priesterin mit leiser und unerbittlicher Stimme fort, »und ich verspreche dir, dass die Göttin dich vernichten wird.«

Gabria nickte verständnisvoll. Die Priesterin sah sie lange und forschend an. Schließlich trat sie einige Schritte zurück; ihr gefiel, was sie gesehen hatte.

»Du wirst in drei Monaten wieder zu Hause sein, gerade rechtzeitig zur Feier der Rechtgeburt. Ich freue mich auf deine Rückkehr.«

Bei der Rechtgeburt handelte es sich um eine Zeremonie des Dankes an Amara für eine fruchtbare Zeit. Dieser Gottesdienst war ein wesentlicher Teil der Pflichten des Klans gegenüber der Allmutter. Gabria fragte sich, ob auch der Rest der Khulinin sich auf ihre Rückkehr ausgerechnet zu diesem Fest freuen würde.

Die Priesterin schritt auf den Eingang zu. »Wenn das Hunnuli bei der Niederkunft Hilfe braucht, ruf nach mir.«

»Vielen Dank, Priesterin«, sagte Gabria herzlich. Sie ging zur Tür und sah den drei Frauen nach, bis sie zwischen den Bäumen verschwunden waren.

Noch viele Tage nach dem Besuch der Priesterin grübelte Gabria über ihre Worte nach. Nach so vielen Monaten der Ablehnung und Verdächtigungen fand sie Trost in dem Wissen, dass einige Klanfrauen ihre grundsätzliche Tugend und Götterergebenheit allmählich anerkannten. Zauberei wurde als etwas Böses angesehen – als widernatürlicher Gebrauch der göttlichen Macht. Gabria hatte das selbst geglaubt, bevor sie ihre eigene Macht erkannt hatte. Vielleicht stellten nun auch die Klanleute ihren alten Glauben vorsichtig in Frage. Das war ein ermutigender Gedanke.

Das Einzige, was Gabria an den Neuigkeiten der Priesterin beunruhigte, war das Gerücht über Branth. Sie fragte sich, ob er sich wirklich in Pra Desch aufhielt und das *Buch des Matrah* besaß. Angesichts dieser Möglichkeit lief es ihr kalt den Rücken herunter. Jedermann glaubte, der Häuptling der Geldring habe das Zauberbuch gestohlen; daher war es sehr gut möglich, dass er versuchte, das Wissen zwischen den uralten Buchdeckeln anzuwenden. Gabria hoffte von ganzem Herzen, dass dem nicht so war, denn Branth war genauso grausam und ehrgeizig wie Lord Medb. Nur die Götter wussten, welchen Verdruss der Geldring mit seiner neuen Macht bereiten konnte.

Gabria fragte sich überdies, was Athlone wohl unternehmen mochte, wenn er Branths Versteck herausfand. Das Klangesetz gestand Athlone das Recht zu, Branth aufzuspüren und Genugtuung für den Mord an seinem Vater zu verlangen. Doch Athlone musste auch seine Verpflichtungen dem Klan gegenüber in Erwägung ziehen. Außerdem hatte Athlone keine Aussicht auf einen Sieg gegen Branth, falls dieser tatsächlich zu einem Zauberer geworden war.

Gabria schüttelte sich und schob die beunruhigenden Gedanken beiseite. Ihre Verbannung würde noch einige Monate dauern, und es war sinnlos, diese Zeit mit Sorgen über ein Gerücht zu verschwenden, das ihr niemand bestätigen konnte. Sie holte den Kiefernzapfen hervor und kehrte zu ihren magischen Übungen zurück.

Während die Wintertage dahinzogen, wurde Gabria immer geschickter in ihren Zaubersprüchen. Ihre ersten Versuche, einen Kiefernzapfen in eine Pflaume zu verwandeln, waren in schaurigen Fehlschlägen geendet. Die Pflaumen waren entweder zu hart oder zu sauer oder schmeckten zu seltsam. Eines Abends schließlich hatte sie eine genaue geistige Vorstellung von dem, was sie wollte. Sie sprach die magischen Worte aus und verwandelte den braunen Kiefernzapfen in eine vollkommene Süßpflaume. Sie lachte vor Entzücken, als sie einen Bissen nahm und ihr der köstliche Saft am Kinn herabrann.

Die Zauberin übte noch einige Male, bis sie eine ganze Schüssel unterschiedlicher Früchte hatte; dann tat sie den nächsten Schritt: Sie verwandelte etwas Belebtes in etwas Unbelebtes. Diesmal hatte sie ihre Sinne besser darauf ausgerichtet, die Magie ihrem Willen zu unterwerfen. In nur wenigen Tagen war sie in der Lage, einen Kiefernzapfen in einen Stein oder jeden anderen Gegenstand zu verwandeln.

Gabria war so sehr damit beschäftigt, nach Essen zu jagen und ihre Magie zu vervollkommnen, dass sie kaum bemerkte, wie der Winter dem Frühling wich. Das Wetter war seit langem trocken und mild, sodass der Wechsel sich sehr sanft über das Land legte. Der fünfte Vollmond ihrer Verbannung war bereits gekommen und gegangen, bevor ihr gewahr wurde, dass die Luft nicht mehr so kalt war und die Tage länger wurden. In weniger als einem Monat konnte sie zum Khulinin-Treld zurückkehren.

Zu ihrer eigenen Überraschung musste Gabria zugeben, dass sie über ihre bevorstehende Rückkehr nicht uneingeschränkt glücklich war. Sie hatte die Freiheit, ihre Magie auszuüben, schätzen gelernt. Es würde schwierig sein, das aufzugeben, selbst wenn die Aussicht bestand, dass der Rat der Häuptlinge auf dem Treffen am Tir Samod im Spätsommer die Gesetze gegen Zauberei aufhob.

Aber das war nicht der einzige Grund für ihren Widerwillen. Obwohl Gabria den Khulinin-Treld sehr mochte, fühlte sie sich dort nicht zu Hause. Die einzige Heimat, die ihr Herz kannte, war eine ausgedehnte Weide hoch im Norden, wo die Corin früher ihr Winterlager aufgeschlagen hatten. Seit dem Tag des Massakers vor fast einem Jahr war sie nicht mehr dort gewesen.

Eines Nachts, als der Halbmond über der Ebene aufstieg, lag Gabria auf ihrer Pritsche in dem dunklen, voll gestopften Tempel und dachte bis tief in die Nacht hinein an ihre Familie. Nach einer Weile döste sie ein, wachte aber immer wieder auf. Ihre Träume spielten mit den Erinnerungen an ihren Vater und ihre Brüder. Sie warf sich auf dem Bett herum, als die Träume immer lebhafter wurden und die Gespenster ihrer alten Ängste sich wie Schatten in ihrem Kopf versammelten.

In einem einzigen Augenblick klärten sich ihre Gedanken. Gabria wurde von einer Vision heimgesucht, die genauso wirklich war wie damals, als sie das Mädchen zum ersten Mal überfallen hatte. Es war dieselbe Vision, die Gabria im vergangenen Sommer kurz vor ihrem Zusammentreffen mit Lord Medb gehabt hatte.

Gabria sah sich selbst auf einem Hügel stehen und auf die Ruinen eines einstmals quirligen Lagers herunterblicken. Die Sonne brannte warm und stand hoch am Himmel und das Gras wuchs üppig auf den verlassenen Weiden. Unkraut breitete sich über die Asche aus und bedeckte die Trümmer mit einem grünen Tuch. In der Nähe lag ein großer, von Speeren umstandener Grabhügel, auf dessen frischer Erde erst zaghaft neues Gras spross.

Gabria erwachte mit einem Ruck. Die Vision verblasste, doch das Bild des Grabhügels sah sie noch immer sehr deutlich vor sich. Sie wusste nicht, ob der Hügel der Wirklichkeit entsprach. Als sie den Corin-Treld nach dem Massaker vorgefunden hatte, war sie allein gewesen und hatte ihre Leute dort liegen lassen müssen, wo sie gestorben waren. Sie hatte nichts weiter tun können, als sich selbst zu retten.

Gabria grübelte mehrere Tage lang über die Vision nach, und in dieser Zeit wurde ihr Wunsch, die Heimat wieder zu sehen, zu einem immer mächtigeren Verlangen. Je mehr sie darüber nachdachte, desto wichtiger wurde es für sie nachzuprüfen, ob die Mitglieder ihres Klans tatsächlich begraben worden waren. Sie hatte an jenem schrecklichen Tag nicht die Gelegenheit gehabt, von ihrem Vater oder ihren Brüdern Abschied zu nehmen. Vielleicht war jetzt, acht Tage vor dem Ende ihrer Verbannung, die beste Gelegenheit dazu. Mit Nara konnte sie den Weg zum Treld in drei oder vier Tagen bewältigen und zurück sein, bevor jemand sie vermisste. Niemand würde je erfahren, dass sie den Tempel verlassen hatte.

Als Gabria dem Hunnuli von ihrem Entschluss erzählte, willigte Nara ein. *Es wird dich stärken, deine Heimat wieder zu sehen,* sagte die Stute zu ihr. *Wir machen uns auf den Weg.*

Sie brachen am nächsten Morgen in der kalten, nebligen Stunde der einsetzenden Dämmerung auf. Nara trabte nach Osten hinter das Vorgebirge auf die Ebene zu und wandte sich dann allmählich nach Norden, um den Spähern der Khulinin auszuweichen. Bei Sonnenaufgang befanden sie sich schon weit nördlich des Khulinin-Trelds und folgten dem Süßwasserfluss. Nara fiel in einen leichten, fließenden Trab, der die beiden Stunde um Stunde über das offene Grasland trug.

Gabria entspannte sich auf Naras breitem Rücken. Es war ein wunderbares Gefühl, wieder in der weiten Steppe zu sein, fern des Tempels, der Berge und der Menschen, die nichts mit ihr zu tun haben wollten. Hier in dem baumlosen, ausgedehnten Grasland konnte sie von Horizont zu Horizont sehen, den Wind im Haar spüren und sich an dem endlosen blauen Himmelsgewölbe erfreuen, das sich über ihr wölbte. Sie breitete die Arme aus und lachte fröhlich über ihre Freiheit.

Nara antwortete darauf mit einem Wiehern. Das schwarze Pferd setzte zu einem Galopp an; seine Muskeln bewegten sich ohne sichtbare Mühe, als es aus reiner Freude am Laufen wie der Wind dahinpreschte. Seine schwarze Mähne peitschte Gabria ins Gesicht, die Hufe hämmerten über den harten Boden.

Gabria lachte erneut. Sie spürte, wie die Kraft des Hunnuli unter ihr so leicht und heiß wie der Blitz floss, der auf der rechten Schulter des Pferdes prangte. Plötzlich wurde sie von Liebe, Dankbarkeit und Staunen überwältigt. Solange sie Nara hatte, würde sie niemals allein sein. Sie würde immer eine treue Freundin haben, die zu ihr stand, wie oft ihre eigenen Leute sie auch zurückweisen mochten. Sie schlang die Arme um Naras Hals und drückte die Wange gegen das weiche Haar.

Die Stute wurde wieder langsamer. *Geht es dir gut, Gabria?*

Die junge Frau richtete sich lächelnd auf und rieb über die Schulter des Pferdes. »Es geht mir gut, wenn du bei mir bleibst, Nara.«

Immer, antwortete das Hunnuli.

Schweigend eilten sie weiter. Mehr brauchten sie nicht zu sagen.

Drei Tage lang reisten sie nordwärts durch das breite, grasbewachsene Tal des Hornwacht. Im Westen ragten die verschneiten Gipfel der Dunkelhornberge in den Himmel; die weiß verhüllten Spitzen waren von Wolken bekrönt und die grauen Hänge hinter Schleiern aus Wind und Schnee verborgen. Im Osten begrenzte die niedrigere Kette der Himachalberge das Tal wie eine alte, zerfallende Festungsmauer. Das Tal bestand aus fruchtbarem grünem Land, in dem sich Antilopen, Wildpferde und kleinere Wildtiere tummelten. Sowohl die Geldring als auch die Dangari jagten in der Hornwacht, und da Gabria kein Verlangen danach hatte, jemandem aus den Klanen zu begegnen, hielten sie und Nara sich am westlichen Rand des Tals in der Nähe des Dunkelhorn-Vorgebirges.

Gabria erschien diese Reise seltsam und beinahe vertraut. Sie nahmen denselben Weg, auf dem sie vor gut einem Jahr südwärts geritten waren. Die Hügel und Berge sahen unverändert aus: unfruchtbar, in winterlichem Graubraun und schneegefleckt. Doch Gabria hatte sich verändert. Sie fühlte sich eine ganze Lebensspanne älter und weiser; sie war nicht länger ein einfaches, verängstigtes Mädchen. Krieg und Magie hatten sie verwandelt.

Doch leider hatten ihre Erfahrungen die Erinnerungen nicht ausgelöscht. Je näher sie dem Corin-Treld kamen, desto unruhiger wurde Gabria. Immer wieder musste sie an jenen schrecklichen Tag denken, an dem sie zwischen den Trümmern ihres Zuhauses herumgestolpert war und ihre ermordete Familie gefunden hatte. Sie hatte geglaubt, inzwischen mit den Bildern der Vergangenheit umgehen zu können, doch das Gefühl von Angst, Trauer und Verwirrung kochte in ihr hoch wie eine zischende Flutwelle.

Gabria kämpfte den Aufruhr in ihrem Inneren so gut wie möglich nieder und lehnte Naras Vorschlag ab, eine Rast einzulegen und etwas zu essen.

Dem Hunnuli machte die pausenlose Reise nichts aus, doch es sorgte sich allmählich um seine Reiterin. Gabria hatte sich offenbar in ihren Gedanken an die Vergangenheit verloren. Sie war unaufmerksam geworden und kümmerte sich nicht mehr um das Pferd und ihrer beider Wohlergehen.

Am dritten Tag preschte Nara über einen Hügel und hinunter in eine schüsselförmige Senke. Sie hielt am Rand eines halb gefrorenen, schlammigen Tümpels an.

Erinnerst du dich an diesen Ort?

Gabria starrte auf den dunklen Teich. »Sehr gut. Die Narben an meinen Händen sind noch deutlich sichtbar.« Sie fuhr mit der Hand über Naras Hals. »Aber das ist ein geringer Preis für das Geschenk einer solchen Freundschaft.«

Beide sahen gleichzeitig zu einem nahen Hügel hinüber, auf dessen Spitze noch ein kleiner Steinhaufen sichtbar war. Darunter hatte Gabria Naras erstes Fohlen begraben.

Sie war auf das wilde Hunnuli gestoßen, als es im Schlamm festgesteckt und mit einem Wolfsrudel um sein Leben gekämpft hatte. Gabria hatte die Angreifer zurückgeschlagen und zwei Tage damit verbracht, die trächtige Stute mit bloßen Händen aus dem Schlick zu befreien. Sie hatte versucht, auch das Fohlen zu retten, doch es war während der Geburt gestorben. Sie hatte es unter den Steinen zur letzten Ruhe gebettet.

Bei dem Gedanken an das Fohlen erinnerte sich Gabria wieder an Naras augenblicklichen Zustand. Die Stute war im zehnten Monat schwanger. Verschämt fuhr sie mit der Hand an Naras seidigem Hals entlang. »Es tut mir Leid«, sagte sie sanft.

Nara wieherte. *Dazu gibt es keinen Grund.*

»Wir sollten hier unser Lager aufschlagen«, schlug die junge Frau vor.

Die Stute drehte den Kopf und sah Gabria mit ihren klugen Augen an. *Uns bleiben noch ein paar Stunden Tageslicht. Bei Einbruch der Nacht könnten wir den Corin-Treld erreicht haben.*

Gabria schüttelte den Kopf. »Wir müssen uns ausruhen. Außerdem möchte ich den Treld bei Tageslicht sehen.«

Sie fanden Schutz unter einem kleinen Felsvorsprung an der Flanke eines Hügels. Nara ging grasen, während Gabria ein kleines Feuer entzündete, ihr Abendessen zu sich nahm und sich in die Laken wickelte. Die Dunkelheit kam schnell, denn der Himmel war bewölkt und die Luft schwer von drohendem Schnee. Gabria schloss die Augen und versuchte zu schlafen.

Sie war sehr müde und wusste, dass der kommende Tag anstrengend werden würde, doch sie fand keine Ruhe. Ihr Gedanken kehrten immer wieder zu dem Massaker und den Traumbildern des großen Grabhügels zurück. Was würde sie morgen vorfinden? War ihre Familie mit allen Ehren begraben worden oder lagen die Leichname noch immer verwesend im Gras? Sie stellte sich die verschiedenen Möglichkeiten vor und warf sich dabei auf ihrem Lager herum; dann vermischten sich die Einbildungen mit wirklichen Erinnerungen an das grauenvolle Gemetzel. Geister mit undeutlichen Gesichtern und vom Tod erstickten Stimmen trieben durch ihre Gedanken.

Vor Gabrias dürftigem Unterschlupf stellte sich Nara neben die Felswand. Die Augen des Pferdes leuchteten im Feuerschein wie Edelsteine.

Gabria dachte an jene Nacht vor langer Zeit, in der sie die Augen der wilden, gefangenen Stute beobachtet und sich gefragt hatte, was wohl aus dem Pferd und aus ihr selbst werden mochte. Damals hatte sie sich die unglaublichen Ereignisse, die noch folgen sollten, nicht vorstellen können. Nun kehrten sie und Nara zu dem Ort zurück, wo alles begonnen hatte.

Gabria setzte sich auf und lehnte sich gegen den Fels. Nein, das stimmt nicht ganz, dachte sie. Es hatte mit Medb und seiner Gier begonnen – oder eher vor vielen Generationen, als die Klanleute jegliche Magie verdammt hatten. Die Kette der Ereignisse führt zurück zur Vernichtung der Zauberer, zur Blütezeit der magischen Stadt Moy Tura, zu Matrah, dem Verfasser eines ungeheuerlichen Buches, und zu Valorian, dem Kriegshelden, der als Erster Magie eingesetzt hatte, um die bösen Bewohner von Sorh zu besiegen. Gabria war nur ein kleiner Teil der Geschichte, die in Wirklichkeit schon vor Jahrhunderten begonnen hatte und sich noch lange nach ihrem Tod fortsetzen würde.

Die Frau lachte. Von diesem Blickwinkel aus betrachtet, waren ihre Sorgen und ihr innerer Aufruhr nur ein winziger Faden im gewaltigen Wandteppich der Klangeschichte und dem Lauf der menschlichen Ereignisse. All ihre Angstvorstellungen änderten nichts am untergegangenen Treld und machten die Toten ihres Klans nicht wieder lebendig. Was geschehen war, war geschehen. Sie musste nur bis zum Morgen warten; dann konnte sie ihren Ängsten gegenübertreten. Sie legte sich wieder hin, zog den Mantel bis zum Kinn und entspannte sich. Diesmal glitt sie in einen friedvollen, traumlosen Schlaf.

Als Gabria am nächsten Morgen erwachte, schneite es. Es war ein leichter, launischer Schauer, der Naras dunkles Fell mit winzigen Sternen sprenkelte und den Boden mit Puderzucker bestäubte. Die Berge waren völlig hinter einer Wolkenwand verschwunden. Gabria schüttelte den Schnee von ihren Habseligkeiten, aß rasch etwas und stieg auf Nara. Sie verließen die Senke, ohne einen Blick zurückzuwerfen, und ritten langsam nordwärts durch das Schneetreiben. Der Corin-Treld lag nicht mehr weit entfernt, aber Gabria wollte ihn in dem Schneegestöber nicht verfehlen.

Glücklicherweise hielt das Unwetter nicht lange an. Als Nara kurz vor Mittag einen Hügelkamm in der Nähe des Trelds erkletterte, endete der Schneefall und die Wolkendecke riss auf.

Gabrias Herz raste. »Es ist nicht mehr weit«, sagte sie. »Nur noch durch diesen Fluss und auf den nächsten Hügel.«

Nara fiel in einen scharfen Galopp. Sie rannte die Anhöhe hinunter, setzte mit einem sicheren Sprung über den schmalen Fluss und preschte den Hang eines lang gestreckten, baumlosen Hügels hinauf. Plötzlich brach die Sonne durch die Wolken und beschien das Land. Das Hunnuli hatte die Hügelspitze erreicht und hielt an.

Einen atemlosen Augenblick lang bezweifelte Gabria, dass sie sich an der richtigen Stelle befanden. Das Gebiet ähnelte ihrer Heimat, so wie sie ihr in Erinnerung geblieben war: die breite Freifläche, die an zwei Seiten von Bäumen gesäumt wurde und vor den dunklen, baumbestandenen Bergen endete; der kleine Fluss, der in seinem Steinbett rauschte; die Geröllblöcke neben dem Wäldchen, auf denen die Kinder so gern gespielt hatten. Mit einem schmerzhaften Stich erkannte Gabria, dass dies das richtige Tal war; es sah ohne den einst so blühenden Treld nur fremd aus.

Gabria warf die Hände hoch und weinte vor Erleichterung und Freude. Die Vision hatte sie nicht belogen. Hier, im offenen Feld, erhob sich ein neuer Hügel, bekrönt mit Speeren und überzogen von Schnee, der in der Morgensonne glitzerte. Sie stieg ab und rannte den Hügel hinunter. Auf halbem Weg riss sie sich den Khulinin-Mantel vom Leib und warf ihn ins Gras; dann zog sie ihr Schwert und brüllte den Siegesschrei der Corin. Ihre Stimme hallte durch das ganze verlassene Tal. Die junge Frau hastete den Grabhügel hoch und lief zwischen den Speeren hindurch bis zur Spitze. Sie reckte ihr Schwert hoch in die Luft.

»Corin!«, rief sie. »Ich habe es getan, Vater. Du bist gerächt!«

Das Schweigen des verwüsteten Trelds stieg zu ihr auf. Mit zurückgeworfenem Kopf lauschte sie dem Wind im Gras, dem Schrei des Habichts über ihr und dem Lied des Flusses. Es schien ihr beinahe so, als erklängen vertraute Stimmen, die ihren heldenhaften Taten Beifall spendeten, doch da war niemand mehr, der ihr antworten konnte. Sie sah sich um und erwartete fast, ihren Vater, ihre Brüder oder sonst jemanden neben dem Grabhügel stehen zu sehen.

Das Tal war verlassen und nur der Wind wanderte durch den Treld.

Gabrias Freude erstarb genauso schnell, wie sie sich erhoben hatte. Unter ihren Füßen lagen mehr als hundert Mitglieder des Corin-Klans sowie Dathlar, ihr Vater, Gabran, ihr Zwillingsbruder, und ihre drei älteren Brüder. Sie waren schon lange fort und befanden sich nun hinter den irdischen Gefilden, über die sie einst geschritten waren. Ihre Familie war jetzt im Reich der Toten und stand vor dem Angesicht der Götter. Vielleicht wussten sie von Gabrias Sieg über Lord Medb, ihren Mörder, und von dem Preis, den sie für ihre Rache bezahlt hatte, doch sie konnten nicht an der Siegesfreude teilhaben. Sie waren fort und befanden sich jenseits von Gabrias Reichweite.

Sie schaute nach unten, und ihre Augen füllten sich mit Tränen.

Das frische Wachstum des Frühlings bedeckte allmählich den Grabhügel; das Erdreich sackte leicht über den Begrabenen ein. Das Mädchen bemerkte, dass die Speere sich bereits neigten. Es schritt den Kreis ab und richtete jeden einzelnen Speer wieder auf. Als es damit fertig war, verließ es den Grabhügel.

Fast den ganzen Nachmittag wanderte Gabria durch den Treld und rief sich die Orte, die sie besonders geliebt hatte, in die Erinnerung zurück: die Stelle, an der das Zelt ihres Vaters gestanden hatte, die Häuptlingshalle, die der Klan mit großem Stolz aus Baumstämmen errichtet hatte, die Geflügelställe und Pferche, die Zelte ihrer Brüder und Freunde. Die Plünderer hatten während ihres Angriffs alles niedergebrannt, doch Gabria fand noch viele Spuren des alten Trelds. Die Grundmauern der Halle waren von Unkraut überwuchert, und im Innern stapelten sich einige geschwärzte Holzstämme. Teile persönlicher Gegenstände lagen im Gras verstreut. Die verkohlten Überreste der Zelte verrotteten langsam und sanken in den kohlschwarzen Boden ein.

Schließlich gelangte Gabria an eine ebene Stelle am Rande des Trelds. Hier bezeichnete nur ein breiter, verbrannter Fleck im Boden den Ort, wohin Gabria ihren Vater und ihre Brüder gezogen hatte. Sie würde es niemals vergessen. Sie hatte einen behelfsmäßigen Scheiterhaufen errichtet und ihre Toten verbrannt, so wie es ehrenvollen Kriegern zustand. Mehr hatte sie nicht tun können.

Wer immer zu einem späteren Zeitpunkt hergekommen war und den Klan beerdigt hatte, hatte auch die Überreste Dathlars und seiner Söhne begraben und den Scheiterhaufen vollkommen beseitigt. Alles war so, wie es sein sollte, und Gabria dankte still den unbekannten Wohltätern, die so hart für die Ehre des Corin-Klans gearbeitet hatten. Sie starrte lange Zeit den Boden an und stellte sich die Gesichter ihrer Familie vor. Diesmal brachte ihr die Erinnerung Wärme und Frieden. Der Zorn war verraucht. Endlich hatten sich ihre alten Ängste beruhigt.

Ein letztes Mal ging sie durch den Treld. In der Nähe der zerstörten Halle hielt sie an und sah sich um. Außer dem Grabhügel und den verstreuten, zerfallenden Ruinen sah das Tal genau so aus, wie es gewesen sein musste, bevor die Corin hier überwintert hatten. Sie lächelte bitter und süß zugleich. Das war das große Wunder: Wie viel Blut auch über dem Gras vergossen sein mochte, die Landschaft blieb doch stets gleich und unwandelbar. Menschliche Gefühle konnten ihr nichts anhaben.

»Lebt wohl, Corin!«, rief sie. »Ruhet sanft.«

Traurig ging sie den Hügel hinauf zu Nara. Sie zog wieder den Khulinin-Mantel an und stieg auf das Hunnuli. »Wir können gehen. Hier gibt es für mich nichts mehr zu tun.«

Die Stute drehte sich um, warf einen Blick auf den Grabhügel im Tal unter ihr und hob die Vorderbeine unter einem triumphierenden Wiehern. So bezeugten die Hunnuli Achtung und Ehre. Als Nara mit den Beinen wieder den Boden berührte, sahen sie und Gabria ein letztes Mal hinüber zum Treld. Dann wandte sich Nara gen Süden und galoppierte davon.

Drei

Zwei Tage später erreichten Nara und Gabria die heißen Quellen nahe des Wolfsohrenpasses im Vorgebirge der Dunkelhornberge. Im vergangenen Jahr hatten sie dort angehalten, um sich auszuruhen und die Wunden zu versorgen, die sie durch das Wolfsrudel und Naras Befreiung aus dem Schlammloch davongetragen hatten. Erneut gab Gabria der Versuchung des heißen Wassers nach. Sie fanden einen warmen Teich zwischen den sprudelnden Quellen und wirbelnden Dämpfen und sowohl die Frau als auch das Pferd verbrachten den Nachmittag damit, sich den Schmutz der Reise abzuwaschen. Es war äußerst angenehm. Am Ende des Tages fühlte sich Gabria so entspannt und friedvoll, wie sie es das ganze letzte Jahr über nicht gewesen war.

Während sie sich abtrocknete, dachte sie an Athlone und die Khulinin und erkannte plötzlich, dass sie den Gedanken, sie alle wieder zu sehen, sehr aufregend fand. Ihre Verbannung endete in zwei Nächten; dann durfte sie rechtmäßig zum Klan zurückgehen. Zum ersten Mal fühlte sie sich, als kehrte sie heim. Lächelnd zog sie die Hose und das Hemd an und legte den goldenen Mantel um. In zwei Tagen würde sie endlich zu Hause sein.

Gabria schlug in jener Nacht ihr Lager am Rand der Quellen auf, wobei sie darauf achtete, nicht in Windrichtung der mineralhaltigen Tümpel zu schlafen. Nara blieb in der Nähe und weidete das süße Gras ab. Die junge Frau wollte sich gerade zum Schlaf niederlegen, als die Stute den Kopf hochwarf und die Nase in den Nachtwind hielt.

Gabria richtete sich auf. »Was ist los?«

Mach dir keine Sorgen, Gabria, sagte Nara zu ihr. *Ich bin bald zurück.* Ohne ein weiteres Wort galoppierte das Pferd in die Dunkelheit hinein.

Überrascht rief Gabria: »Warte!« Sie sprang auf und rannte hinter Nara her, doch die Stute war schon verschwunden.

Das Mädchen stand ratlos da und starrte in die Nacht. Was war bloß in Nara gefahren? Gewöhnlich lief die Stute nicht ohne Erklärung allein fort. Sicherlich hatten die Wehen noch nicht eingesetzt. Dafür war es zu früh, und außerdem hätte sie es Gabria gesagt. Gabria glaubte nicht, dass in der Nacht unmittelbare Gefahr lauerte. Nara hätte ihre Reiterin niemals ungeschützt zurückgelassen.

So kehrte sie zu ihren Laken zurück und versuchte, alle Befürchtungen beiseite zu schieben. Nara hatte ihr gesagt, sie solle sich keine Sorgen machen, doch die Zauberin merkte bald, dass ihr das unmöglich war. Sie konnte die Augen nicht schließen, und die ganze lange Nacht über floh sie der Schlaf.

Kurz vor Anbruch der Morgendämmerung hörte Gabria Naras Hufe durch das enge Tal donnern. Sie sprang auf und rannte dem Pferd entgegen. Zuerst konnte sie das schwarze Tier nicht erkennen, doch dann schälte es sich plötzlich aus der Dunkelheit.

Nara schnaubte. Ihre Flanken hoben und senkten sich wie nach großer Anstrengung. *Wir müssen los*, drängte sie.

»Los?«, rief Gabria. »Wohin? Warum bist du weggelaufen?«

Ich muss dich zum Berg bringen. Zum Rad. Jemand will dich sehen.

»Wer?«

Die Stute stampfte aufgeregt mit den Hufen. *Gabria, bitte! Du wirst schon sehen.*

Gabria sah das Pferd erstaunt an. Wenn diese Aufforderung nicht von Nara gekommen wäre, hätte sie auf einer Erklärung bestanden, bevor sie irgendwohin ging. So aber zuckte sie nur mit den Achseln, raffte ihre Habseligkeiten zusammen und stieg schweigend auf das Hunnuli. Sie vertraute darauf, dass Nara sie beschützte, wohin auch immer sie gehen mochten.

Nara galoppierte aus dem Tal der heißen Quellen heraus und lief tiefer ins Gebirge hinein. Es war noch recht dunkel, doch das Hunnuli rannte über das unebene Gelände, als ob der Weg von der Sonne erhellt würde. Gabria hielt sich mit aller Kraft an dem Pferd fest, als Nara auf einem unsicheren Pfad, den nur sie allein erkennen konnte, immer weiter in das Herz des Dunkelhorngebirges vorstieß.

»Langsamer, Nara!«, rief Gabria.

Das Hunnuli legte die Ohren an und rannte noch schneller. *Wir müssen bei Anbruch der Morgendämmerung dort sein.*

»Wo?«

Bei dem Rad, lautete Naras rätselhafte Antwort.

Das Rad. Gabria hatte diesen seltsamen Ort nie zuvor besucht. Er wurde manchmal in den alten Geschichten der Barden erwähnt. Das Rad war mitten in den Bergen von Valorian errichtet worden – irgendwo in der Nähe des Passes, über den er die ersten Klanleute aus dem Westen in die Steppe geführt hatte. Niemand wusste, wo das Rad lag oder um was es sich bei ihm in Wirklichkeit handelte. Die Geschichten waren mit der Zeit vage geworden und der Pass in Vergessenheit geraten, da die Klanleute ihr Leben ganz auf die Ebene ausgerichtet und ihre Ursprünge verdrängt hatten.

Gabria knirschte mit den Zähnen und klammerte sich an Nara. Sie benötigte ihre ganze Kraft, um nicht im wilden, holperigen Galopp des Hunnuli abgeworfen zu werden. Bald würde sie herausfinden, um was es sich bei diesem Ort handelte und wer sie dort erwartete.

Nara lief weiter die steilen, felsigen Hänge hinauf, rannte unter Kiefern und dunklen Fichten hindurch und umrundete Dickichte aus struppigem Gebüsch. Sie setzte über Felsabstürze hinweg und galoppierte über Hochgebirgswiesen, auf denen das Wild graste, und über Lichtungen, die durch Lawinen oder Waldbrände entstanden waren. Hier oben in den Bergen wurde deutlich, wie trocken der Winter gewesen war. Die Schneehöhe betrug nur wenige Fuß, während sonst die Verwehungen Gabria bis über den Kopf gereicht hätten. Nara fand ihren Weg durch die dünnen Schneeinseln ohne große Schwierigkeit.

Bei Anbruch der Morgendämmerung befanden sie sich im Hochgebirge und näherten sich dem Doppelgipfel des Wolfsohrenpasses. Auf den oberen Hängen standen nur wenige Bäume und das Unterholz war dünn und spärlich. Schließlich verlangsamte Nara ihren Schritt. Ihr Atem kam schnell und stoßweise und verdichtete sich in der kalten, dünnen Luft zu Dunstwolken. Der Körper des Tieres dampfte vor Anstrengung.

Gabria streichelte den Hals des Pferdes. Sie war besorgt, denn Nara sollte in ihrem Zustand nicht so schnell rennen. *Unser Ziel ist of-*

fenbar so wichtig, dass Nara dafür sich selbst und ihr ungeborenes Fohlen in Gefahr bringt, dachte Gabria.

Wir sind jetzt ganz in der Nähe, sagte Nara zu ihr.

Die Zauberin seufzte vor Erleichterung. Überrascht beobachtete sie, wie der frühe Morgen das Gebirge mit einem wunderbar sanften Licht überzog, in dem die Sterne verblassten und sich das zerklüftete Antlitz der Gipfel offenbarte.

Nara kämpfte sich einen felsigen Abhang hinauf und gelangte an einigen verkrüppelten Kiefern und Geröllhaufen vorbei zum Rand einer weiten Hochebene. Dort hielt sie an und schnaubte zufrieden.

Verwirrt sah Gabria sich um. Die Hochebene lag wie ein gewaltiger Teller nördlich neben den zwei Gipfeln; der flache, kahle Boden war schneefrei. Auf den ersten Blick schien es hier überhaupt nichts zu geben und Gabria fragte neugierig: »Das ist es?«

Nara deutete mit dem Kopf auf die beiden Gipfel. Gabria folgte der angegebenen Richtung und erkannte den fernen Pass, der zwischen die beiden Bergspitzen eingegraben war.

Hier ist das Rad. Geh nur und schau es dir an. Sie werden bald hier sein.

»Wer sind *sie*?«, wollte Gabria wissen.

Darauf gab Nara keine Antwort. Sie starrte weiterhin zu den Gipfeln, als ob sie darauf wartete, dass sich etwas zeigte. Sie hatte die Ohren gespitzt und die Nüstern bebten in der kalten Luft.

Gabria schüttelte den Kopf und glitt vom Rücken der Stute. Ihre Beine und Hände waren steif geworden, weil sie sich so verkrampft an Nara festgehalten hatte. Es tat gut, die Muskeln zu dehnen und wieder auf den eigenen Beinen zu stehen. Sie sog die Bergluft tief ein und genoss den scharfen, köstlichen Geruch von Frost und Harz. Einen Augenblick lang stand sie am Rand der Hochebene und sah hinunter auf das zerklüftete Bergland des Dunkelhorns. Ihre Augen folgten dem Land über die abfallenden Hänge weit hinunter ins Tal, während die Sonne höher stieg und ihr Licht über die ferne Tiefebene strömte. Langsam enthüllten sich vor Gabrias Blick die endlosen Weiten der Ebene von Ramtharin in aufleuchtendem Indigoblau, Purpur und Lavendel. Von ihrem hohen Horst aus konnte sie bis weit in den Osten sehen, wo sich das Grasland ihres Volkes bis hinter den Horizont erstreckte.

Ein Lächeln erhellte Gabrias Gesicht. Es war kein Wunder, dass Valorians Volk frohlockt hatte, als es von hier aus auf das Land unter sich geblickt hatte. Die Ebene war weit und schön und bot alles, was die Klanleute zum Überleben brauchten. Was immer sie auch hinter sich gelassen haben mochten, es hielt sicherlich keinem Vergleich mit der Steppe stand.

Gabria trat vom Rand zurück und betrachtete die große Hochebene, auf der sie stand. Auf den ersten Blick schien sie seltsam leer zu sein. Hier gab es keine Bäume oder Büsche, und nicht einmal Felsblöcke unterbrachen die Eintönigkeit des Geländes. Sie entdeckte nur einige verkümmerte, widerstandsfähige Pflanzen und ein wenig Flechtwerk auf dem flachen Boden. Das Einzige, was ihre Aufmerksamkeit erregte, war ein niedriger Steinhaufen mitten auf der Ebene. Gabria befand sich in einer Entfernung von etwa dreißig Schritten von diesem Haufen, als sie noch etwas sah. Auf dem Boden vor ihr lagen zwei Reihen glatter, runder grauer Steine. Eine der Reihen drehte sich in einem weiten Bogen jeweils nach rechts und links; die zweite Linie durchschnitt die erste und lief direkt auf den Steinhaufen zu.

Gabria folgte der geraden Linie bis zu den aufgehäuften Felsen. Sie erkannte nun, dass es sich bei dem Haufen um ein künstliches Gebilde handelte, das sorgfältig zu einem Kreis mit einem Durchmesser von etwa zwei Schritten geformt war und die Höhe eines Pferdeknies erreichte. Von diesem Haufen liefen weitere gleichmäßige Steinlinien aus. Gabria ging eine von ihnen entlang. Sie nickte. Ja, die gekrümmte Linie umkreiste den Haufen und umschloss jede gerade Linie, sodass sich der Umriss eines gewaltigen Rades ergab. Gabria ging um das ganze Gebilde herum und bewunderte die vollkommene Krümmung des Kreises und die pfeilgeraden Linien der Speichen. Es war eine bemerkenswerte Schöpfung.

Wenn das Valorians Rad ist, dachte Gabria, dann muss es über fünfhundert Jahre alt sein. Trotz Zeit, Wind und Wetter befand sich das Rad in sehr gutem Zustand.

Sie schüttelte erstaunt den Kopf und fragte sich, was hinter diesem Rad steckte. Lord Valorian war bei vielen Völkern bekannt, denn die Geschichten über seine Taten hatten sich weit über die Ebene hinaus verbreitet. Er war ein Kriegsheld und Häuptling gewesen, ein Halbgott. Er war nach Sorh im Reich der Toten gereist und hatte mit den Gorthlingen um Amaras Krone gekämpft; mit Hilfe seines eigenen Hengstes hatte er die Hunnuli gezüchtet und sie gelehrt, mit den Magiern zu reden; er war der erste Mensch gewesen, der die Kräfte der Zauberei erschlossen hatte, und er hatte sein Volk aus dem Elend ihres alten Landes herausgeführt und ihm eine neue Heimat hinter den Bergen gegeben. Nach seinem Tod hatten sich seine zwölf Söhne über das neue Land ausgebreitet, die zwölf Klane von Valorian gebildet und auf diese Weise das Erbe ihres Vaters sowie die Gabe der Zauberei weitergegeben.

Gabria lächelte. Valorian würde sich bestimmt freuen, wenn er sehen könnte, dass einer seiner Nachkommen zu seinem Rad zurückgekehrt war.

Plötzlich und ohne Vorwarnung stieß Nara einen Willkommensschrei aus. *Sie kommen!*, trompetete sie.

Gabria drehte sich erstaunt um. So freudig hatte Nara noch nie geklungen. Gabria folgte dem Blick des Pferdes zum Pass, über welchen das Morgenlicht gegen die Bergflanken strömte. Eine Herde dunkler Pferde galoppierte zwischen den Gipfeln hindurch; ihre Mähnen flatterten, und sie hielten die Schweife wie königliche Banner erhoben. Schnee wirbelte unter ihren Hufen auf, und der Donner ihres Galopps rollte über die Hochebene.

Da sich die Sonne in den Felsen und dem Schnee widerspiegelte, nahm Gabria die Pferde zunächst nur undeutlich wahr, doch schließlich wich sie vor Erstaunen zurück. Sie kletterte auf die Spitze des Steinhügels, um besser sehen zu können. Gabria erkannte die Pferde sofort, als sie näher kamen, denn sie alle waren schwarz und riesig. Es waren ausnahmslos Hunnuli.

Sie rannten auf die Hochebene, wo Nara aufgeregt tänzelte, und die gesamte Herde wieherte einen Willkommensgruß an die Stute und die Frau. Nara und die übrigen Pferde verteilten sich in einem Kreis um Gabria und folgten der Krümmung des Rades.

Gabria versuchte sie zu zählen, doch es waren zu viele und sie rannten zu schnell und ungestüm an ihr vorbei. Ihr schwarzes Fell glänzte im Sonnenlicht und das Zeichen des weißen Blitzes prangte an der Schulter jeden Tieres. Mit offenem Mund starrte Gabria die wundervollen Stuten und Hengste an. Ihr Herz stimmte in die Freude der Pferde ein.

Schließlich wurden die Hunnuli langsamer und hielten an. Sie drehten sich so, dass sie der Frau gegenüberstanden; ihr Atem hing in Wolken über ihnen. Ein Hengst brach aus dem Kreis aus, trat vor und streckte den Kopf Gabria entgegen.

Er war gewaltig. Obwohl Gabria auf dem Steinhügel stand, reichte sie ihm kaum bis zur Nase. Sie begriff sofort, dass er der Hengstkönig war. Seine große Stärke zeigte sich in den Muskelsträngen an Hals und Beinen; die Augen glühten in tiefer, beständiger Weisheit. Weiße Altershaare bedeckten seine Schnauze, doch sein Schritt war noch sehr kraftvoll. Königlicher Mut lag in jeder Bewegung und Drehung des Kopfes.

Wir grüßen dich, Zauberin, sagte er zu Gabria. Die Gedanken des Hengstes verspürte sie als stolz, aber freundlich.

Sie schlug ihren Umhang zurück und verneigte sich vor dem majestätischen Pferd.

Wir haben lange darauf gewartet, dass die Zauberer zurückkehren, fuhr er fort. *Die Hunnuli wurden geboren und gezüchtet, um Gefährten für jene Menschen zu sein, welche die Gabe der Magie weise einsetzen. Wir haben euch vermisst. Du bist seit langer Zeit die Erste, welche zu dieser Kunst zurückgekehrt ist. Darüber freuen wir uns sehr.*

Gabria starrte den Hengst mit großen Augen an. Sie wusste nicht, was sie zu ihm sagen sollte. Nara spürte ihre Verwirrung, verließ den Kreis der Hunnuli und stellte sich neben die junge Frau.

Der Hengstkönig richtete seine dunklen Augen auf Nara. *Diene ihr gut,* hörte Gabria ihn zu der Stute sagen. *Sie muss ihre Arbeit fortsetzen, wenn die Zauberei zu den Klanen zurückkehren soll.*

Die Stute pflichtete ihm mit einem Wiehern bei.

Gabria sagte: »Nara ist mir die bestmögliche Freundin gewesen. Sie hat mir in der Tat sehr gut gedient.«

Genauso werden es ihre Söhne tun, erwiderte der Hengst. Dann senkte er den Kopf, bis er sich auf Gabrias Höhe befand, und sah sie durch seine langen Haare hindurch an. *Zauberin, wir haben dich gebeten, zu Valorians Rad zu kommen, damit wir dich warnen können. Jemand – ein bestimmter Mensch – pfuscht mit Magie herum, ohne etwas davon zu verstehen.* Er schüttelte wütend seine Mähne.

Du weißt, dass die Hunnuli durch Zauberei weder beeinflusst noch verletzt werden können, doch wir spüren jegliche Veränderung der Ma-

gie. Vor kurzem haben wir seltsame Schwingungen gefühlt, die ihren Ursprung im Osten haben. Sie ängstigen uns, denn wir glauben, dass dort jemand die Macht der Zauberei missbraucht.

Gabria wandte nachdenklich den Blick ab.

Der Hengst schnaubte. *Du weißt, wer dafür verantwortlich ist?*

»Vielleicht. Es könnte sich ein verbannter Häuptling in Pra Desch aufhalten. Wir glauben, dass er das *Buch des Matrah* besitzt.«

Dann musst du gehen, Zauberin. Finde die Quelle dieser verdorbenen Magie, bevor etwas Schreckliches geschieht, das du nicht mehr ändern kannst.

Gabria wurde bleich. »Weißt du, was dieser Mann tut?«

Das Hunnuli richtete den Kopf nach Osten und blähte die Nüstern. *Das ist uns nicht ganz klar. Wir wissen nur, dass dieser Zauberer keine Erfahrung mit den Kräften hat, die er zu meistern versucht. Er muss aufgehalten werden.*

Gabria spürte, wie ihr das Herz sank. O Götter, nicht jetzt, schrie sie stumm. Sie zwang sich, dem Hengst zu antworten: »Ich verstehe.«

Gut. Der Hengst wieherte einen Befehl, und ein kleineres, jüngeres männliches Tier trat aus der Herde vor und gesellte sich zu Nara. Der Hengst neigte den Kopf vor Gabria.

Es wäre gut, wenn du einige andere Menschen mitnähmest, sagte der König zu ihr. *Besonders den Häuptling Athlone. Er wäre dir eine große Hilfe. Eurus wird euch begleiten. Lord Athlone braucht schließlich ein Reittier, das seinen eigenen Fähigkeiten entspricht.*

Gabria betrachtete den jungen Hengst zweifelnd. »Ich will nicht undankbar sein, aber Athlone gibt seine Kräfte nur widerwillig zu. Nun, da sein Hengst Boreas tot ist, wird er ein anderes Hunnuli möglicherweise nicht annehmen.«

Der Hengstkönig schnaubte; es klang beinahe wie ein Lachen. *Athlone und Eurus sollen ihre Beziehung selbst herstellen. Ich bin sicher, dass der Häuptling Vernunft annehmen wird.*

Die Frau presste die Lippen zusammen, denn sie kannte Athlones Sturheit nur zu gut. »Das hoffe ich«, murmelte sie.

Der König warf den Kopf herum und gab seiner Herde ein Zeichen. *Wir sind da, wenn du uns brauchst.* Dann drehte er sich um und galoppierte die Hochebene hinauf; die anderen Hunnuli folgten ihm.

Bevor Gabria tief Luft holen konnte, waren die Pferde fort. Das

Donnern ihrer Hufe hallte noch von den Berggipfeln wider und wurde bald schwächer. Die Stille völliger Verlassenheit senkte sich auf die Hochebene. Gabria warf einen Blick hinüber zu den beiden Berggipfeln und wünschte, die Hunnuli kehrten zurück. Sie fragte sich, ob sie diese Tiere je wieder sehen würde.

Nara stieß ein leises, sanftes Wiehern aus. *Als Valorian die Klane über den Pass führte und dieses Rad errichtete, um ihren erfolgreichen Auszug zu feiern, hatten sie über zweihundert Hunnuli bei sich. Nun zählt unsere Herde kaum mehr als dreißig Mitglieder. Unser Bestand nimmt rasch ab, Gabria. Ohne Magie und Magier, die unserem Leben einen Sinn geben, paaren sich die Stuten und Hengste nicht gern. Unsere Rasse wird verschwinden.*

Eurus schnaubte zustimmend.

»Mögen die Götter das verhindern!«, sagte Gabria heftig. Sie schwang sich auf Naras Rücken. »Auf nach Hause.«

Die beiden Hunnuli liefen nebeneinander her und machten sich vorsichtig an den Abstieg. Am späten Nachmittag hatten sie das Vorgebirge erreicht und wandten sich nach Süden in Richtung des Khulinin-Trelds.

Zwei Tage später trafen Gabria und die beiden Hunnuli im Lager der Khulinin ein, als gerade die Hörner bliesen, um die abendlichen Ausreiter in den Dienst zu schicken. Gabria ritt am Marakor vorbei, dem hohen Gipfel, der den Eingang in das Tal bewachte, und winkte den erstaunten Ausreitern zu, die in der Nähe Wache standen.

Sie lächelte in sich hinein, als einer der Ausreiter auf das Lager zugaloppierte, um Lord Athlone zu benachrichtigen. Nara trottete gelassen den Pfad zum Lager entlang, und Eurus hielt sich dicht neben ihr. Als die beiden Hunnuli den Übungsplatz vor dem Lager erreicht hatten, bemerkte Gabria das geschäftige Treiben in der Häuptlingshalle. Einen Augenblick später galoppierte ein Reiter den Hügel hinunter und kam auf sie zu. Es war Athlone.

Selbst aus der Ferne bemerkte Gabria seinen Zorn. Er saß stocksteif auf seinem Pferd, und sein Gesicht war vor Wut gerötet. Er zügelte seinen Hengst und hielt vor Nara an.

»Im Namen aller Götter«, rief er und sah Gabria fest an. »Wo bist du gewesen?«

Bevor die verwirrte Frau eine Antwort geben konnte, trat Eurus hinter Nara hervor und schnaubte den Häuptling an.

Athlone starrte auf das zweite Hunnuli und seine Wut wich Neugier und Überraschung. »Wer ist das denn?«

Ich bin Eurus, der Bruder von Boreas, erwiderte das junge Hunnuli.

Inzwischen hatten die Mitglieder der Herdwache und ein paar andere Krieger Athlone eingeholt. Sie versammelten sich um ihn und wirkten aufmerksam, aber angespannt. Andere Klanmitglieder kamen herbei und deuteten verblüfft auf Gabria und die beiden Hunnuli.

Gabria warf einen Blick auf die Klanleute und versuchte herauszufinden, ob sie willkommen war. Es erleichterte sie, dass sie nur Neugier, aber keine offene Feindseligkeit bemerkte. Die Priesterin Amaras stand im Hintergrund. Als sie Gabria einen Willkommensgruß zunickte, lag auf ihrem Gesicht ein abgeklärtes Lächeln. Athlone schien der Einzige zu sein, den ihre Rückkehr beunruhigte. Diesmal aber bereitete ihr sein Verhalten keinen Kummer. Der Häuptling war ein launischer Mann, und Gabria spürte, dass sein Zorn hauptsächlich Ausdruck seiner Sorgen war. Anstatt seine Wut zu erwidern, fragte sie nur: »Woher wusstest du, dass ich fort war?«

Athlone riss den Blick von Eurus los. »Piers wollte dich vor fünf Tagen aufsuchen. Er sagte mir, du seiest verschwunden. Es gab kein Anzeichen dafür, wohin du gegangen wärest und wann oder ob du überhaupt zurückkommen würdest.«

Sie lächelte. »Du hättest wissen sollen, dass ich zurückkomme.«

Athlone nickte kurz. Er wollte seine Wut nicht so leicht abschütteln. »Wo warst du?«

»Ketzerin!«, rief jemand plötzlich vom Rand der Menge aus. Thalar rempelte sich zwischen den Leuten hindurch und stellte sich vor Nara. »Sei gewarnt. Deine Verbannung ist vorbei, aber dieser Klan wird deine böse Magie niemals dulden!«

Nara schnaubte drohend, doch der wütende Priester beachtete sie nicht und schüttelte die Faust vor der jungen Frau. »Deine Gegenwart verflucht uns alle, und deine abscheulichen Irrlehren bringen Verdammnis über uns. Lass uns in Ruhe!«

»Thalar!«, sagte der Häuptling scharf.

Nara hatte genug. Sie streckte den Kopf vor und schnappte nach dem Priester. Ihre Zähne kamen seinem Kopf gefährlich nahe. Die Menge stöhnte auf, als Thalar mit entsetzensweiten Augen zurückstolperte.

»Das reicht«, befahl Athlone.

Thalar wollte etwas sagen, doch die Hunnuli-Stute stellte die Ohren auf, und er wich hastig noch weiter zurück. Mit wildem Blick verschwand der Priester schließlich in der Menge.

Die Zauberin beachtete ihn nicht weiter. Sie streichelte Nara und sagte zu Athlone: »Könnten wir bitte in die Halle gehen? Die Hunnuli sind hungrig, und ich bin sehr müde. Ich werde dir alles bei einem warmen Essen berichten.«

Der Häuptling nickte und erwiderte mit tiefer Erleichterung: »Willkommen zu Hause.« Er schaute mit einem seltsamen Ausdruck des Bedauerns zurück zur Halle. »Es wartet noch jemand auf dich.«

»Ach«, meinte Gabria. Sie hatte plötzlich eine Vorahnung, doch Athlone stieg ohne ein Wort der Erklärung ab und übergab die Zügel einem Krieger. Auch Gabria saß ab. Die Stute versetzte ihrer Reiterin einen sanften, freundschaftlichen Stoß; dann trottete sie zusammen mit Eurus zurück zur Weide.

Gabria sah ihnen nach. Athlone stand neben ihr, betrachtete die Gesichtszüge der Zauberin und wunderte sich, dass ein Antlitz, welches so viel Liebe zeigen konnte, auch zu solcher Stärke und Entschlossenheit fähig war.

Die Menge zerstreute sich allmählich, und die Klanleute gingen zurück zu ihren Zelten und Herdfeuern. Athlone, Gabria und einige Krieger aus der Herdwache liefen den Hügel hinauf zum Eingang der Halle.

Zwielicht legte sich über das Tal. Als Gabria in der weit offen stehenden Tür der Halle stand, bemerkte sie, dass die Lampen entzündet waren und ein Feuer im zentralen Herd brannte. Einige gebratene Lendenstücke lagen neben dem Feuer und warteten auf den Häuptling, seine Familie und jeden anderen Krieger, der in der Halle speisen wollte. Tungoli und ihre Dienerinnen rückten gerade die Bocktische zusammen, dann trugen sie das Mahl auf.

Gabria sagte leise: »Es ist gut, wieder zu Hause zu sein.«

Der Häuptling hörte sie und die stille Freude, die sich in ihren Worten ausdrückte, zerstreute die letzten Reste seiner Verärgerung. Er bot ihr den Arm an und sie betraten zusammen die Halle.

Während Gabria und die Männer ihr Mahl genossen und miteinander redeten, gesellten sich Piers, Cantrell und ein untersetzter, rothäutiger Mann, den Gabria nicht kannte, zu ihnen. Andere Klanleute setzten sich in ihre Nähe und lauschten. Tungoli gab ihren Dienerinnen einige Anweisungen und nahm ebenfalls bei der Gruppe Platz, um dem Gespräch zuzuhören. Niemand machte sich die Mühe, den Fremden in ihrer Mitte Gabria vorzustellen.

Gabria saß neben Athlones Thron und berichtete von ihrer Vision, ihrer Reise zum Corin-Treld und von dem Grabhügel, den sie dort vorgefunden hatte. Sie erwähnte ihre eigene seelische Läuterung nicht, aber jeder, der sie kannte, spürte den neuen Frieden und die Sicherheit in ihrem Verhalten. Dann beschrieb sie das Rad und ihr Treffen mit den Hunnuli. Die Zuhörer saßen gebannt da und lauschten ihrem Bericht über die schwarzen Pferde und ihren König.

Als sie die Warnung des Hengstkönigs vor Branth wiederholte, zog der Fremde die Luft zwischen den Zähnen ein. »Lord Athlone, ich ...« begann er.

Der Häuptling schnitt ihm mit einer Handbewegung das Wort ab. »Einen Augenblick bitte, Khan'di.« Er wandte sich wieder an Gabria. »Du hast uns noch nicht verraten, warum ein zweites Hunnuli bei dir ist.«

Gabria beugte sich über ihren Weinbecher und wartete einen Moment, bevor sie antwortete. »Der Hengstkönig hat es hergeschickt.«

»Warum?«

»Er war der Ansicht, du brauchst ein Reittier, das deinen Fähigkeiten entspricht.«

Athlone sah mit angespannten Gesicht hoch zur Decke. »Ich besitze bereits ein gutes Reittier. Eines, das sich für einen Häuptling ziemt.«

Die Krieger blickten ihren Anführer überrascht an. Jeder von ihnen hätte seinen Schwertarm dafür gegeben, auf einem Hunnuli reiten zu dürfen, doch Gabria sah Athlone ins Gesicht und verstand seine Weigerung. Sie nippte an ihrem Wein und sagte nichts. Der

Rat des Hengstkönigs war weise gewesen. Athlone und Eurus sollten allein zueinander finden.

Athlone hatte sich inzwischen auf seinem Stuhl zurückgelehnt und schwieg ebenfalls. Er wollte dieses Gespräch nicht fortführen. Stattdessen goss er sich Wein ein und reichte den silbernen Krug an den Fremden weiter. »Khan'di Kadoa, jetzt weißt du, warum wir nicht in der Lage waren, Gabria zu finden«, sagte der Häuptling mit einem Anflug trockenen Humors. »Vielleicht erklärst du ihr jetzt, aus welchem Grund du hier bist.«

Als der Fremde vom Tisch aufstand und sich vor Gabria verneigte, konnte sie ihn endlich deutlich sehen. Sie vermutete, dass er etwa fünfzig Jahre alt war, denn sein kurz geschnittenes Haar war grau und sein ernstes Gesicht hatte viele Runzeln um den Mund und auf der Stirn. Er trug eine einfache Hose und ein knielanges Hemd mit einer Kapuze daran, doch der goldene Siegelring an seinem Zeigefinger war alles andere als schlicht. Er hielt ihrem prüfenden Blick stand und betrachtete sie neugierig und mit einer gewissen Schärfe. Gabria erkannte sofort, dass dieser Mann kein Narr war.

»Ich bin Khan'di Kadoa, ein Adliger und Kaufmann aus der großen Stadt Pra Desch, der Hauptstadt des Königreiches Calah«, erzählte er mit sanfter Stimme. »Ich bin hergekommen, um mit euch über diesen Verbannten namens Branth zu reden. Wie ich eurem Häuptling bereits gesagt habe, hält sich Branth schon seit über sechs Monaten in Pra Desch auf und hat uns nichts als Ärger bereitet.«

Gabria rutschte auf ihrem Stuhl herum. »Was hat er denn getan?«

»Er besitzt ein altes Zauberbuch und die – freilich schwache – Gabe der Magie.« Der Mann beugte sich vor; seine dunklen Augen stachen unter den buschigen Brauen hervor. »Als er bei uns eintraf, setzte er sich sofort über unsere Gesetze gegen Zauberei hinweg und versuchte, seine magischen Dienste anzubieten. Dann hat er das, was er haben wollte, einfach gestohlen oder sich durch Beschwörungen verschafft. Es dauerte nicht lange, bis er die ganze Stadt in Aufruhr versetzt hatte. Er wurde zu einem so großen Störenfried, dass die Stadtwache ihn zu verhaften versuchte. Er hat sie alle umgebracht. Daraufhin hat ihn die Herrscherin unserer Stadt, die Fon, gefangen gesetzt.«

Unterdrückte Wut härtete die Stimme des Adligen. »Die Fon ist eine sehr zielstrebige Frau. Sie will nicht nur Pra Desch beherrschen, sondern auch ganz Calah und die fünf übrigen Königreiche. Sie hat bereits Pläne geschmiedet, um den Rest des Landes an sich zu bringen, und will in zwei Monaten bei unserem Nachbarn Portane einfallen. Irgendwie hat sie Branth dazu genötigt, ihr zu Diensten zu sein. Sie benutzt sein Buch und seine Macht, um unsere schöne Stadt zu plündern und ihre Heere aufzubauen. Sie würde Pra Desch in Schutt und Asche legen, nur um ihren unstillbaren Machthunger zu befriedigen.« Khan'di hielt inne. Als er weitersprach, klang seine Stimme ruhiger.

»Gabria, Branths Gegenwart ist unerträglich geworden. Ich bitte dich inständig, nach Pra Desch zu kommen und diesen Mann unschädlich zu machen, bevor die Fon ihre Pläne in die Tat umsetzen kann. Ich weiß, dass ich dich um einen großen Gefallen bitte, doch wenn du Branth mitnimmst, wird sich das Volk von Pra Desch, nein, von ganz Calah, erheben und allein mit der Fon fertig werden.«

Es wurde ganz still in der Halle, während die Klanleute auf die Antwort warteten. Gabria blickte zuerst in Athlones steinernes Gesicht, dann auf den Splitter aus dem Gefallenen Stern, das Zeichen der Magier, das rötlich unter der Haut ihres Handgelenks glühte.

Traurig berührte sie die helle Stelle. Angesichts der Warnung des Hunnuli und dieses Berichtes des Pra Deschers blieb ihr keine Wahl. Sie musste Branth finden, bevor er der Stadt Schaden zufügte oder zu den Klanen zurückkehrte, um Medbs Platz einzunehmen. Das bedeutete, dass sie ihre Hochzeit mit Athlone verschieben musste. Es wäre nicht richtig, ihr Eheleben unter solch schwierigen Bedingungen zu beginnen.

»Athlone«, sagte sie in die Stille hinein. »Er hat Recht. Ich muss so bald wie möglich nach Pra Desch gehen.«

Zuerst antwortete der Häuptling nichts darauf. Er saß nur da und starrte lange in das Feuer. Auf seinem Gesicht war nichts von dem Widerstreit zu sehen, der in ihm toben mochte. Schließlich schien er zu einer Entscheidung gekommen zu sein, denn er trank einen letzten Schluck Wein und knallte den Becher auf die Armlehne seines Steinsitzes. Dabei bemerkte er nicht einmal, dass der Hornbecher unter der Macht des Aufpralls zersplitterte.

Er erhob sich und sagte harsch zu den Männern um ihn herum: »Es ist schon spät. Morgen werden wir die Reise planen. Gabria geht nach Pra Desch.«

Seine Gefährten waren überrascht von der jähen Entlassung. Sie standen auf und verließen die Halle.

»Bregan«, rief Athlone einen der Krieger. »Bleib hier. Ich muss mit dir reden.«

Gabria starrte den Rücken des Häuptlings an und versuchte, ihre Enttäuschung zu verbergen. Er hatte ihre Entscheidung ohne weiteres angenommen; vielleicht war Gabria ihm inzwischen völlig egal. Seit ihrer Rückkehr aus dem Tempel war Athlone zornig, gereizt und nur an den Neuigkeiten interessiert gewesen, die sie ihm berichten konnte. Sie fragte sich allmählich, ob sie sich in ihm geirrt hatte. Er hatte sich keine Sorgen über ihr Verschwinden gemacht, sondern war nur wütend gewesen, weil sie sich seinem Befehl widersetzt und den Tempel verlassen hatte, um zum Corin-Treld zu reiten. Vielleicht hatte er in den letzten sechs Monaten seine Ansichten über sie geändert. Sie stand auf und wollte schweren Herzens gehen. Als Piers sie am Ärmel zupfte, hob sie den Blick.

Der Heiler las in ihren Augen und verstand. »Nimm dir seine Grobheit nicht zu Herzen. Die Verantwortung des Häuptlings lastet heute Abend schwer auf ihm«, sagte er sanft.

Sie sah ihren alten Freund an und drückte seinen Arm. »Du verteidigst Athlone nicht sehr oft.«

Die blassen Augen des Heilers waren voller Mitgefühl und Sorge. »Ich mag euch beide. Mach dir keine Sorgen. Athlone wird wieder zu sich finden, sobald er seine Gedanken geordnet hat.«

Sie nickte müde und mit mehr Hoffnung als Überzeugung im Herzen, und der Heiler ergriff ihren Arm. »Komm«, sagte er. »Deine alte Schlafstatt wartet auf dich.«

Er führte Gabria aus der Halle und den Weg hinunter zu seinem Zelt. Sie schaute zurück zum Eingang der Halle und hoffte, Athlone würde nach ihr rufen, doch der Lord sprach mit einem Krieger und schien nicht einmal bemerkt zu haben, dass sie gegangen war. Sie neigte den Kopf und eilte mit Piers davon.

In der Halle lief Lord Athlone vor der Feuerstelle hin und her. Außer ihm und Bregan befand sich niemand mehr in dem Raum.

Der Krieger stand still neben dem Thronstuhl und wartete darauf, dass sein Häuptling etwas sagte.

Bregan war zwanzig Jahre älter als Athlone und eine Handbreit kleiner. Sein kurzes dunkles Haar ergraute allmählich und ein schwarzer, mit Silberfäden durchzogener Bart rahmte das viereckige Gesicht ein. Er trug ein warmes Hemd und eine einfache Hose; auf den Goldschmuck, der einem so erfahrenen Krieger wie ihm zustand, hatte er verzichtet. Seine Gesichtszüge waren klar, doch im vergangenen Winter hatte eine tiefe Traurigkeit ihm bleibende Linien in Stirn und Gesicht gegraben. Bregan beobachtete seinen Lord verzagt, denn er wusste, um was Athlone ihn bitten wollte und wie seine Antwort lauten würde.

Schließlich blieb Athlone stehen und sagte: »Bregan, ich habe dich schon zweimal gebeten, Wertain zu werden, und beide Male hast du abgelehnt. Ich muss dich noch einmal darum ersuchen. Ich brauche dich als Anführer meiner Krieger.«

Bregan trat verlegen von einem Bein auf das andere. »Ihr wisst, dass ich das nicht tun kann, Lord.«

Athlone hob die Hand. »Hör mich erst an, bevor du dich noch einmal weigerst. Ich gehe mit Gabria nach Pra Desch.«

Der Krieger wirkte nicht überrascht. »Gut. Branth muss sterben«, sagte er matt.

»Und Gabria darf nicht sterben«, murmelte Athlone. Er legte die Hände auf die Schultern des älteren Mannes. »Ich verstehe deine Gefühle, aber ich bin jetzt der Häuptling und muss die Geschicke unseres Klans in deine fähigen Hände legen. Die Reise wird etliche Monate dauern. Du bist weise genug, um an meiner Statt zu herrschen, und der Werod achtet dich. Ich vertraue niemandem so sehr wie dir.«

»Lord, Ihr erweist mir eine große Ehre, aber bitte wählt einen anderen! Ich kann meinen Eid nicht brechen.«

Athlone betrachtete den Mann vor ihm und sah die unerbittliche Weigerung in seinen Augen. Von Lord Savarics fünf Herdwachenkriegern, die am Tag seiner Ermordung bei ihm gewesen waren, hatten bis heute nur zwei überlebt. Zwei seiner Krieger hatten Selbstmord begangen, weil sie ihr Versagen und die damit verbundene Entehrung und Schmach nicht hatten ertragen können. Ein weiterer Krieger war auf dem Rückweg zum Khulinin-Treld an einer

Krankheit gestorben – einige behaupteten, er habe den Lebensmut verloren. Der vierte hatte sich aus dem Werod zurückgezogen und betrank sich jeden Tag bis zur Besinnungslosigkeit. Nur Bregan war Krieger geblieben. Nach Savarics Tod hatte er sich freiwillig seines Ranges entkleidet und alle Geschenke zurückgegeben, die er für seine herausragenden Dienste empfangen hatte. Dann hatte er sich freiwillig in den untersten Rang der jungen Krieger in der Ausbildung eingeordnet. Er wollte wieder ganz neu anfangen und darum kämpfen, seine verlorene Ehre wiederherzustellen.

Der Häuptling schüttelte den Kopf. Er achtete Bregans Entscheidung, aber sie half ihm nicht bei der Lösung seines Problems. Noch immer hatte er keinen Wertain für den Klan bestimmt, weil er gehofft hatte, dass Bregan dieses Amt schließlich doch annähme. Jetzt musste er sich schnell für jemand anderen entscheiden. Er nahm die Hände von Bregans Schulter und lief erneut hin und her.

»Kannst du einen Vorschlag machen?«, fragte er.

»Guthlac würde Euch ein guter Diener sein.«

»Er ist zu jung.«

Bregans Mund verzog sich zu einem schwachen Lächeln. »Er ist einige Jahre älter, als Ihr zu Beginn Eures Wertain-Dienstes wart.«

Athlone blieb stehen. Nachdenklichkeit lag auf seinem Gesicht. »Ich werde es mir überlegen.«

»Er ist ein hervorragender Krieger und wird von allen anerkannt. Er ist den Jüngeren ein guter Mentor.«

»Ist er nicht auch dein Vetter?«, fragte Athlone und hob eine Augenbraue. Der ältere Mann schenkte dem Häuptling ein Lächeln, das dieser erwiderte. »Ich werde es mir überlegen«, wiederholte er.

Bregan trat einen Schritt vor. »Lord, darf ich Euch einen weiteren Vorschlag machen?«

Athlone drehte sich nach ihm um. Der flehende Tonfall in der Stimme des Kriegers überraschte ihn.

»Erlaubt mir, Euch zu begleiten«, sagte Bregan. »Ich habe bei Eurem Vater versagt, aber ich schwöre bei meinem Leben, dass ich kein zweites Mal versagen werde. Ihr braucht Leibwachen. Bitte erlaubt mir, eine davon zu sein.«

»Es wird keine leichte Reise werden. Gabria wird sich einem Zauberer stellen.«

»Das weiß ich. Auch Gabria braucht Schutz.«

»Pack deine Sachen«, befahl Athlone.

»Vielen Dank, Lord.« Bregan grüßte seinen Anführer militärisch und ließ Athlone mit seinen aufgewühlten Gedanken allein. Der junge Lord lief noch einige Minuten ziellos umher; dann verließ er die Halle und kletterte auf den Gipfel des Hügels, der das Lager überragte. Ein großer, flacher Felsbrocken lag inmitten verkümmerter Büsche am Rande des Abhangs. Hier war Athlones Lieblingsplatz, von dem aus er einen Blick über das ganze Tal hatte.

Er zog den Mantel zum Schutz vor dem Nachtwind enger um sich, setzte sich auf den Felsen und betrachtete die prächtigen Wolken und Sternmuster, welche die Eintönigkeit des schwarzen Himmels durchbrachen. Vor ihm schwebte der Vollmond hoch über der Ebene. Athlone schaute hinunter auf das Lager. Die schwarzen Zelte verschmolzen mit der Dunkelheit, doch hier und da verliehen Pfützen aus Feuerschein dem schlafenden Lager festere Umrisse.

Gewöhnlich spendete der Anblick des Khulinin-Trelds Athlone Trost und stärkte seine Entschlusskraft. Doch heute Nacht wurde seine Verwirrung nur noch stärker. Der Dienst an seinem Klan war ihm immer oberste Pflicht gewesen. Als sein Vater noch lebte und Athlone nur Wertain war, hatte dieser Dienst klare und einfache Umrisse gehabt: Er musste den Häuptling und den Klan mit seiner Kriegskunst und der Stärke seines Arms verteidigen. Nun war er selbst Häuptling und seine Pflichten waren gespalten. Er musste für die Khulinin sorgen und sie verteidigen, doch er musste ebenfalls den Mord an seinem Vater rächen, die Ehre des Klans aufrechterhalten und mit den übrigen Klanen um Frieden in der Steppe ringen. Die Tatsache, dass er eine häretische Zauberin mehr als sein eigenes Leben liebte und sich um ihre Sicherheit sorgte, machte alles noch verzwickter. Er war unsicher, was er von Zauberei im Allgemeinen und von seiner eigenen magischen Gabe im Besonderen halten sollte, doch seine Liebe zu Gabria war unleugbar.

Athlone sah hoch zum schwarzen Firmament und betete darum, dass die Entscheidung, nach Pra Desch zu gehen, richtig war. Er würde Guthlac für die Dauer seiner Abwesenheit zum Wertain machen. Hoffentlich wachten bis zu seiner Rückkehr die Klangötter über die Khulinin.

Der Häuptling schüttelte den Kopf und stand auf. Die Entscheidung war gefallen; es half nichts, die Angelegenheit immer wieder zu überdenken. Nun galt es, letzte Schwierigkeiten aus dem Weg zu räumen, Pläne zu schmieden und auf die Reise zu gehen. Er würde zusammen mit Gabria nach Pra Desch ziehen, was auch immer geschehen mochte.

Beruhigt stieg er den Hügel hinunter und kehrte zu seinen Gemächern in der Halle zurück. Er dachte daran, zu Piers' Zelt zu gehen und Gabria zu besuchen, doch es war schon spät und die lange Reise hatte sie erschöpft. Er entschied, bis zum Morgen zu warten, wenn sie ausgeruhter war. Ihm war bewusst, dass er ihr heute Abend keinen sehr angenehmen Empfang bereitet hatte; morgen früh würde er sich dafür entschuldigen und Wiedergutmachung für seine schlechte Laune leisten.

Mit einem Gähnen legte Athlone sein Schwert neben das Bett und streckte sich auf der Wollmatratze aus. Bald war er eingeschlafen und träumte von Gabria.

Vier

Gabria war froh, wieder in Piers' Zelt zu sein, auf ihrer eigenen Pritsche zu liegen und den vertrauten Geräuschen des schlafenden Lagers zu lauschen. Sie war erschöpft und ihre Gedanken liefen andauernd in denselben Bahnen. Sie wollte schlafen, aber sie konnte es nicht. In seltsamer Rastlosigkeit warf sie sich hin und her.

Gabria verstand den Grund für diese innere Unruhe nicht. Sie schien nicht aus den eigenen Sorgen zu erwachsen. Es war eine vage Angst, welche die tiefsten Schichten ihres Unterbewusstseins aufrührte und sie die ganze Nacht über wach hielt.

Es dämmerte schon, als Gabria unter Schmerzen hochfuhr, die ihren Bauch durchbohrten.

»Nara!« rief sie.

Gabria! Der Ruf ertönte ganz deutlich in ihren Kopf. *Komm bitte. Es ist soweit.*

Die Frau nahm sich nur die Zeit, ihre Stiefel anzuziehen und nach ihrem Gürtel und Dolch zu greifen. Sie schoss aus dem Zelt und rannte zu den Weiden. Nara wartete am Fluss auf sie. Gabria erkannte sofort die Anzeichen der bevorstehenden Geburt. Das Fohlen war in den Geburtskanal gerutscht und Naras Flanken waren schweißnass von der anstrengenden Niederkunft.

Sofort verließen die beiden den Bereich des Lagers und begaben sich in die Berge. Sie fanden Schutz in einer kleinen Lichtung am tiefsten Punkt eines bewaldeten Tals.

Gabria rieb über den Nacken des schwarzen Pferdes und redete ruhig mit ihm, während die Geburtswehen immer heftiger wurden. »Das Kleine ist früh«, sagte die Frau nach einer Weile.

Nara holte tief Luft, bevor sie erwiderte: *Einen ganzen Mond zu früh. Ich hätte nicht so schnell in die Berge rennen sollen.* Ein Zittern durchfuhr ihren Leib.

Gabria verkrampfte die Finger in der schwarzen Mähne, als die Schmerzen sie durchfuhren. »Ist alles in Ordnung?«, fragte sie.

Ja, ich glaube schon.

Sie schwiegen wieder und warteten auf den natürlichen Verlauf der Dinge. Kurz bevor die Sonne über die Berge stieg, legte sich Nara auf den Boden. Anders als bei ihrer ersten Geburt gab es diesmal keine Schwierigkeiten. Ein kleines, schwarzes Fohlen glitt sauber aus dem Muttertier heraus und lag zuckend in seiner nassen Blase. Gabria entfernte den Geburtssack von seinem Körper, wischte ihm die Nüstern sauber und schnitt die Nabelschnur durch. Nara stand wieder auf und leckte ihr Neugeborenes hingebungsvoll ab.

Gabria trat mit Tränen in den Augen zurück und sah mit größtem Vergnügen zu, wie sich das schwarze Fohlen auf die Beine kämpfte. Die Sonne stieg über die Berge und sandte ihr Licht durch die Bäume. Die Wärme belebte das kleine Hunnuli. Es stand auf unsicheren Beinen und drängte sich an seine Mutter, um zu trinken.

Gabria säuberte die Lichtung, ging dann mit den Überresten der Geburt fort und begrub sie. Sie wollte, dass Nara mit ihrem Fohlen allein war. Gabria lächelte bei ihrer Arbeit. Das Kleine lebte und Nara ging es gut! In dem Kopf der jungen Frau sang es. Erst jetzt bemerkte sie, dass sie sich große Sorgen gemacht hatte. Glücklich kehrte sie auf die Lichtung zurück. Sie war entsetzlich müde und wollte sich nur für einen kurzen Augenblick hinlegen und die Augen schließen. Sofort schlief sie ein.

Im nahen Treld bliesen die Hornträger ihren Gruß an die Morgensonne, und die Klanleute machten sich auf in den neuen Tag. Athlone schritt in seinen besten Kleidern den Pfad hinunter zum Zelt des Heilers. Er zog an den kleinen Glöckchen neben dem Eingang.

»Herein!«, rief Piers von drinnen. Der Heiler kämpfte gerade mit einer Pfanne frischen Brotes, als der Häuptling eintrat. Piers trug die heiße Pfanne fluchend zum Tisch und warf das schwere, flache Brot auf einen Holzteller. Das Brot rutschte hinunter und fiel zu Boden.

Lachend hob Athlone den Laib auf und legte ihn zurück auf den Teller.

»Vielen Dank«, sagte Piers. Er klopfte auf sein Werk. »Seht es

Euch bloß an. Man kann sich die Zähne daran ausbeißen. Ich werde wohl nie richtig backen lernen.«

Athlone setzte sich kichernd auf einen Stuhl und sagte: »Du brauchst eine Frau.«

Der Heiler schnitt eine Grimasse. »Ich hatte schon einmal eine. Da backe ich doch lieber mein eigenes Brot.«

Der jüngere Mann nickte schwach und sah sich nach Gabria um. Piers bemerkte Athlones Blick und seine feinen Kleider und begriff, dass es sich nicht um einen zufälligen Besuch handelte. Er wandte sich wieder seinem Herd zu und versuchte, ganz natürlich zu erscheinen, während er Haferbrei in eine Schüssel füllte.

»Wo ist sie?«, fragte der Häuptling.

Piers warf ihm einen besorgten Blick zu. Er goss zwei Becher Bier ein, stellte die Schüssel auf den Tisch und setzte sich davor. Dann erst antwortete er: »Ich weiß es nicht. Sie ist mitten in der Nacht gegangen.«

Athlone schlug mit der Faust auf den Tisch. »Diesem Mädchen muss man wohl die Füße an den Boden nageln!«

Piers nahm einen Löffel und tauchte ihn in seinen Haferbrei. »Ihre Sachen sind noch hier.«

»Vielleicht kommt sie wenigstens *deshalb* zurück«, erwiderte Athlone und starrte auf sein Bier.

Piers hob den Blick. »Sie kommt immer zurück.«

»Hmmm. Ich wünschte nur, sie würde mir manchmal sagen, wohin sie geht.« Er saß verdrießlich da und sah zu, wie Piers sein Frühstück verzehrte. Ihn bezauberte immer wieder die saubere, beinahe rituelle Art, auf die der Heiler seine Mahlzeiten zu sich nahm. Seine Essgewohnheiten und Umgangsformen waren die beiden einzigen Dinge, die Piers bei seiner Flucht aus Pra Desch vor elf Jahren nicht hinter sich gelassen hatte. Athlone war noch nie in der großen Stadt gewesen und hatte das Gefühl, er müsse noch viel über die Leute und ihre Gebräuche lernen, bevor er dort eintraf.

Piers schaute auf und begegnete Athlones Blick. Er legte bedächtig seinen Löffel beiseite und reckte die Schultern. »Ich möchte Euch um einen Gefallen bitten«, sagte er zögerlich. »Ich würde gern mit Euch gehen.«

Der Häuptling war erstaunt. »Du hast doch öfter als man zählen kann geschworen, dass du nie mehr in die Stadt zurückkehren wirst.«

Piers nickte. »Ich weiß. Ich glaube allerdings, dass mir Eure Götter vergeben werden, wenn ich meine Meinung ändere. Möglicherweise braucht Gabria meine Hilfe. Außerdem ...« Er zuckte die Achseln und blickte zu Boden. »Sie hat mich ein oder zwei Dinge über den Umgang mit der Erinnerung gelehrt. Es ist für mich an der Zeit zurückzugehen.«

Athlone beugte sich verblüfft vor. Soweit er wusste, hatte Piers niemandem außer vielleicht Savaric erzählt, warum er damals Pra Desch verlassen hatte. Er war einfach eines Sommers bei einem Klantreffen erschienen und den Khulinin gefolgt. Sie waren glücklich gewesen, den geschickten Heiler in ihrem Klan zu haben, und hatten nicht in seiner Vergangenheit herumgeschnüffelt.

»Und was ist mit dem Klan? Er braucht während deiner Abwesenheit unbedingt einen Heiler«, sagte Athlone.

»Ich werde den Heiler der Dangari bitten, einen seiner Lehrlinge herzuschicken. Er hat einen Mann, der schon bereit ist, seine Kenntnisse anzuwenden.«

Athlone stand auf und rieb sich nachdenklich das Kinn. »In Ordnung. Du darfst uns gern begleiten.« Er hielt inne. »Woher wusstest du, dass ich aufbrechen werde?«

»Euch bleibt keine andere Wahl.«

Athlone schnaubte verächtlich. »Und was ist mit dem Klan, den ich zurücklasse, o großer Weiser?«

»Es wird ihm nicht schlecht ergehen«, erwiderte Piers. »Ich mache mir mehr Sorgen um uns selbst.«

Der Häuptling lachte freudlos und ging zum Eingang. »Wir brechen in zwei Tagen auf – vorausgesetzt, Gabria kehrt rechtzeitig zurück.« Er wandte sich um und schritt aus dem Zelt.

Piers sah ihm nach. Er vermisste seinen Freund Savaric sehr, doch durch Gabria hatte er eine gewisse Beziehung zu Athlone gefunden. Nun wurde ihm der Sohn allmählich ein so guter Freund wie der Vater. Der alte Heiler seufzte. Er konnte kaum glauben, dass er wirklich darum gebeten hatte, mit nach Pra Desch gehen zu dürfen. Selbst nach elf Jahren war er noch nicht sicher, ob er sich den alten Erinnerungen und Empfindungen stellen konnte. Wenigstens waren Gabria und Athlone bei ihm, sodass er diese Prüfung nicht allein ertragen musste. Er kämpfte seine wachsenden Befürchtungen nieder, ging nach draußen und suchte einen Reiter, der eine Botschaft zum Dangari-Treld bringen würde.

In der Zwischenzeit kehrte Athlone in die Halle zurück und begann mit den Vorbereitungen für die Reise. Er traf sich mit den Ältesten und den Kriegern und unterrichtete sie von seiner Entscheidung. Einige äußerten Bedenken über sein Fortgehen, doch die meisten begriffen die Notwendigkeit, Branth aufzustöbern und den Mord an Lord Savaric zu rächen. Mehrere Männer meldeten sich freiwillig, um Athlone zu begleiten. Er wählte Bregan und drei andere erfahrene Kämpfer als Eskorte aus und befahl den übrigen, sich unter Guthlacs Befehl zu stellen, den er zum Wertain ernannte.

Danach redeten Athlone und die Ältesten über Angelegenheiten des Klans. Sie machten Pläne für die herannahende Zeit der Geburt, in der die Herden ihre Jungen zur Welt brachten, und für die Abreise der Khulinin zum Tir Samod. Guthlac unterbreitete einige scharfsinnige Vorschläge, und Athlone sah mit Erleichterung, dass die Ältesten und Krieger dem neuen Wertain voller Hochachtung zuhörten. Wenigstens kann ich den Klan mit gutem Gewissen in der Obhut Guthlacs lassen, dachte der Häuptling.

Am späten Nachmittag wusste der ganze Klan, dass ihr Lord auf eine lange Reise ging und Gabria wieder einmal vermisst wurde. Jedermann redete über Pra Desch, Magie, Branth und das verschwundene Mädchen. Thalar, der Priester, stahl sich von Gruppe zu Gruppe und versuchte, die Klanleute davon zu überzeugen, dass Gabrias böser Einfluss sich rasch ausbreitete und sie den Häuptling vernichten wollte. Doch die Lügen des Priesters wurden von der Geschichte über Gabrias Zusammentreffen mit dem Hengstkönig in den Schatten gestellt. Diejenigen, welche diese Geschichte am Tag zuvor gehört hatten, verbreiteten sie nun im ganzen Lager und schmückten sie mit jedem neuen Erzählen mehr aus. Die Leute kamen in Scharen zur Weide und starrten Eurus ehrfürchtig an, der vor allen Zuschauern zufrieden graste. Es entstand das Gerücht, dass Gabria fortgegangen sei, um sich wieder mit der Hunnuli-Herde zu treffen. Vielleicht, so sagten die Leute zueinander, kehrte sie mit weiteren Pferden zurück.

Die Wahrheit kam am späten Nachmittag auf eine Weise ans Licht, die niemand erwartet hatte. Die Klanleute hatten vor Gabrias Verbannung nicht gewusst, dass Nara trächtig war. Seit der Rückkehr des Mädchens hatten sie nicht viel von der Stute gesehen und daher ihren dicken Bauch nicht bemerkt. Deshalb brauste die Nachricht von Gabrias und Naras Ankunft wie ein Wirbelsturm durch das Lager.

Athlone war der Erste, der davon erfuhr. Er sprach gerade mit Piers über Vorräte für die Reise, als er sich plötzlich versteifte. »Eurus?«, keuchte er. Er riss die Augen auf und über sein hübsches Gesicht legte sich ein breites Grinsen.

»Piers«, rief er freudig, »sie kommt zurück. Eurus hat es mir gesagt. Nara hat ihr Fohlen zur Welt gebracht!«

Die beiden Männer liefen gerade durch das Lager, als ein Ausreiter herbeikam und die Neuigkeit verkündete. Die Klanleute versammelten sich auf dem Feld, um Gabria, Nara und das langbeinige Fohlen zu begrüßen. Niemand von den Khulinin konnte sich daran erinnern, je ein Hunnuli-Fohlen gesehen zu haben.

Das Neugeborene starrte die Menge mit großen Augen an; es hatte die Ohren gespitzt und schlug mit dem Schweif. Der kleine Hengst trottete auf Eurus zu und beschnüffelte ihn. Eurus wieherte sanft und das Fohlen winselte. Als die drei Hunnuli sich um Gabria geschart hatten und mit ihr in das Lager gingen, wurden sie von dem erstaunten Klan eingehend beobachtet.

Athlone traf sie auf dem Übungsplatz. Er nahm Gabria in die Arme und küsste sie innig. »Verlass mich nie wieder, ohne mir vorher zu sagen, wohin du gehst.«

Sie drückte ihn glücklich an sich. »Sei mir gegrüßt, mein Lieber.«

»Nun zu dir!«, rief der Häuptling und wandte sich zu Eurus um. »Warum hast du mir nicht gesagt, wo sie sind?«

Der Hengst warf den Kopf hoch. *Du hast mich nicht danach gefragt.*

Gabria lachte. »Du wirst dich bald wieder an ein Hunnuli in deiner Nähe gewöhnt haben, Athlone.«

Der Häuptling entschied, ihre Bemerkung zu überhören. Er blieb vor Gabria stehen, als die drei Hunnuli zum Fluss trotteten und die aufgeregten Klanleute sich allmählich zerstreuten.

»Wir brechen in Bälde auf«, sagte Athlone nach einer Weile. »Ist das Fohlen stark genug für eine solche Reise?«

Gabria sah ihn scharf an. »Wir?«

»Ich begleite dich. Piers ebenso.«

»Piers auch? Dank sei Amara!« Sie strahlte in offensichtlicher Erleichterung. »Vielen Dank, Athlone. Ich hatte befürchtet, allein gehen zu müssen.«

»Du bist lange genug allein gewesen«, entgegnete Athlone.

»Aber was ist mit der Ratsversammlung im Sommer?«

»Falls Branth und die Fon uns nicht zu viele Schwierigkeiten machen, sind wir rechtzeitig zum Treffen am Tir Samod zurück.« Er zögerte und zog Gabria enger an sich. »Willst du mich vor unserer Abreise noch heiraten?«

Sie lehnte sich an ihn; ihre Augen befanden sich beinahe auf gleicher Höhe. Sanft zog sie mit dem Finger die ausgeprägte Linie seines Kinns nach. Vor dieser Frage hatte sie sich gefürchtet. »Noch nicht, Athlone. Ich liebe dich so sehr. Aber es wird eine gefährliche und lange Reise. Ich würde unsere Ehe lieber unter angenehmeren Vorzeichen beginnen. Außerdem will ich, dass du deiner Sache sicher bist. Du bist der Häuptling des mächtigsten Klans der Steppe und ich bin eine verurteilte Zauberin. Die Reise verschafft dir vielleicht die Möglichkeit, mich richtig kennen zu lernen.« Gabria spürte, wie ihre Finger zitterten, und presste sie hinter Athlones Rücken fest zusammen. »Vielleicht hast du bei unserer Ankunft in Pra Desch deine Meinung geändert. Dazu solltest du wenigstens die Gelegenheit haben.«

»Ich kenne dich«, widersprach er ihr.

»Bist du sicher, dass du dein Leben mit Magie und all der Ungewissheit, dem Hass und den Verdächtigungen verbringen willst, die damit einhergehen?«, fragte Gabria gelassen. Ihr Gesicht war blass und ausdruckslos.

Athlone zögerte und in diesem Augenblick entdeckte Gabria den schwachen Schatten des Zweifels in seinen Augen. Auch wenn sie es verabscheute, noch länger zu warten, war sie nun froh, diese Entscheidung getroffen zu haben.

Er hatte bemerkt, dass ihr seine Zweifel nicht entgangen waren, und schaute fort. »In Ordnung«, sagte er. »Ich warte. Aber nur, um dich zufrieden zu stellen.«

Sie drückte ihn noch einmal; dann gingen sie gemeinsam durch das Lager zu Piers' Zelt. »Was ist mit dem Fohlen?«, fragte Athlone, als sie vor dem Zelteingang hielten.

»Das habe ich mich auch schon gefragt. Es ist eine Frühgeburt, doch Nara sagt, es kann mit deinen harachanischen Pferden Schritt halten. Sie besteht darauf, mich zu begleiten.«

Athlone wandte den Blick ab und versuchte, beiläufig zu erscheinen. »Und was ist mit Eurus?«

»Er kommt auch mit«, sagte Gabria und unterdrückte ein Lächeln.

»Gut. Er kann sich um das Fohlen kümmern. Hat es schon einen Namen?«

»Noch nicht. Nara hat mir gesagt, dass es sich selbst einen Namen geben wird, wenn es dazu bereit ist.«

»Ein Sohn von Boreas«, sagte Athlone mit einem stolzen Grinsen. »Ich kann es kaum glauben.«

Die Frau blickte in sein lächelndes Gesicht und griff nach seiner Hand. Den Rest des Nachmittags verbrachten sie in Piers' Zelt.

Wolken trieben von Nordwesten heran und der Wind frischte auf, als Gabria und ihre Begleiter am Morgen den Khulinin-Treld verließen. Sie versammelten sich kurz nach Tagesanbruch auf dem Übungsplatz und verabschiedeten sich von dem Klan. Khan'di traf auf seinem dunklen Fuchs als Erster ein; ihm folgten Piers auf seiner braunen Lieblingsstute und Gabria mit den drei Hunnuli. Zum Schluss kam Athlone mit seinen vier Herdwachenkriegern und den Packpferden. Bregan ritt auf seinem Wallach Stubs und Athlone auf seinem grauen harachanischen Hengst.

Jedes Mitglied der Gruppe war in schlichte, schmucklose Kleidung gehüllt und trug einen Mantel aus ungefärbter Wolle. Khan'di hatte großen Wert auf Geheimhaltung gelegt und dem Häuptling erklärt, dass die Spione der Fon nichts von Gabrias Reise nach Pra Desch erfahren durften. Athlone hatte ihm beigepflichtet, denn er wusste, wie schnell sich Neuigkeiten in der Steppe verbreiteten. Selbst das goldene Banner, das für gewöhnlich den Häuptling auf all seinen Unternehmungen begleitete, wurde im Treld zurückgelassen.

Als die Reisenden sich versammelt hatten, kam der ganze Klan zusammen, um sie zu verabschieden. Nur Thalar tat sich durch Abwesenheit hervor, doch der Priester Sorhs und die Priesterin Amaras segneten die Abenteurer.

Lord Athlone ritt vor die Khulinin und hob die Arme. Die Menge wurde still. In seiner Rede an den Klan erinnerte Athlone die Zuhörer an die Ermordung Savarics und an seine Pflicht als Savarics Sohn, das Wergeld, also den Blutzoll für diese Schandtat einzutreiben. Da er nicht wollte, dass der Makel der Zauberei an seiner Reise haftete, und sein Volk in günstiger Stimmung zurücklassen wollte, berichtete er nur von der fabelhaften Stadt, die er besuchen würde, und von den Geschichten, die er darüber bei seiner Rückkehr sicherlich zu erzählen hatte. Das *Buch des Matrah* und Branths jüngste Verbrechen erwähnte er nicht.

Cantrell trat vor und sang ein stürmisches Lied über das Fortgehen, in das die Khulinin klatschend einstimmten, während die Reisenden das Tal verließen. Viele Männer ritten einige Zeit lang neben ihnen her und riefen ihnen Lebewohl zu, während der Rest des Klans zurückblieb und sie auf seine Weise bejubelte.

Bald hatte die Gesellschaft die letzten Erhebungen des Vorgebirges hinter sich gelassen und ritt hinaus in das offene, weite Land. Leichter Regen setzte ein, und die Begleitreiter kehrten nach Hause zurück. Die Abenteurer ritten hintereinander und wickelten sich in ihre Mäntel, um sich vor dem kalten Wind und Regen zu schützen. Das festliche Abschiednehmen lag nun hinter ihnen, und jeder Einzelne hatte sich in Gedanken an den weiteren Verlauf der Reise verloren.

Am Nachmittag ließ der Regen nach und die Wolken trieben südwärts über den Himmel. Sanfte, mit grau-grünem Gras überzogene Hügel erstreckten sich bis zum Horizont. Die Reiter schüttelten ihre Mäntel aus und entspannten sich ein wenig auf ihren Pferden.

Sie ritten neben dem Goldrine her nach Nordosten und hatten vor, ihm bis zur Einmündung des Isin zu folgen, dann nach Osten abzubiegen und auf der alten Karawanenstraße weiter zu ziehen, die am Meer von Tannis nordwärts führte.

Die Karawanenstraße erstreckte sich nach Norden und Süden und stammte noch aus den Tagen vor dem Nomadenleben der Klane. Sie war von den Eroberherheeren des Adlers gebaut worden, die auch die Festung Ab-Chakan errichtet hatten. Diese Straße wurde immer noch als Hauptweg zwischen den einzelnen Trelds und den Turic-Stämmen im Süden sowie den Fünf Königreichen im Norden benutzt. Am Ende der Straße lag die goldene Stadt Pra Desch.

Gabria war nie zuvor in Pra Desch gewesen, doch ihr Vater hatte es einmal besucht und ihr davon erzählt, und natürlich hatte auch Piers ihr einiges über diese Stadt berichtet. Sie wusste daher, dass Pra Desch die Hauptstadt von Calah war, einem der Fünf Königreiche des Alardarianischen Bündnisses, und dass eine »Fon« genannte Person der Stadtverwaltung vorstand. Ansonsten wusste sie nur wenig.

Piers hatte Gabria einmal erzählt, dass die augenblicklich herrschende Fon ihren Gemahl vergiftet und die Schuld dafür Piers' Tochter gegeben hatte. Seine Tochter war gefoltert und als Zauberin hingerichtet worden. Mit gebrochenem Herzen hatte Piers Calah und Pra Desch verlassen. Er war nie mehr in sein Heimatland oder seine Geburtsstadt zurückgekehrt und hielt seine Wut sowie sein Verlangen nach Gerechtigkeit hinter einer undurchdringlichen Fassade schicksalsergebener Trauer verborgen.

Gabria betrachtete Piers' Rücken, während er vor ihr ritt. Dann trieb sie Nara neben das Pferd des Heilers. Die alte braune Stute wieherte der sie hoch überragenden Nara freundlich zu und das Hunnuli erwiderte den Gruß.

Piers lächelte Gabria matt an. Er hasste es, nass zu werden. »Ich vermute, es ist zu spät, um es sich anders zu überlegen.«

»Es sei denn, du scheust den langen Ritt zurück zum Treld nicht.«

Er warf einen kurzen Blick über die Schulter auf die dunkle Linie aus Sturmwolken und Regen, die hinter ihnen noch immer sichtbar war. »Das sollte ich besser nicht tun. Hier ist es trockener.«

»Fürs Erste.« Gabria sah ihren Freund einen Augenblick lang an, bevor sie fragte: »Piers, wie ist es in der Stadt?«

Er zog eine Grimasse, denn ihre Frage überraschte ihn. »Wo? In Pra Desch?« Er deutete auf Khan'di, der vor ihnen ritt. »Frag ihn.«

Alter Zorn und Kummer sprachen deutlich aus ihm. Gabria war verblüfft von der Tiefe seiner Gefühle. »Kennst du ihn von früher?«

»Ja, und er kennt mich.« Piers starrte auf den kerzengeraden Rücken des Mannes. »Er entstammt einer der reichsten Kaufmannsfamilien Pra Deschs und war ein Höfling und ein guter Freund von mir. Er war der Vorkoster des Fons, aber an dem Abend, an welchem der Fon vergiftet wurde, erkrankte Khan'di zufälligerweise. Anstatt mit dem Fon zu speisen, habe ich ihn gepflegt.« Piers krampfte die Finger um den Sattelknauf. »Ich hätte den Fon retten können, wenn ich bei ihm gewesen wäre.« Er schüttelte traurig den Kopf. »Ich habe mich immer gefragt, ob Khan'di seine Krankheit nur vortäuschte.«

»Das tut mir Leid«, sagte Gabria, obwohl sie wusste, wie sinnlos ihre Worte klangen.

Der Heiler schüttelte sich und lachte. »Warum? Ich bin es, dem das Ganze Leid tun sollte. Ich bin auf diese Reise gegangen, um mich der Vergangenheit zu stellen, mich an meine Tochter zu erinnern und den Hass aus mir zu verbannen. Ich habe einen schlechten Anfang gemacht.« Er verstummte.

Gabria glaubte, Piers habe ihre Frage vergessen. Sie wollte sie gerade wiederholen, als er einen kleinen Weinschlauch hervorzog und einen tiefen Schluck nahm. Er drückte den Korken heftig zurück auf die Öffnung und sah Gabria an. Seine blassgrauen Augen zwinkerten.

»Du hast nach Pra Desch gefragt?« Er breitete die Hände in großer Geste aus. »Es ist die Königin des Ostens. Es gibt auf der ganzen Welt keinen Ort, der dieser Stadt gleichkommt. Sie ist riesig, ausgedehnt, großartig. Es ist eine Stadt unglaublicher Verkommenheit und unendlichen Reichtums, eine Stadt der Paläste, wimmelnder Häfen, Märkte, Basare und Wohnhäuser.«

Gabria starrte den Heiler an; sein plötzlicher Stimmungswechsel erstaunte sie. Sie hatte Piers selten so aufgekratzt erlebt.

»Weißt du, Pra Desch ist der Handelsmittelpunkt im Osten«, bemerkte er. »Jede Straße, jeder Karawanenpfad und jeder Schifffahrtsweg führt dorthin. In dieser Stadt findet man alles, was es auf der Welt gibt. Sie besitzt hochberühmte Schulen, Bibliotheken, Kunstakademien und Theater. Die Stadt rühmt sich vieler Kunsthandwerker, Philosophen, Forscher, Kaufleute, Seeleute, Lehrer, Adliger – und quillt über vor Sklaven, Bauern und Verbrechern.« Piers lachte. »Gabria, so etwas hast du noch nie gesehen.«

Das Mädchen versuchte sich ein Bild von diesem unglaublichen Ort zu machen. »Das alles klingt so ... groß«, sagte sie lahm.

»Pra Desch ist mit nichts vergleichbar, was dir helfen könnte, seine Größe zu ermessen. Die gesamte Bevölkerung der elf Klane würde in der Altstadt untergehen.«

Gabria sperrte den Mund auf. Plötzlich begriff sie, dass sie nicht nur in ein Hornissennest ritt, sondern dass es auch viel größer war, als sie erwartet hatte. Wie konnte *sie* in einer derart großen Stadt etwas Wesentliches ausrichten? »Wenn es dort so viele Leute gibt, warum braucht man dann mich?«, fragte sie gereizt.

»Frag ihn«, erwiderte Piers und deutete erneut auf den Adligen. »Er ist hier derjenige, der die Forderungen stellt.«

»Khan'di!«, rief Gabria. Die anderen Männer sahen sich überrascht um, doch der Pra Descher gab vor, sie nicht gehört zu haben.

Piers blickte verärgert drein. »Es tut mir Leid, aber in Pra Desch müssen Frauen die Männer immer mit ihrem vollen Namen anreden. Alles andere wird als Mangel an Respekt angesehen.«

Gabria knirschte mit den Zähnen. »Khan'di Kadoa, darf ich bitte mit dir reden?«

Diesmal drehte sich der Adlige halb um und nickte kurz.

Während Nara vorwärts trabte und sich neben das andere Pferd setzte, versuchte Gabria, ein freundliches Gesicht zu machen. Sie wusste sehr wenig über diesen Mann und war sich nicht sicher, ob ihr das wenige, was sie wusste, gefiel. Er war von mittlerer Größe und stämmig, beinahe fett. Ein Schnurrbart verdeckte seinen dünnlippigen Mund, und die klug dreinblickenden Augen verloren sich fast in den Falten der rötlichen Haut. Er war oft bis zur Überheblichkeit höflich und zeigte das Selbstvertrauen eines Mannes, der es gewohnt war, dass man ihm gehorchte.

Gabria fragte sich, was wohl der wahre Beweggrund für die Bitte an sie war, nach Pra Desch zu kommen. Hatte er eine verzwickte Falle aufgestellt, um seine eigene Macht und seinen Einfluss zu vergrößern, oder sorgte er sich tatsächlich um das Wohlergehen seiner Stadt? Seine verborgenen Beweggründe vermochten Gabrias Entschluss nicht zu ändern, doch sie würde sich besser fühlen, wenn sie wüsste, was sie von ihm zu erwarten hatte.

Da Gabria keine Ahnung hatte, wie sie den Gesandten anreden sollte, und es schwierig war, sich auf einem Pferderücken zu verneigen, senkte sie vor dem Mann höflich den Kopf. Khan'di sah die

Zauberin auf dem gewaltigen schwarzen Pferd an und erwiderte ihren Gruß.

Sie warf die Kapuze zurück. Sofort zerrte der Wind an ihren Haaren. »Ich habe gerade eben mit Piers gesprochen«, sagte sie. »Er sagte mir, wie groß deine Stadt ist.«

»Es ist die größte Stadt der Fünf Königreiche und vielleicht sogar auf der ganzen Welt«, antwortete Khan'di stolz. »Ich habe gehört, Macar sei größer, aber das war vor einigen Jahren, bevor seine Zinnminen ertragsärmer wurden. Seitdem hat seine Handelskraft etwas nachgelassen. Pra Desch hat natürlich seinen Einfluss auf das gesamte Meer von Tannis ausgedehnt. Unsere Handelsflotte ist die größte und …«

Gabria seufzte still, während er weitersprach. So viel hatte sie ihn während der vergangenen vier Tage nicht reden gehört. Sie lächelte und hob die Hand. »Entschuldige, Khan'di Kadoa, aber deine Worte übersteigen mein Begriffsvermögen. Ich weiß kaum etwas über Pra Desch und seinen Handel.«

»Oh, natürlich. Ich bitte um Verzeihung«, sagte er. »Möchtest du etwas Bestimmtes wissen?«

»Ich war bloß neugierig«, meinte Gabria. »Warum gibt es in einer so großen Stadt niemanden, der Branth unschädlich machen kann? Warum hast du mich darum gebeten?«

Khan'di antwortete mit leisem Spott in der Stimme: »Weil Zauberei in Pra Desch genauso verboten ist wie in der Steppe. Wir hassen die Magie nicht so sehr wie die Klane, aber es war sicherer und zweckdienlicher, sie zu ächten. Dadurch halten wir ausländische Zauberer von der Stadt fern und sorgen dafür, dass unser Handel nicht beeinträchtigt wird.«

Gabria reckte sich und sah den Mann überrascht an. »Ausländer? Ich war der Meinung, auch dein Volk könne Magie anwenden.«

»Nein. Nur die Klanleute oder solche mit Klanblut in den Adern haben die Macht, Zauber zu wirken. Viele Weise haben dieses ungewöhnliche Erbmerkmal untersucht, aber bisher hat niemand herausgefunden, warum nur die Klane diese Kraft besitzen.« Er hob viel sagend die Hand. »Um es kurz zu machen, du bist die Einzige, die für diese Aufgabe in Frage kommt.«

»Wunderbar«, murmelte Gabria. »In Ordnung. Wer garantiert

denn für meine Sicherheit als Zauberin in Pra Desch? Soll ich Branth mit meiner Magie bekämpfen, nur um ins Gefängnis geworfen zu werden, falls ich gewinnen sollte?«

Khan'di griff in seine Satteltasche und zog eine Schriftrolle hervor, die mit dem Zeichen seiner Familie gesiegelt war. Er hielt sie hoch. »Die Fon herrscht über die Straßen von Calah, doch innerhalb Pra Deschs bin *ich* der Schirmherr der mächtigen Kaufmannsgilde und Oberhaupt der angesehensten und einflussreichsten Familie der Stadt. Wenn es dir gelingt, Branth vernichtend zu schlagen, wirst du angemessen aus meiner Schatulle entlohnt und in allen Ehren zurück zu den Grenzen Calahs geleitet. Darauf gebe ich dir mein Wort als Kadoa.«

Gabria zweifelte noch immer. »Und was ist mit eurer Fon? Sie wird nicht gerade erfreut sein, ihren persönlichen Zauberer zu verlieren.«

Khan'di lachte scharf und bitter auf. »Überlass sie mir.«

Gabria sah ihn lange an. Es war immer noch möglich, dass der Pra Descher sie in eine Falle lockte. Wenn der Hengstkönig sie nicht gewarnt hätte, wäre sie auf Khan'dis Plan keineswegs so bereitwillig eingegangen. Als sie nun sein fleischiges Gesicht betrachtete und bemerkte, wie sich seine Hände im Zorn um die Zügel krampften, kam sie zu der Ansicht, dass er vermutlich die Wahrheit sagte – oder das, was er dafür hielt.

»Das muss genügen«, meinte sie schließlich. »Vergiss dein Versprechen nicht.« Sie nahm ihm die Schriftrolle aus der Hand, nickte ihm kurz zu und lenkte Nara fort von ihm.

Der Mann sah ihr mit zusammengekniffenen Lippen nach. Diese Frau war unwissend, aber nicht dumm. Er musste sie vorsichtig behandeln. Und auch ihr Hunnuli. Khan'di konnte es nicht beschwören, doch kurz bevor die große Stute von ihm wegritt, glaubte er in ihren dunklen Augen einen fast menschlichen, warnenden Blick gesehen zu haben.

Fünf

Fünf Tage lang folgte die Reisegruppe dem Goldrine nach Nordosten durch das Grasland von Ramtharin auf den Zusammenfluss mit dem Isin zu. Die Reiter scherten sich nicht um den kalten Wind und den unablässigen Regen und setzten ihre Reise jeweils von der Morgen- bis zur Abenddämmerung fort. Nur am Mittag hielten sie an, aßen und gönnten den Pferden ein wenig Ruhe. Nara hatte Recht gehabt: Das Fohlen konnte mühelos mit den anderen Pferden Schritt halten und schien bei Muttermilch und andauerndem Auslauf prächtig zu gedeihen. Die Leute gewöhnten sich allmählich an die Gleichförmigkeit der Tage, und ihre Muskeln passten sich den langen Ritten an. Auch die gleich bleibende Gesellschaft ihrer Kameraden machte ihnen bald nichts mehr aus.

Gabria teilte ihre Zeit zwischen Athlone, Piers und Khan'di auf. Obwohl sie nichts um den Adligen aus Pra Desch gab, genoss er jedes Gespräch mit ihr und war eine gute Quelle für Informationen und Ratschläge. Während Piers ihr alles über Pra Deschs Geschichte, Kultur und Gesellschaft berichtete, unterrichtete Khan'di sie über die Veränderungen, die in den letzten Jahren in Verwaltung, Wirtschaft und Politik stattgefunden hatten.

»Das Königreich Calah wird von einem König regiert«, erklärte er ihr eines Nachmittags, »aber die Hauptstadt Pra Desch wird von der Fon beherrscht.«

»Und das erlaubt der König?«, fragte Gabria überrascht.

Khan'di kicherte. »Es bleibt ihm kaum etwas anderes übrig. Die Fon überwacht den gewaltigen Warenstrom von und zu den Fünf Königreichen; deswegen ist sie reicher und mächtiger als der König selbst. Es ist eine recht verzwickte Lage. Seit Generationen gibt es andauernd Fehden zwischen dem König und dem oder der Fon.«

»Wo befindet sich euer König jetzt?«

Der Adlige zog die Augenbrauen im Zorn zusammen. »Vor etwa elf Jahren ist der König von Calah bei einem rätselhaften Unfall ums Leben gekommen und ließ einen Sohn zurück, der zu jung für die Regierungsgeschäfte war. Kurz nach diesem Unglück wurde der Fon vergiftet. Sein Körper war noch nicht einmal kalt, als seine Frau schon die Macht über die Stadt *und* das Königreich an sich riss. Sie hat beides noch inne – natürlich im Namen des jungen Prinzen.«

»Warum hat der Prinz den Thron noch nicht für sich beansprucht?«

»Niemand weiß, wo er sich aufhält. Die Fon hat ihn einige Jahre lang gefangen gehalten, doch in der letzten Zeit haben wir ihn nicht mehr gesehen. Ich fürchte, sie hat sich seiner entledigt.«

Nun schwieg der Adlige. Seine Gesichtszüge waren wie eingefroren und die Augen so hart wie Stein.

Am nächsten Tag erzählte er Gabria während eines weiteren Gesprächs mehr über Branths Ankunft in Pra Desch.

»Dieser Mann war ein Narr«, sagte Khan'di mit Abscheu. »Er hat sich in einem großen Haus in einem der reichsten Stadtviertel niedergelassen und ist in den höchsten Gesellschaftsschichten ein und aus gegangen. Aus seiner Zauberkunst hat er kein Geheimnis gemacht, war aber klug genug, seine Macht nicht öffentlich unter Beweis zu stellen. Und dann ereigneten sich seltsame Dinge. Gold wurde aus geschlossenen Tresoren gestohlen, Edelsteinlieferungen verschwanden und Schiffe versanken ohne erkennbaren Grund im Hafen. Jene Männer, über die sich Branth geärgert hatte, wurden ruiniert.« Khan'di schüttelte den Kopf. »Als schließlich jemand Branth mit diesen Verbrechen in Verbindung brachte, war es schon zu spät. Die Fon schickte zwar eine Abordnung ihrer Wache zu seiner Verhaftung aus, doch er hatte genug Zeit gehabt, um für seine Verteidigung zu sorgen. Sein Haus war zu einer Festung und seine zauberische Macht unüberwindbar geworden. Er hat den Hauptmann der Wache mit einem seltsamen blauen Feuer verbrannt.«

»Die Trymianische Kraft«, sagte Gabria leise.

»Die ... was?«

»Das ist eine Kraft, die sich aus dem Zauberer selbst speist.« Sie schnitt eine Grimasse. »Sie kann tödlich sein.«

Khan'di nickte. »Das war sie. Branth hat damit eine ganze Kompanie schwer bewaffneter Männer ausgelöscht.«

»Wie hat ihn die Fon denn schließlich gefasst?«

»So, wie sie alles erreicht: durch List. Sie hat sich Branths Eitelkeiten zunutze gemacht und ihn durch das Versprechen eines Bündnisses mit ihr aus dem Palast gelockt.« Der Mann verstummte und überraschte Gabria, indem er einen Blick über die Schulter auf den hinter ihnen reitenden Piers warf. Einen Augenblick lang glaubte sie, ein Flackern des Bedauerns in seinen dunklen Augen zu sehen.

»Ich nehme an, der Heiler hat dir bereits gesagt«, fuhr Khan'di fort, »dass die Fon große Kenntnisse auf dem Gebiet des Vergiftens besitzt?«

»Er hat so etwas erwähnt«, erwiderte sie vorsichtig.

»Nun, sie hat ein besonderes, selbst gebrautes Gift benutzt, um die Kontrolle über Branths Verstand zu erlangen und ihn wehrlos zu machen. Er besitzt noch seine magische Gabe, aber sie hat nun das Buch und übt die Herrschaft über alle Handlungen dieses Mannes aus.«

Gabria erbleichte. Sie verachtete Branth, doch es war schwer vorstellbar, dass sich dieser mächtige, ehrgeizige Häuptling in der Gewalt eines heimtückischen Giftes befand. Es lief ihr kalt über den Rücken. »Kann sie ihn zu allem möglichen anstiften?«

»Der Mann ist ein Gefangener.«

»Was geschieht mit ihm, wenn wir ihn dem Einflussbereich der Fon und ihren Giften entziehen? Erlangt er dann seinen freien Willen zurück?«

»Ich weiß es nicht, aber es ist mir auch egal. Entführe ihn oder bring ihn um.« Khan'di zwirbelte seinen Schnurrbart, wie er es immer tat, wenn er erregt war. »Wir müssen ihn von der Fon wegbekommen, bevor sie Portane überfällt. Wenn sie das versucht, wird das gesamte Alardarianische Bündnis zerbrechen. Dann ist Pra Desch verloren! Ich ...«

Plötzlich unterbrach Nara ihn, indem sie den Kopf hochwarf. *Gabria, es kommt jemand.* Die Stute wirbelte herum und schaute auf den Hügel, an dem sie soeben vorbeigeritten waren. Eurus wieherte den Männern eine Warnung zu. Die Gruppe versammelte sich um Nara und kam zum Stillstand.

In diesem Augenblick erschien ein einsamer Reiter auf dem Hügelkamm und winkte ihnen in sichtbarer Aufregung zu. Er war noch zu weit entfernt, als dass man ihn hätte erkennen können, doch er war eindeutig kein Klanmann, sondern ein turischer Stammesangehöriger aus der südlichen Wüste. Gabria warf Athlone einen besorgten Blick zu. Die Herdwache scharte sich um ihren Lord und war bereit, die Waffen zu ziehen.

Das Pferd rannte mit angelegten Ohren und wehendem Schweif in vollem Galopp auf sie zu. Der Mann lehnte sich in den Bügeln zurück und grüßte die Gruppe mit einem wilden, hohen Schrei. Die Nachmittagssonne schimmerte auf dem großen Krummschwert an seiner Hüfte und sein Burnus flatterte hinter ihm her wie eine Flagge.

Er hielt sein schnaubendes, tänzelndes Pferd unmittelbar vor Nara und Gabria an und streifte seine Kapuze ab. »Zauberin!«, rief er »Ich habe überall nach dir gesucht!«

Gabria war so überrascht, dass sie nichts anderes tun konnte, als den Mann anzustarren. Er war jung und schlank und hatte die übliche dunkle Haut und braunen Augen der turischen Stammesangehörigen. Das schwarze Haar trug er in einem verschlungenen Knoten hinter dem Kopf zusammengebunden. Das Gesicht war sauber rasiert und enthüllte einen kräftigen Kiefer und schmale Wangenknochen. Gabria fand ihn unwiderstehlich schön. Er erwiderte ihren verwirrten Blick mit kühnem, männlichem Vergnügen.

Die übrigen Männer, die ihn mit unterschiedlich großer Neugier und Vorsicht ansahen, beachtete er nicht. Er stieg von seinem Pferd ab und stellte sich vor Gabria. »Du bist Gabria vom Corin-Klan«, bemerkte er und sah ihr ins Gesicht. »Das weiß ich. Ich bin Sayyed Raid-Ja, siebenter Sohn von Dultar von Sharja. Auch ich bin ein Zauberer. Ich möchte mit dir reisen und deine Kunst erlernen.«

Gabria sperrte den Mund auf.

»Auf keinen Fall!«, donnerte Athlone.

»Warum nicht?«, fragte Sayyed berechtigterweise und wandte sich zum ersten Mal dem Häuptling zu. »Vergebt mir, Lord Athlone. Ich war so froh, die Zauberin gefunden zu haben, dass ich meine Pflichten Euch gegenüber völlig vergessen habe. Seid gegrüßt!«

Athlone nickte knapp. Er hatte sofort eine Abneigung gegen diesen Mann gefasst, und ihm gefiel nicht, wie der Turic Gabria anschaute. »Ich wünsche dir einen guten Tag, Sohn Dultars. Tritt bitte beiseite. Wir müssen weiterreisen.«

»Das ist unmöglich«, murmelte Gabria.

»Was?«, fragten Sayyed und Athlone gleichzeitig.

Die Frau fasste sich rasch wieder und wandte sich an den Stammesangehörigen. »Wie kannst du ein Zauberer sein? Nur Klanblut reicht diese Gabe weiter.«

Sayyed schenkte ihr ein Lächeln. »Meine Mutter stammt aus dem Ferganan-Klan. Sie wurde eines Tages in der Nähe eines Wasserlochs von meinem Vater erobert.

Eigentlich wollte er sie auf dem Markt als Sklavin verkaufen, doch er selbst war es, der zum Sklaven einer Frau und zwölf gemeinsamer Kinder wurde.«

»Du bist also ein Klan-Halbblut?«, rief Piers.

Khan'di zuckte die Achseln. »Das reicht aus.«

»Woher weißt du, dass du ein Zauberer bist?«, wollte Athlone wissen.

Ein mutwilliges Funkeln tanzte in Sayyeds Augen. Er kniete nieder, hob eine Hand voll Erde auf und warf sie in die Luft. Die Erde und die Steinchen flogen in die Höhe und verwandelten sich unter lautem Getöse in eine Wolke aus schimmernd blauen Schmetterlingen.

Das unerwartete Geflatter erschreckte Khan'dis Wallach. Das Tier schnaubte vor Angst, wirbelte herum und stieß mit Athlones Hengst zusammen. Die Panik des Wallachs steckte die harachanischen Pferde an und sie versuchten zu entkommen.

»Du bist wohl verrückt!«, schrie Athlone vom Rücken seines bockenden Hengstes herunter. »Weg mit diesen Viechern!«

Sayyed sprach einen Befehl, und die Schmetterlinge verschwanden. Er versuchte zerknirscht auszusehen, während die Reiter ihre Pferde beruhigten.

Er ist ein Zauberer, sagte Nara zu Gabria, *aber was Schmetterlinge gegen Branth ausrichten sollen, weiß ich nicht.*

»In Ordnung«, meinte Gabria und versuchte, nicht zu lachen. »Du bist, was du zu sein vorgibst. Warum willst du mich begleiten?«

Sayyed warf erregt die Arme hoch. »Um zu lernen! Mein Vater hat mit seinen anderen Söhnen genug Ärger; deshalb kann ich tun und lassen, was mir gefällt. Und ich will, dass du mich die Zauberei lehrst.«

»Anscheinend weißt du schon genug darüber«, bemerkte Khan'di trocken.

»Ich habe mir ein bisschen selbst beigebracht, aber ich will noch mehr lernen.«

»Nein«, sagte Gabria bestürzt. »Ich kann dir nichts beibringen, denn ich weiß selbst nicht genug.«

»Dann kann ich dir vielleicht helfen. Im Khulinin-Treld hat man mir gesagt, dass du gegen einen anderen Zauberer in die Schlacht ziehst. Erlaube mir mitzukommen. Wenn du mir schon nichts beibringen kannst, bin ich dir vielleicht eine Hilfe.«

»Das glaube ich nicht ...«, setzte Gabria an.

»Ist Zauberei bei den Turic nicht verboten?«, unterbrach Athlone verärgert.

Sayyed hielt Athlones Blick stand und sagte: »Ja. Und seit ich von meinem Volk verbannt wurde, bin ich der Meinung, dass ich genau das tun sollte, wozu ich geboren wurde.«

Seine offensichtliche Aufrichtigkeit rührte Gabria und erinnerte sie an ihre eigenen, ähnlich gearteten Gefühle der Zauberei gegenüber.

Dass jemand sein Verlangen nach Zauberei so ehrlich zum Ausdruck brachte, reichte für sie aus, um ihm zu vertrauen. Der Hengstkönig hatte ihr geraten, andere Menschen mit auf die Reise zu nehmen. Warum nicht einen weiteren Zauberer?

Sie hielt die Hand mit der Innenfläche nach oben. »Komm mit, Sayyed Raid-Ja. Wenn du dir so sicher bist, könntest du mir vielleicht wirkliche eine Hilfe sein.«

»Nein!«, knurrte Athlone, doch sein Widerspruch ging in Sayyeds Freudenschrei unter. Er ergriff Gabrias Hand und besiegelte ihr Abkommen.

Nara ging weiter. Die Gruppe folgte ihr und ließ Athlone schäumend vor Wut auf seinem Pferd zurück. Schließlich trieb der Häuptling sein Reittier vorwärts und holte Gabria ein. Sie sah wahnwitzig zufrieden aus.

»Was ist in dich gefahren, dass du ihn einlädst, mit uns zu kommen?«, fragte Athlone Gabria mit kühler Stimme. »Du brauchst seine Hilfe nicht. Und wir haben keine Zeit, uns um einen unverantwortlichen Weichling zu kümmern.«

Gabria fühlte sich verletzt. In ihren Augen blitzte es gefährlich. Sie beugte sich vor und zischte: »Der Hengstkönig hat mir geraten, nicht allein zu gehen. Ich folge nur seinem Ratschlag.«

»Warum gerade dieser Junge? Er ist ein Turic. Er wird uns doch nur im Weg sein«, erwiderte Athlone mit wachsender Wut.

Gabria sah ihn verletzt und zornig an. Auf dieser Reise brauchte sie Athlones ganze Unterstützung und sein volles Vertrauen. Sie verstand nicht, warum er gegen den Fremden so voreingenommen war. »Weil er mich aufgespürt hat. Weil er etwas darum gibt, wer und was er ist. Weil er ein Zauberer ist und ich ihn möglicherweise brauche!« Sie verstummte.

Athlone sah sie lange Zeit an. Er beobachtete, wie sich ihr blondes Haar um die Ohren kräuselte, wie die kleine Nase sich an der Spitze leicht aufwärts bog und wie die Sommersprossen auf den Wangen hervortraten, wenn sie wütend war. Sie war so hübsch, dass es sein Herz in Entzücken versetzte, doch manchmal benahm sie sich ihm gegenüber so seltsam und abweisend. Er wusste nicht, wie er zu ihr durchdringen sollte. Er konnte nur versuchen, sie zu verstehen, doch das schien kaum genug zu sein.

Der Häuptling stieß einen langen Seufzer aus. »Vielleicht hast du Recht«, sagte er in immer noch ärgerlichem Tonfall zu Gabria. »Nicht alle Zauberer sind bereit, ihre Kräfte einzusetzen. Jemand wie dieser Turic könnte nützlich sein.«

»Auch du hast diese Gabe, Athlone«, sagte sie ruhig.

»Und nicht das geringste Verlangen, sie anzuwenden.« Der Häuptling verlagerte sein Gewicht und trieb sein Pferd vorwärts. Für den Rest des Nachmittags ritt er an der Spitze, weit vor Gabria, Sayyed und den anderen.

Gabria und Athlone fanden kaum eine Möglichkeit, ihre Meinungsverschiedenheit in den nächsten Tagen beizulegen. Gabria war der Ansicht, dass sie im Streit um Sayyeds Gegenwart im Recht war, und unternahm keinen Versuch, sich dem Häuptling gegenüber zu entschuldigen oder zerknirscht zu wirken. Athlone wiederum hatte nur wenig Gelegenheit, mit ihr zu reden. Jedes Mal, wenn er es versuchte, wurde er entweder von den Kriegern fortgerufen oder von Piers oder Khan'di unterbrochen.

Auch Sayyed war keine große Hilfe. Der junge Turic freundete sich mit der Reisegruppe an. Er lachte und scherzte mit den Kriegern – mit Secen, Keth und Valar; er half Bregan bei der Jagd; er unterhielt sich mit Piers über Heilkunde und mit Khan'di über die Vorzüge gewisser Tuche und Gewürze aus dem Süden. Doch die größte Aufmerksamkeit brachte er Gabria dar. Er nutzte jede Gelegenheit, sich in ihrer Nähe aufzuhalten, egal ob Athlone bei ihr war oder nicht.

Eines Nachmittags ruhte sich die Zauberin an Naras Hals gelehnt aus, während die Stute trank. Athlone sah eine gute Gelegenheit, allein mit Gabria zu reden. Er schickte seine Männer fort und begab sich zu ihr und dem Hunnuli an das Flussufer. Sie sah ihn neugierig und etwas argwöhnisch an, als ob sie den Ausbruch eines neuen Streits erwartete.

»Gabria, ich …«, setzte er an. Dann hielt er inne, denn ihm dämmerte, dass er überhaupt nicht wusste, was er ihr eigentlich sagen wollte.

»Lord Athlone!«, rief Bregan. »Secen gibt ein Zeichen.«

Der Häuptling zerbiss einen Fluch zwischen den Zähnen und sah den Krieger an, der die Spitze der Gruppe bildete. Secen befand sich auf einem fernen Hügel und deutete mit seinen Zeichen das Nahen weiterer Reiter an. Athlone verließ Gabria und eilte zu Secen. Nachdem er die beiden Reiter ebenfalls gesehen und sich vergewissert hatte, dass ihnen die Reisegruppe bisher entgangen war, drehte er sich um und entdeckte Gabria in der Gesellschaft Sayyeds.

Das Gesicht des Häuptlings rötete sich vor Zorn, während er die beiden beobachtete. Sayyed hatte einige frühe Wildblumen gepflückt und daraus eine Krone für Gabria geflochten. Sie redeten und lachten miteinander wie alte Freunde, während Gabria sich den Reif ins Haar steckte.

Athlone trieb sein Pferd fort, damit niemand die Wut und Zweifel auf seinem Gesicht sehen konnte.

Am Abend des zwölften Tages erreichten Gabria und ihre Gefährten den Tir Samod – so wurde der heilige Zusammenfluss von Goldrine und Isin genannt –, wo sich Valorians Nachkommen seit zahllosen Generationen jeden Sommer trafen. Die Gruppe kam vor Sonnenuntergang an und schlug ihr Lager in einem Pappelhain in der Nähe der Stelle auf, wo sonst das Ratszelt stand. Für die Klanmänner wirkten die Wiesen seltsam leer ohne die großen Lager, den quirligen Markt, das riesige Ratszelt und die Massen von Menschen, Hunden und Pferden, welche diesen Platz jedes Jahr bevölkerten. Außer dem Rauschen der beiden Flüsse und dem Gesäusel des Windes in den kahlen Bäumen war der Ort still und friedvoll.

Zum ersten Mal seit vielen Tagen war der Himmel wolkenlos, und die Sonne ging mit dem Versprechen eines weiteren klaren Tages unter. Nach dem Abendessen ließen sich die Krieger beim Feuer nieder und putzten ihre Waffen. Piers untersuchte seine medizinischen Vorräte, um festzustellen, ob der andauernde Regen der vergangenen zwölf Tage etwas verdorben hatte. Khan'di saß auf seinem Kissen und säuberte sich die Fingernägel.

Einige Zeit lang beobachtete Gabria Nara und ihr Kleines, das im seichten Wasser herumtollte. Hinter den Pferden beleuchtete das goldene Licht des Sonnenuntergangs den Steinkreis auf der heiligen Insel der Götter in der Flussmitte. Gabria schaute hinüber zur Insel und dann auf das jenseitige Ufer.

Wenn die Klane einmal im Jahr hier zusammenkamen, schlug ein jeder sein Lager an derselben Stelle wie im Vorjahr auf. Die Corin hatten sich immer nördlich der Insel in einer breiten, grasbewachsenen Schleife des Isin niedergelassen.

Ohne lange nachzudenken, zog Gabria die Stiefel aus und watete durch die sanfte Strömung des Isin zur anderen Seite. Sie kletterte die niedrige Böschung hoch und stromerte gemächlich zwischen den Bäumen her, die auf dem Grund und Boden ihres Klans standen. Ähnlich wie im Treld hoch im Norden gab es auch hier nur weniges, was an die Corin erinnerte: ein paar alte Feuerstellen, ein Müllhaufen, der die nächste Flut nicht überdauern würde, und einige gefällte Bäume. Wie auf den Wiesen der Corin war auch hier ein Grabhügel errichtet. Die Khulinin hatten ihn zurückgelassen, als sie im vergangenen Jahr an dieser Stelle gelagert hatten.

Gabria wanderte auf den Hügel zu und betrachtete den einzelnen Speer und Helm, die noch immer das Grab schmückten. Ein

Rascheln im Gras zeigte ihr die Gegenwart eines anderen auf dem Lagerplatz an. Sie drehte sich lächelnd um, weil sie glaubte, es sei Athlone.

»Liegt hier jemand, den du kennst?«, fragte Sayyed.

Die Frau schüttelte den Kopf und verdrängte ihre Enttäuschung. Sie hatte sich nach Athlone gesehnt, doch Sayyed war ihr auch recht. In den wenigen Tagen, seit sie sich kennen gelernt hatten, war er ihr zu einem guten Freund geworden, in dessen Gegenwart sie sich wohl und glücklich fühlte. Sie verschränkte die Arme und sagte: »Ich kannte nur seinen Namen. Er hieß Pazric und war Zweiter Wertain der Khulinin. Er ist der Erste, der seit zweihundert Jahren durch Zauberei ermordet wurde.«

»Ach? Davon weiß ich nichts. Erzähl mir bitte die Geschichte.«

»Lord Medb hat ihn im letzten Sommer während einer Ratssitzung getötet. Es war das erste Mal, dass Medb seine Kräfte offenbarte.«

Sayyed starrte auf den kleinen Hügel hinab. »Das muss schrecklich gewesen sein«, sagte er in vollem Ernst.

Gabria wandte sich von ihm ab. Plötzlich wurde sie von den Erinnerungen an jenen qualvollen, ereignisreichen Tag überwältigt – an den Tag, an dem Pazric gestorben war; an den Tag, da sie an der Ratssitzung teilgenommen und Medb angeklagt hatte; an den Tag, als Savaric Lord Medb dazu gezwungen hatte, seine Zauberkräfte zu offenbaren. Ihre Kehle verengte sich, und sie musste zwinkern, als das Licht des Sonnenuntergangs verschwamm und durch ihre Tränen hindurchschimmerte.

Rasch legte Sayyed den Arm um ihre Hüfte. Er war ziemlich klein für einen Turic und Gabria recht groß für eine Klanfrau; daher waren ihre Köpfe auf gleicher Höhe, als er sie zu sich heranzog. Sie lehnte sich gegen ihn und fand Trost in seinen starken Armen und der Wärme seiner Gegenwart.

Ihre Traurigkeit wich allmählich und bald verzog sie den Mund zu einem schwachen Lächeln. »Du erinnerst mich an meinen Bruder Gabran.«

Sayyed versteckte seine Schnute hinter einem Kichern. »Warum?«, fragte er und versuchte, seine Enttäuschung zu verbergen. »War dein Bruder hübsch?«

Sie lachte auf. »Ja, und freundlich und so stark und listig wie ein Wolf. Er hat mich auch zum Lachen gebracht.« Sie seufzte leise. »Ich habe ihn sehr geliebt.«

Er zog den Arm enger um sie. Sie standen lange so im schimmernden Zwielicht und ihre Umrisse hoben sich gegen das blassgoldene Leuchten im westlichen Himmel ab.

Von seinem Platz am Feuer aus beobachtete Athlone die beiden fernen Gestalten und spürte, wie ihm das Herz sank. Der Turic drang immer tiefer in Gabrias Leben ein. Er war erst seit sieben Tagen bei den Reisenden und sie war längst bezaubert von diesem tatkräftigen Stammesangehörigen, der sie offenbar anbetete. Ein Eifersuchtsgeschwür, geboren aus Stolz und Unsicherheit, brach in Athlone auf.

Für den Häuptling war der entmutigendste Umstand seine eigene Unsicherheit. Die Beziehung zu Gabria war noch immer etwas Neues für ihn – sie beide schienen nie die Gelegenheit zu bekommen, ihre Gefühle füreinander zu entwickeln, ohne dass ihnen dabei jemand im Weg stand. Jetzt war dieser Turic bei ihnen, und Athlone war sich seiner eigenen Stellung nicht mehr sicher. Und das Schlimmste von allem war, dass er nicht wusste, was er dagegen tun sollte. Gabria war klug, selbstsicher und entschlossen. Sie hatte ihren Mut und Wert schon mehr als zehn Mal unter Beweis gestellt. Wenn sie ihre Liebe nicht Athlone, sondern Sayyed schenken wollte, hatte sie das Recht dazu. Gabria hatte genug Kummer und Schmerz erlitten und sollte nicht in eine Beziehung gedrängt werden, die sie nicht mehr wünschte. Natürlich bedeutete das keineswegs, dass es Athlone gefiel, zur Seite gedrückt zu werden.

Er rammte das Schwert, das er soeben geputzt hatte, zurück in die Scheide und ging hinaus in die Dunkelheit. Es war leicht gesagt, dass Gabria gehen konnte, wenn sie es wollte, aber der Gedanke, sie zu verlieren, zerriss ihn. Er schlenderte zu der kleinen Wiese, auf der die Pferde grasten, starrte in die Nacht und suchte nach der vertrauten Gestalt seines alten Freundes Boreas.

Natürlich wusste Athlone genau, dass es eine sinnlose Suche war. Boreas war in der letzten Schlacht mit Medb im vergangenen Sommer getötet worden. Doch dies minderte nicht die Sehnsucht des Häuptlings nach seinem alten Ross. So wie Nara Gabrias Freundin und Vertraute war, hatte Boreas für Athlone die Rolle des Gefährten und Ratgebers gespielt.

Athlone runzelte die Stirn und machte sich bereit, zum Lager zurückzukehren, doch etwas regte sich in der Dunkelheit und hielt ihn zurück. Es war die große, schwarze Masse eines Hunnuli – eines Hengstes wie Boreas. Das Herz des Häuptlings tat einen Satz vor Hoffnung und Furcht. War etwa der Geist des Pferdes von den Toten auferstanden und wollte ihm nun, da Athlone ihn am dringendsten brauchte, mit Rat und Tat zur Seite stehen?

Das Hunnuli trat neben ihn, doch es handelte sich nicht um Athlones seit langem totes Ross. Ein unvertrautes, weises Augenpaar schimmerte ihm entgegen und eine tiefe, beruhigende Stimme sagte: *Ich bin nicht Boreas, sondern Eurus. Aber ich bin hier.*

Dankbar lehnte sich der Mann gegen das große Pferd und fuhr mit der Hand durch die lange, dichte Mähne des Hengstes. Er dachte angestrengt über seine Schwierigkeiten nach; sein Kopf arbeitete wie ein Siedekessel, in dem Brocken von Gedanken und Gefühlen rascher an die Oberfläche trieben, als er ihnen zu folgen vermochte. Er liebte Gabria und wollte sie nicht verlieren, doch er hatte keine Ahnung, wie er sie zurückgewinnen konnte.

Hart auf den Fersen dieser Überlegungen kam der schuldbeladene Gedanke, dass es vielleicht besser war, wenn er sie nicht zurück gewann. Sie war eine Zauberin. Sie sollte sich mit anderen Zauberern wie Sayyed zusammentun, die ihre Gabe schätzten und unterstützten. Athlone war der Häuptling des größten und geachtetsten Klans der Steppe. Selbst wenn Gabria diese Reise überlebte und die Klanhäuptlinge das Gesetz gegen Zauberei aufhoben, würden den Magiern immer Misstrauen und Hass entgegenschlagen. Er war sich nicht vollkommen sicher, ob er bereit war, sich dieser Streitfrage und dem andauernden Kampf um Anerkennung zu stellen.

Bei diesem Gedanken kochten einige kleine Gewissensbisse in seinem inneren Siedetopf hoch. Auch er war ein Zauberer. Es wäre so einfach, sich dieser Wahrheit zu verschließen, Gabria gehen zu lassen und friedvoll als bloßer Häuptling bei seinem Klan zu leben, wie es sein Vater und der Vater seines Vaters vor ihm getan hatten.

Athlone kraulte die schwarze Mähne. Er wusste sehr genau, dass er diesen Weg nicht beschreiten und nur für sich selbst leben konnte. Nein, es war wichtig, Gabrias Herz zu erringen; irgendwie musste er sich mit seiner Gabe abfinden. Wenn er nur wüsste, was er tun sollte!

Er schüttelte verzweifelt den Kopf und drückte sich von dem Hunnuli ab.

Das schwarze Pferd versetzte Athlones Brust einen sanften Stüber. *Manchmal ist die Sprache des Herzens klarer als die Sprache des Kopfes, Lord und Häuptling.*

Athlone lachte freudlos. »Und manchmal liegen sie in unbarmherzigem Streit miteinander.« Er streichelte das Pferd und ging zurück zum Lager. Nach einem Wort mit dem Wachposten zog er sich in sein kleines Reisezelt zurück. Es war eine sehr lange Nacht für Athlone.

Sechs

Gabria und Nara standen im raschelnden Gras auf einem hohen, steilen Hügel und sahen auf die grüne Ebene hinunter. Die Frau schirmte die Augen vor der Mittagssonne ab und blickte hinunter auf die Karawanenstraße, die sich wie eine riesige Schlange durch das sanfte Grasland wand. Dieser Weg war anders als die steinerne Straße vor der Feste Ab-Chakan. Er war eigentlich nicht mehr als ein schlammiger Pfad, der sich in vielen Jahren andauernder Benutzung in den Boden eingegraben hatte. Trotzdem war er breit und deutlich vom Umland abgegrenzt, und die Hufe zahlloser Packtiere hatten die Oberfläche so fest gestampft, dass sie hart wie Stein war. An manchen Stellen hatten die Wagen und Karren der Händler mehrere Handspannen tiefe Rillen gezogen.

Als Gabria zur Straße hinunterschaute, sah sie noch immer den Staub, den eine ferne Handelskarawane auf dem Weg ins nördlich gelegene Pra Desch hochgewirbelt hatte. Dann warf sie einen Blick nach Süden. Die unfruchtbare Hochsteppe hatte sich auf der Reise nach Osten allmählich gesenkt und die struppigen Gräser und Büsche waren saftigen Wiesen, verstreuten Wäldchen und kleinen, schäumenden Bächen gewichen.

Bregan setzte sein Pferd neben Gabria, lehnte sich im Sattel zurück und streckte die Beine aus. »Es tut gut, diese Straße zu sehen«, bemerkte er. »Wir sollten die Hälfte des Weges nach Calah bereits hinter uns haben.«

»Stimmt«, meinte Khan'di, nachdem er sich zu ihnen gesellt hatte. »Aber wir müssen schneller werden. Wir sollten Pra Desch in spätestens zwanzig Tagen erreichen.«

»Hast du bereits genug von unserer Reise?«, fragte Piers in eisigem Tonfall.

Gabria sah den Heiler gereizt an. Inzwischen hatten auch die übrigen Männer den Hügel erklommen. Piers und Khan'di gingen gezwungen höflich miteinander um, doch ihre kaum verhohlene Feindseligkeit verärgerte Gabria allmählich. Sie seufzte und legte die Arme auf Naras Mähne. Nach zwanzig Tagen ununterbrochenen Reisens benötigten sie alle etwas Abwechslung – besonders Athlone. Gabria warf dem Häuptling einen raschen Blick zu.

Es war offensichtlich, dass ihn etwas quälte. Er verhielt sich ihr gegenüber kalt und abweisend, redete mit Sayyed nur, wenn es sich nicht vermeiden ließ, und war barsch gegen jedermann. Gabria hatte mehrfach versucht, mit ihm zu reden, doch es war schwierig, auf der Reise Zeit für Zweisamkeit zu finden, und im Nachtlager schien Athlone ihr aus dem Weg zu gehen. Nachdem Gabria viele Tage lang keine Beachtung gefunden hatte, fühlte sie sich verletzt und war verwirrt. Der Umgang mit Sayyed war viel einfacher. Er war immer da, wenn sie ihn brauchte, und sein leichtfertiges Lächeln und seine Gewitztheit trösteten und wärmten sie.

Gabria fragte sich, ob Athlone sich inzwischen gegen sie entschieden hatte. Dieser Gedanke machte sie halb krank vor Furcht. Sie hatte ihm Zeit gelassen, damit er sich über sie beide klar werden konnte, doch in ihrem Herzen hatte sie immer geglaubt, dass er sie schließlich so annehmen würde, wie sie war. Nun aber war sie sich nicht mehr so sicher. Sie kämpfte das Gefühl der Übelkeit nieder und versuchte, Hoffnung zu schöpfen.

Das einzige Gute, das sich bisher aus dieser Reise ergeben hatte, war Athlones neue Freundschaft mit Eurus. Der Mann verbrachte immer mehr Zeit mit dem Pferd, bürstete es, fütterte es mit besonderen Leckereien und unterhielt sich mit ihm bis tief in die Nacht. Das besondere Band zwischen einem Hunnuli und seinem Reiter wurde ganz allmählich geknüpft. Gabria freute sich um Athlones willen. Sie hielt es für besser, sich nicht einzumischen. Eurus wusste, was er tat.

Sie zog sich den Umhang enger um die Schultern. Die Sonne schien, doch der Wind des jungen Frühlings war kalt und feucht von dem herannahenden Regen. Tief im Nordwesten ballten sich graue Wolken an einer Sturmfront zusammen, die spätestens zum Anbruch der Nacht Regen bringen würden.

Piers sah zu den Wolken hinüber und erzitterte. Er hatte sich trotz all seiner Vorsichtsmaßnahmen eine schlimme Erkältung zugezogen. »Ich wünschte, wir hätten die Zeit, am Jehanan-Treld anzuhalten. Ich wäre gern unter einem richtigen Zelt, bevor der Regen einsetzt«, murmelte er.

Die Gruppe trieb ihre Pferde hügelabwärts und begab sich auf die breite Karawanenstraße nach Norden. Mit etwas Glück erreichen wir Pra Desch in fünfzehn bis zwanzig Tagen, dachte Gabria.

Einige Stunden später ritt die Gruppe durch ein schmales Flussbett, das von ausgewaschenen Senken und knospenden Bäumen umgeben war. Plötzlich hob Bregan die Hand und brachte so die Reiter zum Stehen. Athlone trieb sein Pferd nach vorn. Die anderen blieben zurück und beobachteten, wie Bregan auf einen fernen Hügel zeigte, den in diesem Augenblick eine Reiterschar herabritt.

Der Häuptling preschte zurück und lächelte zum ersten Mal seit vielen Tagen. »Wir bekommen Besuch«, sagte er freudig zu seinen Leuten.

Bregan trabte vorwärts auf die sieben Reiter zu, die sich nun in Richtung der Straße bewegten. Sie wurden von einem Mann angeführt, der das kastanienbraune Banner des Jehanan-Häuptlings Sha Umar hochhielt.

Die beiden Gruppen trafen sich auf der Straße. Sha Umar und Athlone begrüßten sich wie alte Freunde, während die Jehanan-Krieger in der Begleitung ihres Lords die Khulinin grüßten und mit Erstaunen und Ehrfurcht die drei Hunnuli anstarrten.

Lord Sha Umar grinste Gabria unter seinem sauber gestutzten Bart an und salutierte vor ihr. »Sei gegrüßt, schöne Dame. Wie ich sehe, hast du die Anzahl deiner schwarzen Pferde erhöht.«

Die Zauberin erwiderte sein Lächeln. Sie hatte den Anführer der Jehanan schon immer gemocht, denn er war einer der wenigen Lords gewesen, die sie nach Medbs Tod in der Ratsversammlung unterstützt hatten. Sie bemerkte, dass sein Arm noch immer steif von der Wunde war, die er in der Schlacht um die Festung erlitten hatte, doch das starke, sonnengebräunte Gesicht wirkte so gesund wie immer und die feste Stimme ließ keinen Zweifel an Sha Umars Kraft und Amtsgewalt.

»Athlone«, donnerte er. »Ihr hättet Euer Kommen ankündigen sollen! Als mir einer meiner Ausreiter sagte, er habe Euch auf der

Straße gesehen, wollte ich ihm zuerst nicht glauben. Ich musste herkommen und es selbst sehen.«

Athlone lachte. »Ich bitte um Entschuldigung, Sha Umar, aber wir haben es eilig. Ein Aufenthalt ist nicht eingeplant.«

»Bleibt doch wenigstens die Nacht über. Der Treld ist nicht weit entfernt. Außerdem« – er deutete zum Himmel – »zieht ein Sturm auf.«

Der Anführer der Khulinin blickte auf die schwarzen Wolken. »Ich glaube, wir könnten tatsächlich einige frische Vorräte und eine Mütze Schlaf vertragen.«

»Abgemacht!«, rief Sha Umar. Er strahlte vor Freude. »Wir haben zwar keine Zeit für ein Fest, aber ich verspreche Euch ein gutes Mahl und ein trockenes Zelt. Kommt.«

Die beiden Häuptlinge ritten Seite an Seite voraus und die Übrigen folgten.

Sha Umar senkte die Stimme, sodass nur Athlone ihn hören konnte. »Ihr reitet schnell und ohne Klanmantel. Eure Mission muss sehr wichtig sein.«

»Ja«, bemerkte Athlone nur.

»Hat sie vielleicht etwas mit Branth zu tun?«

Athlone bedachte seinen Freund mit einem abschätzenden Blick, bevor er eine Antwort gab. »Möglicherweise. Aber unsere Reise muss ein Geheimnis bleiben.«

»Das habe ich mir gedacht. Gut. Branth darf nicht unbehelligt mit Medbs altem Buch herumpfuschen.«

Athlone pflichtete ihm bei. »Die Klane ertragen keinen weiteren Krieg.«

»Richtig. Was können wir gegen dieses verfluchte Buch unternehmen?«

»Was wollt Ihr damit sagen?«, fragte Athlone vorsichtig.

Sha Umar schlug auf seinen Sattelknauf. »Ich meine dieses Zauberbuch! Seit dem Tag seiner Wiederentdeckung hat es nichts als Ärger gemacht. Was ist, wenn Ihr es Branth wegnehmt und jemand anderes bekommt es in die Finger?« Er hielt plötzlich inne, als wäre ihm seine Bemerkung peinlich. »Was würde Gabria tun, wenn es sich in ihrem Besitz befände?«

Athlone erstarrte. »Wie meint Ihr das?«, fragte er mit harscher Stimme.

»Magie kann eine verderbliche Wirkung ausüben, Athlone. Das ist nur allzu menschlich. Große Macht verleitet selbst den Lautersten manchmal zu Habsucht, Selbstsüchtigkeit, Grausamkeit oder Eitelkeit. Gabria hat ihre Kräfte augenblicklich unter Kontrolle, aber was wäre, wenn ihr dieses Buch des Wissens in die Hände fällt? Wie würde sie sich dann verhalten? Was würde sie unternehmen?« Er sah seinen Freund an. »Oder genauer: Was würdet *Ihr* tun?«

Athlone schwieg lange. Als er schließlich eine Antwort gab, klang er zutiefst besorgt. »Bei allen Göttern, ich weiß es nicht.«

»Ihr solltet darüber nachdenken, bevor Ihr Branth findet«, sagte Sha Umar.

Der Anführer der Khulinin sah fort und die zwei Männer verließen ohne ein weiteres Wort die Straße und führten die Gruppe nach Osten auf den Jehanan-Treld zu. Das Winterlager des Jehanan-Klans lag nur wenige Meilen entfernt in einem geschützten grünen Tal in der Nähe des Meeres von Tannis. Die Zahl der Jehanan betrug mehrere hundert und ihr Klan war reich an Tradition und Stolz. Obwohl sich ihr Treld in der Nachbarschaft des Meeres befand und sie oft fischten und Meeresfrüchte sammelten, blieben sie doch Tierzüchter und Reiter, die ihren Herden im Sommer über die Ebene folgten. Sie waren ihrem Häuptling treu ergeben, gingen liebevoll miteinander um und pflegten große Gastfreundschaft.

Die Jehanan begrüßten Athlone und seine Gefährten und erkannten Gabria wieder, denn die Erinnerung an den vergangenen Sommer war in ihnen noch überaus lebendig. Aus Dankbarkeit dafür, dass sie das Überleben des Klans gesichert hatte, bezwangen sie ihre Ängste und ihr Misstrauen und bereiteten ihr einen Empfang, wie er einer Obersten des Corin-Klans zukam. Sie stellten ihr das schönste Gästezelt sowie eine Dienerin zur Verfügung; Nara hingegen schenkten sie einen Sack des besten Hafers im ganzen Treld. Der ganze Klan bestaunte das schwarze Fohlen und scharte sich in einem weiten Kreis um das Tier.

Gabria fand Gefallen an diesen Aufmerksamkeiten. Sie versteckte ihre Waffen, zog einen Rock an und versuchte, sich der vergnügten Menge anzupassen.

An jenem Abend kamen die Reisenden mit Sha Umar in dessen großer Halle zusammen, einem lang gestreckten, niedrigen Gebäude, das aus hiesigen Steinen und Treibholz errichtet war. Der Häuptling der Jehanan war noch unverheiratet; deshalb übernahmen seine Schwestern die Gastgeberrolle und beaufsichtigten sachkundig die Dienerinnen und das Auftragen der Speisen.

Der Lord knauserte seinen Freunden gegenüber mit nichts und bot seinen Gästen den besten Wein und die auserlesensten Köstlichkeiten an. Da es noch früh im Jahr war, gab es wenig frische Zutaten, doch die Vorratskammern und Speiseschränke des Trelds lieferten Dörrfisch, kandierte Früchte, Honig, Brot, Käse, gepökelte Möweneier und Schellfisch, der noch am selben Tag im Meer geangelt worden war.

Gabria war von dieser Verpflegung begeistert. Ihr Klan war nie in die Gegend des Meeres von Tannis gekommen und hatte daher keine Hochseekost gekannt. Sie genoss die Muscheln, Krabben und Möweneier und spülte sie mit feinem Weißwein hinunter.

Sobald die Überreste des Häuptlingsmahls abgeräumt waren, versammelten sich die Klanmitglieder in der Halle. Sie schoben die Bänke und Bocktische beiseite und räumten einen Platz in der Mitte des Raumes frei. Der Klanbarde holte seinen Dudelsack hervor und lud einige Männer ein, ihn mit ihren Trommeln zu begleiten. Die Lampen und Fackeln wurden angezündet und der Tanz begann.

Gabria beobachtete die Tänzer eine Weile und klatschte zur Musik. Zum ersten Mal seit vielen Tagen fühlte sie sich wohl, trocken und satt. Sie trank viel Wein, knabberte an den herumgereichten süßen Kuchen und getrockneten Früchten und genoss jeden Ton der anregenden, frohen Musik. Bevor sie recht bemerkte, wie ihr geschah, hatte Sayyed sie auf die Beine gezogen und stürzte mit ihr in den ungestümen Tanz. Sie kam kaum dazu, sich über Sayyeds Klantanzkenntnisse zu wundern, als er sie auch schon zum Rhythmus von Dudelsack und Trommeln herumwirbelte.

Athlone lehnte sich auf seinem Stuhl neben Sha Umars Thronsitz zurück und beobachtete das Paar bei ihren verwickelten Tanzschritten. Er hatte dem starken Wein der Jehanan eifrig zugesprochen und bemerkte nicht, dass ihm seine Gefühle deutlich ins Gesicht geschrieben standen.

Sha Umar sah seinen Freund an und folgte Athlones gefesseltem Blick hinüber zu der hübschen jungen Frau, die sich durch die

Schar der Tänzer bewegte. Der Khulinin war den ganzen Abend schweigsam und gereizt gewesen. Nun begriff Sha Umar allmählich den Grund dafür.

»Ihr habt die Corin noch nicht geheiratet«, sagte der Anführer der Jehanan offen.

Athlone schüttelte den Kopf und leerte seinen Becher bis zur Neige. Er streckte das Horn aus, damit man ihm nachfüllte. »Sie war für sechs Monate aus dem Klan verbannt. Kurz nach ihrer Rückkehr sind wir nach Pra Desch aufgebrochen«, erwiderte er.

Sha Umar füllte ihm den Becher. »Wie ich hörte, habt Ihr diesen jungen Turic unterwegs aufgelesen. Er scheint recht nett zu sein.«

»Hmpf«, grunzte Athlone. »Er ist ein Halbblut.«

»Wenn er Euch stört, solltet Ihr ihn fortschicken«, meinte der Jehanan.

»Gabria hat ihn gebeten, mit uns zu kommen.«

»Aha.« Sha Umar lächelte. Nun war ihm alles klar. »Athlone, es gibt in den Klanen keinen besseren Krieger als Euch. Aber als Liebhaber müsst Ihr noch eine Menge lernen.«

Athlone sah seinen Freund mit Augen aus braunem Stein an. »Was soll denn das bedeuten?«

»Seht sie Euch doch an! Ist das etwa das Gesicht eines Mädchens, das irrsinnig in seinen Tanzpartner verliebt ist? Ja, sie mag ihn, aber Euch hat sie den ganzen Abend hindurch beobachtet. Ihre Gefühle sind so klar wie der lichte Tag, wenn sie Euch anschaut.« Sha Umar beugte sich zu Athlone hinüber und klopfte ihm auf die Schulter. »Macht Euch keine Sorgen um sie! Soll sie doch tanzen und den Abend genießen. Und wir sollten noch ein wenig miteinander reden. Wenn wir damit fertig sind, könnt Ihr Euch um sie kümmern.«

Der Khulinin starrte den älteren Mann einen Augenblick lang an. Sha Umars Worte ergaben einen Sinn. Vielleicht sah sein Freund die Lage klarer und verstand, was Athlone nicht verstehen konnte. Für die Dauer eines Herzschlages hätte Athlone Sha Umar fast geglaubt, aber dann sah er, wie Sayyed Gabria in die Arme nahm. Das Lächeln auf Gabrias Gesicht rief Athlones Zweifel sofort wieder wach. Doch bevor er seinem Zorn Ausdruck verleihen konnte, ergriff Sha Umar ihn am Arm und zog ihn fort zu den Häuptlingsgemächern, wo die beiden Männer bis tief in die Nacht miteinander redeten.

Als sie ihr Gespräch über die Einheit der Klane und ihre Pläne für das nächste Treffen am Tir Samod beendet hatten, war die Musik bereits verklungen und in der Halle alles still. Im schwachen Licht des verlöschenden Feuers sah Athlone nur einige zeltlose Junggesellen auf den Pritschen entlang der Wand liegen und schlafen. Piers hatte sich zusammen mit ein paar Zechkumpanen in der hintersten Ecke des Raumes in die Weinbecher vertieft. Gabria war nirgendwo zu sehen.

Athlone schluckte seine Enttäuschung herunter, schlenderte mit Sha Umar zum Eingang und blickte hinaus über das Lager. Der Wind fegte bereits um die Zelte und erste Regentropfen platschten auf den Boden.

Der Anführer der Jehanan legte die Hand auf Athlones Schulter. »Ich sorge dafür, dass Eure Vorräte bei Tagesanbruch bereitstehen, mein Freund.«

Athlone nickte dankbar. Sha Umar wünschte ihm eine gute Nacht und kehrte in sein Gemach zurück. Der Khulinin zog den Mantel enger um sich und trat hinaus in Wind und Regen.

Im Treld war es still und dunkel. In solch einer stürmischen Nacht waren nur einige Hunde und die Ausreiter draußen. Athlone ging zum Gastzelt der Männer. Als er den Eingang erreichte, blieb er stehen und sah freudig hinüber zu Eurus, Nara und dem Fohlen, die im Windschatten der Leinwand Schutz gefunden hatten. Er wollte gerade das Zelt betreten, als er es sich anders überlegte und zu dem kleineren Zelt ging, das man Gabria zugewiesen hatte. Trotz der späten Stunde fiel noch Licht durch die Zeltklappe. Vielleicht konnte er jetzt mit ihr reden und ihre wahren Gefühle erfahren.

Athlone wollte gerade ihren Namen rufen, als er etwas hörte, das ihn zutiefst erschütterte: Sayyeds Stimme. Der Turic befand sich in Gabrias Zelt. Sie sprachen sehr leise miteinander – so leise, dass Athlone sie nicht verstehen konnte, aber das brauchte er auch nicht. Ihr sanfter, vertraulicher Tonfall bestätigte seine schlimmsten Befürchtungen.

Der Häuptling ballte die Fäuste. Sha Umar war im Unrecht; Gabria hatte sich tatsächlich einem anderen Mann zugewandt. Er musste seine gesamte Willenskraft aufbieten, um sich umzudrehen und still zu seinem Zelt zurückzugehen. Athlone legte sich wie ein Fiebernder auf seine Pritsche und schloss die Augen. Er versuchte zu schlafen, doch nichts konnte die Erinnerung an jene verführerisch wispernden Stimmen auslöschen.

Der Regen wurde stärker.

Gabria hob den Kopf und sah hinüber zum Zelteingang. »Hast du nicht auch etwas gehört?«

Sayyed schloss die Augen halb und beugte sich aus dem Lampenlicht in den Schatten. »Das sind nur der Wind und die Stimmen der Toten, die auf den Rössern von Nebiros reiten«, sagte er mit tiefer, schauriger Stimme.

Die Zauberin lächelte schief. »Wie gut. Es könnten die Corin sein. Sie lieben es, in einer Nacht wie dieser draußen zu sein.«

Der Turic schüttelte den Kopf und lächelte. Er stand auf und sicherte die Zeltklappe gegen den Wind. »Manchmal vergesse ich, dass es in deinem Leben schon mehr als genug Schmerz und Tod gegeben hat. Dein nächstes Leben sollte ganz aus Behaglichkeit und Frohsinn bestehen. Vielleicht wirst du die verdorbene Frau eines reichen Mannes sein.«

Gabria rümpfte die Nase und lehnte sich gegen eines der über den Boden vertreuten Kissen. »Warum macht es euch Turic so viel Spaß, euch selbst zu bestrafen, indem ihr andauernd über das nächste Leben redet? Mir gefällt der Glaube meines Klans an das Paradies. Ich würde gern in das Reich der Toten eingehen, wo man die besten Pferde reiten und mit den Göttern feiern kann.«

Sie füllte ihren Becher aus einem Weinschlauch, trank ihn aus und schenkte sich erneut ein, bevor sie den Schlauch an Sayyed weiterreichte. Wein und Musik waren ihr in den Kopf gestiegen und die Hitze des Tanzes brannte ihr noch auf den Wangen. Sie war entzückt von dem freudvollen Abend und Sayyeds aufmerksamer Gesellschaft. Heute Nacht begehrte sie ihn mehr, als sie sich zugestehen wollte, doch obwohl sich ihr Körper nach dem jungen, hübschen Sayyed sehnte, schweiften ihre Gedanken zu Athlone ab. Sie hatte den ganzen Abend darauf gewartet, dass Athlone mit ihr tanzte, doch stattdessen war er mit Sha Umar verschwunden. Nur Sayyed war ihr geblieben.

Der Turic wusste sehr genau, welchen Eindruck er auf Gabria machte, und war deshalb von großer Hoffnung erfüllt. Lächelnd setzte er sich neben sie auf den Boden, trank seinen Wein und nahm die Hand voll Steine auf, mit denen sie Rasselschnapp spielten. »Für einige Leute ist Wiedergeburt nur schwer verständlich, aber für mich ist sie ganz klar. Wie sonst sollte die Seele Vollkommenheit erlangen? Ein Leben allein reicht nicht aus, um die Gnade und Weisheit des Einen Lebendigen Gottes zu erfahren.«

Gabria nippte an ihrem Wein und legte den Kopf auf das Kissen. »Und was hält dein Gott von Zauberern?«

»Unsere heiligen Männer predigen gegen Magie aus denselben Gründen wie eure«, sagte Sayyed. »Magie und Zauberei sind abscheulicher Missbrauch der Macht des Lebendigen Gottes.«

»Glaubst du das?«

»Nein. Aber mein Vater glaubt es. Er war derjenige, der mich verstoßen hat. Jetzt bin ich wie du. Ich habe keinen Stamm mehr. Und keine Familie.« Er fuhr mit den Händen durch die Luft, als ob er einen Zauber wirkte. »Mir bleibt nur die Magie.«

Gabria drehte sich auf ihrem Kissen, sodass sie sein Gesicht sehen konnte. »Willst du sie immer noch erlernen?«

»Ich kann das, was ich bin, nicht einfach beiseite schieben, solange ich die Möglichkeit habe, mit meiner Gabe Gutes zu tun. Ich glaube, Magie ist ein Geschenk des Lebendigen Gottes.« Er hob den Finger. »Oder der Götter, falls dein Volk Recht hat.«

»Ich glaube ebenfalls, dass es eine Gabe ist«, flüsterte sie.

»Aus diesem Grund habe ich dich aufgespürt. Du bist die Einzige, die mir die Gesetze der Zauberei beibringen kann.« Er sah sie an und bemerkte, dass sie ihn mit einem Stirnrunzeln beobachtete. »Was ist los, schöne Dame?«, fragte er, doch sie schüttelte nur den Kopf und schaute fort. Er war überrascht, Tränen in ihren Augenwinkeln glitzern zu sehen.

Rasch beugte sich Sayyed ihr entgegen. Er nahm ihren Kopf in die Hände und hob ihn an, sodass sie ihm in die Augen sehen musste. Tränen quollen hervor und rannen ihr über die Wangen.

Gabria berührte sein Kinn und lächelte ihn trübe an. Sie wollte gerade seinen Kopf zu sich hinabziehen und Sayyed küssen, als ihr Blick plötzlich verschwamm. Die Leichtigkeit in ihrem Kopf verwandelte sich in dunklen, schweren Nebel, und sie sank langsam zurück in die Kissen. »Sayyed, ich kann nicht …«, begann sich, während ihr die Augen zufielen. Sie war eingeschlafen, bevor sie den Satz beenden konnte.

Der junge Turic sah lange auf sie herunter. Sein Verlangen nach ihr stieg an wie eine Springflut und zerrte mit beinahe unwiderstehlicher Kraft an ihm. Doch er kämpfte seine Begierde nieder. Gleich am ersten Nachmittag hatte er sich in Gabria verliebt, als er sie auf dem Rücken dieser großartigen Hunnuli-Stute sitzen sah. Inzwischen hatte er begriffen, dass Gabria eine Frau war, die man nicht erobern, sondern gewinnen musste. Er wusste außerdem sehr genau, dass ihre Liebe für Athlone noch nicht erloschen war. Der Häuptling der Khulinin übte einen nicht leicht zu brechenden Einfluss auf diese Frau aus.

Sayyed seufzte und lehnte sich zurück. Er betete zu seinem Gott, dass sie eines Tages ihn statt dieses gereizten Lords wählen würde. Er hatte geschworen, ihr in der Zwischenzeit treu ergeben zu sein, und beabsichtigte, seinen Eid zu halten, egal was es ihn auch kosten mochte.

Sanft strich er ihr die Locken aus dem Gesicht und zog mit der Fingerspitze ihre Wangenlinie nach. Dann deckte er sie mit einem Wolllaken zu und ging zur Zeltklappe. Draußen fiel der Regen in Strömen und wurde vom starken Wind hin und her getrieben. Sayyed sah hinüber zu dem Zelt, in welchem er eigentlich schlafen sollte, und schüttelte den Kopf. Dieses Zelt hier war genauso bequem und erforderte keinen langen Weg durch den schweren Sturm.

Er entdeckte ein überzähliges Laken und legte sich auf den Teppich in einiger Entfernung von Gabria. Kurz bevor er einschlummerte, zog er die Mundwinkel zu einem Lächeln hoch, denn er dachte gerade daran, was Athlone wohl sagen würde, wenn er wüsste, wer Gabria in dieser dunklen Nacht Gesellschaft leistete. Der Turic schlief mit dem Lächeln auf den Lippen ein.

Sayyed hatte nur wenige Stunden geschlafen, als ein seltsames Geräusch ihn weckte. Er griff nach seinem Dolch, fuhr hoch und wartete reglos auf eine Wiederholung des Geräusches. Es kam tatsächlich wieder, tief und voller Entsetzen – es war ein Jammern, geboren aus Schmerz und Kummer.

»Gabria?«, rief Sayyed. Er sprang neben sie und legte ihr die Hand auf die Wange. Ihre Haut war kalt wie Eis.

Sie jammerte noch einmal auf; es zerriss ihm das Herz. Nie zuvor hatte er solche Verzweiflung gehört. Er schüttelte sie vorsichtig, um sie zu wecken, doch sie schien in den Tiefen eines scheußlichen Traumes gefangen zu sein. Ihr Gesicht war schreckensverzerrt und sie packte Sayyeds Arme mit wahnsinniger Kraft.

»Nicht!«, rief sie unvermittelt. »Das darfst du nicht! Tu es nicht!« Ihre Rufe schwollen zu markerschütternden Schreien an, die sich ihr in unbeherrschbarem Entsetzen aus der Kehle wanden.

»Gabria!«, schrie Sayyed wild. Er schüttelte sie heftig, doch sie kreischte und kämpfte gegen ihn an; ihr Traum hielt sie immer noch gefangen. Schließlich versetzte er ihr eine Ohrfeige. Der stechende Schmerz schien sie langsam zu sich zu bringen. Er schlug sie wieder und wieder, bis ihre Schreie endlich aufhörten und sie schluchzend in seine Arme fiel.

Draußen vor dem Zelt ertönten Stimmen. Im Zelteingang versammelten sich etliche Leute. Athlone war der Erste. Sein Gesicht war aschfahl. Er warf einen Blick auf Gabria, die in Sayyeds Armen lag, und auf die zerwühlten Laken und leeren Weinbecher und war wie betäubt. Er wollte vortreten und Gabria selbst trösten, doch er konnte sich nicht bewegen.

Nun bahnte sich Piers einen Weg durch die Menge. Er sah sich rasch und nachdenklich um, bevor er zu Gabria eilte. Ihr Blick ängstigte ihn. Sie zitterte heftig und ihr Gesicht war totenbleich. Sie befreite sich aus Sayyeds Umarmung und klammerte sich an ihren alten Freund. Keiner von ihnen bemerkte Athlone im Zelteingang oder den Ausdruck von Schmerz und Wut auf seinem Gesicht.

Langsam beruhigte sich Gabria so weit, dass sie reden konnte, und der besessene Blick wich von ihr. »Bei allen Göttern, Piers«, keuchte sie. Das Schreien hatte ihre Stimme heiser gemacht. »Sie versuchen es wirklich!«

»Wer?«, fragte er verwirrt. »Was?«

Sie packte einen Zipfel seines Hemdes. »Branth! Und diese Frau! Ich habe sie gesehen. Branth hat in irgendeinem dunklen Zimmer eine Beschwörung vor einem goldenen Käfig durchgeführt. Und einen Augenblick lang war etwas da. Ich habe es gesehen, Piers. Es war abscheulich! Ich habe ihm in die Augen geblickt!«

Die Umstehenden stöhnten entsetzt auf und wichen zurück.

Gabria erhob sich taumelnd. Ihr Gesicht hatte einen wilden Ausdruck angenommen. »Der Hengstkönig hat Recht! Branth versucht etwas Furchtbares zu beschwören. Wir müssen sofort weiterreiten!«

Draußen vor dem Zelt wieherten die drei Hunnuli zur Antwort auf Gabrias starke Empfindungen.

Die durchdringenden Rufe lösten Athlone aus seiner Erstarrung. Er machte einige Schritte und war froh, sich endlich wieder bewegen zu können. »Es dämmert schon bald. Sayyed, sag den Männern, sie sollen die Pferde satteln. Piers, bleib bei Gabria, bis wir fertig zur Abreise sind. Ich gehe zu Sha Umar und sage ihm, dass wir sofort aufbrechen.«

Gabrias Angst hatte alle Umstehenden aufgerüttelt, und jedermann gehorchte Athlones Befehlen. Innerhalb weniger Augenblicke sammelte die Reisegesellschaft ihre Ausrüstung ein, stieg auf die Pferde und verabschiedete sich von den überraschten Jehanan. In Dunkelheit und strömendem Regen folgte die Gruppe Nara, die wieder nach Nordwesten und auf die Karawanenstraße zu galoppierte.

Sieben

In der Dunkelheit des feuchten Lagerraums sank Lord Branth auf einen Stuhl nieder und versuchte, die Öllampe auf dem Tisch neben ihm anzuzünden. Seine Hände zitterten so heftig, dass es mehrere Anläufe brauchte, bis er das Feuer an den Docht halten konnte. Als die Flamme auflöderte, beugte er sich nach vorn und legte den Kopf auf die Arme.

Die große, dünne Frau hinter ihm verschränkte die Arme vor der Brust und sah ihn verärgert an. »Du Narr«, zischte sie.

Die Beschwörung war fehlgeschlagen. Dabei waren sie diesmal ihrem Ziel so nahe gewesen. Branth hatte das Eröffnungsritual fehlerlos vollzogen und das Geschöpf war allmählich in dem kleinen, verstärkten Käfig erschienen. Die Beschwörung war gut verlaufen, bis Branth gezögert hatte, sie zu vollenden, und in diesem entscheidenden Augenblick war das Geschöpf wieder entschlüpft.

Die Fon lief aufgebracht um den Tisch herum. Branth hatte diese Beschwörung schon ein dutzend Mal angewendet. Ihm standen alle notwendigen Hilfsmittel zur Verfügung – die Öllampe, der goldene Käfig, die goldene Kette, die um den Hals des Geschöpfes gelegt werden musste –, doch trotzdem hatte er versagt. Die tief in den Höhlen sitzenden Augen der Frau verengten sich zu Schlitzen. Sie fragte sich, ob er die Anrufung absichtlich verdorben hatte. In letzter Zeit hatte sie den Eindruck, dass sein Körper ihren Geistdrogen widerstand. Manchmal versuchte er, ungehorsam zu sein, und in seinen Augen zeigten sich kurze Blitze von eigenem Willen. Sie entschied, die Dosis zu erhöhen, damit sie sicher sein konnte, dass Branth auch weiterhin ihr Sklave blieb.

Unglücklicherweise war der Mann zu erschöpft, um die Beschwörung noch heute Abend ein zweites Mal zu versuchen. Es war ärgerlich, warten zu müssen, doch die Fon begriff, dass Branth sich erst ausruhen musste, bevor er die Anrufung wiederholen konnte. Er benötigte seine ganze Stärke, um das Wesen, das sie herbeizitieren wollte, zu beherrschen.

Bei dem Gedanken an dieses Geschöpf beruhigte sich die Fon wieder. Die Gorthlinge, wie manche sie nannten, waren von kleiner Gestalt und recht harmlosem Aussehen. Dennoch verkörperten sie das Böse, und Matrahs Buch zufolge verstärkte ihre Gegenwart die Macht jenes Zauberers, der stark genug war, einen von ihnen zu fangen und ihn aus dem Reich der Toten in die Welt der Menschen zu ziehen. Noch wichtiger war für die Fon, dass Gorthlinge einem Menschen die Macht der Zauberei verleihen konnten, auch wenn er nicht die angeborene Gabe dazu besaß. In seinem Buch hatte Matrah die Gefahren der Beschwörung eines Gorthlings erläutert, doch die Fon schenkte ihnen nur wenig Beachtung. Es würde keine Gefahr entstehen, denn sie war sicher, das Wesen beherrschen zu können.

Die Fon lächelte in sich hinein. Sobald sich der Gorthling ihren Befehlen beugte, konnte sie den nächsten Teil ihres Plans in Angriff nehmen. Sie würde ihre Zaubermacht und die Heere von Pra Desch dazu benutzen, jeglichen Aufruhr in Calah zu unterdrücken und die anderen vier Königreiche des Alardarianischen Bündnisses zu erobern. Dann war es nur noch ein kleiner Schritt, die übrigen Gebiete im Norden und Osten unter ihre Oberherrschaft zu bringen. Mit der Macht des Ostens konnte sie über die unzivilisierten Klane herfallen und das üppige Grasland der dunklen Pferde ihrem Reich hinzufügen.

Unvermittelt warf die Fon den Kopf zurück und lachte. Ein großes Reich würde ihr gehören – nicht bloß eine Stadt, sondern eine ganze Welt! Sie verspürte Ernüchterung, als ihr Blick auf den Klanmann fiel, der mit leerem Blick auf den Boden starrte. Nach diesem misslungenen Versuch musste sie ihn eingehender überwachen. Sobald der Gorthling ihr gehörte, würde Branth in die tiefe, natürliche Grube innerhalb des Kerkers gehen, die sie schon so oft von Unannehmlichkeiten befreit hatte.

Die einzige Bedrohung, die der Fon erwachsen konnte, bestand in dieser Klanzauberin. Einer der Spione hatte bei Hofe das Gerücht aufgeschnappt, dass Khan'di Kadoa heimlich nach der Zauberin geschickt hatte, um die Stadt von Branth zu befreien. Die Frau schnaubte verächtlich. Sie hoffte, die Zauberin würde herkommen, aber sie hatte noch nicht entschieden, ob es besser war, die Klanfrau umzubringen oder gefangen zu nehmen, um sich ihre Macht nutzbar zu machen. Sie musste zu einem Entschluss gelangen, doch darüber konnte sie später noch nachdenken. Zuerst musste sie einen Gorthling einfangen.

Gereizt räumte die Fon die Hilfsmittel der Beschwörung fort. Sie verbarg den goldenen Käfig und das *Buch des Matrah* in einem geheimen Fach, das im Boden des alten Lagerraums eingelassen war. Es war den Palastbewohnern bei Todesstrafe verboten, diesen Raum zu betreten, doch die Fon ging hinsichtlich ihres kostbaren Buches und des goldenen Käfigs kein Wagnis ein.

Sobald Branth sich ausgeruht hätte, würden sie es erneut versuchen. Bis dahin musste sie ihre Sicherheitsvorkehrungen verstärken und weitere Pläne schmieden für den Überfall auf Portane, das erste der Königreiche, die unter ihre Herrschaft fallen würden. Mit einem Fingerschnippen befahl sie Branth, zu seinem Strohlager an der Wand zu gehen, wo auch seine Ketten hingen. Der Mann beachtete die Fon nicht, und sie war gezwungen, ihn auf die Beine zu zerren. In seinen Augen blitzte Hass auf.

»Branth!«, sagte sie mit tödlicher Kälte. »Geh zur Wand.«

Alle Empfindungen wichen aus dem Blick des Mannes. Er schlurfte zu seinem Platz wie ein geschlagener Hund. Die Fon legte ihm die Ketten an, hinterließ ihm etwas Nahrung und Wasser und verriegelte die schwere Tür des Lagerraumes von außen.

Obwohl es Nacht war und die Palastbewohner vermutlich schliefen, wählte die Fon aus Gründen der Vorsicht Geheimgänge, um zu ihren Privatgemächern im dritten Stock des Gebäudes zu gelangen. Mit vergnügtem Kichern trat sie auf den Balkon ihres Schlafzimmers und sah hinunter auf das riesige Pra Desch. Der Hafen war bloß eine silberne Sichel im Mondlicht. Ihr Blick traf auf die Spiegelungen des Serentin und folgte dem Verlauf des Flusses durch die Stadt nach Norden bis zum reichen Ackerland von Calah. Der Flusslauf verschwand in der Dunkelheit, doch die Fon folgte ihm in ihrer Vorstellung weiter, über die Grenzen Calahs hinweg bis nach Portane und zu den anderen Ländern der Fünf Königreiche.

»Bald«, flüsterte sie. »Sehr bald.«

»Gabria!« Der Ruf ertönte weit hinter ihr; seine Dringlichkeit erhob sich deutlich über den Lärm der galoppierenden Pferde.

Die junge Frau versuchte, den Ruf nicht zu beachten. Sie wusste, was er bedeutete: Sie ritten schon seit vielen Stunden und die Männer wollten das Tempo verlangsamen. Doch die Erinnerung an ihren Traum brannte noch in ihr und trieb sie voran. Sie durften nicht anhalten. Sie mussten Branth erreichen, bevor es zu spät war.

Der Ruf ertönte wieder. »Gabria!«

Gabria, diese Straße ist tückisch. Wir müssen langsamer werden, sagte Nara stumm in Gabrias Kopf. *Die anderen können nicht mehr mithalten.*

»Dann sollen sie doch zurückbleiben. Ich brauche sie nicht«, rief die Frau. Obwohl Nara weiterlief, spürte Gabria, wie die Stute zögerlich wurde und ihr fließender Lauf stockte.

Ich weiß, dass die Männer dich durcheinander bringen, aber du darfst sie nicht zurücklassen. Du brauchst sie.

Gabria krampfte die Hände in die Mähne des Pferdes. Vom Wein und von dem schrecklichen Albtraum hatte sie schlimme Kopfschmerzen und ihre Gedanken waren ein Wirbelwind aus beängstigenden, undeutlichen Nachtgesichten und verworrenen Erinnerungen an Athlone, Sayyed und die vergangene Nacht. Gabria war wütend, verwirrt und nicht in der Stimmung, vernünftig zu sein. »Nein, ich brauche sie nicht. Sie machen mich noch verrückt.«

Nara wieherte; es klang wie sanftes Gelächter. *Das habe ich bemerkt. Trotzdem können wir nicht so weiterreiten. Mein Sohn schafft das nicht.*

Gabria drehte sich um und sah, wie sich die kleine, schwarze Pferdegestalt weit abgeschlagen durch den Schlamm kämpfte, um mit ihrer Mutter Schritt zu halten. Eurus war bei dem Fohlen, und weiter hinten kamen die sieben Männer auf den anderen Pferden. Sie sagte: »Oh, es tut mir Leid, Nara.«

Das Hunnuli wurde sofort langsamer, und bald hatten Eurus und das Fohlen es eingeholt. Das schwarze Fell der beiden war mit rötlichem Matsch gesprenkelt und die Hufe davon überzogen. Der kleine Hengst war so erschöpft, dass er nicht einmal vor Erleichterung schnauben konnte.

Auch die Männer schlossen rasch auf. Ihre Pferde waren ebenfalls mit Schlamm bespritzt und schwitzten heftig. Piers sah auf seinem Ross erbärmlich aus.

Athlone, den der scharfe Ritt weitaus weniger mitgenommen hatte, wollte gerade etwas sagen, doch Gabria warf ihm einen raschen Blick zu, wandte sich von der Gruppe ab und ritt weiter – diesmal mit angenehmerer Geschwindigkeit. Die Männer sahen sich an, doch niemand sagte, was er dachte. Schweigend folgten sie der Zauberin und ihrem Hunnuli auf der Straße nach Norden.

Der Regen hörte kurz nach Mittag auf. Ein warmer Wind aus dem Süden trieb die Wolken auseinander und reinigte den gewaltigen Himmel. Am späten Nachmittag badeten die grün-goldenen Hügel im warmen Sonnenlicht und ein frischer Duft von Kräutern und Gras stieg aus der feuchten Erde auf.

Die angenehme Wärme der Frühlingssonne trocknete die Mäntel und Kapuzen der Reisenden sowie die Rösser und Packtiere. Und sie erhellte die Gemüter. Gabria spürte, wie Anspannung und Enttäuschung allmählich im milden Sonnenschein dahinschmolzen. Auch wenn ihr Traum sie noch quälte und nach Pra Desch trieb, erkannte sie langsam, dass ihre innere Unruhe hauptsächlich von den Männern hervorgerufen wurde. *Sie* machten sie verrückt.

Sie dachte bang an Begegnung mit Branth und der Fon. Doch nun wurden ihre Gefühle zusätzlich von den beiden Männern durcheinander gebracht, die ihr am wichtigsten waren. Sie liebte Athlone noch immer, aber er schien sie nicht mehr zu begehren. Sayyed hingegen betete sie offensichtlich an, doch sie wusste nicht, ob sie ihn begehrte. Sie wurde in zu viele Richtungen hin und her gezogen.

Auch die übrigen Männer waren ihr keine große Hilfe. Piers, für gewöhnlich ihr Ratgeber und Helfer, verbrachte seine Zeit entweder im Kampf gegen seine Erkältung oder im Streit mit Khan'di. Der Kaufmann hingegen trieb die Gruppe immer wieder dazu an, Calah so schnell wie möglich zu erreichen. Bregan ließ Lord Athlone nie lange genug aus den Augen, damit Gabria einmal allein mit dem Häuptling sprechen konnte, und die drei anderen Krieger redeten kein Wort mit ihr.

Diese Reise würde selbst Amaras Geduld auf eine harte Probe stellen, dachte Gabria, aber sie wusste, dass Nara Recht hatte. Sie brauchte die Männer dazu, nach Pra Desch zu gelangen und Branth zu finden. Ohne sie wäre die junge Frau verloren. Sie holte tief Luft und stieß sie seufzend wieder aus. Es hatte keinen Zweck, sich ihre Gefährten mit schlechter Laune zum Feind zu machen. Sie musste ruhiger werden und ihre verworrenen Gefühle im Zaum halten.

Als die Gruppe anhielt, um bei einem Wasserloch das Lager aufzuschlagen, gesellte sich Gabria zu den Männern. Ihre verrückte Wut hatte sie nun endlich abgelegt. Sie lachte und sprach mit Sayyed und Piers, schwatzte mit Khan'di und zog Bregan mit dessen kurzbeinigem Pferd auf. Sie versuchte mit Athlone zu reden, was ihr aber nicht gelang. Der Häuptling schwieg den ganzen Abend und schien mit den Gedanken meilenweit entfernt zu sein.

Während der folgenden Tage zog die Gruppe weiter nach Nordwesten und folgte Gabria und dem Hunnuli in dichtem Abstand. Die junge Frau setzte ihnen schwer zu, denn das Gefühl der Dringlichkeit, das erstmals in ihren Träumen erwacht war, wurde mit jedem Tag stärker. Sie verloren kostbare Zeit. Sie mussten unbedingt Pra Desch erreichen, bevor Branth einen weiteren Beschwörungsversuch unternahm.

Obwohl Nara und Eurus eine Geschwindigkeit vorzugeben versuchten, welche auch die kleineren harachanischen Pferde beibehalten konnten, forderten die Anstrengungen dieser Reise allmählich ihren Tribut von den schwächeren Pferden.

Eines Nachmittags, vier Tage vom Jehanan-Treld entfernt, trat Bregans Pferd in einen Tierbau am Rand der Straße und stürzte schwer auf den Kopf. Gabria, die neben dem Krieger ritt, hörte ein übles Knacken, als das Pferd zu Boden ging, und sah, wie Bregan unsanft abgeworfen wurde. Sie rutschte sofort von Nara herunter und eilte an die Seite des Kriegers. Am Kopf hatte er eine Platzwunde davongetragen, und sein Blick war benommen. Er versuchte aufzustehen, fiel aber sofort in ihre Arme.

Die übrigen Männer stiegen ab und liefen herbei. Piers untersuchte den verletzten Krieger und sah dann Athlone mit unverhohlener Erleichterung an. »Er hat Schnittwunden und Prellungen. Er könnte ein paar Stiche vertragen, aber er kommt wieder auf die Beine.«

»Stubs allerdings nicht«, sagte einer der anderen Krieger mürrisch.

Sie wandten sich Bregans Wallach zu, der zuckend am Boden lag. Die drei Hunnuli standen neben dem schwer verwundeten Pferd.

Sie hielten die Schnauzen eng an es gedrückt, um es zu beruhigen und ihm Trost zu spenden. Der zerschmetterte, blutige Vorderlauf war für jedermann gut sichtbar.

Athlone fluchte. Er wusste, wie sehr Bregan sein Pferd liebte. Stumm zog er sein Schwert und kniete sich neben den Wallach.

»Nein! Warte!« Bregan setzte sich unter Schmerzen auf. Blut floss ihm aus der tiefen Stirnwunde über das Gesicht. Er bemühte sich, sein Pferd anzusehen, und als ihn die Erkenntnis traf, mischten sich Tränen in das Blut auf seinem Gesicht. Langsam kroch er zu Stubs hinüber und barg den Kopf des Pferdes in seinem Schoß.

Der Wallach schnaubte und entspannte sich in Bregans Armen. Ohne ein weiteres Wort zog der alte Krieger die Schnauze des Pferdes hoch, bis die Kehle entblößt war. Athlone trieb sein Schwert von unten durch die weiche Kehle bis ins Hirn. Stubs war sofort tot.

Bregan war geblendet von Blut und Tränen. Er schloss die Augen des Wallachs und wurde ohnmächtig.

Die Männer nahmen den Sattel und das Zaumzeug ab und errichteten einen Steinhaufen über Stubs' Kadaver. Piers und Secen hoben Bregan sanft auf die Stute des Heilers. Als sie endlich weiterritten, war es schon beinahe dunkel. Daher hielten sie bald wieder an und lagerten in einem geschützten, bewaldeten Tal nur eine halbe Tagesreise vom Winterlager des Reidhar-Klans entfernt.

Während die anderen Herdwachenkrieger die kleinen Reisezelte aufschlugen und Gabria ein Feuer für das Abendessen entzündete, kümmerte sich Piers um Bregans Verletzungen. Der Krieger war wieder zu sich gekommen und murmelte etwas durch die zusammengebissenen Zähne, als der Heiler sanft die Stirnwunde säuberte. Danach vernähte Piers sie mit einer kleinen Knochennadel und einem Faden aus Pferdehaar. Athlone und Khan'di setzten sich neben die beiden.

»Der Schlag gegen Bregans Kopf ist eine ernste Sache«, sagte Piers unvermittelt. »Er braucht mindestens einen Tag Ruhe.«

Der Häuptling sah Khan'di fragend an. Der Adlige zwirbelte seinen Schnauzbart und meinte: »Uns bleibt nicht mehr viel Zeit. Wenn die Fon bei ihrem ursprünglichen Plan bleibt, wird sie Portane in fünfzehn Tagen angreifen.«

»Mein Lord, ich ... autsch!« Bregan zuckte vor Piers' Nadel zurück.

»Genau das passiert, wenn du dich bewegst! Du bist ja noch schlimmer als ein Kind«, tadelte ihn der Heiler. Er drehte Bregans Kopf herum, damit er die Wunde im Feuerschein besser sehen konnte.

»Falls du gerade sagen wolltest, dass du keine Ruhe brauchst«, meinte Athlone zu dem alten Krieger, »dann vergiss es. Eine Pause täte uns allen gut.« Ein Ausdruck von Besorgnis legte sich über sein Gesicht. »Wir könnten auch ein paar neue Pferde und einige Vorräte gebrauchen.«

Piers sah den Häuptling scharf an. »Wollt Ihr im Reidhar-Treld Halt machen? Ist das wirklich eine gute Idee?«

»Nein. Aber er ist in der Nähe, und uns bleibt kaum eine andere Wahl.«

Khan'di fragte: »Was stimmt denn nicht mit den Reidhar?«

»Der Klan ist eigentlich in Ordnung«, sagte Piers, während er einen Faden an Bregans Stirn festzurrte. »Lord Caurus, ihr Häuptling, ist das Problem. Er hasst Zauberei und neidet den Khulinin ihren Reichtum und Einfluss. Als Lord Medb letzten Sommer den Klanen mit Krieg drohte, wollte sich Lord Caurus weder auf seine Seite noch auf die von Lord Savaric schlagen. Er ist mit seinem Klan zurück auf die eigenen Ländereien gezogen und hat abgewartet.«

»Ich weiß nicht, warum er das getan hat«, mischte sich Bregan ein. »Sein Klan wäre Lord Medb ausgeliefert gewesen, wenn der Zauberer die Schlacht bei Ab-Chakan überlebt hätte.«

Athlone kicherte. »Caurus will immer noch nicht glauben, dass mein Vater und Gabria Lord Medb ohne seine Mithilfe vernichtet haben.«

»Er wird sich über unseren Besuch kaum freuen«, sagte Bregan mit einem Stirnrunzeln.

»Das Gewohnheitsrecht der Gastfreundschaft wird ihm keine Wahl lassen«, bemerkte Athlone trocken. »Wir werden die Vorräte bekommen, die wir für unsere Weiterreise brauchen.«

Piers hatte inzwischen die Wunde genäht und legte seine Werkzeuge beiseite. »Ob seine Gastfreundschaft auch Gabria einschließt?«, fragte er vorsichtig.

Khan'di drehte sich um und beobachtete die Zauberin, die zusammen mit Sayyed das Abendessen zubereitete. »Sie reist mit uns.

Schreibt das Klanrecht nicht vor, dass sie zu uns gerechnet werden muss?«

»Caurus schert sich möglicherweise nicht um die rechtlichen Einzelheiten, aber ich werde ihn dazu zwingen«, entgegnete Athlone.

Piers und Bregan waren vom eiskalten Tonfall des Häuptlings überrascht und sahen sich an. »Ich hoffe, Ihr habt Recht«, sagte Piers. »Gabria hat Ruhe nötiger als wir alle.«

Es entstand eine Pause. Der Häuptling verlagerte sein Gewicht und fragte dann: »Warum?«

»Ich glaube, die Aussicht auf eine Begegnung mit Branth macht ihr mehr zu schaffen, als wir ahnen. Sie hat sich überfordert.«

Athlone zog die Augenbrauen hoch. Sein dunklen, kalten Augen wurden etwas sanfter und er nickte kurz. »Wir alle haben sie überfordert«, sagte er leise. Er klopfte Piers auf die Schulter und ging wieder an die Arbeit.

Nach dem Essen teilte Athlone dem Rest der Gruppe das neue Reiseziel mit. Gabria verlor den Mut. Sie mochte Lord Caurus nicht. Er war polternd, anmaßend und sehr unfreundlich zu jedem, der ihn verärgerte. Letzten Sommer hatte er überdies sehr deutlich gemacht, dass er Zauberei verabscheute – eine Haltung, die er auch seinem Klan aufgezwungen hatte.

Während sich die Männer auf die Nacht vorbereiteten, brach Gabria zu einem langen Spaziergang am Bach auf, der sich durch das Tal schlängelte. Sie nahm nichts außer ihren Gedanken mit und versuchte Trost in der Einsamkeit der Frühlingsnacht zu finden. Doch sie hatte keinen großen Erfolg.

Auf ihrem Rückweg ins Lager kam sie an der Wiese vorbei, auf welcher die Pferde grasten. Sie sah Athlone neben Eurus im Gras stehen. Der Häuptling bürstete das ebenholzfarbene Fell des Hunnuli mit stetigen, unbewussten Strichen.

Eine Zeit lang hielt sich die junge Frau im Schatten und beobachtete den Häuptling. Sie wollte mit ihm reden und ihn fragen, was los war und ob er sie noch liebte. Doch sie zögerte, denn sie hatte das unangenehme Gefühl, die Antwort bereits zu kennen.

Mit klopfendem Herzen trat Gabria schließlich zwischen den Bäumen hervor und stellte sich neben Eurus. Das große Pferd schnaubte einen Willkommensgruß. Athlone zuckte zusammen und ließ die Bürste fallen. Um seine Unruhe zu verbergen, bückte er sich langsam, hob die Bürste auf und säuberte sie gemächlich.

Nara gesellte sich zu ihnen, und Gabria lehnte sich dankbar gegen die warme Flanke der Stute. »Athlone, ich ...«

Der Häuptling schien sie nicht zu hören. Er bürstete Eurus weiter und sagte sofort: »Wenn wir morgen in das Lager der Reidhar reiten, will ich, dass du deinen Rock trägst. Schnall dein Schwert ab und bleib stumm.«

Gabria versteifte sich und spürte ein Brennen im Gesicht. »Das hatte ich sowieso vor«, erwiderte sie frostig.

»Gut. Wir brauchen die Mithilfe der Reidhar. Und noch etwas«, fuhr er fort. »Wir alle haben sehr viel von dir erwartet. Zu viel, wie ich glaube, und unsere Gefühle haben uns dabei im Weg gestanden. Wir müssen uns auf das besinnen, was das Wichtigste an unserer Reise ist.«

Athlone sah sie vom Schatten des Hunnuli aus an. Es war so dunkel, dass er weder ihr Gesicht noch den Ausdruck verletzter Verwirrung in ihren Augen erkennen konnte. »Gabria«, sagte er und bürstete Eurus noch heftiger, »ich habe mich nicht auf diese Reise begeben, um dir im Weg zu stehen, sondern um dir zu helfen. Von jetzt an werde ich mich zurückhalten und dir erlauben ...«

Gabria stürzte sich auf das letzte Wort. »*Erlauben!*,« rief sie und lief um Eurus herum. »Behandle mich nicht so gönnerhaft und verschone mich mit deinen stolzen Reden, Athlone. Das habe ich nicht verdient!« Sie starrte ihn an. »Wovon redest du überhaupt?«

Vier Tage lang hatte Athlone überlegt, was er sagen sollte, wenn er einmal mit Gabria allein wäre. Nun war es so weit, aber nichts verlief so, wie er es geplant hatte. Er hatte sie in die Arme nehmen und ihr seine Zuneigung und Liebe beweisen wollen. Stattdessen sah er vor seinem geistigen Auge nichts anderes als ihren schlanken, starken Körper in Sayyeds Umarmung, und je mehr dieses Bild in seinem Kopf herumtollte, desto größer wurde sein Zorn. Seine Eifersucht wuchs; sie vereitelte seine vorbereitete Rede und versengte seine tiefsten Gefühle. All die Tage der Enttäuschungen, des Ärgers und der Verwirrung stiegen plötzlich zu einer Flutwelle aus Zorn und Verlegenheit an, deren Strömung alles andere mit sich riss.

»Ich rede von Sayyed!«, brüllte er sie an.

»Sayyed!«, keuchte Gabria verblüfft. »Was hat er denn mit all dem zu tun?«

»Alles. Du liebst ihn. Er war neulich nachts in deinem Zelt! In Ordnung ... Wenn du dich für ihn entschieden hast, solltest du ihn ruhig nehmen. Du bist nicht mehr an unser Versprechen gebunden.«

Gabria war entsetzt. Sie wusste nicht, ob sie lachen oder weinen sollte. Ihr war in den vergangenen Tagen viel durch den Kopf gegangen, aber niemals wäre sie auf den Gedanken gekommen, dass Athlone eifersüchtig sein könnte. Wieso eigentlich nicht? Sie trat auf ihn zu und hob flehend die Hände. »In meinem Zelt. Ja, ich habe ...«

Aber er hatte vor Wut den Verstand verloren. »Nein. Ich habe genug gehört. Hiermit ist unsere Verlobung gelöst.« Er drehte ihr den Rücken zu und verschwand in der Dunkelheit. Der Wind spielte mit seinem Mantel und hob ihn wie in einer Abschiedsgeste. Dann war Athlone nicht mehr zu sehen.

Gabria lief ihm nach. »Athlone! Warte! Du weißt noch nicht alles«, rief sie, aber es war zu spät. Sie ballte die Hände zu Fäusten. »Mögen die Götter diesen Mann vernichten!«, schrie sie vor Enttäuschung und Schmerz. Einen Augenblick lang erglühte in der Dunkelheit eine blassblaue Aura um ihre Hände .

Gabria, warnte Nara sie sanft.

Die Zauberin sah an sich hinunter und erkannte das verräterische Glimmern, das erste Anzeichen für die Trymianische Kraft, die sich in ihr aufbaute. Diese Kraft war ein mächtiger Zauber, der die Energie des Magiers zu zerstörerischen Zwecken bündelte. Manchmal, in Zeiten starker Gefühlsanspannung, erschien sie als unbewusste Reaktion. Gabria hatte die Eigenarten der Trymianischen Kraft kennen gelernt, als sie im vergangenen Sommer unbeabsichtigt einen Mann getötet und auch beinahe Athlone umgebracht hätte.

Rasch schlang sie die Arme um sich und bezwang ihre Gefühle. Die blaue Aura verblasste und mit ihr auch der Zorn. Gabria schüttelte den Kopf. Sie hätte sich Athlone nicht nähern dürfen, solange er derart müde war und sich Gedanken um ihre Wirkung auf die Reidhar machte. Nun hatte sie die Lage sogar noch verschlimmert. Athlone war in einen seiner Zornesausbrüche verfallen und hatte ihr Verlöbnis aufgekündigt. Gabria fror.

Sie zog den Mantel enger um sich und starrte durch die Dunkelheit auf die Stelle, wo Athlone verschwunden war. Sie konnte diesen andauernden Gefühlsaufruhr nicht mehr ertragen. Wenn sie überleben wollte, musste sie Ordnung in ihr Leben bringen. Sie würde all ihre Aufmerksamkeit von jetzt an auf die Reise und die Begegnung mit Branth richten und sich später um Athlone und Sayyed kümmern. Auch wenn ihr die beiden sehr viel bedeuteten, mussten sie sich gedulden. Das Überleben ging dem Verlangen ihres Herzens vor. Falls sie dieses Abenteuer überstand, hatte sie vielleicht später die Zeit und die Freiheit, ihre Herzensangelegenheiten zu regeln. Bis dahin musste sie den beiden Männern aus dem Weg gehen. Es gab keine andere Möglichkeit.

Mit schweren Schritten stapfte Gabria auf den Bach zu. Die schützenden Schatten der Nacht versammelten sich um sie wie ein schwarzer Panzer.

Piers war noch wach. Er saß allein vor dem Feuer, als Gabria von ihrem Spaziergang zurückkehrte. Sie wusste, dass der Heiler auf sie gewartet hatte, doch in dieser Nacht wollte sie nicht reden. Sie beugte sich über seine Schulter, umarmte ihn kurz, wünschte ihm eine gute Nacht und schlüpfte in ihr eigenes Zelt.

Piers sah ihr nach. Er verstand ihre Ängste und Unsicherheiten und wusste, wie sehr ihre Liebe zu Athlone und ihre Freundschaft mit Sayyed sie quälten. Er wünschte, sie würde mit ihm darüber reden. Vielleicht hätte er nicht den richtigen Rat für sie – welchen Rat konnte man einer Zauberin schon geben? –, doch er vermochte zuzuhören und ihr ein Freund zu sein, falls sie einen brauchte. Er wusste mehr über sie als irgendjemand sonst.

Piers schüttelte den Kopf und bestreute das Feuer mit Asche. Vielleicht war es dumm von ihm gewesen, hier draußen in der feuchten Luft zu sitzen und darauf zu warten, dass Gabria ins Lager zurückkam und mit ihm redete. Er wusste in der Tat viel von Gabria, aber es gab noch mehr, das er nicht von ihr wusste. In dem seltsamen, schwierigen Jahr seit der Ermordung ihres Klans hatte sie die Kunst der Verschwiegenheit gelernt; sie behielt ihre Absichten für sich selbst und traf ihre eigenen Entscheidungen. Das waren ihre Überlebenshilfen.

Der Heiler ging in sein Zelt und kroch zwischen die warmen Laken. Nein, sagte er zu sich selbst, das Warten war nicht umsonst gewesen. Seine Geste hatte Gabria klar gemacht, dass er da war, wenn sie ihn brauchte. Und dafür war sie ihm bestimmt dankbar.

Die Reisenden schlugen am nächsten Morgen im goldenen Sonnendunst ihr Lager ab. Hohe Wolken sprenkelten den tiefblauen Himmel und ein leichter Wind fuhr durch die sprießenden Bäume.

Bregan hatte eine ruhelose Nacht verbracht. Der alte Krieger war steif von seinem Sturz und Schmerzen plagten ihn. Er murrte leise, während er die Packpferde zu beladen half. Als die anderen Männer ihre Pferde zum Satteln herführten, versuchte er sich seine Trauer nicht anmerken zu lassen.

Athlone sah mit steinernem Blick vom Rücken seines grauen Hengstes aus zu. Um seine dunklen Augen hatten sich Ringe der Schlaflosigkeit gelegt, und er kniff den Mund in verborgener Traurigkeit zusammen. Der Schatten des Morgenbartes verfinsterte sein Gesicht.

Gabria beobachtete ihn mit Gefühlen der Trauer und des Bedauerns. Ihr Streit schmerzte sie noch immer sehr. Doch als Sayyed den Ausdruck auf ihren Gesicht bemerkte und ihr zuwinkte, musste sie unwillkürlich lächeln.

Sie sah dem Rest ihrer Gefährten beim Aufsitzen zu. Die Gruppe war schwer bewaffnet, verschmutzt, ausgelaugt und erschöpft. Sie wirkte nicht mehr wie eine Auswahl der prächtigsten Männer des Khulinin-Klans nebst einem vornehmen Adligen, sondern wie eine Bande von Dieben und Ausgestoßenen. Gabria hoffte, dass die Reidhar an diesem Tag in Geberlaune waren.

Sie bezwang ihre Unruhe und ritt mit Nara hinter Piers' Stute. Keth, hinter dem Bregan saß, und die übrigen Reiter folgten Athlone. Die Reisenden verließen die Karawanenstraße und ritten in leichtem Galopp nach Nordosten. Wenn alles gut ging, würden sie den Reidhar-Treld zur Mittagszeit erreichen.

Acht

Am strahlenden und warmen Frühlingsnachmittag folgten die Reisenden dem schmalen Pfad, der zum Reidhar-Treld führte. Das Land ähnelte dem der Jehanan: sanfte Hügel, kleine Wälder und fruchtbare Täler. Wie die Jehanan, so hatten auch die Reidhar ihr Winterlager in der Nähe des Meeres aufgeschlagen, doch im Unterschied zu ihren südlichen Nachbarn hatten die Reidhar viele alte nomadische Gewohnheiten aufgegeben und ihr Leben auf das Meer ausgerichtet. Jahr für Jahr wurden ihre Pferdeherden kleiner, und mehr und mehr Klanleute zogen es vor, auch während des Sommers im Treld zu bleiben und in den fischreichen Meeresbuchten zu angeln oder die reichen Kupferminen in den nahen Bergen auszubeuten. Die Reidhar hatten Valorians Pfade stärker als jeder andere Klan verlassen.

Die Anzeichen für das sich verändernde Gesellschaftsmuster wurden Gabria deutlich, als Nara einen Hügelkamm erklettert hatte, von dem aus man einen guten Blick auf die Ansiedlung der Reidhar erhielt. Gabria hatte den Klan noch nie in seinem Treld besucht und war daher von den Unterschieden zwischen ihrem eigenen Klan und diesem hier sehr überrascht. Die Corin waren nur eine kleine Gruppe und einer der nomadischsten der ursprünglichen zwölf Klane gewesen. Der Reidhar-Klan war größer und hatte an dem Ort, den er als seine Heimat bezeichnete, tiefe Wurzeln geschlagen. Eine große, reich verzierte Steinhalle schmückte den Mittelpunkt des Trelds, und viele Steinhäuser hatten die gebräuchlichen Zelte ersetzt. Es gab feste Gebäude, welche die Handwerker des Klans beherbergten, sowie Lagerhäuser und Scheunen. Ein breiter, seichter Fluss schlängelte sich durch die Talmitte an den kleinen Viehherden vorbei und mündete nicht weit entfernt ins Meer.

Von ihrem Aussichtspunkt aus hatte Gabria einen Blick über das

Tal bis zu der Stelle, wo der Fluss zwischen zwei kleinen Felsvorsprüngen hindurchströmte und sich auf einen weißen Strand ergoss. Sogar vom Hügelkamm aus sah sie die Bootshäuser, Trockengestelle und Werften, die über den Sand verstreut waren. Dahinter hüpfte die kleine Fischerbootflotte auf dem glitzernden Wasser.

»Kein Wunder, dass ihre Pferde so armselig sind«, sagte Keth, der vor Bregan saß. »Dieser Klan ist nichts weiter als ein Fischervölkchen.«

»Sie können noch immer kämpfen, also halte deine Zunge im Zaum«, befahl Athlone ihm scharf.

»Im letzten Sommer konnten sie es nicht«, murmelte der Krieger.

Lord Athlone beachtete ihn nicht. Ob Fischervölkchen oder nicht: Die Reidhar waren noch immer ein Klan und den Khulinin in Blut und Geist verwandt. Trotz Lord Caurus' Weigerung in vergangenen Jahr, gegen Medb zu kämpfen, war Athlone der Meinung, dass die Reidhar die Achtung und Ehrerbietung verdienten, die jedem Klan zustanden. Lord Caurus war ein großer Kriegsheld und seinem Volk treu ergeben. Nicht Feigheit hatte ihn zum Verlassen jenes verhängnisvollen Treffens veranlasst, sondern sein eigener Drang nach Unabhängigkeit sowie ein unseliges Misstrauen gegenüber den Khulinin.

Athlone nickte seinen Gefährten zu, und die Gruppe ritt hügelabwärts in Richtung des geschäftigen Trelds. Auf einer Erhebung in der Nähe zog ein Ausreiter sein Horn hervor und blies eine Warnung für das Lager. Am Rande des Trelds verließ ein weiterer Ausreiter seinen Posten und galoppierte auf der Suche nach dem Häuptling in das Tal hinein. Als Gabria und ihre Reisebegleiter die Ausläufer des Lagers erreicht hatten, waren Lord Caurus und seine berittene Herdwache bereits in der Mitte des Pfades zusammengekommen. Hinter ihnen drängten sich weitere Krieger und Klanmänner, die den Weg vollends versperrten. Sie beobachteten argwöhnisch, wie Athlone und Bregan ihre Pferde auf Lord Caurus zutrieben.

Der Häuptling der Reidhar war offensichtlich über Lord Athlones plötzliche, unerwartete Ankunft im Treld beunruhigt. Caurus unternahm keinen Versuch, sein Misstrauen und seinen Ärger zu verhehlen, doch trotzdem tat er der Höflichkeit Genüge und begrüßte Athlone zuerst. Er hob die Hand. »Seid gegrüßt, Khulinin. Willkommen im Reidhar-Treld.«

»Seid gegrüßt, Lord Caurus«, erwiderte Athlone ruhig. Er warf einen Blick auf die schwer bewaffneten Männer in der Gesellschaft des Häuptlings. »Das sieht nicht unbedingt danach aus, als wären wir willkommen. Habt Ihr jemand anderen erwartet?«

»Wir haben niemanden erwartet. Am wenigsten Euch.«

Athlone zuckte die Schultern. »Ich hatte keine Zeit, Boten vorauszuschicken. Unsere Mission ist dringend. Wir hatten diesen Aufenthalt nicht geplant, aber wir brauchen Vorräte und zusätzliche Pferde.«

»Wir können Euch keine zusätzlichen Pferde geben«, sagte Caurus streitlustig.

Der Anführer der Khulinin schnalzte mit der Zunge. »Lord Caurus, muss ich etwa *Euch* an die Verpflichtungen der Klangastfreundschaft erinnern? Letzten Frühling wurde noch behauptet, Ihr seid der großzügigste Gastgeber aller Klane. Habt Ihr das schon vergessen?«

»Ich habe es nicht vergessen.« Caurus rutschte in seinem Sattel hin und her. Ein Ausdruck der Wachsamkeit lag auf seinem geröteten Gesicht. »Ihr seid willkommen, Lord Athlone, aber wir können dieser Zauberin nicht erlauben, unseren Treld zu betreten.«

Mit großer Mühe schluckte Athlone seinen wachsenden Ärger hinunter und sah den rothaarigen Häuptling kalt an. »Warum nicht, Caurus? Von anderen Klanen ist sie willkommen geheißen worden. Wir werden sie keinesfalls am Rand des Lagers zurücklassen.«

»Wir wollen gerade unsere Rechtgeburtszeremonie abhalten. Wenn diese Ketzerin den Treld betritt, wird Amara unseren Klan auf ewig verdammen.«

Die übrigen Reidhar-Krieger murmelten zustimmend. Der Wertain des Klans trieb sein Pferd einen Schritt vor und griff nach seinem Schwert.

Athlone ächzte innerlich auf. Er hatte Widerwillen und Misstrauen erwartet, aber keine unverblümte Zurückweisung. Es war ihr Pech, so kurz vor der Rechtgeburtszeremonie hier eingetroffen zu sein.

»Gabria«, rief Athlone über die Schulter. »Komm her und bring das Fohlen mit.«

Der erstaunte Reidhar trat einen Schritt zurück, und eine Andeutung von Furcht flog über Caurus' Gesicht, als Gabria auf Nara vorritt und sich neben Athlone setzte. Eurus und das Fohlen waren bei ihr.

Es verging eine lange Zeit, bevor jemand etwas sagte. Die Reidhar-Männer starrten in offener Verwunderung die schöne Frau und die großartigen schwarzen Pferde an.

Schließlich fragte Athlone: »Würde Amara Gabria und ihr Hunnuli mit einem gesunden Fohlen segnen, wenn sie unzufrieden wäre?« Sein Tonfall war täuschend freundlich.

Diese Frage versetzte Lord Caurus in Erstaunen. Sein Gesicht färbte sich so rot wie sein Haar, während er versuchte, eine Lösung für diese verzwickte Frage zu finden. Er hatte nie einen Gedanken daran verschwendet, dass die Zauberin etwas anderes als böse sein könnte. Doch wieso hatte sie dann drei Hunnuli, von denen eines ein Jungtier war? Die Hunnuli verabscheuten das Böse und mieden es um jeden Preis. Dennoch ...

Plötzlich warf Caurus angeekelt die Hände hoch. »Die Zauberin und ihre Hunnuli dürfen bleiben. Aber ...« – er starrte die Gruppe an – » ... nur für eine Nacht.«

Athlone nickte schwach. »Eure Großzügigkeit ist überwältigend.«

Der Wertain der Reidhar packte den Griff seines Schwertes. »Lord Caurus, das dürft Ihr nicht erlauben!«, rief er. »Diese ... diese Frau ist eine Zauberin! Es ist mir egal, wie viele Hunnuli hinter ihr herlaufen. Sie ist eine götterlästerliche Ketzerin. Die Göttin wird uns nie vergeben, wenn wir diese Frau in das Lager bringen.«

»Gringold«, sagte Caurus verärgert. »Ich habe eine Entscheidung getroffen. Finde dich damit ab.«

»Als Wertain dieses Klans kann ich nicht zulassen, dass sie unser Volk in Gefahr bringt.«

»Und als Häuptlling dieses Klans kann ich entscheiden, wie ich will«, donnerte Lord Caurus. »Ich werde die Reidhar nicht entehren, indem ich einem anderen Häuptling Hilfe verweigere.«

Mit einem Knurren auf den Lippen gab der Wertain nach, doch er trieb sein Pferd mit wilden Bewegungen neben Nara und beugte sich vor. Seine Augen glitzerten wie die eines Wolfs. Der Wertain war ein großer Mann mit festen Muskeln und dem anmaßenden

Gehabe eines Maulhelden. Er trug volle Kriegsbewaffnung und die Narben vieler Schlachten.

Nara legte die Ohren an und schnaubte eine Warnung. Gabria blieb ruhig und verzog keine Miene, als der Wertain vor ihr die erhobene Faust schüttelte.

»Lord Caurus hat dir eine einzige Nacht gegeben, Zauberin. Wenn du etwas tust, das nach Magie stinkt, schlitze ich dir die Kehle auf.«

»Vielen Dank für deinen freundlichen Willkommensgruß, Wertain Gringold«, sagte Gabria mit aller Höflichkeit, die sie noch aufbringen konnte.

»Gringold«, zischte Caurus. »Kehre zum Treld zurück und bereite die Quartiere für unsere Gäste vor.«

Allen entfuhr ein Seufzer der Erleichterung, als der Wertain vor seinem Lord salutierte, sein Pferd wendete und in Richtung Treld verschwand. Er ist ein sehr gefährlicher Mann, dachte Gabria. Sie presste den Mund zu einer dünnen Linie zusammen und dachte traurig an die Jehanan zurück. Die Reidhar würden ihren Gefährten niemals einen so freundlichen Empfang bereiten, wie sie ihn bei Sha Umar genossen hatten.

Sie sollte Recht behalten. Lord Caurus und die Klankrieger eskortierten Gabria und ihre Gruppe durch den Treld bis zu einigen Steinhütten am Rand des Lagers, die als Gästeunterkunft dienten. Die Hütten waren kalt, feucht und nur mit Feldbetten und einer Feuerstelle eingerichtet. Sobald die Gruppe die Hütten erreicht hatte, ließen die Reidhar sie für den Rest des Nachmittags allein. Niemand kam, um mit ihnen zu reden, ihnen Wein anzubieten oder Feuerholz zu bringen, und niemand gab ihnen Laken oder auch nur das Geringste, was ein Gast benötigt hätte. Die Reidhar beachteten sie einfach nicht.

Nach einer Weile hatte Piers den Klanheiler aufgetrieben und überredete ihn, ein wenig Feuerholz abzugeben, damit sie in einer der Hütten ein Feuer anzünden konnten. Die beiden Krieger Secen und Keth füllten am Fluss die Wasserschläuche und Gabria und Sayyed packten das zusammengerollte Bettzeug aus. Nach großen Schwierigkeiten und Mühen fanden Athlone und Bregan einen Händler, der bereit war, ihnen einige Pferde zu verkaufen.

Der Händler stammte aus Calah; er bereiste die Ebene und handelte mit Pferdefleisch. Die letzten Tage hatte er im Reidhar-Treld verbracht und war mit dem bisherigen Geschäft nicht zufrieden. Daher machte es ihm große Freude, mit den Khulinin um ihre reinrassigen Harachaner zu feilschen.

Einige Stunden später kehrten Athlone und Bregan mit drei neuen Pferden zu den Gästehäusern zurück. Lord Athlone war zufrieden mit dem Geschäft, denn der Händler hatte die drei Packpferde der Khulinin im Austausch gegen drei Pferde aus Calah genommen. Athlone wusste, dass der Händler dabei das bessere Geschäft gemacht hatte, weil die Klanpferde aus edlerem Geblüt als die anderen und hervorragend ausgebildet waren. Überdies brauchten sie weniger Ruhe und Nahrung. Aber die Pferde aus Calah waren widerstandsfähig, stark, gesund – und verfügbar. Selbst Bregan zeigte sich nicht unzufrieden. Er hatte sich einen schwarzen Wallach mit langen Beinen als Reittier ausgesucht.

Die Abenddämmerung war schon hereingebrochen, als Athlone und Bregan die Pferde gesattelt und gefüttert hatten und sich auf den Weg zu den Hütten machten. Die beiden Männer waren hungrig und freuten sich auf das Abendessen. Nach dem ungeschriebenen Klangesetz war es die Pflicht des Häuptlings, seine Gäste zu bewirten. Wenn der Gast ein Lord war, wurden er und seine Begleiter immer an die Tafel des gastgebenden Häuptlings eingeladen. Aus diesem Grund erwartete Athlone bei seiner Rückkehr eine Einladung zu Caurus' Abendessen. Doch als er sich danach erkundigte, schüttelte Piers den Kopf.

»Mein Lord,« erwiderte der Heiler, »wir haben von Caurus weder etwas zu essen noch eine Nachricht erhalten. Es scheint, dass man uns vergessen hat.«

»Diese Beleidigung werde ich nicht übersehen«, knurrte Athlone. Er warf sein Schwert samt Scheide auf das Feldbett neben ihm. »Legt die Waffen ab«, sagte er zu seinen Männern. »Wir gehen zur Halle und essen mit Lord Caurus. Wir alle.« Er wartete ungeduldig, während Sayyed und die Krieger ihre Schwerter, Bögen und Dolche auf die Betten legten. Langsam wurde der Häuptling wieder ruhiger. Es würde ihre Schwierigkeiten nicht aus dem Weg räumen, wenn er seiner Wut nachgab.

Als alle fertig waren, nickte er seinen Männern kurz zu und wandte sich an Gabria. Sie stand neben dem Feuer und hatte ihren langen Rock und ein Oberhemd angezogen. Es erstaunte ihn, dass sie das Armband trug, welches er ihr geschenkt hatte. Außerdem steckte ihr juwelenbesetzter Dolch in einer Schärpe unter dem Rock.

»Caurus gibt euch bestimmt nichts zu essen, wenn ich mitgehe«, sagte sie. Ihre Worte klangen halb scherzhaft, doch über ihren Augen lag ein Schatten der Besorgnis.

»Caurus bleibt keine andere Wahl«, gab Athlone zurück. Er verschränkte die Arme vor der Brust und zog die Mundwinkel zu einem bitteren Lächeln hoch. »Ich bin sicher, dass er das absichtlich getan hat. Er will mir seine Wut darüber zeigen, dass ich dich in seinen Treld geführt habe. Die Klane werden nie lernen, wie man mit Zauberern umzugehen hat, solange Häuptlinge wie Caurus mit solchen Beleidigungen durchkommen.«

Gabria blickte ihm ins Gesicht, und für einen Augenblick erkannte sie darin etwas, das sie bisher nicht wahrgenommen hatte. Dieses kalte, berechnende Lächeln war das seines Vaters. Lord Savaric war ein besonnener, beherrschter und listiger Mann gewesen, der seine Wut als Antriebsfeder für seine Taten genommen hatte. Er hatte unablässig nach Wegen gesucht, Schwierigkeiten zu seinem Vorteil zu wenden.

Gabria seufzte still. Heute Nacht würde Athlone die ganze Selbstbeherrschung und List seines Vaters brauchen.

Alles war friedlich im Treld, als die Reisenden ihre Hütte verließen und den Pfad zur Halle entlang wanderten. Die Sonne war hinter den Hügeln versunken und überließ die Steppe der herannahenden Nacht. Der Geruch von Essensdünsten und Holzrauch vermischte sich mit den vertrauten Ausdünstungen der Tiere und Menschen.

Als sich die Gruppe der Halle des Häuptlings näherte, übernahm Bregan die Führung, und die übrigen Herdwachen scharten sich um ihren Lord. Piers, Khan'di und Sayyed drängten sich um Gabria. Ohne um Einlass zu bitten, gingen sie an den verblüfften Wachen vorbei und betraten die große Steinhalle, über der ein großes gelbes Banner flatterte.

Lord Caurus, sein Wertain, einige Herdwachen und verschiedene

Junggesellen hatten sich um einen langen Holztisch in der Mitte des Raumes versammelt. Maril, Caurus' Gemahlin, bediente zusammen mit zwei Mädchen die Männer von einer Platte mit Bratfleisch und aus einem Topf mit gekochtem Gemüse.

Die gesamte Gruppe verstummte, als der Anführer der Khulinin und seine Gefährten die Halle betraten. Lord Caurus wurde bleich.

»Vergebt mir, Caurus«, sagte Athlone in liebenswürdigem Tonfall. »Wir scheinen uns verspätet zu haben.«

Der Reidhar konnte dem nichts entgegnen, ohne den Khulinin öffentlich zu beleidigen; also nahm er die Gegenwart der Gruppe hin. Mit gereiztem Blick und einer unwilligen Handbewegung schickte Lord Caurus die Junggesellen an einen anderen Tisch und bedeutete Athlone und seinen Gefährten, sich zu setzen. Maril legte hastig Messer und Teller für die Gäste zurecht und goss ihnen Wein ein. Die Reidhar-Krieger sagten kein Wort.

Die Dienerinnen brachten mehr Fleisch und Gemüse und stellten große Körbe mit dicken Brotscheiben bereit. Gabria hätte es als ein gutes Mahl betrachtet, wenn die lastende Stille und Anspannung nicht so deutlich spürbar gewesen wären. Es fiel ihr sehr schwer, die feindseligen Blicke ihrer Gastgeber nicht zu beachten. Selbst Maril, die ihr Essen an der Seite ihres Mannes einnahm, schwieg verbissen.

Schließlich konnte Lord Caurus die Stille nicht mehr ertragen. Er schob den Teller von sich weg und sagte zu Athlone: »Ich habe gehört, Ihr habt einige zusätzliche Pferde gefunden.«

Athlone aß einige Zeit lang stumm weiter, bevor er antwortete: »Ah, ja. Ein Händler aus Calah hatte einige starke Pferde, die er gern loswerden wollte. Unglücklicherweise waren es nur drei. Alle anderen Tiere sahen ziemlich mickrig aus.« Er nahm einen Bissen Brot und machte sich nicht einmal die Mühe, Lord Caurus anzusehen.

Caurus errötete leicht und lehnte sich auf seinem geschnitzten Stuhl zurück. »Eure Pferde scheinen erschöpft zu sein. Seid Ihr schnell geritten?«

Athlone nickte. »So schnell wir konnten.« Er wollte diesem ungehobelten Flegel nicht die Genugtuung einer klaren und einfachen Antwort verschaffen. Er winkte einem der Mädchen zu, damit es ihm Fleisch nachlegte.

»Eure Geschäfte müssen sehr dringend sein.«

»Ja«, erwiderte der Anführer der Khulinin beiläufig.

»Wohin seid Ihr unterwegs?«, bedrängte Caurus ihn.

»Wir sind auf der Jagd.«

Am anderen Ende der Tafel schluckte Sayyed ein Lachen hinunter. Caurus drehte sich wütend nach ihm um. »Und du, Turic, was machst du bei diesen Klanleuten?«

Der junge Stammesangehörige erhob und verneigte sich. »Ich bin Sayyed Raid-Ja, Sohn Dultars von Sharja. Ich bereise die Ebene von Ramtharin und vergleiche die Gastfreundschaft der Klane.«

»Und du, Pra Descher«, bellte Caurus Khan'di an. »Wohin bist du unterwegs?«

Der stämmige Adlige stand auf und senkte die Augenbrauen, als ob ihm gerade jemand eine dumme Frage gestellt hätte. »Ich reise mit ihnen«, sagte er und zeigte auf die an der Tafel versammelte Gesellschaft.

»Ich verstehe.« Caurus zwirbelte wütend seinen Schnurrbart. Er machte ein finsteres Gesicht; die Mundwinkel verloren jede Farbe. Für ihn war es schon schlimm genug, dass die Khulinin ohne Vorankündigung erschienen und mit ihrer Zauberin im Schlepptau durch das ganze Lager gestürmt waren, doch jetzt wollten sie ihm nicht einmal etwas über das Ziel ihrer Reise verraten.

»Übrigens«, unterbrach Athlone in freundlichem Tonfall seine Gedanken, »brauchen wir immer noch ein paar Vorräte. Wegzehrung. Einen neuen Wasserschlauch. Korn. Etwas Leder, damit wir unser Zaumzeug flicken können.«

»Und das alles nur, um auf die Jagd zu gehen«, sagte Caurus mit beißendem Spott.

Wertain Gringold warf plötzlich sein Besteckmesser auf den Tisch. »Lord, ich würde ihnen nicht einmal ein gebrauchtes Hufeisen geben.«

»Wir brauchen keine Hufeisen«, sagte darauf Bregan so ruhig wie möglich.

Der Wertain drehte sich nach dem Khulinin neben ihm um und sah Bregan einen Moment lang an, bis ein Wiedererkennen in seinen schmalen Augen aufflackerte. »Es ist wirklich gut, dass dein Meister nur auf die Jagd geht. Mit dir als Leibwache würde es ihm ansonsten nicht besser ergehen als seinem Vater.«

»Bregan!« Athlones Stimme knallte wie eine Peitsche durch die Stille und hielt den Krieger auf, der soeben aufgesprungen war.

Der Wertain kicherte, als Bregan sich zwang, wieder Platz zu nehmen.

»Nun zu den Vorräten«, sagte Lord Athlone zu Caurus.

Caurus sah ihn finster an. »Es gibt kaum etwas, das wir weggeben könnten. Wir hatten einen schlechten Winter.«

Khan'di sah erstaunt drein. »Einen schlechten Winter? Das wussten wir nicht. Ich habe gehört, dass der letzte Sommer für Euch sehr gedeihlich war, da Ihr nicht in die Unannehmlichkeiten mit Lord Medb verwickelt wart. Außerdem war das Wetter diesmal sehr mild.«

Athlone hob die Hand, um eine zornige Entgegnung des Reidhar-Häuptlings zu verhindern. »Seht, Caurus, wir brauchen diese Dinge wirklich dringend. Ich kann Euch nicht genau sagen, warum oder wohin wir unterwegs sind, weil Euer Treld zu nahe an der Karawanenstraße liegt. Neuigkeiten verbreiten sich schnell, und der Überraschungseffekt ist sehr wichtig für uns. Ihr sollt aber wissen, dass unsere Mission äußerst wichtig ist. Wenn wir die Pferde nicht so dringend gebraucht hätten, wären wir nie auf den Gedanken gekommen, Euch zu belästigen.«

Caurus' Zorn legte sich ein wenig. Er verlagerte sein beachtliches Gewicht auf dem knarrenden Stuhl. Zum ersten Mal sah er Gabria an und fragte: »Und was ist mit der Zauberin? Ist sie Teil Eurer wichtigen Mission?«

Gabria hatte während des Essens geschwiegen und versucht, sich nicht an den Gesprächen zu beteiligen und die angespannte Stimmung im Raum nicht noch weiter anzuheizen. Bei Caurus' Frage schaute sie hoch und begegnete kühl seinem Blick. »Ich bin nur ein Teil dieser Gruppe, Lord Caurus, und kann Euch versprechen, dass ich meine Zauberkunst nicht ausübe und meinen Eid den Häuptlingen gegenüber gehalten habe.«

»Pah!«, sagte Gringold barsch. »Was bedeutet Zauberinnen schon ein Eid? Sie winden sich mit ihren Versprechen wie ein ganzes Schlangennest, bis niemand mehr weiß, was sie überhaupt sagen. Erinnerst du dich an Lord Medb und seine seidenweichen Versprechungen? Du bist genau wie er: verschlagen und böse.«

»Sie hat deinen Klan gerettet, du elendes Stück Mist«, zischte Secen, der Khulinin-Krieger.

Gabria war erstaunt über die prompte Verteidigung des Kriegers und lächelte ihn dankbar an.

»Weil keiner von euch genug Schneid hatte, einen Kampf zu wagen«, fügte Bregan hinzu.

Diesmal war es Gringold, der aufsprang. Als er die Hand nach seinem Besteckmesser ausstreckte, glitzerte sein goldener Gürtel im Feuerschein.

»Gringold!«, rief Caurus, während auch die anderen Krieger hastig aufstanden. »Setz dich.«

Der große Wertain war zu wütend, um zu gehorchen. Er ergriff einen schweren Teller vom Tisch und schlug damit Bregan auf den Kopf. Der ältere Krieger fiel seitwärts auf die Tischplatte. Er war benommen und blutete aus der wieder aufgeplatzten Wunde. Ohne innezuhalten, stach Gringold mit dem Messer nach Secen und stieß einem anderen Khulinin-Krieger den Teller in die Magengegend. Bevor ihn jemand aufhalten konnte, stürzte er über den Tisch und packte Gabria am Handgelenk. »Du Viper!«, schrie er sie an. »Du hast bloß deinen wertlosen Hals gerettet!«

Am anderen Ende der Tafel knurrte Athlone einen Fluch und sprang den Wertain an. Bevor der Häuptling ihn erreicht hatte, griff Sayyed bereits verzweifelt nach Gringolds Waffenarm und Bregan versuchte, den Körper des Wertains gegen die Tischplatte zu drücken. Doch zu ihrem Unglück war Gringold ein kräftiger Kämpfer. Er schüttelte die beiden ab und versuchte Gabria über den Rand des Tisches zu zerren. Er hatte jedoch Gabrias Vergangenheit und ihre Kriegerausbildung außer Acht gelassen. Anstatt wie eine normale Frau zu kreischen und sich zu winden, kämpfte sie. Sie griff nach einem schweren Trinkbecher, schlug ihn dem Wertain ins Gesicht und entwand das Handgelenk seinem Griff.

Fluchend hielt Gringold die Hand vor seine blutende Nase und sah die Zauberin an. Ihre Augen loderten. Sie hielt einen Dolch in der Hand. In diesem Moment hatte Athlone Gringold erreicht und schickte ihn mit einem gewaltigen Kinnhaken zu Boden. Doch selbst das konnte den Wertain nicht aufhalten. Er stolperte wieder auf die Beine und griff den Häuptling an.

Maril versetzte ihrem Gemahl einen Rippenstoß und riss ihn so aus seinem lähmenden Entsetzen.

»Gringold, das reicht!«, schrie Caurus reichlich spät. »Haltet ihn fest, Männer.«

Die Reidhar-Krieger, die sich während des Angriffs ihres Wertains nicht geregt hatten, taumelten jetzt auf ihn zu und hielten ihm die Arme fest.

»Ich bitte um Entschuldigung, Lord Athlone«, sagte Caurus mit einer gewissen Aufrichtigkeit.

»Nein!«, grölte Gringold. »Keine Entschuldigung! Ich verlange das Recht, meine Ehre im Kampf zu verteidigen.«

»Ein Zweikampf?«, platzte es aus Caurus heraus. »Wen willst du denn herausfordern?«

Der Wertain warf einen Blick auf Bregan und die anderen Krieger der Khulinin, dann schüttelte er seine Männer ab und deutete auf Lord Athlone. »Ich fordere Euch heraus, Häuptling. Auf Leben und Tod.«

Caurus wirkte entsetzt. »Mann, sei doch kein Narr«, keuchte er und erhob sich von seinem Stuhl.

Gringold beachtete ihn nicht. »Was sagt Ihr dazu, Khulinin?«

Zuerst antwortete Athlone nicht darauf. Wenn er die Herausforderung annahm und schwer verwundet oder gar getötet wurde, konnte sein Verlust die Mission gefährden. Wenn er aber nicht annahm, schädigte die Weigerung, sich mit einem Mann von niedrigerem Stand zu duellieren, seinen Einfluss auf die Klane ernstlich und war seiner eigenen Ehre abträglich. Er schaute sich um. Bregan stand gegen den Tisch gelehnt, während Piers versuchte, die Blutung an der Stirn des alten Kämpfers zu stillen. Einer der Krieger hatte eine Schnittwunde am Arm davongetragen, und der andere hielt sich den geschlagenen Bauch. Athlone warf einen Blick auf Sayyed und Khan'di und dann auf Gabria. Die Frau hatte ihren Dolch zurück in die Scheide gesteckt und stand reglos neben den anderen.

Ihr Anblick schürte ein Feuer gemischter Gefühle in ihm. Er liebte die Zauberin trotz seines Streites mit ihr und war sehr wütend auf Gringold, weil er sie angegriffen hatte. Und als ob das noch nicht genug wäre, um seinen Zorn anzuheizen, rannten Wut,

Eifersucht und verletzter Stolz der vergangenen Tage noch immer gegen seine Geduld und Selbstbeherrschung an. Er stand kurz vor einer Explosion.

Lord Athlone grinste boshaft in sich hinein. Er würde es niemals laut zugeben, doch jetzt brauchte er wirklich jemanden, an dem er seine rasende Wut auslassen konnte. Gringold kam ihm da gerade recht. »Ich nehme deine Herausforderung an«, murmelte er. »Du warst roh und anmaßend. Du hast meine Männer beleidigt und angegriffen. Und was noch schlimmer ist: Du hast eine Frau aus unserem Klan misshandelt. Um unserer Ehre willen werde ich mich dir morgen früh stellen. Möge Surgart mein Schwert segnen.«

Lord Caurus ächzte und sank auf seinen Stuhl. Ohne ein weiteres Wort scharte Athlone seine Leute um sich und verließ die Halle.

Am Morgen des nächsten Tages hatte sich die Nachricht von dem Zweikampf bis in die hinterste Ecke des Trelds verbreitet. Der Himmel war wolkenlos, und die Sonne versprach einen warmen, angenehmen Tag. Die Klanleute versammelten sich schon früh vor der Halle des Häuptlings. Zweikämpfe waren immer ein aufregendes Schauspiel, doch nur selten standen sich zwei so ausgezeichnete Gegner in einem Gefecht auf Leben und Tod gegenüber. Wertain Gringold hatte enorme Muskeln; er war groß und ein Meister mit dem Kurzschwert, während Athlone zwar etwas leichter war, aber im Ruf des besten Schwertkämpfers der Steppe stand. Der Klan konnte den Ausgang kaum erwarten.

Während sich die Reidhar vor der Halle versammelten, lief Lord Caurus in seinen Gemächern auf und ab und verfluchte die Unbesonnenheit seines Wertains. Duelle waren in den Klanen üblich, um Streitereien beizulegen, Blutrache zu nehmen oder Wergeld zu beanspruchen, und ihre Regeln waren streng und wurden peinlich genau befolgt. Den Kämpfern waren weder Schild noch Rüstung, sondern nur ein Kurzschwert erlaubt. Zum Überleben brauchte man Stärke und Geschicklichkeit; daher war die Herausforderung zum Zweikampf auf die ausgebildeten Krieger des Werods beschränkt.

Gewöhnlich hätte Lord Caurus nichts gegen ein Duell einzuwenden gehabt. Es war üblich, so lange zu kämpfen, bis einer der beiden aufgab, und Caurus hätte es genossen, wenn Athlone eine oder zwei

Narben davongetragen hätte. Ein Kampf auf Leben und Tod aber war eine völlig andere Sache. Athlones Tod konnte ernsthafte Auswirkungen auf alle Klane haben. Die übrigen Häuptlinge würden wütend auf Caurus sein und ihn für den Todesfall verantwortlich machen. Die mächtigen Khulinin wären dann ohne Häuptling und ebenfalls sehr wütend. Und diese Zauberin ... Caurus erzitterte, als er an die Schwierigkeiten dachte, die sie ihm machen konnte.

Und was die zweite Möglichkeit anging, so hasste er den Gedanken, seinen Wertain zu verlieren. Gringold war manchmal ein heißblütiger Dummkopf, aber er war ein hervorragender Anführer. Außerdem war er Caurus' Vetter.

Wie auch immer das Duell ausgehen mochte, es brächte für Caurus nichts Gutes.

Unglücklicherweise konnte nicht einmal ein Häuptling eine Herausforderung außer Kraft setzen, wenn die Teilnehmer zu kämpfen entschlossen waren. Caurus hatte an diesem Morgen versucht, mit Gringold zu reden. Es war umsonst gewesen. Der Wertain blieb unerbittlich; der Zweikampf würde stattfinden.

Während Caurus in seiner Halle auf und ab lief, gesellten sich am anderen Ende des Trelds in der ärmlichen Hütte die Reisenden zu Athlone und halfen ihm bei den Vorbereitungen.

Gabria sah den Männern für kurze Zeit zu und schlüpfte dann hinaus. Athlone erhielt alle Hilfe, die er brauchte, und sie wollte mit sich allein sein und ihre Gedanken ordnen. Sie machte sich große Sorgen. Athlone war ein erfahrener, geübter Schwertkämpfer, der in einem Zweikampf leicht bestehen konnte. Doch Gringold war ein grausamer, mächtiger Krieger, und Duelle zwischen zwei ebenbürtigen Gegnern endeten oft unvorhersehbar. Gabria schluckte und versuchte, das ängstliche Flattern aus ihren Magen zu verbannen.

Einige Augenblicke lang lief sie erregt vor der Tür auf und ab, bis sie schließlich die Pferdebürsten aus dem Gepäck holte und Nara sowie Eurus vorsichtig striegelte, bis das ebenholzfarbene Fell glänzte. Sie kämmte die Mähnen und Schweife und bürstete auch das buschige Fell des Fohlens. Als sie mit dem Striegeln der Pferde fertig war, lehnte sie sich gegen Nara und versuchte sich in Geduld zu üben.

Plötzlich schwang die Holztür der Hütte auf und Athlone trat nach draußen, gefolgt von seinen vier Herdwachen sowie Piers, Sayyed und Khan'di. Gabria sah den Lord der Khulinin mit großem Stolz an. Er trug nur eine eng anliegende Hose und hielt sein Schwert in der Hand. Seine Muskeln waren zwar nicht so geschwollen wie die von Gringold, aber wohl geformt und so gefährlich geschmeidig wie die eines Berglöwen. Seine Haut war mit Öl eingerieben, damit sein Gegner ihn nicht packen konnte, und die Haare hatte er zusammengebunden.

Gabria sah seinen entschlossenen, verbissenen Blick. Er hatte alles außer dem bevorstehenden Kampf verdrängt. »Mein Lord«, sagte sie, »das Pferd steht bereit.«

Athlone schaute zuerst sie und dann den großen Hunnuli-Hengst an, der ihn mit tiefen, klugen Augen beobachtete. Der Häuptling zögerte einen Atemzug lang, ob er ein Zaubererross reiten sollte, doch dann gewann sein gesunder Menschenverstand die Oberhand. Er und Gabria wussten, dass diese Pferde nur Magier auf sich duldeten, doch dem Rest der Klane war bloß bekannt, dass einem Mann, der auf einem solch großartigen Pferd ritt, Achtung und Ehre gebührte. Sein Erscheinen auf Eurus würde bei den Reidhar großen Eindruck machen und seinen Gegner hoffentlich verunsichern.

Athlone schwang sich auf Eurus' Rücken, erhob das Schwert und rief: »Khulinin!«

Die vier Krieger der Herdwache erwiderten seinen Ruf, und ihr Gebrüll schallte durch das Tal. Sie bezogen sofort ihren Posten neben dem Häuptling, und die anderen folgten ihm. Gabria ritt nicht auf Nara, denn die Zauberin wollte die Aufmerksamkeit der Reidhar nicht von Athlone ablenken. Zu ihrer Erleichterung hakte sich Piers bei ihr unter und begleitete sie, während Sayyed dicht hinter ihr blieb.

Athlone überblickte von Eurus' Rücken aus das Lager der Reidhar und sah, wie die Klanleute zum Pfad schwärmten und seine Ankunft beobachteten. Er grinste vor Freude, hielt das Schwert mit der Klinge nach unten und wünschte den Reidhar mit dieser Geste Frieden. Die Leute jubelten zustimmend. Es war ihnen egal, ob er der Gegner ihres Wertains war oder nicht. Sie sahen nur ein großes Hunnuli mit einem stolzen Klankrieger darauf, dessen Schwert in der Sonne funkelte und der bereit zum Kampf war. In diesem Augenblick wurde Athlone zur erregenden Verkörperung des Klanhelden und legendären Kriegers Valorian.

Sie frohlockten, als die Gruppe sich der Halle näherte; dann verstummten sie und sammelten sich zu einem Kreis um den großen Platz vor dem Gebäude. Lord Caurus und der Wertain warteten am Eingang. Gringolds Körper war genau wie der von Athlone eingeölt und überdies mit Narben aus vielen Kämpfen übersät.

Athlone hielt kurz inne und fuhr mit der Hand über Eurus' Hals. Auf dem Rücken dieses Hunnuli fühlte er sich so lebendig, so natürlich. Das Pferd erweckte in ihm so angenehme und wohlige Gefühle wie Boreas. Es war, als wäre er zu einem alten Freund zurückgekehrt.

Eurus drehte den Kopf und sah Athlone durch seine dichten Stirnlocken an. *Er hat eine größere Reichweite als du, aber er führt sein Schwert nur mit der rechten Hand.*

Der Häuptling kicherte. »Du kennst ihn gut?«

Ich bin nur aufmerksam. Halte den Kopf unten.

Mit einem Lachen schwang Athlone das Bein über Eurus' Widerrist und sprang zu Boden. Er grüßte Caurus.

Der Häuptling der Reidhar erwiderte den Gruß nach Art der Lords. Er versuchte ruhig zu wirken, doch sein Gesicht war finster, und die roten Barthaare hatten sich vor Unruhe aufgerichtet.

»Einen Augenblick, Lord«, sagte Gringold. »Ich muss um einen Gefallen bitten.«

»Um was geht es?«, fragte Caurus ungehalten.

Der Wertain drehte sich um und deutete auf Gabria. »Um die Zauberin. Sie darf uns nicht stören. Man möge die Schwertspitze gegen sie richten.«

Noch bevor sich jemand bewegen konnte, hatte Sayyed sein langes Krummschwert gezogen und sich vor Gabria gestellt. »Versucht es nicht einmal«, presste er zwischen den Zähnen hervor.

Athlone fing Sayyeds Blick auf und nickte zustimmend. Sayyed grinste.

Die Reidhar-Krieger rückten vor und warteten auf die Befehle ihres Lords, doch Caurus winkte sie fort.

»Lord Athlone, sagt ihr, sie soll sich nicht einmischen.«

»Das brauche ich nicht, Caurus. Sie wird es auf keinen Fall tun.«

»Nun gut ... Das Duell soll beginnen.«

Die Hunnuli und die Reisenden zogen sich zum Rand des Zuschauerkreises zurück, während Athlone und Gringold aufeinander zugingen. Die beiden Männer traten einander still gegenüber und hoben die Schwerter über den Kopf, bis die Klingenspitzen sich berührten. Gringolds Wut hatte sich während der Nacht kaum verringert. Sein zerfurchtes Gesicht war zu einem Zorneslächeln verzerrt. Athlone hingegen verzog keine Miene, sondern beobachtete den Wertain mit der berechnenden Kälte eines Jägers.

Der Klanpriester Surgarts trat vor und durchbrach die Stille. »Gott des Krieges, Gott der Gerechtigkeit«, rief er. »Schaue auf diesen Zweikampf und richte über diese beiden Männer. Erwähle den Sieger!« Während des letzten Wortes senkte der Priester den Arm, und die Schwerter der beiden Männer schepperten gegeneinander.

Eurus' Beobachtung war richtig. Gringold hielt das Schwert nur in der Rechten, doch mit der Linken stieß, stach und zerrte er, und seine Reichweite war der von Athlone um einige Fingerlängen überlegen. Auch war er stärker und stürzte sich mit der Kraft und Wut eines Bären auf den Häuptling.

Athlone parierte Gringolds Angriffe Schlag für Schlag. Er erkannte allerdings bald, dass er sich ohne Schild nicht lange gegen die nackte Gewalt des Wertains verteidigen konnte. Er duckte sich, um einem Schlag gegen den Kopf auszuweichen, schlüpfte unter Gringolds Arm, packte sein eigenes Schwert mit der linken Hand und versetzte dem Mann einen Stoß in die Rippen. Der Wertain brüllte vor Wut auf und verdoppelte seine Angriffe.

Der Klang der aufeinander prallenden Schwerter hallte durch den Treld, als die Männer in stummer Wut gegeneinander kämpften. Immer wieder versuchte Gringold, Athlone umzuwerfen oder ihn mit seiner größeren Kraft zu zerschmettern, doch der Häuptling war schneller und wendiger und führte das Schwert mit beiden Händen. Keiner der Kämpfenden konnte bei seinem Gegner einen tödlichen Schlag landen; deswegen bemühten sie sich, den anderen zu ermüden und ihn bei einem wesentlichen Fehler zu erwischen.

Bald schwitzten die Männer heftig. Gringold blutete aus mehreren Wunden, die Athlones Schwert ihm zugefügt hatte. Athlones Kiefer pochte von einem gut gezielten Schlag, und seine Muskeln schmerzten. Er zog sich einen Augenblick lang zurück und wischte sich den Schweiß aus den Augen.

»Wird es Euch zu viel?«, höhnte Gringold. »Würdet Ihr Euch vielleicht vor mich knien, damit ich die Sache beenden kann? Ich werde Euch einen schnellen Tod bereiten.«

Athlone spottete verächtlich: »Du triffst doch nicht einmal ein totes Pferd, du schwerfälliger Hornochse.«

Gringold stürzte auf den Khulinin zu und beschrieb mit seinem Schwert einen gefährlichen Bogen. Athlone sprang zur Seite und stach nach den Beinen des Mannes. Die Klinge erwischte Gringolds rechten Oberschenkel und schnitt tief in den Muskel. Der Mann taumelte.

In diesem Augenblick hörte Gabria, wie Sayyed einen seltsamen Satz murmelte. Gringold stürzte und schlug schwer auf den Boden. Für jeden anderen schien es, dass der Wertain wegen seines verwundeten Beins gefallen war, doch Gabria wusste es besser. Sie krallte die Finger in Sayyeds Arm.

»Hör sofort damit auf!«, zischte sie.

Der Turic zuckte die Schultern wie ein Junge, den man bei einer Dummheit erwischt hat. »Willst du etwa, dass Lord Athlone verliert?«, flüsterte er.

»Natürlich nicht. Aber er muss aus eigener Kraft gewinnen. Er würde unsere Hilfe nicht dulden.«

»Na gut, aber falls du es dir anders überlegen solltest …«

Sie wandten sich wieder dem Duell zu und sahen gerade noch rechtzeitig, wie Athlone den am Boden Liegenden angriff. Gringold entging nur knapp dem Schwert des Häuptlings, indem er unter dem Schlag wegrollte und Athlone ein Bein stellte. Der Häuptling fiel auf seinen Gegner, und dieser ergriff die Gelegenheit und schlug Athlone mehrmals ins Gesicht.

Der Anführer der Khulinin kämpfte sich frei. In seinem Kopf drehte sich alles. Er stand schwankend auf, packte sein Schwert mit beiden Händen und stellte sich vor den Wertain. Er schmeckte Blut und ein Auge schwoll an. Als sich der Wertain erhob, holte er tief Luft. Sie starrten einander durch einen Schleier aus Blut und Schweiß an.

Athlone schwang sein Schwert mit kurzen, gefährlichen Stößen und machte einen Ausfall auf Gringolds verwundetes Bein. Der Häuptling schlug ihm das Schwert aus der Hand und zielte dann auf die Kehle seines Gegners. Gringold konnte diesen Stoß nicht schnell genug parieren und rammte Athlone die Faust in den Magen. Der Schlag lenkte Athlones Arm weit genug ab. Das scharfe Ende der Klinge ritzte die Haut an Gringolds Hals und glitt ab.

Der schwere Schlag brachte Athlone jedoch aus dem Gleichgewicht. Er stolperte und schnappte keuchend nach Luft. Sofort setzte der Wertain ihm nach und zielte mit dem Schwert auf den Oberkörper des Häuptlings. Athlone sah die Klinge kommen. Er versuchte sich ihr zu entwinden, doch die Schwertspitze erwischte ihn an der rechten Schulterbeuge. Er knurrte vor Schmerz, zuckte zurück und fiel schwer auf die Seite. Das Schwert rutschte ihm aus der Hand; es landete im Dreck einige Fuß von seinen ausgestreckten Händen entfernt.

Gringold schrie vor Freude. Der Wertain, über dessen Hals und Bein das Blut floss, stach mit der Schwertklinge nach Athlones Kopf. Der Khulinin wich dem Schlag aus und tastete nach seiner Waffe.

»O nein!«, fluchte Gringold. Da er Athlones Schwert nicht erreichen konnte, warf er seine eigene Waffe weg und stürzte sich auf den Häuptling. Er schloss die Hände um Athlones Kehle und grinste angesichts des Vergnügens, einen Mann mit bloßen Händen zu morden.

»Gabria, bitte!«, flüsterte Sayyed heftig.

Die Zauberin drückte seinen Arm. »Nein.«

Plötzlich verengte sich Athlones Blickfeld. Die Welt ertrank für ihn in rotem Schmerz. Er kämpfte verzweifelt darum, den schweren Wertain von seiner Brust zu stoßen und die Hände fortzudrücken, die ihn unerbittlich würgten. Genauso gut hätte er versuchen können, einen Berg zu versetzen. Die Schmerzen nahmen unerträglich zu, das Blut rauschte ihm in den Ohren, und die verbrauchte Luft brannte in der Lunge. Seine Kraft erstarb.

Ohne dass er es bemerkte, richtete sich die Kraft seines Zaubererblutes in jeder Faser seines Wesens auf. In den letzten Momenten seines klaren Denkens erinnerte er sich daran, dass sein Schwert keinen Fuß von seinen Fingern entfernt lag. Er ruckte mit einer gewaltigen Kraftanstrengung hoch und näherte sich so der Waffe. In dem Versuch, den Schwertgriff zu erreichen, streckte er jeden Muskel und jede Sehne.

Gringold achtete nicht auf das Aufbäumen seines Opfers. Er war zu siegessicher. Schon in wenigen Sekunden würde der Khulinin tot sein. Er schloss die Augen und bleckte die Zähne, während er noch fester zudrückte.

Plötzlich berührten Athlones Finger die kalte Lederummantelung des Schwertgriffs. In diesem Augenblick verschmolzen Wut und Verzweiflung in ihm mit seiner magischen Gabe zu einer gewaltigen Kraftwelle. Eine blaue Aura, die so schwach war, dass man sie in der Morgensonne kaum erkennen konnte, glühte um seine Finger, als er das Schwert packte. Die Kraft brach aus allen Muskeln und Nervenenden hervor und gipfelte in einer gewaltigen letzten Anstrengung. Er hob das Schwert und trieb es in einem Bogen in Gringolds ungeschützten Nacken. Die Klinge durchschnitt das Muskelgewebe; Blut ergoss sich über die beiden Männer. Unbemerkt stoben blaue Funken aus Athlones Hand, als die magische Kraft in den Körper des Wertains eindrang.

Gringold war sofort tot. Er zuckte noch einmal und rollte langsam von Athlone herunter. Sein totes Gesicht war zu einer Fratze der Überraschung und des Zorns verzerrt.

Athlone schnappte nach Luft. Er spürte, wie der Schmerz und das Brausen im Kopf allmählich in Dunkelheit versanken. Eine gnädige Ruhe senkte sich über ihn, und als ihm das Schwert aus der Hand fiel, verlor er das Bewusstsein.

Neun

Entsetztes Schweigen hing einige Augenblicke lang über der Menge, als jedermann die beiden Männer im Staub anstarrte. Dann redeten die Klanleute aufgeregt drauf los, und vereinzelte Jubelrufe wurden laut. Gringolds Verwandte hingegen wehklagten.

Gabria zog heftig und rau die Luft ein und sackte gegen Nara. Sie schmeckte Blut, denn sie hatte sich auf die Lippe gebissen.

Er lebt, sagte Eurus zu ihr. Sie nickte dankbar.

Piers und der Heiler der Reidhar traten gleichzeitig aus der Menge hervor, eilten auf die Männer zu und untersuchten die beiden Krieger. Der Klanheiler warf Lord Caurus einen raschen Blick zu und schüttelte den Kopf.

Caurus knirschte mit den Zähnen. Der Zweikampf war vorbei. Surgart hatte den Sieger erwählt.

Der Kreis der Klanleute brach auseinander. Einige Männer näherten sich dem Leichnam des Wertains und trugen ihn zu seiner Familie. Die Gruppe der Reisenden versammelte sich um Athlone.

»Er ist nicht schwer verletzt«, beruhigte Piers sie. »Es sind hauptsächlich Prellungen und Fleischwunden.«

»Warum fühle ich mich dann so, als wäre eine ganze Viehherde über mich hinweggetrabt?«, krächzte Athlone. Der Häuptling schlug die Augen auf und schielte in die besorgten Gesichter vor ihm.

Sayyed zeigte ihm sein breitestes Grinsen. »Es ist wirklich eine Viehherde über Euch hinweggetrabt. Eine sehr große und sehr hässliche.«

Mit Piers' Hilfe setzte sich Athlone vorsichtig auf. »Ist er tot?«
Alle nickten.

»Ich hatte ein sehr seltsames Gefühl. Ich dachte ...« Athlone verstummte und betrachtete seine Hand.

Piers und Gabria tauschten einen verwunderten Blick aus.

»Die meisten Männer haben ein seltsames Gefühl, wenn sie gerade erwürgt werden«, meinte Bregan.

Piers stillte rasch die Blutung an Athlones Schulter; dann halfen er und Bregan dem Häuptling auf die Beine.

Athlone atmete die warme Frühlingsluft tief ein. »Sattelt eure Pferde. Wir brechen auf.« Seine Worte kamen heiser aus der gequetschten Kehle, doch der Tonfall war unnachgiebig.

»Mein Lord«, wandte Piers ein, »in diesem Zustand könnt Ihr nicht reiten.«

In diesem Augenblick gesellte sich Lord Caurus zu ihnen. Seine Streitlust war zum großen Teil verflogen und hatte zaghafter Sorge und Bedauern Platz gemacht. »Lord Athlone, Ihr wollt Euch sicherlich heute Nacht hier ausruhen.«

Der Anführer der Khulinin starrte Caurus an. Er hatte Schmerzen, seine Schulter stand in Flammen, sein Gesicht war zerschmettert und geschwollen und er war vollkommen erschöpft. Aber er war nicht in der Stimmung, diesen ungehobelten Tölpel versöhnlich zu stimmen. »Ihr sagtet eine Nacht, und wir sind eine Nacht geblieben. In diesem Treld verbringe ich keine weitere Stunde.«

Caurus' Gesicht wurde flammend rot. Er wollte noch etwas sagen, doch Athlone streckte sich, ließ Bregan los und ging ohne ein weiteres Wort fort. Die anderen folgten ihm. Caurus machte keinen Versuch, sie aufzuhalten.

Während Athlone auf einem Stuhl saß und Piers ihn verarztete, packten Gabria und die Männer alles zusammen, sattelten die Pferde und bereiteten die Abreise vor. Als sie damit fertig waren, gab Athlone Bregan seinen grauen Hengst und schwang sich auf Eurus. Gabria unterdrückte ein Lächeln der Freude und Erleichterung. Da niemand von den Reidhar sie verabschiedete, verließ die Gruppe den Treld ohne Fanfare und ritt talaufwärts in Richtung der Karawanenstraße.

Sie waren erst wenige Meilen vom Treld entfernt, als Piers noch einmal einen eingehenden Blick auf Athlones Gesicht warf. Er hielt die Gruppe sofort an und befahl Athlone, sich auszuruhen. Ohne auf Athlones Widerworte zu hören, schlugen die Reisenden ihr Lager am Ufer eines kleinen Baches auf. Gabria breitete die Laken des

Häuptlings auf einem weichen Bett aus Blättern und Gras aus; Piers gab ihm einen milden Trank aus Wein und Mohnauszügen. Athlone war zu müde, um sich zu streiten. Er trank den Wein und war schon nach wenigen Augenblicken eingeschlafen.

Auch Bregan legte sich zum Schlafen in die warme Sonne. Valar und Keth hingegen gingen auf die Jagd. Die anderen blieben in der Nähe des Lagers und ruhten sich aus.

Gabria tauschte ihre Frauenkleider wieder gegen Hose und Hemd ein, die auf einer solchen Reise praktischer und bequemer als jeder Rock waren. Längst hatte sie sich an das geringere Gewicht und die größere Beweglichkeit von Hosen gewöhnt. Sie kämmte sich die Haare zurück und zündete ein Kochfeuer an, denn sie hoffte, dass die Jäger erfolgreich waren. Die Vorräte schwanden rasch.

»Reiter im Anmarsch!«, rief Secen. Die Reisenden kamen zusammen und beobachteten aufmerksam, wie ein Reiter, der ein Packtier an der Leine führte, das Tal hinaufkam. Der Mann, der einen gelben Reidhar-Mantel trug, hielt am Rand des Lagers und grüßte die Gruppe ehrerbietig. Er schien nicht überrascht zu sein, sie so nahe am Treld anzutreffen.

»Lord Caurus hat mir befohlen, euch diese Vorräte und seine Entschuldigung zu überbringen. Er hofft, dass er Gelegenheit haben wird, seine Gastfreundschaft zu beweisen, wenn die Khulinin ihn noch einmal besuchen.«

»Das hoffe ich auch«, murmelte Secen.

Piers trat vor und nahm die Leine des Packpferdes entgegen. »Vielen Dank, Reiter. Bitte richte Lord Caurus unsere Grüsse aus.«

Der Mann nickte höflich und machte sich auf den Rückweg.

Gabria, Piers und Sayyed befreiten das Pferd von seiner Last, und nachdem sie ihm die Vorderbeine mit dem losen Ende der Leine gefesselt hatten, sahen sie sich an, was Lord Caurus ihnen geschickt hatte.

»Für einen Mann, der angeblich ein schlechtes Jahr hinter sich hat, ist er aber sehr großzügig«, sagte Gabria und hielt einen Nusskuchen hoch.

Sayyed betrachtete eingehend die Pakete und Bündel. »Er hat uns alles geschickt, worum Lord Athlone gebeten hat.«

»Und sogar eine ganze Menge davon«, merkte Piers an. »Oh, seht euch das hier an.« Vorsichtig hielt er eine eingewickelte Flasche mit Reidhars berühmtem Honigwein in die Höhe. »Fast könnte ich ihm seine Grobheit vergeben.«

»Glaubst du, der Mann empfindet ein leichtes Schuldgefühl?«, fragte der Turic mit beißendem Spott.

»So viel wie ein Pferdedieb«, erwiderte Gabria befriedigt.

Sie und Piers packten die Sachen wieder zusammen, während Sayyed die Pferde fütterte. Danach breiteten sie die Delikatessen aus und machten sich daran, das Abendessen vorzubereiten. Kurz vor Sonnenuntergang kehrten die beiden Krieger mit einigen Kaninchen und einem kleinen Hirsch zurück. Das karge, einfache Mahl, das Gabria erwartet hatte, verwandelte sich in einen Festschmaus.

Der Bratengeruch weckte Bregan und Athlone und lockte die zwei Krieger an das Feuer. Der Häuptling setzte sich und lehnte sich mit dem Rücken gegen einen umgestürzten Baumstamm, während Gabria ihm Wein eingoss.

»Du bietest schon einen seltsamen Anblick«, sagte sie und betrachtete sein zerschundenes Gesicht. Sie wollte noch sagen, wie erleichtert sie darüber war, dass er überlebt hatte, doch die Worte blieben ihr im Hals stecken. Sie hatte sich geschworen, bis auf weiteres allen Schwierigkeiten mit Athlone und Sayyed aus dem Weg zu gehen, und wollte ihrem Entschluss treu bleiben. Sie gab Athlone den Weinbecher und sah ihm zu, wie er trank; dann goss sie nach.

Athlone versuchte zu grinsen, zuckte aber unter den Schmerzen in seinem geschwollenen Gesicht zusammen. Er sagte nichts, denn das Sprechen quälte noch immer seinen gequetschten Kehlkopf. Stumm sah er zu, wie Gabria zum Feuer zurückging. Der Wein wärmte den Magen und die Abendbrise tat dem Gesicht gut. Eine unerwartete Zufriedenheit legte sich über ihn. Zum ersten Mal seit vielen Tagen machte er sich keine Sorgen und war weder wütend noch griesgrämig. Er freute sich des Lebens und der Gesellschaft seiner Gefährten. Sogar der von Sayyed.

Der junge Turic saß in der Nähe, behielt das brutzelnde Fleisch im Auge und besserte einige Risse im Ärmel einer seiner Roben aus. Athlone bemerkte, dass Gabria sich von ihnen beiden fern hielt, obwohl Sayyed ihr größte Aufmerksamkeit schenkte. Seit zwei Tagen hatte sie kaum ein Wort mit den beiden Männern gewechselt.

Vielleicht gibt es noch Hoffnung, dass Gabrias Beziehung zu Sayyed eine andere ist, als ich sie mir vorstelle, dachte Athlone. Vielleicht hatte er seine Schlüsse zu schnell gezogen. Schon bereute er die überstürzte Auflösung ihrer Verlobung am vorletzten Abend. Eigentlich hatte er das überhaupt nicht gewollt, und er hatte Gabria nicht einmal die Gelegenheit gegeben, etwas dazu zu sagen. Jetzt war ihr Stolz verletzt und sie würde ihm niemals offenbaren, was sie wirklich fühlte. Athlone seufzte. Es war ein schwerer Fehler gewesen, so wütend zu werden; er hatte ihre Beziehung an den Anfang zurückgeworfen. Wenn er sie jemals gehen lassen wollte, dann war jetzt der richtige Zeitpunkt dazu. Doch Athlone wusste, dass er sie so leicht nicht aufgeben konnte. Selbst wenn sie den Turic liebte, würde er versuchen, sie zurückzugewinnen. Er trank langsam seinen Wein und beobachtete Gabria bei der Essensvorbereitung.

Als das Essen fertig war, versammelten sich die Reisenden um das Feuer und genossen die warme Mahlzeit und die Geschenke des Reidhar-Häuptlings. Sie aßen so viel geschmortes Kaninchen, gebratenes Wild, Käse, frisches Brot, Winterkürbis und Nusskuchen, dass sich nach dem Mahl niemand mehr rühren konnte. Alle streckten sich vor dem Feuer aus und rochen nach Wein und Fleisch. Athlone war vom Blutverlust noch immer geschwächt, doch die unendliche Erschöpfung war von ihm gewichen. Er stützte sich an dem Baumstamm ab und genoss den ruhigen Abend.

Keth holte eine Holzflöte hervor und pfiff einige Töne zum Rhythmus der tanzenden Flammen. Sayyed packte seine Spielsteine aus und forderte Bregan heraus. Gabria blieb bei Piers und sah und hörte den Männern neben ihr zu.

Sayyed, der auf der anderen Seite des Feuers saß, warf die Steine und lächelte Gabria mit kaum verhohlener Hoffnung und Begierde an. Ihre plötzlich ablehnende Haltung beunruhigte ihn nicht im Geringsten. Sie hatte sich ihm bisher nicht vollständig entzogen, und die Zuneigung, die noch immer in ihrem Lächeln und ihren Augen steckte, nährte seine Hoffnungen. Er würde einfach den rechten Augenblick abwarten.

Der bleiche Mond hing über dem Lager, und eine milde Brise kühlte die Nacht. In der Nähe rief eine Eule. Athlone wollte sich gerade zu seinen Laken begeben, als Gabria aufsprang.

»Athlone, jemand nähert sich dem Lager!«

Der Häuptling richtete sich auf, und die Männer fuhren hoch und griffen nach den Waffen. Jenseits des Feuerscheins wieherte Nara in der Dunkelheit. Ihr Ruf klang für Gabria eher wie eine Begrüßung denn wie eine Warnung.

Sie spähten in die Dunkelheit, bis Bregan auf eine undeutliche, blasse Gestalt am Rand eines Wäldchens in der Nähe des Lagers deutete.

»Komm hervor!«, rief der alte Krieger.

Eine in einen Umhang gehüllte Person schlurfte zögerlich in den äußeren Lichtkreis.

»Seid ihr die Khulinin-Gruppe?«, fragte eine gedämpfte Stimme.

Athlone kämpfte sich auf die Füße. »Wer will das wissen?«, fragte er zurück.

»Ich suche nach dem Corin-Mädchen. Nach dem, das alle ›die Zauberin‹ nennen«, lautete die Antwort.

Bevor Athlone sie aufhalten konnte, hatte Gabria bereits einen Schritt nach vorn gemacht. »Ich bin hier.« Sie spürte, dass von dieser Gestalt keine Gefahr ausging, doch sie war trotzdem froh, als die drei Hunnuli aus der Dunkelheit herankamen und sich um sie versammelten.

Die verhüllte Gestalt keuchte beim Anblick der großen, schwarzen Pferde auf und wich zurück.

»Ich bin Gabria vom Corin-Klan«, sagte die Zauberin sanft. »Du brauchst keine Angst zu haben. Was willst du von mir?«

Dem Fremden schien Gabrias ruhige Stimme Mut zu machen. Er trat ins Licht. »Ich habe dich im Treld gesehen, aber du bist fortgegangen, bevor ich mit dir reden konnte.« Mit zitternden Händen schob der Fremde die Kapuze des hellgelben Reidhar-Mantels zurück – und enthüllte das Gesicht einer Frau. Sie war keine schöne Frau, war es nie gewesen. Jahre harter Arbeit und des Lebens in Wind und Wetter hatten ihren Tribut von dem schmalen, hageren Gesicht gefordert. Sie war über das mittlere Alter hinaus, hatte graues Haar und trug weder Edelsteine noch sonstigen Schmuck, der sie als Mitglied der Oberschicht ihres Klans ausgewiesen hätte.

»Woher wusstest du, dass wir hier sind?«, wollte Bregan wissen.

»Ich habe gehört, wie der Ausreiter mit den Vorräten Lord Caurus' euren Lagerplatz genannt hat.« Sie sah die Männer argwöhnisch an und wandte sich dann wieder Gabria zu. »Ich habe etwas, das ich dir übergeben muss«, sagte die Frau ängstlich. »Es ist sehr wichtig.« Sie zog an etwas, das sich hinter ihr versteckte. »Komm schon!«, rief sie und zerrte heftiger. Ein kleines, schmuddeliges Mädchen stolperte aus den Falten des gelben Umhangs der Frau hervor. Das Mädchen versuchte sich am Rock ihrer Gefährtin festzuhalten, doch die Frau stieß es zu Gabria.

»Das ist Tam. Sie ist zehn Sommer alt. Meine Schwester ist bei der Geburt der Kleinen gestorben«, berichtete die Klanfrau verzweifelt. »Sie ist eine Zauberin, genau wie du. Bitte nimm sie zu dir. Bei dir ist sie sicher. Ich kann ihre Gabe nicht mehr lange vor den anderen verbergen, und wenn Lord Caurus die Wahrheit über sie erfährt, bringt er sie um.«

Gabria war verblüfft. Sprachlos sah sie das kleine Mädchen und die Klanfrau an.

»Wir können kein Kind mit auf die Reise nehmen«; sagte Khan'di, doch Athlone schnitt ihm mit einer raschen Handbewegung das Wort ab.

»Woher weißt du, dass sie zaubern kann?«, wollte der Häuptling wissen.

Die Frau rang die Hände. »Sie kann es! Sie tut ... Dinge. Sie ist *anders*.«

Gabria legte die Hand auf Naras Hals. »Ist das Kind wirklich eine Zauberin?«, fragte sie die Stute.

Ja, antwortete sie. Ihr Fohlen wieherte zustimmend.

Die Zauberin kniete nieder und sah Tam ins Gesicht. Das Kind war schmutzig und zerzaust. Seine abgerissenen Kleider hatte es offensichtlich von einem größeren Kind erhalten, doch die Gesichtszüge waren hübsch und das ungekämmte Haar dicht und schwarz. Der Blick seiner großen Augen war wachsam und eindringlich und schien eher zu einem Erwachsenen als zu einem Kind seines Alters zu passen.

Gabria schmolz dahin. Khan'di hatte Recht; ein Kind konnten sie nicht gebrauchen. Die Reise war lang und gefährlich und die Aussicht darauf, sie zu überleben, mehr als zweifelhaft. Doch als Gabria in Tams besorgtes Gesicht blickte, verspürte sie nicht die geringste

Unsicherheit. Dieses kleine Mädchen war ein verwandter Geist, eine Zauberin, und als solche sollte sie aufgezogen, geschützt und unterrichtet werden. Keinesfalls durfte man sie der fragwürdigen Gnade von jemandem wie Caurus überlassen.

»Möchtest du gern mit uns kommen, Tam?«, fragte Gabria.

»Sie kann nicht sprechen«, mischte sich die Frau ein.

»Kann sie es nicht oder will sie nicht?«, erkundigte sich Piers.

Die Klanfrau zuckte die Achseln. »Seit ihr Vater vor fünf Jahren gestorben ist, hat sie nicht mehr gesprochen. Mein Mann sagt, sie ist ein Schwächling.«

Gabria strich sanft eine dunkle Haarsträhne aus Tams Augen. »Hat dir dein Mann auch verraten, woher sie das hier hat?« Sie drehte das Gesicht des kleinen Mädchens zum Feuerschein und wies auf eine große, purpurfarbene Beule an der Schläfe.

Die Frau wich einen Schritt zurück. Auf ihrem Gesicht lag ein Ausdruck von Angst und Trauer, als sie sagte: »Das ist der Grund, warum ihr sie mitnehmen müsst. Sie kann nicht mehr bei mir bleiben.«

»Ich weiß nicht, ob sie bei uns sicherer ist«, meinte Gabria.

»Wenigstens hat sie dann eine Überlebensmöglichkeit«, bettelte die Frau. »Tam ist so wie du. Du wirst dich besser um sie kümmern als ich.« Bevor sie jemand aufhalten konnte, warf sie ein kleines Bündel auf den Boden, drehte sich um und huschte in die Finsternis.

Die Krieger setzten ihr nach, doch Athlone rief sie zurück. »Lasst sie gehen.« Sie setzten sich wieder ans Feuer und steckten die Schwerter in die Scheide.

Khan'di runzelte die breite Stirn. »Athlone, ich muss Einspruch erheben. Das ist keine Reise für ein Kind. Wir dürfen keine Zeit mehr verlieren.«

Piers kniete sich neben Tam und fuhr mit seinen langen Fingern über die Beule. »Sie ist zwar unterernährt, aber gesund. Sie sollte in der Lage sein, diese Reise zu überstehen.«

»Außerdem können wir sie nicht einfach hier stehen lassen«, merkte Sayyed an.

»Und genauso wenig zu Caurus zurückbringen«, fügte Keth hinzu.

Angesichts dieser plötzlichen Verteidigung des kleinen Mädchens zog Athlone eine Augenbraue hoch. Er stimmte mit Khan'dis Ansicht überein, doch ihm Augenblick blieb ihnen keine Wahl. »Sie kommt mit«, entschied er. »Die Hunnuli können sich um sie kümmern, und wir haben genug Proviant für einen weiteren kleinen Mund.«

Gabria lächelte Athlone dankbar an. Einen Moment lang verschwand seine Pein unter der Wärme ihrer Freude und Erleichterung.

Tam hatte sich nicht von der Stelle gerührt, als ihre Tante fortgegangen war und die Männer sich über ihr Schicksal berieten. Sie stand wie angewachsen da und traute sich nicht, eine Bewegung zu machen. Gabria war überrascht von ihrer vollkommenen Stummheit. Das kleine Mädchen weinte nicht, sagte nichts, flüsterte nicht einmal. Sie blieb einfach nur dort stehen, wo ihre Tante sie hingestellt hatte, und starrte die Zauberin an. Gabria streckte langsam die Hand aus, in deren Gelenk der Diamantsplitter rot unter der Haut glimmerte.

»Tam«, sagte sie sanft. »Ich bin Gabria. Ich bin auch eine Zauberin.«

Tam gab keine Antwort. Ihr kleines Gesicht war blass unter all dem Dreck, und sie hielt die Hände gegen den Körper gepresst.

Die Zauberin warf einen raschen Blick auf die Männer. Nur Piers, Athlone und Sayyed konnten sehen, was sie tat. Sie hob einen Stein von der Größe ihrer Faust auf und lächelte Tam an. »Pass auf.« Die Monate des Übens im Steintempel waren Gabria jetzt eine große Hilfe. Mit nur einem einzigen Wort verwandelte sie den Stein in eine wunderbare Süßpflaume.

Tam machte große Augen. Die Männer zuckten vor Überraschung zusammen.

»Wie hast du das gemacht?«, fragte Sayyed neugierig.

Gabria sah mit der Andeutung eines Lächelns in den Augen zu Athlone auf. »Übung.« Sie drückte Tam die Pflaume in die Hand und sah zu, wie das Mädchen von ihr kostete.

Tam biss vorsichtig ein Stück ab und schien sich ein wenig zu entspannen. Während sie die Frucht verspeiste, rann ihr Pflaumensaft am Kinn herunter.

Zuerst sagte Lord Athlone gar nichts. Er war sich nicht sicher, wie er auf Gabrias öffentliche Zauberei reagieren sollte. Wenn er ehrlich zu sich selbst war, musste er eingestehen, dass ihn ihre Geschicklichkeit bei der Verwandlung des Steins in eine Frucht verblüfft hatte. Es wirkte so einfach und nützlich. Er sah zu, wie sich Tam die Hände an ihrem zerschlissenen Rock abwischte, und lächelte sie zum ersten Mal an. »Wenn du schon ihre Aufmerksamkeit erlangt hast, solltest du ihr ein richtiges Mahl geben«, sagte er zu Gabria. »Sie sieht aus, als würde sie gleich verhungern.«

Plötzlich nickte Tam heftig und streckte fordernd die Hände aus. Piers lächelte. »Offenbar ist mit ihren Ohren alles in Ordnung.«

Unvermittelt riss Tam die Augen auf. Sie wirbelte herum, legte die Finger an die Lippen und stieß einen durchdringenden Pfiff aus. Zu jedermanns Überraschung bellte nun ein Hund tief unten im Tal. Gabria klappte der Kiefer herunter, und Athlone und Sayyed fuhren erstaunt zusammen.

»Habt ihr das gehört?«, keuchte Gabria ungläubig.

Bregan sah sich um. »Was? Den Hund?«

»Ich dachte, ich höre ...« Sie verstummte.

»Was?«, fragte Piers verwirrt.

Der Hund bellte erneut. Diesmal klang es näher, und Gabria, Athlone und Sayyed hörten die Worte in ihrem Kopf. *Tam! Tam! Ich komme! Ich bin frei und komme!*

Nun wieherten die Hunnuli, und ein großer, gefleckter Hund sprang in den Lichtkreis des Feuers und bellte vor rasender Freude. Ein durchgescheuertes Seil hing ihm vom Hals herab. Er sprang Tam an, warf sie zu Boden, leckte sie ab und winselte vor Freude. Das Mädchen drückte ihn heftig.

Gabria sah den Hund verblüfft an. »Ich kann ihn verstehen!«

»Diesen Hund?« Khan'di runzelte die Stirn.

»Ja!«, stimmte Sayyed ihr erregt zu. »Er bellt, aber in meinem Kopf verstehe ich, was er damit ausdrücken will.«

»Ich leider nicht«, meinte Piers.

»Aber ich«, sagte Athlone erstaunt. Er sank auf seinen Stuhl.

Khan'di verschränkte die Arme vor der Brust. »Lächerlich! Das ist doch nur ein Hund – und dazu noch ein ziemlich schmuddeliger.«

»Es ist ein Tesser«, klärte Bregan ihn auf. »Ein Jagdhund aus den nördlichen Wäldern. Die Murjik züchten sie. Diese Hunde sind im Winter weiß und im Sommer braun. Er wechselt gerade sein Fell.«

»Ob Tesser oder nicht, er ist nur ein Hund, und Hunde reden nicht«, beharrte Khan'di.

Gabria schüttelte den Kopf. »Nein, er spricht nicht wie wir, sondern etwas übersetzt uns das, was er sagt. Ich verstehe es selbst nicht. Von so etwas habe ich noch nie gehört.«

Der Hund, um den sich nun alles drehte, setzte sich neben Tam, wedelte mit dem Schwanz und bleckte die Zähne in wölfischem Grinsen. Vorsichtig streckte Gabria die Hand aus. Der Hund schnupperte daran. Er bellte kurz.

Hallo, hörten die Zauberer. *Ich bin Tritter.*

»Tritter«, wiederholte Gabria verwundert.

Ein strahlendes Lächeln erhellte Tams bleiches Gesicht; sie wirkte, als hätte gerade jemand ihre größte Leistung gewürdigt. Stumm klopfte sie sich gegen die Brust und berührte danach den Hund.

»Aha«, murmelte Gabria und beobachtete gleichzeitig den Hund und das Kind.

Athlone hatte denselben Gedanken wie sie. »Tam hat das gemacht?«

»Es gibt keine andere Erklärung. Irgendwie hat sie ihn mit einem Zauberspruch belegt, der seine Laute übersetzt, und weil sie Magie eingesetzt hat …«

»… können wir ihn ebenfalls verstehen«, beendete Sayyed den Satz.

»Aber warum verstehen *wir* diesen bemerkenswerten Hund nicht?«, fragte Khan'di.

»Tams magische Fähigkeiten sind begrenzt«, antwortete Gabria. »Vielleicht sollte nur ein Zauberer Tritter verstehen. Sie hatte keine Ahnung, dass sie uns treffen würde.« Gabria betastete das zerfaserte Ende des Seils, das an dem Halsband des Hundes befestigt war. »Ich frage mich, wem er gehört.«

Secen sagte grinsend: »Vielleicht Lord Caurus.«

Tam schüttelte den Kopf und deutete auf sich selbst.

»Ich bezweifle, dass er ihr gehört«, bemerkte Bregan. »Dieser Hund ist wertvoll. Sollten wir ihn nicht zurückbringen?«

Tam sprang auf die Beine und warf sich gegen die Schulter des Hundes. Auch Tritter stand auf und bellte wütend.

Athlone lächelte schief. »Nein. Er sagt, er bleibt bei Tam, ob uns das gefällt oder nicht. Außerdem haben wir nicht mehr genug Zeit, um umzukehren.«

»Aber was ist, wenn sie nach ihm suchen?«, fragte Sayyed.

Der Häuptling zuckte die Achseln. Er war wieder erschöpft und sehnte sich nach seinen Bettlaken. »Heute Nacht vermutlich nicht«, murmelte er. »Und morgen früh reisen wir bei Einbruch der Dämmerung weiter.« Als Piers ihm helfen wollte, deutete er auf Tam. »Gib dem Kind etwas zu essen.« Er sank mit tiefer Erleichterung auf sein raues Lager und war schon eingeschlafen, bevor die anderen zum Feuer zurückkehrten.

Khan'di grummelte etwas über Sorgenkinder und begab sich in sein Zelt. Der Rest der Gruppe versammelte sich um das Feuer; sie holten die Überreste der letzten Mahlzeit hervor. Das Hunnuli-Fohlen war ihnen gefolgt.

Sayyed grinste, als er Tam dabei beobachtete, wie sie sich über eine mit Brot, Fleisch und Käse gefüllte Schüssel hermachte. »Sie ist doch so klein. Wo steckt sie das bloß alles hin?«

»Sie benimmt sich so, als hätte sie seit Tagen nichts mehr zu essen bekommen«, sagte Valar.

Bregan nickte. »Vielleicht ist es so. Es hat nicht den Anschein, als hätte man sich gut um sie gekümmert.«

»Ihre Tante hat ihr nicht einmal Lebewohl gesagt«, meinte Gabria.

»Nein«, stimmte Piers ihr zu. »Aber Tam scheint nicht traurig darüber gewesen zu sein.«

Das kleine Mädchen hörte ihnen zu und verbarg die eigenen Gedanken hinter seinen hellen Augen. Als es schließlich satt war, stellte es die Schüssel ab und lächelte dankbar.

Inzwischen war es schon sehr spät, und nacheinander gingen die Männer schlafen. Gabria hob das Bündel mit Tams wenigen Habseligkeiten auf und legte das Mädchen in eines der kleinen Reisezelte. Nara und Eurus gingen wieder grasen, doch das Fohlen blieb in der Nähe von Gabrias Zelt.

Am nächsten Morgen erwachte Gabria im Zwielicht kurz vor Sonnenaufgang und fand Tams Bett leer. Rasch zog sie Hose und Hemd an und rannte hinaus. Wie angewurzelt blieb sie stehen und lächelte vor Erleichterung: Tam hatte sich nicht weit vom Zelt entfernt; zusammengerollt schlief sie neben dem Hunnuli-Fohlen. Sie hatte den Kopf auf die warme Flanke des Tieres und die Hand auf sein Bein gelegt. Der Hund lag zu ihren Füßen, und Nara stand schützend über ihnen allen.

Die Stute sah Gabria mit ihren dunklen Augen an. *Das Kind wird es weit bringen. Es hat schon sein Hunnuli gezähmt.*

Gabria stimmte ihr freudig zu.

Die Reisenden trafen die Vorbereitungen zum Verlassen des Lagers kurz nach Sonnenaufgang. Athlone fühlte sich ausgeschlafen und stark und schwor, er könne nun ohne Schwierigkeiten auf Eurus reiten. Piers versuchte ihn von der Notwendigkeit eines weiteren Rasttages zu überzeugen, doch der Häuptling wollte keine Zeit mehr verlieren. Obwohl Gabria nichts dazu sagte, spürte Athlone ihre Ruhelosigkeit und bemerkte, wie sie immer wieder nach Norden blickte. Auch Khan'di wurde immer ungeduldiger. Die Gefahr, die in Pra Desch lauerte, wartete nicht auf sie.

Sie packten ihre Ausrüstung zusammen, schlugen das Lager ab und ritten aus dem Tal der Reidhar. Falls jemand im Treld einen Hund vermisste, machte er sich zumindest nicht die Mühe, ihn bei der Gruppe der Khulinin zu suchen.

Als sie über die Berge zogen, die das Tal begrenzten, warf Gabria einen Blick zurück auf Tam, die hinter ihr auf Nara saß. Sie fragte sich, ob das kleine Mädchen unglücklich war, weil es nun sein Zuhause verließ. Zu ihrer Erleichterung schien Tam gefasst zu sein. Das Mädchen winkte dem Hunnuli-Fohlen zu, das neben ihr herlief, und sah mit scheuer Freude hinaus auf die Steppe. Was immer Tam hinter sich ließ, sie würde es nicht vermissen.

In den folgenden Tagen hatte Gabria keinen Grund, ihre Ansichten über Tam zu ändern oder ihre Aufnahme in die Gruppe zu bereuen. Tam war ein kluges Mädchen und versuchte, sich nützlich zu machen. Sie lernte schnell, Khan'di nicht zu verärgern, und war vor Athlone und den Kriegern auf der Hut; doch Sayyed gelang es, ein strahlendes Lächeln auf ihr Gesicht zu zaubern. Gabria hingegen hatte ihr Vertrauen erlangt. Tam fügte sich in die schwierige Routine der Reise, und das regelmäßige Essen sowie die aufmerksame Pflege füllten bald ihre hohlen Wangen und wischten die dunklen Ringe um die Augen fort.

Die Gruppe fand schnell heraus, dass Tam ihnen keine Schwierigkeiten machen würde. Wie Athlone gesagt hatte, bewachten Nara und Eurus das kleine Mädchen wie ihr eigenes Kind. Immer war zumindest eines der beiden Pferde in der Nähe, um es vor jeglichem Schaden zu bewahren. Naras Fohlen half Tam auf seine eigene Weise, denn es lief andauernd hinter Tam her und erleichterte es den älteren Pferden auf diese Weise, sie beide zu beschützen. Tritter, der Hund, blieb die meiste Zeit bei seiner Herrin, doch er mochte auch Sayyed, und bisweilen ging er mit dem Turic auf die Jagd. Tritters Beute füllte die Vorräte auf und übertraf das, was er und Tam aßen, bei weitem.

Trotz all dieser glücklichen Umstände gelang es Gabria nicht, das Schweigen des Mädchens zu durchbrechen. Sie gab nie auch nur den geringsten Laut von sich. Doch selbst wenn sie taub sein sollte, müsste sie doch in der Lage sein, irgendeinen Laut wie Weinen, Schreien oder Winseln von sich zu geben, dachte Gabria. Aber das Mädchen blieb vollkommen still. Sie war so still, dass die Männer ihre Gegenwart oft vergaßen. Wenn jemand etwas sagte, zuckte sie manchmal zusammen, bis sie erkannte, wer mit ihr sprach. Dann schlug sie jedes Mal die Augen nieder und nickte höflich. Nur wenn sie niemand beobachtete, sah sie auf und bedachte die anderen mit tiefen, verzauberten Blicken.

Während Tam Gabria mochte und in ihrer Gegenwart glücklich zu sein schien, schloss sie sich doch sonst niemandem aus der Gruppe an. Vermutlich war das kleine Mädchen in der Vergangenheit so sehr vernachlässigt worden, dass sie sich ganz in sich selbst zurückgezogen hatte, wo nur reine Geschöpfe wie der Hund und die Hunnuli geduldet waren. Gabria fragte sich, ob es je einem Menschen gelingen würde, sie hinter ihren Schutzwällen hervorzulocken.

Zehn

Einige Tage nach dem Aufbruch aus dem Reidhar-Treld verließen die Reisenden die Karawanenstraße und ritten auf direktem Weg nach Calah. Der Verkehr auf der Karawanenstraße war mit jeder weiteren Meile stärker geworden, bis die Gruppe nicht mehr unentdeckt bleiben konnte. Auf Khan'dis Drängen hin verließen sie die bequeme Straße und nahmen einen holperigen, selten benutzten Pfad, der eine beträchtliche Abkürzung darstellte. Hier wichen Grasland und Wiesen allmählich höheren Bergen, steinigen Tälern und dichteren Eichen-, Wacholder- und Kiefernwäldern. Hecken, Büsche und Reben ersetzten das hohe Steppengras. Die Ebene von Ramtharin lief in die Rotsteinberge aus, welche die Grenze zwischen dem Grasland der Klane und den reichen Feldern und Wäldern des Königreiches von Calah bildeten.

Die Gruppe reiste so schnell wie möglich. Die warmen Winde des herannahenden Frühlings folgten ihnen dicht auf den Fersen. Je näher sie Pra Desch kamen, desto mehr trieb Khan'di sie an. Wenn die Fon sich an ihren ursprünglichen Plan hielt, blieb nicht mehr viel Zeit bis zum Überfall auf Portane. Überdies bestand die Möglichkeit, dass die Fon ihre Pläne geändert oder eine neue Schandtat mit der Stadt im Sinn hatte. Khan'di war vor mehr als zwei Monaten aus Pra Desch abgereist und brannte darauf, nach Hause zu kommen und seine eigenen Pläne zu verfolgen.

Auch Gabria verspürte den Druck der verstreichenden Tage. Immer wieder beschlich sie die Erinnerung an die schreckliche Vision und trieb sie auf Pra Desch zu wie der Stock in der Hand eines unsichtbaren, aber brutalen Zuchtmeisters.

Als Gabria eines Nachmittags über die zerklüfteten Hänge des Rotsteingebirges ritt, dachte sie wieder einmal über ihre bevorstehende Begegnung mit Branth nach. Sie freute sich nicht gerade auf dieses Ereignis. Mit etwas Glück und Geschick konnte die Gruppe den abtrünnigen Häuptling vielleicht aufspüren und aus der Stadt schaffen, bevor die Fon etwas davon bemerkte. Doch Gabria durfte nicht darauf hoffen, dass es so einfach sein würde. Branths magische Kräfte waren nicht nur die stärkste Waffe der Fon, sondern stellten auch die größte Gefahr für die Herrscherin dar. Er war sicherlich eingesperrt und bewacht wie ein gefährliches Tier.

Gabria erlaubte sich einen Seufzer. Sie war noch nicht bereit für diese Begegnung. Sie hatte die Grundkenntnisse der Zauberei in nur zwei Tagen von der Sumpffrau erlernt und keine Zeit gehabt, vor dem Duell mit Lord Medb zu üben. Ihr Sieg über ihn war auf Hartnäckigkeit und Glück gegründet gewesen. Seit jener Zeit hatte sie sich nur während ihrer Verbannung in der Kunst der Zauberei üben können – Monate, die ihr nun sehr kurz vorkamen. Sie war immer noch nicht mehr als ein Zauberlehrling. Doch jeder erwartete von ihr, sich einem Zauberer entgegenzustellen, der weitaus besser vorbereitet war als sie und außerdem das *Buch des Matrah* besaß.

Sie warf einen raschen Blick auf Athlone und Sayyed, die vor ihr ritten. Es war zu ärgerlich, dass sie sich noch nicht in der Lage fühlte, ihnen die Grundbegriffe der Zauberei beizubringen. Athlone hatte die Stärke, seine Gabe richtig einzusetzen. Sayyeds Fähigkeiten kannte Gabria nicht, doch bei seiner Entschlossenheit und gefestigten Persönlichkeit würde er bestimmt einen genauso mächtigen Zauberer wie Athlone abgeben. Wenn es ihr doch bloß möglich wäre, die beiden zu unterrichten!

Ihre Gedanken waren noch auf Zauberei und die Zukunft gerichtet, als die Gruppe einen hohen, schroffen Berggrat überquerte, der die Grenze zum Königreich Calah bildete. Von hier oben aus sahen sie hinunter auf ein Tal mit einem breiten Fluss in der Mitte.

»Dort liegt Pra Desch«, sagte Khan'di zu seinen Gefährten und deutete mit dem Finger in Richtung Süden. Die Stadt war noch viele Meilen entfernt, doch die Reisenden konnten von ihrer Warte aus bereits die hohen Türme, weißen Mauern und gewaltigen Hafenanlagen der großen Stadt erkennen.

Der Fluss namens Serentin entsprang in den Wäldern weit im Nordwesten. Er strömte in östlicher Richtung über die nördliche Ebene, vorbei an den Trelds der Amnok und Bahedin sowie an dreien der Fünf Königreiche. Allmählich nahm er an Breite und Tiefe zu und verwandelte sich von einem wirbelnden Fluss zu einem gebieterischen Strom. Am Ende seiner langen Reise floss der Serentin am Fuß des Rotsteingebirges vorbei und in den wundervollen natürlichen Hafen des Meeres von Tannis.

An dieser günstigen Stelle, wo Fluss, Land und Meer zusammenkamen, hatten die Bürger von Calah ihre Hauptstadt errichtet und sie zur reichsten und mächtigsten Hafenstadt am Meer von Tannis gemacht. Ihre Flotte kontrollierte die nördliche und westliche Küste und durchkreuzte das Meer bis zu den fernsten Gestaden. Die Kaufleute von Pra Desch handelten in der ganzen bekannten Welt mit allen erdenklichen Waren, angefangen von Rohstoffen wie Korn, Holz und Erzen, über Vieh und Sklaven bis hin zu feinsten Handwerkserzeugnissen. Sie versandten Seide, Wolle und Baumwolle, Juwelen, Gewürze, Wein, Keramik, Waffen und Teppiche. Alles, was man nur kaufen konnte, brachten sie auf die Märkte von Pra Desch und füllten ihre Schatztruhen mit den Goldmünzen vieler fremder Reiche.

Nach einem Augenblick deutete Khan'di nach rechts und die Reisenden sahen, wo sich ihr Pfad aus den Bergen ins Tal wand und in die Karawanenstraße mündete, die neben dem Fluss auf die Stadt zulief. Sie überquerten den letzten bewaldeten Hügel und kamen in das offene Ackerland. Dort führte Khan'di die Gruppe in die Schatten der Bäume.

Er wendete sein Pferd und erklärte den anderen: »Pra Desch ist nur noch drei Meilen entfernt. Ich will euch unbemerkt in die Stadt einschleusen. Die Spione der Fon sind auf jeder Straße und an jedem Tor Pra Deschs. Sie haben den Befehl, *alles Ungewöhnliche* zu berichten.«

Gabria streichelte traurig Naras Hals. Was sie nun sagen musste, war schmerzhaft für sie, doch sie hatte schon seit Tagen darüber nachgedacht. Es gab keinen anderen Weg, die Anonymität der Gruppe aufrechtzuerhalten. »Wir müssen die Hunnuli zurücklassen«, sagte sie gefasst.

Khan'di neigte den Kopf vor ihr; es war eine Geste der Hochachtung und Erleichterung zugleich. »Gabria, du hast mir die Qual erspart, dich um diesen Gefallen zu bitten. Unglücklicherweise gibt es in meinem Land keine Hunnuli, und es ist allgemein bekannt, dass das einzige Hunnuli in den Klanen der großen Zauberin der Corin gehört. Du wärst auf den Straßen Pra Deschs nicht lange in Sicherheit.«

Die junge Frau nickte unglücklich. Obwohl sie selbst den Vorschlag gemacht hatte, gefiel ihr der Gedanke, Nara hier draußen zurückzulassen, überhaupt nicht. »Macht es dir etwas aus?«, fragte sie die schwarze Stute.

Natürlich, antwortete Nara. *Es widerstrebt meinem ganzen Wesen, dich zu verlassen. Aber du hast Recht. Es muss so sein.*

Wenn du uns wirklich brauchst, sind wir da, fügte Eurus hinzu.

»Ich danke euch«, erwiderte Gabria.

»In Ordnung«, sagte Khan'di. »Hört zu. Wir werden uns hier trennen. Ich darf nicht zusammen mit Klanleuten gesehen werden. Es wäre auch für euch das Beste, wenn ihr euch aufteilt und die Stadt in kleinen Gruppen betretet.« Er stieg ab, suchte sich einen Zweig und zeichnete eine genaue Karte in den Schlamm.

»Das hier ist der Serentin«, erklärte er seinen Zuhörern und deutete mit dem Zweig auf die wesentlichen Stellen. »Hier ist der Hafen und das ist das Rotsteingebirge. Dies ist die alte Stadtmauer an der Westseite des Flusses. Sie windet sich beim so genannten Zweiten Hügel um den Palast der Fon und auf dem Ersten Hügel um den Tempel von Elaja und die älteren Wohngebiete, Lagerhäuser und Kaufmannskontore. Das hier ist das Zeughaus, in dem die Wachen der Fon leben und die Waffen gelagert werden.

Die Stadt ist natürlich schon seit langem über die Stadtmauer hinausgewachsen. Die Märkte, Auktionshäuser und Werften findet ihr hier, hier und hier.« Er deutete auf die entsprechenden Stellen seiner behelfsmäßigen Karte. »Der Rest der Stadt breitet sich nach Norden entlang des Flusses und an den Berghängen aus. Das Land im Osten ist sumpfig und oft überflutet. Dort leben nur ärmere Bauern, Verbrecher und entlaufene Sklaven. Habt ihr bis hierher alles verstanden?«

Die verblüfften Klanleute nickten einmütig.

»Gut. Hier in der alten Stadt gibt es eine Reihe Lagerhäuser. Folgt dieser Karawanenstraße durch das Stadttor, das Sonnentür genannt wird. Wenn ihr nach großen Gebäuden mit verschiedenfarbigen

Flaggen Ausschau haltet, könnt ihr die Lagerhäuser nicht verfehlen. Geht zum fünften in der Reihe. Es ist ein Wollhaus mit einer orangefarbenen Flagge. Über der Tür hängt ein wollenes Schaf. Begebt euch dorthin und wartet auf mich. Schlendert nicht in der Gegend herum. Stellt keinerlei Fragen.«

»Und was machst du?«, wollte Athlone wissen.

»Ich suche nach Informationen.« Ein gerissener Ausdruck legte sich auf Khan'dis breites Gesicht. »Auch ich habe Spione an jeder Straßenecke.«

»Wem gehört dieses Lagerhaus?«, fragte Piers kühl.

»Meinem Vetter. Er tut so, als unterstütze er die Fon, aber in Wirklichkeit hilft er mir.« Der Pra Descher rieb sich die Hände und kicherte. Er war offensichtlich froh, wieder inmitten von Intrigen und politischen Komplotten zu stecken.

»Was sollen wir sagen, wenn wir jemanden in dem Lagerhaus antreffen?«, fragte Gabria.

»Sagt gar nichts.« Er sah die Sonne hinter dem Baumgeäst an. »Wenn ihr alle in dem Lagerhaus angekommen seid, wird nur mein Vetter dort sein. Er arbeitet normalerweise bis spät in die Nacht. Er weiß dann, wer ihr seid.«

Athlone knurrte: »Vertraust du diesem Mann?«

»Vollkommen. Seine Tochter ist die Frau meines Sohnes. Er weiß, was ich mit ihm mache, wenn er mich betrügt.«

Die Reisenden schwiegen für eine Weile und betrachteten Khan'dis Karte. Der Pra Descher stieg wieder auf sein Pferd. »Vergesst nicht: das fünfte Lagerhaus.« Er trieb sein Pferd zurück auf den Weg.

»Sei vorsichtig, Khan'di Kadoa«, rief Gabria ihm nach.

Er warf einen Blick zurück und verbarg die Freude, die er über die Besorgnis in Gabrias Stimme empfand.

»Du ebenfalls, Zauberin.«

Widerstrebend stiegen Athlone, Gabria und Tam von Eurus und Nara ab. Der Häuptling löschte Khan'dis Karte mit einem blätterreichen Zweig, während die anderen eines der Packferde entluden und den größten Teil ihrer Reiseausrüstung sowie die Zelte in einem dichten Gebüsch versteckten.

Gabria trug an jenem Nachmittag ihren Reiterrock. Sie schwang sich einen langen Wollschal wie einen Schleier über Kopf, Mund

und Nase. In ihren von der Reise angeschmutzten Kleidern ging sie als einfache Klanfrau durch. Gerade als sie einige Habseligkeiten für sich und Tam aus den Bündeln holte, stieß jemand mit ihr zusammen. Gabria drehte sich um und starrte in Athlones Gesicht.

Der Häuptling war genauso dreckig und erschöpft wie sie und kämpfte noch mit den Auswirkungen des Duells. Die Schwellung im Gesicht war abgeklungen, und er konnte wieder mit beiden Augen sehen, doch die vielen Blutergüsse waren wie blaue, grüne und gelbe Schatten.

Für Gabria hatten seine Blutergüsse und der frisch sprießende Bart etwas entschieden Liederliches an sich. Zögernd berührte sie seinen Arm. »Du siehst aus wie ein Schurke«, zog sie ihn auf.

Beinahe hätte er sie in den Arm genommen. Er beugte sich zu ihr vor, hob die Hände und wollte ihr gerade das Gesicht streicheln, als er Sayyed hinter ihr bemerkte. Ein seltsames Funkeln lag in den schwarzen Augen des Turic. Athlones Vorhaben ging in einer Woge wiedererwachter Zweifel unter. Er nahm die Hände herunter.

Um seine Verwirrung zu verbergen, versetzte er Eurus einen liebevollen Klaps und schwang sich dann auf seinen grauen Hengst. »Na los, ihr buntes Steppenrattengesindel. Auf geht's.« Seine Krieger grinsten ihn an und gehorchten sofort.

»Bregan, du und ich reiten mit Gabria. Piers, du gehst mit Tam, Sayyed und Secen. Und ihr zwei«, sagte Athlone zu den beiden übrigen Kriegern, »macht euch zusammen auf den Weg. Ihr brecht zuerst auf. Verlauft euch nicht und jagt nicht den Frauen hinterher.« Die beiden Krieger salutierten und trotteten fort.

Gabria schlang die Arme um Naras Hals. Plötzlich verschwamm die Welt für sie hinter einem Schleier aus Tränen. »Bei Amara, ich werde dich sehr vermissen«, flüsterte sie der Stute zu.

Nara drückte sanft den Kopf gegen Gabrias Rücken und barg die Frau in der Wölbung ihres Halses. *Ich dich auch.*

»Mir gefällt das gar nicht. Es ist nicht richtig.«

Ich werde in der Nähe sein. Du musst mich nur rufen.

Gabria schniefte und lächelte schief. »So wie in den Sümpfen?«, fragte sie und erinnerte sich an jenen schrecklichen Tag, an dem sie gezwungen gewesen war, Nara zurückzulassen und die Sumpffrau allein aufzusuchen.

Ja, aber diesmal sind Freunde bei dir. Sie lieben dich. Ich warte auf dich, wenn du so weit bist.

Gabria nickte. Liebevoll fuhr sie mit dem Finger über das weiße Blitzzeichen auf Naras Schulter, gab ihr noch einen Klaps und trat einen Schritt zurück. Ein heftiger Rippenstoß hätte sie fast zu Boden geschickt. Sie wirbelte herum und sah, wie das Fohlen ihr beinahe auf die Füße trat. Tam hatte sich in seiner buschigen Mähne verkrallt. Tritter stand mit hängenden Ohren neben ihr.

»Alles Gute auch für dich, kleiner Kerl«, sagte Gabria.

Zur Antwort stieß das Fohlen ein schrilles, hohes Wiehern aus.

Gabria wollte gerade Tams Hand ergreifen, doch sie hielt inne, als sie den verzweifelten Gesichtsausdruck des Mädchens bemerkte. Es hatte die dunklen Augen weit aufgerissen und Tränen zogen eine feuchte Spur durch den Schmutz auf ihren Wangen.

Sie will uns nicht verlassen, sagte eine leise, kindliche Stimme in Gabrias Kopf.

Die Zauberin fuhr überrascht zusammen; es war das erste Mal, dass das Füllen ihr seine Gedanken geschickt hatte. Sie kniete neben Tam nieder. »Du musst das verstehen«, sagte sie zu dem Mädchen. »Wir gehen in eine große Stadt und können die Hunnuli nicht dorthin mitnehmen. Es wäre zu gefährlich für sie und auch für uns.«

Tritter bellte. *Sie glaubt, sie sieht die Pferde nie wieder, wenn sie jetzt von ihnen fortgeht.*

»Sie werden auf uns warten«, erklärte Gabria geduldig. »Wenn wir aus der Stadt zurückkehren, kommen sie aus den Bergen und begrüßen uns.« Sie lächelte. »Du kannst doch pfeifen, oder?«

Das kleine Mädchen grinste sie durch die Tränen an und nickte.

Sie will wissen, ob wir lange fort sein werden, knurrte Tritter.

»Nein, nur ein paar Tage. In Ordnung?«

Das Fohlen bewegte den Kopf ruckweise auf und ab, Tritter wuffte laut, und Tam ließ die Mähne des Hunnuli los und ergriff Gabrias Hand.

»Das war ja ein heikles Gespräch«, meinte Athlone, als Gabria Tam auf Piers' Pferd setzte.

»Weißt du, was wirklich verblüffend ist? Tam hat noch nie den Mund aufgemacht. Sie kann ihre Gedanken wie die Hunnuli diesen Tieren übermitteln.«

»Gute Götter«, rief Athlone aus. »Ist das ein natürlicher Teil ihrer Gabe oder hat sie es irgendwie gelernt?«

»Ich weiß es nicht«, sagte Gabria. »Ich hoffe, wir finden es in den nächsten Tagen heraus. Es ist sicherlich eine sehr nützliche Fähigkeit.«

Das kleine Mädchen schluchzte laut und wischte sich die Nase am Hemdärmel ab; dann winkte es den Hunnuli einen Abschiedsgruß zu und lehnte sich gegen Piers' Rücken.

Gabria berührte den Heiler am Knie. Während der Vorbereitungen für den Einzug in die Stadt hatte er stumm und reglos auf seinem Pferd gesessen. Als er nun auf Gabria hinunterschaute, war sie erstaunt über den gequälten Ausdruck auf seinem Gesicht. Seine für gewöhnlich blasse Haut war nun totenbleich und er hatte die Zähne zusammengebissen. Die Hände krallte er um den Sattelknauf.

»Geht es dir gut?«, fragte Gabria besorgt.

Er nickte und holte tief und angestrengt Luft. »Ich hatte nicht erwartet, dass meine Erinnerungen noch immer so schmerzhaft sind.«

Gabria verstand ihn vollkommen. »Stell dich ihnen«, flüsterte sie, »und du wirst erkennen, dass sie nur Geister sind.« Der Heiler dachte über ihre Worte nach; dann entspannte er sich ein wenig und nahm die Hände vom Sattelknauf.

Er drückte ihre Hand. »Auf Wiedersehen im Lagerhaus.« Er wendete sein Pferd. Piers, Tam, Sayyed und Secen nahmen die beiden übrig gebliebenen Packpferde und ritten zwischen den Bäumen davon. Tritter rannte vor ihnen her.

Widerstrebend warf Gabria eine Ersatzsatteldecke über den Rücken der Packstute und stieg auf. Es fühlte sich seltsam an, auf einem so kleinen, dünnen Pferd zu sitzen. Sie ergriff die Zügel und warf einen letzten Blick auf die Hunnuli, dann folgte sie Athlone aus dem Wald heraus und zurück auf den Weg.

Bald trieben sie die Pferde über die letzte Erhebung und hinunter in das fruchtbare Tal des Serentin. Hier in Meeresnähe war das Tal so breit, dass die Reisenden kaum die Berge auf der gegenüberliegenden Seite erkennen konnten. Das Land war sehr fruchtbar und wurde ausschließlich als Weide oder zum Wein- und Ackerbau genutzt. Hütten, Katen, Scheunen, Ställe, Bauernhäuser und Nebengebäude aller Art standen verstreut zu beiden Seiten des Flusses. Je näher die Reiter der Stadt kamen, desto zahlreicher wurden die Häuser und Hütten. Gasthöfe, Stände von Straßenhändlern und Tempel erschienen längs des Weges. Die Karawanenroute verwandelte sich bald in eine gepflasterte Straße und weitere Wege mündeten in sie ein.

Die Flut aus Menschen, Karren, Wagen und Tieren wuchs mit jedem Schritt auf Pra Desch zu. Gabria und ihre Gefährten hatten auf der Reise mehrere Karawanen und kleine Reitergruppen gesehen, doch auf diese wimmelnden Menschenmassen waren sie nicht vorbereitet. Die Klanleute hatten noch nie eine Stadt von solcher Größe besucht; die gewaltigste Menschenansammlung war für sie bisher das eigene Klantreffen gewesen. Diese Stadt war atemberaubend. Selbst Piers, der aus Pra Desch stammte, hatte lange genug in der Steppe gelebt, um von den hin und her hastenden Menschenmengen verblüfft zu sein. Sie ergossen sich auf die Marktplätze und brachen in einem scheinbar unentwirrbaren Knäuel aus Tieren, Fußgängern und Karrenfahrern in jede Straße ein. Sie schrieen, sangen, redeten und grölten in allen bekannten Sprachen.

Gabria versuchte, nicht den Mund aufzusperren, als sie der Straße in die Stadt hinein folgten, doch sie vermochte ihr Erstaunen nicht zu verbergen. Es gab so viel Verblüffendes zu sehen!

Die Pra Descher waren glühende Verehrer ihres einzigen Gottes und seiner Propheten und hatten Tempel und Schreine an jeder freien Stelle neben der Straße errichtet. Neben der Karawanenstraße gab es zudem Märkte, Geschäfte, Wohnhäuser, Ställe und alle möglichen anderen Gebäude.

Die Straße führte durch die Außenbezirke von Pra Desch und dann an einer Wache vorbei in die eigentliche Innenstadt. Zolldiener untersuchten beladene Wagen und forderten Steuern von den erzürnten Fahrern. Ein Trupp von fünf Wächtern in purpurfarbenen Röcken unterstützte das Eintreiben des Zolls. Sie waren damit so beschäftigt, dass sie die kleine Gruppe aus verstaubten Klanleuten überhaupt nicht bemerkten. Gabria stieß einen Seufzer der Erleichterung aus, als sie, Athlone und Bregan die Wachen hinter sich gelassen hatten und in die überfüllten Gassen eintauchten.

Sie blieben eng zusammen und folgten der Straße, so wie Khan'di es ihnen beschrieben hatte. Sie führte noch immer neben dem Fluss her und geradewegs in das Herz von Pra Deschs Marktbezirk hinein. Sie ritten am großen Fischmarkt vorbei, an der Straße der Metzger und am Viehmarkt. Eine ganze Straße war dem Lederhandel vorbehalten und eine andere den Bäckern.

In einer ausgesprochen lebhaften Straße lenkte Bregan sein Pferd näher an Athlone heran uns beugte sich vor. »Lord, ich glaube nicht, dass sich diese Stadt schon im Kriegszustand befindet«, sagte er im Lärm der Wagen und Fußgänger.

Athlone sah sich um. Er war zu dem selben Schluss gekommen. »Du hast Recht. Hast du aber auch die vielen Bewaffneten in der Menge bemerkt? Die Stadt wirkt wie ein befestigtes Lager. Die Invasion der Fon steht kurz bevor.«

»Also sind wir gerade noch rechtzeitig gekommen«, entgegnete Bregan.

Gabria, die in der Nähe ritt, sagte: »Ich glaube nicht, dass uns noch viel Zeit bleibt. Ich habe die Leute beobachtet. Sie scheinen in schlechter Stimmung zu sein. Sie mögen die vielen Soldaten in ihrer Mitte nicht.«

»Ich frage mich, wie viel Unterstützung die Fon von den Pra Deschern erhalten wird«, meinte Athlone.

»Das werden wir heute Nacht von Khan'di erfahren«, erwiderte Gabria.

Der Häuptling nickte kurz. »Falls er kommt.«

Die Reisenden ritten schweigend weiter. Nach einer Weile wand sich die Straße vom Fluss fort und ließ die geschäftigen Marktstraßen hinter sich. Die Reiter kamen durch einen Unterhaltungsbezirk mit Schauspielhäusern, Bibliotheken und einem gewaltigen Amphitheater und gelangten schließlich in ruhigere Wohnbezirke. Hier waren die Häuser zwei Stockwerke hoch und bestanden aus Stein und Holz. Mauern schirmten sie vor der Straße ab. Diese Häuser waren schon älter; sie zeigten Anzeichen langer Benutzung, aber sie waren sehr gepflegt und die Gärten quollen über vor Blumen.

Die Straße stieg einen sanften Hang hoch, und plötzlich hatten die Reiter die alte Stadtmauer erreicht. Zwischen den Häusern und der hoch aufragenden Mauer klaffte ein breiter Spalt. Gabria fühlte sich schrecklich verletzlich, als sie durch das offene Gelände ritt. Bei der Sonnentür handelte es sich um ein hohes, gewölbtes Tor mit zwei großen Wachhäusern an den Seiten. Eine geschnitzte aufgehende Sonne prangte auf der gewaltigen hölzernen Tür. Sie stand offen, um den Verkehr ungehindert durchzulassen. Weitere Soldaten standen zu beiden Seiten des Tores und beäugten jeden, der hindurchging. Sie trugen die rote Farbe der Leibgarde der Fon. Die Städter warfen ihnen hässliche Blicke und Bemerkungen zu. Die Soldaten beachteten sie nicht, hielten aber die Hand andauernd am Schwertgriff.

Obwohl Gabria zuerst sehr traurig darüber gewesen war, Nara zurückzulassen, sah sie jetzt doch die Notwendigkeit dieses Handelns ein. Die Wachen hätten das große schwarze Pferd sofort bemerkt. Selbst jetzt noch schenkten sie Gabria und ihren Gefährten mehr Aufmerksamkeit, als ihr lieb war.

Athlone nickte einem der Soldaten zu und ritt so sicher unter dem gewölbten Tor hindurch, als hätte er dies sein Leben lang getan. Bregan und Gabria folgten ihm eilig. Die Straße führte sie tief hinein in einen Irrgarten aus überfüllten, zerfallenden Häusern und dunklen Gassen der Altstadt. Dann teilte sich die Straße unerwartet. Der rechte Weg führte bergan und der linke hinunter zum Hafen.

Athlone zügelte sein Pferd kurz vor der Gabelung und betrachtete nachdenklich beide Abzweigungen.

»Wo entlang, Lord?«, fragte Bregan, der zu ihm aufgeschlossen hatte.

»Khan'di hat gesagt, wir sollen nach den hohen Häusern mit den Flaggen Ausschau halten«, sagte Gabria. »Aber ich sehe keine.«

Die drei schauten sich um. Rechts von ihnen stand auf einer mächtigen Anhöhe der Tempel Elajas; seine weißen Säulen und Arkaden schimmerten im Licht der späten Nachmittagssonne. Auf einem benachbarten Hügel im Süden erhob sich der großartige Palast der Fon. Selbst aus der Entfernung erkannten die Reiter die vielstöckigen Flügel des Palastes und die zinnenbewehrte Mauer, welche das gewaltige Gebäude umgab.

Einige Bauwerke in unmittelbarer Nähe sahen wie Heerbaracken aus. Athlone vermutete, dass sich in ihnen gefährlich viele Soldaten befanden. Die Gegenwart so vieler Bewaffneter beunruhigte ihn. Nach kurzer Überlegung trieb Athlone sein Pferd die linke Abzweigung entlang und trabte hügelabwärts. Zu seiner großen Erleichterung öffnete sich das Gelände nach einigen Häuserblocks und gab den Blick auf den geschäftigen Hafen frei. Am Fuß des Hügels, knapp außerhalb der Stadtmauer, befanden sich einige Reihen hoher Gebäude, vor denen Flaggen mit unterschiedlichen Farben flatterten. Dahinter erstreckten sich die überfüllten Werften und der große, halbmondförmige Hafen.

Athlone erlaubte sich ein erleichtertes Grinsen. Niemals hätte er einen Soldaten nach dem Weg gefragt. Als die Reiter die Reihe der Lagerhäuser erreicht hatten, war die Sonne bereits hinter den Gipfeln versunken und verkündete den Arbeitern den Feierabend. Athlone, Bregan und Gabria stießen im Schatten einer Allee zwischen zwei Lagerhäusern auf die wartenden Keth und Valar. Von dort aus beobachteten sie das Wollhaus und die Arbeiter, die es nun verließen.

»Wo ist Piers?«, fragte Athlone während des Absteigens.

Keth zuckte die Achseln. »Ich weiß es nicht. Wir haben bisher weder ihn noch den Turic gesehen.«

»Vielleicht hat er sich verlaufen«, meinte Valar.

Athlone kraulte sich den Bart. »Ich bezweifle es. Piers kennt diese Stadt besser als wir alle.«

»Vielleicht wollte er ein paar alte Geister aufspüren«, sagte Gabria zu sich selbst. Die Männer warfen ihr erstaunte Blicke zu.

»Wir können nicht nach ihm suchen. Er muss es allein bis hierher schaffen«, bemerkte der Häuptling. Er wartete darauf, dass auch die letzten Arbeiter aus dem Lagerhaus traten.

Zwielicht senkte sich über die Straßen von Pra Desch. Allmählich wurde das Lagerhaus leerer. Niemand bemerkte die fünf Reiter, die in den dichten Schatten zwischen den Gebäuden warteten.

Endlich lag die Straße verlassen da. Athlone wollte sich gerade dem Lagerhaus nähern, als drei Reitpferde, zwei Packpferde und ein Hund die Straße herabeilten. Der Häuptling trat vor, um sie zu begrüßen.

»Wo seid ihr gewesen?«, wollte Athlone wissen.

»Wir haben auf eigene Faust Informationen gesammelt«, antwortete Piers. Er half Tam aus dem Sattel.

Athlone verschränkte die Arme vor der Brust. Er war eher besorgt denn verärgert. »Ihr hättet an die Wachen verraten werden können.«

»Nicht von den Leuten, mit denen ich gesprochen habe.«

»Du vertraust ihm nicht, oder?«, fragte der Häuptling.

»Khan'di?« Piers hob die Schultern ein wenig. »Ja und nein. Wir können ihm nur so lange vertrauen, wie wir für ihn von Nutzen sind.«

Athlone stimmte ihm zu. »Nun gut. Hör ihm heute Nacht zu und sag mir danach, was du denkst.«

Der Heiler nickte zufrieden. Er hatte sich vor der Möglichkeit gefürchtet, dass Gabria in eine Falle lief, welche die Fon aufgestellt und dabei Khan'di Kadoa als Köder benutzt hatte. Zwei Zauberer wären eine unbesiegbare Waffe in den Händen der Herrscherin. Doch nach dem, was Piers heute Nachmittag von alten Freunden und Bekannten aus der Heilergilde gehört hatte, zweifelte er daran, dass Khan'di Gabria verraten wollte.

Es war in der Stadt allgemein bekannt, dass die Kadoa-Familie durch die Fon bedeutende finanzielle Verluste erlitten hatte. Khan'dis Frau und Sohn hatten sich versteckt; verschiedene andere Familienmitglieder waren verhaftet worden und anschließend in den Tiefen des Palastes verschwunden. Die mächtige Kadoa-Familie hatte keinen Grund, die Fon zu lieben, aber jeden Grund, sie loszuwerden. Einige Informanten hatten Piers gegenüber sogar angedeutet, dass Khan'di als inzwischen einflussreichster Adliger Pra Deschs möglicherweise auf die Gelegenheit wartete, sich die Krone der Fon aufzusetzen. Piers kannte seinen ehemaligen Freund gut genug, um zu wissen, dass allein diese Möglichkeit Khan'dis Vertrauenswürdigkeit sicherte. Der Heiler streichelte nachdenklich seine Stute. Er war sehr gespannt darauf, was Khan'di heute Nacht berichten würde.

Auf Athlones Befehl übergab Piers seine Zügel an Sayyed und folgte dem Häuptling zum fünften Lagerhaus. Die anderen blieben zurück und warteten.

Das große Holzhaus türmte sich vor ihnen dunkel und unheimlich in der herannahenden Dunkelheit auf. Das große, hölzerne Schild knarrte in der Abendbrise. Athlone unterdrückte ein Zittern, während er an dem Gebäude hochschaute. Seine unvertraute Größe und die kahlen Wände flößten ihm ein Gefühl des Unbehagens ein.

Er wollte gerade an das Tor des Lagerhauses klopfen, als es aufgezogen wurde und ein kleiner, beleibter Mann herausschoss. Der Mann war so schnell, dass er Athlone übersah und mit voller Geschwindigkeit gegen den großen Khulinin lief. Beide Männer stöhnten auf und gerieten ins Taumeln. Der Fremde wäre gestürzt, wenn Piers ihn nicht aufgefangen hätte.

Der Mann keuchte beim Anblick der beiden Fremden vor seiner Tür und warf entsetzt die Hände hoch. Die Lampe, die er bei sich trug, schwankte wild hin und her.

»Alles in Ordnung«, erklärte Athlone hastig. »Wir kommen von Khan'di.«

Der Klang dieses Namens schien den Mann zu beruhigen, denn er richtete sich auf und sah die beiden Fremden im Schein seiner Lampe genauer an. Als er in das Gesicht des Heilers blickte, ergriff ihn Verwunderung. »Piers Arganosta! Ich habe geglaubt, du seiest tot.«

Piers schnitt eine Grimasse. »Das habe ich heute schon mehrmals gehört.«

»Bestimmt erinnerst du dich nicht mehr an mich«, sagte der Pra Descher grinsend. »Damals war ich noch etwas schlanker.«

Der Heiler sah den anderen eine Weile forschend an, dann lächelte er. »Lord Athlone, das ist Sengi Kadoa, Khan'dis jüngerer Vetter und Page der Fon.«

»Des alten Fons«, verbesserte Sengi ihn mit wütender Stimme. »Heute arbeite ich als Wollkaufmann und« – ein verschlagener Blick legte sich über sein Gesicht – »als Spion. Diese Frau auf dem Thron benutzt mich als kaufmännischen Ratgeber.« Sengi sah sich kurz um und führte die beiden Männer dann in das Innere seines Lagerhauses. Er öffnete die Tür zu einem Raum, der offenbar als Büro benutzt wurde, und entzündete eine weitere Lampe, in deren Schein die beiden Männer nun einen genaueren Blick auf ihren Gastgeber werfen konnten.

Sengi ähnelte seinem Vetter sehr, sowohl in der Körperform als auch den Gesichtszügen und der geröteten Haut. Doch während Khan'dis Augen einen scharfen, berechnenden Ausdruck hatten und ihm seine Gewitztheit ins Gesicht geschrieben stand, wirkte Sengi gelassen. Seine Augen waren von vielen Lachfältchen umkränzt.

Der Kaufmann glättete seine zerknitterte Robe mit unruhiger Hand und blickte von einem zum anderen. »Hat Piers ›Lord Athlone‹ gesagt?«, fragte er nach einer zögerlichen Pause. »Ihr seid ein Klanhäuptling?«

»Von den Khulinin«, entgegnete Athlone knapp.

Der Pra Descher war offensichtlich erleichtert. »Habt Ihr die Zauberin dabei? Ist sie hier?«

Athlone deutete mit dem Kopf auf die Tür. »Draußen.«

»Ah, Dank sei Elaja!« Sengi klatschte in die Hände. »Bringt sie bitte herein. Das Lagerhaus ist leer. Hier ist sie in Sicherheit.«

»Und was ist mit den Pferden?«

»Im Hinterhof gibt es einen Stall, den ich für die Karrengäule benutze. Es ist genug Platz und Hafer für Eure Tiere darin. Oh, der Hafer!« Er schlug sich gegen die Stirn. »Bin sofort zurück.« Damit stürzte er aus dem Büro und huschte in die Tiefen des Lagerhauses.

Piers fing Athlones Blick auf und zuckte die Achseln. »So ist er schon immer gewesen. Aber seinen Freunden gegenüber ist er ein verlässlicher Mann. Er tut, was er nur kann.«

Bald darauf hatten die Reisenden ihre Pferde in dem Stall hinter dem Warenhaus untergestellt und sich im Büro versammelt, wo sie auf Sengi warteten. Er kam mit einer Flasche und einem Tablett voller Essen zurück. Beim Anblick all der Leute, des Gepäcks und des Hundes hob er die Augenbrauen.

»Gute Güte, so viele hatte ich nicht erwartet.« Er betrachtete sie eingehend, besonders Sayyed und das kleine Mädchen, und schien ziemlich verwirrt zu sein. »Ist die Zauberin unter euch?«

Gabria trat einen Schritt vor. Sie nahm den Schal ab und senkte den Schleier vor ihrem Gesicht. »Ich bin Gabria.«

Sengi blinzelte sie an und lächelte dann freundlich und erleichtert. »Deine Verkleidung ist gut. Sie verbirgt deine Schönheit, so wie ein Lederbeutel ein Juwel verbirgt. Komm bitte her.«

Der Kaufmann, der noch das Tablett trug, führte die Gruppe in den Hauptteil des Lagerhauses. Selbst in der Dunkelheit spürten die Reisenden die gewaltige Größe des Raumes und hörten das Echo seiner Leere.

»Im Augenblick ist der Lagerbestand gering«, sagte Sengi und geleitete sie in die hinteren Bereiche des Gebäudes. »Die Fon hat sich in meine Geschäfte nicht so stark eingemischt wie in die von Khan'di, aber sie hat uns allen hohe Steuern auferlegt, damit sie ihren Krieg finanzieren kann. Ich erwarte bald neue Wolle aus dem Nordland.« Er schüttelte den Kopf. »Aber diese blutrünstige Frau wird meinen ganzen Profit aufsaugen. Wenn wir nicht bald etwas unternehmen, wird sie das Wirtschaftsgefüge dieser Stadt zerstören, und ohne die Kaufleute ...« Er verstummte und duckte sich in einen engen Spalt zwischen den großen Ballen, die sich bis jenseits des Feuerscheins in die Dunkelheit unter der hohen Decke auftürmten.

Am Geruch erkannten die Klanleute, dass es sich bei den Ballen um zusammengebundene Schafwollvliese handelte. Nacheinander folgten die Reisenden dem Kaufmann durch den Spalt in einen Raum, der nur zwei Mann breit, aber etwa zwanzig Schritte lang war und sowohl von den Ballen als auch von der Wand des Lagerhauses begrenzt wurde.

Sengi stellte Tablett und Lampe auf einer Lattenkiste ab. »Ich habe diesen Raum vor zwei Monaten gebaut, nachdem Khan'di in die Steppe gereist ist. Ich dachte, er könnte nützlich sein. Meine Arbeiter kommen morgen zurück, aber wenn ihr leise seid und euch tagsüber nicht zeigt, könnt ihr so lange wie nötig hier bleiben. Ich kümmere mich um eure Pferde.«

Die Männer sahen sich zweifelnd in dem Verschlag um. »Ist diese ganze Heimlichtuerei wirklich notwendig?«, fragte Bregan.

Der Wollhändler warf ihm einen scharfen Blick zu. »Wenn die Fon auch nur gerüchteweise erfährt, dass die Zauberin in der Stadt ist, wird sie Pra Desch auseinander nehmen, um sie zu finden.«

Athlone nickte kurz und stellte sein Gepäck ab. Die anderen folgten seinem Beispiel. Sengi vergewisserte sich davon, dass jeder seiner Gäste die Warnung verstanden hatte. »Also dann, ich muss noch etwas zu essen besorgen.« Erneut huschte er in die Tiefen des Lagerhauses.

Als der Kaufmann fort war, räumten die Reisenden ihre Waffen und Bündel aus dem Weg, setzten sich und warteten.

Piers nahm die Flasche, entkorkte sie und roch an der Öffnung. »Andoranerwein«, sagte er freudig. Er holte seinen eigenen Hornbecher hervor und goss ihn bis zum Rand voll.

Die Weinflasche kreiste bereits, als Sengi zurückkehrte. Er hielt noch mehr Brot, Käse, gezuckerte Datteln und eine weitere Weinflasche in den Armen. Khan'di folgte dicht hinter ihm.

Die anderen sahen den Adligen überrascht an, als er in den Lampenschein trat. Seine knielange, von der Reise verdreckte Robe und die Schuhe hatte er gegen ein prunkvolles Gewand aus strahlendem Blau und Gold ausgetauscht, das mit weißem Pelz besetzt und mit Goldfäden durchwirkt war. Ringe steckten an seinen Fingern und eine schwere Goldkette mit dem Delfinemblem der Kadoa hing ihm um den Hals.

Khan'di lächelte über die Reaktionen seiner Gefährten. »Ich war heute Nachmittag bei Hofe und habe der Fon meine Aufwartung gemacht. Das ist nötig gewesen, weil ich mich gerade erst von meinem Krankenlager erhoben habe.«

Athlone zog die Augenbraue hoch. »Von deinem Krankenlager?«

»Vor meiner Abreise aus Pra Desch hatte ich meinem Majordomus aufgetragen, die Nachricht zu verbreiten, ich leide an einer ansteckenden Krankheit. Mein Heiler hat diese Lüge all die Wochen hindurch überzeugend aufrechterhalten. Doch jetzt bin ich endlich genesen. Die Fon schien sehr enttäuscht zu sein.«

»War es klug, gerade jetzt deine Gesundung vorzutäuschen?«, fragte Piers.

»Es war die einzige Möglichkeit, das zu erfahren, was ich wissen wollte.« Er rieb sich die Hände . »Wir sind gerade noch rechtzeitig eingetroffen.« Er wartete einige Minuten, während Sengi geschäftig herumlief und einen Wasserkrug, einige lederbezogene Stühle und eine weitere Lampe holte.

Als der Wollhändler fertig war, nickte er zufrieden seinen Gästen ein Lebewohl zu. »Bis morgen. Ich hoffe, Piers, dass du mir dann erzählst, wie du zu den Klanen gekommen bist. Gute Nacht.«

Als er fort war, hob Khan'di den Saum seines Gewandes an und setzte sich auf einen der Stühle. Die Reisenden bedienten sich mit Essen und Wein und ließen sich vor dem Adligen nieder.

Khan'di zögerte einen Augenblick, bevor er sagte: »Die Fon hat seit meiner Abwesenheit eine Menge erreicht. Das ganze Königreich Calah ist jetzt in ihrer Gewalt. Seit Tagen hat niemand mehr den Prinzen gesehen. Es geht das Gerücht um, dass sie ihn in die Grube unter ihrem Kerker geworfen hat. Sie hat viele der alten Familien in Pra Desch angebettelt, bestochen oder vernichtet, und die Kaufmannsgilden sind beinahe bankrott.«

In seiner Stimme lag ein deutlicher Unterton von Trauer und Wut. Während Gabria ihm zuhörte, begriff sie allmählich, dass seine Beweggründe nicht völlig selbstsüchtig waren. Er sorgte sich wirklich um die Stadt und ihr Wohlergehen. Zwar wollte er seine eigene Macht sowie seinen Einfluss und Reichtum retten, aber genauso wollte er Pra Desch beschützen. Vielleicht hatte Khan'di Piers' Misstrauen damals am Hof des alten Fon auf sich gezogen, doch jetzt war er bestrebt, nicht nur sich selbst, sondern auch seine Stadt vor den Rasereien einer gnadenlosen Herrscherin zu bewahren.

Khan'di fuhr fort und unterstrich seine Worte rastlos mit den Händen. »Wie ihr vielleicht bemerkt habt, hat die Fon bisher nicht mit der Invasion Portanes begonnen. Sie wartet ab, bis sie noch mehr Söldner und Wehrpflichtige eingezogen hat. Ich weiß noch nicht, wann sie endlich zuschlagen will.«

»In etwa vier Tagen«, sagte Piers gelassen.

»Wo hast du denn das gehört?«

»In einer Taverne voller Soldaten. Sie beschwerten sich darüber, dass sie bald ihre Heimat verlassen müssen.«

Khan'di holte tief Luft. »In vier Tagen. Uns bleibt nicht mehr viel Zeit.«

»Hat die Fon Branth noch in ihrer Gewalt?«, fragte Gabria.

»Soweit ich weiß, ja. Niemand hat ihn gesehen, und es gibt keinerlei Anzeichen für magische Handlungen.«

»Er bereitet sich vor«, sagte sie mit seltsam abwesendem Tonfall. Die Erinnerung an ihre Traumvision flackerte in ihr auf, und sie erzitterte.

»Auf den Schlag gegen Portane?«, wollte Bregan wissen.

»Vermutlich«, meinte Khan'di. »Für morgen habe ich ein Treffen mit den Vorstehern der städtischen Gilden vereinbart. Ich bereite ein Ablenkungsmanöver vor, das euch helfen wird, unbemerkt in den Palast zu gelangen. Dort solltet ihr eure Jagd auf den verbannten Häuptling beginnen.«

Athlone sah Gabria an. Ihr Gesicht war so blass, dass er sich Sorgen machte. »Wie kommen wir in den Palast?«, fragte er den Adligen.

»Daran arbeite ich noch«, entgegnete Khan'di. »Ich habe eine Idee, aber dazu muss ich noch jemanden auftreiben, dessen Hilfe wir unbedingt brauchen.«

»Und was sollen wir in der Zwischenzeit tun?«, wollte Athlone wissen.

»Abwarten. Einen oder höchstens zwei Tage. Wir müssen unseren Plan ausführen, bevor die Fon Portane angreift. Wenn sie das Bündnis der Fünf Königreiche aufkündigt, stürzt sie die ganze Region in einen Krieg. Aber wir müssen behutsam vorgehen. Die Fon ist kein Dummkopf.« Er stand auf; seine feine Robe schimmerte im Licht der Lampen. »Ich komme morgen zurück, wenn ich kann.« Er zögerte; seine dunklen Augen ruhten auf Gabria. »Wenn ich nicht innerhalb von zwei Tagen zurück bin, müsst ihr es auf andere Weise versuchen. Wir dürfen den Zauberer nicht in den Händen der Fon lassen.«

Wortlos streckte Gabria die Hand mit der Innenfläche nach oben aus. Der Adlige nickte und legte seine Hand mit der Innenfläche nach unten auf ihre. Sie schlossen die Finger umeinander. So besiegelte man bei den Klanen einen Eid.

Zufrieden verließ Khan'di ihr Versteck. Athlone wartete, bis er hörte, wie sich die Tür des Lagerhauses schloss, und wandte sich dann an Piers. »Stimmt das, was er sagt?«

Der Heiler stellte seinen leeren Becher ab und meinte bedauernd: »Unglücklicherweise ja. Vielleicht ist es sogar noch schlimmer. Die Stadt befindet sich kurz vor einem offenen Aufruhr. Die Leute haben zwar Angst, aber sie mussten schon zu viel ertragen. Ein Funke genügt, um das Pulverfass zum Explodieren zu bringen.«

Athlone sah nachdenklich hinüber zu dem Spalt, durch den der Pra Descher verschwunden war. »Glaubst du, dass Khan'di diesen Funken schlagen wird?«

»Zweifellos.«

»Dann hoffe ich, dass uns die Flammen nicht erfassen«, murmelte Bregan. Die anderen nickten zustimmend.

Elf

Sie verbrachten drei Tage im Lagerhaus des Wollhändlers. Das Warten wurde schwierig. Der enge, stickige Raum zwischen Wand und Ballen stank nach Wollfett und war für die Menschen aus der freien Steppe wie ein Gefängnis. Aus Furcht, Aufmerksamkeit zu erregen, sprachen sie tagsüber kein Wort und bewegten sich kaum. Nachts mussten sie innerhalb des Lagerhauses bleiben. Sengi brachte ihnen Essen und Wasser, berichtete ihnen die letzten Neuigkeiten und machte es ihnen so bequem wie möglich, doch er vermochte ihre Angst und Ruhelosigkeit nicht zu dämpfen.

Khan'di schickte ihnen die Botschaft, dass er in Sicherheit war und an seinen Plänen arbeitete. Er konnte jedoch nicht selbst kommen. Gabria machte sich Sorgen um ihn und ihre Gefährten. Die Spannung zerrte allen an den Nerven.

Besonders um Piers sorgte sie sich. Der alte Heiler verbrachte den größten Teil seiner Zeit damit, Sengis Wein zu trinken. Er sprach mit niemandem, sondern saß nur gegen die Mauer gelehnt da und starrte auf einen Punkt in weiter Ferne. Sein Körper war unter den traurigen Erinnerungen zusammengesackt. Um seinetwillen betete Gabria darum, dass die Wartezeit bald ein Ende haben mochte.

Am Abend des dritten Tages, kurz nachdem der letzte Arbeiter das Lagerhaus verlassen hatte, kehrte Khan'di endlich zurück. Er brachte einen Grundriss des Palastes sowie einen alten, zerlumpten Mann mit, der nur ein Hemd aus Ziegenhaut und eine Hose aus ungegerbtem Leder trug.

Wieder starrten die Reisenden Khan'di erstaunt an, als er ihr Versteck betrat. Seine reiche Hofrobe war verschwunden und ersetzt durch Panzerhemd, Lederhose, stählerne Beinschienen und einen hellblauen Überwurf mit eingesticktem Delfinsymbol. Sein sonst völlig ausdrucksloses Gesicht leuchtete vor freudiger Erregung. Er streckte die Arme aus und rief: »Heute Nacht ziehen wir in den Krieg!«

Die Reisenden versammelten sich um ihn. Alle redeten durcheinander und stellten ihre Fragen gleichzeitig. Piers erhob sich von seinem Platz an der Mauer und gesellte sich zu ihnen.

»Ruhe bitte. Ich will es euch erklären«, rief Khan'di durch den Lärm und brachte die Anwesenden mit einer Handbewegung zum Verstummen. Kurz und bündig erläuterte er Gabria und den Kriegern seinen Plan, den Palast anzugreifen und Branth aus den Klauen der Fon zu befreien. Als er fertig war, starrten seine Zuhörer zuerst sich gegenseitig und dann ihn an. Sie waren erschrocken über die Kühnheit dieses Plans.

»Meinst du das ernst?«, fragte Gabria.

»Todernst. Es ist alles vorbereitet.«

»Dazu bedurfte es wohl gewaltiger Anstrengungen«, meinte Piers trocken.

In Khan'dis Augen loderte es. »Dieser Plan wird nicht fehlschlagen.«

»Kannst du ihm vertrauen?«, wollte Athlone wissen und deutete auf den alten Mann, welcher dem Gespräch bisher schweigend beigewohnt hatte.

»Er ist ein Bergmann aus den alten Stämmen, die im Rotsteingebirge leben. Er hat mir sein Wort gegeben, dass er den Weg zu eurem Ziel kennt und euch dorthin führen wird. Er würde eher sterben als seinen Eid brechen«, entgegnete Khan'di.

Athlone rieb sich das Kinn. »Na gut.« Er hielt inne. »Gibst du uns ebenfalls seinen Eid?«

Der Adlige sah den Häuptling fest an. »Ich schwöre bei meinem Gott«, sagte Khan'di, »und bei der Ehre meiner Familie, dass ich das Volk erheben und den größten Aufruhr entfesseln werde, den diese Stadt je gesehen hat.«

Der Häuptling betrachtete eingehend Khan'dis Gesicht und war zufrieden mit dem, was er sah. Er erwiderte feierlich: »Dann schwöre ich bei unseren Göttern, dass wir deinem Plan folgen und unser Bestes tun werden, um Branth zu finden.«

»Und ihn zu töten, falls es nötig ist«, fügte Khan'di hinzu. »Lasst ihn nicht in den Händen der Fon zurück.«

Athlone nickte. »Einverstanden.«

»Und was ist mit der Fon?«, fragte Gabria.

»Wenn alles gut geht, brauchen wir uns um sie keine Sorgen mehr zu machen. Sie wird zu sehr damit beschäftigt sein, den Aufstand niederzuschlagen.«

Piers sah zweifelnd drein. Er war der Einzige, der das ganze Ausmaß des Risikos begriff, das Khan'di einging, um eine Stadt wie Pra Desch zu einem bewaffneten Aufstand zu bringen. »Bist du sicher, dass die Streitkräfte meutern werden?«

Khan'di schlug auf den Griff des Schwertes an seinem Gürtel. »Es werden genügend Soldaten die Seite wechseln – natürlich außer der Kampftruppe der Fon. Aber der größte Teil des Heeres ist zwangsweise eingezogen worden und hat keine Lust, gegen die anderen Königreiche Krieg zu führen.«

Piers schüttelte den Kopf. »Deine Kühnheit ist verblüffend, alter Freund. Elaja möge in dieser Nacht mit dir sein.«

»Und auch mit dir, Heiler.« Khan'di sah die anderen der Reihe nach an. »Morgen treffen wir uns wieder. Bis dahin viel Glück, meine Freunde.« Er wollte gerade gehen, drehte sich jedoch noch einmal um und drückte Gabrias Arm. »Vielen Dank, Zauberin«, murmelte er.

Als er fort war, sammelten die Klanleute ihre Waffen und Ausrüstung ein. Sie packten alles zusammen, was sie nicht benötigten, und stapelten die Bündel an der Wand.

Piers tauschte seine lange Heilerrobe gegen ein Hemd und eine von Athlones Wollhosen ein. Seinen Arzneibeutel befestigte er am Gürtel. Er stand da und schaute zu Boden, als Gabria ihn am Arm berührte. Vor Schreck wäre er beinahe aus der Haut gefahren.

»Geht es dir gut?«, fragte sie, denn sein Gesicht war totenbleich. In den letzten drei Tagen schien er um zehn Jahre gealtert zu sein.

Der Heiler leckte sich die trockenen Lippen. »Ich hätte es nie für möglich gehalten, in den Palast zurückzukehren. Habe ich dir schon gesagt, dass meine Tochter dort im Kerker gestorben ist?«

Gabria empfand großes Mitleid mit ihm. »Du hast mir nur gesagt, dass sie auf Anweisung der Fon getötet wurde.«

»Man hat sie gefoltert«, erklärte er verbittert.

»Wir haben Khan'dis Grundriss. Du brauchst nicht mit uns zu kommen.«

Piers warf den Kopf hoch. »Doch, um unser aller willen. Außerdem ist ein Führer besser als ein Lageplan.«

»Ich freue mich, dass du auch dieser Meinung bist«, sagte sie dankbar und erleichtert.

»Was ist mit Tam und Tritter?«, fragte Sayyed. »Sollen wir sie bei Sengi lassen?«

Er hatte die Worte kaum ausgesprochen, als Tritter auch schon wie verrückt bellte. Tam sprang vor und schlang die Arme um Sayyeds Hüfte. Gabria, Athlone und Sayyed hielten sich die Hände vor die Ohren, um den Aufruhr zu ersticken, doch Tritters rasendes Bitten in ihrem Kopf konnten sie nicht aussperren.

»Er versucht uns zu sagen, dass Tam Angst davor hat, allein gelassen zu werden«, rief Gabria in das Bellen hinein.

Ein seltsamer, mitleidiger Ausdruck legte sich auf Sayyeds Gesicht. Er bückte sich, um Tam von sich zu lösen. Das Mädchen packte ihn am Hals und er hob sie hoch und flüsterte ihr etwas ins Ohr. Sofort hörte Tritter auf zu bellen und wedelte mit dem Schwanz. Sayyed warf Athlone einen raschen Blick zu und zuckte die Achseln. »Als ich klein war, habe ich das Alleinsein auch nicht gemocht. Ich passe auf sie auf.«

Der Häuptling stimmte zu, und Tam lächelte ihn scheu und dankbar an.

Als sie bereit zum Aufbruch waren, bat Athlone den Bergmann, sie zu führen. Der alte Mann verstand weder ihre Sprache noch die des Hafens und der Straßen. Er grunzte nur, trottete aus dem Lagerhaus und erwartete, dass die anderen ihm folgten.

Als die Reisenden das große Gebäude verließen, spürten sie sofort, dass in dieser warmen Frühlingsnacht etwas anders war. Die Stadt schien in angespannter Erwartung eines kommenden Sturms zu knistern. Eine seltsame Helligkeit aus tausenden von Fackeln lag über den Marktstraßen und Gildenhäusern. Aus der Ferne war wütendes Gemurmel zu hören. Tausende marschierende Füße hallten über das Steinpflaster, Leute riefen ihren Ärger hinaus, Waffen klirrten. Auf dem Hügel oberhalb des Lagerhauses schmetterten Hörner aus den Heerunterkünften und dem Palast.

Die Reisenden mussten sich beeilen, wenn sie ihren Führer nicht verlieren wollten. Obwohl er Athlones Großvater hätte sein können, war er so drahtig und wendig wie eine Bergziege. Er führte sie durch ein dunkles Labyrinth aus Lagerhäusern, Werften und Zollgebäuden. Mehrmals mussten sich die Reisenden in den Schatten drücken, als Gruppen lärmender Leute mit Messern, Piken oder behelfsmäßigen Waffen vorbeimarschierten. Khan'dis Aufruhr hatte begonnen.

Doch bald hatte die Gruppe den Lärm und das Treiben hinter sich gelassen. Der Bergmann führte sie aus dem Hafengebiet hinaus und in das hügelige Gelände jenseits der alten Stadtmauer.

Gabria schaute auf, während sie durch die Dunkelheit eilten, und bemerkte überrascht, dass sich der Himmel bewölkte. Weit draußen über dem Meer zuckten Blitze. Sie zögerte. Ein seltsames Gefühl reizte ihre Sinne, doch was es auch sein mochte, es war zu schwach für eine eindeutige Bestimmung. Sie schüttelte dieses Gefühl ab und eilte weiter hinter Athlone her.

Der Bergmann führte Gabria und ihre Gefährten durch die südlichen Ausläufer des Rotsteingebirges, wo die steilen Hänge von der rauen See ausgewaschen waren. Tiefe Senken hatten sich in die Berge eingeschnitten, und Felsklippen erhoben sich über steinigen Tälern. Nicht viele Leute kamen hierher, denn die unwirtlichen Hänge machten das Vorankommen schwierig. Nur einige sehr alte Stämme lebten in diesem zerklüfteten Land, züchteten weiterhin ihre halb wilden Ziegen und ließen sich nicht von der gewaltigen Stadt zu ihren Füßen beeindrucken. Allein die Bergstämme kannten die Labyrinthe aus Höhlen und Tunneln, die das Herz der Berge durchzogen.

Als die Gruppe bei einer engen Schlucht etwa eine halbe Meile hinter der Stadtmauer angekommen war, hatte sich bereits vollkommene Finsternis über das Land gelegt. Wolken verbargen den Mond und die Sterne; das einzige Licht kam von den fernen Blitzen und den Fackeln und Feuern drunten in der Stadt. Die Reisenden drehten sich um, warfen einen Blick zurück auf Pra Desch und waren erstaunt, auf den Straßen ganze Flüsse aus Fackelschein zu sehen, die sich auf die Altstadt zuwälzten. Der Mob war dabei, die Tore zu erstürmen.

Gabria wusste, dass der Erfolg dieses Teils von Khan'dis Plan vom Heer der Fon abhing. Wenn genügend Soldaten meuterten, konnten die Tore eingenommen und geöffnet werden. Dann würde der städtische Mob seine Wut im Palast austoben. Es war nicht zu erkennen, was um die Quartiere der Soldaten und die Stadtmauern herum geschah, doch der Lärm und die schallenden Hörner deuteten auf einen großen Tumult hin. Gabria betete darum, dass alles nach Plan lief, und folgte ihren Gefährten in die nachtschwarze Schlucht.

Sie stolperten einige Zeit lang über den felsigen Boden, bis endlich der Bergmann vor einem riesigen, herabgestürzten Geröllblock anhielt. Der mächtige Granitfels hatte sich in die Flanke der Schlucht eingegraben und war von Gestrüpp und Steinen halb verborgen. Wortlos drückte der Bergmann einen Busch beiseite und enthüllte so ein enges, schwarzes Loch hinter dem Felsblock. Wendig wie ein Eichhörnchen schoss er in die Öffnung und ließ die anderen draußen zurück.

»Das ist es?«, fragte Gabria misstrauisch.

Der alte Mann steckte den Kopf aus dem Loch und winkte ihnen ärgerlich zu. Hintereinander quetschten sich die Krieger, Gabria und Tritter durch das Loch. Tam hielt sich an Sayyed fest, doch sie betrat die pechschwarze Höhle ohne Murren oder Jammern.

Die Gruppe blieb dicht zusammen. Die Höhle war kaum hoch genug, um aufrecht zu stehen, und so finster, dass man weder Decke und Boden noch die Gesichter der anderen erkennen konnte. Niemand wagte, einen Schritt voran zu machen.

Plötzlich zuckte ein schwaches Licht im hinteren Teil der Höhle auf, wo der Bergmann ein kleines Feuer geschlagen hatte. Zur Erleichterung aller entzündete er nun einige Binsenfackeln und gab sie den Männern. Dann machte er erneut eine Handbewegung und verschwand in der Dunkelheit.

»Ich wäre lieber wieder im Lagerhaus«, sagte Bregan und starrte die niedrige Decke an.

Athlone packte den Krieger am Arm, während er dem alten Mann folgte. »Ich ebenfalls«, sagte er.

In einer Reihe mit Athlone als Erstem und Bregan als Nachhut folgte die Gruppe ihrem schweigenden Führer in die Tiefen der Erde.

Nicht weit entfernt, in einem kleinen, dunklen Raum unter dem Palast, stand die Fon mit dem Rücken gegen eine Wand gelehnt und beobachtete Branth aus zusammengekniffenen Augen. Sie war sich nicht sicher, ob er schon wieder zu einem neuen Beschwörungsversuch bereit war. Sie hätte gern noch einige Tage damit gewartet, den Gorthling zu rufen und ihr Heer gegen Portane zu führen, doch vor kurzem war ihr mitgeteilt worden, dass sich der Pöbel erhoben hatte und auf den Palast zumarschierte. Das Heer, das sie selbst ausgehoben hatte, war ihr in den Rücken gefallen und hatte dem Mob die Stadttore geöffnet.

Sie knirschte mit den Zähnen und stieß durch ihre dünnen Lippen ein hasserfülltes Knurren aus. Oh, wegen dieses Verrats würden Köpfe rollen! Die Straßen würden vom Blut der Verräter überfließen, schwor sie sich. Der Pöbel und die abtrünnigen Soldaten kämpften bereits gegen ihre noch immer treu ergebenen Wachen. Der Kampf tobte auf den Straßen in der Nähe des Palastes – zu nahe, um noch Ruhe bewahren zu können.

Die Fon schlug mit der Faust gegen die Wand. Das war das Werk dieses verdammten Khan'di Kadoa. Die Ereignisse trugen seine Handschrift. Sie hätte sich schon früher dieses hinterhältigen Wurms entledigen sollen, doch er besaß die Unterstützung der einflussreichen Kaufmannsgilden, gegen die sie bislang noch keinen offenen Kampf gewagt hatte.

Nach dieser Nacht würde die Kadoa-Familie der Vergangenheit angehören und die Kaufmannsgilden vor der Fon im Staub kriechen. In dieser Nacht würde sie ihren Gorthling bekommen.

Vor ihr beugte sich Branth über das große, ledergebundene Buch auf dem Tisch und wiederholte ohne jede Gefühlsregung die Worte des Zauberspruchs. Eine Aura der Macht bildete sich um ihn herum. Selbst die Fon bemerkte das schwache, grünliche Glimmern. Doch der Mann schien nichts anderes wahrzunehmen als das Buch und den kleinen goldenen Käfig auf dem Tisch vor ihm.

Er sprach unablässig die Worte des langen, verwickelten Zauberspruchs. Im Licht der kleinen Lampe sah die Fon den Schweiß auf seiner Stirn. Ein schwaches Zittern lief durch seinen Körper. Dann erschien zu ihrer großen Freude in der Mitte des Käfigs ein winziger, zitternder Lichtfleck, kaum größer als eine Öse. Da sie das Buch gelesen hatte, wusste sie, dass diese Öse ein Durchgang zur Welt der unsterblichen Götter, Träume und unbegrenzten Kräfte war. Langsam versteifte Branth sich und begann mit dem zweiten Teil des Zauberspruchs, der den Durchschlupf weitete und den Gorthling aus seinem eigenen Reich lockte.

Die Fon schaute ihm ungeduldig zu. Am liebsten würde sie das Loch mit eigenen Händen weiten und den Gorthling herüberziehen, doch sie wusste inzwischen, dass die Geschöpfe des Bösen gefährlich waren und mit Vorsicht und List behandelt werden mussten. Sie hielt ihre Enttäuschung im Zaum und beobachtete, wie sich das Loch Stück für Stück öffnete. Als es eine Handspanne breit war, hörte Branth plötzlich auf.

»Was ist los, du Narr?«, zischte die Fon. »Mach weiter!«

Branth schien mit sich selbst zu kämpfen und etwas sagen zu wollen. Er ballte die Hände zu Fäusten und bewegte den Mund. »Nein«, knurrte er zwischen den zusammengepressten Zähnen hindurch. »Das nicht.«

Die Fon trat mit blitzenden Augen vor ihn. »Mach es!«, kreischte sie.

Der verbannte Häuptling erbleichte. All die Drogen und die Tage der Gehirnwäsche zerstörten allmählich die letzten, schwachen Überreste seines Willens. Wie ein lebender Leichnam wandte er sich wieder dem Buch und dem Käfig zu.

Als er den Zauberspruch fortsetzte, wurde die grüne Aura heller. Die magischen Kräfte um ihn herum verstärkten sich und weiteten das Loch in dem Käfig. Das Licht wurde so blendend hell, dass sich die Fon die Hand vor die Augen hielt.

Sie blinzelte, dann sah sie es.

Ein kleines, verhutzeltes Gesicht spähte durch das Loch. Die Fon hielt den Atem an. Genau an dieser Stelle hatte Branth beim letzten Mal die Kontrolle verloren. Diesmal aber versagte er nicht. Er sang die Beschwörung und zog den Gorthling langsam aus der jenseitigen Welt in den Käfig hinein.

Die Kreatur erschien vorsichtig. Sie kletterte mit einem Glied nach dem anderem aus dem Loch und kauerte sich schließlich knurrend in eine Ecke des Käfigs. Branth sprach einen Befehl, und das Lichtloch schloss sich wieder.

Es dauerte eine Weile, bis sich die Augen der Fon an das schwache Licht gewöhnt hatten. Sie starrte das Ding in dem goldenen Käfig bezaubert an. Der Gorthling glich einem kleinen, unglaublich alten Affen mit langen, verdrehten Gliedern und dem Gesicht eines mumifizierten Kindes. Die Fon unterdrückte ein Zittern, als das Geschöpf seine nichtmenschlichen Augen auf sie richtete. Bevor es ihren Blick einfangen konnte, wandte sie sich ab und zischte Branth an: »Leg ihm das Halsband um.«

Das war der gefährlichste Teil der Beschwörung, denn der Zauberer musste dem Gorthling ein Halsband aus Gold umbinden, um ihn vollständig beherrschen zu können. Das alte Buch verriet jedoch in sehr klaren Worten, dass menschliche Hände den Gorthling nicht berühren durften. Die Fon wusste nicht, warum das so war, aber sie wollte es auch nicht herausfinden.

Branth streckte die Hand nach einer langstieligen Klammer und dem goldenen Halsband aus. Er hatte mit der Klammer schon an verschiedenen kleinen Tieren geübt und war inzwischen recht geschickt darin, ihnen das Band innerhalb des Käfigs umzulegen. Doch weder er noch die Fon hatten mit der Gewitztheit und Behändigkeit des Gorthlings gerechnet.

Er huschte in dem kleinen Käfig umher und wich dem Halsband und Branths eifrigen Bemühungen mit Leichtigkeit aus. Wann immer Branth dem Gorthling das Band beinahe umgelegt hatte, schlüpfte dieser behände fort. Die Fon raste vor Verzweiflung. »Binde das Ding endlich an!«, schrie sie.

In diesem Augenblick rutschte das Halsband von der Klammer und fiel kurz hinter den Stäben auf den Käfigboden. Branth war von den Giften der Fon halb betäubt und handelte gedankenlos. Er steckte die Finger durch die Gitterstäbe, um das Halsband aufzuheben.

»Nein!«, kreischte die Fon.

Gerade als sie auf den Mann zusprang und seinen Arm wegziehen wollte, hüpfte der Gorthling auf Branths Finger und schlug die Zähne in das Fleisch des Zauberers. Branth heulte vor Schmerz auf und versuchte die Hand zurückzuziehen, doch der Gorthling hatte sich in seine Finger verbissen, schälte das Fleisch von ihnen und schluckte es herunter.

Der Geschmack des Blutes machte das Geschöpf rasend. Mit einem Kreischen zerfetzte es Branths Hand. Der Mann zuckte und brüllte so wahnsinnig, dass sich die Fon nicht traute, ihm näher zu kommen und zu helfen.

Plötzlich verstummte der Gorthling. Die Fon machte einen Schritt zurück und riss entsetzt die Augen auf, denn das Geschöpf wuchs. Sein Körper pulsierte in einem unheimlichen roten Licht, und Blut tropfte ihm aus dem Maul. Einen Augenblick später war es so groß wie der Käfig.

Erschrocken wich die Fon zur Tür zurück und wollte Branth seinem Schicksal überlassen. Sie hoffte, dass der Käfig die Kreatur weiterhin einsperren würde, doch als sie gerade nach der Klinke tastete, durchbrach der Gorthling die Stäbe seines goldenen Gefängnisses. Branth und die Fon erstarrten.

Der Gorthling hielt noch immer die blutige Hand des Zauberers fest, doch nun richtete er den Blick auf die Fon. Sie sah ihn an und wurde von den schwarzen Tiefen seiner Augen aufgesogen. Sie starrte das unvorstellbar Böse an, dessen Existenz sie sich nie erträumt hätte – das Böse, das so mächtig und zerstörerisch war, dass es ihre Gedanken verschluckte und ihren Kopf mit reinem Entsetzen füllte.

Ihr Schrei gellte durch den kleinen Raum. Irgendwo zwischen den Fetzen ihres Bewusstseins glomm noch ein winziger Funke der Selbstbehauptung und leitete sie zur Türklinke. Der Gorthling streckte die Klaue nach der Öllampe auf dem Tisch aus. Er warf sie der Frau hinterher, welche soeben die Tür mit einem verzweifelten Stoß aufgedrückt hatte und schreiend den Korridor hinabrannte.

Die Lampe schlug gegen die hölzerne Tür, das Öl ging in Flammen auf und rann in feurigen Rinnsalen auf den Boden. Der Gorthling kräuselte die Lippen zu einem boshaften Lächeln und wandte sich dann wieder Branth zu.

Der Klanmann hatte sich nicht bewegt. Sein Gesicht war verzerrt vor Angst und Schmerz; die Hand und der Unterarm hingen in blutigen Fetzen. Er konnte sich noch immer nicht dazu zwingen, den grauenhaften Gorthling abzuwehren.

Das Geschöpf war seit dem Augenblick nicht mehr gewachsen, in welchem es den Käfig gesprengt hatte. Nun kauerte es wie eine große Katze auf dem Tisch und packte erneut Branths Arm. »Wo hast du deinen Zauberspruch gelernt, Magier?«, krächzte der Gorthling.

Branth schüttelte sich heftig unter der spröden, boshaften Stimme. Er keuchte eine Antwort und deutete auf das Buch vor sich.

Der Gorthling sah es an. »Aus dem *Buch des Matrah?* Kein Wunder, dass du versagt hast.« Er kicherte. »Wer bist du?«

Der Zauberer zwang sich zu einer Antwort: »Lord ... Branth vom Geldring-Klan.«

»Ein Klanmann. Natürlich! Nur Klanmänner rufen Wesen wie mich.« Er senkte die Klauen tiefer in Branths Arm. »Wo sind wir?«

Branth wimmerte. »In einem Palast. In Pra Desch.«

»Du befindest dich nicht in deinem eigenen Land. Warum nicht, kleiner Häuptling?«

»Ich bin verbannt worden.«

»Oho!«, höhnte der Gorthling. »Deine Leute haben dich ausgestoßen. Wie traurig. Vielleicht sollte ich das ändern. Es wäre interessant, einmal eure Klane zu besuchen.« Er lachte; es klang beißend bitter und rau.

Das Lachen der Kreatur war mehr, als Branth ertragen konnte. Er fiel auf die Knie, schluchzte und kreischte um Gnade.

»Gnade!«, krächzte der Gorthling. »Ich weiß nicht, was dieses Wort bedeutet. Aber ich weiß, dass du mein bist, kleiner Häuptling!«

Ohne Vorwarnung sprang das Geschöpf auf Branths Gesicht zu. Der Mann fiel nach hinten auf den Steinboden; er kreischte entsetzt und zerrte an dem Ding auf seinem Kopf. Das Geschöpf hielt sich mit finsterer Entschlossenheit fest. Rauch umwirbelte die beiden, und die Augen des Gorthlings leuchteten im Schein des Feuers.

Der Körper des Wesens pulsierte wiederum in einem gespenstisch roten Glimmern. Der Gorthling öffnete Branths Mund. Ein letztes Mal schrie der Geldring verzweifelt auf, bevor er in Totenstille verfiel. Zoll für Zoll arbeitete sich der Gorthling in Branths Mund hinein. Das Geschöpf schaute noch einmal zwischen den Zähnen des Häuptlings hervor und kicherte vor Befriedigung, dann klappte der Mund des Mannes zu und der Gorthling war verschwunden.

Außer dem Knistern des Feuers auf der brennenden Tür war alles still im Raum. Das Feuer hatte sich auch über den Boden ausgebreitet und züngelte nun an dem Heu auf Branths Pritsche. Die Flammen schlugen höher. Rauch wirbelte hinaus in den Korridor.

Innerhalb von Branths Körper begann der Gorthling mit seiner

Verwandlung. Flink passte sich das Wesen dem Körper des Zauberers an und vereinigte seine Lebenskraft mit Branths Muskeln, Knochen und Herz in einer Symbiose, die nur der Tod aufbrechen konnte. Sobald die Vereinigung vollständig war, besaß der Gorthling die uneingeschränkte Kontrolle über den Körper und Geist des Mannes.

Branths Seele wurde bei diesem Vorgang zerstört. Der Gorthling entkleidete das Hirn seines Opfers von allen Gedanken, Erinnerungen und Träumen und fügte seinen eigenen Verstand, seine List und Verschlagenheit ein. Als Branths Verstand leer war, hatte der Gorthling eine oberflächliche Kenntnis von den Erinnerungen und Gefühlen des Häuptlings erlangt. Besonders eines dieser Gefühle erregte die Aufmerksamkeit des Gorthlings: Hass. Es gab Spuren besonders ausgeprägten Hasses und mächtigen Abscheus vor einer bestimmten Zauberin. Unglücklicherweise kam der Gorthling nicht ganz mit den verwirrten menschlichen Erinnerungen zurecht. Vielleicht würde er irgendwann erfahren, wer diese Zauberin war. Für den Augenblick gab es Wichtigeres für den Gorthling.

Branths Körper zuckte und richtete sich auf. Der Gorthling öffnete die Augen. Branths üblicher überheblicher Ausdruck war verschwunden – aufgesogen mit Geist und Seele. An seine Stelle war das Schimmern nichtmenschlicher Bösartigkeit getreten.

Der Gorthling stand auf und überprüfte langsam die Muskeln der neuen Gestalt, in die er eingedrungen war. Mit Ausnahme der Hand, die der Gorthling jedoch heilen konnte, war der Körper grundsätzlich gesund und einsatzbereit. Das Geschöpf grinste. In seiner gewöhnlichen Gestalt besaß der Gorthling keine eigene Kraft, sondern nur die Fähigkeit, fremde Kraftformen zu verstärken. Doch sobald er Blut schmeckte, konnte er einen sterblichen Körper besetzen und ihm seine eigenen Kräfte hinzufügen. Branths Körper bot große Möglichkeiten, besonders da er die Fähigkeit zur Zauberei besaß. Bevor jemand herausfand, wer er in Wirklichkeit war, konnte er der Welt wundervollen Schaden zufügen.

Doch zuerst musste der Gorthling mehr über das Volk herausfinden, in dem er nun lebte. In der Welt der Unsterblichen hinter dem Reich des Todes war er sich dieser Welt und der auf ihr herumtrampelnden Menschen nur undeutlich bewusst gewesen. Er hatte den

Verlauf ihrer Geschichte beiläufig und ohne große Anteilnahme verfolgt und allein den Klanleuten etwas mehr Aufmerksamkeit geschenkt, da sie die einzigartige Fähigkeit zur Zauberei besaßen – eine Gabe, die ihnen von Valorian, dem Kriegshelden und angeblich nur teilweise menschlichen Sohn der Göttin Amara verliehen worden war. Ausschließlich ein Zauberer konnte einen Gorthling in die Welt der Sterblichen rufen, und nur ein Zauberer konnte ihn wieder dorthin zurückschicken. Wenn das Geschöpf in diesem großen, mächtigen Körper bleiben wollte, musste es alle Klanzauberer aufspüren und sie vernichten, besonders diejenige Frau, die bei seinem Wirt solchen Hass hervorgerufen hatte. Diese Zauberin hatte die Neugier des Gorthlings erregt.

Hinter dem Wesen knallte etwas. Rasch drehte es sich um. Die Holztür lag auf dem Boden und wurde von den Flammen verzehrt. Der Gorthling betrachtete das sich schnell ausbreitende Feuer. Normalerweise machte Feuer ihm nichts aus, doch diesem Körper bekam es nicht gut. Das Geschöpf hustete und wich vor der Hitze zurück.

Dann erinnerte es sich an die Frau. Sie hatte neben der Tür gestanden und seine Ankunft verfolgt. Sie wusste, was er war. Es gab keine andere Möglichkeit; er musste sie finden. Fröhlich nahm das Geschöpf einen Fackelstumpf aus einer Halterung an der Wand und entzündete ihn. Branths verletzte Hand schmerzte, doch der Gorthling hatte schon schlimmere Qualen durchlitten. Er nahm das *Buch des Matrah* vom Tisch, schoss durch die brennende Tür und sprang hinaus in den Korridor.

Vor ihm lag eine Treppe. Unter lautem Lachen rannte er die Stufen hinauf und hinunter und setzte alles in Brand, was nur brennen konnte.

»O Götter«, keuchte Gabria. »Habt ihr das gehört?«

Beim Klang ihrer Stimme blieb die Gruppe in dem schwarzen Tunnel sofort stehen. Sie wussten nicht mehr, wie lange sie schon stolpernd, kletternd und kriechend dem alten Mann durch das endlose Labyrinth der Spalten, Tunnel und Höhlen folgten. Die kalte, feuchte Schwärze zermürbte sie. Sie sahen sich nervös um.

»Was sollen wir gehört haben?«, flüsterte Piers.

Sie blieben stockstarr stehen und lauschten in die undurchdringliche Düsternis. Der alte Mann wurde ungeduldig.

Gabria hielt die Hand vor den Mund, um einen Schrei zu ersticken, als eine Welle des Entsetzens über sie hinwegbrandete. Zitternd und schwindlig sackte sie gegen Piers. Sie hörte Tam winseln.

Sayyed und Athlone fragten gleichzeitig: »Was war das?«

»Was war *was*?«, wollte Bregan allzu laut wissen.

Gabria spürte, wie ihr das Herz in der Brust raste. Sie atmete schwer, doch das unbekannte Grauen verließ sie so schnell wieder, wie es gekommen war. »Ich weiß es nicht. Irgendetwas ist geschehen. Ganz in der Nähe. Etwas Schreckliches.«

Der Häuptling hielt die flackernde Fackel hoch. »Hast du auch etwas gehört, Sayyed?«

Der Turic trat unruhig von einem Bein auf das andere. »Ich habe es eher gespürt als gehört. Es war abscheulich!« Er bückte sich, um Tam zu beruhigen und das Zucken der Angst auf seinem Gesicht zu verbergen.

Gabria richtete sich auf und versuchte, die Reste des Grauens abzuschütteln. »Athlone, wir sollten uns beeilen. Ich glaube, das war Branth.«

Die Gruppe ging weiter. Sie bewegte sich nun schneller; Gabrias Furcht trieb sie an. Der alte Mann führte sie durch eine weitere Passage, um einen Einsturz herum, unter einer Steindecke hindurch, die so niedrig war, dass sie auf Händen und Knien kriechen mussten, und schließlich in eine winzige Kammer, die kaum mehr als ein breiter Spalt in der Erde war.

Der Bergmann sprach ein paar unverständliche Worte und deutete auf den hinteren Teil der Höhle, dann drehte er sich um und verschwand in der Dunkelheit, bevor ihn jemand zurückhalten konnte.

»Warte!«, rief Athlone und setzte ihm nach, doch der Mann hatte sich bereits in eine weitere Spalte geduckt und war fort.

»Bei Surgarts Schwert, ich werde diese kleine Ratte erwürgen, wenn sie uns in die Irre geführt hat«, fluchte Athlone. Er ging zu der Stelle im hinteren Teil der Kammer, auf die der Bergmann gedeutet hatte, und entdeckte einen weiteren schmalen Riss in der Felswand. Vorsichtig quetschte er sich hindurch. Es folgte Stille, bevor endlich seine Stimme den anderen entgegenschallte.

»Hier entlang.«

Gabria und die anderen zwängten sich durch den engen Spalt, umrundeten einige Felsblöcke und fanden sich schließlich in einer gewaltigen Höhle wieder. Sie konnten in dem lichtlosen Raum nicht weit sehen, denn das schwache Flackern der Fackeln wurde von der überwältigenden Finsternis geschluckt. Kalte Stille umgab sie. Mit großer Vorsicht schritten sie voran. Nur Piers stand wie angefroren da und starrte traurig in die Dunkelheit.

Obwohl Gabria keine Fackel hatte, ging sie neugierig einen Schritt voraus. Mit dem Schienbein stieß sie gegen einen sehr spitzen Felsen. »Das ist doch lächerlich«, zischte sie. Sie hob die Hand, rief einen Befehl und ein Ball aus hellem Licht formte sich über ihrem Kopf.

Die anderen sprangen zurück wie gestochene Pferde.

»Gute Götter, Gabria!« rief Athlone. »Erschrick uns doch nicht so.«

Die vier Khulinin-Krieger starrten verwundert und beunruhigt zuerst das Licht und dann Gabria an. Sie sah sie entschuldigend an. Sie bedauerte es, so überstürzt gehandelt zu haben, doch die beinahe vollkommene Düsternis und die Schmerzen im Bein hatten sie gedankenlos gemacht. Die anderen waren nicht an ihre Zauberkünste gewöhnt, und das plötzliche Aufflammen der Lichtkugel hatte ihnen einen Schock versetzt.

Schließlich schüttelte Bregan den grauhaarigen Kopf und warf seine Fackel zu Boden. »Hast du noch mehr von diesen Lichtern, Gabria?«

Ihr Lächeln war blendend. Innerhalb weniger Augenblicke hingen vier Lichtkugeln über den Köpfen der Männer. Der Glanz leuchtete die ganze Höhle aus.

Der erste Eindruck war richtig gewesen: Die Höhle war gewaltig. Als sich die Gruppe umsah, wurde deutlich, dass zwar der größte Teil der Höhle einen natürlichen Ursprung hatte, aber viel Arbeit menschlicher Hände darauf verwendet worden war, den Boden zu glätten und die Wände zu verbreitern. Auch waren einige künstliche Dinge hinzugefügt worden: Käfige, Böcke, Ketten an den Wänden, ein großes Streckbett, ein Schmiedeofen und verschiedene unbekannte Maschinen – zum Glück befanden sie sich allesamt nicht in Gebrauch.

»Meine Götter«, sagte Athlone zitternd. »Das hier ist eine Folterkammer.«

Plötzlich stieß Piers einen kummergesättigten Seufzer aus und rannte vor. In der Mitte der Höhle klaffte ein Loch. Der Heiler stolperte auf den Abgrund zu. Er fiel auf die Knie und beugte sich weit über den Rand.

»O Diana«, keuchte er.

»Piers!«, rief Gabria. Sie rannte zu ihm und versuchte, ihn von dem Loch fortzuziehen. Ein schwacher, fauliger Gestank stieg von den unauslotbaren Tiefen auf.

»Sie ist da unten«, sagte der Heiler. Seine Stimme ertrank in Verzweiflung. »Der Scharfrichter der Fon hat es mir mit großem Vergnügen berichtet. Diana wollte nicht gestehen, den alten Fon vergiftet zu haben – auch dann nicht, als sie gefoltert wurde. Sie haben sie trotzdem verurteilt und hier hinunter geworfen.« Er lehnte sich gegen Gabria, bedeckte das Gesicht mit den Händen und weinte.

»All diese Jahre«, schluchzte Piers. »All diese Jahre. Ich habe nie geglaubt, dass sie wirklich tot ist – bis ich jetzt diese Grube gesehen habe.«

Nun verstand Gabria. So vieles, was er gesagt und getan hatte, passte plötzlich zusammen: seine Flucht aus Pra Desch, die Weigerung, über seine Familie oder Vergangenheit zu reden, seine stete Traurigkeit. Sie wusste, wie er sich fühlte. Der Blick in die Grube musste für den Heiler dasselbe gewesen sein, wie auf einem Grabhügel zu stehen und den Beerdigten Lebewohl zu sagen. Sie hielt ihren Freund fest und ließ ihn weinen.

»Da unten ist nichts mehr«, sagte sie sanft. »Diana ist fort.«

Er weinte, bis die schlimmste Trauer vergangen war; dann schwieg er für lange Zeit und starrte gedankenverloren in die Grube. Gabria hörte die Bewegungen der anderen; sie suchten die Höhle nach einem Ausgang ab. Doch Gabria blieb bei Piers und half ihm, die Phantome der Vergangenheit zu ertragen.

Als er sich schließlich die Augen mit dem Ärmel abwischte, wusste sie, dass er seine Trauer im Griff hatte. Der lange und schmerzliche Prozess der Gesundung hatte soeben seinen Anfang genommen.

»Ist das der Grund, warum du zum Corin-Treld zurückgekehrt bist?«, fragte er und reichte ihr die Hand.

Sie nickte, ergriff seine Hand und stand auf. »Die Toten müssen in Frieden ruhen.«

»Das werden sie«, antwortete Piers matt. Dann fügte er hinzu: »Doch jetzt sollten wir uns um die Lebenden kümmern. Ich würde gern der Fon gegenübertreten.«

»Kennst du den Weg hinaus?«, fragte Gabria.

»Ja. Ich bin vor vielen Jahren in meiner Eigenschaft als Heiler hier unten gewesen, doch ich musste zum Glück nie längere Zeit an dieser Folterstätte bleiben.«

Piers führte sie um die Grube herum und ging auf eine Wand zu, an der ein Regal mit Werkzeugen hing. Die anderen folgten ihm. Er fand die im Stein verborgene Klinke und zog das Regal, das die Tür verbarg, zur Seite. Sie traten hintereinander aus der Höhle, und Gabrias Lichter hüpften über ihren Köpfen. Bald fanden sie eine Treppe, die zum nächsten Stockwerk führte.

Als der letzte Krieger die Folterkammer verlassen hatte, warf Piers einen Blick zurück in die schwarze Höhle und schloss dann sanft die Tür.

Die Gruppe begab sich nach oben zu den Gefängnissen und überließ Piers die Führung. Die Reisenden schauten sich entsetzt um. Es gab zwei Gänge, die rechts und links von der Treppe abzweigten und an denen lichtlose Steinzellen lagen. Die Wände waren feucht und auf dem Boden lagen Unrat und Kot knöcheltief. Der Gestank war entsetzlich.

Doch der Lärm war noch schlimmer. Der Anblick der Lichter erregte die Gefangenen. Sie schrien, heulten und kreischten hinter den Gitterstäben in scheußlichen Misstönen des Elends und der Angst. Überraschenderweise gab es hier keine Wachen.

Vor den Zellen verlangsamte Piers seine Schritte. »Ich kenne einige dieser Leute«, rief er aus. »Sie gehören nicht hierher!«

Secen lief auf eine der Türen zu, doch Athlone rief ihn zurück. »Nicht jetzt. Dazu haben wir keine Zeit.«

Sie liefen weiter, ließen den Kerker und seine gequälten Insassen hinter sich und rannten hoch in das nächste Stockwerk. Khan'dis Karte hatte die tiefen, unterirdischen Verliese nicht umfasst, sondern nur den Flügel der Fon, wo sich Branth vermutlich aufhielt. Die Gruppe musste sich auf Piers' elf Jahre alte Erinnerungen an die ausgedehnten Vorratsräume, Weinkeller und kalten Abstellkammern unterhalb des Erdgeschosses verlassen.

Der Heiler war überrascht, an wie vieles er sich erinnerte. Nun, da er sich von seiner Trauer befreit hatte, kehrten die Erinnerungen klar und deutlich zurück, so als wäre das alles erst gestern gewesen. Es gelang ihm, seine Gefährten bis zu einem Korridor unmittelbar unter dem Flügel der Fon zu führen.

Khan'di hatte ihnen berichtet, dass seinen Spionen zufolge Branth in einem der persönlichen Lagerräume der Fon gefangen gehalten wurde. Der Heiler geleitete seine Gefährten durch ein großes Zimmer voller Fässer und eine Wendeltreppe hinauf. An ihrem oberen Ende versperrte eine massive Eichentür den Weg. Piers griff nach der Klinke, doch plötzlich bellte Tritter heftig und drängte sich zwischen Piers und die Tür.

»Sei vorsichtig, Piers!«, rief Gabria. »Es brennt, sagt Tritter.«

Der Heiler blickte zweifelnd drein, doch er trat einen Schritt von der schweren Eichentür zurück und öffnete sie nur einen winzigen Spaltbreit. Eine dunkle Rauchwolke quoll heraus und das gefräßige Röhren eines ungezügelten Feuers dröhnte durch die schmale Öffnung. Sofort warf Piers die Tür zu.

»Bei allen Göttern, was ist da geschehen?«, rief Athlone.

Piers sah sich sorgenvoll um. »Ich weiß es nicht, aber wir müssen einen anderen Weg nehmen.«

Die Reisenden rannten die Treppe hinunter und durch den Vorratsraum. Von dort nahmen sie einen anderen Korridor, der zur Haupttreppe führte, von der aus man in die Bankethalle gelangte. Dort blieben sie stehen und sahen sich verwundert und angstvoll um. Einige Fackeln brannten noch in den Halterungen an den Wänden des reich verzierten Saales und spendeten genügend Licht, sodass die Gruppe die Ausmaße der Räumlichkeit deutlich erkennen konnte.

Die Bankethalle befand sich im Mittelteil des Palastes zusammen mit den Vorzimmern, dem Thronsaal und dem Audienzzimmer. Im Norden lagen die Privatgemächer der Fon und die Dienstbotenquartiere. Das Feuer drang bereits hoch in den ersten Stock dieses Flügels. Es fraß sich durch die Balken und die Nordwand der Bankethalle. Während es zum Boden des zweiten Stocks stieg, schluckte es alles, was sich im Weg befand. Gabria löschte die Lichtkugeln. Die Banketthalle füllte sich mit Rauch. Ein ersticktes Röhren hallte durch den Raum.

Palastwachen, Diener und Höflinge rannten hin und her und trugen Sachen aus dem Flügel der Fon; einige waren in Panik verfallen, andere schrieen oder kreischten Befehle. Niemand schien etwas zu unternehmen, um das Feuer zu löschen, und niemand schenkte den Klanleuten die geringste Aufmerksamkeit.

»Lord!«, rief Keth. »Seht Euch das an!« Er stand in einer tiefen Laibung und schaute durch eines der seltenen Glasfenster.

Athlone und die anderen traten neben ihn und füllten die Laibung vollständig aus. Sie folgten Keths Blick hinüber zu der hohen Umgebungsmauer des Palastes. Die Wachen der Fon versuchten, den Pöbel von dem massiven Eichentor vor dem Eingang fern zu halten. Doch während die Reisenden hinausschauten, wurde das Tor von einer wohl geordneten Truppe aufgestemmt, die umgehend in den Hof drängte und die Wachen angriff. Dahinter strömte eine große Menschenmenge durch das aufgebrochene Tor nach innen. Draußen erhob sich ein Siegesgeheul, doch dann hielt der Mob wie gelähmt inne. Ein blasser Lichtblitz erleuchtete die vielen hundert Gesichter, die den brennenden Palastflügel anstarrten.

Donner und ein fernes Krachen erschütterten das Gebäude. Der Rauch wurde dichter.

Gabria trat zurück in die von Rauchschwaden durchzogene Halle. Ein Junge rannte mit einem Arm voll juwelenbesetzter Kelche an ihr vorbei. Die Zauberin hustete und blickte durch die offen stehende Doppeltür in den Flügel der Fon, aus dem unter dem roten und gelben Feuerschein mehr und mehr Leute mit den Wertgegenständen der Fon in den Händen flohen.

Athlone wich vom Fenster zurück. »Wo in diesem ganzen Aufruhr steckt die Fon?«, schrie er über den Lärm hinweg.

»Und wo steckt Branth?«, rief Gabria zurück.

Zwölf

»Piers.« Athlone ergriff den Arm des Heilers. »Besteht die Möglichkeit, dass Branth noch lebt, falls er wirklich in einem der unteren Lagerräume war?«

Der Heiler riss einen Streifen aus seinem Hemd und band ihn sich über Nase und Mund, um den rasch dichter werdenden Rauch zu filtern. »Keine, Lord. Der ganze Korridor stand in Flammen.«

»Falls ihn die Fon anderswo hingebracht hat, wo könnte er dann deiner Meinung nach sein?« Athlone musste schreien, um den Lärm der Leute und das stärker werdende Brüllen der Feuersbrunst zu übertönen.

»Falls sie Zeit dazu hatte?« Piers hob die Hände. »Er könnte in ihren Privatgemächern oder in den Räumen der Garde im anderen Flügel sein. Er könnte überall sein.«

Der Häuptling dachte rasch nach. »Dann müssen wir uns aufteilen. Durchsucht so viele Räume wie möglich, aber verlasst sie schnell wieder. Wenn jemand Branth findet, bringt er ihn entweder her oder tötet ihn. Alles klar?« Sie nickten. »Piers, du kennst dich hier aus. Nimm Gabria und Keth mit. Sieh an den Stellen nach, wo er sich am wahrscheinlichsten aufhalten könnte. Bregan, du kommst mit mir. Wir gehen hoch zu den Räumen der Fon. Secen, Valar und Sayyed, ihr nehmt Tam und den Hund mit und durchsucht den anderen Flügel.«

Die einzelnen Gruppen fanden sich zusammen und liefen los. Nur wenige der fliehenden Palastbewohner warfen ihnen im Vorüberhasten einen Blick zu.

»Wartet nicht zu lange, bis ihr dem Feuer den Rücken kehrt«, rief Athlone ihnen nach. Gabria wollte gerade Piers folgen, als der Häuptling ihre Hand ergriff. Er wollte ihr noch etwas sagen, bevor Rauch und Feuer sie beide trennten, doch er fand einfach nicht die richtigen Worte. Gabria sah ihm ins Gesicht, das noch immer geschwollen, bärtig und voller Dreck war. Sie zog den Stofffetzen, den sie sich vor Mund und Nase gebunden hatte, herunter und gab seiner Wange einen leichten Kuss. Dann rannte sie hinter Piers her und verschwand im Rauch.

Athlone schaute ihr überrascht nach; dann huschte ein Lächeln über sein Gesicht. Er gab Bregan ein Zeichen und verließ die Bankettenhalle, um nach der Treppe ins nächste Stockwerk Ausschau zu halten.

Während Athlone und Bregan in dieselbe Richtung eilten, führte Piers Gabria und Keth durch mehrere Türen, einen weiteren schwach erleuchteten Korridor entlang und in den Audienzsaal, wo die Fon üblicherweise ihre großen öffentlichen Feste, Hofzeremonien und Feiern ausrichtete. Trotz der späten Stunde brannten einige Lampen in dem Saal, und Gabria warf einen erstaunten Blick auf die prunkvolle Einrichtung. Die Wände des gewaltigen Saales waren mit Gobelins, farbenfrohen Bannern und Seidenbahnen bedeckt, auf denen das Schiffsemblem von Pra Desch prangte. Gepolsterte Bänke und Stühle waren vor den Wänden aufgereiht, und ein mächtiger Kamin beherrschte das eine Ende des Raums. Gabria bemerkte, dass das riesige Zimmer leer war und sich bereits mit Rauch füllte.

Piers trat in die Mitte des Zimmers und versuchte sich zurechtzufinden.

Gabria packte ihn am Ärmel. »Wohin jetzt?«

Der Heiler sah sich weiter um, während er antwortete. »Die Fon sollte wissen, wo Branth ist. Wenn wir sie finden, wird sie vielleicht ...« Er hielt inne, als ein weiterer Schlag durch den Palast fuhr. Schreie hallten in den Gängen wider. »Der Boden hat nachgegeben«, murmelte er und sah die Steinwände an. »Es wird nicht lange dauern, bis so viele Decken und Fußböden eingebrochen sind, dass auch die Wände zusammenfallen.«

»Also sollten wir uns beeilen«, meinte Keth unruhig.

»Weißt du, wo sie sein könnte?«, fragte Gabria.

Piers schürzte die Lippen. »Wenn ich diese Frau richtig einschätze, befindet sie sich in den Gewölben und versucht, den Staatsschatz zu retten.« Er trieb seine Gefährten aus dem Audienzsaal und in das erste der beiden Vorzimmer der Fon. Diese Räume, in denen für gewöhnlich Bittsteller auf ein persönliches Gespräch mit der Fon in ihrem Thronsaal warteten, waren sogar noch prunkvoller als die Halle. In ihnen häuften sich wertvolle Teppiche, Wandschränke mit feinem Porzellan, schön geschnitzte Möbel und Regale mit auserlesenen Büchern.

Dieser Raum war menschenleer, also ging Piers in den nächsten, der dem ersten glich. Hier durchsuchten die persönlichen Sekretäre der Fon für gewöhnlich die Leute, die in ihre Nähe gelassen wurden. Im Augenblick befanden sich nur zwei Adlige und eine Palastwache in diesem Zimmer. Die Höflinge waren mehr oder weniger korrekt zur Nacht gekleidete ältere Männer, die lauthals schrieen und wie verrückt gegen eine gewölbte, hölzerne Tür schlugen. Die Wache stand neben ihnen und versuchte, mit der Schwertspitze die Tür aufzubrechen.

Piers blieb stehen und zerbiss einen Fluch zwischen den Zähnen. Die Männer waren offenbar schon seit einiger Zeit hier, denn die Türklinke war aufgrund der Schwerthiebe bereits zersplittert.

»Was ist hier los?«, flüsterte Gabria hinter dem Heiler.

»Die Gewölbe liegen hinter dem Thronsaal und diese Tür ist der einzige Zugang zu ihnen.«

Die Wache schrie die Klanleute wütend an: »Was macht ihr hier?«

»Hör auf zu brüllen und hilf uns«, befahl einer der Adligen; er schenkte den Neuankömmlingen keine Beachtung.

Die Wache stieß ein scharfes Lachen aus. »Diese Tür bekommt ihr nie auf. Sie hat sie von innen verriegelt.«

»Sie?«, fragte Piers. »Die Fon?«

Die Wache starrte ihn an. »Wer sonst? Und jetzt raus mit euch!«

Piers schob sich an dem Wachposten vorbei, ohne seinem Schwert die geringste Beachtung zu schenken, und gesellte sich zu den Adligen. »Ich helfe euch«, sagte er und warf sich mit seinem ganzen Gewicht gegen die Tür. Die Höflinge sahen erstaunt drein, doch da sie unbedingt ihrer Herrscherin beistehen wollten, unterstützten sie Piers' Bemühungen. Alle drei drückten gegen die Tür, doch das Holz gab nicht nach.

Einer der Adligen sackte zusammen. Er atmete schwer; Schweiß tropfte von seinem runden Gesicht und er hatte die Augen vor

Furcht weit aufgerissen. »Das kann ich einfach nicht glauben!«, rief er. »Aufruhr auf den Straßen, Feuer im Palast, und sie versteckt sich in ihrem Thronsaal. Was sollen wir bloß machen?«

Von oben drangen weitere Erschütterungen hinab. Schreie erfüllten die Korridore hinter dem Audienzsaal, und von draußen ertönte fernes Donnerrollen.

Der entsetzte Adlige stieß sich von der Tür ab und rannte auf den anderen Raum zu.

»Warte!«, rief sein Gefährte ihm nach.

»Rette du doch dieses zänkische Weib!«, schrie er und stürzte hinaus.

Die anderen Männer sahen sich an. Der Höfling warf Piers einen seltsamen Blick zu.

»Gibt es wirklich keinen anderen Weg dort hinein?«, fragte Gabria.

Die Männer schüttelten den Kopf und versuchten erneut, die Tür einzudrücken.

»Vorsicht!«, brüllte der Wächter und sprang zur Seite, als ein schwelender Teil der Decke dort herabstürzte, wo er eben noch gestanden hatte. Rauch quoll durch das Loch, und der Raum wurde nun von dem unheimlichen Glanz der Flammen in den Deckenbalken erhellt.

»So bekommen wir diese Tür nie auf«, rief der alte Adlige durch das Knistern des Feuers.

»Bist du sicher, dass sie da drin ist?«, wollte Piers wissen.

Der Wachmann erwiderte: »Sie ist vor kurzem hier hineingelaufen, bevor wir etwas von dem Feuer wussten.« Er zitterte und packte sein Schwert fester. »Es war seltsam. Sie hat so wild ausgesehen! Hat einfach die Tür hinter sich zugeschlagen und sie von innen verriegelt.«

Während die Wache sprach, schaute Gabria die Tür an. In ihren Gedanken formten sich die Worte eines Zauberspruchs. »Piers, geh aus dem Weg«, befahl sie.

Bevor die beiden Pra Descher etwas entgegnen konnten, hob Gabria die Hand und richtete die ganze Aufmerksamkeit auf ihre magische Energie. In diesem Augenblick spürte sie wieder das seltsame Gefühl wachsender Macht, und diesmal erkannte sie, was es war: Die verborgene Energie, die hier in der Luft lag, nahm zu. Das

Phänomen war noch nicht so stark, dass Gabria den Grund für die Zunahme herausfinden konnte; also stellte sie diese Frage erst einmal zur Seite. Sie sprach den magischen Befehl. Sofort fiel die Tür zu einem Haufen aus Splittern und Staub zusammen.

»O Elaja!«, jammerte der Wachmann. Auch er rannte nun zurück in den Audienzsaal.

»Gut gemacht«, sagte Piers dankbar.

»Du bist die Zauberin?«, keuchte der verbliebene Adlige.

Gabria versuchte ihn zu beruhigen. »Wir sind ausschließlich wegen Branth hier. Weißt du, wo er ist?«

»Ich hoffe, er ist tot«, knurrte der Mann. Er warf sich in die Türöffnung und schnitt ihnen den Weg ab. »Ich habe doch gewusst, dass ich dich von irgendwoher kenne«, schrie er Piers an. »Du bist der Heiler, dessen Tochter wegen Zauberei verurteilt wurde! Du hast geholfen, den Fon zu töten, doch die neue Herrscherin bekommst du nicht!«

Keth sprang an Gabria vorbei und hob das Schwert. Piers hielt ihn zurück. Nun erkannte er den Mann. »Ancor, weder ich noch meine Tochter hatten etwas mit der Vergiftung des Fon zu tun.«

Der Höfling wollte ihm nicht zuhören. »Ihr eigener Gemahl hat es eingestanden!«, bellte er.

Piers schrie wütend zurück: »Und wo ist er? Leistet er dem Prinzen von Calah in der Grube Gesellschaft?«

Der alte Mann wurde blass; es war, als wäre ihm dieser Gedanke auch bereits gekommen. »Die Fon sagte uns, sein Schiff sei gesunken und es gebe keine Überlebenden«, verteidigte er sich.

Ein weiterer Teil der Decke brach durch und setzte die Teppiche und einen Gobelin in Brand.

»Heiler«, rief Keth. »Wir müssen fort von hier.«

»Nicht ohne die Fon«, antwortete Piers harsch und versuchte sich an dem Adligen vorbeizudrücken.

Die Angst vor dem Feuer und der wütende Ausdruck in Piers' Gesicht machten den alten Mann rasend. »Nein! Verlass diesen Ort!«, schrie er. »Du bist ein Verräter und deine Tochter war eine Häretikerin und Mörderin!«

Gabria beobachtete ihren Freund und bemerkte, wie etwas in dem sonst so ruhigen und freundlichen Mann zerbrach. All die

Wut, die Gefühle von Schuld und erlittenem Unrecht, die er in den letzten elf Jahren mit sich herumgetragen hatte, waren durch den Anblick des Kerkers und die Flut der Erinnerungen aufgewühlt worden. Dass dieser alte Mann nun seine geliebte Tochter beleidigte und sie eine Häretikerin und Mörderin nannte, war mehr, als Piers ertragen konnte.

Der Heiler stieß ein Wutgeheul aus, ballte eine Faust und schlug dem Adligen ins Gesicht. Der Mann fiel zu Boden wie eine geschlachtete Kuh. Piers sprang über seinen Körper hinweg und schoss in den Thronsaal. Gabria und Keth folgten ihm dicht auf den Fersen.

Sobald sie durch die Tür geschlüpft waren, kamen sie schlitternd zum Stillstand. Ihre Aufmerksamkeit richtete sich auf einen großen Baldachinthron, der an der gegenüberliegenden Wand auf einem breiten Podest stand. Das Feuer hatte bereits diesen kleinen, reich ausgestatteten Raum von der Decke her erreicht. Funken und brennende Holzstücke regneten herab und entzündeten weitere Feuer in den Teppichen, den Wandbehängen und dem roten Baldachin über dem goldenen Thron. Unter dem lodernden Baldachin saß die Fon von Pra Desch. Entsetzt starrte sie die Eindringlinge an.

Piers' Wut brannte noch in seinem Blut. Ohne zu wissen, was er eigentlich tun wollte, knurrte er einen Fluch und rannte auf die Fon zu, ohne dem Rauch und den Flammen Beachtung zu schenken.

»Piers, nein!«, rief Gabria.

Der Heiler hob die Hand, während er die marmornen Stufen des Podestes hochhastete, und wollte die Fon gerade ergreifen, als sie ihm plötzlich in die Augen sah.

Der Heiler zögerte. Er erkannte die Frau kaum wieder. Ihr Gesicht war zu einer schrecklichen Maske des Grauens verzerrt, und er begriff, dass die Fon bereits über die Grenze des Wahnsinns hinaus getrieben war. Ihre Augen waren bar jeder Vernunft und erfüllt von ungreifbarer Angst. Als die Fon den Heiler sah, kauerte sie sich in ihren Sessel, jammerte und zitterte vor Entsetzen.

Piers sah sie mitleidig und erstaunt an. Was hatte diese starke Frau in ein derart verrücktes, verängstigtes Wrack verwandelt?

Er wollte gerade ihren Arm packen, als hinter ihm ein großes Stück aus der Decke brach und auf den Boden stürzte. Piers wirbelte herum und schrie auf. Das Trümmerstück war auf Gabria und den Krieger gefallen. Außer sich rannte der Heiler zurück, trat dabei kleinere Feuer aus und zog Gabrias Körper unter den schwelenden Täfelungen hervor. Keth war noch bei Bewusstsein und konnte sich bewegen. Er kroch aus eigener Kraft heraus und half Piers benommen dabei, die sengenden Funken auf Gabrias Kleidern zu ersticken und sie in den brüchigen Schutz des steinernen Türdurchgangs zu ziehen.

Piers keuchte ein stilles Dankgebet, während er die Zauberin untersuchte. Sie hatte eine Beule und eine Schnittwunde am Kopf und war leicht betäubt, aber sie kam bereits wieder zu sich.

»Piers«, rief Keth und richtete Gabria auf. »Wenn wir jetzt nicht fliehen, ist es zu spät!«

Der Heiler stimmte ihm zu. Die Zimmer hinter ihnen brannten bereits lichterloh und im Thronsaal war es unerträglich heiß.

»Ich hole die Fon«, rief er. Er machte einige Schritte nach vorn, doch dann erregte etwas seine Aufmerksamkeit. Piers drehte sich um. Ein Mann rannte durch die Tür, prallte gegen Keth und schlug den Krieger nieder. Gabria schrie auf und fiel hin. Der Mann hastete an Piers vorbei. Rauch und Schatten verhüllten seine Augen. Er hatte den Mund zu einem irrsinnigen Lächeln verzogen und hielt ein großes Buch unter den blutenden Arm geklemmt.

An diesem Mann war etwas Vertrautes, dachte Piers, doch dann konnte er keinen klaren Gedanken mehr fassen. Entsetzt starrte er die Fon an. Sie hatte sich von ihrem Thron erhoben und beobachtete den Fremden. Grauen verzerrte ihr Gesicht zu einer scheußlichen Grimasse. Als der Mann sie erreicht hatte, stieß sie einen herzzerreißenden Verzweiflungsschrei aus. Piers sah das Aufblitzen eines Dolches in der Hand des Mannes. Bevor sich der Heiler regen konnte, hatte der Mann die schreiende Fon an den Haaren gepackt, von dem Podest heruntergezerrt und ihr die Kehle durchgeschnitten. Mit einem fröhlichen Lachen schleuderte er den blutenden Körper zu Boden.

Im Vorzimmer hinter den Klanleuten erlangte der Adlige aus Pra Desch das Bewusstsein wieder. Er starrte den Leichnam seiner Herrscherin eine Sekunde lang an, dann floh er.

Der Mörder bemerkte die Bewegung und hob den Kopf.

»Branth!«, flüsterte Piers zutiefst erschüttert.

Der verbannte Klanmann beachtete ihn nicht. Mit dem blutigen Dolch in der Hand schoss er an Piers vorbei und auf die Tür zu. Keth versuchte ihn aufzuhalten, doch der Mann stieß wild mit dem Dolch um sich und stach Keth durch das Hemd in den Arm. Der Krieger taumelte zurück, und Branth rannte lachend aus dem Thronsaal.

Piers sammelte sich. Hier gab es für sie nichts mehr zu tun; sie mussten so schnell wie möglich das Weite suchen. Er und Keth hoben Gabrias Waffen auf und halfen ihr aus dem Raum. Hinter ihnen brach der brennende Baldachin über dem goldenen Thron zusammen.

Gabria war noch benommen von dem Schlag gegen den Kopf, doch sie konnte aus eigener Kraft gehen. Mit Hilfe von Keth und Piers eilte sie zwischen den Feuern in den Vorzimmern hindurch und in die Audienzhalle. Auch hier war die Luft heiß und rauchgeschwängert. Sie durchquerten die Halle und betraten die Korridore. Das Fauchen des Feuers im Flügel der Fon biss ihnen in die Ohren.

»Hier entlang«, sagte Piers und führte sie fort von den züngelnden Flammen. Es gab kein Anzeichen von Branth oder jemand anderem. Dieser Teil des Palastes schien schon vor einiger Zeit verlassen worden zu sein. Gabria und die beiden Männer rannten gebeugt, hustend und keuchend die dunklen Gänge entlang bis zur geräumigen Eingangshalle in der Mitte des Palastes.

Die gewaltige Doppeltür stand offen und ein starker Luftzug blies hinein. Draußen sah Gabria hunderte Leute an den Toren und Mauern umherirren und das große Feuer begaffen.

Sie und die Männer wollten gerade auf die Türen zulaufen, als ein neues Geräusch über dem Prasseln des Feuers und dem Knarren und Ächzen des sterbenden Gebäudes ihre Aufmerksamkeit erregte. Das Klirren von Schwerterklingen drang aus dem Schatten einer großen Treppe.

»Branth!«, schrie jemand wütend.

Gabrias Herzschlag setzte aus. Es war Athlones Stimme.

Die Zauberin und Keth sprangen vor und wollten den Ursprung des Lärms ergründen. Sie schossen quer durch die breite, dunkle Halle und fanden drei kämpfende Männer in den Schatten am Fuß der Treppe.

Gerade als Keth den Kriegsschrei der Khulinin ausstieß, setzte sich eine Gestalt von den anderen ab und rannte auf die Tür zu. Etwas, das wie ein großes Buch aussah, steckte unter ihrem Arm. Ein blasser Blitz fuhr durch die offene Tür. Das Licht erhellte das Gesicht des Mannes nur für einen winzigen Augenblick, doch Gabria erkannte ihn sofort.

»Branth!«, zischte sie in rasender Wut. Sie hob instinktiv die Hände und schoss einen Pfeil aus Trymianischer Kraft auf den Fliehenden ab. Der blaue Pfeil zischte auf ihn zu, doch Branth sprang kurz vor der Tür zur Seite. Gabrias Zaubermacht schoss in den hölzernen Rahmen.

Der Gorthling zögerte, als er erkannte, dass ihn eine Zauberin angegriffen hatte. Leider war es zu spät, um etwas dagegen zu unternehmen. Die neuen Kräfte des Gorthlings waren noch ungeübt und es standen zu viele Leute herum. Er musste so schnell wie möglich von hier verschwinden.

Als Gabria die Tür erreicht hatte, war Branth schon in der Zuschauermenge untergetaucht.

»Gabria!«, rief Sayyed hinter ihr. Sie drehte sich um und sah, wie der Turic und seine Gruppe von einem Korridor des Südflügels in die Halle stürmten. Sie lief ihnen entgegen und traf sie am Fuß der Treppe.

Gabria sah Athlone und Bregan an und unterdrückte einen Schrei. Bregan lag auf der untersten Stufe; ein blutiger Dolch steckte ihm bis zum Heft in der Brust. Athlone lehnte sich gegen die Wand; er hustete und ächzte. Niemand sagte ein Wort. Sayyed und Valar hoben Bregan auf, Secen schob den Arm unter Athlone, und die ganze Gruppe floh aus dem brennenden Palast.

Sie durchquerten den Innenhof und suchten Schutz an der jenseitigen Mauer. Irgendwo im Nordflügel brach ein Teil des Daches zusammen und ein großer Abschnitt der Fassade sackte langsam in das tobende Inferno. Funken stoben und Flammen loderten auf in die windige Nacht.

Einen Augenblick lang lehnte sich Gabria dankbar gegen den kalten Stein und sog gierig die saubere Nachtluft ein. Sie war verletzt, benommen und vollkommen erschöpft. Sie fühlte sich, als arbeitete ein Steinmetz an ihren Schläfen. Die neugierigen Gaffer beachtete sie nicht; sie sehnte sich nach etwas zu trinken. Tam drückte sich gegen sie und versuchte, nicht zu weinen.

Neben ihr war Athlone gegen die Wand gesackt und holte heftig Luft, um den Rauch aus der Lunge zu vertreiben. Sie streckte die Hand nach ihm aus.

»Was ist passiert?«, fragte sie.

Lange Zeit konnte er nicht antworten. Schließlich krächzte er: »Wir haben so viel wie möglich von den oberen Stockwerken durchsucht, aber nichts gefunden. Der ganze Palast ist ein einziges Freudenfeuer.«

Gabria sah ihn sich genauer an und zuckte zusammen. Sein Gesicht war schwarz vor Ruß, die Kleidung brandfleckig und die Sohlen der Stiefel versengt.

»Als wir die Treppe herunterkamen und gerade den Palast verlassen wollten, haben wir Branth in der Halle gesehen.« Der Häuptling versuchte, aufrecht zu stehen. »Wir wollten ihn aufhalten, aber er war so ...« Athlone versuchte, das richtige Wort zu finden. »So wild. Er hat uns angesprungen wie ein wahnsinniger Wolf. Bregan bemerkte seinen Dolch und hat sich vor mich geworfen.« Die Stimme des Häuptlings brach. Er schüttelte traurig und wütend den Kopf.

Gabria warf einen Blick hinüber zu Piers, der sich über den alten Krieger gebeugt hatte. Der Heiler fing ihren Blick auf und schüttelte den Kopf. Gabria wollte weinen.

In diesem Augenblick bahnte sich Khan'di einen Weg durch die Menge. Die Kleider des Adligen waren blutverschmiert und auf seinem Gesicht lagen Trauer und Müdigkeit. Als er die Reisenden vor der Mauer sah, lächelte er jedoch. »Dank sei Elaja, ihr seid in Sicherheit«, rief er. Das Lächeln verschwand, als er Bregan bemerkte, doch jetzt war keine Zeit für Trauer. Er wandte sich sofort an Gabria: »Zauberin, wir brauchen dringend deine Hilfe.«

Gabria ächzte. Sie war nicht einmal stark genug, um sich selbst zu helfen, und erst recht nicht, um Khan'di beizustehen. Trotzdem erhob sie sich, stützte sich auf Tam ab und folgte dem Adligen an der Mauer entlang zum Tor.

Lange standen sie nur da und beobachteten, wie das gewaltige Feuer den großartigen Palast der Fon verzehrte. Die Feuerwehr der

Stadt versuchte verzweifelt, die Reste des Mittelteils und des Südflügels zu retten, doch das Feuer war zu stark für ihre Wassereimer.

Khan'di räusperte sich. »Das Feuer ist außer Kontrolle, Zauberin. Könntest du es vielleicht löschen?«

Gabria war verblüfft. Das Feuer war so groß, so gewaltig, dass sie nie auf diese Idee gekommen wäre. Es war leicht, Lichtkugeln zu formen oder eine Tür zu Staub zu verwandeln, doch wie sollte sie eine so schreckliche Feuersbrunst ersticken? Sie bezweifelte, dass sie dazu die Fähigkeit und Stärke besaß.

Blitze zuckten über ihr, und sie sah hoch zum Himmel. »Es kommt ein Gewitter auf. Der Regen wird die Flammen löschen.«

Khan'di folgte ihrem Blick. »Ich weiß«, sagte er, »aber das Gewitter kommt zu langsam heran. Inzwischen facht der Wind die Flammen nur noch weiter an.« Er deutete auf das brennende Dach, wo ein starker Windstoß Funken und brennende Trümmer in die Luft wirbelte. »Wenn etwas davon in der Stadt landet, wird es weitere Brände geben. Einige Viertel sind so alt und voller Holz, dass ein einziger Funke eine Feuersbrunst in Gang setzen könnte, die nicht einmal das stärkste Unwetter zu löschen vermag.«

Gabria verstand seine Befürchtungen, aber sie zögerte immer noch. »Verstößt Zauberei nicht gegen das Gesetz von Pra Desch? Was werden all diese Leute hier tun, wenn ich plötzlich meine Zauberkräfte einsetze?«

Der Adlige schlug auf sein Schwert. »Du hast immer noch mein Versprechen, dass dir nichts geschehen wird. Niemand wird es wagen, dich auch nur anzurühren, solange du unter meinem Schutz stehst.«

Gabria sagte nichts darauf. Wenn sie doch bloß etwas tun könnte! Sie schob ihre Müdigkeit und die Köpfschmerzen beiseite und versuchte nachzudenken. Wie löschte man ein Feuer? Wasser war die nahe liegende Antwort, und Wasser war sozusagen im Anmarsch, aber nicht schnell genug. Sie wusste von ihrer Lehrerin, der Sumpffrau, dass menschliche Zauberer nicht stark genug waren, etwas so Mächtiges und Unvorhersehbares wie das Wetter zu beherrschen; deshalb konnte sie das aufziehende Gewitter nicht beeinflussen. Auch glaubte sie nicht, dass sie in der Lage wäre, das gewaltige Feuer unmittelbar zu lenken. Sie benötigte einen Zauberspruch, der so einfach und narrensicher war, dass sie ihn selbst in ihrem geschwächten Zustand unter Kontrolle halten konnte.

Die Zauberin rieb sich mit einer Hand die Schläfen und hielt sich mit der anderen an Tam fest. Wie sonst konnte man ein Feuer löschen? Vielleicht mit starkem Wind. Oder indem man Dreck auf die Flammen schüttete und sie so erstickte ...

Allmählich kam ihr eine Idee. Sie wusste, dass Feuer Luft zum Brennen brauchte. Wenn die Luft durch Staub oder ein nasses Laken fortgedrückt wurde, erstarb das Feuer. Gabria benötigte keinen Staub, sondern nur einen luftdichten Zauberspruch, der sich über das Feuer legte. Die Flammen würden schwächer werden, die Funken könnten nicht mehr fliegen und die Stadt wäre gerettet. Sie musste diesen Schutzschild nur so lange aufrechterhalten, bis das Gewitter sich entlud.

Das Gewitter.

Gabria starrte in den schwarzen Himmel, und das seltsame Gefühl wachsender Macht, das sie schon vorher bemerkt hatte, wurde plötzlich zur Gewissheit. Das Gewitter verstärkte ihre magischen Kräfte!

Magie existierte in jeder Person, in jedem Tier und in jedem Ding. Es lag überall, nur um von jenen Menschen aufgenommen zu werden, welche die Gabe hatten, diese Macht zu nutzen. Als sich das Gewitter der Stadt näherte, spürte Gabria, wie sich die Magie um sie herum verdichtete, als ob die gewaltigen Kräfte des hereinbrechenden Sturms die bereits vorhandene magische Energie verstärkten.

Sie sah zurück zur Palastmauer und fragte sich, ob sie eine so gewaltige Macht überhaupt im Zaum halten konnte. Sie würde eine Menge Kraft benötigen, um einen so großen Schutzschild aufrechtzuerhalten – eine Kraft, die sie nicht nutzlos vergeuden wollte, solange Branth noch frei herumlief.

»In Ordnung«, sagte sie nachdrücklich und ließ Tams Hand los. Sie hörte, wie sich Athlone und Sayyed ihr näherten, während die Zauberin das Gesicht dem Palast zugewandt hielt und sich auf die starken magischen Kräfte um sie herum konzentrierte. Der Splitter in ihrem Handgelenk erglänzte plötzlich in einem rubinroten Licht und kündete von den Kräften, die durch ihren Körper strömten. Langsam formte Gabria ihren Zauberspruch.

Sie begann mit dem Erdgeschoss, an den Ecken der zweistöckigen Flügel an der Nord- und Südseite des Palastes. Mit Hilfe ihres ganzen Geschicks und ihrer Konzentration erschuf sie einen schützenden Schild an jeder Ecke und verlängerte ihn vorsichtig, bis er glühenden Säulen aus rotem Licht ähnelte. Dann zog sie ihn höher – über den ersten Stock hinweg, über den zweiten und bis hinauf zu den Traufen des Palastes. Langsam kletterte der Schutzschild höher und wölbte sich über das Dach. Das rote Licht ging beinahe in dem Glühen der Feuersbrunst unter.

Die Zuschauermenge hinter Gabria stand verblüfft da und beobachtete ehrfürchtig das Geschehen. Sayyeds Kiefer klappte herunter, und Tam riss verzaubert die Augen auf.

Lord Athlone stand angesichts von Gabrias Zauber wie versteinert da. Er wusste, dass sie die unsichtbare Magie um sich zusammenziehen und nach ihrem Willen formen konnte, doch es war das erste Mal, dass er deutlich sah und begriff, was sie tat. Zu seinem Erstaunen verspürte er keine der alten abergläubischen Ängste; stattdessen erfüllten ihn Bewunderung und das Verlangen, die magischen Kräfte in seinen eigenen Händen zu erproben. Er spürte die Mächte um ihn herum und in ihm; sie rannen durch seine Venen und fühlten sich so rein und natürlich an wie sein eigenes Blut. Der Häuptling der Khulinin starrte die Zauberin an und fühlte, wie die Zweifel und Bedenken über seine eigene Gabe schwächer wurden. Unwillkürlich machte Athlone einige Schritte, bis er unmittelbar hinter Gabria stand.

Inzwischen redete Gabria still mit sich selbst, um ihr Vorhaben nicht aus den Augen zu verlieren. Sie hob die Hände und vollendete den Zauberspruch. Die roten Energiesäulen leuchteten hell auf. Sie dehnten sich schnell aus, bis sie den ganzen Palast in einen luftdichten, glühenden magischen Schleier hüllten. Innerhalb weniger Sekunden war die Hülle vollständig. Die Ecken stießen zusammen, überlappten sich und wurden versiegelt, und plötzlich verschwand der Lärm des Feuers. Die Hülle füllte sich mit Rauch.

Der Innenhof sowie die Straßen und Gärten um die Palastmauer hallten vor ohrenbetäubendem Lärm wider, als alle Zuschauer gleichzeitig in erstaunte Rufe ausbrachen. Gabria schenkte diesem Aufruhr keine Beachtung, sondern bemühte sich, den Zauberspruch aufrechtzuerhalten. Trotz der Hilfe der Sturmmagie spürte sie, wie die Kraft sie allmählich verließ. Sie biss die Zähne zusammen und betete, dass der Regen bald einsetzte.

Die Minuten zogen sich dahin. Obwohl der eingeschlossene Rauch den Blick in den magischen Schild verwehrte, wurde schnell deutlich, dass Gabrias Zauber wirkte. Keine Funken oder brennende Trümmer wurden mehr aufgewirbelt, und da das ungeheuerliche Feuer keine frische Luft mehr erhielt, starb es allmählich. Nach und nach sanken die Flammen in sich zusammen und erloschen, während die Luft innerhalb des Schutzschildes verbrannte.

Gabria schloss die Augen und zwang sich dazu, nicht in ihrer Aufmerksamkeit nachzulassen. Die Zauberin wurde jeden Augenblick schwächer; das rote Licht des Splitters in ihrem Handgelenk flackerte bereits.

Ein Blitz zuckte über ihr und der Donner krachte nur einen Herzschlag später. Der Wind frischte in scharfen Böen auf und brachte den schweren Geruch von Regen mit.

»Er kommt«, sagte Khan'di mit stiller Befriedigung in der Stimme.

Ein Regentropfen fiel auf Gabrias Nase. Weitere Tropfen folgten und Blitze durchstießen den Himmel. Das Tröpfeln verwandelte sich rasch in eine wahre Sintflut. Kahn'di schrie vor Freude und schwang die Faust gegen den niederprasselnden Regen.

Gabria wollte das Feuer nicht durch plötzliche Luftzufuhr wieder anfachen; deshalb löste sie den magischen Schild sehr langsam auf und erlaubte dem Regen, die glühenden Steine allmählich abzukühlen. Rauch stieg überall dort aus der Ruine auf, wo der Regen die restlichen Feuer löschte. Das Licht und die große Hitze waren vergangen. Gabria sog die kalte, feuchte Nachtluft tief ein. Es war ihr egal, dass sie durch und durch nass wurde. Sie war dankbar für die Kälte und dafür, dass sie noch lebte.

Unvermittelt fielen Erschöpfung und Benommenheit über sie her. Sie sackte gegen Khan'di und spürte, wie er sie auffing. Sie hörte Sayyed und Athlone in ihrer Nähe und lächelte schwach, bevor sie die Augen schloss und in einen willkommenen Schlaf sank.

Gabria wachte plötzlich auf und schoss im Bett hoch. Etwas stimmte nicht. Ihr Herz raste; sie starrte wild im Zimmer umher. Nichts an diesem Ort war ihr vertraut. Sie befand sich in einem großen, luftigen Zimmer voller bequemer, dunkler Möbel, eleganter Wandbehänge und dicker Teppiche. Neben dem fernen Fenster, durch das sich das Sonnenlicht in den Raum ergoss, stand ein Stickrahmen. Auf einem Tisch in der Nähe des Bettes standen Parfümflakons, Kämme und Schmuckschatullen. Selbst das große Bett, in dem Gabria ruhte, war anders als alles, woran sie gewöhnt war. Dieses Zimmer lag offensichtlich nicht in einem Treld.

Gabria holte tief Luft. Wo war sie? Sie geriet in Panik und versuchte nachzudenken. Das Letzte, an das sie sich erinnern konnte, war das Gewitter. Sie hatte keine Ahnung, wie sie an diesen seltsamen Ort gekommen oder ob sie schon lange hier war.

Sie wollte gerade aufstehen, als ein kleines Mädchen und ein großer Hund durch die Tür stürmten. Sie bemerkten, dass Gabria wach war, und sprangen freudig auf das Bett.

Gabria lachte erleichtert auf und umarmte die Besucher. »Hallo, ihr beiden! Wo sind die anderen?«

Tritter bellte: *Sie essen gerade. Sie haben gesagt, dass Gabria auch essen kommen soll, wenn sie wach ist.*

Essen klang wundervoll für Gabria. Sie hüpfte aus dem Bett und sah erstaunt an sich herab. Ihre schmutzigen, angesengten Kleider waren durch ein weiches Nachthemd ersetzt worden, und man hatte ihr Körper und Haare gewaschen.

Tam sprang aus dem Bett und führte Gabria ihr neues blaues Kleid vor; dann tanzte sie zu einem Stuhl, über dessen lederner Armlehne ein rotes Gewand ausgebreitet lag. Sie brachte es Gabria.

Die Frau war erstaunt. »Für mich?« Sie fuhr mit der Hand über die feine, weiche rote Wolle. Das Kleid war in einem Stil geschneidert, den sie nicht kannte. Es war an der Seite geschnürt, sodass es eng an ihrem Körper anlag, doch von der Hüfte abwärts wurde es zu einem losen, wirbelnden Rock.

Erfreut streifte sie sich das Kleid über den Kopf und zog die Schnürbänder fest. Das Kleid passte ihr gut. Als sie fertig war, folgte sie Tam und Tritter durch einen Gang und mehrere Zimmer und dann über eine Treppe hinunter zur Haupthalle.

Im Gegensatz zum Palast der Fon, der eine eigene Banketthalle gehabt hatte, besaßen die meisten Häuser in Pra Desch einen großen zentralen Raum, der für Mahlzeiten, Vergnügungen und Familienzusammenkünfte genutzt wurde. Im Augenblick saßen dort Khan'di, Athlone, Sayyed, zwei der Herdwachen, Sengi und einige Mitglieder der Kadoas an einem großen Tisch beisammen und aßen eine Mahlzeit, bei der es sich nach Gabrias Vermutung um das Mittagessen handelte. Alle sprangen auf, als die Zauberin die Treppe herunter kam. Sie war insgeheim erfreut, Sayyeds vergnügtes Grinsen und Athlones unverhohlenen Blick der Erleichterung und auch Bewunderung zu sehen.

Tam und Tritter rannten hinüber zu Sayyed, während Khan'di vortrat und Gabria an den Tisch geleitete.

»Es ist mir eine Freude, dich in meinem Haus willkommen zu heißen.«

Sie verspürte den unwiderstehlichen Drang, sich um die eigene Achse zu drehen und ihr Kleid vorzuführen. »Muss ich dir dafür danken? Es ist wunderschön.«

Khan'di lächelte sie in väterlicher Zuneigung an. Bisher hatte er nicht erkannt, wie schön diese Frau sein konnte. »Wir mussten deine versengten Kleider fortwerfen. Ich habe mir erlaubt, sie zu ersetzen. Das war das Mindeste, was ich tun konnte.« Er führte sie zu einem Stuhl und häufte gewürztes Fleisch auf ihren Teller, dazu verschiedene Käsesorten, Früchte und frisches Brot. Sengi goss ihr leichten, duftenden Wein ein.

Gabria wartete, bis sie sich satt gegessen hatte; erst dann stellte sie einige Fragen. Die Männer antworteten ihr gern.

»In den letzten zwei Tagen ist viel passiert«, begann Khan'di.

»Zwei Tage!«, rief Gabria aus. »Habe ich etwa zwei Tage geschlafen?«

»Genau genommen anderthalb Tage«, berichtigte Sayyed sie. »Es war schon beinahe Morgen, als das Gewitter losbrach. Gestern hast du den ganzen Tag geschlafen, und jetzt ist Mittag.«

Die Zauberin war verblüfft. Sie hatte nicht geahnt, dass der magische Spruch sie so erschöpfen würde. »Was ist mit dem Palast?«

Khan'di sagte: »Das Feuer ist erloschen. Der Nordflügel ist zerstört. Der Südflügel hat von Wasser und Rauch erhebliche Schäden davongetragen, und das Dach ist an einigen Stellen verbrannt, kann aber gerettet werden. Wir planen, ihn wieder aufzubauen.«

Gabria entging der Ausdruck unterdrückter Erregung in seiner Stimme nicht. »Wir?«, wiederholte sie.

Athlone antwortete für seinen Gastgeber. »Khan'di Kadoa wurde von den Gilden und adligen Familien Pra Deschs zum neuen Fon gewählt.«

Ein Lächeln erhellte Gabrias Gesicht. »Das ist ja wunderbar!«

Khan'dis Befriedigung stand ihm deutlich ins Gesicht geschrieben. »Wir werden den Palast wieder aufbauen, sobald sich die Wirtschaft der Stadt erholt hat. Das Heer der alten Fon ist aufgelöst worden und ihre Helfer sitzen im Gefängnis. Zum Glück lag der Staatsschatz noch unangetastet in den Gewölben. Wir haben bereits Friedensdelegationen zu den anderen Königreichen geschickt. Und« – er lehnte sich vor und schlug vor Freude mit der Hand auf die Tischplatte – »wir haben den Prinzen von Calah unverletzt in den Kerkergewölben gefunden.«

»Wie ist denn das möglich?«, fragte Gabria überrascht.

»Die Fon war offenbar zu vorsichtig, um ihn zu töten, und hat ihn zu ihrer Verfügung gehalten.«

»Aber was ist mit dem Feuer?«

»Die Türen haben die Kellergeschosse vor der Feuersbrunst geschützt, und durch die Risse und Spalten im Kerker ist genügend Luft eingedrungen, um die Gefangenen am Leben zu erhalten.«

Sengi fügte stolz hinzu: »Der Prinz wird seinen rechtmäßigen Thron wiedererhalten.«

»Und alles fängt wieder von vorn an«, meinte einer der Adligen.

Gabria nippte an ihrem Wein. »Was ist mit der alten Fon?«

»Piers und der Höfling Ancor haben uns berichtet, was geschehen ist.« Khan'di verzog die Lippen vor Ekel. »Die Überreste des Leichnams der Fon hat man im Thronsaal gefunden. Sie und ihre ungeheuerlichen Folterwerkzeuge sind in die Grube gekippt worden. Die Kerker sind jetzt leer und versiegelt.«

»Und Bregan?«, fragte sie leise.

Athlone runzelte die Stirn. Der Verlust seines Freundes schmerzte ihn noch immer zutiefst. Er konnte kaum glauben, dass der alte Krieger nicht mehr da war. »Er wird heute Nachmittag beerdigt. Er hat seinen Rang und seine Ehre als Khulinin-Krieger zurückerlangt.«

Sie nickte und schaute fort, um die Tränen in ihren Augen zu verbergen. »Hat jemand Branth gefunden?«

Es entstand ein langes Schweigen. Gabria ahnte die Antwort.

»Die Stadtwache hat ihn nicht rechtzeitig erkannt«, sagte Khan'di seufzend. »Er hat ein Pferd gestohlen und ist aus der Stadt entwischt. Er wurde gesehen, wie er nordwärts ritt.«

Die Zauberin lehnte sich auf ihrem Stuhl zurück und starrte die gegenüberliegende Wand an. Mit Branths Verschwinden aus der Stadt waren ihre Pflichten Khan'di und Pra Desch gegenüber erfüllt. Jedermann hätte den verstoßenen Häuptling gern in Ketten und vor Gericht gesehen, doch trotz aller Bemühungen war er ihnen entkommen.

Gabria nagte an ihrer Unterlippe und dachte nach. Ihr blieben nun zwei Möglichkeiten: Sie konnte Branth ziehen lassen und rechtzeitig zum Klantreffen in ihre Heimat zurückkehren, oder sie verfolgte Branth und lief dabei Gefahr, die wichtige Ratsversammlung zu verpassen. Ihr erster Gedanke war, Branth in Ruhe zu lassen. Sie war des Reisens müde und wollte nach Hause. Sie musste ihre Probleme mit Athlone und Sayyed lösen und wollte danach an der Ratsversammlung teilnehmen, um die Häuptlinge zur Änderung der Gesetze gegen die Zauberei zu überreden. Das Klantreffen war der einzige Zeitpunkt im Jahr, an dem alle elf Häuptlinge zusammentrafen, um die Gesetze, nach denen die Klane lebten, zu ändern oder zu schaffen. Wenn Gabria dieses Jahr nicht an dem Treffen teilnahm, bestand die Möglichkeit, dass die Häuptlinge das Problem der Zauberei entweder gar nicht behandelten oder sich weiterhin für eine Strafbarkeit aussprachen.

Unglücklicherweise riet ihr gesunder Menschenverstand von der Heimreise ab. Der Hengstkönig hatte sie gewarnt, dass jemand mit schwarzer Magie herumpfuschte, und dieser Jemand war ihren Visionen zufolge eindeutig Branth. Vor zwei Nächten in der Höhle hatte sie ein schreckliches Grauen verspürt und gewusst, dass Branth etwas Furchtbares getan hatte. Aber was? Ängstliche, nagende Zweifel durchbohrten sie, und sie erinnerte sich an den Ausdruck tierischer Grausamkeit auf dem Gesicht des Häuptlings, als sie ihn im Thronraum gesehen hatte. Er war aus Pra Desch verschwunden, doch er besaß noch immer das *Buch des Matrah* und war daher sehr gefährlich.

Gabria schluckte ihre Enttäuschung herunter. Sie stand auf und sagte zu Athlone: »Mein Lord, ich muss ihm folgen.«

Einen Augenblick lang gab der Häuptling der Khulinin keine Antwort darauf. Er hatte bereits geahnt, wie sie sich entscheiden würde. Obwohl er stolz auf ihre Entschlossenheit und ihren Mut war, verdunkelte eine Wolke übler Vorahnungen seine Gedanken. Die Empfindung des Grauens, die auch ihn in der Höhle überfallen hatte, lauerte noch immer in ihm, und er hatte schreckliche Angst um Gabria. Überdies wusste er, dass er ihr nur auf einem einzigen Weg helfen konnte, Branth zu bekämpfen. Er musste die Kunst der Zauberei erlernen.

Zu Athlones Überraschung war ihm diese Vorstellung gar nicht so unangenehm. Als er Gabria dabei beobachtet hatte, wie sie das Feuer erstickt und so Pra Desch gerettet hatte, war ihm klar geworden, dass er einen Fehler gemacht hatte. Schon seit einem Jahr wusste Athlone, dass er die Gabe der Zauberei besaß, eine Gabe, die man auch zum Guten einsetzen konnte, doch er hatte ihr keine Beachtung geschenkt.

Der Häuptling erhob sich und verneigte sich leicht vor seinem Gastgeber. »Vielen Dank für deine Einladung, eine Weile deine Gäste zu sein, aber wir reisen so bald wie möglich ab.«

Khan'di sah mit wissendem Lächeln von dem Häuptling zu der Frau und sagte: »Ich habe nichts anderes erwartet.«

Sie begruben Bregan an jenem Nachmittag in den Bergen oberhalb der Stadt. Die Reisenden und der neue Fon begleiteten den Leichnam des Kriegers einen steilen Pfad entlang bis zu einem hohen Gipfel, der die ferne, in purpurfarbenem Dunst liegende Steppe überblickte.

Sie errichteten eine Holzbahre und betteten den Krieger in seinem Kettenhemd sowie dem goldenen Klanmantel und den besten Kleidern darauf. Die Herdwachen legten ihm seine Waffen an die Seite, Lord Athlone streifte ihm ein goldenes Armband über den Unterarm zum Zeichen von Bregans wieder hergestellter Ehre, und Gabria und Tam brachten den Salzsack, den Brotlaib und den Wasserschlauch mit, den der Krieger für seine Reise ins Reich der Toten brauchte.

Sie tränkten die Bahre mit Öl und setzten sie in Brand. Als die Flammen der Sonne entgegenstiegen, sang Gabria die Gebete der Frauen für die Toten. Es dauerte mehrere Stunden, bis die Flammen erstarben. Erst dann bedeckten die Trauernden die Asche mit einem hohen Hügel aus Erde und kennzeichneten das Grab mit einem Speer und einem Helm, so wie es sich für einen geehrten Klankrieger gehörte.

Es war schon beinahe dunkel, als die Gruppe durch die Berge zurückritt; Bregans Pferd führten sie an der Leine. Auf halbem Weg zur Stadt legten sie eine Pause ein. Gabria glitt von ihrem Pferd und ging einige Schritte in das Zwielicht hinein. Sie legte die Finger an die Lippen und wollte ein durchdringendes Pfeifen ausstoßen, doch Tams schriller Pfiff erschallte bereits, bevor Gabria Luft geholt hatte.

Der Laut des kleinen Mädchens genügte. Die drei Hunnuli trabten aus der Finsternis herbei. Sie versammelten sich um Gabria und wieherten freudig; dann ging Eurus hinüber zu Athlone und begrüßte ihn, und das Fohlen trottete zu Tam.

»Jetzt ist es für euch in der Stadt nicht mehr gefährlich«, sagte Gabria zu Nara. »Khan'di hat uns sicheres Geleit versprochen.« Sie kletterte auf den Rücken der Stute und schlang die Arme um ihren Hals. »Ich habe dich vermisst«, flüsterte sie.

Ich dich auch, erwiderte Nara. *Aber es ist noch nicht vorbei, oder?*

»Nein«, antwortete Gabria traurig. »Noch nicht.«

Dreizehn

Zwei Tage später ritten die Reisenden zusammen mit Khan'di und einer Eskorte durch Pra Desch und auf die Stadtgrenze zu. Sie passierten den Wachposten am Stadtrand kurz nach Tagesanbruch und hielten vor einem Gasthaus an, um ihr Gepäck ein letztes Mal zu überprüfen und Khan'di Lebewohl zu sagen. Alle waren ausgeruht und reisefertig. Die Packpferde waren voll beladen und die gesamte Ausrüstung gereinigt und ausgebessert.

Als Piers abstieg, um den Sattel festzuzurren, trat Khan'di neben ihn.

Der neue Fon sah verlegen drein. »Ich hätte dich schon früher fragen sollen, Piers. Jetzt ist die letzte Gelegenheit dazu. Ich sähe es gern, wenn du in Pra Desch bliebest. Ich brauche einen Heiler im Palast. Bitte komm zurück.«

Gabria und Athlone hatten die Worte des Fon mitbekommen, warfen sich einen schnellen Blick zu und hielten die Luft an.

Der Heiler antwortete nicht sofort. Khan'dis Angebot hatte ihn überrascht, und einen Augenblick lang war er versucht, es anzunehmen. Er hatte die letzten drei Tage in den Heilhäusern Pra Deschs verbracht und bei der Versorgung der Verwundeten aus Kampf und Feuer geholfen. Dabei hatte er erkannt, wie sehr er die große Stadt und ihre Möglichkeiten vermisste. Er konnte viel von den Pra Descher Ärzten und ihren heilkundlichen Fortschritten lernen, die sie in den letzten elf Jahren gemacht hatten.

Dann dachte er an den Klan, der zu seiner Familie geworden war, an das liebliche Tal, in dem sein eigenes Zelt einen leuchtenden Fluss überblickte, und an die Zauberin, die ihm geholfen hatte, mit dem quälenden Verlust fertig zu werden, den der Tod seiner Tochter ihm bedeutete. »Ich kann nicht.«

Khan'di packte ihn am Arm. »Piers, ich weiß, dass du wütend auf mich bist, aber ich hatte keine Ahnung, was der alte Fon damals in jener Nacht plante. Bitte glaube mir! Ich habe erst später herausgefunden, dass die Frau mir etwas gegeben hatte, das mich krank machte, damit sie dich aus dem Weg schaffen konnte. Als ich das herausfand, warst du schon längst aus der Stadt verschwunden. Es tut mir so Leid!«

Piers ergriff die Hand seines alten Freundes. Elf Jahre lang hatten ihn Zweifel an Khan'dis Verwicklung in den Mord an dem alten Fon geplagt. Als er jetzt die Wahrheit erfuhr, heilten weitere Wunden in seiner Seele ab. »Das ist es nicht«, sagte er und verzog den dünnen Mund zu einem Lächeln. »Ich habe endlich meine Tochter zu Grabe getragen. Allerdings habe ich bei den Khulinin eine neue Heimat gefunden. Ich will zu ihnen zurückkehren.«

Khan'di blickte in das Gesicht des Heilers und prüfte die Aufrichtigkeit seiner Worte. Schließlich nickte er. »Vor einigen Jahren hätte ich dich einen Narren gescholten, dass du das platte Land Pra Desch vorziehst.« Er warf Gabria und Athlone, die gerade ihre Hunnuli bestiegen, einen raschen Blick zu. »Aber jetzt weiß ich es besser. Ich wünsche dir ein langes Leben, mein Freund. Komm mich besuchen, so oft du kannst.«

Der Adlige trat einen Schritt zurück, als Piers aufsaß. Die Klanpferde waren unruhig; sie scharrten mit den Hufen und trippelten aufgeregt. Sie wussten, dass es Zeit zur Abreise war.

Khan'di kam herüber zu Gabria. Er verschränkte die Arme hinter dem Rücken und sah die Frau freundlich an. »Ich habe dir eine Belohnung versprochen. Bist du sicher, dass du sie nicht annehmen willst?«

»Wir brauchen sie nicht. Deine großzügigen Vorräte sind genug.« Sie deutete auf die Berge hinter der Stadt. »Hab ein Auge auf Bregans Grabhügel, ja?«

»Selbstverständlich. Vielen Dank, Zauberin. Elaja möge mit dir sein.«

Die Frau nickte traurig. Trotz ihrer früheren Zurückhaltung hatte sie diesen Mann in den letzten beiden gemeinsam verbrachten Monaten kennen und schätzen gelernt. Sie würde ihn vermissen. »Mit dir auch, Fon Kadoa.«

Khan'di gesellte sich zu seiner Eskorte. »Vergesst es nicht«, rief er.

»Nehmt die nördliche Abzweigung zwei Meilen von hier. Meine Späher haben gesagt, dass Branth dem Fluss folgt.«

Athlone hob die Faust und salutierte vor dem Fon, dann winkte er seiner eigenen Gruppe zu. Eurus bäumte sich auf und machte einen Satz nach vorn. Seine gewaltigen Hufe donnerten über die Pflastersteine; Nara und die übrigen Pferde folgten dem Hengst die Karawanenstraße entlang. Khan'di hob die Hand zum Abschied und sah ihnen nach, bis die Pferde verschwunden waren.

Vom Schatten eines dichten Wäldchens aus beobachtete der Gorthling durch Branths Augen das Gehöft. Seine Vorfreude stieg mit jedem Augenblick. Es handelte sich um eines der großen Gemeinschaftsgehöfte, wie man sie in den Fünf Königreichen häufig antraf. Das Sonnenlicht des frühen Morgens überzog die drei weiß getünchten Katen und die Nebengebäude mit blassgoldenem Licht. Rauch stieg aus den Kaminen und Hühner gluckten im Hof.

So weit der Gorthling sehen konnte, waren alle Männer aufs Feld gegangen und hatten vier Frauen, ein junges Mädchen und einige kleinere Kinder in den Häusern zurückgelassen. Er leckte sich die Lippen. Seit fünf Tagen hatte er jede Begegnung mit Menschen vermieden, seines neuen Körper kennen gelernt und die grundlegenden Sprüche im *Buch des Matrah* gelesen. Seine zerfetzte Hand behinderte ihn noch sehr, doch sie heilte gut. Jetzt war er bereit, seine neuen Fähigkeiten einzusetzen.

Die Tür einer der Katen öffnete sich, und eine schlanke junge Frau mit einem Eimer trat heraus. Der Gorthling spürte, wie Blutdurst durch seine Gedanken und seinen Körper raste. Er beobachtete gierig, wie die Frau ihren Eimer zum Brunnen trug und ihn füllte. Das Verlangen des Gorthlings wurde immer stärker. Er trat aus den Schatten hervor. Seine Augen glommen in einem boshaften, rötlichen Schein, während er sich den Dolch in den Ärmel schob und auf das Gehöft zuging.

Gabria beobachtete die Rauchwolken, die aus den Ruinen des Gehöftes aufstiegen, und versuchte, nicht auf die zerrissenen Leichname zu sehen, die in einer Reihe unter dem Apfelbaum lagen. Die Verwüstung erschütterte sie zutiefst. Es war bereits das dritte Gemeinschaftsgehöft, das sie und ihre Gefährten in diesem Zustand vorfanden. Der erste Bauernhof in Calah war ein schrecklicher Anblick gewesen. Vier Männer und ein Junge waren durch etwas gestorben, das Gabria sofort als die Trymianische Kraft erkannte. Der entsetzlich verstümmelte Leichnam einer Frau war in einen Wagen geworfen worden, und die Nachbarn fanden die Überreste der anderen drei Familien in den ausgebrannten und ausgeraubten Katen. Selbst die Nebengebäude waren angezündet worden.

Seit jenem Nachmittag vor sechs Tagen hatten die Reisenden Branths Spur aus Calah heraus und durch das benachbarte Portane von einem zerstörten Gehöft zum nächsten verfolgt. Sie waren so schnell wie möglich geritten, doch Branth blieb immer außerhalb ihrer Reichweite. Secen, einer der besten Fährtenleser der Khulinin, vermutete, dass der Verstoßene nur etwa einen Tag Vorsprung hatte. Branth stahl jedoch immer dann ein Pferd, wenn er ein frisches brauchte, und hielt nie lange genug an, als dass sie ihn hätten einholen können.

Gabria beugte sich vor, legte die Arme auf Naras Mähne und ließ den Kopf sinken. Sie war müde und fühlte sich scheußlich. Sie hörte, wie Athlone in der Nähe mit den Bauern sprach, welche die rauchende Ruine am Morgen entdeckt hatten. Piers und Tam warteten neben der Straße, während Sayyed, Tritter und die Krieger die umliegenden Felder nach einem Zeichen von Branth absuchten.

Die Frau sah hinüber zu dem verkohlten Gehöft. Inmitten des blühenden Gartens sah es an diesem warmen, hellen Frühlingstag so schrecklich fehl am Platze aus.

Athlone kehrte an ihre Seite zurück. »Es ist dasselbe wie bei den ersten beiden«, sagte er grimmig. »Niemand hat etwas gesehen. Sie glauben, dass es in der vergangenen Nacht passiert ist, aber sie haben keine Ahnung, wie oder warum. Es gibt nur Spuren eines einzigen Mannes, aber niemand will glauben, dass das ein Einzelner getan hat.« Der Häuptling lief wütend zwischen den beiden Hunnuli hin und her. »Ich verstehe das einfach nicht. Branth würde durchaus ein Pferd, Nahrungsmittel oder auch Gold stehlen und dabei einen oder zwei Männer töten, die ihm im Weg stehen. Er ist ein rachsüchtiges, überhebliches Tier, aber er hat nie eine Gewalttat begangen, die nicht seinen Zielen diente.« Athlone deutete auf die Ruinen. »Diese grausame, sinnlose Zerstörung sieht ihm nicht ähnlich.«

Gabria stimmte ihm zu. »Irgendetwas ist in Pra Desch mit ihm geschehen.«

»Hast du eine Vorstellung davon, was es sein könnte?«

»Ich wünschte, ich wüsste es.«

Athlone drehte sich um und stieg auf Eurus. »Wir sollten ihn aufspüren, bevor er jedes einzelne Gehöft in Portane angezündet hat.«

In diesem Augenblick hörten sie ein Rufen. Secen rannte von dem Feld nördlich des ausgebrannten Gehöfts auf sie zu. »Lord Athlone«, gellte er, »wir haben seine Spur gefunden.«

»Ist er noch immer nach Schmiedspalt unterwegs?«

»Nein, er hat nach Westen abgedreht. Er bewegt sich auf den Fluss zu.«

»Heilige Götter«, rief Athlone aus, »bitte leitet ihn zur Steppe.«

Branths Abkehr vom dicht besiedelten Ackerland war genau das, worauf der Häuptling gehofft hatte. Branth war von seinem Volk verstoßen und wegen des Mordes an Lord Savaric sowie der Rolle, die er in Medbs Krieg gespielt hatte, zum Tode verurteilt worden. Trotzdem war Athlone der Meinung, die Vertrautheit der Steppe und die Lockungen der Heimat würden Branth früher oder später aus den Fünf Königreichen forttreiben. Athlone hatte in diesen Königreichen keinerlei Befehlsgewalt und nicht die geringste Erfahrung mit ihren Gebräuchen und Gesetzen. Er bevorzugte es, den Abtrünnigen auf Klanterritorium zu stellen.

Gabria jedoch nahm Branths Richtungsänderung mit gemischten Gefühlen auf. Auch sie wollte ihn fern der Fünf Königreiche wissen, aber wenn er die Ebene von Ramtharin und den Bereich der Klanhoheit betrat, konnte sie ihre magischen Kräfte nicht mehr ungehindert einsetzen, ohne den Eid zu brechen, den sie den Klanhäuptlingen gegenüber geleistet hatte. Wenn sie und ihre Gefährten Branth einholten und er sie mit Magie bekämpfte, musste sie ihren Eid missachten, auch wenn sie damit den Zorn der Häuptlinge auf sich zog. Das war keine angenehme Aussicht. Mit einem Seufzer packte sie Naras Mähne und setzte sich aufrecht, während die große Stute hinter Eurus hertrottete.

Die Reisenden fanden Branths Spur und folgten ihr quer durch das Ackerland und die Weinfelder von Portane. Die Spur blieb deutlich sichtbar – Branth machte keinen Versuch, sie zu verwischen – und führte weiterhin westlich auf den Serentin zu. Am Flussufer schließlich drehten die Spuren nach Norden ab und verschwanden bei der ersten Furt im Wasser. Secen untersuchte das gegenüberliegende Ufer und fand dort die Fährte wieder. Branth hatte den Fluss durchquert und war in die Steppe geflüchtet.

Die Reisenden ritten ohne Schwierigkeiten durch den breiten, schlammigen Fluss, folgten weiter der Fährte und eilten voran. Langsam reifte der Frühling zum Sommer heran, in dem die Steppe am schönsten war. Das Gras, das die baumlosen Berge bedeckte, wuchs dicht und war saftig grün. Rote, weiße und gelbe Wildblumen blühten auf jedem Hang und in jeder Senke. Die wenigen Bäume nahe der vereinzelten Bachläufe standen in vollem Laubschmuck, und über allem wölbte sich eine klare, strahlende Kuppel aus Azur.

Fünf Tage lang spürten Gabria und ihre Gefährten Branth nach, doch sie kamen dem flüchtigen Verbannten nicht näher. Zu Secens Ärger blieb die Spur deutlich sichtbar, doch sie wand sich durch die ganze Region. Branth schlug Haken, beschrieb Kreise und lief vor und zurück, als ob er nach etwas suchte.

Einmal kam er dem Bahedin-Treld sehr nahe, bevor er sich wieder nach Nordwesten wandte. Die meisten Bahedin hatten sicherlich den Treld inzwischen wegen des Klantreffens am Tir Samod verlassen, doch die Alten und sehr Jungen blieben oft zurück. Athlone trieb die Gruppe rastlos an; sie konnten es sich nicht leisten, Branths Spur zu verlieren.

Nach einem Tag in westlicher Richtung bog Branth nach Norden ab. Nun wich seine Fährte nicht mehr vom Weg ab; es war, als hätte er sich endlich für ein bestimmtes Ziel entschieden. Die Verfolger setzten ihm nach, doch je weiter sie nordwärts kamen, desto unruhiger wurden sie.

»Das gefällt mir nicht, Lord Athlone«, sagte Secen, als er niederkniete, um die Spuren von Branths Pferd zu untersuchen. »Wenn er auf diesem Weg bleibt, kommt er geradewegs nach ...«

»Ich weiß, was im Norden liegt«, unterbrach ihn Athlone harsch. »Moy Tura.«

Bereits beim Namen dieser verrufenen, untergegangenen Stadt bekam Athlone eine Gänsehaut. Er schaute nach Norden über die offene Ebene, als könnte er über die vielen Meilen Grasland hinweg bis zu der alten Stadt der Zauberer sehen. Von dieser gigantischen Stadt hatte er schon viele Geschichten gehört, die dazu geeignet waren, auch den beherztesten Klankrieger von diesem Ort fern zu halten.

»Wie weit ist es bis nach Moy Tura?«, fragte Sayyed beunruhigt.

»Etwa sieben Meilen. Weit genug für Branth, um es sich doch noch anders zu überlegen und irgendwo abzubiegen«, entgegnete Secen.

»Das hoffe ich«, meinte Keth. »Ich möchte nicht unbedingt herausfinden, ob all die Geschichten über diesen Ort wahr sind.«

»Vielleicht haben wir Glück, Lord«, sagte Secen, während er wieder aufsaß. »Vielleicht verspeist eine dieser Legenden Branth zum Abendessen.«

Die anderen lachten und folgten weiter der Fährte des Verbannten. Alle hofften, dass er nicht nach Moy Tura ging.

Weit nördlich von der Jagdgesellschaft der Khulinin trieb ein einsamer Reiter sein müdes Pferd zu einem Trab an und ritt den Hang einer Hochebene hinauf. »Hier irgendwo muss es sein«, zischte der Gorthling. Er suchte schon seit Tagen nach der Stadt der Zauberer und hatte bisher nicht einmal eine Straße gefunden, die zu ihr führte.

Er verfluchte sein schwaches Gedächtnis. Dem Gorthling war klar, dass Moy Tura der Mittelpunkt des Geheimwissens war. Alle Klanzauberer gingen dorthin, um ihre Kunst zu erlernen. Wenn überhaupt jemand alle Zauberer und ihre Aufenthaltsorte kannte, dann befand sich diese Person in Moy Tura. Die einzige Schwierigkeit bestand darin, dass der Gorthling keine Ahnung hatte, wo genau diese Stadt lag, denn Branths Erinnerungen enthielten seltsamerweise nichts über Moy Tura.

Der Gorthling schürzte die Lippen. Allmählich wurde er dieser fruchtlosen Suche im menschenleeren Land müde. Er wollte unbedingt Moy Tura und seine Zauberer finden und war gewillt, jeden zu vernichten, der seinen Plänen im Weg stand. Auch wollte er herausfinden, wo die Klane waren, die seinen Wirtskörper verbannt hatten – es würde ihm ein boshaftes Vergnügen bereiten, Rache an ihnen zu üben –, und außerdem war da noch diese rätselhafte Zauberin, die einen so gewaltigen Hass in Branths Erinnerungen hinterlassen hatte. Es wäre bestimmt aufschlussreich, sie ausfindig zu machen. Doch zuerst musste er nach Moy Tura gelangen.

Der Gorthling zwang sein Pferd zu immer schnellerem Galopp, bis es schließlich einen brauchbaren Aussichtspunkt erreicht hatte. Er zügelte das Tier und schaute auf das Land vor ihm. Es gab nicht viel zu sehen. Die große, baumlose Hochebene erstreckte sich meilenweit, ohne dass irgendetwas ihre Einförmigkeit durchbrach. Der Gorthling ritt weiter. Sein Instinkt sagte ihm, dass die Stadt in der Nähe war, doch er bemerkte nichts, was wie eine dicht bevölkerte Großstadt aussah. Es gab nur Gras und Himmel.

Nach einer Weile stellte sich der Gorthling in den Steigbügeln auf und erhaschte einen Blick auf etwas, das sich weit vor ihm in der Ebene erhob. Er ritt darauf zu. Als er näher kam, erkannte er einige Einzelheiten: eine hohe, zerfallende Mauer, dahinter Gebäude, Türme und Zinnen, doch alles lag in Trümmern. Was war das für ein Ort?

Erst als er auf die gewaltigen Tore zuritt, sah er im Schutt die beiden mächtigen Steinlöwen, die ihm verrieten, wo er sich befand. Der Legende zufolge hatten sie Moy Tura seit seiner Errichtung bewacht.

Heftig zügelte er das Pferd und kam zum Stillstand. Was war geschehen? Der Gorthling begriff, dass Moy Tura zerstört war. Die Tore waren unter einer gewaltigen Explosion zerschmettert und die meisten Gebäude geschleift worden. Die Straßen waren mit Trümmern, Schutt und Unkraut übersät. Das einzige Leben, das er hier bemerkte, bestand aus einer Ratte, einigen Elstern und einem Fliegenschwarm. Selbst das Land um die Stadt war leer und verdorrt. Wo waren all die Zauberer?

Der Gorthling fluchte und trieb das widerstrebende Pferd in die Ruinen hinein. Es war noch genug Zeit, diesen Ort bis zum Einbruch der Dunkelheit zu durchsuchen. Vielleicht fand er einen Hinweis auf den Verbleib der Zauberer. Es mussten doch welche übrig geblieben sein, die ihre Gabe weiterreichten, denn ansonsten hätte sein Wirtskörper ihn niemals beschwören können. Der Gorthling trabte voran und verschwand in der toten Stadt.

»Bist du sicher, dass er hier hineingegangen ist?«, fragte Gabria und starrte die geborstenen Mauern an, die ihre Schatten in das frühe Morgenlicht warfen.

Secen nickte; sein Gesicht war bleich unter der Sonnenbräune.

Die Reisenden verstummten, während sie sich in ängstlicher Neugier umsahen. Sie waren spät in der vergangenen Nacht auf der Hochebene angekommen, hatten aber nicht versucht, die Stadt zu betreten, da sie befürchteten, Branths Spur in der Dunkelheit zu verlieren. Nun war ein warmer, windstiller Tag angebrochen und Branths Spuren führten geradewegs in die alten Ruinen hinein.

Die Tore vor den Reitern waren geborsten. Neben ihnen hockte ein Steinlöwe zerbrochen in den Trümmern.

Piers untersuchte den Löwen neugierig. »Ich dachte, es wären zwei«, murmelte er. »Die Geschichten erwähnen immer ein Paar.«

Athlone holte tief Luft. »Also los«, rief er. Eurus schritt mit aufgestellten Ohren und geblähten Nüstern vorsichtig in die Stadt. Die anderen folgten ihm und rückten enger zusammen, als sie den Steinlöwen und die Schutthaufen neben dem Tor passierten. Die Ruinen umschlossen sie rasch.

Die Gruppe folgte schweigend den Spuren von Branths Pferd durch von Unkraut erstickte Straßen, um zerfallende Häuser und windschiefe Türme herum, an leeren Geschäften und eingestürzten Mauern vorbei. Gras wuchs in jeder Ritze, und überall lagen Steinhaufen aufgetürmt. Hier und dort sah man einige umgestürzte Statuen oder zerborstene Springbrunnen zwischen den Ruinen – die letzten Zeugen der einstigen Größe dieser stolzen Stadt.

Gabria war erstaunt über die Reste von Schönheit, die sich in all diesem Zerfall behauptet hatten. Moy Tura war keine große Stadt gewesen, selbst wenn man die Maßstäbe von vor zweihundert Jahren anlegte. Es hatte sich um eine enge Gemeinschaft von Menschen gehandelt, die der Kunst der Zauberei ergeben gewesen waren. Sie hatten eine Stadt errichtet, die in ihren Augen die größte und bedeutendste der ganzen bekannten Welt war.

Genau das war die Tragödie, dachte Gabria. All ihre Schönheit, Weisheit und Macht hatte ihre Häuser nicht vor Neid, Habgier und der Wut der äußeren Welt beschützt. Die Zauberer, die hier gelebt hatten, waren von ihresgleichen zu sehr abgeschottet und entfremdet gewesen. Sie hatten sich auf ein Podest gestellt und den Warnzeichen keine Beachtung geschenkt, als das Podest allmählich gewankt hatte.

Der Legende zufolge war die Stadt von einem Zauberer verraten worden. Er war ein verbitterter Mann gewesen, der den Klanen die geheimen Zugänge zur Stadt geoffenbart hatte – Zugänge, welche die tödlichen magischen Verteidigungsanlagen Moy Turas unterlaufen hatten. Der Zauberer wiederum war von einem der Häuptlinge verraten und zusammen mit den anderen Magiern getötet worden. Die Seite an Seite kämpfenden Klane hatten nur einen einzigen Tag gebraucht, um die Stadt zu zerstören. Seit zweihundert Jahren lag sie nun so da, versank langsam im Staub und verbarg sich hinter einem Schleier aus Angst und schrecklichen Legenden.

Gabrias Gedanken waren noch immer auf die Vergangenheit gerichtet, als Sayyed sein Pferd neben ihres setzte und sie aus ihren Tagträumen riss.

»Ich hoffe, nicht alle Geschichten über diesen Ort sind wahr«, sagte er. Sein Pferd schnaubte eine Ratte an und trabte an ihr vorbei.

Gabria erzitterte und beobachtete, wie Tritter die Ratte in einen Steinhaufen jagte. »Das hoffe ich ebenfalls. Es gibt da ein paar ganz besonders unangenehme Erzählungen über Geister, einen Wächter, den Fluch eines Zauberers, versteckte Fallen für unaufmerksame Plünderer und böse Wesen, die nachts in der Stadt lauern.«

»Dieser Wächter ...«, meinte der Turic und sah sich beunruhigt um. »Sogar die Turic erzählen sich die Geschichte über Moy Turas Wächter.«

»Den Korg?«, fragte Piers hinter ihnen. »Bisher hat niemand seine Existenz bewiesen.«

»Was soll der Korg denn sein? Bedeutet das Wort nicht Löwe?«, wollte Gabria wissen.

»Ja, es handelt sich um eine uralte Rasse großer Löwen, die früher einmal in der Steppe gelebt haben. Dieser Löwe am Eingangstor stellt einen Korg dar – einen der beiden, die das Tor bewachen«, erklärte Piers. »Doch der Wächter aus den Legenden war ursprünglich ein Zauberer – ein Gestaltwechsler. Er veränderte seine Gestalt, um dem Massaker zu entgehen, und blieb nach der Zerstörung in der Stadt hier. Es heißt, dass er verrückt geworden ist und die Fähigkeit verloren hat, sich in seine menschliche Gestalt zurückzuverwandeln.«

Gabria dachte über den verzweifelten Zauberer nach und ließ den Blick traurig über die Ruinen in ihrer unmittelbaren Nähe schweifen. Hier leben zu müssen würde jedermann wahnsinnig machen. Selbst im Sonnenlicht war die verwüstete Stadt öde und trostlos. So viel Weisheit war hier verschwendet worden.

Die Reiter verstummten wieder. Ihre Stimmen klangen misstönend und unnatürlich in der toten Stadt. Es war besser, in schweigender Eile weiterzureiten und so schnell wie möglich wieder abzureisen.

Bald hatten sie die Überreste von Branths Nachtlager in einem leeren Haus gefunden. Seine noch deutlich im Staub sichtbaren Spuren wiesen tiefer in die Stadt hinein.

Die Reisenden hatten die Ruinen etwa zur Hälfte durchquert, als Nara und Eurus die Schnauze hoben und prüfend die Luft einsogen.

Branth ist in der Nähe, sagte die Stute zu Gabria, *und etwas anderes ebenfalls.* Sie machte einen Satz nach vorn.

»Was?«, rief Gabria. Alle Pferde fielen in einen schnellen Galopp.

Ich weiß es nicht. Es ist seltsam. Es ist unmittelbar bei Branth.

Plötzlich stieß Tritter ein wildes Gebell aus. *Da vorn! Der Mann ist ganz nahe.* Er schoss in den überwölbten Eingang eines Hofes. Die Reiter folgten ihm sofort. Sie brachen durch einen von vier Eingängen in etwas, das früher einmal ein geräumiger, gepflasterter Innenhof vor einem Tempel mit vielen Säulen gewesen war. Jetzt war der Hof voller Schutt und der Tempel nur mehr ein Haufen aus zusammengebrochenen Mauern und zerschmetterten Säulen.

»Dort!«, rief Athlone und deutete auf ein Pferd mit Reiter im Schatten des Tempels.

Der Reiter starrte sie überrascht an, warf dann den Kopf herum und blickte auf etwas in den Tempelruinen. Sein Pferd bäumte sich heftig auf.

Die Reisenden eilten quer durch den Hof, angeführt von Tritter und den Hunnuli-Reitern. Nun sahen sie Branth deutlicher. Er versuchte, die Gewalt über sein entsetztes Pferd wieder zu erlangen, riss den Kopf des Tieres wild herum und trieb es zu einem wahnwitzigen Sprung an, als ein schreckliches Geschöpf zwischen den Trümmern des Tempels hervorschoss. Eine gewaltige Tatze schlug nach dem Hinterteil des Pferdes, erreichte es aber nicht. Branth lenkte sein Reittier um einen Steinhaufen herum, kreischte triumphierend auf und preschte durch ein anderes Tor aus dem Innenhof.

Knurrend vor Wut wandte sich das Untier den anderen Reitern zu. Sein Körper war halb so groß wie der eines Hunnuli, doch es hatte Zähne wie gekrümmte Dolche, und eine verfilzte Mähne fiel ihm über das scheußliche Gesicht.

»Der Korg!«, schrie Piers. »Das ist der fehlende Steinlöwe!«

Athlone reagierte sofort. »Verteilt euch! Raus hier!«

Die Reiter gehorchten, denn jedermann sah sofort, dass keine ihrer Waffen die Steinflanken des gewaltigen Löwen vor ihnen auch nur zu ritzen vermochte. Sie drehten um und ritten verzweifelt auf die verschiedenen Tore zu. Das Tier brüllte vor Wut; seine Augen erglühten in einem unheimlichen gelben Licht, während es den fliehenden Pferden nachsetzte.

Bevor Gabria begriff, was Sayyed tat, hatte er sein Pferd abgebremst und sich im Sattel umgedreht. Mit erhobener Hand feuerte er einen sehr blassen blauen Blitz aus Trymianischer Kraft auf den Löwen. Die schwache Energie prallte am Kopf des Untiers ab und stachelte es nur zu noch größerer Raserei an.

»Raus hier, Sayyed!«, kreischte Gabria.

Grauen legte sich über das Gesicht des Turic. Er eilte hinter den anderen her. Piers und die Krieger ritten bereits durch die Eingänge. Als der Löwe die anderen erwischte, befanden sie sich noch in dem Innenhof.

Gabria erschuf sofort eine Mauer aus Magie um ihre Gefährten. Der Löwe stieß gegen das unsichtbare Hindernis und prallte vor ihm zurück. Einen Augenblick lang blitzten seine gelben Augen verblüfft und überrascht, dann brüllte er auf, rannte an der Mauer vorbei und suchte nach einem Loch.

Während des kurzen Aufschubs, den ihnen der Schutzschild gewährte, machten sie einen Ausfall nach einem der Tore. Gleichzeitig wurde Gabria klar, wie sie die Kreatur aufhalten konnte, ohne Athlone zu gefährden. Rasch sagte sie Nara, was zu tun war. »Halt dich fest!«, rief sie Tam zu, die hinter ihr auf Nara saß. Das Mädchen schlang die Arme fest um Gabrias Hüfte.

Als Eurus den Rand des Hofes erreicht hatte, löste Gabria den magischen Wall auf. Nara brach zusammen mit Tritter und dem Fohlen seitwärts aus, und Eurus galoppierte durch das Tor, bevor Athlone begriff, was geschehen war.

Der Steinlöwe zögerte keine Sekunde. Er hielt auf die Stute zu und folgte ihr, während sie zurück zum Tempel trabte. Gabria feuerte einen mächtigen Blitz ab, der gegen die Brust des Löwen prallte. Das Untier taumelte und fiel zu Boden, war aber nicht ernsthaft verletzt. Nach der Spanne eines Herzschlags war der Löwe wieder auf den Beinen und setzte weiter dem Pferd nach.

Nara lockte ihn zu sich. Sie schoss durch das Tor, aus dem auch Branth geflohen war, und führte den Steinlöwen auf eine irrwitzige Jagd durch die zerstörte Stadt, immer weiter fort von den Gefährten. Gabria reizte die Bestie mit magischen Blitzen, doch sie konnte ihren Gegner damit nicht töten.

Schließlich wurden Tritter und das Fohlen müde und Nara hielt Ausschau nach einem Ort, wo sie sich verstecken und ausruhen konnten. Sie rannten noch schneller, um mehr Abstand zwischen sich und den Löwen zu bringen, und stürzten sich dann in ein Labyrinth aus zerfallenen Gebäuden und mit Trümmern übersäten Straßen. Kurz verloren sie den Löwen aus dem Blick, doch sein enttäuschtes Brüllen hallte hinter ihnen her. Nara lief weiter, bis sie einen weiteren, kleineren Tempel sahen. Er war unter dem Schutt eines eingestürzten Gebäudes neben ihm halb verborgen.

»Hinein!«, rief Gabria. »Die Götter werden uns beschützen.«

Nara blieb vor dem Eingang stehen. Gabria und Tam stiegen ab. Sie und die Tiere huschten gerade in die kühlen Schatten im Innern des Tempels, als der Löwe auch schon in die Straße hinter ihnen einbog. Er knurrte wild; es war ein beängstigender Laut, der sich über die Ruine legte.

Gabria und Tam hielten den Atem an. Sie und die Tiere drückten sich tief in die Schatten des kleinen Raums, während der schreckliche Löwe draußen vorbeipirschte. Die Steine des Tempels erzitterten unter dem Gewicht des Untiers. Es zögerte vor dem Eingang zu dem zerfallenen Gebäude und starrte mit gelben, bösen Augen hinein, dann trottete es weiter die Straße hinab. Allmählich verwehte der dumpfe Aufschlag seiner Tritte.

Gabria warf die Arme um Tam und drückte sie heftig an sich. Sie lehnten sich gegen die Wand des dämmerigen, staubigen Tempels und lauschten auf weitere Geräusche des Korgs. Die Zeit verging langsam. Manchmal hörte Gabria den Löwen in der Ferne röhren. Sie betete zu Amara, dass ihre Gefährten nun fern der Stadt und in Sicherheit waren.

Während sie sich ausruhten, hatte Gabria Gelegenheit, ihren kleinen Unterschlupf genauer zu durchforschen. Der Tempel war größer als jener, in dem sie den Winter verbracht hatte, doch er war genauso einfach und schmucklos. Abgesehen vom Zustand unterschieden sich die einzelnen Tempel nur in ihren reich verzierten Steinaltären. Selbst unter all dem Staub und den Spinnweben erkannte Gabria die feinen Reliefs. Besonders eine große gemeißelte Gestalt, die an der Vorderseite des Altares vom blassen, durch die Tür hereinfallenden Licht hervorgehoben wurde, erregte ihre Aufmerksamkeit. Gabria wischte den Schmutz von dem Stein und lächelte.

»Sieh dir das an«, flüsterte sie Tam und Nara zu. Das Mädchen und die Stute traten neben sie. Sie zeigte den beiden ihren Fund: ein großes Relief, das einen Mann auf einem Hunnulihengst darstellte. Aufgrund des Lichtblitzes in seiner Hand wusste Gabria, dass der Mann Valorian darstellen sollte. Der Kriegsheld der Klane hatte die Macht des Blitzes dazu benutzt, den Hunnuli ihre bemerkenswerte Widerstandsfähigkeit gegen Magie zu verleihen.

Nara umrundete Tam, um einen besseren Blick zu bekommen. Dabei rutschte die Stute mit dem Hinterhuf über einer lockeren Steinplatte aus. Sie verlor das Gleichgewicht, fiel zur Seite und schlug gegen den Altar.

»Nara!«, rief Gabria entsetzt. Zu ihrer ungeheuren Erleichterung kam die Stute sofort wieder auf die Beine.

Ich habe ein paar kleine Prellungen, bin ansonsten aber unverletzt, beruhigte die Stute sie. *Ich sollte mehr darauf achten, wo ich hintrete.*

Tam packte Gabrias Ärmel und deutete auf den Altar. Der große Steinaltar war wie ein massiver Block aus weißem Marmor erschienen, doch der Sturz des Hunnuli hatte eine Seite gelöst. Mit einem Ruf des Erstaunens kroch Gabria hinüber und sah sich den Schaden an. Die ganze Seite des Altars war nichts anderes als eine geschickt eingehängte Tür.

Gabria zog sie auf und spähte hinter sie. Zuerst sah sie nichts außer Staub und Dunkelheit. Sie steckte die Hand behutsam in die Höhlung und spürte kalten Stein und Schmutz unter ihren Fingern. Mit großer Vorsicht hob sie den einzigen Gegenstand auf, der im Innern des Altars verborgen war, zog ihn heraus und legte ihn vor sich auf den Boden. Was immer es sein mochte, es war schwer und in ein fleckiges Tuch aus reinstem Leinen gewickelt.

Gabria sah Tam an. Beide grinsten wie Kinder, die gerade ein Geschenk erhalten hatten. Das Fohlen drängte sich vor und sah ihnen zu.

Nara schnaubte. *Willst du es nicht auspacken?*

Mit zitternden Fingern zog Gabria das Tuch fort und enthüllte eine Maske aus purem Gold. Sie legte das Leinen beiseite und riss die Augen auf. Es war das Gesicht eines Mannes, wundervoll gearbeitet und auf Hochglanz poliert. Verblüfft streckte sie die Hand aus und berührte die Maske. Ein seltsames Prickeln durchfuhr sie und sie erstarrte. Ihre Fingerspitzen ruhten noch immer auf der goldenen Oberfläche. Das schwache Pulsieren einer Kraft perlte aus der Maske in ihre Hand. So etwas hatte sie zuvor bereits in dem Heilstein gefühlt, den Piers manchmal verwendete, und in einer Brosche, die Lord Medb vor einiger Zeit Lord Savaric gegeben hatte. Es war die Kraft der Magie.

Ohne weiter nachzudenken, wickelte sie die Maske wieder in das Leinen ein und band sie an ihrem Gürtel fest. »Es ist Zeit zu gehen«, sagte sie.

Weißt du, was das für eine Maske ist?, fragte Nara, als sich die kleine Gruppe auf den Weg zur Tür machte.

Die Zauberin schüttelte den Kopf. »Nein. Aber sie ist zu wertvoll, als dass man sie hier lassen sollte.«

Sie traten nach draußen. Nachdem Tritter und Nara festgestellt hatten, dass die Gegend sicher war, stiegen Gabria und Tam wieder auf. Sie versuchten, denselben Weg zu nehmen, auf dem sie hergekommen waren. Bald aber musste Gabria eingestehen, dass sie sich völlig verirrt hatten.

Gabria sah besorgt hoch zur Sonne. Es war bereits später Nachmittag. Es gefiel ihr gar nicht, möglicherweise die Nacht in der alten Stadt zusammen mit einem lebenden Steinlöwen, Branth oder anderen umher streunenden Ungeheuern zu verbringen.

Sie dachte gerade über ihre beunruhigende Lage nach, als Tam ihr auf die Schulter klopfte. Das kleine Mädchen deutete auf eine Elster über ihnen. Sie schloss die Augen und hob die Hand dem Vogel entgegen.

Zu Gabrias Erstaunen flog die Elster auf Tams Hand und krächzte laut. *Geht zur nächsten Straße. Biegt bei der zerbrochenen Statue ab*, sagte der Vogel in ihren Gedanken. Die Zauberin wandte sich dem kleinen Mädchen zu und lächelte stolz; dann gab sie die Beschreibung an Nara weiter.

Sie folgten den Anweisungen der Elster und bahnten sich einen Weg durch die Ruinen bis zu einer breiten Straße. Weit vor sich sahen sie eine hohe Mauer mit einem offenen Torbogen. Von Branth oder dem Korg war nichts zu sehen, doch zu Gabrias endloser Erleichterung hörte sie ein Rufen und sah, wie sich zwei Reiter aus dem Schatten der Mauer lösten. Wenige Augenblicke später kamen drei weitere Reiter, unter ihnen auch Athlone, aus den Ruinen. Sie galoppierten auf die Stute zu und schrieen vor Erleichterung. Die ganze Gruppe traf sich vor der Stadtmauer und begrüßte einander freudig.

Secen hatte die Gegend vor der Stadt abgesucht und ritt gerade durch den offenen Torbogen. Der Krieger strahlte vor Freude, als er Gabria sah. »Du bist in Sicherheit! Surgart sei Dank.« Er wandte sich an Athlone. »Ich habe ihn gefunden, Lord. Branth hat die Ruinen durch ein anderes Tor verlassen. Seine Spur führt nach Westen.«

»Hinterher!«, befahl Athlone. »Ich habe keine Lust, hier zu bleiben und noch einmal dem Korg zu begegnen.«

Die anderen stimmten ihm von ganzem Herzen zu und ritten dankbar hinter Secen von Moy Tura fort. Irgendwo in den alten Ruinen stieß der Löwe einen Schrei der Wut und Hoffnungslosigkeit aus. Gabria warf einen kurzen Blick zurück und trauerte um die Zauberer, die hier in Blut und Gewalt untergegangen waren. Sie betete darum, dass so etwas nie wieder geschehen möge. Dann zurrte sie den Knoten, der die Maske an ihrem Gürtel hielt, fester und folgte ihren Gefährten, welche die Jagd nach dem abtrünnigen Häuptling wieder aufgenommen hatten.

Vierzehn

Gabria zeigte die Maske ihren Gefährten erst am nächsten Tag, als sie weit entfernt von den trostlosen Ruinen Moy Turas waren. Am Mittag hielt die Gruppe an, um etwas zu essen und die Pferde rasten zu lassen. Gabria holte das verschmutzte Leinenbündel hervor und legte es vor sich ins Gras. Tam und die Männer versammelten sich um sie und sahen zu, wie sie das Tuch fortzog.

Gabrias Herz raste. Sie konnte kaum glauben, dass dieses wunderbare magische Ding wirklich existierte, bis sie es im hellen Licht des Tages wieder sah. Sie hob die letzte Leinenfalte auf und enthüllte die goldene Maske. Dann holte sie tief Luft und hielt die Maske gegen die Sonne. Sie glitzerte und leuchtete so hell wie an dem Tag, als sie erschaffen worden war.

»Was ist das?«, fragte Athlone mit gepresster Stimme.

»Es sieht aus wie eine Totenmaske«, sagte Piers.

Die Zauberin fuhr mit dem Finger über die Wangen der Maske. Piers hatte Recht, sie sah tatsächlich wie eine Totenmaske aus. Wenn das stimmte, dann war dieser Mann sehr bedeutend gewesen. Die Klanleute stellten Totenmasken nur von denjenigen her, die sie zutiefst verehrten.

Es war ein schönes Gesicht, dachte Gabria. Selbst in den harten Linien des Metalls war die Seele des Mannes deutlich zu erkennen. In Stirn und Kiefer lagen Stärke, in der langen Nase Halsstarrigkeit und in den Linien um den Mund Sinn für Scherz. Als sie genauer hinsah, bemerkte sie ein Grübchen am Kinn, die Spur einer Wunde an der Stirn und die schön geschwungene Linie der Augenbrauen. Die Augen waren geschlossen, doch Gabria stellte sich vor, dass die Pupillen strahlend blau waren.

»Großartig«, meinte Gabria.

»Was willst du damit machen?«, fragte Piers neugierig.

Gabria zuckte die Achseln und drehte die Maske in den Händen. »Ich weiß es nicht. In ihr steckt irgendeine Art geheimer Macht, aber ich habe keine Ahnung, wozu sie dient.«

Der Turic stand auf und grinste breit. »Zu schade, dass sie nicht sprechen kann.«

Die junge Frau nickte geistesabwesend. Sie betrachtete die Goldmaske eingehend, während die anderen aßen und dabei die Pferde beobachteten. Leider entdeckte Gabria nichts, was ihr weiterhalf. Es gab weder eine Inschrift noch eingeätzte Zeichen jeglicher Art. Es war einfach nur das Gesicht eines Mannes mit einem rätselhaften Ausdruck. Schließlich wickelte sie die Maske wieder in das Tuch und packte sie zu ihren übrigen Habseligkeiten. Für den Rest des Tages grübelte sie über das Rätsel der Maske nach, ohne seiner Lösung näher zu kommen.

Nachdem die Gruppe Moy Tura verlassen hatte, spürte sie Branth sieben Tage lang nach, kam dem flüchtigen Verbannten aber nicht näher. Da er nun wusste, dass er verfolgt wurde, bewegte er sich noch schneller, und die Reisenden hatten Schwierigkeiten, mit ihm Schritt zu halten. Zu ihrem Ärger schien er sich auf seiner südwärts gerichteten Reise durch die Steppe immer weiter von ihnen zu entfernen. Alle fragten sich, wohin er unterwegs war und was er als Nächstes tun würde. Am achten Tag fanden sie die Antwort.

Der Morgen dämmerte klar und warm herauf und kündigte bereits einen heißen Nachmittag an. Eine leichte Brise wehte über den Hügeln, und Wiesenstärlinge schossen und flatterten den Grashüpfern nach. Die Gruppe ritt nach Süden und folgte Branths Spur entlang der Flanke eines langen, niedrigen Hügelkamms, als die Hunnuli plötzlich stehen blieben und eine Warnung wieherten.

Gabria! Totenvögel!, verriet Nara ihrer Reiterin.

Nun sah auch die Zauberin die Vögel. Es war eine Schar schwarzer Geier, die tief über einer Stelle hinter den nächsten Hügeln kreisten. »Seht nur!«, rief sie und machte die anderen auf die Geier aufmerksam.

Rasch galoppierte die Gruppe auf die Stelle zu, erklomm einen der Berge und sah hinunter in ein kleines, baumgesäumtes Tal. Die Vögel kreisten über einer freien Fläche nicht weit von einem gewundenen Bachlauf entfernt.

»O Götter!«, keuchte Athlone.

Gabria biss sich auf die Lippe, um das Gefühl des Ekels in ihrem Magen zu ersticken. Der Anblick der Lichtung unter ihr wirkte schrecklich vertraut auf sie.

»Keth, bleib bei Tam und den Pferden«, befahl Athlone. Der Krieger gehorchte gern.

Die anderen stiegen ab und gingen den sanften Hang hinunter bis zu der Lichtung neben dem Bach. Einige Geier kreischten auf und flatterten in die Bäume.

Zwölf Menschen lagen zu leblosen, verstreuten Haufen aufgetürmt: fünf Männer, vier Frauen und drei Kinder, welche die orangefarbenen Klanmäntel der Bahedin trugen. Die zerfetzten Überreste ihrer Wagen und Habseligkeiten lagen achtlos zwischen den Leichnamen verstreut. Die Pferde und übrigen Tiere waren fort.

Piers eilte zu den Klanleuten und untersuchte sie, doch als er die verstümmelten Körper umdrehte und die bleichen Gesichter betrachtete, wurde rasch deutlich, dass alle tot waren.

Während sich der Heiler an den Körpern zu schaffen machte, suchten Athlone und die anderen nach Zeichen von Branth. Sie hegten kaum einen Zweifel daran, dass er für dieses Massaker verantwortlich war.

»Sie sind mit voll beladenen Karren gereist und hatten ihre Zelte dabei. Vermutlich waren es Nachzügler, die ihren Klan auf dem Weg zum Tir Samod einholen wollten«, sagte Athlone verbittert, während er einen der zerstörten Karren untersuchte. Diese schrecklichen Morde machten ihn krank. Die Bahedin waren schon seit langem Verbündete der Khulinin und hatten in Ab-Chakan zusammen mit Athlones Vater gegen Lord Medb gekämpft.

Gabrias Gesicht war unter der Sonnenbräune bleich geworden. »Auf dem Weg zur Versammlung.« Sie wandte sich von dem Leichnam einer jungen Frau ab und schluckte schwer. Fliegen summten um das Gesicht der Toten, und die Geier hatten ihr bereits die Augen ausgehackt.

Secen trat neben Athlone und sagte: »Lord, ich kann außer den Spuren der Bahedin nur die eines einzigen Mannes finden. Es ist, wie wir vermutet haben.«

Der Häuptling fluchte: »Branth.«

»Die Hufabdrücke stammen vom selben Pferd, dem wir bis hierher gefolgt sind, und die Stiefelabdrücke passen zu denen, wie wir in Moy Tura gesehen haben.«

Piers eilte mit weißem, angespanntem Gesicht zu ihnen.

»Sie sind alle tot«, meinte Athlone. Es war keine Frage, sondern eine Feststellung.

Der Heiler nickte. »Gestern. Sie sind gefoltert worden.«

Secen sah krank aus. Athlone hob die Faust und schlug gegen einen der Karren. »Warum? Warum tut er das?«, schrie er.

Tritter bellte aufgeregt. *Kommt! Ich bin am Bach!*, verriet sein Gebell den Zauberern.

Im selben Augenblick rief Sayyed: »Gabria, Lord Athlone, hierher! Schnell!« Etwas in seiner Stimme rüttelte Gabria und die Männer auf. Sie rannten in die Richtung von Sayyeds Rufen und Tritters aufgeregtem Bellen. Als sie einen kleinen Hain beim Flussufer durchquert hatten, hielten sie plötzlich inne.

Sayyed stand an der Böschung und hielt den rasenden Hund am Genick fest. In entsetztem Schweigen starrte er auf einen Leichnam, der mit einem Schwert an einen Baumstamm gepfählt war. Der Körper des Mannes hing so hoch, dass seine Füße nicht den Boden berührten, und seine aufgerissenen, starren Augen sowie die scheußlich verzerrten Gesichtszüge verrieten, wie schmerzhaft sein Tod gewesen sein musste. Er war ein älterer Mann mit runzligem, wettergegerbtem Gesicht. Sein schmutziges, blutbeflecktes Hemd war in Höhe der linken Brust mit einem goldenen Pferd bestickt.

»Ich habe versucht, das Schwert herauszuziehen«, sagte Sayyed. Er klang verängstigt und verwundert. »Aber er … hat sich bewegt.«

»Das ist unmöglich«, zischte Athlone. »Er ist tot.«

Der Häuptling streckte die Hand aus und packte das Schwert, mit dem der Bahedin an den Baum genagelt war. Athlone zerrte mehrmals daran; dann zuckte der Mann und regte sich, wie Sayyed gesagt hatte.

Als Athlone erschrocken einen Schritt zurücktrat, hob der Klanmann den Kopf. Die leblosen Augen starrten hinunter auf die Reisenden und der verzerrte Mund stieß einen schrecklichen, blubbernden Schmerzenslaut aus.

Die Krieger wichen mit vor Entsetzen geweiteten Augen zurück.

Tritter kauerte sich zu Sayyeds Füßen. Nur Piers trat einen Schritt vor. Er tastete nach dem Puls des Mannes.

»Bei allen heiligen Göttern«, rief er aus und nahm die Hand ruckartig wieder fort. »Dieser Mann *ist* tot. Seine Haut ist so kalt wie Stein. Das Herz schlägt nicht mehr. Seht doch, er atmet nicht einmal.«

»Ich grüße euch, Jäger. Ich weiß, dass ihr mich verfolgt.«

Sie drehten sich wieder nach dem Leichnam um, der nun mit rauer und hohler Stimme fortfuhr: »Ich habe euch diese Botschaft hinterlassen, damit ihr wisst, mit wem ihr es zu tun habt. Wenn ihr klug seid, kehrt ihr um, so lange es euch noch möglich ist.«

Der tote Mann sah einen Klanmann nach dem anderen an. »Ich wurde aus dem Reich von Sorh hierher gebracht – durch einen von euch, nämlich Lord Branth. Ich habe vor zu bleiben. Von den Leuten, die tot neben euch liegen, habe ich erfahren, dass es in den Klanen nur noch eine einzige Person mit der Gabe der Zauberei gibt, und nur sie könnte die Macht besitzen, mich herauszufordern. Ich gedenke sie aufzuspüren.«

Gabria stieß ein Keuchen aus, und Athlone drängte sich näher an sie.

Der Leichnam fügte hinzu: »Wenn ihr mich finden wollt, versucht es bei der Klanversammlung.« Der Tote gab ein heiseres, scheußliches Lachen von sich. »Ich habe große Pläne mit Valorians Volk.«

Plötzlich zuckte der Kopf des Mannes zur Seite. Er verstummte, und sein Körper sackte gegen das Schwert. Es entstand ein langes, tiefes Schweigen, bis Piers vorsichtig die Hand ausstreckte und dem Toten die Augen schloss.

»Gute Götter, was war das?«, murmelte Secen.

»Ein Zauber«, entgegnete Gabria. Ihre Stimme klang so hohl wie die des Toten. Sie starrte den Leichnam an. Ihre Haut war leichenbleich geworden und ihre Knie zitterten. »Branth, oder was immer aus ihm geworden ist, hat diesen Mann mit einem Bann belegt, sodass er uns diese Nachricht übermitteln musste.«

»Was immer aus ihm geworden ist«, wiederholte Athlone. »Was meinst du damit?«

Gabria sackte in sich zusammen. »Das Wesen behauptet, es käme aus dem Reich von Sorh. Ich bin mir nicht sicher, aber ich glaube, es gibt nur eine Kreatur, die von dort durch Zauberei herbei beschworen werden kann: ein Gorthling.«

»Was ist ein Gorthling?«, wollte Sayyed wissen.

Als die Frau nicht antwortete, sagte Athlone: »Das sind Ungeheuer aus unseren alten Geschichten. Angeblich sind es Geschöpfe des unsterblichen Bösen.«

»Das sind nicht nur Geschichten. Es gibt die Gorthlinge wirklich«, flüsterte Gabria. »Die Sumpffrau hat mich vor ihnen gewarnt.« Ihre Augen blickten in weite Ferne. Sie verschränkte die Arme über der Brust und holte tief Luft.

Die Männer schwiegen und versuchten, die Bedeutung des Gehörten zu erfassen. Athlone und Piers gingen wieder zu dem Baum und nahmen den toten Bahedin ab. Als der Häuptling diesmal an dem Schwert zerrte, blieb der Mann leblos; seine Seele war für immer an den Tod verloren. Sie zogen das Schwert heraus und legten den Leichnam sanft auf den Boden.

Dann trugen sie ihn zu der Stelle, wo seine Gefährten lagen. Ein Geier kreischte auf, als sie sich den Leichnamen näherten, und einige andere Totenvögel, die sich in der Nähe niedergelassen hatten, schlichen vor den Khulinin davon.

»Was machen wir mit ihnen?«, fragte Sayyed und deutete auf die toten Klanleute.

»Wir beerdigen sie«, sagte Gabria.

»Dazu haben wir keine Zeit. Das wirft uns noch weiter zurück«, erinnerte Athlone sie.

Sie sah hinunter auf den toten Klanmann. »Jemand hat meinen Klan beerdigt, als ich es nicht konnte. Vielleicht waren es die Bahedin. Wir sollten sie wenigstens verbrennen. Den Grabhügel kann danach jemand anderes errichten.«

Der Häuptling nickte. Er wusste, dass sie Recht hatte, so sehr es ihn auch drängte, Branth – oder den Gorthling, der in ihn eingedrungen war –, einzuholen. Sie durften die ermordeten Klanmitglieder nicht den Aasfressern überlassen.

Diese Arbeit kostete Gabria und die Männer den Rest des Morgens. Mit Holz aus den Karren der Bahedin, abgestorbenen Ästen, trockenem Gebüsch und allem anderen, was brannte, errichteten sie einen Scheiterhaufen und legten die dreizehn Männer und Frauen Seite an Seite zusammen mit ihren Werkzeugen, Waffen, Juwelen und allem Nötigen für die Abreise aus der Welt der Menschen. Keth und Tam brachten die Pferde herbei, und das kleine Mädchen schwieg feierlich, während Gabria die Totenlieder sang und das Feuer unter dem Scheiterhaufen entzündete. Der Rauch erhob sich hoch über die Ebene, und sein beißender Gestank vertrieb einen Geier nach dem anderen.

Am Mittag befand sich die Gruppe wieder auf Branths Spur in Richtung Süden. Sie ritten schnell; Wut und Sorgen trieben sie an. Bei Sonnenuntergang fanden sie eine Stelle in einer Senke zwischen zwei Hügeln und schlugen dort ihr Lager auf. Gabria entfachte ein Feuer, und alle versammelten sich um die helle Wärme. Niemandem war nach Reden zumute.

Es war Gabria, die schließlich die Stille durchbrach. Sie hob den Kopf und blickte hoch zu den glänzenden Sternen. »Athlone, ich will die Eidbrecher aufsuchen.«

Die Männer fuhren vor Schreck zusammen.

»Nein«, sagte der Häuptling sofort.

Gabria schaute weiter in den Himmel hinauf. Ihre Gedanken kreisten. »Wenn es sein muss, gehe ich ohne dich.«

Athlone schloss die Augen und schluckte den Zorn herunter, den er bei ihrem trotzigen Tonfall verspürte. »Warum? Warum gerade sie?«

»Weil sie möglicherweise die Einzigen sind, die mir helfen können.«

»Bei was sollen sie dir helfen?«, wollte er wissen.

Gabria senkte den Blick und schüttelte den Kopf. »Sie verwahren in ihrer Zitadelle einige Bücher aus den Tagen der alten Zauberer. Ich glaube, Seth könnte für mich eine Möglichkeit finden, den Gorthling zu bekämpfen.«

»Wieso bist du dir so sicher, dass es wirklich ein Gorthling ist? Zum Beweis hast du nichts anderes als die magischen Worte eines Toten«, sagte Athlone wütend.

»Ich bin mir nicht sicher, aber es passt alles zusammen. Branth hat etwas Böses heraufbeschworen und tötet nun jeden Menschen, der ihm über den Weg läuft. Er hat sich verändert; das spüren wir doch alle. Ich glaube, er ist von einem Gorthling überwältigt worden. Es ist üblich für sie, einen Wirtskörper zu besetzen und ihn als Werkzeug für ihre Übeltaten zu benutzen.«

»Warum töten wir den Wirtskörper nicht einfach?«, schlug Sayyed vor.

»Das könnten wir zwar tun, aber der Gorthling ist unsterblich. Er würde sich einfach einen anderen Wirtskörper suchen.«

Athlone beugte sich vor. »Wie können wir ihn denn überhaupt vernichten?«

Gabria warf die Hände hoch und rief: »Ich weiß es nicht! Der Gorthling ist ein magisches Geschöpf und kann nur mit Magie bekämpft werden. Aus diesem Grund muss ich mit den Eidbrechern reden.«

Der Turic deutete auf sich und Athlone. »*Wir* sind Zauberer. Wir können dir helfen.«

Die Frau schüttelte heftig den Kopf. »Ich kann euch nicht genug beibringen, um ein so mächtiges Geschöpf wie einen Gorthling zu bekämpfen. Seht euch doch an, was er mit all diesen Leuten gemacht hat. Er würde euch abschlachten. Das könnte ich nicht ertragen.«

»Und was ist, wenn er dich tötet?«, meinte Athlone. »Wer soll ihn dann bekämpfen? Erwartest du etwa, dass wir einfach zusehen, wie du ihm allein gegenübertrittst?«

Gabrias Herz machte einen Satz. Es war das erste Mal, dass Athlone vor ihr davon redete, seine Gabe einzusetzen. Trotzdem bezwang sie ihre Erregung und schüttelte den Kopf. Sie wollte nicht, dass er die Zauberei erlernte, um sofort danach durch die Hand eines Gorthlings zu sterben. »Athlone, wir müssen zuerst in Erfahrung bringen, wie man dieses Geschöpf besiegen kann. Dann überlegen wir uns, wer es vernichtet.«

Athlone seufzte schwer. »In Ordnung. Wir reden mit den Eidbrechern. Nur du und ich. Die anderen folgen Branth, damit wir seine Spur nicht verlieren.«

Die Krieger der Herdwache widersprachen heftig. Wie jeder vernünftige Mann in der Ebene der dunklen Pferde fürchteten sie die Eidbrecher, doch ihre Pflicht war es, ihren Häuptling zu schützen.

»Das ist ein Befehl«, sagte Athlone zu ihnen. »Es hat keinen Sinn, Seth und die übrigen Kultanhänger zu verärgern, indem wir alle bei ihnen erscheinen. Gabria und mir wird nichts geschehen. Ihr habt genug zu tun, wenn ihr Branths Fährte folgt.«

Die drei Krieger stimmten widerstrebend zu, und Gabria nickte erleichtert. Sie wusste, dass es Sayyed nicht gefiel, bei den Kriegern zu bleiben, doch auch er musste sich dieser Entscheidung beugen.

Als die Zauberin kurze Zeit später die Totenmaske in den kleinen Sack steckte, den sie mitnehmen wollte, fragte sie sich, ob Seth ihr auch etwas über dieses goldene Kunstwerk sagen konnte. Sie ließ die Hoffnung jedoch sofort wieder fahren; es war möglich, dass sich die Eidbrecher weigerten, überhaupt mit ihr zu reden.

Die Khulinin verließen ihr Lager am nächsten Morgen kurz nach Sonnenaufgang. Secen führte seine Gruppe weiter auf Branths Fährte südwärts, während Athlone, Gabria und die drei Hunnuli sich nach Westen wandten, um die Zitadelle der Krath an der Nordspitze des Himachalgebirges aufzusuchen.

Athlone schätzte, es würde etwa vier Tage dauern, bis sie die Zitadelle erreicht, mit Seth gesprochen und den Rest der Gruppe wieder eingeholt hatten. Er hoffte von ganzem Herzen, dass diese Reise zu den Eidbrechern all das wert war. Er hatte seine Zweifel. Der Kult der Krath hütete seine Geheimnisse eifersüchtig. Die Mitglieder hatten die Bezeichnung »Eidbrecher« erhalten, weil sie ihren Treueschwur gegen Klan und Häuptling gebrochen und die Ödnis ihres Bergtempels der Gesellschaft ihres eigenen Volkes vorgezogen hatten. Selbst wenn sie das Wissen besaßen, nach dem Gabria suchte, würden sie ihr gewiss nicht etwa aus Ergebenheit gegenüber den Klanen helfen.

Beim Gedanken an die Männer der Peitsche – wie die Kultanhänger auch genannt wurden – konnte Athlone ein Gefühl kalten Grauens nicht unterdrücken. Ein Mantel aus Verdächtigungen, gewebt aus geflüsterten Gerüchten und Geschichten über ruchlose Taten, hing um die Schultern der Eidbrecher. Im Gegensatz zu den Klanmännern, die zwei männliche Gottheiten verehrten, beteten die Männer der Peitsche Krath an, die dunkle Schwester Amaras. Während die Göttin Amara die gute Seite der Weiblichkeit verkörperte, stellte ihre Schwester die dunkle, weniger vorhersehbare Seite dar. Krath war die Herrscherin über ungezügelte Leidenschaften und Gewalttaten und stand für Heimlichkeit und Eifersucht. Ihre zerstörerische Macht offenbarte sich entweder langsam und verstohlen oder plötzlich und unerwartet.

Aus diesem Grund waren die Anhänger Kraths zu gut ausgebildeten Mördern geworden, deren religiöses Ziel darin bestand, für ihre blutdurstige Herrin den vollkommenen Mord auszuführen. Die Männer benutzten kein Metall zu ihrer Kunst. Die einzigen Waffen waren ihr Körper, ihre Peitsche und ihre ausgeklügelten Mordinstrumente aus Leder und Stein. Es hieß, ein Eidbrecher könne das Genick eines Mannes mit bloßen Händen brechen oder ihm den Kopf mit einem einzigen Schlag seiner schrecklichen schwarzen Peitsche abtrennen.

Die Klanleute standen diesem Kult mit Widerwillen und Angst gegenüber. Die Klane verachteten nicht die Blutlust der Eidbrecher, sondern die List, mit der sie vorgingen. Ihre stille, verschlagene und besonnene Art des Tötens war den Klanmännern unverständlich. Die Kultanhänger hingegen übten sich in Heimlichkeit. Sie mieden die Klane schon seit vielen Generationen und verbargen sich in ihrer geheimen Festung.

Je näher Athlone dem Bollwerk kam, desto mehr vermisste er Bregans beruhigende Stärke. Der Verlust dieses Kriegers war ein schwerer Schlag für den Häuptling gewesen. Athlone hätte bei den Verhandlungen mit den Eidbrechern Bregans Erfahrung und klaren Kopf sehr gut gebrauchen können. Der Häuptling legte unbewusst die Hand fester um den Schwertgriff. Wenn es sein musste, würde er die Zitadelle der Krath Stein für Stein niederreißen, um die Hilfe zu bekommen, die Gabria zur Vernichtung Branths brauchte. Dieser Mörder hatte zu viel Klanblut an den Händen, als dass er noch länger leben durfte.

Am nächsten Tag sahen Gabria und Athlone die graublauen Gipfel der Himachalberge am Horizont. Das Himachalgebirge war viel kleiner als die mächtigen Dunkelhörner. Seine Gipfel waren weder sehr hoch noch schneebedeckt, doch die Hänge waren steil und von einer beinahe undurchdringlichen Wildnis aus Bäumen und Büschen überwuchert.

Zum Glück mussten Gabria und Athlone sich nicht durch diese Wildnis schlagen. Die Zitadelle der Krath befand sich am nördlichen Ende der Bergkette im Vorgebirge nicht weit vom Geldring-Treld entfernt. Sie war nicht schwer zu finden, doch beinahe unmöglich zu betreten.

Seit einigen Tagen war das Wetter freundlich und warm, doch an diesem Nachmittag hatte der Wind gedreht und trieb die Wolken zusammen. Im Norden wurde der Horizont stahlgrau. Weiß bezipfelte Wolken türmten sich auf. Gabria und Athlone brauchten die Pferde nicht anzutreiben, um dem Sturm zu entgehen. Die Hunnuli spürten den kommenden Regen und wurden von selbst schneller. Am späten Nachmittag entdeckten die Reiter die Zitadelle der Krath auf einem Felsvorsprung einige Meilen südlich der baumbestandenen Berghänge. Athlone und Gabria änderten die Richtung und ritten vor dem Regen nach Süden.

Bald kamen sie zu einer alten Steinstraße, die parallel zu den Gipfeln verlief. Gabria und der Häuptling erkannten die Steinmetzarbeiten sofort als die der alten Söhne des Adlers, welche die Ebene lange vor den Klanen erobert hatten. Diese Männer aus dem Westen hatten auch die Feste Ab-Chakan errichtet, die nur einige Tagesritte weiter südlich lag. Die Straße führte an Ab-Chakan und dem Isin vorbei und verschwand dann irgendwo in der Nähe des Dangari-Trelds in den südlichen Ausläufern der Berge.

Große Teile der sehr alten Straße waren mit Unkraut und Gebüsch überwuchert, doch hier im rauen Vorgebirge konnte man gut auf ihr reisen. Dankbar nahmen die Hunnuli die Straße und eilten voran.

Allmählich näherten sie sich der Zitadelle. Die Pferde hielten am Fuß des Felsmassivs an, auf dem sie sich erhob, und Gabria und Athlone blickten unruhig zu den schwarzen Türmen empor. Die beiden Reiter erzitterten. Keiner von ihnen war je zuvor hier gewesen, denn die Klanleute mieden diese Festung wie einen Seuchenherd. Nur wenige Männer hatten bisher gewagt, die Mauern der Zitadelle zu überwinden, und danach noch lange genug gelebt, um von ihren Abenteuern zu berichten.

Die Zitadelle kauerte auf der Spitze eines felsigen Vorsprungs über einem bewaldeten Tal. Ein Pfad zweigte von der Straße ab und wand sich den steilen Hang hinauf zum einzigen sichtbaren Eingang in die streng bewachte Festung. So weit die Reisenden sehen konnten, bestand die Zitadelle aus einem massiven Mittelgebäude mit nadelspitzen Türmen aus schwarzem Granit und war von einer hohen, mit Zinnen versehenen Mauer aus dem gleichen dunklen Stein umgeben. Das ganze Bauwerk hockte wie ein brütendes, böses Untier über der Straße und warf seinen Schatten in das Tal.

Die Reiter starrten weiterhin schweigend auf die Zitadelle, die sich gegen die immer tiefer hängenden Wolken abhob, bis das Fohlen unruhig wurde. Plötzlich brauste der Wind aus Norden heran, peitschte die Bäume und schnappte nach den goldenen Umhängen der Reiter. Die Sonne verschwand hinter den schweren grauen Wolken.

Die Hunnuli trabten den Pfad hinauf. Gabria betrachtete die lauernde Zitadelle genauer und bemerkte, dass sie nicht so vollendet war, wie sie aus der Ferne wirkte. Ein Teil des Mittelgebäudes befand sich noch im Aufbau, und einige der Türme waren von Gerüsten umgeben. Sie erinnerte sich daran, dass Lord Medb im vergangenen Sommer ein Heer ausgesandt hatte, um die Festung zu zerstören, weil sich die Eidbrecher geweigert hatten, ihm ihre magischen Bücher und Handschriften zu übergeben. Die Zitadelle war gefallen, und der Hohepriester sowie die überlebenden Kultanhänger hatten sich nach Ab-Chakan geflüchtet und mit Savaric verbündet. Nach Medbs Tod waren sie zurückgekehrt, um ihr Zuhause wieder aufzubauen. Trotz ihrer Unruhe war Gabria beeindruckt. Die Männer der Krath hatten in kurzer Zeit viel erreicht.

Der Himmel hatte sich vollständig verdunkelt, als Gabria und Athlone die Spitze der Erhebung erreichten. Die Berge vor ihnen hatten sich in Düsternis verloren, und im Norden und Westen hingen Regenvorhänge von den Wolken herab. Gabria zitterte und zog den Mantel enger um sich.

Die Hunnuli trotteten auf dem schmalen Pfad bis zur mächtigen Vordermauer der Zitadelle. Ein gewölbter Torbogen, kaum breit genug für einen Wagen, war in die Wand eingelassen. Er wurde von einer dicken Eichentür und einem fein gemeißelten steinernen Fallgitter versperrt. Die Hunnuli blieben stehen, Eurus scharrte.

Die Zitadelle erhob sich still und drohend, doch niemand befand sich auf den Mauern und stellte sich den Reitern entgegen. Die Festung wirkte seltsam leblos. Auf den Türmen wehten keine Banner oder Flaggen, kein Rauch von Herdfeuern stieg auf und kein Licht von Fackeln oder Laternen war zu sehen. Auf den Brüstungen schienen keine Wachen zu stehen und hinter den Mauern war nicht das leiseste Anzeichen von Leben zu bemerken.

Trotzdem spürte Gabria plötzlich, dass sie und Athlone beobachtet wurden. Sie schaute an den hohen Mauern hinauf. »Sie wissen, dass wir hier sind«, sagte sie.

»Und was erwartet man von uns? Sollen wir etwa anklopfen?« Athlone stieß ein kehliges Lachen aus, das seine Verwirrung zum Ausdruck brachte, und stieg von Eurus ab. Er fand einen Stein und ging damit zum Tor. »Seth!«, brüllte er und warf den Stein gegen das Fallgitter. Der Lärm umhüllte sie, aber nichts regte sich hinter dem Tor oder auf den Mauern. Einige Regentropfen klatschten in den Staub.

Nachdem sich Athlone einmal gegen die massive Tür gestemmt hatte, kehrte er an Gabrias Seite zurück. »Diese Türen besitzen dieselben Schutzzauber wie in Ab-Chakan – du weißt schon, die kleinen, beschriebenen Tafeln. Wir können die Türen nicht aufbrechen, auch nicht wenn wir hundert Männer hätten.« Er zuckte die Achseln und fügte schalkhaft hinzu: »Vielleicht antworten sie nicht, weil sie sich vor dem Regen untergestellt haben.«

Gabria warf wütend den Kopf hoch. »Seth!«, rief sie gegen die Wände. »Die Zauberin braucht deine Hilfe.«

Noch immer kam keine Antwort aus der Zitadelle. Der Regen fiel nun heftiger. Gabria wurde zornig. Sie wusste, dass die Eidbrecher da waren und von der Gegenwart der beiden wussten, doch sie hatte keine Zeit, dieses Spiel mitzumachen. Sie beugte sich über Naras Schulter und sagte zu dem Häuptling: »Sie stellen mich auf die Probe. Wenn wir hinein wollen, müssen wir uns selbst einladen.«

Athlone warf einen letzten Blick auf die Mauern und nickte. Nur die Götter wussten, was die Eidbrecher tun würden, wenn zwei Fremde ihre Tür aufbrachen, doch da die Kultanhänger keine Antwort gaben, blieb Athlone und Gabria kaum etwas anderes übrig. Nach kurzer Überlegung schnallte Athlone seine Waffen ab und legte sie in den schwachen Schutz der Mauer. Es gab keinen Grund, allzu kampflustig zu erscheinen.

Gabria begriff, warum er das tat, und reichte ihm ihren Dolch. Die Eidbrecher verachteten Metall; daher war es das Beste, sie nicht zu beleidigen, indem man Stahl in ihre Festung mitnahm. Außerdem war Gabria nur allzu klar, dass keine Waffe – vielleicht mit Ausnahme von Magie – sie schützen konnte, wenn die Eidbrecher sie tot sehen wollten.

Sie wartete, bis Athlone wieder auf sein Hunnuli gestiegen war, warf die Kapuze zurück und starrte das schwere, steinerne Fallgitter eindringlich an. Zu schade, dass gerade kein Gewitter in der Nähe ist, dachte sie, denn bloßer Regen schien ihre magischen Kräfte nicht zu verstärken. Sie hätte zusätzliche Kraft gut gebrauchen können, um den Zauberschutz zu zerschmettern. Gabria fragte sich kurz, ob einer der Kultanhänger ein Zauberer war. Irgendjemand musste doch den magischen Schutz angebracht haben.

Doch als sie die kleinen, rechts und links neben dem Tor eingelassenen Tafeln betrachtete, erkannte sie, dass sie sehr alt waren. Seth hatte ihr einmal erzählt, die Eidbrecher besäßen eine Sammlung aller Zaubermittel, welche die Magier hinterlassen hatten. Vermutlich gehörten diese Schutztafeln dazu. Gegen gewöhnliche Menschen wirkten sie sicherlich noch gut, aber sie waren zu alt und schwach, um einem magischen Angriff Stand halten zu können.

Gabria schenkte dem heftigen Regen, der sie durchnässte und ihr die Haare am Kopf kleben ließ, keine Beachtung, sondern hob die Hand und begann mit ihrem Zauberspruch. Abermals glühte der Diamantsplitter in ihrer Haut auf. Sie bemerkte nicht, dass Athlone sie wie entrückt beobachtete. Sie sprach einen Befehl, deutete auf jede der beiden Zaubertafeln und richtete ihre gesamte magische Kraft auf sie. Sie hielten nur einige Augenblicke lang, dann zerbarsten sie und fielen aus der Wand. Gabria sprach einen zweiten Befehl, und die schwere Falltür glitt in ihrer Führung nach oben. Hinter der Eichentür knirschte es. Plötzlich fiel sie nach hinten und schlug zu Boden.

Gabria warf einen Blick zu Athlone und schenkte ihm ein schwaches, zufriedenes Lächeln. Sie freute sich, als er anerkennend nickte und ihr mit einer Geste bedeutete, sie solle vorangehen.

Nara schnaubte und setzte vorsichtig über die am Boden liegende Tür. Eurus und das Fohlen folgten dicht hinter ihr. Die drei Hunnuli betraten einen dunklen, leeren Innenhof vor dem Hauptgebäude. Gabria hielt den Arm hoch, sodass jeder, der sie beobachten mochte, den glühenden Splitter in ihrem Handgelenk sehen konnte. Sie und Athlone spannten alle Sinne an, damit ihnen keine Bewegung und keine verborgene Gefahr entging.

Es erfolgte kein Angriff. Stattdessen trat eine große, in eine schwarze Robe gehüllte Gestalt aus den tiefen Schatten der Festung. Eine lange Kapuze verbarg ihr Gesicht, und an der Hüfte hing eine schwarze Peitsche. Der Mann blieb auf der Treppe vor den Hunnuli stehen und schlug langsam die Kapuze zurück. Im verblassenden Tageslicht erkannten die beiden Reiter das hagere, adlernasige Gesicht Seths, des Bruders von Lord Savaric und Hohepriesters des Kultes der Peitsche.

»Willkommen in der Zitadelle der Krath, Zauberin«, sagte er kalt.

Die Frau erwiderte den Gruß mit einem Nicken. Sie stieg nicht ab, sondern blieb reglos auf Nara sitzen und erwiderte Seths durchdringenden Blick. Von den Anhängern der Krath sagte man, dass sie einem Menschen ins Herz blicken und das dort verborgene Böse sehen konnten. Sie spähten in Geheimnisse und zerrten sorgfältig bewachte, hinter Masken verborgene Gefühle hervor. Aus diesem Grund wagten es nur wenige Menschen, einem Eidbrecher ins Gesicht zu sehen, doch Gabria war anders. Sie hatte Schrecken und Tragödien, Gerichtsverhandlungen und Siege erlebt, bis die Fassade ihres Lebens zerbröckelt war und sie gelernt hatte, ihr wahres Selbst zu erkennen. Sie hatte keine Angst vor dem, was Seth in ihrem Herzen finden mochte. Sie kannte sich selbst gut genug und hatte nichts zu verbergen.

Nach einem Augenblick schien der Priester zu derselben Einsicht gekommen zu sein, denn er nickte einmal, zog sich wieder die Kapuze über den Kopf und bedeutete ihnen, ihm zu folgen. Gabria band sich den Beutel mit der goldenen Maske an den Gürtel; dann stiegen sie und Athlone ab und eilten hinter dem Priester her. Die Hunnuli begaben sich in den Schutz eines nahe gelegenen Stalls.

In der Festung führte der Priester seine Besucher die Treppe hoch, dann durch eine breite Tür in die große Halle. Der gewaltige Raum war dunkel; nur in einem großen Kamin an der gegenüberliegenden Wand brannte ein Feuer.

Die Flammen spendeten gerade genug Licht, damit Gabria und Athlone sich in dem leeren Raum umsehen konnten. Im Gegensatz zu dem großen Prunk in der Haupthalle der Fon war dieser Raum kahl und schmucklos. Es gab weder Teppiche noch Wandbehänge, sondern nur blanken Stein. Das einzige Möbelstück war ein langer Steintisch vor dem Kamin. An der rechten Wand führte eine Treppe hoch zu einer Galerie, die über die gesamte Längsseite der Halle lief und eine Reihe gewölbter Türöffnungen zum Teil verbarg.

Eine gewaltige, bemalte Steinstatue von der Größe mehrerer Männer stand in den Schatten der jenseitigen Wand und lugte auf die Besucher herab. Gabria erkannte das rot angemalte Gesicht und den vielarmigen Körper der Göttin Krath. Die Göttin war in sitzender Position und mit sechs ausgestreckten Armen dargestellt. Die Zunge hing ihr aus dem Mund und die Augen wirkten wild und böse.

Gabria unterdrückte ein Zittern und wandte sich ab. Die Zauberin betete still darum, Amara möge in dieses Haus kommen und sie beschützen; dann folgte sie Seth.

Der Priester begab sich zu dem Kamin und stand einige Minuten lang schweigend vor den Flammen. Er bot seinen Gästen weder etwas zu essen noch etwas zu trinken an. Schließlich sagte er nur: »Euer Begehren muss dringend sein, wenn ihr dafür unsere Tür aufbrecht.«

»Wenn du uns geantwortet hättest, wäre Gabria dazu nicht gezwungen gewesen«, zischte Athlone.

Der Hohepriester wandte sich an den Häuptling. Die Kapuze der Robe verbarg wieder das Gesicht des Mannes; nur seine Augen funkelten im Feuerschein. Athlone knirschte mit den Zähnen und begegnete dem starren Blick seines Onkels. Einmal, vor einem Jahr, hatte er sich von Seths gnadenlosem Starren abgewandt, doch diesmal würde er das nicht tun. Er zwang sich dazu, unter dem durchdringenden Blick ruhig zu bleiben. Es war, als schaute man in die Augen einer Kobra.

Seth warf plötzlich seine Kapuze zurück. Athlone und Gabria waren überrascht, ein sardonisches Lächeln in seinen Mundwinkeln zu sehen.

»Du bist stärker geworden seit dem letzten Sommer, mein Neffe«, bemerkte Seth. »Warum also seid ihr hier?«

»Wir glauben, Lord Branth hat das *Buch des Matrah* benutzt, um einen Gorthling zu beschwören«, erklärte Gabria ohne Umschweife.

Zu ihrer Bestürzung wurde Seths regungsloses, scharf geschnittenes Gesicht bleich. »Woher wisst ihr das?«

Gabria beschrieb ihre Vision, die Ereignisse in Pra Desch und Branths darauf folgende Taten. Als sie die Botschaft des toten Mannes wiederholte, kniff Seth die Lippen zusammen.

»Dem zufolge, was wir über die Gorthlinge wissen, hast du Recht«, sagte er. »Dieses Geschöpf hat den Körper des Mannes in Besitz genommen.«

Die Zauberin nickte. »Ich habe gehofft, dass ein Buch aus eurer Bibliothek uns helfen könnte. Wir müssen einen Weg finden, das Ungeheuer zu vernichten.«

Der Hohepriester schwieg, als ränge er mit sich. Wortlos nahm er schließlich eine Fackel aus der Halterung, entzündete sie am Feuer und ging auf die Treppe zu. Athlone und Gabria eilten ihm nach.

Die Frau warf einen Blick auf die Galerie über ihr und keuchte auf. Schattenhafte Gestalten standen in den gewölbten Türöffnungen. Sie wichen in die Finsternis zurück, während der Hohepriester die Treppe hochstieg, und als Athlone und Gabria den obersten Absatz erreicht hatten, war die Galerie leer. Trotzdem spürten die beiden Klanleute die Gegenwart der wachsamen Gestalten, die unsichtbar in den lichtlosen Ecken lauerten.

Seth schenkte seinen Männern keine Beachtung, sondern schritt durch ein Labyrinth aus Hallen und Korridoren, vorbei an verschlossenen Türen, stieg viele Treppen hinunter und drang tief in das Herz der Zitadelle ein. Wohin sie auch gingen, spürten Gabria und Athlone die Gegenwart heimlicher Beobachter, ohne dass sie jemanden sahen oder hörten.

Schließlich kam Seth zu einer massiven Tür, die mit einem bronzenen Schließmechanismus verriegelt war. Die beiden Klanleute sahen erregt zu, wie der Priester einen Schlüssel aus seiner Schärpe holte und geschickt die unzähligen Riegel öffnete. Er drückte die Tür auf und betrat den Raum. Athlone und Gabria folgten ihm und sahen sich erstaunt um. Der große Raum war mit Bücherregalen gesäumt. Obwohl viele Borde leer waren, lagen noch etwa hundert Bücher und Manuskripte an verschiedenen Stellen aufgetürmt.

Bücher waren für die Klane eine große Seltenheit, denn sie waren schwierig zu bekommen und hinderlich bei der Reise von einem Ort zum anderen. Üblicherweise konnten nur die Heiler, Priester und Klanhäuptlinge lesen, doch manchmal lernten auch Wertains,

Familienmitglieder der Häuptlinge oder die Priesterinnen der Amara diese schwierige Kunst. Gabria war sie nie beigebracht worden, und als ihre Blicke über die wertvollen Bücher der Eidbrecher glitten, fasste sie den Entschluss, eines Tages lesen zu lernen.

»Ich dachte, Medbs Männer hätten eure Bücher vernichtet«, sagte sie zu Seth.

»Ja, einige. Aber wir konnten die wichtigsten Bände verstecken.« Er steckte seine Fackel in eine Halterung an der Wand und deutete auf einen Tisch und einige Bänke in der Mitte des Zimmers. Schweigend stöberte er in der unbezahlbaren Büchersammlung.

»Ich fürchte, hier gibt es nur wenig, was dir helfen könnte«, sagte er, während er die Bücher durchblätterte.

Gabria verließ der Mut. Sie hatte verzweifelt darauf gehofft, dass die Eidbrecher nützliche Informationen besäßen, und hatte nicht die geringste Ahnung, an wen sonst sie sich wenden sollte. »Kennst du jemanden, den ich um Hilfe bitten könnte?«, zwang sie sich zu fragen.

Der Hohepriester zog mehrere Bände aus den Regalen und stellte sie kurz darauf wieder zurück. »Ich habe sie alle gelesen. Es sind nur allgemeine Abhandlungen über Magie. Das Problem ist, dass über die Gorthlinge nie viel geschrieben worden ist. Wir wissen nur, dass man sie leicht beschwören kann, aber sie sind trügerisch, listig und abgrundtief böse. Wenn sie Blut geschmeckt haben, können sie in jeden Körper ihrer Wahl fahren. Sobald das geschehen ist, wird es äußerst schwierig, sie zurückzuschicken.«

»Zurück wohin?«, fragte Athlone.

»Man kann einen Gorthling weder vernichten noch töten; er muss zurück nach Sorh im Reich der Toten gesandt werden.«

»Aber wie?«, rief Gabria verzweifelt.

Seths Antwort war erschütternd. »Ich weiß es nicht. Die Einzigen, die je erfolgreich einen Gorthling beschworen haben, waren Matrah und Valorian. Matrahs Zaubersprüche dafür befinden sich möglicherweise in seinem Buch.«

Gabria seufzte. »Das hilf uns nicht weiter.«

»Und was ist mit Valorian?«, schlug Athlone vor.

»Valorian hat nie etwas niedergeschrieben. Er wollte nicht, dass die Gorthling-Zaubersprüche in allgemeiner Erinnerung bleiben.«

Der Häuptling warf die Hände hoch und lief rastlos vor den Bücherregalen auf und ab. »Dann haben wir also jetzt eine blutrünstige Kreatur am Hals, die unbedingt Gabria vernichten will, und wir haben nicht einmal die Hoffnung, sie je wieder loszuwerden.«

Seth richtete seinen Basiliskenblick auf Athlone. »Ich habe nicht gesagt, dass es keine Hoffnung gibt. Der menschliche Körper des Gorthlings ist verletzlich wie jedes andere Lebewesen und seine Fähigkeit zur Zauberei wird durch seinen eigenen Kenntnisstand und die Schwäche seines Körpers begrenzt. Er kann vernichtet werden, aber dazu braucht ihr Stärke, Erfindungsreichtum und Mut.«

»Ein paar aufklärende Worte wären jetzt hilfreicher«, murmelte Gabria. Sie wollte etwas zu Athlone sagen und drehte sich gerade nach ihm um, als ihr der schwere Beutel an ihrem Gürtel gegen das Bein schlug. Sie erinnerte sich an die Maske. »Vielleicht kannst du mir sagen, was das hier ist«, meinte sie, packte die Maske aus und legte sie vor sich auf den Tisch.

Seths kalter Gesichtsausdruck veränderte sich nicht, doch er streckte die Hand aus und berührte die goldene Oberfläche. »Woher hast du das?«

»Ich habe sie in Moy Tura gefunden.«

Der Priester ruckte hoch und starrte Gabria an. »Du warst in Moy Tura? Ist der Korg noch da?«

»Ja«, erwiderte sie mit einem schwachen Lächeln. »Seinetwegen habe ich diese Maske gefunden. Sie war in einem Tempel versteckt.«

»Die Götter haben deine Schritte gelenkt«, erklärte Seth.

»Weißt du, was das ist?«, fragte Athlone.

»Das ist Valorians Totenmaske.« Der Hohepriester untersuchte die Goldmaske auf dem Tisch. »Wenn dir überhaupt etwas dabei helfen kann, den Gorthling zu finden, dann ist es diese Maske.«

»Wie?«, wollte Gabria wissen.

»Die Maske war einst ein mächtiger Talisman. Sie wurde in geheimen Zeremonien zu Valorians Ehren verwendet. Nach der Vernichtung Moy Turas und der Zauberer durch die Klane waren die Maske und alle, die sie je in der Hand gehabt hatten, verschwunden.«

Athlone verschränkte die Arme vor der Brust. »Und woher kennst du sie?«

Seth deutete auf die Bücher. »Sie ist mehrmals beschrieben worden.«

»Weißt du, wie man die magische Macht der Maske anwenden kann?«, fragte Gabria.

»Leider nicht. Das ist ein Geheimnis, das nur an die Priester Valorians weitergegeben wurde. Falls aber die Magie in ihr noch vorhanden ist, findest du die richtige Handhabung sicherlich selbst heraus.«

Gabria nickte halbherzig. Sie war sehr enttäuscht. Der Hohepriester hatte ihr außer Rätseln, Hinweisen und Fragen wenig Nützliches mitgeteilt.

Seth spürte ihre Bedrückung, wickelte die Maske wieder in das Tuch ein und gab sie ihr zurück. »Es tut mir sehr Leid, dass ich dir keine große Hilfe sein kann, Zauberin. Trotzdem solltest du deine Suche nicht abbrechen. Der Gorthling ist mächtig, besonders in einem Wirtskörper, der mit der Gabe der Magie ausgestattet ist. Er muss zurückgeschickt werden; ansonsten wird er diese Welt ins Unglück stürzen.«

Die Zauberin erwiderte nichts darauf, sondern nickte nur. Weitere Worte waren überflüssig. Schweigend führte der Priester seine beiden Gäste zurück in die Haupthalle und geleitete sie von dort aus zur Vordertür. Trotz des Regens und der Dunkelheit lud er sie nicht ein, die Nacht hier zu verbringen, und sie baten ihn nicht darum.

Bevor Gabria die Stufen zu den wartenden Hunnuli hinuntergehen konnte, hielt Seth sie auf.

»Wenn du Erfolg im Kampf gegen dieses Ungeheuer hast, komm bitte zu uns zurück, Zauberin. Wir besitzen noch andere Bücher und Dinge aus Moy Tura. Sie gehören den Erben der Magie. Ich werde dich lehren, sie zu gebrauchen.«

»Vielen Dank, Hohepriester«, antwortete sie. »Das werde ich tun.«

Unter den wachsamen Blicken der verborgenen Kultanhänger stiegen Gabria und Athlone auf ihre Hunnuli und ritten aus der Zitadelle, um sich wieder an der Jagd nach Branth zu beteiligen.

Fünfzehn

Athlone und Gabria legten keine Pause mehr ein, nachdem sie die Zitadelle der Krath verlassen hatten. Sie ritten durch die Nacht; die Hunnuli folgten der alten Steinstraße, die entlang der Hänge des Himachalgebirges nach Süden führte. Der Mann und die Frau reisten schweigend; sie waren erschöpft und in Gedanken verloren.

Bei Sonnenaufgang erreichten die Hunnuli den Isin und die Festung Ab-Chakan, die auf dem Felsvorsprung neben einer engen Schlucht thronte. Die Reiter hielten am Rande des Tals kurz an und schauten hinüber zu der zerfallenden alten Festung und den beiden Grabhügeln daneben. Der größere Hügel barg die Leichname der gefallenen Klankrieger, der kleinere war das Grab Lord Savarics.

Athlone war sehr still, während er den Grabhügel seines Vaters betrachtete. Die Erinnerung an viele Worte und Taten des Toten ging ihm durch den Kopf. Als er und Gabria bereit zur Weiterreise waren, hob der Häuptling die Faust zum Gruß an seinen toten Vater und gab dem Pferd die Sporen.

Noch lange, nachdem sie Ab-Chakan verlassen hatten, sah Athlone sehr nachdenklich aus.

Die Pferde folgten weiter der alten Straße nach Süden entlang des Isin. Der Isin war ihr natürlicher Wegweiser zum Tir Samod und dem Klantreffen, und die beiden Reiter hofften, den Rest ihrer Gruppe irgendwo an den Ufern des Flusses einzuholen. In der Morgenmitte hielten die drei Hunnuli an einer seichten Stelle des Flusses unter einem Schatten spendenden Baum an und tranken.

Gabria und Athlone stiegen ab und blickten auf die gekräuselte Wasseroberfläche. Während der Reise zur Zitadelle hatten sie nicht viel miteinander geredet. Jetzt erkannten sie, dass die ungestörte Zeit miteinander bald vorüber war.

Sie sahen sich an. Sie wollten diese wertvolle Zeit nicht verschwenden, aber sie wussten nicht, was sie zueinander sagen sollten. Athlone räusperte sich; Gabria schlang die Arme um ihren Körper.

Schließlich brach die Zauberin das Schweigen. »Was du auch von mir denken magst, Athlone, du sollst wissen, dass ich unser Verlobungsversprechen nicht gebrochen habe. Zwischen mir und Sayyed ist in meinem Zelt im Jehanan-Treld nichts geschehen.«

Athlones Herz hämmerte wie eine Trommel. Er hielt die Hände hinter den Rücken und hakte die Finger ineinander. Tief in seinem Innern wusste er, dass sie die Wahrheit sprach. »Sayyed macht es einem leicht, bestimmte Schlussfolgerungen zu ziehen«, sagte er. »Es tut mir Leid. Ich hätte dir mehr vertrauen sollen. Ich hätte dir zuhören sollen.«

Die Frau schwieg wieder. Sie erinnerte sich an ihren Vorsatz, Athlone und Sayyed aus dem Weg zu gehen, bis sie ihr Ziel erreicht hatte, doch sie durfte diese Gelegenheit zur Versöhnung nicht verstreichen lassen. Athlone bedeutete ihr zu viel. »Wir haben uns immer noch viel zu bieten«, entgegnete sie zögerlich und drehte den Reif an ihrem Arm. »Das will ich nicht aufgeben.«

Er sah, wie sich das Sonnenlicht in dem goldenen Reif spiegelte, und wunderte sich, dass sie sein Geschenk noch immer trug. »Ich auch nicht. Deine Freundschaft ist mir zu wertvoll.«

»Vielleicht sollten wir noch einmal von vorn anfangen ...«

Er grinste. »Wenn die Götter uns die Zeit dazu geben.«

Gabria schaute zu ihm auf. »Ist es einen Versuch wert?«

»Und was ist mit Sayyed?«

»Ich weiß es nicht. Er ist ebenfalls mein Freund.«

»Dann werden wir einfach sehen, was geschieht. In den kommenden Tagen kann sich vieles ändern.«

Lächelnd streckte Gabria die Hand aus, und er packte sie mit festem Griff. Sie spürte die Stärke seiner Finger und die Wärme seiner Haut; ihr Herz sang vor Freude und Erleichterung.

Sie stiegen auf ihre Hunnuli und ritten neben dem gurgelnden Wasser weiter nach Süden. Am Mittag sahen Eurus und Nara den Rest der Gruppe vor sich am Flussufer. Die Hunnuli begrüßten sie wiehernd.

Sayyed ritt mit Tam hinter sich auf sie zu. Tam sprang von dem Pferd herunter, bevor Sayyed es vollständig angehalten hatte, und warf die Arme um den Hals des Fohlens. Es wieherte vor Vergnügen. Das Mädchen winkte Gabria und Athlone fröhlich zu, doch dann nahm Tam zu Gabrias Überraschung nicht ihren üblichen Platz auf Nara ein, sondern saß wieder hinter Sayyed auf. Der Turic raufte ihr spielerisch die Haare.

»Während du fort warst, habe ich mir einen neuen Partner gesucht«, sagte er zu Gabria, als sich die Gruppe zu den übrigen Männern gesellte.

Die Zauberin lächelte. »Das ist ja wunderbar. Wie ist es dazu gekommen?«

»Ich bin mir nicht sicher. Sie ist in meiner Nähe geblieben, seit ich sie durch die Höhlen in Pra Desch geführt habe; ich glaube, sie hat einfach jemanden gebraucht, als du fort warst. Sie scheint mich dazu ausgesucht zu haben.«

Gabria sah das Mädchen an, das die Arme um Sayyeds Hüfte geschlungen hatte. »Geh bloß vorsichtig mit ihren Gefühlen um«, warnte sie den Turic. »In ihrem kurzen Leben hat Tam schon so viel verloren.«

Er nickte kurz. Dann waren sie bei den anderen Männern angelangt, und jedes weitere Gespräch verlor sich in einem wahren Sturm aus Begrüßungen, Fragen und Antworten.

»Ihr hattet Recht, Lord«, sagte Secen zu Athlone, nachdem sich der Sturm etwas gelegt hatte. »Branth folgt dem Fluss nun schon seit zwei Tagen. Er ist immer noch in südlicher Richtung unterwegs und befindet sich etwa eine Tagesreise vor uns.«

»Sein Ziel ist die Klanversammlung«, sagte Athlone. Er zitterte leicht. Der Gedanke an den wütenden Gorthling unter den nichts ahnenden Klanleuten war entsetzlich. Der Häuptling drehte sich um und bemerkte, wie Gabria an seine Seite trat. Er deutete stromabwärts. »Ich vermute, wir können keine Magie einsetzen, um ihn einzuholen oder wenigstens vor ihm das Klantreffen zu erreichen?«

Es wunderte sie, dass er eine solche Frage stellte, und es dauerte einen Moment, bis sie antwortete: »Leider nein. Es ist zu gefährlich und unsicher, Leute durch Magie von einem Ort zum anderen zu bringen. Dabei kann zu vieles schief gehen. Auch besteht die Gefahr, dass wir Branths Fährte verlieren. Wir wissen nicht mit Sicherheit, ob er zur Klanversammlung unterwegs ist. Außerdem« – sie hielt inne und klopfte Nara auf den Hals – »könnten wir die Hunnuli nicht mitnehmen. Ich brauche Nara aber, wenn ich mich dem Gorthling stelle.«

Der Häuptling schirmte die Augen vor der Sonne ab und blickte nach Süden, wo sich die grüne Ebene bis hinter den Horizont erstreckte. Er wusste, dass Branth außer Sichtweite war, doch eine unerklärliche Hoffnung trieb ihn dazu, die Berge nach einer Spur des Gorthlings abzusuchen. Schließlich riss er den Blick los und befahl den anderen aufzusitzen.

Die Gesellschaft ritt den Rest des Tages so schnell sie konnte. Erst spät am Abend hielten sie an, um zu essen und sich auszuruhen.

Gleich nach ihrem raschen Mahl führte Athlone Gabria ein Stück vom Lager fort zu einer Sandbank am Fluss. Einen Augenblick lang sagte er nichts, sondern starrte nur nachdenklich auf das Wasser. Die Nacht senkte sich allmählich herab; sie war warm, beruhigend und voller Grillengesang und Wassergemurmel.

Schließlich holte Athlone tief Luft und stieß sie mit einem Zischen wieder aus. Er sagte zu Gabria: »Du hast mich einmal gefragt, ob mein Vater von dir und deiner Kraft enttäuscht gewesen wäre.«

Die Frau ruckte mit dem Kopf hoch und sah ihn an. Die Trauer in seiner Stimme berührte sie tief.

»Und ich habe dir gesagt, er wäre stolz auf deinen Mut gewesen.«

Athlone zögerte. Er sehnte sich so sehr danach, sie zu berühren, an sich zu ziehen und sich an ihrer wunderbaren inneren Stärke zu laben, doch er konnte es nicht. Er musste sich seiner eigenen Entscheidung stellen, denn sonst wäre es ihm niemals möglich, aus eigener Kraft und in allen Ehren Zauberei auszuüben.

In Pra Desch hatte er sich entschieden, seine Gabe zu nutzen, doch erst am Grab seines Vaters in Ab-Chakan hatte er seine Entscheidung als unwiderruflich empfunden. Nun ahnte er ein wenig, welche Furcht Gabria gespürt haben musste, als sie sich zur Anwendung ihrer Fähigkeiten entschlossen hatte. Doch selbst als er das Zittern seiner kalten Hände zu unterdrücken versuchte, spürte er, wie ein Glimmern der Freude und des Stolzes aus seinen Gedanken leckte und die quälenden Schuldgefühle besänftigte, die seit dem Augenblick über ihm hingen, als er zum ersten Mal seine Kraft erkannt und sich ihretwegen geschämt hatte.

»Vater wäre enttäuscht von mir«, fuhr er fort. Er hob die Hand und schnitt damit Gabria das Wort ab. »Savaric hat mich gelehrt, all meine Stärke und Fähigkeiten bis zum Letzten einzusetzen.« Athlone bleckte die Zähne unter seinem schwarzen Bart zu einem Grinsen. »Er hätte das Entsetzen über einen Zauberer als Sohn bald überwunden und mich mit aller Kraft dazu gedrängt, meine Kräfte einzusetzen. Und genau das will ich tun, Gabria«, sagte er nachdrücklich. »Ich bin ein Zauberer und werde lernen, meine Kraft richtig anzuwenden.«

Gabria keuchte erstaunt auf. Die felsenfeste Überzeugung in seiner Stimme machte sie sprachlos. Gemischte Gefühle wirbelten in ihr auf, und sie ergriff seine Hand.

Er erwiderte ihren Druck. »Ich brauche deine Hilfe, Gabria. Bring mir deine Zauberkunst bei.«

Sie drückte seine Hand fester und schluckte schwer. »Nein«, erwiderte sie unnachgiebig.

»Ich besitze die Gabe. Ich muss lediglich wissen, wie ich sie einsetzen kann.«

Sie sah ihn an und war zwischen Freude und Angst hin und her gerissen. Sie wusste ganz genau, warum er sie jetzt darum bat. Er wollte ihr beim Kampf mit dem Gorthling helfen. Alles in ihr sträubte sich dagegen. Wenn sie ihn zu unterrichten versuchte und Athlone den Gorthling mit unerprobten, schlecht ausgebildeten Kräften bekämpfte, würde er sterben. Doch der Häuptling war ein sturer Mann, sobald er sich einmal für etwas entschieden hatte. Wenn sie sich weigerte, würde er versuchen, sich selbst etwas beizubringen, und möglicherweise bei einem schlecht ausgeführten Zauberspruch großen Schaden erleiden.

»Athlone«, rief sie verzweifelt, »Warte bitte damit. Ich kann dir das Zaubern nicht beibringen. Ich weiß selbst noch nicht genug.«

Er ließ ihre Hände los und trat einen Schritt zurück. »Dann finde ich eben alles allein heraus. Geht es etwa so?« Er zischte einen Befehl; es waren dieselben Worte, die Gabria im Kerker gesprochen hatte, um Lichtkugeln zu erschaffen. Zu ihrem großen Erstaunen glomm ein schwacher Lichtball unmittelbar über ihren Köpfen auf. Doch innerhalb weniger Sekunden geriet er außer Kontrolle und blähte sich zu einer leuchtenden Kugel aus heißem, weißem Licht auf, die vor entfesselter Magie brummte und summte. Gabria und Athlone wichen vor der Hitze zurück.

Gabria hörte die Rufe der anderen, doch sie beachtete sie nicht, sondern richtete ihre ganze Aufmerksamkeit auf das helle Licht. »In Ordnung!«, rief sie. »Ich bringe dir alles bei, was ich weiß.«

»Gut!«, rief er. »Würdest du mir dann bitte zeigen, wie man dieses Ding auslöscht?«

Die Frau seufzte. Sie konnte die Kugel durchaus verschwinden lassen, doch wenn er wirklich etwas lernen wollte, war dies eine gute Gelegenheit, damit anzufangen. »Richte all deine Gedanken auf den Zauberspruch«, rief sie ihm über das anschwellende Summen der Kugel hinweg zu. »Mach dir ein genaues Bild von dem, was du erreichen willst, und kleide es dann in einen Befehl.« Sie beobachtete den Häuptling, während er die Augen schloss und die Hand zu der Kugel hin ausstreckte. Der gleißende Ball erzitterte, wurde blasser, doch dann flammte er heller auf als je zuvor.

»Konzentriere dich!«, forderte Gabria von ihm. »Spüre die Macht in dir. Ordne die Magie deinem Willen unter.«

Athlone versuchte es noch einmal. Schweißperlen glitzerten auf seiner Stirn, und das Gesicht versteinerte unter den Anstrengungen. Diesmal dachte er nicht an die Kugel und wünschte ihr Verschwinden herbei, sondern richtete all seine Gedanken auf die Macht, die in ihm hochquoll. Er hatte sie schon früher gespürt, als er Gabria aus den Klauen der Sumpffrau gerettet und später gegen Gringold gekämpft hatte. Bei diesen beiden Gelegenheiten war die Magie jedoch unkontrolliert und unbewusst durch ihn geströmt. Nun zerrte er sie absichtlich aus sich hervor und formte sie. Als er schließlich damit aufhörte und die Augen öffnete, war das Licht verschwunden. Gabria lächelte.

»Ich habe es geschafft!« Er grinste wie ein kleiner Junge, fasste Gabria um die Hüfte und wirbelte sie herum.

Die übrigen Männer traten mit gezogenen Schwertern aus der Dunkelheit. »Was ist hier los? Ist alles in Ordnung?«, fragten sie alle zugleich.

Der Häuptling gebot den Männern mit einer Handbewegung, stehen zu bleiben. »Es geht uns gut.«

»Was war das für ein Licht?«, wollte Sayyed wissen.

Athlone zögerte keine Sekunde. Er hatte sich entschieden, seine Kraft zu nutzen, egal was sein Klan dazu sagte, doch er wollte die Unterstützung seiner Gefährten nicht verlieren. Der Heiler und die Krieger konnten ihm bei der Beantwortung der Frage helfen, ob der Klan bereit war, sich von einem Zauberhäuptling führen zu lassen. Er hob eine Augenbraue und sagte: »Ich habe versucht, eine Lichtkugel herbeizuzaubern. Sie ist ein wenig außer Kontrolle geraten.«

Piers schien nicht überrascht zu sein. Er nickte anerkennend. Die drei Krieger hingegen sahen ihren Lord sprachlos an. Secen warf einen kurzen Blick auf Gabria und starrte dann wieder Athlone an. Er und seine Gefährten standen mit offenem Mund da.

Valar räusperte sich und sagte langsam: »Aber Lord, die Gesetze gegen Zauberei sind noch nicht aufgehoben. Was ist, wenn Ihr verbannt oder zum Tode verurteilt werdet?«

Der Häuptling der Khulinin entgegnete: »Ich habe darüber und über viele andere Dinge nachgedacht. Ich weiß, dass ich meine Stellung als Anführer der Khulinin gefährde, aber ich kann die Kraft, mit der ich geboren wurde, nicht länger verleugnen. Es wird die Zeit kommen, wo sich die Klane der Bedrohung durch den Gorthling stellen müssen, und Schwerter reichen gegen ihn nicht aus.«

Die drei Krieger starrten ihn eine schmerzhaft lange Minute an, bis sie schließlich hintereinander die Waffen in die Scheide steckten und ins Lager zurückgingen.

Athlone sah ihnen nach. Sie hatten seiner Entscheidung keinen Beifall gezollt, doch sie hatten ihn wenigstens nicht verdammt. Er stieß den angehaltenen Atem in einem lang gezogenen Seufzer aus. Es fiel Athlone zwar leicht, von seinen Kriegern auf dem Schlachtfeld Gehorsam zu verlangen, aber er konnte ihnen nicht mit gutem Gewissen befehlen, seine Zaubergabe hinzunehmen. Ihm blieb nur zu hoffen, dass ihre Treue und Hochachtung am Ende den Sieg davontrugen. Wenn sie ihn so annahmen, wie er war, bedeutete das sehr viel für den Rest des Klans.

Sayyed hatte die Unterhaltung höchst aufmerksam verfolgt. Er war sich der Bedeutung von Athlones Entscheidung sehr wohl bewusst. Auch er steckte sein Schwert zurück in die Lederscheide und stemmte die Arme in die Seite. Sein Körper hatte sich vor Anspannung versteift. »Gut! Gabria, jetzt kannst du uns beiden zeigen, wie wir unsere Kräfte richtig einsetzen.«

»Nicht jetzt«, sagte sie hastig. »Es ist schon spät.«

»Zum Anfangen ist es jetzt genauso gut oder schlecht wie zu jeder anderen Zeit«, erwiderte Athlone.

Gabria seufzte stumm. Sie konnte den Gedanken kaum ertragen, Athlone zu unterweisen, weil sie Angst vor dem hatte, was er mit seinem neuen Wissen anfangen würde. Und jetzt kam auch noch Sayyed dazu. Die Männer beobachteten sie erwartungsvoll, also biss sie die Zähne zusammen und schritt zurück zum Lager. Athlone und Sayyed würden sie nicht so einfach davonkommen lassen. Sie musste ihnen irgendetwas beibringen – vielleicht einige grundlegende Zaubersprüche, die sie von der Sumpffrau gelernt hatte. Wenn sie mehr über die Gefahren der Zauberei wussten, nahmen sie vielleicht Vernunft an und ließen den Gorthling in Ruhe.

Gabria setzte sich vor das Feuer und wartete, bis Sayyed und Athlone sich zu ihr gesellten. Tam kam ebenfalls und kuschelte sich an Sayyed. Ihre großen Augen glitzerten seltsam aufgeregt im Feuerschein. Die anderen Männer kümmerten sich um ihre eigenen Angelegenheiten, doch Gabria bemerkte, dass sie nahe genug blieben, um die Stimme der Zauberin zu hören.

Sie fiel in ein kurzes Schweigen und richtete die Gedanken auf den Mangrovenbaum im Sumpf und die alte Zauberin, deren kratzende Stimme sie noch immer deutlich hörte.

»Der Wille ist der Mittelpunkt aller Magie«, zwang sich Gabria zu sagen. »Mit jedem Zauberspruch, den ihr erschafft, versucht ihr dem Gewebe der Welt euren Willen aufzudrücken. Magie ist eine natürliche Kraft, die in jedem Lebewesen, in jedem Stein und in jeder Pflanze steckt. Wenn ihr diese Kraft verändert, und sei es auch nur mit dem unbedeutendsten Spruch, müsst ihr stark genug sein, die Auswirkungen eurer Handlungen zu kontrollieren. Die Mächte der Magie können euch vernichten, wenn ihr sie nicht unter Kontrolle habt«, sagte sie zu ihren gespannten Zuhörern. »Willensstärke ist das wichtigste Merkmal des Zauberers. Aus diesem Grund müsst ihr euch selbst kennen. Jeder Zoll eurer Seele muss euch bestens bekannt sein, denn es ist wichtig, dass ihr eure Grenzen kennt und bemerkt, wann die Magie euch Kraft entzieht.«

»Ist es das, was mit Branth passiert ist?« fragte Athlone.

Gabria nickte. »Ich glaube schon. Vermutlich hat ihn die Fon zu weit getrieben, oder er hat die Gefahr, in der er schwebte, nicht erkannt. Alle Magier müssen darauf achten, ihre Kräfte nicht zu überspannen.«

»Und was braucht ein Zauberer sonst noch?«, wollte Sayyed wissen.

»Verlangen, höchste Aufmerksamkeit und Vorstellungskraft«, fuhr die Zauberin fort. »Nicht alle Zaubersprüche sind eindeutig festgelegt. Man kann seine eigenen erschaffen. Der Sinn der Zaubersprüche liegt darin, sich das eigene Vorhaben klar zu machen. Die Worte helfen euch dabei, eure Kräfte ausschließlich auf die Magie zu richten. Ihr müsst genau wissen, was ihr wollt, denn ansonsten schlägt eure Magie fehl.«

»So wie bei meiner Lichtkugel«, sagte Athlone.

»Genau.«

Sayyed beugte sich vor. »Und was ist mit der Trymianischen Kraft?«

»Diese Kraft speist sich aus dem Inneren des Zauberers. Du kannst sie nach deinem Belieben einsetzen und ihre Stärke verändern, aber du darfst sie nicht übermäßig gebrauchen, denn sie kann dich ernsthaft schwächen.«

»Zeigst du uns, wie man sie unter Kontrolle hält?«, bat er. Seine Augen leuchteten vor Erregung.

Gabria schüttelte heftig den Kopf. »Nein. Dazu ist es noch zu früh. Du hättest uns beinahe umgebracht, als du versucht hast, diese Kraft gegen den Korg einzusetzen.«

»Aber Gabria!«, widersprach Sayyed. »Wie können wir dir kämpfen helfen, wenn du uns nicht zeigst, wie wir unsere Kraft richtig einsetzen müssen?«

Plötzlich wurde Gabria von Angst und Zweifeln überwältigt. Sie sprang auf die Beine. »Verstehst du es wirklich nicht?«, erwiderte sie heftig. »Du kannst mir nicht helfen. Ich habe nicht einmal genug Zeit, um euch zu zeigen, wie ihr euch richtig verteidigt, geschweige denn wie ihr gegen eine so mächtige und böse Kreatur wie den Gorthling kämpfen könnt. Ihr werdet bei dem Versuch umkommen. Also lernt es erst gar nicht. Ich will gegen dieses Wesen kämpfen, und falls ich gewinne, bringe ich es euch später bei; dann haben wir genug Zeit dazu.«

»Und wenn du nicht gewinnst?«, fragte Athlone mit ruhiger Stimme.

»Dann müsst ihr euch einen anderen Lehrer suchen.«

Sayyed sprang auf. Das lange schwarze Haar flog ihm um den Kopf wie die Mähne eines Hengstes. »Gabria, du bist unvernünftig! Du kannst nicht allein gegen dieses Ding kämpfen.«

»Aber sicher kann ich das«, rief sie. »Ich will nicht für euren Tod verantwortlich sein.«

Athlone sah zu ihr auf und sagte mit einer Stimme, die kalt vor Wut war: »Du bringst die Klane und dich selbst in Gefahr.«

»Ich würde mich noch viel mehr in Gefahr bringen, wenn ich zwei unausgebildete Zauberer in eine magische Schlacht führe, die sie nicht überstehen können. Wenn ihr nicht dabei seid, lenkt mich niemand ab, und ich muss mir keine Sorgen um eure Sicherheit machen. Nein! Genug! Haltet euch zurück. Beide!«

Sie warf sich ihren Umhang um die Schultern und verließ den Lichtkreis des Feuers.

Athlone und Sayyed sahen sich an. Zum ersten Mal befanden sich ihre Gedanken in vollkommenem Gleichklang.

»Sie wird nicht allein kämpfen«, murmelte Sayyed.

»Nein.« Athlone hob eine Augenbraue. »Wenn wir uns zusammentun, lernen wir vielleicht genug, um sie zu überraschen.«

Sayyed streckte die Hand aus. Der Khulinin ergriff sie und besiegelte damit ihren Pakt.

Tam beobachtete die beiden mit ihren hellen, wissbegierigen Augen und tat einen Schwur, den niemand mitbekam. Sie würde bei dieser Sache nicht abseits stehen.

Inzwischen war Gabria in die Dunkelheit hinausgelaufen. Die Nacht war warm und trocken. Die Zauberin setzte sich auf einen kleinen Hügel nicht weit vom Lager entfernt. Sie saß immer noch auf dem grasbewachsenen Hang, als das Lagerfeuer schon lange ausgebrannt war. Die Gedanken wirbelten in ihrem Kopf herum. Sie hatte Angst davor, dem Gorthling allein gegenüberzutreten, doch sie fürchtete genauso sehr, Athlone oder Sayyed wegen mangelnder Zaubererfahrung an die Bestie zu verlieren. Sie könnte sich niemals vergeben, wenn die beiden wegen einer Sache starben, mit der sie im Grunde nichts zu tun hatten.

»Nein«, flüsterte Gabria zu den Sternen, »sie dürfen nicht kämpfen. Das ist meine Pflicht, nicht ihre.« Sie schwor sich, allein zu kämpfen, auch wenn das bedeuten sollte, dass sie ihre Gefährten verließ und allein nach dem Gorthling suchte. Athlone würde vor Wut schäumen, aber dann überlebte er wenigstens.

Doch ein leiser Zweifel beschlich sie. Was war, wenn die beiden Recht hatten? War sie überheblich und selbstsüchtig, wenn sie glaubte, allein mit dem Gorthling fertig zu werden? Was würden die Klane tun, wenn das Geschöpf Gabria tötete? Gabria verbannte diese Zweifel sofort wieder. Ihr fiel keine andere Möglichkeit ein, den Gorthling zu vernichten. Die Kreatur musste mit Magie bekämpft werden, und Gabria war die Einzige, die in diesem Kampf auf Erfolg hoffen durfte.

Sechzehn

Tag um Tag verging und Meile nach Meile legte die kleine Reitergruppe auf der Spur des Gorthlings nach Süden zurück. Sie reisten so schnell wie möglich, denn sie wollten das Geschöpf unbedingt einholen, bevor es die Klanversammlung erreichte. Sie und die Pferde gaben ihr Letztes und rasteten nur, wenn es unbedingt nötig war. Um ihre Geschwindigkeit zu erhöhen, ließen sie den größten Teil ihrer Ausrüstung zurück und nahmen die Packtiere als Ersatzreitpferde.

Gabria befürchtete zunächst, dass Tam oder das Hunnuli-Fohlen unter den Anstrengungen der harten Reise zusammenbrechen könnten, denn schließlich waren sie alle bereits erschöpft. Zu ihrer Erleichterung hielten sich das Reidhar-Mädchen und das Füllen sehr gut. Tam blieb stets in Sayyeds Nähe, ritt mit ihm und leistete ihm abends Gesellschaft. Sie hatte noch immer kein Wort gesagt, doch sie lächelte öfter und verwöhnte Sayyed mit ihrer unablässigen Aufmerksamkeit. Der Turic hingegen war froh, ihre Freundschaft errungen zu haben, und behandelte sie mit der guten Laune und Zuneigung eines beschützenden großen Bruders.

Die monatelange Reise hatte das Hunnuli-Fohlen gestärkt, so wie es die besten Weiden nicht vermocht hätten. Inzwischen war es so groß wie ein harachanisches Einjähriges, gut entwickelt und vor Kraft strotzend. Tam und das Tier waren unzertrennlich.

Es vergingen fünf weitere Tage. Die Reisenden schlossen kaum zu dem Gorthling auf. Secen schätzte, dass sie noch immer einen ganzen Tag hinter ihm lagen. Obwohl er sich sehr schnell bewegte, machte er noch immer keinen Versuch, seine Spuren zu verwischen. Er schien absichtlich mit seinen Jägern zu spielen.

Am fünften Tag kam die Gruppe in der Nähe des Dangari-Trelds vorbei. Athlone schickte einen seiner Krieger los, um das Lager zu untersuchen. Die Dangari waren mit den Jahren sesshaft geworden und ließen während der Klantreffen viele Leute zu Hause. Sie züchteten hervorragende Pferde und führten ihre Zuchttiere für gewöhnlich während des Sommers auf kühlere Weiden in den Bergen. Athlone betete, der Gorthling möge keinen Dangari angetroffen haben.

Zu seiner Erleichterung kehrte der Krieger mit einigen Essensgeschenken und den Grüßen der im Treld gebliebenen Dangari zurück. Sie waren unverletzt und hatten Branth nicht gesehen. Lord Koshyn und der größte Teil des Klans waren bereits vor vielen Tagen aufgebrochen und befanden sich vermutlich schon in Tir Samod.

Die Reisenden ritten so schnell wie möglich weiter den Isin entlang. Sie holten ein wenig zum Gorthling auf, bis er nur noch etwa einen halben Tag Vorsprung hatte, doch ärgerlicherweise blieb er immer außerhalb ihrer Reichweite. Die Verfolger wagten es nicht, ihre harachanischen Pferde noch weiter anzutreiben, denn wenn die Tiere starben, war alle Hoffnung dahin, den Gorthling noch rechtzeitig zu erwischen.

Gabria empfand die langen, harten Tage des Reitens als entmutigend. Sie verbrachte die endlosen Stunden damit, die Totenmaske Valorians anzuschauen und über eine Möglichkeit zur Vernichtung des Gorthlings nachzudenken. Leider gab ihr die Maske keinerlei Antwort, und Gabrias Erfahrung und Wissen waren so begrenzt, dass sie nicht einmal wusste, was ihr bevorstand, wenn sie das Geschöpf endlich eingeholt hatten.

Sie war sich nur zweier Dinge sicher: Sie *musste* gegen die Kreatur kämpfen und sie würde dabei allein sein. Athlone und Sayyed hatten seit jener Nacht nicht mehr über Zauberei geredet, und Gabria unterließ alles, was die beiden Männer daran erinnern könnte. Aber die junge Frau kannte sie gut genug, um genau zu wissen, dass es sie nach wie vor drängte, ihre Kräfte anzuwenden. Zu jeder anderen Zeit wäre Gabria überglücklich gewesen, ihnen zu helfen, und hätte alles getan, um selbst noch mehr zu lernen und ihre Gefährten zu unterweisen – einschließlich Tam. Aber nicht jetzt. Es war ihr einfach nicht möglich, die anderen ausreichend auf die Begegnung mit einem Gorthling vorzubereiten.

Wenn sie nur wüsste, wie sie die Männer von ihrer möglicherweise tödlichen Torheit abbringen könnte! Sie spürte, dass die beiden ihren Wunsch, alles über Zauberei zu lernen, noch nicht aufgegeben hatten. Athlone und Sayyed verbrachten ungewöhnlich viel Zeit im Gespräch miteinander, wobei sie sich jedes Mal zuerst vergewisserten, dass Gabria sie nicht belauschte. Für zwei Männer, die noch vor einem Monat kaum ein Wort miteinander gewechselt hatten, waren sie plötzlich zu verdächtig engen Freunden geworden. Gabria wusste nicht, was sie vorhatten, doch ihr Verhalten bestärkte sie in dem Entschluss, bei der nächstbesten Gelegenheit zu entwischen und sich dem Gorthling allein zu stellen.

Wenn sie die Männer unbemerkt verlassen wollte, musste sie ihre Abreise genau planen. Sie war keine gute Fährtenleserin und wollte Branths Spur nicht verlieren. Es war möglich, dass er doch noch das Ufer des Isin verließ und nicht zur Versammlung ritt. Deswegen wollte sie bei den Männern bleiben, bis sie sich dem Gorthling so weit genähert hatten, dass Gabria ihn nicht verfehlen konnte. Aber sie mussten noch weit genug von ihm entfernt sein, sodass sie Gabria nicht einzuholen vermochten. Nara gefiel dieser Plan nicht, aber Gabria vertraute darauf, dass die Hunnuli-Stute ihr half.

Die Frau saß auf Naras breitem Rücken und zwang sich zur Ruhe. Das Warten war schwierig. Es verschaffte ihrer Einbildungskraft die Möglichkeit, über die Stränge zu schlagen – und genau das durfte Gabria sich nicht leisten. Sie befanden sich viele Meilen hinter dem Gorthling und hatten noch einen weiten Weg vor sich. Sie biss die Zähne zusammen. Es war Zeit, den Gorthling zu finden und ihre Mission zu beenden. Branth würde ihr nicht noch einmal entwischen.

Während der Gorthling und seine Verfolger südwärts ritten, reisten Valorians elf Klane durch die Steppe zum Tir Samod. Seit die Klanvölker die Ebene von Ramtharin bewohnten, versammelten sie sich jeden Sommer am Zusammenfluss von Isin und Goldrine, um ihre Beziehungen untereinander zu erneuern und gemeinsam ihre Götter anzubeten.

Die Versammlung gab den Häuptlingen Gelegenheit, Ratssitzungen abzuhalten und über die Gesetze der Klane zu entscheiden. So bewahrten sie die von ihren Vätern übernommene Tradition, hielten die Einheit der Klane aufrecht und stärkten die eigene Machtstellung.

Während sich die Häuptlinge im Rat versammelten, sorgten ihre Untertanen für eine weitere Stärkung der Klaneinheit. Das Treffen gab jedermann Gelegenheit, alte Bekanntschaften zu erneuern, Familienmitglieder aus anderen Klanen zu besuchen, neue Freundschaften zu schließen und Verlobungen einzugehen. Außerdem bot die Versammlung ausgezeichnete Gelegenheiten für Wettkämpfe und anderen Zeitvertreib.

Einige der beliebtesten Veranstaltungen waren der gewaltige Basar und der Viehmarkt, die bereits vor der Ankunft des letzten Klans in vollem Gange waren. Kaufleute und Händler aus den Fünf Königreichen und von den Turic-Stämmen trafen frühzeitig ein, errichteten ihre Buden und handelten mit den begeisterten Klanleuten. Zusammen mit den ausländischen Kaufleuten boten auch die Kunsthandwerker aus den Klans ihre Erzeugnisse an, sodass die Kunden ein großes und reichhaltiges Warenangebot erwartete. Sie liebten das Handeln und Feilschen und stürzten sich mit großem Vergnügen ins Getümmel.

Die Tage der Zusammenkunft waren für gewöhnlich laut, wild und aufregend. Doch dieses Jahr hielten sich die Klanleute zurück. Zu vieles war beim Treffen im vergangenen Sommer geschehen, was noch immer den Frieden störte. Die Klane hatten in einem blutigen Krieg gegeneinander gekämpft, und die Erinnerung daran war noch frisch.

Im Hinblick auf die angespannte Lage hatten Lord Koshyn von den Dangari und Lord Sha Umar von den Jehanan dafür gesorgt, dass ihre Völker als Erste am Versammlungsort eintrafen. Die beiden Lords, die ältesten Verbündeten der Khulinin, begrüßten jeden eintreffenden Klan und Häuptling, als wären die Aufregungen des letzten Jahres vergessen. Ihre Haltung griff auf ihre Untertanen über und besänftigte so den kaum unterdrückten Zorn, den viele Klanleute noch immer empfanden. Doch leider gelang es ihnen nicht, alle unliebsamen Erinnerungen vollständig zu verbannen.

Als die Überlebenden von Lord Medbs altem Klan, den Wylfling, am vierten Tag eintrafen, wäre die ganze Versammlung beinahe vor Zorn und wieder aufflammendem Schmerz gesprengt worden. Doch

Lord Hildor, der neue Häuptling der Wylfling, hielt seinen Klan zusammen und zwang ihn, die Wut der anderen Klane auszuhalten. Sein Mut und das rechtzeitige Eintreffen der Khulinin verhinderten eine mögliche Tragödie. Guthlac, der Wertain der Khulinin, hielt sich an Athlones Anordnungen und befahl seinem ganzen Klan, die Wylfling zu begrüßen und zu umarmen. Allmählich glätteten sich die Gefühlswogen, und die Klane konnten sich der Tagesordnung zuwenden.

Dann wurde den Häuptlingen eine weitere Schwierigkeit bewusst: Lord Athlone fehlte. Seit der Häuptling der Khulinin vor beinahe zwei Monaten den Reidhar-Treld verlassen hatte, hatte niemand mehr etwas von ihm gesehen oder gehört. Die Khulinin gaben an, er sei mit Gabria nach Pra Desch gegangen, um Branth zu finden, aber sie wussten nicht, wann er zurückkommen würde.

Die Häuptlinge waren beunruhigt. Sie wollten die Ratsversammlung nicht ohne Athlone eröffnen, doch sie konnten nicht den ganzen Sommer auf ihn warten. Schließlich schlug Lord Sha Umar vor, der Rat solle sich erst in fünf Tagen versammeln, und erbot sich, Späher auf die Klanrouten zu schicken, um Athlone aufzuspüren.

Die anderen Häuptlinge stimmten bereitwillig zu, und auch Lord Koshyn und Wertain Guthlac schickten ihre Späher aus. Während die Häuptlinge auf Nachrichten von Athlone warteten, liefen in den Lagern die wildesten Gerüchte über sein Verschwinden um und verbreiteten sich wie Fliegenschwärme. Einige Leute flüsterten, dass Gabrias Magie ihn vernichtet habe, während andere der Meinung waren, Branth habe ihn getötet. Niemand wusste, was er glauben sollte.

Am Abend des fünften Tages gab es immer noch kein Zeichen von Athlone oder seinen Reisegefährten, und die Klane wurden des Wartens müde.

Lord Koshyn versuchte den ganzen Tag über, seine eigene Ungeduld im Zaum zu halten, doch es gelang ihm kaum. Sofort nach dem Abendessen holte er sich eine Flasche Rotbeerenwein, die er im Fluss gekühlt hatte, und ging stromabwärts am Ufer entlang zum Lager des Jehanan-Klans. Er traf Lord Sha Umar an, der sich auf einem Teppich unter dem Sonnenschutz seines Zeltes entspannte. Das kastanienbraune Banner flatterte träge über ihm. Der Anführer der Jehanan begrüßte den jungen Dangari freudig. Sie setzten sich zusammen und genossen den kühlen Wein.

Für eine Weile verfielen sie in geselliges Schweigen und beobachteten das abendliche Treiben des Klans. Die Frauen kochten über den Lagerfeuern, während die Kinder mit den Hunden im Schmutz tollten. Einige Krieger rekelten sich im Schatten der Bäume. Ein Flötenspieler blies irgendwo in der Nähe auf seinem Instrument und fing mit seiner Musik den launischen Wind ein, der durch das Lager blies, den Staub aufwirbelte und an den Zelten zerrte.

Plötzlich richtete sich Koshyn auf. »Dieser Mann ist ein Ärgernis!«, sagte er zornig.

Sha Umar folgte dem Blick seines Freundes und sah Thalar, den Khulinin-Priester, der aufgeregt mit einigen Leuten im Bahedin-Lager auf der anderen Seite des Flusses redete. Der Priester predigte schon die ganze Zeit vor allen Klanen gegen die Zauberei. Er wusste so gut wie jeder andere, dass die Häuptlinge während der Ratsversammlung auch über die Möglichkeit einer Änderung der Gesetze gegen Magie reden wollten. Thalar nutzte die Abwesenheit seines Lords aus, um die übrigen Häuptlinge und ihre Untertanen gegen Zauberei aufzuwiegeln.

»Er hat seinen Standpunkt inzwischen wohl hinreichend klar gemacht«, bemerkte Sha Umar trocken.

Koshyn sah fort. In seinen blauen Augen flackerte Zorn. »Zu viele Leute schenken ihm Gehör. Wenn Athlone nicht bald herkommt, könnte sich die Versammlung entscheiden, Gabria zu verbannen und sich für alle Zeiten gegen Magie auszusprechen.«

Koshyn hatte gemeinsam mit Athlone in Ab-Chakan gekämpft und war ein enger Freund von ihm. Gabria mochte er ebenfalls sehr gern. Er erkannte die Notwendigkeit, den Klanen die Magie zurückzubringen, und tat alles, um die junge Frau zu unterstützen. Die Tatsache, dass sein Freund Athlone ebenfalls die Gabe der Magie besaß, stärkte nur seine Entschlossenheit, die Todesstrafe für Zauberei abzuschaffen.

»Wir können die Ratsversammlung nicht länger hinausschieben«, sagte Sha Umar. Sein sonnengebräuntes Gesicht war von Sorgenfalten durchzogen.

»Was machen wir, wenn er überhaupt nicht kommt?«

Der Anführer der Jehanan kratzte sich am Bart. »Wenn er und Gabria verschwunden sein sollten, werden die Leute glauben, dass damit gleichzeitig auch das Problem der Zauberei verschwunden ist.«

»Das stimmt aber nicht«, erwiderte der Dangari heftig. »Zu vieles ist geschehen, als dass man es einfach vergessen könnte.« Er deutete auf die geschäftigen Lager entlang der beiden Flüsse. »Irgendwo da draußen gib es andere Zauberer, die von ihrer Gabe wissen und Angst vor ihr haben oder die zufällig von ihr erfahren und dafür getötet oder verbannt werden. Diese Leute sind keine Missgeburten. Es muss einen Grund dafür geben, warum manche Klanleute zaubern können. Wir dürfen vor dieser Kraft nicht die Augen verschließen.«

Sha Umar verzog den Mund zu einem Grinsen und hielt die Hand hoch. »In Ordnung! Du brauchst mich nicht zu überzeugen.« Er gab Koshyn die Weinflasche. »Wir sollten Druck machen, damit die Gesetze geändert werden, egal ob Athlone hier ist oder nicht.«

»Völlig richtig. Wir können keine weitere Tragödie wie die gebrauchen, die Medb über uns gebracht hat.«

»Genau.«

Koshyn lehnte sich auf seinem Kissen zurück und sah über die Lager hinweg zu den fernen Bergen, die im Purpur der Dämmerung immer dunkler wurden. »Ich wüsste gern, wo Athlone ist.«

»Und Gabria. Ohne sie haben wir es noch schwerer, zu unserem Ziel zu kommen«, sagte Sha Umar.

»Bestimmt stecken sie in Schwierigkeiten.«

Der Anführer der Jehanan schnaubte. »Vielleicht haben sie Branth gefunden. Dieser Narr hat uns bisher nichts als Ärger gemacht. Ich frage mich, wo *er* ist.«

»Bei den Toten, hoffe ich«, sagte der Dangari aufrichtig.

Sha Umar hob seinen Becher darauf.

In diesem Augenblick lag die Person, gegen welche sich der Ärger der Häuptlinge richtete, auf einem flachen Fels in den Bergen am Rand des Flusstals und blickte hinunter auf das geschäftige Treiben der Klane. Branths Augen glommen rot vor Befriedigung und Vorfreude. Der Gorthling hatte nicht gewusst, dass die Klane so zahlreich waren, doch das störte ihn nicht. Im Gegenteil, er war hoch erfreut. Die Klanleute, denen er vor einigen Tagen begegnet war, hatten ihm gesagt, dass es in der Steppe nur eine einzige Zauberin gab. Da hatte er erkannt, dass es sich bei ihr zweifellos um die gehasste Magierin aus der Erinnerung seines Wirtskörpers handelte. Er musste sie nur vernichten und konnte danach mit einem ganzen Volk nach seinem Belieben verfahren.

Der Gorthling lachte in sich hinein. Es gab so viele wundervolle Möglichkeiten, Rache an den Leuten zu nehmen, die so hart gegen Lord Branth gewesen waren. Mit seinen geheimen Kräften konnte er diese Leute einen nach dem anderen vernichten oder sie alle auf einmal abschlachten oder – was noch besser war – sie versklaven und zu seinem eigenen Nutzen halten.

Er beobachtete die Klanversammlung eingehend. Die Zauberin sollte angeblich auch hier sein, doch die Lager waren recht groß, und er wusste nicht, wo er nach ihr Ausschau halten sollte. Die einzelnen Klane lagerten auf ihren üblichen Plätzen an den Ufern der beiden Flüsse. Der große Markt befand sich am Ostufer des Goldrine, und im Süden lag der breite, flache Landstrich, der zu Rennen und Wettkämpfen benutzt wurde. Auf einer Landzunge zwischen den beiden Flüssen stand ein offenes, mit den farbenprächtigen Bannern der zehn anwesenden Häuptlinge bekröntes Zelt. Die heilige Insel Tir Samod und der Tempel beim Zusammefluss des Goldrine und Isin waren verlassen. Nichts deutete die Gegenwart einer Zauberin an.

Schließlich zuckte der Gorthling die Achseln. Das Licht verdämmerte; es war schwer, noch etwas zu erkennen. Außerdem konnte er aus dieser Entfernung in dem geschäftigen Treiben der Lager keine Frau von der anderen unterscheiden. Er wich zurück in den Schutz einer Felsüberhangs und wartete auf das Tageslicht. Am Morgen, wenn das größte Durcheinander herrschte, würde er sich zu dem Treffen begeben und nach der Zauberin suchen. Selbst in diesen wuchernden Lagern würde sie ihm nicht entkommen.

Einige Stunden später in derselben Nacht zügelte Athlone Eurus im Schutz eines kleinen Hains neben dem Fluss. Die beiden Hunnuli waren noch frisch und bereit zum Weitergaloppieren, doch die harachanischen Pferde hielten taumelnd an und waren völlig erschöpft, genau wie ihre Reiter. Das Hunnuli-Fohlen drückte sich eng an seine Mutter und Tritter fiel keuchend zu Boden. Obwohl sie nur eine halbe Tagesreise von der Klanversammlung entfernt waren und eigentlich weiterreiten wollten, sah selbst Gabria ein, dass eine Rast unvermeidlich war.

Wortlos stiegen die Reisenden von den Pferden, rieben sie ab und ließen sie grasen. Niemand entzündete ein Feuer. Die Männer suchten in ihrem Gepäck nach Dörrfleisch und einigen Nüssen und nahmen ein kaltes Mahl zu sich. Bald hatten sich Tam und die Männer in ihre Laken gewickelt und waren unter dem wachsamen Auge der Hunnuli in einen tiefen Schlaf gefallen. Nur Gabria blieb wach.

Nun war die Zeit zum Abschied gekommen. Athlone hatte gehofft, der Gorthling würde eine Weile warten, bis er die Klanleute belästigte – zumindest so lange, dass die müden Pferde und Reiter ihn einholen konnten. Gabria wollte dem Gorthling jedoch nicht die Gelegenheit geben, unter den Klanleuten zu wüten, sondern ihn unverzüglich aufhalten.

Sie lag einige Zeit lang in ihre Laken eingerollt und ruhte sich aus. Sie sah hoch zu den Sternen und lauschte den gedämpften Lauten der Schläfer neben ihr. Sie war dankbar für ihre klammen, kalten Hände und das Gefühl der Anspannung und Übelkeit, denn sonst wäre sie in der warmen Sommernacht sofort eingeschlafen. Kurz nach Mondaufgang schlüpfte sie aus den Laken, band die goldene Maske an ihren Gürtel und ging zu Nara. Die drei Hunnuli versammelten sich in der Dunkelheit um sie und hörten ihrem Plan aufmerksam zu.

Naras Reaktion kam sofort. *Gabria! Du kannst nicht allein gegen dieses Ungeheuer kämpfen. Es ist zu stark für dich!*

Die Zauberin streckte die Hand aus und legte sie auf den Hals des Hunnuli. »Ich muss es versuchen. Kommst du mit mir?« Wie sie erwartet hatte, stimmte Nara widerwillig zu. Sie würde ihre Reiterin niemals im Stich lassen.

Gabria wandte sich an Eurus. »Weck bitte Athlone nicht auf. Wenn ich nicht unbemerkt gehe, wird er mir folgen und durch die Hand des Gorthlings sterben.«

Das weißt du nicht mit Sicherheit, erwiderte der junge Hengst.

»Ich weiß genug, um es nicht darauf ankommen zu lassen. Bitte, Eurus.«

Das Hunnuli neigte den Kopf. *Wie du willst.*

»Vielen Dank«, sagte Gabria erleichtert. Dann wandte sie sich an das Fohlen. »Mach dir keine Sorgen, Kleines; deiner Mutter wird nichts geschehen.« Gabria sprang auf Naras Rücken und zog sich den Umhang fester um die Schultern. Einen Augenblick lang schaute sie zurück auf die schlafenden Gestalten unter den Bäumen.

Während die Frau in Gedanken versunken war, wandte sich Nara an Eurus und schickte nur ihm eine Botschaft. *Wir können sie nicht aufhalten. Manchmal ist sie mutiger, als ihr gut tut.*

Was sollen wir tun?, fragte der Hengst.

Mein Sohn wird bald die Männer aufwecken. Das erlaubt dir, dein Wort gegenüber Gabria zu halten. Bring die anderen so schnell wie möglich zu Gabria. Sie kann sie nicht fortschicken, wenn sich die Männer auf der Versammlung zu ihr gesellen.

Eurus warf den Kopf herum und blähte die Nüstern.

Nara wandte sich an ihr Fohlen. *Ich muss dir eine große Aufgabe anvertrauen, mein Sohn. Willst du versuchen, sie durchzuführen?*

Ja, Mutter.

Du bist stark genug, um das Mädchen zu tragen. Nachdem du die Männer geweckt hast, bringst du Tam in die Berge und suchst nach dem König der Hunnuli. Gemeinsam mit dem Mädchen kannst du ihn rufen. Bitte ihn herzukommen. Die Zauberin braucht seine Hilfe.

Das Fohlen antwortete mit einem leisen Schnauben und zuckte erregt mit dem buschigen Schwanz.

Ohne von den Gedanken der Hunnuli zu wissen, verabschiedete sich Gabria von Eurus und dem Fohlen. Wie ein Schatten trat Nara zwischen den Bäumen hervor und wandte sich nach Süden auf den Tir Samod zu. Sobald sie außer Hörweite des Lagers waren, fiel sie in einen fließenden Galopp und verschwand mit Gabria in der Finsternis.

Athlone regte sich auf seinem Nachtlager. Ein seltsames Gefühl der Unruhe störte den Erschöpften. Er warf sich hin und her. Irgendetwas stimmte nicht, das spürte er sogar im Schlaf. Irgendetwas fehlte. Er befand sich bereits am Rande des Erwachens, als etwas Warmes und Weiches sanft gegen sein Gesicht drückte. Athlone schoss mit einem Schrei hoch, packte sein Schwert – und starrte auf die Nase des Hunnulifohlens.

Gabria ist fort, sagte das junge Pferd zu ihm.

Athlone sprang auf die Beine und rief nach Eurus, während die anderen Männer erwachten und erst allmählich begriffen, was geschehen war.

»Wo ist sie?«, wollte der Häuptling wissen, als der Hengst neben ihn trat.

Sie hat sich allein auf die Suche nach dem Gorthling gemacht.

»Warum hast du sie nicht aufgehalten?«

Die anderen Männer standen auf und sahen sich verwirrt um. »Was ist los, Lord Athlone?«, fragte Sayyed und blickte in die Runde. »Wo ist Gabria?«

Athlone knurrte: »Sie ist ohne uns aufgebrochen. Ich reite ihr nach.« Er sprang auf Eurus' Rücken.

Bevor das Hunnuli einen Schritt machen konnte, warf sich Sayyed vor das große Pferd. »Nicht ohne uns.«

»Geh mir aus dem Weg!«, brüllte der Häuptling. »Ich muss sie erreichen, bevor sie das Biest allein angreift.«

»Ich gehe mit Euch.«

»Dein Pferd kann nicht mit einem Hunnuli mithalten.«

»Es kann es versuchen! Ihr dürft nicht allein gehen«, beharrte Sayyed.

Piers kam herbei und sagte ruhig und besänftigend: »Er hat Recht, Athlone. Ihr und Gabria braucht ihn. Er sollte mit Euch auf Eurus reiten. Die Krieger und ich folgen Euch.«

Athlone sah hinunter auf den alten Heiler. Die gefasste, besonnene Stimme seines Freundes beruhigte ihn. Etwas von der kalten, bedächtigen Klugheit seines Vaters kam nun auch in dem jungen Häuptling zum Vorschein und er nickte. »Na gut, Sayyed. Du kannst mit mir reiten.«

Der Turic stieß vor Erleichterung einen Freudenschrei aus und holte seine Waffen und seinen Burnus.

Als der Turic und der Häuptling bereit zum Aufbruch waren, versammelten sich die drei Herdwachenkrieger um Eurus. Es behagte ihnen nicht, zurückgelassen zu werden, doch sie sahen den Grund dafür ein. Sie schauten hoch zu Athlone und salutierten feierlich. Es entstand ein kurzes Schweigen, während dem sie schnelle Blicke tauschten; dann sagte Keth: »Seid vorsichtig, Lord. Die Klane brauchen Euch.«

Athlone erwiderte nichts darauf. Er vergrub die Hände in Eurus' Mähne.

Secens starkes, klares Gesicht wurde vom Mondlicht erhellt. Er sagte gefasst: »Zuerst hatten wir Angst, als Ihr uns sagtet, Ihr wolltet Eure Gabe der Zauberei einsetzen. Aber Gabrias Maske hat uns daran erinnert, dass Lord Valorian einst nicht nur Häuptling, sondern auch ein Zauberer war. Wenn es seinem Volk recht war, soll es uns nur billig sein.«

»Wir werden Euch auch vor den Klanen unterstützen«, fügte Valar hinzu.

Lord Athlone hob die Faust und gab den Kriegergruß zurück. Er war stolz auf seine Männer und unglaublich erleichtert. Ihre Haltung würde ihm in den kommenden Tagen der Auseinandersetzung Stärke verleihen – vorausgesetzt, dass er bis dahin überlebte. »Kommt so schnell wie möglich zur Versammlung«, befahl er ihnen.

Als Sayyed hinter ihm auf Eurus' Rücken saß, stieß Athlone den Kriegsschrei der Khulinin aus und trieb das Pferd zu einem scharfen Galopp an. Im nächsten Augenblick waren die beiden Männer und der Hengst außer Sichtweite.

Während des kurzen Abschieds hatte niemand bemerkt, dass Tam behände auf den Rücken des Fohlens gehüpft war. Auch das Mädchen, das Fohlen und Tritter huschten nun hinaus in die Nacht.

Siebzehn

Die Sonne stieg hellgelb an einem wolkenlosen Himmel über der Ebene auf. Die frühe Hitze härtete den Staub, weckte die Fliegen und versprach einen heißen Tag. In den Lagern der elf Klane standen die Leute früh auf, um den kühlen Morgen auszunutzen, bevor die Hitze unangenehm wurde.

Die Essensbuden machten mit ihren Fleischpasteten und Fruchttaschen ein gutes Geschäft. Die Basarhändler zogen die Vorhänge zurück und öffneten ihre Buden für die frühen Feilscherinnen. In den Lagern holten einige Barden ihre Musikinstrumente hervor und übten für den Sängerwettstreit, der am Abend vor den versammelten Klanen abgehalten werden sollte. Kinder rannten umher und spielten zwischen den Zelten. Einige ältere Jungen gingen zur Jagd, und andere ritten den Fluss entlang. Fünf der Häuptlinge trafen sich unter den Bäumen neben dem Ratszelt, tranken miteinander einen Becher Bier und redeten über die Möglichkeit, die Ratsversammlung ohne Athlone zu beginnen.

Niemand beachtete den einzelnen Mann im Bahedin-Mantel, der über die Wiesen an der leeren Stelle vorbeiging, auf welcher früher der Corin-Klan gelagert hatte, und dann auf dem Markt umherschlenderte. Einige Zeit lang bummelte er ziellos umher und sah sich die Frauen und die Stände an. Er hatte die Kapuze hoch gezogen und sein Gesicht verborgen, wie es an einem heißen, sonnigen Tag durchaus üblich war. Er blieb nicht stehen, redete mit niemandem, und niemand sprach ihn an.

Einige Zeit später ging der Fremde hinüber zum Fluss. Jedes Jahr errichteten die Klanleute und Händler eine einfache Behelfsbrücke über die Untiefen des unteren Goldrine, damit der Weg von den Lagern zum Markt einfacher war. Der Fremde überquerte die Brücke mit leichtem Schritt. Er ging einen Pfad zwischen den Lagern der

Bahedin und Dangari entlang und auf die schattige Stelle zu, wo das Ratszelt stand.

Gerade wollte er das Lager der Bahedin hinter sich lassen, als er bemerkte, dass ihm jemand folgte. Er ging schneller, doch der Klanmann holte ihn ein und legte ihm eine Hand auf die Schulter. Der Fremde verkrallte zornig die Finger ineinander.

»Entschuldige«, sagte eine Männerstimme. »Ich suche …« Der Mann zögerte, als der Fremde sich umdrehte und ihn ansah. Der Mann, ein alter Weber von den Bahedin, bekam eine Gänsehaut. »Oh, ich habe dich mit jemandem verwechselt.« Er sah den großen, stillen Mann neugierig an; dann warf der alte Weber einen eingehenderen Blick auf ihn und zog bestürzt die Augenbrauen hoch. »Dieser Mantel! Woher hast du ihn? Die Stickerei am Saum sieht wie die von meinem Sohn aus.«

Der Fremde gab keine Antwort. Er schüttelte den Griff des Webers ab und setzte seinen Weg fort.

»Warte!«, rief der Bahedin laut. Beunruhigt lief er dem Fremden hinterher. »Antworte mir! Du bist kein Bahedin. Wer bist du?«

Der Fremde legte die Hände um den Hals des Webers und knurrte: »Die Zauberin. Wo ist sie?«

Der alte Mann riss ängstlich die Augen auf. Er versuchte sich zu befreien, doch der Griff um seinen Hals wurde nur noch fester.

»Wo ist die Zauberin?«, zischte der Fremde. Er hob den kämpfenden Weber mit einer Hand in die Luft. Das Gesicht des Bahedin lief zuerst rot, dann blau an.

In der Nähe schrie jemand. Alle Leute in der Nachbarschaft sahen zu den Kämpfenden, einige kamen aus ihren Zelten hervor. Eine kleine, ältliche Frau schoss den Pfad entlang, sprang dem Fremden in den Rücken und schlug mit den Fäusten auf ihn ein. Sie kreischte vor Furcht und Wut; ihre Schreie brachten weitere Leute herbei.

Der Gorthling fluchte. Er durfte noch nicht so viel Aufmerksamkeit auf sich und seine Kräfte lenken. Zuerst musste er die Zauberin finden. Verärgert warf er den Weber zu Boden und versetzte der Frau einen gewaltigen Schlag, sodass sie gegen einen Weidenzaun flog. Dabei rutschte dem Gorthling die Kapuze vom Kopf und die Sonne beschien sein Gesicht. Er schenkte den entsetzten Klanleuten, die sich um das Paar am Boden versammelten, genauso wenig

Aufmerksamkeit wie den Rufen hinter ihm, sondern ging unbeirrt weiter den Pfad entlang. In der Nähe rief eine Stimme in Verblüffung und Unglauben: »Branth! Das ist Lord Branth!«

Andere Klanleute starrten den Gorthling verwundert an, als er an ihnen vorüberschritt. Ein lauter, zorniger Tumult erhob sich in den beiden Lagern und breitete sich in Wellen der Wut und des Unglaubens aus, als die Nachricht von Branths Rückkehr von Zelt zu Zelt flog.

Der Gorthling schürzte die Lippen zu einem bösen Grinsen. Sollen sie doch kläffen, dachte er. Vielleicht lockte dieser Aufruhr die Zauberin an und führte sie zu ihm. Er wurde langsam ungeduldig. Obwohl er jede Frau, der er begegnete, genau ansah, bemerkte er keine, auf welche die Beschreibung der einzigen Klanzauberin passte. Er ließ die Randbezirke des Dangari-Lagers hinter sich und ging hinunter zum Ufer des Goldrine.

Als er einen Blick zurückwarf, sah er, wie bewaffnete Männer aus dem Lager der Dangari auf ihn zuliefen. Das Sonnenlicht funkelte auf ihren Klingen. Jenseits des Flusses, wo das Ratszelt in dem Pappelwäldchen stand, wurden mehrere Klanmänner von dem lauten Aufruhr angelockt. Sie versammelten sich am Ufer.

Branth zögerte und schaute den Fluss hinauf und hinunter. Einige Frauen standen in den nahen Untiefen und starrten ihn mit der Wäsche in den Händen an. Er wollte sich gerade einem anderen Lager zuwenden, als die bewaffneten Krieger über ihn herfielen.

Jubelnd fesselten sie ihm die Hände hinter dem Rücken und suchten ihn nach Waffen ab. Zu ihrer großen Überraschung fanden sie nur ein schweres, in Leder gebundenes Buch in einem Beutel über seiner Schulter. Eine große Zuschauermenge sammelte sich, und viele der Klanleute stießen Drohungen gegen ihn aus. Jetzt hatten sie endlich einen Sündenbock für ihren angestauten Zorn, ihre Trauer und ihren Groll über das Blutvergießen des letzten Sommers gefunden.

Der Gorthling beobachtete sie mit einem hässlichen Grinsen im Gesicht. Er wollte die Posse noch eine Weile mitspielen, weil er hoffte, diese lärmenden Menschen würden ihn zu den Anführern ihrer Stämme bringen. Die Häuptlinge wussten vielleicht, wo sich die Zauberin versteckte.

Die Dangari-Krieger stießen Branth das Flussufer hinunter und zogen ihn durch das Wasser auf ihren Häuptling zu, der im offenen Eingang des Ratszeltes stand. Eine große Menschenmenge folgte ihnen und stampfte durch das Wasser wie eine Pferdeherde. Die Dangari zerrten ihren Gefangenen vor Lord Koshyn, Lord Sha Umar, Lord Wortan von den Geldring, den alten Lord Jol von den Murjik und Wertain Guthlac. Gemeinsam starrten die Männer den gefesselten Gefangenen an, während die aufgeregten Zuschauer sich in einem lärmenden Kreis versammelten.

Lord Koshyn hob die Hand und gebot ihnen zu schweigen. Allmählich verstummten die Zuschauer; Neugier siegte über Feindseligkeit.

Koshyn sah den Mann vor sich eingehend an und versuchte ein aufkeimendes Gefühl des Unbehagens zu unterdrücken. Branths seltsames Auftauchen gefiel ihm nicht. Kein Verbannter, dem die Todesstrafe drohte, platzte ohne guten Grund einfach in ein Klantreffen. Athlone war nach Pra Desch gegangen, um Branth zu finden; nun erschien Branth am Tir Samod – was bedeutete das für Athlones Schicksal? Der Dangari kniff die Augen zusammen. Über diesem Gefangenen lag eine seltsame Aura der Bedrohung. Koshyns Nackenhaare richteten sich auf. Irgendetwas an Branth stimmte ganz und gar nicht.

Der Häuptling wandte sich an seine Männer. »War er bewaffnet?«

»Nein, Lord. Er hatte nur das hier bei sich.« Einer der Krieger übergab Branth den ledernen Beutel.

Koshyns Hände wurden kalt, als er einen Blick in den Beutel warf. »Das *Buch des Matrah*«, sagte er mit lauter Stimme. Sein Unbehagen kochte zu schwerer Beunruhigung auf.

Lord Jol sog scharf die Luft ein und wich vor dem Buch zurück. Die anderen Häuptlinge sahen sich misstrauisch und verwirrt an.

Nachdem er seinem Krieger den Lederbeutel zurückgegeben hatte, reckte Koshyn die Schultern. »Euch droht die Todesstrafe«, sagte er zu Branth. »Warum seid Ihr zurückgekommen?«

Der Gorthling lächelte höhnisch. Todesstrafe? Was für ein Witz! Er richtete sich zu Branths voller Größe auf, sah über die Menge hinaus und suchte nach der Zauberin. Er wollte sie finden, bevor er diese ärgerlichen Sterblichen in verkohlte Teilchen verwandelte.

»Branth«, sagte Sha Umar scharf, »Ihr seid wegen Verschwörung, Hochverrat und Mord zum Tode verurteilt worden. Ihr dürft Eure Todesart selbst wählen, wenn Ihr uns die Frage beantwortet, warum Ihr hier seid.«

Der Gorthling hatte genug von diesen Fragen. Er richtete seinen nichtmenschlichen Blick auf die Häuptlinge. »Um euer Herr zu werden«, sagte er mit kalter, bedächtiger Bösartigkeit.

Die Klanleute handelten sofort. Sie drängten sich näher an ihn und griffen nach dem Gefangenen. Die Dangari-Krieger hatten große Mühe, sie von ihm fern zu halten, bis die Häuptlinge entschieden hatten, was mit ihm geschehen sollte.

Koshyns Gesicht wurde rot vor Zorn. Doch auch als seine Wut stärker wurde, schrillte noch immer eine Alarmglocke in seinem Kopf. Branth hatte das *Buch des Matrah* beinahe ein ganzes Jahr in seinem Besitz gehabt – lange genug, um die Zauberei zu erlernen. Wenn er nun wirklich magische Fähigkeiten besaß, musste man ihn töten oder zumindest bewusstlos schlagen, um ihn zu entwaffnen. Solange er noch denken konnte, vermochte er Zaubersprüche zu wirken. Man musste sich schnell um ihn kümmern.

Die Aufmerksamkeit aller war auf Branth gerichtet und die Aufmerksamkeit des Gorthling wiederum richtete sich auf die Dangari-Krieger in seiner Nähe. Ohne Vorwarnung riss Koshyn eine Streitaxt aus dem Gürtel eines Kriegers neben ihm und wirbelte sie auf Branths Kopf zu.

Sie traf nicht.

Der Gorthling hatte die verschwommene Bewegung aus den Augenwinkeln heraus bemerkt und sofort einen Zauberspruch gebellt, der den Häuptling mitten in der Bewegung einfror. Die Klanleute verstummten. Sie hatten die Augen weit aufgerissen, und auf den Gesichtern zeichneten sich Entsetzen und Unglauben ab. Die Stille breitete sich immer weiter aus, bis der gesamte Hain in Schweigen versank.

Der Gorthling lachte und sprengte die Fesseln um seine Handgelenke. »Nun denn, wertloser kleiner Mann«, zischte er Koshyn an, »vielleicht kannst du mir sagen, wo die Zauberin ist.« Er hob die Hand und schickte einen gewaltigen Energieblitz durch Koshyns Körper.

Unerträgliche Schmerzen zerrissen den jungen Dangari. Er schrie auf und fiel zu Boden. Er war nur noch ein zuckender Haufen und konnte sich nicht gegen die quälende Magie verteidigen.

Dieser schreckliche Zauberspruch lockerte die Lähmung der versammelten Klanleute. Sie wichen zurück und brachten so viel Platz wie möglich zwischen sich und Branth. Die Häuptlinge – sogar Lord Jol – zogen ihre Schwerter und sprangen zusammen mit den Dangari-Kriegern vor, um den jungen Lord zu retten. Der Gorthling zersprengte sie so leicht, als würde er Fliegen zerquetschen, und tötete dabei drei der Krieger. Dann fuhr er mit der Folterung Koshyns fort.

»Die Zauberin!«, rief Branth wütend. »Wo ist sie?«

»Sie ist nicht hier«, antwortete Lord Sha Umar verzweifelt. Er stand auf und hielt die Augen auf Koshyns zuckenden Körper gerichtet.

Das Gesicht des Gorthlings verzerrte sich zu einer beängstigenden, die Umstehenden erschütternden Maske aus Vergnügen, Hass und Wut. »Wo ist sie?« Er machte eine zustechende Handbewegung und Koshyn schrie vor Schmerzen auf.

Sha Umar trat vor und hob bittend die Hand »Wir wissen es nicht. Sie hatte sich auf die Suche nach Euch gemacht.«

»Sie ist nach Pra Desch gegangen, um Euch zu suchen«, rief Lord Jol. Der alte Häuptling befand sich am Rande einer Panik. »Aber sie wird bald wieder hier sein.«

Branth stürzte sich auf Jols Worte. »Bald? Wann?«

»Das weiß niemand«, sagte Wertain Guthlac.

»Sagt es mir, ihr Würmer, oder dieser Mann hier stirbt!«, kreischte Branth. »Ich will die Zauberin!«

»Dann wirf doch einmal einen Blick hinter dich«, rief eine fremde Stimme vom Rande des Hains.

Die Männer fuhren erstaunt hoch.

Der Gorthling wirbelte herum und sah eine junge Frau auf einem großen schwarzen Hunnuli. Er vergaß die Männer um sich herum und verzog den grausamen Mund zu einem siegessicheren Lächeln. Als das Pferd langsam auf ihn zuschritt, glühten seine Augen rot auf.

Sofort packten Sha Umar und Guthlac Koshyns Arme und zerrten den Häuptling hinter das Ratszelt. Die übrigen Klanleute flohen. In dem ganzen Durcheinander dachte niemand mehr an das alte Buch in dem braunen Lederbeutel, das zwischen umgestürzten Stühlen, verstreuten persönlichen Habseligkeiten und den drei toten Dangari-Kriegern vor dem Ratszelt lag.

Der Gorthling höhnte: »Ich habe nach dir gesucht, Zauberin.«

»Und ich nach dir«, erwiderte Gabria. Nara blieb in einer Entfernung von etwa zwanzig Schritt stehen. Die Frau und der Gorthling sahen sich an. Trotz des warmen Morgens verspürte Gabria ein Frösteln. Äußerlich sah der Mann vor ihr wie Branth aus: groß, braunes Haar, muskulöser Körper, alles völlig normal und menschlich. Doch sein Auftreten war anders. In den Augen lag ein Schimmer gnadenloser Grausamkeit, und jede seiner Bewegungen drückte unendliche Feindseligkeit aus.

»Wir wollen dich nicht in dieser Welt haben«, sagte Gabria.

Der Gorthling grinste. »Einige wollten mich durchaus hier haben.«

»Geh zurück in dein eigenes Reich«, entgegnete sie. »Du gehörst nicht hierher.«

»Zu spät, Zauberin. Ich bleibe.« Noch als der Gorthling diese Worte sprach, feuerte er einen Blitz aus Trymianischer Kraft auf die Frau ab.

Er kam so schnell, dass Gabria überrumpelt wurde. Doch das Hunnuli hatte auf einen solchen Schachzug geradezu gewartet. Es bäumte sich auf, um seine Reiterin zu schützen. Der blaue Blitz traf Nara an der Brust, zersplitterte zu einer Funkenwolke und verpuffte in der Luft.

Die Stute schnaubte.

Zitternd und dankbar streichelte Gabria das Tier und bildete mit ihrer magischen Kraft einen Klanschild nach. Der magische Schild war nicht so wirkungsvoll wie ein vollständiges Kraftfeld, aber er benötigte weniger Energie und bot wenigstens einen gewissen Schutz. Der Gorthling feuerte einen weiteren Schuss auf sie ab. Diesmal wehrte sie den Blitz mit ihrem Schild ab. Wieder und wieder griff Branth an; es war ein Sperrfeuer aus beinahe unaufhörlichen Blitzen. Er umrundete die Stute und wollte die Frau aus jedem möglichen Winkel heraus treffen, doch entweder sie oder das Pferd fingen alle Blitze ab.

Gabria betete, dass kein verirrter Blitz einen der Klanleute traf, die sich hinter den Bäumen des Ratshains versteckt hatten, oder sonst jemanden auf der anderen Seite der Flüsse. Der Schlachtenlärm lockte Leute aus allen Richtungen an. Sie bevölkerten die Ufer beider Flüsse und beobachteten Gabria und den Gorthling voller Entsetzen. Viele von ihnen hatten noch nie ein magisches Duell gesehen. Zum Glück für Gabria versuchte niemand, den Fluss zu durchqueren, und diejenigen, die sich hinter die Bäume und das Zelt duckten, hielten sich dicht über dem Boden.

Gabria ging nicht zum Angriff über. Sie wusste, dass die Fähigkeit des Gorthlings, menschliche Kraft zu verstärken, ihn zu einem beachtlichen Gegner machte – zu einem weitaus mächtigeren Zauberer als Lord Medb. Sie hoffte, der Angriff auf sie würde ihn ermüden, sodass sie ihn schließlich doch mit ihren weitaus schwächeren Kärften verletzen konnte. Bis dahin mussten sie und Nara auf der Hut sein.

Seltsamerweise hatte der Gorthling bisher nur die Trymianische Kraft gegen sie eingesetzt. Entweder war er zu überheblich, um sich mit anderen Zaubersprüchen abzugeben, oder er hatte nicht genug Zeit gehabt, die verwickelteren magischen Formeln im *Buch des Matrah* zu studieren. Gabria betete darum, dass das Zweite zutraf.

Der Gorthling schleuderte Blitz um Blitz auf Gabria und Nara, doch schließlich wurde er es leid. Er schien Gabrias Plan zu begreifen, denn plötzlich änderte er seine Taktik. Statt Blitzen, welche die Frau ohne große Schwierigkeiten ablenken konnte, warf er der Stute nun Feuerbälle vor die Füße und setzte so das Gras in Brand. Dann formte er einen Spruch, der tiefe, breite Spalten in die Erde um das Pferd riss.

Nara wurde so immer näher auf den Gorthling zugetrieben, während Gabria verzweifelt versuchte, die Feuer zu löschen und die Spalten zu verschließen. Bevor sie Zeit hatte, alle Flammen zu ersticken, schoss der Gorthling wieder mit der Trymianischen Kraft auf sie.

Nara bäumte sich auf und wurde getroffen, als sie einem Spalt vor ihren Hufen auswich. Der zweite Schuss traf Gabria in einem unglücklichen Winkel an der Schulter und hätte sie beinahe vom Pferd geworfen.

Aus Verzweiflung bildete die Zauberin einen vollständigen Schutzschild um sich und Nara. Er hielt gerade lange genug, damit sie sich im Sattel halten und die Stute vom Feuer wegführen konnte. Zu Gabrias Erleichterung versuchte der Gorthling nicht sofort, ihre Verteidigung zu durchbrechen. Er zögerte und atmete schwer. Gabria fragte sich, ob er jetzt endlich müde wurde.

»Was soll ich bloß tun?«, flüsterte sie Nara verzweifelt zu. »Ich kann den Schutzschild nicht mehr lange aufrechterhalten.«

Die große Stute setzte über einen Spalt in der Erde hinweg und sprang an Branth vorbei auf sichereren Boden. *Er ist unsterblich, aber sein Körper ist der eines Menschen. Das ist seine verwundbarste Stelle,* schlug die Stute vor. *Vielleicht kannte er seine Schwäche nicht.*

Gabria dachte rasch nach. Vielleicht konnte sie die menschliche Schwäche des Gorthlings ausnutzen, um seinen Körper zu vernichten. Wenn er von Branth getrennt wurde, war es möglicherweise einfacher, ihn zu fangen oder zu bannen. Als der Gorthling den Arm zu einem weiteren Angriff hob, löste sie den magischen Schutzschild auf und rief einen eigenen Zauberspruch.

Da der Gorthling die Feinheiten des menschlichen Körpers nicht kannte, hatte er keinen Schutz gegen Gabrias Magie. Plötzlich platzten schwarze Furunkel aus seiner Haut. Der Gorthling zögerte; ein sonderbarer Ausdruck legte sich über sein Gesicht. Die Haut verfärbte sich zu einem galligen Gelb, und er krümmte sich in unerträglichen Schmerzen. »Zauberin!«, schrie er. »Was ist das?«

Gabria gab keine Antwort. Sie atmete tief durch, um sich zu entspannen und Kräfte zu sammeln. Jetzt war sie an der Reihe, die Trymianische Kraft zu benutzen. Sie zog die dazu notwendige Stärke aus ihrem Innern und feuerte einen versengenden Blitz auf den Gorthling ab.

Das unvertraute Fieber schwächte ihn so sehr, dass er ihren Schlag kaum abwehren konnte. Immer wieder griff Gabria ihn mit der Trymianischen Kraft und anderen Mitteln an – mit Dolchen, Feuer, Steinen und allem, von dem sie hoffte, es würde ihn dazu bringen, sich zu verausgaben.

Schließlich begriff der Gorthling die Krankheit, die sie ihm geschickt hatte, und heilte sich allmählich selbst. Er kam wieder auf die Beine. Wut lag auf seinem menschlichen Gesicht.

Gabria zögerte. Sie glaubte nicht, dass ein weiterer Krankheitszauber sinnvoll war, denn der Gorthling verstand inzwischen seine

Wirkung. Gegen einen zweiten Versuch würde er sich besser verteidigen können. Sie wusste nicht, was sie als Nächstes tun sollte.

Während dieser kurzen Kampfpause sahen sich Gabria und Branth an. Das Geschöpf schürzte die Lippen und sagte: »Du bist besser, als ich dachte, Zauberin. Du hast den üblichen Kampfzaubern widerstanden.« Er hob die Hände. »Jetzt kommt etwas anderes.«

Gabria versteifte sich und erwartete den Schlag, doch als er endlich kam, überraschte er sie. Ihr Kopf wurde plötzlich leer. Dann schien die Welt in einem wilden Mahlstrom aus wirbelnden Winden und versengender Hitze zu vergehen. Sie spürte, wie sie hilflos in einen gewaltigen Strudel orkanartiger Winde und lodernder Flammen geschleudert wurde.

Sie taumelte in einen Schacht aus Luft und Feuer und schrie auf vor Schmerz, Hilflosigkeit und vor allem Wut. Die Hitze verkohlte sie und die Winde schälten ihr die Haut von Gesicht und Gliedern. Irgendwo in den Winden hörte sie die jammernden Stimmen anderer gequälter Menschen, doch sie sah nichts in dem gelben und roten Feuer. Gabria wurde immer tiefer in diesen Sturm hinein und zu einer Stelle gezogen, an welcher der schornsteinartige Schacht zu einem unvorstellbaren Abgrund aus Wahnsinn und ewiger Leere wurde. Sie kämpfte gegen den Wind an und stemmte sich ihm mit verzweifeltem Überlebenswillen entgegen.

Plötzlich hörte sie aus dem brüllenden Chaos eine geliebte Stimme, die ihr wie ein Rettungsseil entgegentrieb. *Hör mir zu, Gabria! Das ist nur eine Vision. Komm zurück!*

Die Worte klangen wie süßer Glockenschall in ihren Gedanken und weckten Erinnerungen an anderen Zeiten und einen anderen Zauberer, Lord Medb, der ebenfalls versucht hatte, sie durch Visionen zu besiegen. Sie schloss die Augen vor Wind und Feuer und lachte aus der Tiefe ihrer Seele auf.

Der brüllende Wind erstarb unvermittelt. Hitze und Schmerzen verschwanden. Als sie die Augen aufschlug, sah sie den strahlend blauen Himmel, die grünen Pappeln und die schlammig braunen Flüsse. Ihre Haut war unverletzt, Arme und Beine ebenso, und das großartige Hunnuli trug sie noch immer quer durch das Pappelwäldchen. Gabria war bis ins Innerste erschöpft, aber sie lebte und konnte noch kämpfen.

Sie hob ruckartig den Kopf und sah den Gorthling neben dem Ratszelt stehen. Erstaunen flackerte über ihr Gesicht. Er hatte seinen Zauberschild heruntergelassen und schwitzte stark. Er sah so müde aus, wie sie sich fühlte.

Gabria wusste, dass sie im Augenblick nicht in der Lage war, die Trymianische Kraft zu benutzen, doch sie kannte noch einige andere Zaubersprüche, die nicht so viel Anstrengung bereiteten. Sie zischte einen Befehl, und der Kies und die Steine um die Füße des Gorthlings verwandelten sich in einen Wespenschwarm.

Die Insekten umsummten den Gorthling, stachen seinen menschlichen Körper und erzürnten ihn. Er spürte, wie seine Kraft nachließ. Er hatte die Zauberin ernstlich unterschätzt. Sie hatte seine Kräfte mit ihren unerwarteten menschlichen Krankheiten und ihrem entschlossenen Gegenangriff stark beansprucht. Dann hatte er sich dummerweise in dem Versuch, ihren Geist zu vernichten, noch stärker verausgabt. Leider hatte das Hunnuli sie in letzter Sekunde gerettet. Sie überraschte ihn mit ihrer Klugheit und Willensstärke. Der Gorthling war zu müde, um den Kampf fortzusetzen. Er brauchte eine kurze Ruhepause und musste überlegen, wie er die Frau vernichten und sich an den Klanen rächen konnte. Er schwor, dass er nicht eher von hier fortginge, bis er seinen Durst auf ihr Blut gestillt hatte.

Mit einem wütenden Wort verwandelte er die Wespen in Staub und sah sich nach einer Rückzugsmöglichkeit um. Sein Blick fiel auf den Steinkreis in der Mitte der heiligen Insel. Zum ersten Mal bemerkte er die Klanleute am gegenüberliegenden Ufer. Ihm kam eine Idee. Menschen hatten eine Schwäche für die Sicherheit ihrer Artgenossen. Diese Frau bildete da gewiss keine Ausnahme.

Eine verstohlene Bewegung am Rande des Blickfeldes erregte Branths Aufmerksamkeit. Bevor Gabria erkannte, was er vorhatte, rannte er einige Schritte auf das Ratszelt zu und stürzte sich auf zwei Männer, die sich um die Zeltwand herumgewagt hatten. Beide Männer trugen Schwerter, doch der Gorthling belegte sie mit einem Unbeweglichkeitszauber und entwaffnete sie.

Gabria schluckte einen Schrei herunter, als der Gorthling seine Gefangenen vor sich hertrieb. Es waren Lord Wortan von den Geldring und Wertain Guthlac.

»Komm mir nicht zu nahe, Zauberin«, rief der Gorthling, »oder diese Männer werden sterben – auf schreckliche Weise!« Er ging langsam um das Zelt herum und zog sich zum Fluss zurück, wobei er Wortan und Guthlac zwischen sich und Gabria hielt. Nara folgte ihm Schritt für Schritt.

Am Ufer packte er die beiden Männer und zerrte sie mit sich. Sie waren benommen und konnten kaum durch die Untiefen stolpern. Er zwang sie durch den Goldrine und auf die heilige Insel zu. Das Hunnuli und seine Reiterin standen am anderen Ufer und verfolgten jede Bewegung. Die Klanleute hatten sich an den übrigen Ufern versammelt und beobachteten das Geschehen.

Der Gorthling hob die Hand. Ein unheimlicher roter Glanz überzog seinen Körper, und das Ungeheuer wuchs vor den Blicken der entsetzten Zuschauer. Sein Körper wurde immer größer, bis er sich über die Bäume erhob und sein Schatten auf die Leute am Westufer fiel. Sein Gesicht verzog sich zu einer gewaltigen Maske, die den ursprünglichen Zügen des Gorthlings glich. Das Untier brüllte seine Wut hinaus und griff nach den ihm am nächsten stehenden Zuschauern. Jene am Rand des Wassers kreischten in Panik auf und versuchten zu fliehen, doch die Menschenmenge versperrte ihnen den Weg.

Gabria brüllte eine Warnung. Sie versuchte, Branths Hand mit einem Zauberbann zu lähmen, doch es war zu spät. Der Gorthling ergriff sieben Leute mit seinen gewaltigen Pranken und zog die Schreienden und sich Windenden quer durch den Fluss zu seinen anderen Geiseln. Als Ablenkungsmanöver schickte er der fliehenden Menge einige Blitze aus Trymianischer Kraft hinterher.

Gabria gelang es, alle Blitze außer einem abzufangen. Der letzte versengende Schlag traf eine Gruppe Klanleute, tötete sechs von ihnen und verletzte viele andere.

»Bleib da, wo du bist, Zauberin«, brüllte der Gorthling. »Oder ich töte sie alle.«

Wortlos sah Gabria zu, wie der Gorthling seine Geiseln zusammenraffte. Während sie verzweifelt nach einem guten Einfall suchte, trieb der Gorthling seine Gefangenen in den Steinkreis und versiegelte ihn mit einem magischen Schutzschild. Dann schrumpfte er zu gewöhnlicher Größe zusammen, um Kraft zu sparen.

Gabria knirschte mit den Zähnen. Sie hatte versagt. Am gegenüberliegenden Flussufer verschmolzen Schreie der Trauer und des Schmerzes zu einer Wehklage, die Gabria quälend auf ihre Schuld hinwies. Dieses Unglück hatte sie allein zu verantworten. Sie war nicht stark genug gewesen, um den Gorthling zu bekämpfen oder ihn auch nur im Zaum zu halten, und jetzt wusste sie nicht mehr, was sie noch tun sollte.

Sie hob den Blick hinüber zur Insel. Ihre Augen glitzerten wie kalte Edelsteine. Der Gorthling hatte sie für dieses Mal überlistet. Sie schwor, dass ihr das nie wieder passieren würde. Irgendwie musste sie einen Weg finden, die Bestie zu besiegen und sie dorthin zurückzuschicken, wo sie herkam.

Achtzehn

»Gabria!«, rief jemand. »Was ist hier los?«

Lord Sha Umar rannte neben Gabria und starrte hinüber zu der heiligen Insel, auf die sich der Gorthling zurückgezogen hatte.

»Was hat Branth vor?«, fragte er.

»Das ist nicht mehr Branth«, erwiderte Gabria müde. »Lord Branth hat in Pra Desch einen Gorthling beschworen, und dieses Geschöpf ist in seinen Körper geschlüpft.«

Sha Umar war entsetzt. »Und was macht er hier?«

»Er versucht, alle Zauberer zu töten.«

Der Häuptling sah die Frau zum ersten Mal an und bemerkte, wie blass und erschöpft sie war. »Wo ist Athlone?«, fragte er.

»Nördlich von hier. Etwa einen halben Tagesritt entfernt.« Sie sah hoch zum Himmel und bemerkte erstaunt, dass es nach dem Sonnenstand noch nicht Mittag war. Der Kampf mit dem Gorthling war ihr endlos erschienen, hatte aber in Wirklichkeit nicht lange gedauert.

Auf der Insel war jetzt alles ruhig. Gabria erkannte die Gefangenen in der Mitte des Steinkreises. Branth saß auf einem flachen Felsen in der Nähe, behielt seine Geiseln im Auge und ruhte sich aus. Natürlich war Gabria klar, dass er nicht nur rastete. Er hielt gleichzeitig das schwache rote Kraftfeld aufrecht, das um den Steinkreis flimmerte.

Am gegenüberliegenden Ufer der beiden Flüsse waren die Lager in Aufruhr. Noch mehr Leute versammelten sich an den Ufern; ihre Neugier war stärker als ihre Angst. Verwandte und Freunde umstanden die Toten und betrauerten sie. Andere trugen die Verwundeten zu den Klanheilern. Niemand war sicher, was überhaupt geschehen war. Ein misstönender Lärm aus wilden Rufen, Schreien und erregtem Gerede erhob sich, als jedermann zu erfahren versuchte, was los war.

Vier weitere Häuptlinge rannten nun auf den Ratshain zu und durchwateten den Fluss. Sie bestürmten Sha Umar und Gabria mit einem Sperrfeuer aus Fragen.

Der Häuptling der Jehanan führte sie einige Schritte von Gabria fort, damit sich die Zauberin sammeln konnte. Die Frau glitt von Nara herunter und lehnte sich dankbar gegen die starke Schulter der Stute.

Lord Caurus drückte sich an Sha Umar vorbei und hielt Gabria die Faust unter die Nase. »Ich habe es gewusst! Ich habe gewusst, dass du uns nichts als Ärger bringst. Es war nur eine Frage der Zeit. Zwei von meinen Leuten sind tot, und das ist deine Schuld.«

Seine Wut umtoste Gabria wie eine Welle. Sie verstand seine Angst und Erregung, und in gewisser Weise hatte er sogar Recht. Sie hatte es zugelassen, dass der Gorthling die Geiseln nahm und auf die Insel entwischt war.

Lord Bael, der neue Häuptling der Ferganan, war hinter Caurus hergelaufen und mischte sich ein: »Was macht Branth hier?«

»Und wo ist Lord Athlone?«, rief der junge Lord Ryne durch den Lärm.

»Wieso bist du hier? Ich dachte, du bist in Pra Desch«, fügte Caurus hinzu.

Lord Malech, der Anführer der Schadedron, wollte wissen: »Was willst du jetzt unternehmen?«

Gabria beantwortete ihre Fragen so gut wie möglich und berichtete in raschen Worten von ihrer Reise nach Pra Desch und der anschließenden Rückkehr zur Ratsversammlung. Während die Männer ihr zuhörten, kühlte sich ihre Wut und Erregung ein wenig ab. Gabria war erleichtert darüber, dass die Häuptlinge ihr ein gewisses Maß an Achtung entgegenbrachten und Betroffenheit zeigten.

Die einzige Frage, die sie nicht beantwortete, war die von Lord Malech. Sie wusste nicht, wie sie mit dem Gorthling und seinen Geiseln verfahren sollte. Auch die Schlacht hatte sie ihrem Ziel, ihn aus dieser Welt zu werfen, nicht näher gebracht. Sie hatte sich lediglich erschöpft und den Gorthling in eine starke Verteidigungsposition gezwungen.

Sie versuchte noch immer den Männern die Lage zu erklären, als sich Lord Jol einen Weg durch die Menge bahnte und Gabria am

Arm packte. »Gabria, würdest du bitte mitkommen und einen Blick auf Koshyn werfen?«

Koshyn! Sie hatte ihn ganz vergessen. Schweigend eilte sie hinter dem alten Häuptling der Murjik her. Die anderen folgten ihnen.

Sha Umar und Jol hatten den Dangari in das große Ratszelt gebracht, sobald der Gorthling den Hain verlassen hatte. Der Häuptling lag bewusstlos auf seinem blauen Mantel. Drei von Koshyns Herdwachen waren tot, doch zwei weitere standen mit besorgter Miene dicht bei ihrem Lord.

Gabria kniete neben dem verwundeten Häuptling nieder. Koshyn hatte von Branths Folterzauber keine erkennbaren äußeren Verletzungen davongetragen, doch es war für jedermann deutlich sichtbar, dass mit ihm etwas ganz und gar nicht stimmte. Er wand sich und jammerte vor Schmerzen; seine Muskeln zuckten unkontrolliert und er hatte die Hände ineinander verkrallt. Als Gabria ihn berührte, bemerkte sie, dass seine Haut fieberheiß war.

»Ich kann nichts tun«, sagte sie traurig. »Nur Piers, unser Heiler, vermag ihm zu helfen. Er besitzt einen Heilstein, der in der Lage ist, die schädliche Magie aus Lord Koshyns Körper zu ziehen.«

Die Dangari sahen sich an. »Wo ist euer Heiler?«, fragte eine von ihnen.

»Ich hoffe, er kommt bald.« Sie sah aus dem offenen Zelteingang. »Lord Koshyn ist nicht der Einzige, der den Heilstein braucht. Noch viele andere Leute sind ernstlich verletzt.«

In diesem Augenblick sagte Nara freudig: *Gabria, die Männer kommen!*

Zum Erstaunen der Häuptlinge sprang die Zauberin auf die Beine und schoss nach draußen. Sie rannte bis zum Rand des Wäldchens und sah sie kommen. Athlone und Sayyed saßen zusammen auf Eurus und ritten durch das Tal auf die Versammlung zu.

In diesem Augenblick wusste Gabria nicht, welche ihrer Empfindungen stärker war: der Ärger darüber, dass sie zu einer Zeit kamen, wo der Gorthling noch eine Gefahr darstellte, oder die Freude über ihre Ankunft. Ihr war klar, dass sie die Männer durch ihre heimliche Abreise enttäuscht hatte, aber sie waren ihr trotzdem zu Hilfe geeilt.

Gabria schrie auf und winkte ihnen zu. Sie sahen die junge Frau und hielten auf sie zu. Beim Absteigen wäre Athlone beinahe vom

Pferd gefallen. Wut und Angst gingen unvermittelt in der Woge der Erleichterung unter, die er bei Gabrias Anblick empfand. Sie lebte und schien wohlauf zu sein. Er umfing sie und drückte sie an sich.

Sie sagte nichts, sondern schlang die Arme um ihn und hielt ihn fest.

Auch Athlone sagte nichts. Endlich ließ er sie los, und sie begrüßte Sayyed. Der Turic umarmte sie heftig.

»Ich bin froh, dass du in Sicherheit bist«, sagte er und lachte und weinte gleichzeitig.

»Wo sind Piers und die anderen?«, fragte sie.

»Auf dem Weg hierher. Die anderen Pferde sind nicht so schnell wie Eurus.« Sayyed schenkte ihr ein bezauberndes Lächeln. »Mich hätten sie beinahe auch zurückgelassen.«

Inzwischen hatten die anderen Häuptlinge die drei erreicht und begrüßten Athlone mit unverhohlener Erleichterung. Sie bestürmten ihn sofort mit Fragen und verschiedenen Fassungen der morgendlichen Ereignisse. Er redete nur so lange mit ihnen, bis er alles erfahren und einige ihrer Fragen beantwortet hatte, dann entschuldigte er sich und ging wieder zu Gabria und Sayyed.

Als Gabria in Athlones Augen schaute, traute sie sich nicht mehr, etwas zu sagen. Sie hatte versucht, über das Schicksal der Männer zu entscheiden, indem sie diese verlassen hatte, denn sie war überzeugt gewesen, der Kampf mit dem Gorthling sei ihre eigene Angelegenheit. Jetzt wusste sie, dass das nicht stimmte. Das Geschöpf war zu stark für sie allein. Sie gab zu, dass sie die Hilfe und Unterstützung dieser beiden Männer brauchte. Doch sie mussten selbst entscheiden, ob sie wirklich gegen einen Feind kämpfen wollten, der viel stärker war als sie. Gabria hatte noch immer große Angst um sie, aber sie durfte die Entscheidung der beiden Männer nicht beeinflussen.

»Ich möchte nur eines sagen, bevor wir über den Gorthling reden«, meinte Athlone. Er nahm Gabrias Gesicht zwischen die Hände und sah sie mit seinen braunen Augen durchdringend an. »Verlass mich nie wieder auf diese Weise.«

Seine ruhigen, eindringlichen Worte berührten sie stärker als jeder Wutausbruch oder Ausdruck der Besorgnis. Bis ins Innerste glücklich, hob Gabria die Hand mit der Innenfläche nach oben und sagte: »Ich verspreche es.«

Er ergriff ihre Hand und der Eid war besiegelt.

Im Schatten eines Baumes neben dem Ratszelt berichtete sie den beiden Männern, was seit dem Augenblick von Gabrias Ankunft geschehen war. Sie hörten den Lärm aus den Lagern; die Stimmen einiger Häuptlinge erhoben sich über den Tumult in dem Versuch, den angerichteten Schaden zu erfassen und die Leute zu beruhigen. Der Ratshain brummte vor Betriebsamkeit, doch Gabria, Athlone und Sayyed wurden in Ruhe gelassen.

Plötzlich hörten sie eine Stimme in der Nähe. »Ich verlange, mit Lord Athlone zu sprechen. Das Recht dazu darf man mir als Khulinin nicht verweigern.«

Der Häuptling stöhnte auf, als er Thalar sah, den Klanpriester. Lord Sha Umar versuchte ihn abzulenken, doch Thalar sprach immer lauter und eindringlicher.

»Ich gehe nicht von hier fort«, rief er, »bis ich mit meinem Häuptling gesprochen habe!«

Athlone nickte Sha Umar zu, und der Jehanan trat zur Seite. Der Priester ging hinüber zu Athlone.

»Was ist los, Thalar?«, fragte der Häuptling mit deutlicher Verärgerung in der Stimme.

Der Priester schenkte Athlones Tonfall keine Beachtung, sondern stellte sich vor seinen Anführer. »Lord Athlone! Endlich seid Ihr da. Ich muss Euch mitteilen, dass dieser von allen Göttern verfluchte Branth die heilige Insel betreten, das Heiligtum der Götter entweiht und Leute aus unserem Klan ermordet hat. Ich *verlange* von Euch, ihn aus dem geheiligten Steinkreis zu entfernen, bevor die Götter uns wegen dieses Sakrilegs verfluchen.«

Lord Athlone versuchte, nicht die Geduld zu verlieren. Obwohl die Priester und Priesterinnen der Klane nicht die gleiche Autorität wie die Häuptlinge besaßen, stellte sich kein Lord absichtlich gegen die Vertreter der Götter. Thalars Verhalten erschwerte jedoch jegliche Selbstbeherrschung.

»Wir versuchen …«, begann Athlone, doch Thalar wandte sich von ihm ab, bevor der Häuptling den Satz beenden konnte.

Der Priester stellte sich vor Gabria und wurde so rot wie eine Runkelrübe. »Und was sie angeht«, schrie er und deutete mit zitterndem Finger auf die Frau, »so hat diese vom Bösen gezeichnete

Frau unsere Versammlung gesprengt! Im Augenblick ihres Erscheinens ist alle Wut Sorhs über uns hereingebrochen.«

Gabria versuchte, ein Lächeln zu unterdrücken. Thalar wusste nicht, wer und was der Gorthling in Wirklichkeit war; also hatte er keine Vorstellung davon, wie nahe er soeben der Wahrheit gekommen war.

Unglücklicherweise bemerkte der Priester ihr schwaches Lächeln und deutete es als Spott. »Seht ihr, wie sie lacht? Ihr sind die sechs Toten, die vielen Verletzten und die neun Geiseln, unter denen sich ein Häuptling und unserer eigener Wertain befinden, gleichgültig. Ihr ist auch die Entweihung unseres heiligen Tempels gleichgültig. Lord Athlone, diese Frau stellt eine Bedrohung für uns dar, und ich verlange, dass Ihr sie aus diesem Lager verbannt, bevor sie uns alle vernichtet.«

»Nein«, sagte Athlone nur.

Thalar erhob sich zu voller Größe und brüllte: »Dann bringt sie um! Rottet das Böse aus!« Seine Stimme donnerte durch den Hain. Jedermann in der Nähe, der nicht bereits dieser hasserfüllten Rede lauschte, drehte sich nach dem Priester um. »Macht diesem heimtückischen Schandfleck der Magie ein Ende oder, bei Surgart, ich schwöre, dass ich den Zorn der Götter auf diesen Klan lenken werde. Ich werde ...«

Er kam nicht weiter. Lord Athlone hatte genug. Der Häuptling hob die Hand, sprach ein einziges Wort, und dem Priester blieb die Rede im Halse stecken. Thalars Gesicht verwandelte sich von Rot zu Krankweiß, und die Augen quollen hervor bei dem vergeblichen Versuch weiterzureden. Sha Umar und Sayyed grinsten; die anderen Häuptlinge waren verblüfft.

»Nein«, sagte Athlone ruhig. »Wie du sehen kannst, breitet sich der Schandfleck der Magie rasch aus.«

Thalar keuchte und würgte und wollte etwas sagen, doch die Worte kamen einfach nicht heraus.

»Jetzt hörst du mir zu«, befahl Athlone mit Stahl in der Stimme. »Auch ich bin ein Zauberer. Ich habe vor, Gabria im Kampf gegen diesen Gorthling so gut wie möglich zur Seite zu stehen.«

Thalar stellte sofort alle Bemühungen ein und versteifte sich.

Der Häuptling bemerkte seine Reaktion und redete weiter. »Es stimmt. Diese Kreatur ist nicht Branth, sondern eine Bestie aus Sorh, und Gabria hat versucht, die Klane vor dem Bösen zu bewahren. Verstehst du das?«

Thalar nickte und verengte die Augen zu Schlitzen.

»Gut. Wenn du bei den Khulinin bleiben willst, schlage ich vor, dass du deine Haltung zur Zauberei überdenkst. In jedem Streit gibt es zwei Seiten.« Athlone sprach einen weiteren Befehl, und der Priester fasste sich an die Kehle. Er räusperte sich mehrfach und vergewisserte sich, dass er wieder sprechen konnte.

Thalar sagte kalt und leise: »Also habt auch Ihr Euch dieser Häresie ergeben. Seid Ihr hier, um gegen den Gorthling zu kämpfen, oder um ihm zu helfen?« Er starrte Athlone wild an und schritt von der Gruppe weg.

Die Männer in der Nähe sahen Athlone verblüfft an. »Das war sehr aufschlussreich«, sagte Sha Umar.

Gabria berührte Athlones Arm »Du hast geübt«, tadelte sie ihn.

»Ein wenig«, gab er zu. »Genug, um ein Gefühl für die Arbeitsweise der Magie zu bekommen.«

Sie wandte sich an Sayyed. »Ich vermute, du warst ebenfalls nicht untätig?«

Er grinste. »Natürlich nicht.«

»Wie habt ihr das gemacht? Ihr wisst doch nicht genug, um euch selbst zu unterrichten.«

Athlone erwiderte: »Wir haben dir zugesehen und zugehört.«

»Ihr habt Glück gehabt, dass ihr euch nicht mit einem unkontrollierten Spruch selbst umgebracht habt«, meinte sie.

Sayyed hob die Hände und zuckte die Achseln. »Du kannst uns keinen Festschmaus zeigen und erwarten, dass wir uns mit den schäbigen Resten zufrieden geben.«

Gabria wollte gerade etwas darauf erwidern, als ein Schatten über den Hain fiel. Besorgt schaute sie auf, doch es war nur eine vorübertreibende Wolke, geboren aus der Nachmittagshitze.

Die Zauberin sah noch immer in den Himmel, als ein Schmerzensschrei durch die Lager zuckte. Jedermann in Hörweite erstarrte. Als der Schrei erstarb, rannten Gabria, Athlone und die anderen zum Flussufer und sahen hinüber zu der Insel, auf welcher der Gorthling stand. Er hatte sein Kraftfeld aufgelöst und eine Frau aus dem Steinkreis auf das Kiesufer gezerrt. Die übrigen acht Geiseln kauerten noch innerhalb des Kreises.

»Zauberin!«, schrie Branth. Er zog seine Gefangene auf die Beine und hielt sie auf Armeslänge von sich. »Komm zu mir oder diese Frau stirbt.« Er schüttelte die junge Frau heftig, sodass sie wieder schrie.

»Lass sie gehen!«, rief Gabria. »Lass sie alle gehen; dann komme ich zu dir.«

»Du kommst *jetzt!*«, kreischte er. »Ich warte nicht.« Dabei schob er die schluchzende Frau auf das Wasser zu. Sie rannte wild los und wollte entkommen, doch der Bann des Gorthlings erwischte sie, bevor sie fünf Schritte gemacht hatte. Die Magie durchfuhr sie. Das Geschöpf tötete sie nicht mit einem raschen, mächtigen Ausbruch Trymianischer Kraft, sondern benutzte eine qualvolle Magie, die in einer langsamen, gewaltigen, auflösenden Woge durch den Körper der Frau glitt.

Schrei um Schrei drang aus ihrer Kehle, während sie in dem seichten Wasser zuckte und um sich schlug. Die Klanleute sahen reglos vor Entsetzen zu. Die Frau stieß einen letzten Schrei aus und sackte dann mit dem Gesicht nach unten in das Wasser. Die Strömung spielte sanft mit dem leblosen Körper und wirbelte durch das blonde Haar.

Branth ließ den Klanleuten keine Zeit für Reaktionen. Sofort schrie er einen Befehl und die nächste Geisel stolperte auf die Beine und schritt hilflos auf den Gorthling zu. Es war Guthlac, der Wertain der Khulinin.

Gabrias Augen brannten vor grüner Wut. »Athlone …« begann sie, doch etwas unterbrach sie.

Ein Mann trat am Ufer vor dem Ratszelt ins Wasser. Seine Robe flatterte ihm um die kurzen Beine, und das Gesicht war rot vor rechtschaffenem Zorn. Er hielt seinen Priesterstab wie einen Speer über dem Kopf und richtete ihn gegen den Gorthling.

»Heb dich hinweg, dreckiger Ketzer! Bestie aus Sorh, verlasse diesen heiligen Ort!«, schrie Thalar in seiner Wut und Entrüstung, während er auf die Insel zuwatete.

»Thalar!«, rief Athlone. »Komm zurück!«

Der Priester hörte nicht auf ihn. Er hatte all seine Gedanken darauf gerichtet, das Böse von der gebenedeiten Insel zu vertreiben. Der Tir Samod war der heilige Tempel der Götter, das Heiligtum der Priester und das gesegnete Herz der Klane und kein Schlupfloch für eine Kreatur mit profanen Kräften. Wenn sonst niemand die Insel von diesem Bösen befreite, musste Thalar es halt selbst tun.

Er hob den Stab höher. »Verschwinde, du von allen Göttern verfluchter Wurm. Bei Surgarts Macht befehle ich dir zu gehen.«

Der Gorthling lachte und feuerte einen grellen blauen Blitz aus Trymianischer Kraft auf den Priester ab. Thalar schrie kurz auf, warf die Arme hoch und stürzte in den Fluss. Das wirbelnde Wasser ergriff seinen versengten Körper und trug ihn sanft stromabwärts.

»Jetzt sind es schon zwei, Zauberin«, gellte der Gorthling. »Willst du, dass noch mehr Leichname den Fluss verschmutzen?«

Gabria drehte sich auf dem Absatz um und pfiff nach Nara. Beide Hunnuli trabten herbei. »Diese Bestie muss aufgehalten werden«, sagte sie, während sie auf Naras Rücken sprang.

Athlone stieg sofort auf Eurus. Der große Hengst trat Nara in den Weg. »Wir kommen mit«, sagte der Häuptling ruhig.

Gabria sah von Athlone zu Sayyed und erkannte in beiden Gesichtern dieselbe Entschlossenheit. Diesmal konnte sie die Männer nicht zurücklassen, selbst wenn sie wollte. Sie verneigte sich kurz vor Dankbarkeit und schüttelte ihre Angst um die beiden ab. Sie zögerte, denn sie war sich nicht sicher, wie sie am besten einen Angriff führen konnte, der die Fähigkeiten der beiden Männer berücksichtigte. Sayyed hatte kein Reittier und keiner der beiden besaß große Erfahrung mit der Trymianischen Kraft.

Sie war noch in Gedanken versunken, als Nara plötzlich die Ohren aufrichtete. Eurus hob den Kopf und blähte die Nüstern. Gabria spürte etwas – eine schwache Erschütterung wie von fernem Donner oder ... von Pferdehufen. Gabria richtete sich auf Naras Rücken auf und erspähte eine Staubwolke am Rand der westlichen Berge. Eine dunkle Gestalt erschien am Horizont, dann eine zweite, dann weitere. Nara und Eurus wieherten plötzlich freudige Grüße, die durch die Lager schallten und von jedem Pferd im Tal aufgenommen wurden.

Eine Pferdeherde galoppierte die Berge herunter und durch das Tal; schwarzes Fell schimmerte in der Sonne. Ein winziger Reiter auf einem kleinen Hunnuli trabte hinter dem Anführer her. Die Klanleute sahen sie, schrieen vor Ehrfurcht und Freude auf und traten zu Seite, um die Tiere vorbeizulassen.

Auch der Gorthling starrte auf die herannahenden Pferde, und zum ersten Mal, seit er sein menschliches Kleid übergestreift hatte, verspürte er einen Stich der Besorgnis.

Die Herde donnerte auf den Fluss zu und stürzte sich ins Wasser, dessen Fontänen im Licht der Sonne glitzerten. Sie eilten durch die Fluten, so leichtfüßig wie durch Luft, bis die ganze Herde die Insel umkreist und den Gorthling von den Klanen abgeschnitten hatte. Dann hielten die Hunnuli an und drehten den Kopf in die Richtung der Insel. Das Sonnenlicht glänzte auf ihrem feuchten Fell und die Blitzzeichen schimmerten auf ihren Schultern. Sie peitschten das Wasser mit den Hufen und schnaubten vor Wut.

Fünf Pferde trabten auf die Insel zu. Sie warfen die leuchtenden Hufe hoch und bleckten die Zähne. Der Gorthling postierte die Geiseln vor sich wie einen Schild und wich in den Schutz des Tempels zurück, als die aufgebrachten Hunnuli ans Ufer preschten; schnell richtete er seinen magischen Schutzwall wieder auf. Die fünf Pferde umkreisten vorsichtig den Tempel und warteten auf den Befehl ihres Königs.

Schließlich galoppierte der Hengstkönig zu Gabria. Seine tiefen, weisen Augen leuchteten in goldenem Schimmer. Er neigte den Kopf vor ihr. *Du brauchst uns, Zauberin, also sind wir gekommen.*

Einen Augenblick lang war Gabria vollkommen sprachlos. Sie starrte zuerst den großartigen alten Hengst und dann das strahlende, dunkelhaarige Mädchen auf dem Rücken des Hunnuli-Fohlens an.

»Ich will dich jetzt nicht fragen, wie du das gemacht hast, Tam«, sagte Gabria sanft. »Du kannst es mir später erzählen, aber ich bin dir zutiefst dankbar.«

Das kleine Mädchen errötete unter ihrer Sonnenbräune und grinste scheu. Sayyed eilte herbei, hob Tam erleichtert und stolz von dem Fohlen und umarmte sie innig. Tam schlang die Arme um seinen Hals.

Der Hengstkönig schnaubte zornig. *Tam hat uns gesagt, ein Gorthling sei auf die Welt losgelassen.*

Gabria deutete auf die Insel, wo der Gorthling innerhalb seines

Schutzschildes hin und her lief und die Neuankömmlinge beobachtete. »Weißt du, wie man ihn zurückschicken kann?«

Leider nicht. Dieses Wissen ist uns nie übermittelt worden. Der Hengstkönig drehte seinen schweren Kopf der Herde zu. *Aber seine Magie kann uns nichts anhaben. Wir werden versuchen, ihn auf der Insel festzuhalten, damit er deinem Volk kein Leid mehr antun kann. Den Rest musst du selbst erledigen.*

Gabria war enttäuscht darüber, dass selbst der Hengstkönig nicht wusste, wie man einen Gorthling loswurde, doch sie schätzte seine Hilfe sehr. Nun musste sie sich keine Sorgen mehr um die Klane machen, denn die Hunnuliherde beschützte sie.

Ich sehe, dass einer der Zauberer kein Pferd hat. Das geht nicht. Der Hengstkönig wieherte, und ein weiterer Hengst verließ den Kreis der Hunnuli. Das neue Pferd trat vor Sayyed, reckte den Kopf und beschnupperte den Turic.

Das ist Afer. Er wird in diesem Kampf dein Reittier sein, sagte der Hengstkönig zu Sayyed.

Der junge Turic war verdutzt. Während er mit der Hand über die Nase des großen Hunnuli fuhr, wurde er zwischen Freude und Ehrfurcht hin und her gerissen. Behutsam stieg er auf den Hengst und ließ sich auf dem breiten Rücken nieder.

Gabria nickte dem Hengstkönig dankbar zu und wandte sich dann an die beiden Männer. »Denkt daran, dass Afer und Eurus gegen Magie gefeit sind«, sagte sie hastig. »Bleibt die ganze Zeit auf ihnen sitzen. Wenn ihr Schutz braucht, bildet einen Schild zwischen euch und dem Gorthling.« Nach einer kurzen Pause fügte sie hinzu: »Bitte versucht so wenige Zaubersprüche wie möglich zu benutzen. Ich greife den Gorthling an und ihr lenkt ihn ab. Wir müssen ihn so sehr erschöpfen, dass er seine Kräfte nicht mehr richtig einsetzen kann.«

»Und was ist mit den Gefangenen?«, fragte Sayyed.

»Wenn wir den Gorthling in dauernder Bewegung halten und von ihnen trennen, können sie vielleicht aus eigener Kraft entkommen. Bestimmt helfen ihnen die Hunnuli.«

»Hast du es schon mit der Maske versucht?«, wollte Athlone wissen.

Gabria schüttelte den Kopf. »Ich weiß noch immer nicht, wie ich sie einsetzen soll.«

»Zauberin!«, schrie der Gorthling plötzlich. »Ich sehe, du hast Hilfe bekommen.« Er lachte böse. »Diese nutzlosen Tierchen bringen dir nichts. Komm schon. Ich bin des Wartens müde. Oder einer dieser Sterblichen wird gehen!«

Gabria verzog die Lippen zu einem wilden Grinsen. »Wir finden einen Weg, um ihn zu vernichten.« Sie drehte sich um und rief: »Lord Sha Umar, die Hunnuli beschützen die Leute vor jeglicher zerstörerischen Magie, aber haltet bitte die Krieger und Priester von der Insel fern. Würdet Ihr auch auf Tam aufpassen?«

»Mit dem größten Vergnügen, Gabria«, antwortete der Jehanan und trat neben das kleine Mädchen. »Mögen die Götter mit dir sein.«

Gabria drehte sich so schnell um, dass sie den verzweifelten Blick auf Tams Gesicht nicht bemerkte. Die Zauberin gab Athlone und Sayyed ein Zeichen, und die drei Zauberer ritten in den Fluss. Als sie sich dem Gorthling näherten, lachte er vor Freude auf.

Neunzehn

Während sich der Hengstkönig zu seiner Herde zurückbegab, trennten Gabria, Athlone und Sayyed sich und ritten aus verschiedenen Richtungen auf die Insel zu. Ihre Reittiere passierten den Kreis der Hunnuli und wateten vorsichtig zu dem Eiland hinüber. Die fünf Hunnuli am Ufer behielten ihre Position bei und warteten.

Der wachsame, aber zuversichtliche Gorthling beobachtete die Ankunft der Reiter. Es waren drei Menschen. Das war eine beachtenswerte Entwicklung, da es eigentlich nur einen einzigen Zauberer unter den Klanen geben sollte. Neugierig öffnete er einen Spalt in seinem Schutzschild und feuerte einen blauen Lichtblitz auf den Mann, der ihm bereits am nächsten gekommen war. Er war erstaunt, als der Klanmann einen Schild errichtete, der die zerstörerische Energie einfach in die Luft ablenkte. Eine Sekunde lang verspürte der Gorthling Angst. Dann war sie bereits wieder vergangen und er knurrte. Was waren denn schon ein oder zwei weitere Magier? Er musste einfach schnell zuschlagen und sie alle töten, bevor sie ihn ermüden konnten.

Er warf auch einen Blick auf die Hunnuli. Sie stellten eine weitere Schwierigkeit dar. Er wusste, dass die fünf auf der Insel nur darauf warteten, durch seinen Schutzschild zu brechen und ihn ins Freie zu jagen. Keine Magie der Welt würde sie aufhalten. Er brauchte unbedingt einen Zauber, mit dem er die Menschen erschrecken konnte, und eine von jeder Magie unberührte Waffe für die Pferde.

Sein Blick fiel auf die großen, aufrecht stehenden Monolithen, aus denen der heilige Ort gebildet wurde, und ein wissendes Grinsen umspielte seinen Mund. Er sprach die Zauberworte, und erneut glühte sein Körper rot auf und wuchs. Bald erhob er sich über den Tempel. Der Schutzschild löste sich auf. Unter lautem Gelächter riss er einen Stein aus dem heiligen Kreis und schwang ihn wie eine

Keule gegen das nächste Pferd. Das Tier hatte kaum Zeit, zur Seite zu springen.

Der Hengstkönig wieherte und rief so seine Pferde zurück. Magie war eine Waffe, der sie ausweichen konnten, aber die Pferde hatten keine Reiter, die sie gegen Steinkeulen verteidigten. Die fünf Hunnuli zogen sich zögernd zurück und überließen die Zauberer und deren Reittiere ihrem Schicksal.

Bevor die drei Zauberer das Ufer der Insel erreicht hatten, brach die Schlacht los. Der Gorthling feuerte auf Gabria und die beiden Männer mit großer Geschwindigkeit Blitze aus Trymianischer Kraft und anderen magische Quellen ab. Zum Glück für alle drei benötigte der Gorthling so viel Energie, um seine gewaltige Größe aufrechtzuerhalten, dass seine magischen Blitze nicht so schrecklich waren wie zuvor. Die größte Gefahr bildete seine Steinkeule, die er gegen die Angreifer schwang, sobald sich diese ihm näherten. Die Reiter bemerkten bald eine weitere Gefahr. Das Land um den Tempel war rau und uneben. Steine, Felsbrocken, Gestrüpp, Weinranken und kleine Schösslinge aller Art machten jede Bewegung der Pferde schwierig.

Der Gorthling nutzte die Unebenheit des Bodens aus und zwang die Hunnuli zu andauernden Ausweichmanövern auf dem felsigen Eiland. Er bewegte sich nicht von der Stelle; die kleine Gruppe der Geiseln hatte sich entsetzt zwischen seinen gewaltigen Beinen zusammengekauert. Sie wagten nicht fortzulaufen, und weder die Hunnuli noch die Zauberer konnten an sie herankommen, so lange die Bestie über ihnen stand.

Bald hatte der Gorthling erkannt, dass allein die Zauberin ernst zu nehmende Gegenangriffe führte. Sie feuerte ihre eigene Magie auf ihn ab, während die Männer nur versuchten, ihn mit durchsichtigen Finten abzulenken. Freudig erkannte er, dass sie blutige Anfänger waren. Deshalb richtete er nun die ganze Wucht seiner Angriffe gegen Athlone und Sayyed und zwang Gabria auf diese Weise, mehr und mehr Kraft zur Verteidigung ihrer Gefährten einzusetzen.

Je später es wurde, desto verzweifelter wurde der Kampf. Gabria dankte stumm den Göttern für die Hunnuliherde. Sie und die beiden Männer hätten niemals so lange gegen den Gorthling bestehen können, wenn sie auch noch die Menge hätten verteidigen müssen.

Die Pferde fingen einige magische Lichtblitze ab und ihre Gegenwart bannte den Gorthling auf die Insel.

Doch selbst mit der Hilfe der Hunnuli zehrte der Kampf allmählich an den Kräften der drei Menschen. Athlones und Sayyeds Unerfahrenheit machte sich bemerkbar. Ihre Schilde wurden schwächer, und mehrfach knüppelte sie der Gorthling von ihren Pferden. Gabrias Angst um sie verstärkte sich.

Doch auch sie wurde müde. Sie hatte die Hauptlast des Angriffs getragen und wusste, dass ihre Kraft nicht mehr weit reichte. Jetzt bedrängte sie den Gorthling noch härter mit Trymianischer Kraft, Feuerkugeln, Rauch und Pfeilschwärmen. Sie versuchte alles, was ihr einfiel, doch ihre gesamte Magie zeigte keinerlei Wirkung. Durch seine schiere Größe und Kraft wehrte der Gorthling ihre Schläge mit Leichtigkeit ab. Gabria wusste bald nicht mehr, was sie tun sollte.

Und dann, von einem Augenblick zum nächsten, wurde alles anders.

Afer, Sayyeds Hunnuli, befand sich in der Nähe des heiligen Steinkreises, als es plötzlich auf einem bemoosten Stein ausglitt und mit dem Vorderhuf in einen Geröllhaufen schlitterte. Der Hengst verlor das Gleichgewicht und stürzte schwer zu Boden. Das Brechen seines Vorderbeins war auf der ganzen Insel zu hören.

Sayyed wurde über den Kopf des Hengstes auf die Steine geschleudert. Der Turic lag benommen da, während das Hunnuli wie rasend versuchte, sein gebrochenes Bein zu befreien und seinen Reiter zu verteidigen. Die übrigen Hunnuli wieherten laut und durchdringend, und Eurus und Nara sprangen vor, um dem gestürzten Pferd und seinem Reiter beizustehen.

Der Gorthling war schneller. Mit seiner gewaltigen Hand packte er den benommenen Turic. Sayyed blutete stark aus einer Schnittwunde am Kopf und war zu verblüfft, um einen Fluchtversuch zu unternehmen. Nara und Eurus sprangen auf den Riesen innerhalb des Steinkreises zu.

Der Gorthling lachte; seine Augen glühten rot. »Und nun«, brüllte er und hielt die Steinkeule in der einen Hand und den sich windenden Sayyed in der anderen, »seht zu, wie einer der euren stirbt.«

Zum Entsetzen der Zuschauer hob Branth den jungen Turic hoch in die Luft. Sayyed kämpfte schwach dagegen an. Angst legte sich über sein Gesicht, als er den fernen Boden unter sich sah.

Am jenseitigen Ufer des Flusses stand Tam neben dem Hunnuli-Fohlen und Lord Sha Umar und sah dem Kampf zu. Seit Gabrias Aufbruch hatte sie sich nicht vom Ufer fortbewegt und Sha Umars Angebote, etwas zu essen und zu trinken, abgeschlagen. Ihre Hand lag noch immer auf dem Hals des Fohlens, und sie hielt den Blick auf die Insel gerichtet.

Als Afer stürzte, versteifte Tam sich und öffnete den Mund ein wenig. Sie beobachtete mit wachsendem Entsetzen, wie der Gorthling Sayyed packte. Ein leises Winseln kam ihr über die Lippen. Als Tam sah, wie das Geschöpf Sayyed in die Luft hob, erzitterte sie vor Angst und Zorn. Angesichts des grausamen und ungerechten Schicksals, wieder eine Person verlieren zu müssen, die sie liebte, explodierte in ihr eine Wut, die sie nie zuvor gespürt hatte. Nein, schrie es in ihrem jungen Kopf. Nicht schon wieder! Nein!

»Nein!«

Tams Stimme schallte laut und deutlich über das Wasser. Gleichzeitig benutzte sie instinktiv ihre Gabe, all ihre Wut und ihren Schmerz in das menschliche Hirn des Gorthlings zu schleudern.

Die Auswirkung war verblüffend. Die Gefühle zerplatzten in dem unvorbereiteten Geist des Gorthlings wie eine schreckliche Explosion. Er taumelte zurück, ließ den Turic los und fasste sich mit beiden Händen an den Kopf. Seine Konzentration war gebrochen; er warf die Steinkeule von sich und schrumpfte wieder zu normaler Größe.

Die Zauberer reagierten sofort. Bevor Sha Umar Tam aufhalten konnte, war sie auf das kleine Hunnuli gesprungen und trieb es auf die Insel zu. Gabria milderte Sayyeds Fall ab, indem sie die Steine unter ihm in einen dicken Heuhaufen verwandelte, und Athlone feuerte einen Blitz aus Trymianischer Kraft auf den ungeschützten Gorthling ab. Der Blitz war schwach und ungelenk, aber er warf Branth auf den Rücken und gab Sayyed die Gelegenheit zur Flucht.

»Lauf an die andere Seite des Flusses!«, schrie Gabria.

Der Turic hörte nicht auf sie. Anstatt sich zurückzuziehen, warf er sich auf die Geiseln. Der Gorthling kreischte vor Zorn. Er feuerte einen Blitz auf die zusammengekauerten Leute, doch Sayyed formte einen Schutzschild über ihnen. Die Trymianische Kraft prallte wirkungslos ab.

Der Gorthling spürte, wie seine Angst zurückkehrte und wuchs. Er erneuerte sofort seinen eigenen Schutzschild. Jetzt hatte er keinen Fluchtweg mehr, keine Geiseln und keinen Ort, an den er sich zurückziehen konnte. Er saß in der Falle und war inzwischen genauso müde wie seine Feinde. Es war ihm nicht mehr möglich, seine gewaltige Größe beizubehalten oder die Trymianische Kraft mit voller Macht einzusetzen. Offenbar hatte er diese Menschen ernsthaft unterschätzt. Er hielt einen Augenblick inne, atmete schwer und sah sich auf der Insel nach einer Möglichkeit um, die Schlacht doch noch zu seinen Gunsten zu entscheiden.

Gabria und Athlone nutzten diese kurze Verschnaufpause, um sich neu zu gruppieren. Nara trabte über die Felsen und setzte sich neben Eurus. Die beiden Reiter ließen den Gorthling nicht aus den Augen.

»Es scheint ein Patt zu sein«, sagte Athlone, während er tief durchatmete. »Was sollen wir jetzt tun?«

Gabria runzelte verzweifelt die Stirn. »Ich weiß es wirklich nicht. Er kann die Insel nicht verlassen, aber ich habe noch keine Ahnung, wie ich ihn zurück nach Sorh schicken soll. Nichts, was ich versuche, will gelingen!« Sie warf einen Blick in den Steinkreis. »Sayyed, geht es dir gut?«

Der Turic antwortete ohne seine übliche Scherzhaftigkeit: »Für den Augenblick sind wir in Sicherheit.«

Tam und das Fohlen trotteten die Uferböschung hinauf und eilten zu Sayyed in den Steinkreis. Der Turic schien erleichtert zu sein, als er das Mädchen sah. Gabria schüttelte nur den Kopf und ließ es zu, dass Tam einen Augenblick lang bei ihm blieb. Schon schlüpfte sie wieder aus dem Kreis, um Afer mit seinem Bein zu helfen, und einige Hunnuli aus der Herde gesellten sich zu ihr. Tam hatte genügend Schutz.

Auch der Gorthling sah die Hunnuli kommen und sein Zorn flammte wieder auf. Er konnte noch immer diese Leute abschlachten und die ärgerlichen Pferde auseinander treiben. Unvermittelt beendete er die Feuerpause und schoss einen Blitz auf Athlone ab, weil er hoffte, dass der Häuptling darauf nicht vorbereitet war. Zu seiner Verärgerung fing der große Hengst des Mannes den magischen Blitz mit seiner Brust ab.

»Gebt auf, ihr schwachen Menschen! Ihr könnt mich nicht besiegen«, höhnte der Gorthling. »Ich bleibe für immer hier! So lange es Körper gibt, die ich bewohnen kann. Niemand hat je einen Gorthling aus Sorh unterworfen.«

»Du vergisst Valorian«, gab Athlone zurück, »und Matrah.« Er schoss einen blauen Blitz auf den Schutzschild des Gorthlings ab.

Der Schuss verpuffte wirkungslos, doch seine Worte setzten bei Gabria eine Gedankenkette in Gang. Wie ein Lichtblitz verdichteten sich diese Gedanken zu einer strahlenden Eingebung.

Sie schlug auf den schweren Beutel an ihrer Seite. »Das ist es! Natürlich ... Valorian weiß es!«, rief sie.

Der Diamantsplitter in ihrem Handgelenk flackerte angesichts des erregten Energieausbruchs.

Athlone beobachtete verwundert ihre plötzliche Verwandlung. »Wovon redest du?«

»Die Maske!«, sagte sie und versuchte, nicht zu laut zu reden. »Athlone, Tam ... Schnell! Geht in den Tempel zu Sayyed.«

Das kleine Mädchen hatte soeben Afers gebrochenes Bein zwischen den Felsen hervorgezogen. Tam streichelte kurz das verletzte Pferd, ließ es bei den anderen Hunnuli zurück und eile los.

Athlone zögerte. »Was hast du vor?«

»Wenn Branth etwas aus dem Reich der Toten beschwören kann, sollte mir das ebenfalls gelingen«, erwiderte Gabria erregt.

»Bloß nicht noch einen Gorthling!«

»Natürlich nicht. Ich werde die Macht der Maske dazu benutzen, Valorian zu beschwören. Wenn ich Erfolg habe, kann *er* uns sagen, wie wir diese Bestie loswerden.«

Die Einfachheit und Gewagtheit ihres Plans verblüfften Athlone. Valorian! Meine Götter!, dachte er. Ohne ein weiteres Wort führte er Eurus in den Steinkreis.

Gabria schickte zwei rasche Lichtblitze in den Boden vor dem Schutzschild des Gorthlings. Als sie in einer Wolke aus Staub und Kies explodierten, eilten Gabria und Nara hinter Athlone her und begaben sich zu den anderen in die Mitte des Steinkreises.

Bevor der Gorthling Vergeltung üben konnte, senkte Sayyed seinen Schild und erneuerte ihn um die gesamte Gruppe mit Nara, Eurus und dem Fohlen.

»Bei allen Göttern«, sagte Wertain Guthlac zu seinem Häuptling, »wie froh bin ich, Euch zu sehen!« Er duckte sich instinktiv, als der Gorthling einen Blitz gegen den Schild abschoss.

Die übrigen Geiseln starrten Gabria voller Verwirrung und Hoffnung an. Sie schenkte ihnen ein Lächeln, von dem sie hoffte, dass es zuversichtlich wirkte, und band den Beutel von ihrem Gürtel. Die Maske fühlte sich schwer in ihrer Hand an. Sie wandte sich an Athlone und sagte: »Während dieses Zauberspruchs werde ich nicht in der Lage sein, zusammen mit euch den Schild aufrechtzuerhalten. Du, Sayyed und Tam müsst uns alle schützen.«

Er grinste. »Gern.«

Ihre grünen Augen funkelten bei seiner Antwort. »Noch vor zwei Monaten hätte ich nie gedacht, dass du einmal so etwas sagen würdest.«

»Du hast mich halt gut angelernt«, erwiderte der Häuptling.

Er stellte sich neben Sayyed und Tam, und die drei verbanden ihre Willenskräfte, um den magischen Schild um die belagerte Gruppe zu halten. Der Gorthling schrie vor Wut auf. Er schoss weitere Blitze auf den Schild ab, um ihn zu schwächen, doch die drei Zauberer hielten den Angriffen stand.

Gabria saß ab und lehnte sich gegen Nara. Die Stute legte den Hals um Gabria und schnaubte sanft. *In der Erinnerung meiner Ahnen ist Valorian ein großer Mann – dunkelhaarig, stolz, freundlich und furchtlos. Richte deinen Willen durch die Maske auf ihn. Vielleicht hört er dich.*

Die Zauberin neigte den Kopf. Sie kannte keinen förmlichen Spruch für die Beschwörung eines Wesens aus dem Reich der Unsterblichen, also musste sie einen eigenen erfinden. Naras Vorschlag klang vernünftig. Gabria richtete sich auf und wandte sich dem flachen Steinaltar an der Ostseite des Tempels zu.

Die Geiseln beobachteten sie mit wachsender Verwunderung. Die Klanleute in Sichtweite am Ufer unterhielten sich murmelnd und fragten sich, was nun wohl geschehen mochte.

Die Zauberin betrachtete die noch stehenden Steine des Kreises. Den Legenden zufolge weilte Valorian bei den Göttern jenseits des

Reichs der Toten. Gab es einen besseren Platz für seine Beschwörung als einen heiligen Tempel? Wenn es einen Ort in der Ebene der dunklen Pferde gab, an dem die Welt der Menschen das unsichtbare Reich der Götter berührte, dann war es der Tir Samod.

»Mara, verleih mir Stärke«, betete Gabria.

Ehrerbietig hielt sie die goldene Maske gen Himmel. Als das Sonnenlicht auf dem rätselhaften Antlitz glitzerte, prickelte die Maske in Gabrias Händen.

Sie schloss die Augen. Nach und nach richtete sie ihre Aufmerksamkeit auf die Geräusche in ihrer Umgebung – auf die Flüche des Gorthlings, als er ihre Verteidigungslinien zu durchbrechen versuchte, auf das Murmeln der Geiseln hinter ihr, auf das Klappern der Pferdehufe auf den Steinen und das Rauschen des Wassers – und verbannte einen Laut nach dem anderen aus ihren Gedanken, bis nur noch eine gewaltige Stille übrig blieb.

In diese Stille hinein sandte sie ihre Bitte an Valorian. Sie ordnete ihren Willen der Magie der Maske unter und rief den Helden mit jeder Faser ihres Selbst.

Die Welt um sie herum schien zurückzuweichen, und schließlich floss Gabria in ein grenzenloses, lichtloses, geistgewirktes Reich jenseits aller Beschränkungen der irdischen Sinne. Sie ging ohne Angst in die Dunkelheit hinein und hörte nicht auf, Valorian mit Herz, Geist und Seele zu rufen.

Die Zeit verging, auch wenn Gabria davon nichts bemerkte. Ihr Geist hatte sich um das Bild eines großen, dunkelhaarigen Kriegers mit gespaltenem Kinn und Adlerblick geschmiegt. Sie musste ihn finden. Das Überleben ihres Volkes hing davon ab.

Ihre Rufe ertönten ohne Pause, bis sie weit vor sich in der unabschätzbaren Ferne ein Licht wie Sonnenglanz durch einen Spalt sickern sah. Gabria schritt instinktiv darauf zu und starrte in das grelle, golden schimmernde Leuchten, bis seine Kraft ihr ganzes Sein erfüllte und die Tiefen ihres Geistes durchmaß. Ein warmes Gefühl von Geborgenheit und Vertrautheit hüllte sie ein.

Die Maske regte sich in ihren Händen. Das Licht verschwand und der Weltenlärm brandete zurück. Die Hunnuli wieherten rund um die Insel einen Willkommensgruß. Gabria war so überrascht, dass sie die Augen öffnete und die Maske anschaute.

Das lebhafteste Paar blauer Augen, das sie je gesehen hatte, erwiderte ihren Blick.

Die Totenmaske zuckte und dehnte sich und der Mund hob sich plötzlich zu einem Lächeln. »Ich bin gekommen, meine Tochter. Wie du es gewollt hast.« Das goldene Gesicht sprach mit einer sowohl machtvollen als auch freundlichen Stimme. Seine Worte hallten über die Insel und waren sogar noch an den Flussufern zu hören.

Gabria hätte die Maske vor Verblüffung fast fallen gelassen. Ihr war nicht klar gewesen, was sie bei der Beschwörung Valorians erwartete. Sie hatte die Maske nur als Brennpunkt für ihren Zauberspruch benutzt. Nun hob sie die Maske erneut hoch.

Eine Frage formte sich in ihrem Geist, doch sie brachte es nicht über sich zu fragen, ob dies wirklich der Kriegsheld aus der fernen Vergangenheit der Klane war.

Die Maske erstrahlte in einem reinen Glanz; es war dasselbe Licht, das Gabria in ihrem Kopf gesehen hatte. »Ich bin der, den du gerufen hast. Ich bin der Geist des Mannes, der einst Valorian hieß.«

Für einen Augenblick war Gabria von Freude und Ehrfurcht durchdrungen und verspürte das überwältigende Verlangen, gleichzeitig zu lachen und zu weinen. »Ich kann einfach nicht glauben, dass Ihr gekommen seid«, sagte sie und versuchte, ihre zitternden Hände zu beruhigen.

»Du besitzt Stärke, meine Tochter. Dein Bedürfnis muss groß sein.«

»Vergebt mir, Lord. Ich muss Euch eine Frage stellen, die nur Ihr mir beantworten könnt.«

»Ich höre dir zu. Aber stell deine Frage rasch. Ich kann nicht lange in dieser Welt bleiben.«

Gabria warf einen flüchtigen Blick auf die drei Zauberer. Sayyed, bereits erschöpft und verletzt, richtete all seine Kraft auf den magischen Schild, und es war deutlich zu sehen, dass er schnell ermüdete. Tam war aschfahl, und selbst Athlone wirkte allmählich sehr angespannt. Selbst ohne das andauernde Sperrfeuer des Gorthlings war es schwierig, den Schutzschild aufrechtzuerhalten.

Schnell wandte sie sich wieder der Totenmaske zu und blickte kühn in die ewig blauen Augen. »Mein Lord, einer der Männer aus dem Geldring-Klan hat einen Gorthling beschworen.«

Die Maske runzelte die Stirn. »Wie?«

»Mit einem Zauberspruch aus dem *Buch des Matrah*.«

»Diese Zaubersprüche sollten aus dem menschlichen Wissen getilgt werden. Es gibt einige Dinge, an welche die Menschen nicht rühren sollten. Wo ist dieser Gorthling jetzt?«

»Hier. Er hat vom Körper des Zauberers Besitz ergriffen und ist zu unserer Klanversammlung gekommen. Valorian, mein Lord, ich bin die einzige halbwegs ausgebildete Zauberin, die es noch gibt, aber ich weiß nicht, wie ich ihn vernichten kann.«

Valorian sah sie mitleidig an. »Kein Mensch, wie sehr er auch in der Zauberei erfahren sein mag, besitzt genügend Macht, einen Gorthling zurück durch die Pforte zwischen der Welt der Sterblichen und der Welt des Ewigen zu zwingen.«

Gabria lief es kalt den Rücken herunter. »Es muss aber geschehen«, rief sie. »Wie können wir ihn loswerden?«

»Es gibt etwas, das die Macht hat, einen Durchgang zu öffnen und dieses Geschöpf hindurchzutreiben.«

»Was?«

Die Maske hob die Augen zum Himmel. »Die Kraft eines Blitzes«, sagte sie einfach.

Gabria sperrte den Mund auf. Sie war höchst erstaunt. »Ein Blitz? Aber niemand kann der Gewalt eines Götterblitzes standhalten.«

»Du bist eine Zauberin, eine Tochter aus meinem Blut. Reist du auf einem Hunnuli?«

Sie nickte.

»Auf einem Hunnuli bist du in Sicherheit. Sie tragen das Zeichen des Blitzes aus gutem Grunde. Ihr Ahn, mein Hengst, wurde durch einen Blitz in den Ersten dieser edlen Pferderasse verwandelt.«

»Lord Valorian«, sagte Gabria in dem Versuch, ruhig zu bleiben, »ich kann keinen Sturm heraufbeschwören. Wo finde ich einen Blitz an einem beinahe klaren Tag?«

»Wenn mehr als ein Hunnuli bei dir ist, können sie zusammen Blitz und Sturm herbeiholen.«

Das goldene Licht schwand aus der Maske und die blauen Augen verblassten. Valorians Gesicht entspannte sich und gerann zu dem Ausdruck, den die Maske getragen hatte, als Gabria sie fand.

»Valorian, mein Lord«, bettelte Gabria verzweifelt. »Was muss ich mit der Macht des Blitzes machen?«

»Ich muss gehen, meine Tochter«, sagte Valorian traurig. »Gebrauche den Blitz, um ... die Bestie ... zurückzuschicken.«

Den letzten Worten folgte ein schwacher Nachhall, als wären sie aus großer Entfernung gesprochen worden. Dann war die Maske wieder still und leblos. Gabria starrte das goldene Gesicht an und wollte, dass es wieder sprach, doch es war zu spät. Valorian war fort und befand sich jetzt außerhalb ihrer Reichweite.

»Wie zaubere ich einen Blitz herbei?«, schrie sie verzweifelt die stummen Steine an. Es gab keine Antwort darauf, und die Zeit wurde knapp. Der Gorthling belegte den Schild, der die kleine Gruppe schützte, mit einem wilden blauen Sperrfeuer. Schon zitterte das Kraftfeld. Sayyed schien bald ohnmächtig zu werden, und Athlone hatte die Zähne zusammengebissen.

»Haltet durch!«, rief Gabria ihren Freunden zu. »Nara«, brüllte sie durch den Angriffslärm. »Ruf den Hengstkönig. Sag ihm, er soll einen Sturm heraufbeschwören.«

Hinter der Insel antwortete der Hengstkönig mit einem durchdringenden Wiehern. *Seit Generationen haben wir keinen Blitz mehr beschworen. Aber wir wollen es versuchen.*

Die schwarzen Pferde hoben unvermittelt ihre Schnauzen. Die Hunnuli auf der Insel, einschließlich des Fohlens und des verwundeten Afer, schlossen sich der stillen Zwiesprache mit der Luft an. Nur Nara und Eurus beteiligten sich nicht an dem Ruf; sie blieben in Bereitschaft für den Fall, dass ihre Reiter Hilfe brauchten.

Zum Glück für die Hunnuli war der Nachmittag wie geschaffen für einen Sturm. Die Hitze des Tages und ein feuchter Wind hatten bereits hoch aufgetürmte Wolken im blauen Himmel erschaffen, und einige kleine Regenböen fleckten den fernen Horizont. Als die Hunnuliherde ihre Kräfte einte, sammelten sich dunkle Wolken über ihr und die Regenschleier kamen näher. Die Pferde mussten sich sehr anstrengen, doch die von den Ahnen ererbte Fähigkeit war ihnen nicht verloren gegangen.

Allmählich verdunkelte sich der Himmel, und eine gewaltige Gewitterwolke löste sich aus einer Front grimmig grauer Wolken. Die Sonne verschwand und Blitze flackerten im wirbelnden Herz des Sturms.

Der Gorthling sah auf; Angst spiegelte sich deutlich in Branths

Gesicht. Diese Angst lenkte ihn jedoch nicht lange ab; ihm entging nichts von dem, was sich innerhalb des Steinkreises abspielte.

»Gabria!«, rief Athlone plötzlich. »Sayyed ist ohnmächtig geworden. Der Schild bricht zusammen!«

Die Zauberin sprang auf Naras Rücken, als der Gorthling das magische Kraftfeld gerade zerschmetterte. Mit wildem Siegesgeschrei feuerte Branth einen Blitz auf den Häuptling ab.

Ahlone war so erschöpft, dass er sich nicht mehr dagegen wehren konnte. Er sah den Blitz kommen und kauerte sich gegen Eurus' Flanke. Der Hengst bäumte sich auf und fing den Schlag mit der Schulter ab, doch die heftige Bewegung des Pferdes und die explodierende Kraft schleuderten Athlone auf den Rücken. Er schlug auf den felsigen Boden und blieb reglos liegen.

Obwohl Tam unendlich erschöpft war, rief sie die Hunnuli zu Hilfe, die bei Afer standen, und zwei von ihnen gesellten sich sofort zu Eurus und verteidigten die Gestürzten.

Der Gorthling wandte sich ab. Er konnte nicht in die Nähe der Häuptlings oder des Turic kommen, solange die Hunnuli über ihnen standen, doch das war unwichtig. Diese beiden Männer würden ihm keine Schwierigkeiten mehr machen.

Gabria hatte sich in dem Steinkreis nicht bewegt. Sie und Nara standen zwischen dem Gorthling und den Geiseln. Hinter ihr hörte sie, wie Lord Wortan und Wertain Guthlac die entsetzten Gefangenen zu beruhigen versuchten. Gabria hielt den Blick starr auf Branth gerichtet. Nun jaulte der Wind durch den Tempel und Donner rollte über den Himmel. Die Hunnuliherde regte sich wieder und wieherte siegesgewiss dem heranbrausenden Sturm entgegen.

Der Gorthling wich zurück in den Steinkreis und hielt seine grausamen Augen auf Gabria und ihr Reittier gerichtet.

Die Zauberin sah ihn unversöhnlich an, versuchte aber nicht, ihn anzugreifen. Sie hatte eine Idee, was sie mit dem Blitz machen würde. Wenn es nicht wirkte, würde sie keine Möglichkeit mehr haben, etwas anderes zu versuchen. Sie saß noch immer auf Nara und spürte die kraftvolle Wärme des Hunnuli unter den Schenkeln. Mit den Fingern berührte sie das gezackte weiße Zeichen an Naras Schulter.

Die Magie in der Umgebung der Zauberin wurde mit der wachsenden Macht des Sturmes stärker, so wie es in Pra Desch der Fall gewesen war, als Gabria das Feuer im Palast der Fon gelöscht hatte. Gabria wusste, dass diese verstärkte Kraft ihr helfen würde, doch sie war auch für den Gorthling von Vorteil. Rasch und präzise bildete sie im Geiste den Zauberspruch und wartete auf den richtigen Augenblick.

Der Gorthling trat zwischen die Steinsäulen. »Valorian hat sich geirrt, Zauberin«, zischte er. »Nichts kann mich zurückschicken. Mach dich bereit zu sterben.«

Gabria erwiderte nichts darauf. Blitze zuckten über ihr und sie spürte, wie die Kräfte durch die Luft wogten. Die Blitze waren so schnell, dass die Zauberin rein instinktiv handeln musste. Branth machte einen weiteren Schritt nach vorn und hob die Hände zum Himmel.

Gabria!, rief Nara in den Gedanken der Frau und sprang keinen Augenblick zu früh beiseite. Ein zischender Pfeil aus Trymianischer Kraft schlug genau an der Stelle ein, wo sie soeben noch gestanden hatten. Der Gorthling nutzte die anschwellende Magie zu seinem eigenen Vorteil.

Gabria warf sich nach rechts, als ein weiterer Pfeil an ihr vorbeischoss. Noch einer folgte, dann wieder einer. Sie waren so schnell, so heiß und so tödlich, dass Gabria nicht mehr an ihren eigenen Zauberspruch denken konnte; das Ausweichen vor den hinterhältigen Pfeilen nahm ihre ganze Aufmerksamkeit in Anspruch. Die Zauberin wagte nicht, einen Schutzschild zu errichten, da sie sich nicht völlig erschöpfen wollte. Sie musste sich auf die Wendigkeit und den Schutz ihres Reittieres verlassen.

Dicke Regentropfen klatschten auf die warmen Steine. Ein Blitz schoss in einen Baum jenseits des Flusses in der Nähe des Jehanan-Lagers; ihm folgte ein ohrenbetäubender Donnerschlag. Der Sturm kam heran, und Gabria wusste, dass ihr nur wenig Zeit blieb, bis die Blitze vorübergezogen und außerhalb ihrer Reichweite wären. Doch der richtige Augenblick für einen Angriff war noch nicht gekommen.

Der Gorthling schoss einen weiteren Pfeil auf sie ab. Er fuhr in den Boden vor Naras Hufen, zerschmetterte den Fels und wirbelte Kies und Felssplitter durch die Luft. Die Stute setzte zur Seite und hätte Gabria dabei fast abgeworfen.

Der Gorthling lachte; es war ein roher, böser Laut, der seine Anmaßung widerspiegelte. Die Zauberin würde ihn niemals vernichten, denn sie war schon so gut wie tot.

Gabria kämpfte wild darum, das Gleichgewicht zu behalten. Sie sah, wie der Gorthling die Hände zurückzog. Im gleichen Moment prickelte ihre Haut und die Nackenhaare stellten sich auf. Sie spürte die Kraft mehr, als dass sie sie sah, und richtete ihre ganze Energie auf die größte Steinsäule neben dem Altar rechts von ihr. Es gelang ihr besser, als sie gehofft hatte. Sie versperrte ihren Geist vor allem außer dem Zauberspruch und gab sich ganz ihren Instinkten hin.

Ein Blitz traf die Spitze des großen Steinmonolithen und verbrannte mit seiner unglaublichen Kraft gar die Luft selbst. Der Gorthling zuckte zurück, doch Gabria vertraute auf die natürlichen Schutzkräfte des Hunnuli und tastete nach der zischenden Energie.

Innerhalb eines fließenden Augenblicks fing sie den Blitzpfeil mit der Hand und lenkte ihn von seinem natürlichen Weg ab. Sie spürte die unglaubliche Kraft in jeder Faser ihres Körpers wie auch in Nara und sah, wie die Stute in einen grünlich-weißen Schimmer gehüllt wurde. Überraschenderweise fühlte sich der Blitz in Gabrias Hand warm und sanft an. Sie wirbelte herum und warf ihn wie einen Speer, wobei sie alle ihr noch zur Verfügung stehende Kraft einsetzte.

Der blau-weiße Pfeil zerriss die Luft vor dem Gorthling und traf seinen Körper mit einer blendenden Explosion aus Licht, Funken und Hitze.

Gabria wurde vor Schmerz schwarz und rot vor Augen. Sie hörte den hohen, von Verzweiflung und Hass gesättigten Schrei des Gorthlings, dem sofort ein gewaltiger Donnerschlag folgte. Im selben Augenblick fuhr der Rückschlag des Blitzes in Gabria und Nara. Das Hunnuli taumelte unter dem Aufprall, und Gabria wurde auf den feuchten, kalten Boden geschleudert.

Zwanzig

Der Klang des Donners verhallte in Gabrias Ohren, und sie bemerkte die bohrenden, nadelspitzen Schmerzen hinter ihren Augen. Sie rissen sie aus ihrem Schockzustand und führten sie zurück in die Wirklichkeit. Sie öffnete die Augen nur einen Moment lang und sah nichts als Schwärze und rote Lichtblitze. Ein Beben zitterte durch ihre Brust. Sie war blind!

Sie bezwang ihren Schrecken und richtete die ganze Aufmerksamkeit auf eine leise, ruhige Stimme, die ihr sanft etwas ins Ohr flüsterte. Die Stimme war unvertraut, aber etwas an ihr war sehr beruhigend.

»Tam?«, wisperte sie in die Dunkelheit hinein. Sie versuchte sich aufzurichten, doch jeder Muskel und Knochen in ihrem Körper begehrte schmerzhaft dagegen auf.

Die ruhige Stimme erwiderte in tiefer Erleichterung: »Ja, Gabria. Ich bin hier. Nein! Beweg dich nicht. Es kommt Hilfe.«

Gabria gehorchte bereitwillig. Sie lag noch auf der kalten, harten Erde und spürte den Regen auf ihrem Körper. Tam schirmte wohl Gabrias Gesicht vor den Tropfen ab, aber sie sah nichts davon.

Die Zauberin tastete nach der Hand des Mädchens. »Tam, wo ist der Gorthling?«

»Er ist fort«, antwortete Tam aufgeregt. »Der Blitz, den du geschleudert hast, hat ihn aufgelöst. Es ist nicht mal ein Finger von ihm übrig.«

Gabria musste lächeln. Offenbar hatte Tam in all dem Aufruhr die Sprache wieder gefunden.

Noch jemand gesellte sich zu ihnen, und eine vertraute Stimme sagte: »Gabria, ich will dir helfen.« Die Klanpriesterin der Amara wickelte die Zauberin in einen warmen Mantel und brachte sie sehr vorsichtig in eine sitzende Position. »Kannst du stehen?«, fragte die Priesterin.

Gabria schluckte schwer und schüttelte den Kopf. Schmerzen und Übelkeit wallten ihr durch Kopf und Magen. Jeder Muskel zitterte. Sie fühlte sich so schwach und blind wie ein neugeborenes Kätzchen.

»Das macht nichts. Bleib hier sitzen«, sagte die Priesterin zu ihr. »Ich muss mich kurz um die anderen kümmern.«

Gabria hörte, wie sie zu der Stelle ging, wo Athlone gestürzt war. Nara stellte sich vor Gabria und schützte sie vor dem wilden Wind und dem über die Insel peitschenden Regen. Tam hielt ihr noch immer den Mantel über den Kopf.

»Nara, sind Athlone und Sayyed schwer verletzt?«

Sie sind erschöpft, aber ich glaube, sie werden sich erholen.

Gabria richtete ihre blicklosen Augen auf die Stute. »Deine Gedanken klingen angespannt. Du hörst dich müde an. Bist du in Ordnung?«

Ich bin sehr schwach. Die Kraft, die nötig war, um uns vor dem Blitz zu schützen, war beinahe mehr, als ich noch hatte.

Die Frau streckte die Hand aus und spürte das starke Vorderbein der Stute. »Vielen Dank, Nara.«

Die Stute wieherte leise; es klang wie ein sanftes Lachen. *Es war ein guter Kampf. Der Gorthling ist fort, und wir sind noch hier.*

Gabria seufzte. »Was geht da draußen vor sich? Hilft ein Heiler Athlone und Sayyed? Afers Bein ist gebrochen. Hilft ihm jemand?«

Tam antwortete mit großem Zorn in der jungen Stimme: »Die Priester und Priesterinnen erlauben keinem Uneingeweihten, die Insel zu betreten, aber sie selbst wollen den Fluss nicht durchqueren und den Verletzten helfen. Nur die Priesterin Amaras aus deinem eigenen Klan hatte den Mut herzukommen.«

Gabrias Zorn kochte schwerfällig in ihr hoch. Sie und ihre Gefährten hatten sich in Lebensgefahr begeben, um die Klane zu retten, doch nun, da sie selbst Hilfe brauchten, ließ man sie allein. Ihre Übelkeit wich ein wenig, und sie richtete sich verärgert auf.

Bevor ihr eine passende, wutgetränkte Antwort einfiel, kam ihr das Bild ihrer Tat in den Sinn. Ihre Wut wurde schwächer, als sie sich vorstellte, wie diese ganze magische Schlacht auf die Klanleute gewirkt haben musste. Vermutlich waren sie von Sinnen vor Furcht.

Gabria erkannte, dass sich nun eine hervorragende Gelegenheit bot, bei ihrem sturen, zweiflerischen und misstrauischen Volk einen guten Eindruck zu hinterlassen. Sie hatten die schreckliche Grausamkeit des Gorthlings und seine entsetzliche Magie gesehen. Nun konnte sie ihnen die andere Seite der Zauberei zeigen: das Vergnügen des Sieges und den Trost der Heilung.

Gabrias Entschluss gab ihr Kraft. Sie zog sich unter Schmerzen an Naras eisenhartem Vorderbein hoch, bis sie keuchend und schwindlig neben der Schulter der Stute stand.

Der kalte Regen rann ihr am Gesicht herunter, aber sie kümmerte sich nicht darum. Sie richtete ihre ganze Aufmerksamkeit darauf, stehen zu bleiben, und kämpfte mit zusammengebissenen Zähnen gegen die quälende Erschöpfung an. Sie hielt sich krampfhaft an Naras Mähne fest.

Ein starker Arm legte sich ihr um die Schulter und stützte sie. Die ruhige Stimme der Priesterin sagte: »Gabria, bitte. Du musst dich ausruhen.«

Die Zauberin wehrte sich: »Noch nicht. Wo ist Athlone?«

»Ich bin hier.« Lord Athlones Stimme wirkte angespannt, aber fest. Für Gabria klang sie wunderbar. Er ging müde um die große Stute herum und wollte gerade noch etwas sagen, als er Gabria und den seltsamen Ausdruck auf ihrem Gesicht sah. Sie hielt die Augen fest geschlossen und den Kopf leicht geneigt, um besser hören zu können.

»Bist du verletzt?«, fragte Gabria den Häuptling.

»Ich habe nur einen Schlag auf den Kopf bekommen, doch ich fühle mich ziemlich erschöpft.« Er rieb sich die Schläfen und sah sich mit trüben Augen um. »Was ist geschehen?«

Tam sagte darauf: »Die Zauberin hat Branth mit einem Gewitterblitz vernichtet.«

»Gute Götter!«, rief Athlone aus.

In diesem Augenblick galoppierte der Hengstkönig durch das Wasser, sprang an Land und tänzelte auf die kleine Gruppe zu. Die Hunnuliherde versammelte sich hinter ihm; die schwarzen Felle glitzerten im Regen.

»Athlone«, flüsterte Gabria. »Hilf mir aufsitzen.«

Bereitwillig hielt ihr der Häuptling das Bein hin. Sie kletterte vorsichtig auf Naras Rücken. Athlone trat einen Schritt zurück und beobachtete die große, schlanke Frau, die sich nun dem gewaltigen Hengst zuwandte.

Das schwarze Hunnuli schüttelte die Mähne. *Das hast du gut gemacht, Zauberin.*

Gabria zeigte auf die Herde. »Vielen Dank für eure Hilfe. Sie war wichtiger, als ich euch je sagen kann.«

Valorian wäre stolz. Plötzlich hob er seine große Nase an ihr Gesicht und blähte die Nüstern ein wenig. *Sind deine Augen verletzt?*

»Ich kann nichts mehr sehen«, sagte sie nur.

Athlone spürte, wie ihm das Herz sank.

Die Helligkeit hat dir die Augen verbrannt.

»Werden sie wieder gesund?«, fragte Gabria mit mehr Hoffnung als Überzeugung.

Der Hengst schnaubte sanft. *Vielleicht. In einiger Zeit.*

Sie nickte kurz und wechselte das Thema. »Was ist mit Afer? Können wir etwas für ihn tun?«

Der Hengstkönig neigte den Kopf. *Wir Hunnuli können die schrecklichsten magischen Kräfte des Universums aushalten, aber wir sind in körperlicher Hinsicht genauso verletzlich wie jedes andere Pferd. Deine Magie richtet bei ihm nichts aus, weder im Guten noch im Schlechten, und auch eure Heiler können das gebrochene Bein eines Pferdes nicht behandeln.*

Gabrias Stimme bebte, als sie sich zu der Frage zwang: »Also müssen wir ihn von seinem Elend erlösen?«

»Nein!«, hallte Sayyeds Ruf durch den Steinkreis. Der Stammesmann, der sich einen Stofffetzen um den blutenden Kopf gewunden hatte, versuchte gerade, einen Splitter aus dem gebrochenen Bein des Hengstes zu ziehen.

Tam half ihrem Freund sofort, als er sich vor das Pferd stellte.

»Ihr dürft ihn nicht töten«, sagte Sayyed nachdrücklich.

»Sayyed, sein Bein ist gebrochen«, meinte Athlone. Er versuchte, nicht allzu harsch zu klingen. »Du weißt, dass sich ein Pferd davon nicht wieder erholt.«

»Eines hat sich erholt! Die preisgekrönte Stute meines Vaters. Sie hatte sich in einem Rennen das Bein gebrochen, und mein Vater ertrug es nicht, das arme Tier zu töten. Er hat den ganzen Körper in eine Schlinge gehangen, bis das Bein so weit geheilt war, dass es das

Gewicht des Pferdes tragen konnte. Das ist nicht leicht, aber auch nicht unmöglich. Bitte«, rief Sayyed, »versucht es wenigstens.«

Alle fielen in ein langes Schweigen und grübelten über diese gewaltige Aufgabe nach. Für Gabria und Sayyed war es den Aufwand wert, wenn sie dadurch ein Hunnuli retten konnten.

»Wir versuchen es«, sagte Gabria.

Vielen Dank, Zauberin. Dann lassen wir Afer gern in deiner Obhut zurück. Der Hengstkönig hob den Kopf und stieß ein Wiehern aus, das bis in die Berge drang und die Steine des Tempels erschütterte. Er bäumte sich hoch auf, warf die Vorderhufe in die Luft und bezeugte so seine Hochachtung vor den Zauberern. Auch die übrigen Hunnuli bäumten sich auf. Alle Zuschauer waren begeistert vom Anblick der majestätischen Hunnuli auf der Höhe ihrer stolzen Pracht.

Gemeinsam folgten die schwarzen Pferde dem König durch den Fluss und nach Westen in ihre Heimat in den Bergen. Der Donner ihres Galopps verwehte im Sturm, doch das Wunder ihrer Gegenwart wirkte bei den Klanleuten viele Tage lang nach. Nara, Eurus und das Fohlen wieherten einen langen Abschiedsgruß.

Gabria verkrallte die Finger in ihre Hosenbeine und Tränen kullerten aus den Winkeln ihrer geschlossenen Augen. Sie konnte den Abschied der Hunnuli nicht sehen, aber sie spürte den schmerzlichen Verlust ihres Fortzuges. Sie schüttelte heftig den Kopf, um ihn wieder klar zu bekommen. Schmerzen schossen durch ihre Augen und sie keuchte auf.

»Was ist los?«, fragte Athlone mit ehrlicher Sorge in der Stimme. »Bist du wirklich blind?«

Gabria versuchte, die Schmerzen beiseite zu schieben, und lächelte. »Im Augenblick ja. Aber möglicherweise geht es vorüber. Kannst du reiten?«

Er sah auf zu ihr. Ihre knappe Antwort hatte ihn nicht beruhigt. Er entschied, sie nicht weiter zu bedrängen, sondern beantwortete lediglich ihre Frage. »Ja.«

»Dann komm. Tam und Sayyed, ihr kommt auch mit. Wir müssen uns den Klanen stellen.«

Die anderen gehorchten. Athlone verstand sofort, was Gabria erreichen wollte, und half Sayyed ohne weitere Fragen auf Naras Rücken. Er selbst stieg unter einigen Schwierigkeiten auf Eurus und wartete, bis Tam auf das Fohlen geklettert war. Afer humpelte unter großen Schmerzen die kurze Strecke bis zu Eurus und Nara und stellte sich zwischen sie.

»Priesterin«, rief Gabria. »Bringt Ihr uns bitte die Maske?«

Die Priesterin Amaras holte Valorians Totenmaske. Zur gleichen Zeit traten die acht Geiseln vor die Zauberer. Guthlac salutierte mit Hochachtung vor seinem Häuptling; Lord Wortan machte einen Schritt nach vorn, blinzelte in den Regen und sah hoch zu Gabria.

»Vielen Dank«, sagte er mit großem Ernst. »Dürfen wir jetzt gehen?«

Sie nickte.

Die acht Klanleute gingen dankbar auf den Fluss zu. Erst waren sie noch langsam, doch dann brachen sich Freude und Erleichterung Bahn, und die Geretteten rannten durch das schlammige Wasser auf das gegenüberliegende Ufer zu, wo ihre Familien und die Menge der Zuschauer sie mit offenen Armen empfingen.

Die Priesterin Amaras entdeckte die goldene Maske Valorians auf dem steinigen Boden des Tempels; das hübsche Gesicht war noch immer reglos und unbelebt. Mit zitternden Händen hob sie die schwere Goldmaske auf. Sie trug sie zu der Stelle, wo die Zauberer warteten, und hielt vor Gabria inne.

Mit freudiger und ehrerbietiger Stimme sagte sie: »Zauberin, du bist wirklich die Gesegnete Amaras. Geh jetzt. Die Klane warten.« Die Priesterin hob die goldene Maske hoch über den Kopf und sang ein Dankgebet an die Muttergottheit. Ihr Lied floss zu den Leuten an den Ufern und erfüllte die Herzen mit einem seltsamen Gefühl der Beruhigung.

Die Zuschauer verstanden nicht genau, was auf der Insel geschehen war. Sie hatten viele seltsame Dinge gehört und gesehen, die zugleich wunderbar und erschreckend gewesen waren. Nun schien es, dass Branth – oder was immer er gewesen war – verschwunden war. Dafür gab es jetzt statt einem Zauberer deren vier, alle anscheinend wohlauf und springlebendig. Die gesamte Hunnuliherde hatte ihnen vor den versammelten Klanen Ehre erwiesen; die Geiseln waren frei und eine Priesterin der Muttergottheit opferte ihnen ein Lied, in dem sie die Taten der Zauberer pries.

Die Klanleute wussten nicht, was sie von all dem halten sollten. Dieses Schauspiel von Gut und Böse, Mut und Grausamkeit, Ehre und Verrat war kaum das, was sie von der Magie erwartet hatten. Magie war doch angeblich vollkommen böse, verderblich und häretisch. Viele Leute hatten Gabria bereitwillig als Fehltritt der Natur angesehen. Doch jetzt gab es noch drei weitere Zauberer, zwei Männer und ein Kind, welche denselben Anstand und Mut und dieselbe Bereitschaft gezeigt hatten, ihr Leben für das ihrer Gefährten und ihres Volkes zu opfern. Das hatte man von der Magie nicht erwartet.

Gemischte Gefühle erwarteten die vier Reiter und die vier Hunnuli, als diese durch den Fluss wateten. Die Gruppe kam nur sehr langsam voran, denn Nara und Eurus hatten den humpelnden Afer zwischen sich genommen; so blieb den Leuten viel Zeit, sich die seltsame Gesellschaft näher anzusehen. Keiner wusste, ob er sie willkommen heißen oder Steine nach ihnen werfen sollte.

Die Menge beobachtete schweigend, wie sich die Pferde den an der Spitze des Hains versammelten Häuptlingen näherten. Am Ufer vor den Lords und Kriegern hielten die Hunnuli an. Sie standen vor einer Mauer aus Männern und steckten mit den Fesseln tief im wirbelnden braunen Wasser; die Mähnen hingen triefend herab.

Es entstand eine unangenehme Stille, als die Häuptlinge Athlone und die Blitzfängerin ansahen. Schweigen hing über den Lagern, während die Leute auf die Reaktionen ihrer Häuptlinge warteten. Fern im Osten rumpelte der Donner, und der Wind flaute zu launischen Böen ab; der Regen ging in ein stetiges Nieseln über.

Gabria sah nichts um sie herum, doch sie spürte die Spannung und Verwirrung so deutlich, als könnte sie in den Gesichtern der Leute lesen. Im Stillen hatte sie gehofft, die Häuptlinge zur Änderung der Gesetze gegen die Zauberei zu bewegen, doch sie hatte sich niemals vorgestellt, so weit zu gehen.

Sie hörte, wie sich die Männer zögerlich regten; dann sagte eine Stimme: »Willkommen bei der Versammlung, Lord Athlone. Ich hatte bisher nicht die Gelegenheit, Euch zu begegnen.« Es war Lord Hildor, der neue Häuptling der Wylfling.

Seine freundlichen Worte und sein herzliches Willkommen durchbrachen sofort die Spannung. Die Häuptlinge machten Platz und ließen die vier Hunnuli vorbei, und jeder Lord trat vor und begrüßte die Zauberer. Auch die Menge der Zuschauer löste sich in palavernde und verwunderte Gruppen auf und machte keine Anstalten, zu den Lagern zurückzukehren.

Mit einem Seufzer der Erleichterung trat Lord Sha Umar neben Nara und half Gabria beim Absteigen. Wie die anderen, so wunderte auch er sich über ihre geschlossenen Augen, doch er verlor kein Wort darüber. Er legte nur ihre Hand auf seinen Arm und geleitete sie zum Ratszelt. Die anderen folgten ihm.

Secen, Valar und Keth waren bereits eingetroffen und warteten neben dem Zelt. Die drei Krieger salutierten den Zauberern mit offenkundiger Erleichterung und Freude. Secen berichtete Gabria, dass Piers bereits mit seinem Heilstein an der Arbeit war.

Athlone beobachtete, wie seine Herdwache das goldene Banner neben den übrigen Häuptlingsflaggen auf dem Zelt hissten. Er musste schwer schlucken, um die seltsame Mischung aus Erleichterung, Stolz und Angespanntheit in seinem Innern zu bekämpfen.

Die Schlacht gegen den Gorthling war gewonnen, doch die Schlacht um das Überleben der Zauberei dauerte noch an. Sowohl Athlone als auch Gabria wussten, dass die Klanleute zu halsstarrig und ihr Glaube zu tief eingewurzelt waren, als dass man beides in kurzer Zeit überwinden konnte. Sie waren vielleicht dankbar für den Sieg über den Gorthling, doch so leicht würden sie zweihundert Jahre Hass und Misstrauen nicht ablegen.

Am Eingang zum Ratszelt hob Lord Sha Umar, der Ratsvorsitzende für dieses Jahr, die Hand und bat um Aufmerksamkeit. »Wenn Lord Koshyn und Lord Athlone morgen bereit sind, wird der Rat zusammentreffen. Meine Lords, wir müssen in diesem Jahr vieles besprechen.«

Ein lautes, zustimmendes Gemurmel begleitete seinen Vorschlag.

Er fuhr fort: »Wenn Ihr alle einverstanden seid, möchte ich heute Nachmittag ein besonderes Treffen einberufen, um mehr über Zauberei zu erfahren. Gabria, der Turic und das Mädchen Tam sollten bei diesem Treffen zugelassen werden.«

Die übrigen Häuptlinge willigten sofort ein; die Sache war beschlossen. Gabria fühlte sich schwach vor Erleichterung. Sie schlang dem Arm um Naras Hals und drückte das Gesicht gegen die warme Wange der Stute.

Sie zuckte zusammen, als jemand neben ihr sagte: »Gabria? Lord Koshyn hat mich gebeten, dich aufzusuchen und dir das hier zu geben. Er ist der Ansicht, du könntest es gebrauchen.«

Sie spürte, wie jemand ihr einen schweren Lederbeutel in die Hand drückte. »Ist er bei Bewusstsein?«, fragte sie und fuhr mit der Hand tastend in den Beutel.

»Seit kurzem. Heiler Piers sagt, er wird bald ...« Die Stimme des Dangari-Kriegers verstummte angesichts des Ausdrucks von Unglauben und Bestürzung auf dem Gesicht der Zauberin.

Dann lachte Gabria auf. Sie brauchte ihre Augen nicht, um den altertümlichen, blassen Geruch, den schweren Ledereinband oder das schwache Prickeln in ihren Fingern richtig zu deuten. Jetzt, wo sie es am wenigsten benötigte, war das *Buch des Matrah* in ihren Händen.

Auch die Häuptlinge erkannten das Buch und starrten Gabria besorgt an. Dieses Buch war der Grund für Kampf und Tod. Sie fragten sich, was Gabria wohl damit machen würde.

»Vielen Dank«, sagte die Zauberin freundlich zu dem Krieger. »Bitte gib es Lord Sha Umar, bis die Häuptlinge entschieden haben, was mit dem Buch geschehen soll.«

Sha Umar erwiderte Athlones Grinsen mit Schulterzucken und einem erleichterten Auflachen und stellte das Buch unter Bewachung.

Kurz nachdem das *Buch des Matrah* an Sha Umar übergeben worden war, ging Gabria auf die Suche nach Piers. Sie fand den Heiler bei den Leuten, die durch die Zauberschläge des Gorthlings verletzt worden waren. Piers hatte gerade den Heilstein bei dem letzten Opfer eingesetzt und sprach mit den überglücklichen Angehörigen, als er Gabria sah. Er warf ihr einen schnellen Blick zu, zerrte sie in sein neu errichtetes Zelt und legte sie ins Bett.

Die Nacht, den nächsten Tag und die folgende Nacht hindurch schlief Gabria so tief, friedvoll und erholsam, dass nicht einmal das Getöse aus den Lagern sie wecken konnte. Als sie am Nachmittag des zweiten Tages erwachte, war Angst ihr erstes Gefühl. Die Welt war noch immer in vollständiges Dunkel gehüllt. Sie tastete mit den Händen ihre Augen ab und zerrte an den Binden um ihren Kopf.

»Ganz ruhig. Es ist alles in Ordnung«, besänftigte sie Piers' gelassene Stimme. Er ergriff ihre Hände und legte sie sacht wieder neben ihren Körper. »Ich habe dir die Augen verbunden, damit sie sich erholen können.«

Sie holte tief Luft und entspannte sich langsam. »Werden meine Augen heilen?«

»Ich weiß es wirklich nicht, ob du je wieder sehen kannst«, sagte er mit trauriger Stimme. »Mit dieser Art von Blindheit habe ich keinerlei Erfahrung.« Piers runzelte die Stirn. Es gefiel ihm nicht, dass er bei etwas so Wichtigem so unsicher war. »Ich habe deine Augen untersucht und keine Schädigungen festgestellt. Wir müssen abwarten.«

»Ich höre Stimmen«, sagte draußen jemand. »Ist sie wach?« Sayyed schlenderte herein und brachte den Geruch von Sonne, Wind und Pferden mit. Er lächelte Piers an und ging dann hinüber zu Gabrias Pritsche. »Ich habe mich schon gefragt, ob du die ganze Versammlung verschläfst«, sagte er und setzte sich neben sie.

»Bevor ihr beiden mit dem Schwatzen nicht mehr aufhören könnt, will ich Gabria noch etwas zu trinken geben.« Piers drückte ihr einen Becher in die Hand. »Nara hat gesagt, es gibt dir Kraft und heilt dich.«

Die Zauberin richtete sich auf und hob den Becher an die Lippen. Sie lächelte. Der Becher war bis zum Rand mit Naras reichhaltiger, warmer Milch gefüllt. Gabria trank sie bis zum letzten Tropfen aus und spürte, wie Kraft sie durchflutete. »Was ist passiert?«

Mit großer Freude berichteten Sayyed und Piers ihr alles, was sich während der letzten zweieinhalb Tage zugetragen hatte. Sayyed begann sofort mit Afer und sagte vergnügt: »Niemand hat erwartet, dass mein Vorschlag etwas taugt.« Er lachte. »Sie haben gesagt, kein Pferd würde es ertragen, tagelang in einer Bauchschlinge zu liegen. Die Intelligenz eines Hunnuli haben sie dabei nicht berücksichtigt. Wir haben es unter den Pappeln in eine besondere Vorrichtung gelegt. Afers Bein ist geschient und Tam verwöhnt ihn mit Zuckerstückchen und handgepflücktem Gras. Es scheint ihm sehr gut zu gehen. Selbst eure Herdenmeister schütteln nur den Kopf und sagen, es könnte funktionieren.«

Gabria vernahm diese Neuigkeiten mit gewaltiger Freude. Die

Männer erzählten ihr überdies, dass es auch Lord Koshyn und den Klanleuten, die Piers mit seinem Heilstein behandelt hatte, gut gehe. Der Rat war wie geplant zusammengetreten, und Lord Athlone hatte alle Häuptlinge über die bösartige Natur des Gorthlings aufgeklärt.

»Ich glaube nicht, dass sie verstanden haben, gegen was wir da gekämpft haben, bis Lord Athlone ihnen von dem Massaker an den Bahedin berichtet hat«, sagte Sayyed zu ihr. »Als sie gestern aus dem Ratszelt kamen, waren sie so weiß wie der Mond.« Er schlug sich auf die Knie. »Ich wünschte, du wärest gestern Nacht in den Lagern gewesen. Die Geschichten über Branth, den Gorthling und unsere Reise nach Pra Desch haben sich von einem Ende bis zum anderen verbreitet.«

Piers kicherte. »In der letzten Nacht hat kaum jemand geschlafen. Sie waren alle mit Schwatzen beschäftigt.«

»Und mit Glotzen. Athlone und die Priesterin Amaras haben Valorians Maske ausgestellt. Jeder Mann, jede Frau und jedes Kind haben sich angestellt, um sie zu sehen.« Sayyed schüttelte den Kopf. »Niemand weiß, was er von all dem halten soll – von dem Gorthling, der magischen Schlacht, der Maske Valorians und den Hunnuli. Dein Volk hat für viele Jahre genug Stoff zum Nachdenken.«

Gabria lächelte. »Das hoffe ich. Und was ist mit der Ratsversammlung? Haben sie über Zauberei geredet?«

Piers antwortete: »Noch nicht. Sie warten auf dich.«

»Athlone ist jetzt im Ratszelt und versucht Lord Caurus davon zu überzeugen, dass Zauberei die Klane nicht vernichten wird«, sagte Sayyed.

»Mit diesem Mann wird er einen harten Kampf ausfechten müssen.« Die Erwähnung Athlones ernüchterte Gabria. Sie musste Sayyed etwas Wichtiges sagen, wusste aber nicht, wo sie anfangen sollte. Der junge Turic war ihr lieb und teuer, und es fiel ihr schwer, ihm das zu sagen, was ihr Herz ihr die ganze Zeit über zugeflüstert hatte. Sie liebte Sayyed wie einen Bruder und Freund – wie jemanden, der sie über den schmerzlichen Verlust ihres Zwillingsbruders hinweggetröstet hatte. Traurig fragte sie sich, wie er auf die Wahrheit reagieren würde. Würde er bei ihr bleiben oder sie mit verletzten Gefühlen verlassen?

Doch Sayyed überraschte sie. Der Turic nahm ihre Hand. »Es ist gut, dass du lebst und wohlauf bist, Gabria«, sagte er. »Als du uns verlassen hattest, um allein den Gorthling zu suchen, hatten wir schon das Schlimmste befürchtet. Lord Athlone führte sich auf wie ein Hengst vor der Schlacht. Er wäre dir sofort nachgeritten, wenn Piers ihn nicht überredet hätte, mich mitzunehmen. Ich habe noch nie einen so wilden Mann gesehen.« Er nickte. »Wenn du diesen Mann nicht heiratest, wird er noch durchdrehen.«

Gabria sog scharf die Luft ein. »Du weißt es?«

Sayyed rieb mit den Fingern sanft über ihren Handrücken. »Ich weiß es schon seit vielen Tagen. Ich wollte bloß die Wahrheit nicht sehen, weil ich dich so sehr begehrt habe, doch deine und seine Gefühle sind unleugbar. Ihr seid füreinander bestimmt.«

»Vielen Dank«, flüsterte sie. Sie berührte ihre Binden und wünschte, sie könnte jetzt sein Gesicht sehen. Trotz seiner Worte würde sie Trauer und Enttäuschung darin lesen.

»Ich hoffe, das bedeutet nicht, dass du mich als Zauberlehrling aufgibst«, sagte er.

Sie umfasste seine Finger. »Du bleibst?«

»Gabria«, sagte Sayyed ernst, »meine Liebe zu dir ist unsterblich. Ich muss sie nur verändern, damit sie nicht mehr so heiß brennt. Ich bin zu dir gekommen, um die Zauberei zu erlernen, und wenn du mich noch an deiner Seite duldest, bleibe ich.«

»Genau wie ich«, sagte Athlone vom Eingang des Zeltes her. Der Häuptling der Khulinin trat ein und stellte sich neben Piers und Sayyed. Piers wich leise zurück und ließ die drei Zauberer in der Abgeschiedenheit seines Zeltes allein.

Lord Athlone setzte sich neben Gabria. Er hatte Angst vor ihrer Reaktion auf das, was er ihr nun sagen wollte, und brauchte einige Zeit, um die richtigen Worte zu finden. »Sayyed und ich haben in den letzten Tagen viel miteinander geredet«, sagte der Häuptling langsam. »Wir haben einige Streitpunkte aus der Welt geschafft, und ich habe viel über Magie und über mich selbst gelernt. Du hast mich einmal gefragt, ob ich bereit bin, mit der Zauberei und all ihren Schwierigkeiten zu leben. Jetzt kann ich dir von ganzem Herzen sagen, dass ich es will, aber nur, wenn du bei mir bleibst. Könntest du dir eine Erneuerung unseres Verlobungsversprechens vorstellen?«

Gabria saß still da; ihre Gefühle spülten alle Gedanken fort. »Kannst du auch mit meiner Blindheit leben, falls meine Augen nicht mehr heilen sollten?«

»Ich liebe dich um deiner selbst willen«, antwortete er nur.

Es entstand ein atemloses Schweigen. Dann hob sie die Hand mit dem Rücken nach unten und sagte: »Ich gebe dir mein Wort.«

Sie schlangen die Finger ineinander, und der Eid war besiegelt.

Athlone warf einen raschen Blick auf Sayyed. Der Stammesangehörige nickte zufrieden, und der Häuptling streckte ihm die andere Hand entgegen. Sayyed umfasste sie mit festem Griff. Jetzt wusste er, dass er eine Frau verloren, aber zwei neue Freunde gefunden hatte. Vielleicht war das ein guter Tausch.

Am nächsten Morgen zog sich Gabria langsam an und bereitete sich auf die Ratsversammlung vor. Während sie auf Athlone wartete, nahm Piers ihr die Wickel von den Augen und wollte den alten Stoff durch einen frischen Verband ersetzen.

Zu seinem großen Erstaunen packte Gabria plötzlich seinen Arm mit eisernem Griff. Die Zauberin blinzelte zum Eingang hinüber, wo das Sonnenlicht durch die offene Zeltklappe leckte. »Ich sehe das Licht«, keuchte sie.

Piers war hoch erfreut. Er untersuchte rasch ihre Augen und wickelte sie trotz ihres Protestes wieder ein. »Deine Augen brauchen Ruhe«, befahl er. »Heute Abend kannst du es noch einmal versuchen, wenn die Sonne untergegangen ist.«

Als Athlone, Sayyed und Tam sie abholten, fanden sie die Zauberin in Hochstimmung vor. Ihr Lächeln war strahlend, und jede Linie auf ihrem Gesicht drückte tiefste Freude aus. Die vier Zauberer sahen ihre Genesung als gutes Zeichen an. Mit hoffnungsfrohem Herzen begaben sie sich zur Versammlung der Häuptlinge.

Diese Ratsversammlung sollte Gabria nie vergessen. Nachdem die Häuptlinge ihrer Rede zur Verteidigung der Zauberei gelauscht hatten, debattierten sie stundenlang über das Schicksal der Magie und somit auch über die Zukunft von Gabria und ihren Freunden. Athlone, Sayyed und Tam saßen während der langen, oftmals zornigen Reden neben ihr und verteidigten sich nicht. Nun lag die Entscheidung bei den Häuptlingen, und niemand konnte diese mit Sicherheit voraussagen.

Am späten Nachmittag errangen Koshyn und Sha Umar einen großen Sieg. Lord Caurus erhob sich von seinem Sitz und sagte widerwillig: »Ich sehe, ich muss mich den anderen anschließen. Ich stimme zu, die Todesstrafe für die Ausübung von Zauberei aufzuheben. Ich verlange jedoch strenge Grenzen für den Gebrauch der Zauberei und die Taten der Zauberer. Der Einsatz der Zauberei muss auf jene beschränkt bleiben, die verantwortungsbewusst genug dafür sind.«

Lord Sha Umar hob die Hand. »Abgemacht. Ich schlage vor, wir verlängern das Treffen um einige Tage und stellen in dieser Zeit neue Gesetze für die Zauberei auf. Das ist zu wichtig, um erst im nächsten Jahr behandelt zu werden.«

Die Häuptlinge und die Zauberer stimmten zu. Als Sha Umar Gabria das *Buch des Matrah* übergab, suchte sie zusammen mit Athlone die gefährlichen Stellen über die Beschwörung der Gorthlinge; sie rissen die betreffenden Seiten heraus und verbrannten sie.

Gabria wiederholte Valorians Worte: »Diese Zaubersprüche sollten aus dem menschlichen Wissen getilgt werden.«

Die Nachricht von der Entscheidung des Rates verbreitete sich in den Lagern, noch bevor die Versammlung beendet war. Überall in den Klanen waren die Gefühle gemischt, doch niemand war überrascht. Die Klanleute begriffen allmählich, dass Magie ein Teil ihres Erbes war – ein Teil, den sie nicht länger verleugnen durften.

Drei Tage später heiratete an einem wunderbar klaren, warmen Sommerabend Lord Athlone vom Khulinin-Klan Gabria vom Corin-Klan in einer Zeremonie, an der alle elf Klane teilnahmen. Die Amara-Priesterin der Khulinin vollführte in fließenden grünen Gewändern die Hochzeitsriten und segnete das Paar mit Gebeten der Harmonie und Fruchtbarkeit.

Gabria trug das rote Kleid, das Khan'di ihr geschenkt hatte, und einen goldenen Schleier von Athlones Mutter – das Rot bezeichnete den Klan, den sie verließ, und das Gold den Klan, in den sie nun mit allen Ehren aufgenommen wurde. Lord Athlone glänzte in seinen besten Kleidern und seiner feinsten Rüstung. Piers und Tam standen stellvertretend für Gabrias Familie, und Sayyed war Athlones Trauzeuge.

Als die Zeremonie vorüber war, hob Athlone Gabrias Schleier und band ihn ihr wie eine Schärpe um die Hüfte. Er nahm seine Braut in die Arme und besiegelte den Ehebund mit einem langen, leidenschaftlichen Kuss.

Die drei Hunnuli neben ihnen hoben die Köpfe hoch zum Abendstern und schnaubten ihre Zufriedenheit über die weite Ebene von Ramtharin hinaus.

Kleines Glossar

Die Klane	Häuptling	Mantelfarbe
Corin	Dathlar	Rot
Khulinin	Savaric	Gold
Geldring	Branth	Grün
Wylfling	Medb	Braun
Dangari	Koshyn	Indigoblau
Schadedron	Malech	Schwarz
Reidhar	Caurus	Gelb
Amnok	Ferron	Grau
Murjik	Jol	Purpur
Bahedin	Babur/Ryne	Orange
Jehanan	Sha Umar	Kastanienbraun
Ferganan	Quamar	Hellblau

Herdwache: Persönliche Leibwache des Häuptlings. Diese Männer sind die Elitekrieger des Klans und werden mit ihrer Stellung für Tapferkeit, Geschicklichkeit und Treue belohnt.

Herdenmeister: Der Verantwortliche für die Gesundheit, Aufzucht und das Wohlergehen der Pferdeherden.

Ausreiter: Die Reiter aus dem Werod, welche die Herden und das Lager bewachen und als Fährtensucher tätig sind.

Treld: Das feste Winterlager eines Klans.

Wergeld: Wiedergutmachung, welche der Familie eines Ermordeten in Form von Gold oder Vieh oder durch den Tod im persönlichen Duell geleistet wird.

Werod: Kampfeinheit des Klans. Obwohl von allen Männern verlangt wird, sich Grundkenntnisse in der Kampfkunst anzueignen, sind nur diejenigen zum Werod zugelassen, die gewisse Prüfungen bestehen.

Wertain: Befehlshaber des Werod. Diese Männer unterstehen unmittelbar dem Häuptling.

Julianne Lee

Spannende Fantasy-Serie über eine aufregende Odyssee durch die Zeit: erbitterte Kämpfe, Liebe und mysteriöse Stimmen aus der Vergangenheit beherrschen das Leben des Helden Dylan Matheson.

3-453-87042-5

Vogelfrei –
Das Schwert der Zeit
3-453-87042-5

Die Verbannung –
Das Schwert der Zeit
3-453-87043-3

Die Rettung –
Das Schwert der Zeit
3-453-19829-8

Die Erfüllung –
Das Schwert der Zeit
3-453-19828-X

Robert Newcomb

Die große Fantasy-Entdeckung aus Amerika!

»Robert Newcomb ist die neue, herausragende Stimme in der epischen Fantasy – Vorsicht: Suchtgefahr!« *Publishers Weekly*

Die fünfte Zauberin
ISBN 3-453-87358-0

Tore der Dämmerung
ISBN 3-453-87836-1

3-453-87358-0

3-453-87836-1

Stan Nicholls

Das neue große Fantasy-Epos vom Autor des Bestsellers *Die Orks*.

»Großartig erzählt, eine wundervolle farbenprächtige Welt und Spannung von der ersten Seite an: Stan Nicholls Bücher haben alle Zutaten zu einem echten Fantasy-Klassiker!« *David Gemmel*

Der magische Bund
ISBN 3-453-87906-6

Das magische Zeichen
ISBN 3-453-53022-5

3-453-87906-6

3-453-53022-5

HEYNE

Bernhard Hennen: Die Elfen

Nach den sensationellen Bestsellern *Die Orks* und *Die Zwerge* nun das große Epos über J.R.R. Tolkiens geheimnisvollstes Volk – *Die Elfen*.

Zwei Elfen und ein Barbarenhäuptling ziehen in den Kampf gegen eine dunkle Bedrohung, die Tod und Verderben über die Welt der Menschen bringt und das Schicksal aller Beteiligten für immer verändern wird.

»Der Fantasy-Roman des Jahres!«   *Wolfgang Hohlbein*

Die Elfen
ISBN 3-453-53001-2

3-453-53001-2

HEYNE ‹